E. M. Ascher

Adain Lit

Blutmagie

IMPRESSUM

1.Auflage 2016
ISBN-13: 978-1530016259

kontakt@e-m-ascher.de
© E.M. Ascher

Alle Rechte vorbehalten
Das Werk darf - auch teilweise - nur mit Genehmigung der Autorin
wiedergegeben werden

Umschlaggestaltung/ Bild: E.M Ascher
Lektorat: Rieke Maushake

Buch

Eine uralte Kreatur erwacht in den Landen Adains und machtgierige Priester machen sich deren dunkle Magie zu eigen. Während die Bedrohung im Verborgenen wuchert, lernt der Elbenkrieger Eardin die Menschenfrau Adiad kennen. Doch nicht nur Adiads Volk ist gegen diese Liebe.
In einer Zeit des Aufruhrs und Krieges versuchen sie den Rufen ihrer Seele zu folgen. Das Schicksal wird sie auf erstaunliche Wege führen.

Autorin

E.M. Ascher, Jahrgang 1961, lebt mit ihrer Familie in Bayern.
Nach einem Sozialpädagogik-Studium und mehreren Jahren der Berufstätigkeit ist sie seit 2001 als freischaffende Künstlerin tätig. Bereits in ihren Bildern findet sich ihre Liebe zu Mythen und Legenden. Vor allem die keltische Mythologie und ihre Symbolik faszinieren sie. So ist ihr bevorzugtes Reiseziel Schottland.
Vor vier Jahren entdeckte E.M. Ascher das Schreiben für sich; es ist zur Leidenschaft geworden. Unterstützt und begleitet wurde sie von einer Lektorin.
2014 gewann sie mit zwei Kurzgeschichten den zweiten und dritten Preis bei einem Literatur-Wettbewerb.
2015/16 begleitet sie ein Kunst- und Literaturprojekt in einer Grundschule. Außerdem arbeitet sie zur Zeit am vierten Band der Saga von Adain Lit. Es soll der letzte werden. (Es sei denn, die Protagonisten überlegen es sich anders.)

Der zweite Band „Vermächtnis der Magier"
wird ebenfalls 2016 veröffentlicht.

Ein Elbenroman

Adain - die Geliebte,
so nannten die Elben das Land,
denn sie liebten alles, was auf ihr wuchs.
Ihre Seelen lebten in den Bäumen und Wäldern.
Sie liebten das Helle und das Lebendige,
denn es trug das Licht des Sonnengestirns in sich.

Karte

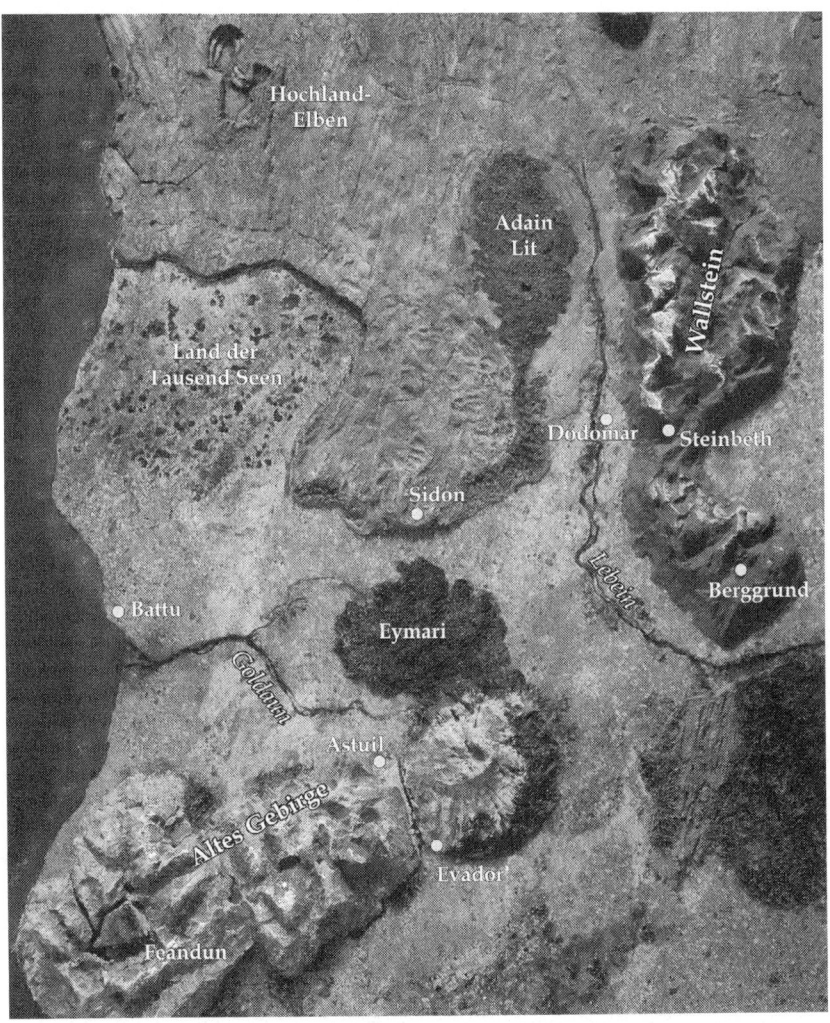

Falls Sie die Karte in einer größeren, farbigen Darstellung sehen möchten, besuchen Sie meine Homepage: www. e-m-ascher.de

Inhaltsverzeichnis

Prolog 8
ELBENWEGE 9
Ausgesandt 10
Verworrene Pfade 14
Schattennähe 30
Todeskampf 37
Rückkehr 45
Winterzeit bei den Eymari 52
Besuch eines Freundes 56
Wolfsknurren 67
Einsame Gedanken 69
Begegnung und Abschied 74
Naga 89
Elbenwald 99
Geist und Blut 117
Die Falle 129
In den Tiefen des Wallsteins 141
Berggrund 155
Elids Geschichte 167
Baum-Magie 177
Geheime Treffen 185
Ängste 189
Geheimnisverrat 202
Das verborgene Volk 205
Licht und Schatten 215
Pflicht und Drohung 227
Entscheidung der Magier 229
Heimweg 236
Ausgeliefert 239
Drachenaugen 243
Ein Entschluss 248
Häutung 254
Ritus 258
Elbenwege 264
BLUTMAGIE 270
Zwergenkämpfe 271
Letzte friedliche Tage 274
Lange ersehnt 286
Ein neues Volk 298
Glänzende Schilde 313
Kämpfe am Wallstein 327
Stollen und Höhlen 337
Menschenhändler 345
„Ich werde sie finden!" 353

Begegnung im Dunkeln	355
Spuren von Blut	361
Nicht weit entfernt	363
Getrieben von Hunger	367
Ohne Licht	373
Arluin	377
Einsame Ängste	381
Timor	384
Verbrannt	389
Bedrückende Erkenntnis	393
Heimatwald	395
Gedankenspiele	412
Sorge um Adain Lit	418
Schwarze Gedanken	429
Togar	433
Geringe Hoffnung	436
Schwere Bürde	444
Fürst Niblon	454
Erdenkräfte	459
Erschütterte Seelen	467
Unerwarteter Besuch	474
Das Opfer eines Magiers	481
Sommermond	489
PERSONEN	491
DANKE!	493

Prolog

Flammengeister tanzten. Sie zuckten über die Gesichter der drei ernsten Männer. Zwölf Ölfackeln, ewige Symbole der Sonne, schenkten dem Schauplatz ihr Licht. Tief unter den goldenen Dächern Evadors lag der steinerne Raum verborgen. Seit jeher war Verschwiegenheit ein fester Bestandteil ihrer Bundes.

Bisher hatte ihre Gemeinschaft unbemerkt von Menschen und Mächten gewirkt. Doch als nun der älteste von ihnen ihr heiliges Buch auf den Tisch legte und mit herausfordernder Stimme verkündete: „Es ist unsere Bestimmung! Die Vorsehung ist mit uns!", lenkte das Schicksal seine Aufmerksamkeit auf die drei Priester. Es liebte das Spiel der Mächte. Wer darin scheitern wird? Das bleibt abzuwarten. Was zählt, ist das Spiel.

Deond schloss schaudernd die Augen. Wie ein heißer Schauer war die Berührung des Schicksal durch seinen Körper geflossen, hatte seine Sinne berauscht, für einen kurzen Moment. Lauter erhob er nun seine Stimme und entschlossen legte er seine Hand auf die Sonnenscheibe des Buches: „So viele Jahrhunderte wurde das Wissen für uns bewahrt. Dies ist die Stunde! Die alte Kreatur im Osten ist erwacht. Ihre Magie werden wir uns nun zu Eigen machen! Ihr wisst, was diese Schrift uns verspricht: Die Verlorenen werden zu uns finden. Wir sind das Licht. Das Zeitalter der Menschenmagier bricht an! Und wenn erst unsere Kraft ihre volle Stärke erreicht, wird sie alles, was uns in den Weg tritt, vernichten!"

Das Schicksal war bereit. Erwartete den ersten Akt einer Saga, die wie ein Märchen beginnt.

Erster Teil

ELBENWEGE

Ausgesandt

„Er ist im Wind, der Fluch dieser dunklen Kreatur, ich rieche und spüre ihn." Mit trüben Gedanken ritt Fairron dem großen Waldgebiet zu, denn die Geschichten über die verbrannten Länder im Osten ängstigten ihn.

Einen Mond war es her, seit er gemeinsam mit Kriegern und Magiern seines Volkes aus Adain Lit, dem großen Elbenwald aufgebrochen war, um sich in der steinernen Stadt Astuil mit dem König und seinen Räten zu treffen. Ein Entschluss war gefasst worden: Eine kleine Gruppe sollte das Wagnis eingehen und zum Wallsteingebirge reiten, dort die Kreatur beobachten, ihre Stärke einschätzen und ihre Schwächen erkunden.

Einen Tag war es her, seit die Reiter die Stadt des Königs verlassen hatten. Drei Elben ritten gemeinsam mit zwei Menschen dem Wald der Eymari entgegen.

„Wie ein Gewitter empfinde ich es", fuhr der Magier fort, „wie einen Sturm, der sich zusammenbraut: Misstöne. Giftige Gedanken, beherrscht von Vernichtung und Wut." Aufseufzend wandte er sich Eardin zu, dem Elbenkrieger, der neben ihm ritt.

Dieser bemerkte die Blicke seines Freundes, doch er schwieg, wie es oft seine Art war. Leise summend verlor er sich in der Betrachtung des nahen Waldes. Ein warmer Herbstwind, der vom westlichen Meer erzählte, spielte mit Eardins Haaren, beschwingt tanzten die blonden Strähnen über Köcher und Bogen. Wie alle Krieger hatte Eardin elbische Schriftzeichen und Pflanzenornamente in den Stoff seines Obergewandes gestickt. Nachdenklich strich er nun über die Wörter, die wie die Spuren eines kleinen Vogels am Ärmel entlangliefen und in zarte Blattranken übergingen: *'Lichte Fügungen des Schicksals.'*

Fairron folgte seinem Blick, nickte und seufzte erneut.

Sein Freund sah auf. „Es ist unser Weg, unsere Bestimmung, Fairron! Wir können nicht zurück!"

„Ich weiß, Eardin, ich weiß dies. Und die Wege der lichten Mächte sind oft erstaunlich. Doch mir graut vor der Bestie!"

„Die Zwerge haben das alles verschuldet", brummte nun Whyen, der dritte Elbenkrieger. „Sie durchwühlen den Wallstein und getrieben von ihrer Gier sprengen sie dabei bedenkenlos den Fels. Der Zorn dieses Wesens erwachte erst, als die Zwerge seine Brüder erschlugen!"

Obwohl das Gemüt Whyens eher unbeschwert und heiter war, so neigte er, wie auch dieses Mal, zu übertriebenem Zorn. Sein Blick fand den alten Vulkankegel; überall war es zu finden, dieses grabende, unersättliche Volk. Und viele Gräben lagen zwischen ihren Völkern, viel Unverständnis, viele Gegensätze. Dies war auch der Grund häufiger, oft unberechtigter Schuldzuweisungen. Auf beiden Seiten. Whyen löste seinen Blick von den Bergen und seine grauen Augen funkelten grimmig dem Wald entgegen; dicht wie ein Wall erhob sich das Reich der Eymari aus dem Grasland.

Hinter Whyen ritt Bewein, der Mensch. Geboren in Astuil, der Königsstadt. Auch er hatte schwarze Haare, wie Whyen, doch waren die seinen von grauen Strähnen durchzogen. In Menschenjahren gemessen war er um einiges älter als die Elben, die ihn begleiteten. Maß man es in der Zeit der Elben, war er nur ein kurzer Gast ihres Lebens. Der Zopf wild gebunden, der Bart verfilzt, die Augenbrauen buschig - seine gesamte Erscheinung glich einem zu groß geratenen Zwerg. Wie eine Rüstung trug Bewein das feste, dunkle Lederwams der Krieger Astuils. Ja, wuchtig war seine Gestalt und erschreckend wirkte er auf den ersten Blick, doch seinem Wesen entsprach dies nicht ganz. Zwar war er wagemutig in seinen Taten, derb in seinen Worten, doch schätzte er eher die friedlichen Zeiten seines Lebens. Er kannte die Elben, die mit ihm ritten, war häufig ihr Gast in Adain Lit gewesen und er war ein guter Freund Eardins, des Elbenkriegers. Whyens Verbohrtheit ärgerte Bewein, so konnte er sich nicht zurückhalten zu rufen: „Ich mahne dich ungern, mein Freund, doch erstens haben sie uns von zwein dieser kriechenden Schatten befreit und außerdem kommt ihr durch das Graben der Zwerge zu euren Schwertern. Also überlege dir gut, wo die Wurzel der Schuld liegt."

Ihn traf nur ein zorniger Blick Whyens, der dies im Moment nicht hören wollte.

Den drei Elben und Bewein folgte Gwandur, als letzter der Reiter. Ein Waffenbruder Beweins, ebenfalls hervorgekommen aus Astuil. Schwarze Locken bedeckten seine Schultern und blaue Augen leuchteten in seinem ebenmäßigen, stolzen Gesicht. Bewaffnet war er nicht nur mit seinem Schwert, sondern er trug auch den Drachentöter, ein Relikt der Jahrtausende, verziert mit elbischen Zeichen. Die Zwerge hatten den schwarzen Speer damals bei den Höhlen der Kreaturen gefunden. Ein merkwürdiges Glimmen war über den Schaft gewandert, deshalb hatten sie seine Kraft und Bedeutung erahnt, sie aber weder zu deuten noch zu nutzen gewusst. So hatten sie ihn nach langem Palaver und Widerständen schließlich zu den Elben gebracht. Diese hatten in den Symbolen die Schrift der alten Elbenvölker erkannt und sein Geheimnis entziffert: Vor langer Zeit war dieser Speer erschaffen worden, um in den damaligen Tagen des Feuers und der Finsternis die Drachen vom Himmel zu holen. Er sollte ihre Herzen durchbohren und Licht schaffen in den Landen Adains. Und nun trug ihn Gwandur, beeindruckend im Auftreten und stolz in seinem Herzen. Die Magier der Elben hatten ihm den Speer anvertraut, da Bewein ihn vorgeschlagen hatte: Als geschicktesten Speerkämpfer Astuils.

Beweins Mahnung beschäftigte ihre Gedanken, bis sie das große Waldgebiet am Rand des Alten Gebirges erreichten. Unwegsam war dieser Wald und verworren in seinen Wegen. Der Ruf des Herbstwindes lockte die ersten Blätter von den Bäumen. Liebevoll folgten die Augen der Elben ihrem Tanz.

„*Sie ist noch vorhanden!*", flüsterte der Magier Fairron in ihrer Sprache, „*die alte Magie, der sanfte Hauch von Elbenzauber in diesem Wald!*" Und leise begann er zu singen.

Im Herzen dieses Waldes lebten die Eymari. Ein Volk, das abgeschieden war und selten außerhalb ihres Gebietes gesehen wurde. In ihrer Liebe zu allem Grünen kamen sie den Elben gleich. Nur sie kannten die unsichtbaren Wege durch ihren Wald, die Erinnerungen ihrer Ältesten wurzelten darin. Hier wollten sie leben und sterben, hier sollten ihre Gräber sein; in den Tiefen des Waldes wollten sie zu Tische sitzen mit ihren Ahnen. Das Werden und Vergehen der Natur war verankert in ihren Herzen. Nur selten sahen Fremde ihre Heimstatt: eine verborgene Lichtung, von einem Bach durchflossen, den der Berg gebar. Das Wasser hatte seinen Weg durch tiefe Schluchten hierher gefunden und spendete nun Leben. Den Menschen, Pflanzen und Tieren. Der Boden war fruchtbar, der alte Vulkanberg schenkte dem Land zu seinen Füßen reiches Leben. Die meisten Menschen der Ebene und der Stadt scheuten den großen Wald. Und vor allen Neugierigen und Gierigen, die trotzdem den Weg suchten, sollten die Krieger der Eymari ihr Volk schützen. Während des ganzen Jahres waren sie unterwegs, niemand blieb lange unbemerkt. Es hieß, sogar die Vögel des Waldes hätten sich mit ihnen verbündet. Ihr schriller Ruf hallte über die Bäume, um vom Nahen eines Fremden zu künden. Die Krieger begleiteten die Reisenden auf den Pfaden, denn der Wald besaß ein seltsames Eigenleben, seine Wege führten oft in die Irre.

Die Gruppen der Krieger, die verstreut im Wald unterwegs waren, wurden angeführt von Worrid. Kräftig und groß gewachsen, wie viele Eymari, gekleidet in Ledergewand und Leinen in der Farbe der gefallenen Blätter des Winters. Seine dichten, braunen Haare hatte er, wie die meisten Waldkrieger, mit drei Bändern zum Zopf gebunden. Vertraut wie ein Teil seines Körpers hingen Bogen und Lederköcher auf seinem Rücken, der Griff eines Messer lugte aus der Lederscheide an seinem Gürtel.

Zehn Jahre war es her, als Adiad zu ihnen gestoßen war. Vielen hatte sie damit getrotzt, auch ihren Eltern. Die Krieger aber hatten sie gerne zu sich genommen.

Auch wenn es ihren männlichen Stolz verletzte, erkannten sie, dass Adiad die Ziele besser traf, dass sie weiter sah und feiner hörte, was der Wald wisperte. So gehörte sie bald dazu, war eine von ihnen, zog mit ihnen durch die Wälder, erlegte mit ihnen das Wild, das die Gemeinschaft brauchte und schützte den Wald vor ungebetenen Wanderern. Adiad fühlte sich bei ihnen wie unter Brüdern.

Sandril jedoch empfand anders. Obwohl er es noch nicht wagte, sich ihr zu offenbaren, liebte er sie. Im Sommer, wenn sie durch den Wald ritten, verlor er sich darin, Adiad zu betrachten: Die Lichter der Sonne auf ihrem dunkelblonden Haar. Die hellen Strähnen, welche die Sommersonne in sie gemalt hatte. Es erfreute sein Herz, sie beim Reiten zu beobachten und verwegene Träume zu träumen. Am Abend, wenn sie am Feuer saßen, suchte er ihre Nähe und verlor sich in ihren dunkelgrünen Augen. Doch wie oft bei Liebenden, trog auch ihn die Hoffnung, denn Adiad liebte ihn nicht. Wohl spürte sie seine Sehnsucht, sah seine Blicke, doch mehr als brüderliche Zuneigung konnte sie für Sandril nicht empfinden. Sie wagte es jedoch nicht, mit ihm darüber zu sprechen. So lebte Sandril mit der Hoffnung auf Erwiderung seiner Gefühle zu Adiad.

Meist war die Waldkriegerin dabei, wenn Menschen durch den Wald zu leiten waren, denn ihre Sinne waren schärfer als die der anderen Krieger. Besonders in jenen Tagen erkannte sie noch die richtigen Pfade. Denn das Gift des Atems war in den Großen Wald gedrungen. Er verwirrte das Leben, er brachte die natürlichen Gedanken und Empfindungen auf falsche Bahnen und es wurde schwerer für die Waldmenschen, die Wege zu finden. Die Welt war in Unordnung, so wie der Geist der Kreatur in Unordnung war, verseucht vom Dunklen, angetrieben von der Lust zu zerstören. Die Tiere hatten es zuerst gespürt, doch nun waren die Auswirkungen überall zu bemerken. Selbst das Getreide wuchs nicht mehr wie früher. Die Lieder der Menschen wurden leiser und seltener. Das Kinderlachen erstarb und Düsternis machte sich breit im Großen Wald.

Verworrene Pfade

*B*lasses Herbstlicht neckte den Boden, als die schrillen Rufe der Vögel vom südlichen Waldrand zu hören waren. Sofort machte sich eine kleine Gruppe von Eymari-Kriegern auf, um denen entgegen zu reiten, die den Wald betreten wollten. Zu sechst zogen sie den Eindringlingen entgegen, bewaffnet mit Bögen und Messern.

„Sogar der Ruf der Vögel ist seltsam geworden." Worrid sprach aus, was alle empfanden.

„Ja, Seltsames tut sich, doch die Sonne wärmt uns noch, und ich liebe es, wie immer, mit euch durch den Wald zu reiten", entgegnete Adiad, die sich vorgenommen hatte, trotz der Düsternis das Licht in ihrem Herzen zu bewahren.

„Auch ich liebe es, mit dir unterwegs zu sein, du Schönste der Waldkriegerinnen!", rief Belfur mit singender Stimme und schenkte ihr dabei ein schelmisches Lächeln.

„Dir ist bewusst, dass ich die einzige bin?" entgegnete Adiad lachend. Kurz danach legte sie warnend einen Finger über die Lippen.

„Wie viele sind es, Elbenohr?", flüsterte Worrid.

Adiad schnaubte verstimmt. Sie hasste es, wenn er sie so nannte und Worrid wusste das. Nie würde sie begreifen, warum sie besser hörte und sah, als all die anderen Eymari. Ihr Anderssein quälte sie, denn jeher peinigten sie beängstigende Vorstellungen über ihre Herkunft. Nach einem drohenden Blick in Worrids Richtung raunte Adiad: „Ich denke, fünf."

Die Reiter, die nach einiger Zeit auf dem Weg erschienen, hatten trotz aller Vorsicht der Eymari schon längst ihre Hände an die Waffen gelegt, denn sechs Elbenohren hatten sogar das letzte, entfernte Flüstern noch gehört. Wachsam näherten sie sich dem Platz der hohen Eichen, in denen die Waldmenschen mit gespannten Bögen saßen.

„Löst eure Bögen, ihr Krieger der Eymari. Wir kommen in friedlicher Absicht und brauchen Hilfe bei der Durchquerung des großen Waldes", rief Fairron. Als Zeichen dafür hob er die geöffneten Hände.

„Ihr kommt schwer bewaffnet in unseren Wald. Woher soll ich wissen, dass eure Absicht friedlich ist und auch bleibt?", rief Worrid den Reitern zu, ohne sich zu zeigen und ohne den Bogen aus der Hand zu nehmen.

„Ich verstehe Eure Vorsicht," antwortete Bewein und glättete seinen Bart - er sollte ihn wahrhaftig wieder stutzen. „Lasst euch von meinem wilden Äußeren nicht täuschen, wir wollen lediglich den Weg abkürzen. Wie mein Gefährte Gwandur, bin ich ein Krieger aus der Streitmacht von Astuil. Wir sind unterwegs mit Fairron, Eardin und Whyen, drei Elben aus Adain Lit."

Die Elben verneigten sich und Bewein schmunzelte. Er kannte die misstrauische Art der Eymari. Wenn ihnen ein Gesicht in irgendeiner Weise nicht gefiel, verweigerten sie stur ihr Geleit. Den Reisenden blieb nichts anderes übrig, als den langen Weg um den Wald herum zu reiten. Bewein bemühte sich um ein freundliches Lächeln. „Wir sind im Auftrag meines und somit auch eures Königs und des Elbenrates unterwegs, um den Schatten im Osten zu suchen."

„Legt eure Schwerter und Bögen zur Seite und steigt von euren Pferden. Ich will von Angesicht zu Angesicht mit euch reden, um zu entscheiden, ob wir euch führen", erwiderte Worrid.

Nach kurzem Zögern stiegen die fünf Gefährten von ihren Pferden und legten widerwillig ihre Waffen auf dem Boden ab. Vorsichtig näherten sich die Waldmenschen mit gespannten Bögen.

„Ihr seid wahrhaftig Elben!", sagte Adiad, nachdem sie den Glanz in ihren Augen wahrnahm. Neugierig ging sie näher.

Worrid packte ihren Arm und schob sich vor sie. „Und da es heißt, dass Elben die Wahrheit sprechen, werden wir euch durch den Wald führen. Auch uns ist geholfen, wenn ihr den Ursprung dieses Schattens sucht. Sein Atem vernichtet unsere Welt. Selbst unsere Sinne sind in Unordnung geraten und wir sind auf den Wegen des Waldes unsicher geworden." Worrid wandte sich um, sein Blick fand Adiad. Ihre Miene zeigte nicht nur verhaltenen Zorn, sie erwartete offensichtlich eine Wiedergutmachung. Worrid seufzte ergeben. „Ich gebe euch Adiad und Belfur als Wegführer mit. Adiad erkennt noch ohne Unsicherheiten die Pfade. Doch zunächst verlange ich euer Wort: Reitet friedlich durch unseren Wald! Und wagt es nicht, Adiad anzurühren!"

Es war eine lange Rede Worrids und sie zeigte seinen Gemütszustand. Unsicher fühlte er sich und zerrissen, da sie hier am Waldrand bleiben mussten, um die Grenzen zu sichern, er sich aber gleichzeitig um Adiad sorgte. Ihr Blick jedoch hatte genügt. Sie hasste es, ständig beschützt und in die zweite Reihe gedrängt zu werden und er bereute zutiefst, dass er es wieder getan hatte.

„Du hast unser Wort!", antwortete Fairron.

Worrid nickte widerwillig.

So zogen Adiad und Belfur mit den Reisenden in Richtung Osten. Und lange sah Worrid ihnen hinterher. Die Vorwürfe und Bedenken der anderen schluckte er schweigend. Er hatte es getan, um Adiad zu ehren und ihr seine Achtung zu erweisen und er wusste, dass sie dies auch bemerkte und schätzte. Ihre Freundschaft, ihre Zuneigung galt ihm mehr als alles.

Düster war der Pfad und je weiter der Tag fortschritt, um so verhüllter wurde er, vom Ruß, den der Wind aus dem Osten herbeitrug. Schweigend ritten Elben und Menschen. Den Schluss der Gruppe bildete Belfur von den Eymari, dem der ganze Auftrag nicht behagte. Misstrauisch betrachtete er die wilde Gestalt Beweins. ‚Wer weiß, ob sie wirklich diese Kreatur jagen wollen. Auch Elben ist nicht immer zu trauen. Geschweige denn den beiden anderen Gestalten. Es sind Krieger, vielleicht werden sie bei der nächsten Gelegenheit über uns herfallen, Adiad Gewalt antun, in unseren Wald eindringen und schließlich, wenn sie es finden, in unser Dorf reiten.' Mit Unbehagen beobachtete er den Mann, der sich vor ihm durch das Astwerk schlängelte; lässig saß der Soldat Astuils auf seinem Pferd, verspielt streichelte er über den Knauf seines Schwertes.

Adiad jedoch ritt unbekümmert voraus, vor allem damit beschäftigt, den Pfad an seinem Licht zu erkennen. Sie spürte ihn mehr, als dass sie ihn sah; die Pflanzen leuchteten dort mehr, wo der Weg recht war. Wie so vieles, hatte sie es den anderen nie erzählt. Adiad wusste, dass sie mit ihren besonderen Wahrnehmungen alleine war, dass sie Empfindungen hatte, welche die anderen nicht verstanden. Als sie noch klein war, hatte ihre Mutter ihr geraten, es zu verschweigen, nachdem sie gemieden wurde. Die anderen sagten, sie sei merkwürdig und verrückt. Die Kinder bekamen Angst vor ihr. So erzählte sie schließlich nicht mehr, dass sie mit dem alten Baum an der Quelle sprach. Dass sie Gespräche mithörte, die andere nur flüsterten, dass sie das Licht der Pflanzen spürte. Dass sie manchmal sogar träumte, sie könne sie wachsen lassen. Als sie älter wurde, begannen die Krieger auf ihre Fähigkeiten aufmerksam zu werden, sie zu schätzen und sie schloss sich den Waldkriegern an. Hier war ihr Platz, hier fühlte sie sich angenommen. Sie liebte sie alle, auf ihre Art. Sie wollte nicht unter den Frauen des Dorfes sein, nicht der Frauenarbeit nachgehen. Nein, sie wollte den Bogen schießen, Wege erkunden. Wollte den Vögeln zuhören, die Sonne auf der Haut spüren und singen. Sie liebte es zu singen! Doch die Waldkrieger sangen wenig und so mäßigte sich auch Adiad, summte nur manchmal ihre Lieder. Es waren eigene Lieder, die sie aus den vielen Geschichten der Alten erschaffen hatte.

Leise singend ritt sie auch jetzt der Gruppe voran. Dabei dachte sie über die Elben nach. Erst ein einziges Mal hatte sie Elben gesehen, als eine Gruppe von ihnen den Wald durchquert hatte. Die anderen Krieger hatten Adiad im Versteck zurückgehalten. Damals war es zum ersten Streit gekommen. Sie hatte sich ihre

Anerkennung erkämpfen müssen. Trotzdem stellten sich die Männer noch vor sie, wenn Gefahr drohte. 'So wie Worrid', dachte sie grimmig.

Eine Frage riss sie jäh aus ihren Gedanken: „Wie findest du den Weg durch das Dickicht, Waldfrau? Wir Elben sind Freunde des Waldes, aber der Eymariwald bleibt auch für mich immer verwirrend."

„Du bist Fairron?", fragte Adiad den Elben. Dieser nickte. Er war neben sie geritten. Der Weg führte an einem Abgrund entlang, war etwas breiter und offensichtlicher geworden.

„Ich sehe sein Licht, Elb. Die Pflanzen scheinen meine Absicht zu spüren, mich zu leiten."

„Wie kommt es, dass du es vermagst und die anderen Eymari nicht?"

„Ich weiß es nicht, ich bin mir manchmal selbst ein Rätsel", antwortete Adiad und verfiel in Schweigen.

Ebenso Fairron, der wieder hinter sie ritt, da das Dickicht des Waldes zunahm und der Weg sich zusehends verbarg.

Adiad dachte nach über diesen Elben. Sie hatte Federn in seinem zum dicken Zopf geflochtenem Haar gesehen, Falkenfedern und schwarze Rabenfedern. Sein Gewand war mit fremden Zeichen bestickt, vereinzelt schimmerten darin verschiedenfarbige Stücke auf. Echsenschuppen? Noch nie hatte sie einen solchen Stoff gesehen. Er erinnerte sie an Feuer, an die Sonne. Auch meinte sie, einen pulsierenden Schein wahrgenommen zu haben, ein vages Leuchten, das den Elben umgab. Doch sie war sich nicht sicher. So wandte sie sich noch einmal um. Er lächelte ihr zu.

Als es dämmerte, ritten sie in eine Schlucht, die einen Bach begleitete. Die Elben hatten Zelte aus festen, hellen Stoffen dabei, die sie mit Seilen in die Bäume hingen und am Boden mit Schnüren und Steinen befestigten. Jedes von ihnen bot reichlich Platz für drei Schläfer. Ein Feuer wurde entzündet, der Proviant geteilt und die Gruppe versammelte sich um die Flammen. Die Kälte des Herbstes hatte das Land genommen und sie waren dankbar für die Zelte, die zusätzlich Schutz vor den rauen Winden boten.

Gwandur rieb seine kalten Hände am Feuer. Er hatte die Pferde versorgt und war als letzter in der Runde erschienen. „Es wird kalt heute Nacht, wir hätten das Lager nicht in dieser Schlucht errichten sollen. Die Kälte sammelt sich hier und kriecht in die Knochen. Ich frage mich außerdem, wie wir schlafen. Wir brauchen in diesem Wald keine Wachen, so sind wir sieben Personen für sechs Schlafplätze."

„Ich schlafe am Feuer", brummte Bewein, der dieses Gespräch schon befürchtet und beschlossen hatte, dem Ganzen aus dem Weg zu gehen. Er wusste, auf was Gwandur hinauswollte und war zu müde, herumzureden.

„Dann schlafen die drei Elben in einem Zelt und Belfur und Adiad können in meinem Zelt schlafen", sprach Gwandur weiter.

„Da kannst du aber sicher sein, dass ich zwischen euch liege!", zischte Belfur in seinem angestauten Unmut und schickte einen drohenden Blick hinterher.

Adiad musterte ihn erheitert. Im Schein des Feuers waren seine dunklen Augen unter den dichten Brauen kaum zu erkennen. Der blonde Bart verbarg sein Gesicht derart, dass er an einen wütenden Bären erinnerte.

„Ich weiß nicht, was für böse Absichten du mir unterstellst, Waldkrieger", antwortete Gwandur. „Ich wollte nur, dass ihr es warm habt. Ich werde mich mit Bewein abwechseln, damit ihr meine guten Absichten erkennt."

„Ich schätze es, dass du dich unser annimmst, Mensch von Astuil. Ich habe jedoch deine Blicke gesehen, die du auf Adiad wirfst und so warne ich dich! Reite deinen Weg zum Drachen und lass deine Augen und deine Finger von ihr!"

„Belfur, ich danke dir für deine Fürsorge, aber ich weiß mich sehr wohl selbst zu schützen." Mit ihrem Messer spielend fuhr Adiad fort: „Euch danke ich für das Angebot, in eurem Zelt zu schlafen. Ich hoffe, dass ich euch weiter durch unseren Wald führen kann, was mir leider nicht gelingt, falls ihr Schwierigkeiten macht."

Bewein schmunzelte über die versteckte Drohung der Waldkriegerin. Abwartend hüllte er sich in seine Wolldecke.

In die gereizte Stimmung mischte sich Eardin ein: „Weder Gwandur noch ein anderer wird euch Leid zufügen!" Ein warnender Blick traf den Soldaten Astuils. „So schlage ich vor, dass die Waldmenschen bei Fairron schlafen. Wir anderen können zusammenrücken. Ich wünsche uns allen einen guten Schlaf. Dir, Waldkriegerin der Eymari, danke ich für Deine Lieder! Ich werde sie mit in meine Träume nehmen." Eardin bemerkte den überraschten Blick der Waldfrau, nickte ihr zu und ging zum Zelt.

Die anderen folgten ihm rasch, denn die Kälte glitt über das Wasser. Adiad sah ihm nach; verwundert darüber, dass er ihr leises Singen bemerkt hatte.

Am nächsten Morgen kroch eine blutrote Sonne über die Bäume. Die Elben begrüßten sie trotz des Schattens, der über ihr lag. Sie wandten ihre Gesichter dem aufgehenden Gestirn zu, erhoben ihre Hände und sangen. Grüßend bewegten sie ihre Handflächen der Sonne und der Erde entgegen. Jeder nach seinem eigenen Rhythmus.

Adiad verfolgte angerührt diesen Morgengruß und betrachtete dabei die Elben. Fremd waren sie ihr und doch berührten sie etwas in ihrem Innersten. Wie ein Stern begann ein Licht in ihr zu glimmen: Weit entfernt und dennoch lockend nahe. Als sie bemerkte, dass sie das Lied der Elben aufgenommen hatte und es mitsummte, setzte sie sich zu den anderen, um etwas zu essen. Doch sie war nicht unbemerkt geblieben.

„*Sie ist anders als Belfur, etwas schwingt in ihr, das ich nicht benennen kann*", wandte sich Fairron in der Elbensprache an seine beiden Freunde. „*Sie ist ein Mensch und sie sieht aus wie ein Mensch, doch bemerke ich noch mehr: ein fernes Leuchten.*"

„*Ich spüre es auch*", entgegnete Whyen. „*Was meinst du, ist sie eine der Magierinnen der Menschen? Wenn einer es empfinden sollte, dann du, Fairron.*"

„*Ich glaube nicht, Whyen. Ich werde sie in den nächsten Tagen beobachten, vielleicht vermag ich zu erkennen, was in ihr lebt.*"

„Einen Tag noch?" Bewein sah fragend zu Belfur.

Der Eymarikrieger raufte sich den Bart und antwortete mit einem Brummen. Bewein meinte ein 'eher zwei' vernommen zu haben. „Euer Wald ist ein wuchernder Irrgarten", stellte er fest. „Lasst uns bald aufbrechen und darüber freuen, dass uns das Wetter freundlich gesonnen ist."

Zelte und Decken wurden verstaut, die Elben riefen ihre Pferde. Es war nicht ihre Art, sie zu binden. Sie ließen sie frei laufen und riefen sie im Geiste bei ihrem Namen, wenn sie ihre Hilfe benötigten. Die Pferde hörten sie und kamen, um sie weiter in Freundschaft durch den Tag zu tragen.

Gwandur näherte sich stolzen Schrittes Adiad und half ihr, ihr Pferd zu bestücken. „Ich entschuldige mich, schöne Waldfrau, falls du einen falschen Eindruck von mir bekommen hast. Lass dir auf dein Pferd helfen und erzähl mir von eurem Leben und eurem Dorf während des Rittes."

„Auf mein Pferd komme ich alleine, aber ich werde dir gerne von meinem Dorf und unserem Leben erzählen, obwohl ich nicht glaube, dass es einen edlen Reiter aus einer großen Stadt interessieren könnte."

„Glaube mir, ich höre es gerne. Vor allem sehe und höre ich dich gerne reden. Erfreue mich mit diesem Gespräch, während wir dem dunklen Schicksal entgegenreiten. Vielleicht werden es meine letzten Tage sein und so will ich noch etwas Schönes sehen, solange ich hier wandle." Gwandur lachte, warf seine schwarzen Locken in den Nacken und schwang sich aufs Pferd, um die erste Wegstrecke neben Adiad zu reiten.

Es wurde ein Tag der Sonne, denn Adiad lachte und erzählte viel, und auch die anderen verdrängten dabei das Ziel ihres Auftrages. Selbst der Dunst verflüchtigte sich. Adiad erzählte von ihrem Leben; es machte ihr Spaß, darüber zu reden und einen aufmerksamen Zuhörer zu haben. Sie erfreute sich an den Blicken seiner blauen Augen. Scheu betrachtete sie den dunkel gekleideten Krieger und fand ihn stattlich und eindrucksvoll. Seine weißen Zähne blitzten, als er ebenfalls begann, sein Leben in Astuil zu schildern. Er beschrieb ihr seine Stellung bei den Wachen des Königs, erzählte von seinen Kämpfen und Siegen. Glanzvoll beschrieb er das Haus seiner Eltern, die Kleider und Räume seiner Schwestern.

„Es würde dir gefallen, schöne Frau der Eymari. Ich könnte es dir zeigen, wenn du möchtest!"

Bewein ritt hinter ihnen und ärgerte sich über Gwandur. ‚Er versucht sie zu ködern', dachte er.

„Ich finde meinen Wald auch schön, ich kann mir nicht vorstellen, dass mir deine Stadt besser gefällt."

Bewein grinste.

„Ich werde sie dir zeigen, dann kannst du neu entscheiden!", erwiderte Gwandur, beugte sich zu ihr und streichelte über ihre Hand.

Adiad zog sie verwirrt zurück.

Die Sonne verzauberte golden die kleine Lichtung, auf der sie rasteten. An einen Findling gelehnt betrachtete die Eymarifrau neugierig die Elben. Sie hatte bemerkt, dass sie etwas größer als die beiden Menschen waren. Hochgewachsen waren sie und schlank. Und ihre Augen! Ein Glanz leuchtete in ihnen, ein fernes Glimmen wie kleine Sterne. Adiad öffnete sich ihren Empfindungen und spürte dabei den Hauch von Magie, der die Elben wie ein warmer Nebel umgab. Ruhig saßen sie dort und es erschien ihr, als ob ihr Geist an einem anderen Ort weilte. Aufmerksam betrachtete sie die Linien und Zeichen auf ihren Gewändern. Verschlungene, wunderbare Gebilde, die an Pflanzen erinnerten. Aber auch andere Zeichen, bei denen sie vermutete, dass es Elbenschrift war. Die langen Haare gefielen ihr, sie glänzten und sie hätte sie gerne berührt. Die beiden Krieger trugen sie offen und hatten ebenfalls einige Federn hinein gebunden. Falkenfedern, von dunkler, rotbrauner Tönung mit hellen Streifen. Fairron, der Elb mit dem blonden Zopf, beobachtete die fallenden Blätter. Grünbraune Augen fingen das Herbstlicht. Sein Gesicht war sanft und freundlich und schien eine immerwährende Frage in sich zu tragen. Verträumt malte Whyen, der schwarzhaarige Elb mit einem Pfeil Linien in den Boden. Er war kräftiger gebaut. Ein Krieger. Das Gesicht war kantiger als das von Fairron, wirkte wilder. Gerade Brauen, darunter graue Augen. Lippen, auf denen ein verwegenes Lächeln lag. Sein Gewand war mit dunklem Braun durchwebt. Adiad meinte sich an etwas zu erinnern, als sie es betrachtete; für einen Moment glaubte sie ein Tier wahrzunehmen. Doch es entwand sich ihr, ließ sich nicht festhalten. So wanderte ihre Aufmerksamkeit dem dritten Elben zu. Entspannt lagen die Arme Eardins, des blonden Kriegers, über seinen Knien. Er lächelte kurz, die linke Augenbraue hob sich dabei. Ein entschlossenes Gesicht, in dessen dunkelbraunen Augen ein Hauch von Tagtraum lag. Sein fein besticktes Gewand war hellgrau, durchsetzt mit Spuren von Weiß und Schwarz. Wieder meinte Adiad für den Flügelschlag eines Momentes, ein Tier über seine Gestalt huschen zu sehen. Und wieder ließ es sich, zu ihrer Verwunderung, nicht greifen. Adiads Blick hing an seinen sanft geschwungenen Lippen, die immer noch leicht lächelten, als sie bemerkte, dass er sie ansah. Röte schoss ihr in die Wangen und sie riss sich von ihm los. Dabei entdeckte sie an Whyens Stirn das Funkeln. Ein kleiner roter Stein in einem Lederriemen, der sein schwarzes Haar fasste. Während sie noch das Glitzern im Licht betrachtete, bemerkte sie, dass die grauen Augen des Elben aufmerksam auf sie gerichtet waren.

„Gefällt er dir?"

„Wer?"

„Der Stein."

„Er funkelt wunderschön, was ist das?"

„Ein Granat, er fängt das Licht der Sonne für mich!", antwortete Whyen. Dann riss er seine Augen weit auf und ergänzte: „Und er schenkt mir große Zauberkräfte!"

„Glaub ihm nicht alles, was er erzählt, auch wenn er ein Elb ist! Er übertreibt manchmal ein wenig", sagte Fairron daraufhin lachend. „Whyen ist ein Krieger und seine Magie ist nicht die der Elbenmagier."

Erheitert beobachtete Adiad, wie Whyen sich Fairron zuwandte und ihm seine getrockneten Früchte anbot. „Möchtest du noch ein paar Apfelringe von mir einfachem Krieger nehmen, oh du erhabener Magier von Adain Lit?"

Doch Fairron ließ sich nicht ärgern, sondern nahm sich reichlich.

Ein Räuspern, Gwandur erhob sich und ließ sich neben Adiad nieder. Seine Mundwinkel zuckten und seine Brust hob sich aus Stolz über seine neue Eroberung. Bewein sah es und dachte an die vielen Frauen, die vor Adiad gewesen waren. Kurze oder längere Geschichten und viele gebrochene Herzen. Er hoffte, dass Gwandur seine Grenze alleine erkennen möge und es bei den Gesprächen, den kleinen Berührungen und dem Lachen ließe.

Aber Gwandur war ein Krieger, er wollte erobern. Besitzen wollte er sie, und sei es nur für einen Augenblick. Sein ganzes Streben war daraufhin gerichtet. Sein Bedürfnis wollte er erfüllen, danach könnte er Drachen töten.

„Was wisst ihr über die Kreatur?", fragte Adiad an Bewein gewandt.

Gwandur antwortete: „Es ist ein Drache, der am Fuße des Wallsteins haust. Er kriecht aus der Erde und speit Feuer. Er verbrennt alles, was in seine Nähe kommt. Wenn mir das Glück hold ist, werde ich ihm mit meinem Drachentöter den Bauch aufschlitzen."

„Wir wissen nicht, ob es ein Drache ist", warf Fairron ein, „es stimmt zwar, was du sagst. Doch er ist noch nicht fliegend gesehen worden, was Drachen ja normalerweise tun. So werden wir zunächst versuchen, uns ihm heimlich zu nähern, um ihn zu beobachten. Unser erster Auftrag ist es, die Lage auszuspähen. Doch wird das bloße Beobachten schwierig und so werden wir auch versuchen, ihn zu vernichten. Dazu trägt Gwandur den Drachenspeer mit sich."

„Aber wie wollt ihr dem Atem und dem Feuer entgehen?", wollte Belfur wissen. „Wenn schon bis hier sein Gift zu spüren ist, wie mag es in der Nähe des Drachens sein?"

„Nähern wollen wir uns im Schutz meiner Kräfte. Ich bin ein Magier der Elben. Ich kann eine kleine Gruppe vor den Blicken dieses Wesens verbergen. So hoffen wir, auf diesem Wege, zu unserem Ziel zu kommen. Das andere wird sich zeigen."

„Ich bin gut mit dem Bogen. Wenn ich euch helfen kann, würde ich euch gerne begleiten", sagte Adiad und alle Augen richteten sich erstaunt auf sie.

Gwandur jedoch lachte. „Eine Frau können wir nun wirklich nicht bei diesem Abenteuer gebrauchen. Außerdem glaube ich nicht, dass deine Bogenkünste nur annähernd an die der Elben herankommen."

Eardin lachte nicht. „Dein Herz ist tapfer, du Kriegerin der Eymari und deine Worte mutig. Doch du wirst deinen Bogen und deinen Mut für dein Volk brauchen, denn ihr wisst nicht, was noch kommt und welche Kräfte noch entfesselt werden."

Während er zu ihr sprach, sah sie in seine dunklen Augen, die tief und unergründlich waren, und ihr Herz begann zu schwingen. Schnell wandte Adiad sich ab, suchte Ruhe für ihren Blick. Sie fand ihn in der Unruhe des Waldes. Er bog sich wie im Tanz - ein Tanz des Abschieds, des Todes. Unerbittlich riss der Herbstwind an den welken Blättern. Adiad drängte sich näher in den Windschatten des großen Steinblocks und ihr Blick wanderte noch einmal scheu zu Eardin. Er schien mit seinen Sinnen wieder an fernen Orten, verträumt strich seine Hand über das Moos. ‚Ein Elb', dachte Adiad, 'er ist mir fremd, ich weiß wenig über Elben, ich weiß nichts über ihn. Es beginnt in mir zu singen, wenn ich ihn sehe, doch eigentlich kann dies nicht sein. Menschen und Elben sind verschieden und so ist es auch nicht möglich, dass ich etwas für ihn empfinde. Meine Gefühle trügen, und ich werde versuchen nicht auf sie zu achten, da es zu nichts führt und nicht normal ist.' Nach diesem Entschluss löste sie sich von seinem Anblick, atmete tief durch, und hoffte, dass sich dieses merkwürdige Gefühl von selbst auflösen würde.

Sie wusste nicht, das Eardin ähnlich dachte und empfand. Tief hatte ihr Blick ihn berührt. Seine Elbenseele schwang, wenn er sie ansah, doch auch er schob es von sich, da es ihm unmöglich erschien. Wohl wusste Eardin von der Liebe zwischen Elben und Menschen. Es gab sie selten, doch es war möglich. Aber immer war sie unglücklich in den alten Liedern und Geschichten. Kurz war das Leben der Menschen und lang das der Elben und es blieb nur Unglück, Abschied und Leid. So versuchte Eardin das Gefühl aus seinem Herzen zu atmen. In den weichen Waldboden sollte es fließen und ihn verlassen.

Der warme Abschiedsgruß der Sonne streichelte die Bäume, als ihr Weg einen Felsen kreuzte, der die Bäume überragte. Die Luft war wieder klarer und in der Gemeinschaft entstand der Wunsch, den Felsen zu erklimmen und in die Weite zu schauen.

Die Elben waren behände im Klettern und halfen den anderen. Gwandur blieb während des Aufstiegs in der Nähe der Waldkriegerin. Er suchte die Berührung, war enttäuscht, dass sich bisher noch keine Gelegenheit ergeben hatte, mit ihr allein zu sein. Belfur wachte zu gut über sie und Gwandur schickte ihm dafür zornige Blicke. Adiad hingegen versuchte Gwandur immer mehr aus dem Weg zu gehen, denn bald hatte sie das Drängen in seinen Augen gesehen, das sie vorsichtig werden ließ. Doch er erwies sich als hartnäckig. Beim Aufstieg nutze er wieder die Gelegenheit, sie an den Hüften zu fassen, er hielt sie lange und seine Hände berührten sie lebhafter als sie sollten. Plötzlich umfing er sie, zog sie fest an sich und flüsterte: „Du könntest mir am Abend deinen Wald zeigen, Adiad. Ich folge dir, wo immer du hingehst, schöne Waldfrau!"

Eardin sah und hörte es von oben. Sein Herz brannte und dies verwirrte ihn. Schnell wandte er sich ab und bemerkte nicht, wie Adiad sich dem Griff Gwandurs wütend entzog.

Weit konnten sie vom Gipfel des Felsens über die Bäume schauen. In der Ferne standen die Berge des Ostens, sie ahnten den großen Fluss an dem Dunst, der über ihm hing. Und sie erkannten am Fuße des Gebirges das Feuer des Wesens, das Schlange oder Drache war. Einem Vulkan ähnlich erhob sich Rauch und die scharfen Augen der Elben sahen das verbrannte, tote Land. Furcht erhob sich in allen und der Zweifel, ob dieser Auftrag zu erfüllen sei. Ob sie sich der Kreatur nähern könnten, ohne sofort getötet zu werden.

Es war Bewein, der das Schweigen unterbrach. „Wenn Furcht uns lähmt, werden wir scheitern! Die unmöglichsten Dinge können wahr werden, das zeigt uns die Geschichte unserer Welt. Wir sollten uns über Furcht und Zweifel stellen und mutig unbekannte Wege gehen!"

Bewein meinte den Weg zum Drachen, doch Adiad sah zu Eardin und der Elb versank in ihren Augen und in diesem Augenblick erschien das Unmögliche möglich. Als sie hinabstiegen, wartete er und fing Adiad auf, als sie springen musste. Sie spürte die Wärme seiner Hände und kurz blieb sie, um ihm nahe zu sein. Fairron, der nach ihnen kam, sah es und lächelte. Seit dem Abend am Feuer schon hatte er es gespürt und zweifelnde Gedanken waren seinem zuversichtlichen Gemüt eher fern.

Der Wald war dunkler geworden, tiefer versanken die Pferdehufe zwischen den mächtigen Wurzeln. Als der Pfad sich schließlich völlig verbarg, stieg Adiad vom Pferd, um den Boden zu befühlen und umherzuschauen. Und Eardin nutze die Gelegenheit um die Eymari zu betrachten. Sie war gekleidet in das Ledergewand der Waldkrieger, zweckmäßig für das Reiten und das Klettern in den Bäumen. Ein langes Messer hing an ihrem Gürtel, ihren Bogen und Köcher trug sie am Rücken. Das lange, dunkelblonde Haar war nach Art der Waldkrieger an drei Stellen gebunden, ein Efeuzweig steckte in einem der Bänder. Einige Strähnen hatten sich gelöst und fielen nach vorne. Mit einer schnellen Bewegung wischte Adiad sie zur Seite. Die Eymari war so ganz anders als die meisten Elbenfrauen, die sich in lange, edle Gewänder hüllten und ihr Haar meist offen trugen. Alle zauberhaft anzuschauen, Sinnbilder der Schönheit Adains. Doch auch Adiad war schön, ihre Gesichtszüge waren edel und kühn, ihr Blick offen und voller Verheißung, es erinnerte ihn an einen warmen Frühlingstag. Ein Schmunzeln zuckte über ihre Lippen, sie richtete sich auf, wandte sich um und stolperte über eine Wurzel. Sie lachte und Eardin durchfuhr ein warmes Beben. Schwungvoll ging sie zu ihrem Pferd und wieder trafen sich ihre Blicke. Er bemerkte, wie sie zögerte. Röte und ein zartes Lächeln huschte über ihr Gesicht und wie ein sanfter Regenschauer floss ein Gefühl durch ihn. Eardin schloss seine Augen, um ihm nachzuspüren, versuchte es zu fassen und erschrak. Denn er wusste plötzlich, was er empfand.

Als sie weiterritten, wurde sein Herz schwer und er dachte, dass Gwandur besser zu ihr passen würde. Er ist ein Mensch und sie hatte mit ihm gelacht. Sicher wäre sie glücklicher, wenn sie mit ihm das Leben teilen würde. Ein Leben der Menschen, ein kurzes, aber vielleicht schönes Leben in der Stadt des Königs. Ein glückliches Leben, das wünsche ich Dir, du Licht meines Herzens. So dachte der Elb, denn er wusste wenig von Gwandur.

Schließlich kam der letzte Tag des gemeinsamen Rittes. Es wurde viel geschwiegen und wenig gelacht; jeder hing seinen Gedanken nach. An großen Bäumen ritten sie vorbei, alten Eichen und Buchen, Tannen, behangen mit Flechten, die sie wie Wettergeister aussehen ließen. Krähen zogen über das Land und kündeten vom kommenden Winter. Gegen Mittag machten sie Halt. Es war heller geworden, denn das Ende des großen Waldes kam näher. Matt flutete die Sonne durch die sterbenden Blätter, Waldvögel sangen ihre Lieder. Lieder des Abschieds vom Sommer, vom ewigen Kreislauf des Lebens.

In die Stille der Rast sagte Adiad leise: „Es ist ein See ganz in unserer Nähe. Er ist sicher noch warm, wie gerne würde ich schwimmen und den Schmutz von mir waschen."

„Ist er weit weg?", fragte Bewein.

„Ein kleines Stück schon, doch ich spüre das Wasser ganz nah bei mir."

Erstaunt blickten die Elben auf. „Du spürst das Wasser?", fragte Whyen, „auch wir haben es bemerkt, doch dachten wir nicht, dass Menschen dies vermögen."

Mit einem scheuen Blick auf Belfur sprach sie weiter: „Ich konnte es schon immer spüren, wenn wir in der Nähe von Wasser sind, denn ich liebe das Wasser."

„Hier bist du ähnlich uns Elben", meinte Fairron, „auch wir lieben es zu schwimmen und am Wasser zu sein, weil ..."

Ein Räuspern Gwandurs unterbrach ihn. Der Krieger sprang auf. „Die Ränder des Waldes sind nicht sicher, Adiad!" Entschlossen baute sich Gwandur vor ihr auf. „Deswegen werde ich dich begleiten und beim Schwimmen bewachen. Vertrau dich mir an. Ich und mein Schwert werden dich vor jeder Gefahr des Waldes schützen!"

Mit siegesgewissem Schmunzeln stand der stattliche Krieger vor ihr und streckte ihr erwartungsvoll die Hand entgegen. Adiad ergriff sie und ließ sich von ihm aufhelfen.

Eardin schloss seine Augen, er ahnte, was Gwandur im Sinn hatte. Ein glückliches Leben mit einem Menschen hatte er ihr gewünscht, doch nicht hier und nicht jetzt.

„Gwandur, ich danke dir für deine Fürsorge", entgegnete Adiad, „und ich denke, dass ich tatsächlich Schutz brauche. In diesem Teil des Waldes holen die Menschen des Flusses oft ihr Holz und ich möchte ihnen nicht leicht bekleidet und ohne Waffen begegnen."

Eardin ließ die Augen geschlossen, er wollte nicht zusehen, wie sie mit Gwandur im Wald verschwand.

„... doch ich vermute, dass du mehr von mir erwartest, als ich bereit bin, dir zu geben. Deshalb möchte ich nicht, dass du mich begleitest!" Adiad wandte sich von Gwandur ab, sah unsicher in Richtung des blonden Elben. „Ich, ich wollte Eardin fragen, ob es möglich wäre...? Würdest du mich begleiten?"

Eardin erwachte aus seinem bösen Traum. Fassungslos erwiderte er Gwandurs wutentbrannten Blick, sah Adiad in ihre lächelnden Augen, nickte und folgte ihr.

Erstaunt hatte Whyen das Geschehen verfolgt. *„Er liebt sie!",* wandte er sich in der Elbensprache an Fairron.

„Und sie liebt ihn."

„Du wusstest es?"

„Ich ahnte es, als ich die beiden die letzten Tage beobachtete."

„Ich dachte, sie mag Gwandur?"

„Sie mag ihn nicht, er wollte sie besitzen und das spürte Adiad. Hast du nicht bemerkt, dass sie ihm bald aus dem Weg gegangen ist?"

„Aber die Liebe zwischen Elben und Menschen ist glücklos und hoffnungslos, du weißt das. Außerdem verlassen wir morgen den Wald, sie werden sich vielleicht nie mehr sehen!"

„Ich weiß das alles, Whyen, darum lass ihnen diese gemeinsame kurze Zeit. Die Zukunft ist in der Hand der Mächte des Schicksals, nicht in unserer."

Ein Birkenhain trennte den See von ihrem Lager. Schweigend begleitete Eardin die Eymari. Zu gerne hätte er nur ihre Hand berührt, aber er wagte es nicht. Neben ihr zu laufen, alleine mit ihr zu sein, war unverhofftes Geschenk genug.

Mit prickelnder Freude empfand Adiad seine Gegenwart, gleichzeitig aber war sie unsicher. Er hatte sich seit der Berührung am Felsen zurückgezogen, hatte geschwiegen. Ihren letzten Mut hatte sie aufgebracht, um ihn nach seiner Begleitung zu fragen.

Der See lag verborgen in einer Senke, klares Wasser floss ihm durch ein Farndickicht zu und sie fanden einen felsigen Bereich, der sich gut zum Einsteigen eignete. Eardin verbeugte sich und drehte sich um. Adiad entkleidete sich bis auf ihr langes Leinenhemd und glitt in das kühle Wasser des Sees. Dort schwamm sie mit kräftigen Zügen, doch das Wasser reinigte nur ihren Körper, nicht ihre Gedanken. Sie waren aufgewühlt und durcheinander. Doch ebenso empfand Eardin und so waren sich Mensch und Elb ähnlicher in ihren Gefühlen, als sie beide ahnten.

Eardin genoss es alleine mit ihr zu sein, auch wenn er sie im Moment nicht sehen durfte. Bald schon würden sie Abschied nehmen, so wusste er nicht, wie er sich verhalten sollte. Er wollte sie nur einmal in die Arme nehmen, nur ein einziges Mal. Doch was würde dies aus seinem Herzen machen? Und aus ihrem? Welche sinnlose Hoffnung würde erwachen? Er hörte sie aus dem Wasser steigen. Sie schüttelte ihre Haare und er wusste, dass sie versuchen würde, das Ledergewand über das nasse Hemd zu ziehen. „Ich könnte dich wärmen, Adiad." Sein Herz schlug laut und schnell in der langen Stille, die folgte.

„Das wäre wunderbar, Eardin!", hörte er ihre Stimme.

Eardin wandte sich langsam um. Dort stand sie in ihrem nassen Hemd, die Arme frierend um sich geschlungen. Lächelnd ging er zu ihr und behutsam nahm er Adiad in seine Arme. Und dann wärmte Eardin Adiad, denn alle Elben vermögen die Wärme der Sonne und der Erde einzufangen und weiterzugeben. Adiad versank in dieser Wärme und in seiner Umarmung. Sie spürte seinen Atem, spürte sein Haar in ihrem Gesicht. Scheu hob sie ihren Kopf, suchte seine Augen. Er war so nahe. Zärtlich strich sie ihm über seine Wangen. Eardin beugte sich zu ihr, seine Lippen fanden ihre Augen, ihren Mund. Und dabei spürten sie es beide: Nicht nur die innige Nähe, nicht nur den sehnsüchtigen Rausch ihrer Körper. Es war mehr, denn sie spürten die Seele des anderen in sich singen! Zögernd lösten sie sich voneinander und ungläubig sahen sie sich in die Augen.

'Mein Herz kennt dich, es hat dich schon immer gesucht', dachte Adiad erschüttert, doch wagte sie es nicht auszusprechen.

„*Mein Licht hat seinen Hort gefunden!*", sagte er, doch sie verstand ihn nicht.

Wieder zog es ihn zu ihrem weichen Mund, doch bald war es auch ein Kuss des Abschieds, ein letztes Festhalten. Noch hielten sie sich, um den anderen zu spüren. Schließlich lösten sie sich voneinander. Adiad bekleidete sich schweigend und Eardin nahm sie an der Hand. So gingen sie bis kurz vor der Lichtung. Noch einmal zog Eardin sie an sich. Dann ließ er sie und sie ließ ihn. Ihrem unbekannten Schicksal gingen sie entgegen, ohne zu wissen, ob es sie je wieder zueinander führen würde.

Als sie zurückkamen sahen die Elben den Glanz, aber auch den Schmerz in ihren Augen und da sie Eardin liebten, fühlten sie mit ihm. Doch auch die anderen nahmen es wahr. So schloss Belfur zu Eardin auf, als sie wieder unterwegs waren.

Er hatte über das Schicksal Adiads nachgedacht. „Ich weiß nicht genau, was geschehen ist, doch ich sehe das Leuchten in den Augen von Adiad und auch von dir, Elb. Und wenn du irgendwann vorhaben solltest zurückzukommen, bitte ich dich, denke an Adiads Lebensweg. Ihr Schicksal und Glück liegt bei den Menschen, denn zu uns gehört sie und ihre Lebensjahre sind kurz. Ich bitte dich meine Worte anzunehmen und mir zu verzeihen, falls ich mich in meinen Wahrnehmungen geirrt haben sollte."

Eardin sah ihn lange an, nickte dann und ritt schweigend weiter.

Bald erreichten sie den Rand des großen Waldes. Der nächste Abschnitt des Weges lag offen vor ihnen und es galt, sich von den Waldkriegern zu verabschieden. Bewein war kein Mensch großer Worte. Er dankte ihnen freundlich für ihre Begleitung und wünschte ihnen einen guten Weg in ihr Dorf zurück. Gwandur grüßte kurz und einsilbig. Lächelnd strich Fairron über Adiads Stirn, um kurz verwundert innezuhalten. Dann verabschiedete er sich mit dem Elbengruß, der geschlossenen Hand am Herzen. „Es war eine Freude, euch kennenlernen zu dürfen und die Tage mit euch zu verbringen. Ich danke euch und hoffe, nicht nur für mich, euch wiederzusehen." Er und Whyen verneigten sich und so verneigte sich auch Eardin.

Adiad sah zu ihm. „Alles Glück der Welt wünsche ich euch bei Eurem Vorhaben, ihr bleibt in meinem Herzen!" Sie bemerkte den feuchten Glanz in seinen Augen.

So schieden sie voneinander, denn das Leben geht verschlungene Wege voller Ungewissheit. Für die Weggefährten war es ein Weg der Gefahr und des Todes.

Adiad und Belfur begaben sich auf den Rückweg.

Nach langem Schweigen wandte sich Belfur an Adiad. „Auch ich wünsche ihnen Glück, selbst Gwandur. Denn auch unser Schicksal hängt von dem Gelingen ihres Rittes ab. Doch bin ich froh, sie nicht mehr um mich zu haben." Nachdem er sein Pferd zum Stehen gebracht hatte, fuhr er mit eindringlichem Blick fort: „Ich sehe sehr wohl deinen Schmerz, Adiad. Es ist merkwürdig, dass du und der Elb Zuneigung zueinander empfunden habt. Merkwürdig und unnatürlich! Zwar war ich froh, dass du nicht mit dem Menschen zum See gegangen bist, ich hätte es außerdem nicht zugelassen. Doch auch der Elb bringt dir kein Glück. Vergiss ihn und gehe deine Wege hier bei uns. Du kannst nicht mit einem Elben zusammen sein, ihr Leben dauert viele Jahrhunderte. Was willst du in deiner kurzen Zeit bei ihm? Soll er zusehen wie du älter wirst? Wünschst du ihm das? Nein, er soll sich eine Elbin suchen und du suche dir einen von uns. Sandril liebt dich schon lange, wende dich ihm zu. Er ist ein guter und ehrlicher Mann."

„Ich weiß, dass Sandril mich liebt, aber ich liebe ihn nicht, obwohl ich ihn sehr schätze. Sollte ich nicht lieben dürfen, um mich zu binden?"

„Dies wünsche ich dir, doch nicht nur die Liebe kann eine Beziehung tragen. Und bedenke auch meine Worte über die Liebe zu einem Elben. Gebe die Gefühle zu Eardin auf, es ist auch zu seinem Besten!"

Adiad dachte über seine Worte nach und verschloss ihr Herz. Eardin jedoch blieb darin, um sie von innen langsam zu verbrennen.

Schattennähe

Still ritten die drei Elben und die beiden Menschen weiter in Richtung Osten. Die Pferde fanden ihren Weg durch eine Landschaft, die offen zum Fluss Lebein hinabfiel. Wenige Bäume und Büsche standen zwischen einzelnen runden Felsen. Herbwürziger Duft stieg auf, als die Pferdehufe durch kleine Kräuterteppiche pflügten. Keine Spur von Menschen war zu erkennen. Bis zur Zeit des Drachens hatten sich Bauern an den Ufern des Lebein ihr Leben aufgebaut, hatten umzäunte Orte errichtet, Vieh gehalten und Getreide angebaut. Besonders das Land an den östlichen Ufern des Flusses war bekannt für seine Fruchtbarkeit und Fülle. Öde lag es nun da, vergiftet und verlassen. Beide Seiten des Flusses waren überschattet von Trübsal und diese nistete sich ein in den Herzen der Reiter. Auch in das Herz Gwandurs. Verbissen hing sein Blick an den Felsen des fernen Gebirges, während er den Groll auf den Elben nährte, der ihm, so dachte er, seine Gelegenheit bei Adiad genommen hatte. In seinem Grübeln, in das er seit dem Wald gefangen war, entwickelte sich dabei ein vergifteter Gedanke und so stieß er schließlich völlig unvermittelt seine Worte in Richtung Eardins aus: „Elbenzauber war es! Verhext hast du sie! Nie wäre sie mit einem Elben gegangen, hätte dich mit zum See genommen. Ich hätte sie haben können! Sie wollte mich! Einen Menschen, von ihrer Art. Keinen Elben und dunklen Hexenmeister. Unglück bringst du in ihr Menschendasein. Und wer weiß, was du mit ihr gemacht hast am See. Wahrscheinlich hast du sie verzaubert, sie willenlos gemacht. Dann hast du sie dir genommen und geschwängert und jetzt muss sie mit einem Elbenbalg ihr restliches Leben fristen, anstatt mit mir im Glanze von Astuil zu leben."

Schneller als Gwandur es sehen konnte, zog Eardin sein Schwert. Seine Augen blitzten hell, als er sein Pferd herumriss und in Richtung von Gwandur stürzte, bereit, ihm das Schwert in den Leib zu stoßen. Bewein, der fassungslos Gwandurs Worte gehört hatte, gelang es gerade noch, sein Pferd zwischen die beiden zu treiben. Fairron und Whyen riefen Eardin Worte in ihrer Sprache zu. An Beweins Brust vorbei hatte der sein Schwert auf den Menschen ausgerichtet, so fest, dass seine Handknöchel weiß schienen. Auch Gwandur hatte sein Schwert gezogen.

„Beruhige dich Eardin! Bitte!" Stur auf seinem Platz verharrend, bemühte sich Bewein, die Krieger voneinander fern zu halten und gleichzeitig sein festgeklemmtes Pferd zu beruhigen. „Und du Gwandur, deine Beleidigungen sind eine Schande für unser Volk. Du hast in Zorn und Verblendung gesprochen. Und aus Kränkung deines Stolzes. Ich habe sehr wohl gesehen, was du wolltest. Ich kenne dich!" Als er Gwandurs wütende Blicke bemerkte, beugte er sich näher zu ihm. „Einen Elbenkrieger in dieser Art zu reizen ist ein tödliches Spiel, Gwandur. Also zügle deinen Zorn! Er ist völlig unberechtigt und das weißt du. Wir haben einen Auftrag und er steht über allem! Das gemeinsame Ziel sollte uns leiten, keine Hirngespinste und Gelüste."

Gwandur keines Blickes würdigend, wandte sich Fairron mit eisiger Stimme an Bewein: „Wir werden deinen Rat befolgen, Bewein, denn deine Worte sind wahr. Deshalb wollen wir auch mit jenem Menschen weiter reiten, der uns derartige Schmähung entgegen geschleudert hat. Sein Name jedoch soll aus unserem Gedächtnis und unseren Schriften getilgt werden. Auch wenn er den Drachen tötet, wird keines unserer Lieder von ihm erzählen. Seine Beleidigung war unerhört. Verletzend für Eardin und für unser ganzes Volk."

So wandten sich die Elben von Gwandur ab und keine ihrer Geschichten erzählte je von seinen Taten.

Wagenräder polterten über Steine. Ochsen schrien und Männerstimmen trieben sie an. Die Abendsonne ließ das Wallsteingebirge aufleuchten, als eine Gruppe von Menschen mühsam die Furt des Lebein überquerte. Der Tross führte Karren mit sich, an die Ziegen gebunden waren. Kinder und Alte saßen in den Wagen und allerlei Hausrat stapelte sich darin. Daneben schleppten sich viele graue Gestalten, müde und langsam. Einige wenige ritten auf kleinen stämmigen Pferden neben den Wagen. Im Näherkommen offenbarte sich zusehends das Elend der Menschen. Ihre Kleidung war zerrissen, ihre Leiber ausgemergelt. Vorsichtig ritt Bewein auf die Menschen zu. Der vorderste Reiter, ein Mann mittleren Alters, brachte seine Leute zum Anhalten. Angespannt erwartete er Bewein mit einigen anderen Dörflern, bewaffnet mit Schwertern und Bögen, mit Spießen und Messern.

„Habt keine Furcht!", rief ihnen Bewein zu und hielt seine Hände nach oben, als Zeichen für ihre friedlichen Absichten.

Mit einer ausholenden Geste wies Juran, der Anführer der kleinen Reitergruppe, in Richtung des Flusses. „Das Land ist verflucht! Dreht um, solange ihr noch könnt. Wenn ihr Atem euch trifft, seid ihr verdammt und verloren, so wie wir!"

„Wir suchen den Urheber des Atems, um ihn zu vernichten", erwiderte Gwandur.

„Ha, ihr Wahnsinnigen!", sagte Juran und lachte bitter. „Töten wollt ihr die Schlange? Wer seid ihr? Riesen oder Götter? Keiner kann sie töten! Einmal wird sie ausatmen und es ist vorbei mit euren kleinen Leben."

„Erzählt uns von ihr, Mensch", bat Fairron, „ihr habt sie gesehen, denn ihr nennt sie Schlange. Berichtet uns, was ihr von ihr wisst. Dann können wir selbst urteilen, ob unser Vorhaben aussichtslos ist."

„Wer seid ihr? Wie können wir euch trauen? Ihr seid gut bewaffnete Krieger. Ich muss die Reste meines Dorfes schützen. Wer sagt mir, dass ihr nicht Strauchdiebe seid, die unsere letzte Habe stehlen, uns in unserer Schwäche erschlagen."

Bewein stieg ab, ging zu ihnen und schilderte ihren Auftrag. Auch die Männer hatten mittlerweile ihre Waffen gesenkt. Schließlich neigte Juran den Kopf und lud sie ein.

„Einen langen Weg seid ihr geritten, nur um zu sterben", bemerkte die Älteste der Dorfgemeinschaft, als das Lager errichtet und sie sich um ein Feuer versammelt hatten. „Sie wird euch auch nicht verschonen."

„Wir haben nicht vor zu sterben!" Gwandurs Stimme strotzte vor Selbstbewusstsein. Er lächelte dabei spöttisch. „Auch wenn ihr flieht, wir werden der Kreatur mutig entgegentreten."

„Glaubt nicht, dass wir feige sind!", erwiderte Juran mit verhaltenem Zorn. „Nur weil wir den Rest unserer Familien in fruchtbare Landstriche führen wollen. Auch wir haben versucht sie zu bekämpfen!" Sichtlich verärgert begann er zu erzählen. „Lange hatte es sich verborgen, doch dann tauchte dieses Wesen aus dem Gebirge auf und vergiftete unser Land. Willkürlich verbrannte es Felder, fraß Tiere. Wir sind ihm entgegengezogen. Dreißig Männer aus unserem Dorf. Andere aus benachbarten Dörfern. Wir wollten unser Land beschützen, wollten weiterhin in Frieden unserer Arbeit nachgehen, unsere Kinder gesund und ohne Furcht aufwachsen sehen."

„Was ist geschehen, Juran?", fragte ihn Whyen.

„Etwa hundert Männer waren wir am Ende. Mit allen Waffen, die wir hatten. In der Nacht schlichen wir zu ihrem Sandloch am Berg, denn in der Nacht schläft die Bestie. Wir hatten gehofft, sie erschlagen zu können, am Morgen, wenn sie aus ihrer stinkenden Höhle kriecht und noch kein Feuer speit. Aber es war zu einfach, sie war zu ruhig. In ihrer Bosheit wartete sie nur. Schon längst hatte sie uns bemerkt. Denn sie hört und spürt gut! An diesem verfluchten Tag schoss sie wie eine entfesselte Gottheit des Bösen aus dem Schlund der Erde. In kurzer Zeit erschlug sie die meisten von uns. Ihr Körper, der mit harten, glänzenden Schuppen bedeckt ist, ging auf und nieder und zermalmte die Männer. Unsere Waffen kratzten nur ihre Schuppen und sie lachte. Sie lachte wahrhaftig! Und dann haben wir die Worte der Bosheit gehört. Die Drohung, all unserer Dörfer zu vernichten, da wir gewagt hatten, ihr zu trotzen. Wenige nur ließ sie entkommen, um von ihrem Morden zu erzählen und damit die Angst zu nähren." Jurans Blick hing mittlerweile an Whyen. Sein Herz jedoch war an einem anderen Ort. „Auch meine Söhne und die meisten meiner Freunde liegen noch dort. Erschlagen. Wir konnten sie nicht in die Erde legen. Alles was uns blieb, war die schnelle Flucht. Elf Männer kehrten zurück. Von hundert." Juran schwieg lange und kämpfte mit seinen Tränen. „Und dann begann die endgültige Zeit des Leidens für unsere Familien. Heftiger blies sie nun ihren giftigen Atem über das Land. Die Felder verdorrten, viele begannen irre zu reden und fanden die vertrauten Wege nicht mehr. Unsere Sprösslinge kamen missgestaltet zur Welt. Ein ewiger Schmerz für ihre Eltern. Und obendrein kroch das Gift der Bestie in die Köpfe vieler Menschen. Banden von Straßenräubern, Mördern und Dieben verbreiten jetzt Angst und Schrecken. Und wer soll dieses Wesen noch aufhalten, wenn die Tapferen erschlagen liegen und die Geschlagenen fliehen? Deswegen sprich mir nicht von Feigheit, stolzer Krieger von Astuil!", wandte er sich an Gwandur. „Wir haben genug versucht und genug gelitten. Wir fliehen, um besseres Land zu finden. Ihr könnt euer Glück versuchen und wir werden euch gerne beraten und helfen, soweit es in unserer Macht steht."

Die Weggefährten blickten sich um und sahen die Menschen mit anderen Augen, sie sahen die Bündel in den Armen ihrer Mütter und bemerkten ihr Leid.

Fairron hatte Tränen in den Augen, als er seinen Freunden zuflüsterte: *„Zu lange! Wir haben zu lange gewartet! Zu lange im trügerischen Frieden Adain Lits verharrt."* Dann wandte er sich Juran zu: „Verzeiht uns, wir wollten nicht hochmütig erscheinen. Wir bewundern euren Mut und verstehen eure Flucht. Trotzdem: wir werden es versuchen! Es ist unser Auftrag und vielleicht auch unsere Bestimmung. Ihr sagt, die Schlange sprach mit euch. Wie konntet ihr sie verstehen? Welche Art der Sprache war dies?"

Juran überlegte. „Ich kann es nicht sagen. Wir verstanden sie, obwohl sie fremd war. Sie klang wie die Elbensprache, vermischt mit den rauen Tönen der Zwerge, wobei ich mit beiden nicht sehr vertraut bin und mich täuschen kann."

„Die vergessene Sprache?", überlegte Eardin. „Es mag sein, dass die Schlange ein sehr altes Geschöpf ist, ein Relikt der dunklen Zeit."

„Aufgeschreckt und rachedurstig wegen des Todes ihrer Brüder", sagte Whyen. „Sie wird nicht ruhen, bis das Werk der Vernichtung beendet ist. Unablässig wird sie weiterkriechen, sich neue Höhlen und Gänge graben, um während des Winters neue Kräfte zu sammeln."

„Ein Vorteil, den wir nutzen werden, nicht wahr Fairron?" Dieser plötzliche Einwurf von Bewein erstaunte die Dörfler zunächst, doch Fairron nickte und erzählte ihnen vom Rat in Astuil, die genau dies besprochen hatten. Sie wussten, dass das Wesen in der Kälte des Winters ruhiger wurde, denn Geschichten hatten von den Untaten vor allem während des Sommers erzählt. Seit drei Jahren kroch das Übel nun durch die Berge und hatte zunächst in den östlichen Teilen des Gebirges Angst und Tod verbreitet. Und jedes Jahr, wenn es wärmer wurde, wurde es schlimmer. Als dann die Zwerge zwei der Kreaturen verschüttet hatten, mehr durch Zufall als durch Absicht, hatte die Raserei der Überlebenden begonnen. Die Schlange fand die Ebene am Fluss und begann dort ihr Vernichtungswerk. In tödlicher Gründlichkeit.

Als Fairron geendet hatte, meldete sich Gwandur zu Wort. Seine Stimme klang plötzlich beunruhigt: „Eine Schlange ist es! Kein Drachen. Doch einen Drachentöter führen wir mit uns!"

Jurans Blick richtete sich in die Ferne und dann auf Gwandur. „Es ist ein schlangenartiges Wesen von riesigen Ausmaßen, mit dem Kopf eines Drachens. Schaurig reißt sie ihr Maul auf, wenn sie Feuer speit. Zwei riesige Zähne stecken wie weiße Dolche darin. Ledrige Flügel wachsen an ihrem Kopf, die sie auffächert, um den Schrecken zu vergrößern. Sie erscheint aus ihren Erdlöchern, kriecht über das Land und lässt eine verbrannte Spur hinter sich. Ihr Leib ist bedeckt mit festen Schuppen. Doch ich konnte, als sie sich aufrichtete, an ihrer Unterseite auch hellere Stellen erkennen, die kaum mit Schuppen bedeckt waren. Es ist möglich, dass sie hier verwundbar ist. Unsere Waffen jedoch konnten nichts gegen sie ausrichten." Juran beendete seine Schilderung mit einem trostlosem Schulterzucken.

„So ähnelt die Schlange auch einem Drachen", meinte Bewein. „Lasst uns morgen unser Vorgehen beraten und dann auf die Hilfe der Götter vertrauen."

Später, als die Menschen sich schon zum Schlafen gelegt hatten, saßen die Elben noch an der Glut des Feuers. Seltsam friedlich war diese Stunde. Erfüllt vom leisen Plätschern des nahen Flusses. Freudig atmeten sie die klare Luft. Lange schon war sie nicht mehr von dieser Frische und Reinheit gewesen.

„Die Schlange schläft und behält ihr Gift für sich."

„Das mag sein, Fairron", entgegnete Whyen, *„doch wo werden ihre Sinne sein? Wird sie uns spüren? Spürt sie den Drachenspeer, den wir mit uns führen?"*

„Wer mag in sie zu schauen, in dieses dunkle Geschöpf der Jahrhunderte? Hoffen wir, dass die Kälte nicht nur ihren Leib, sondern auch ihre Empfindungen zur Ruhe bringt."

Bei diesen Worten sahen sie zu Eardin, denn sie entsannen sich seines Schmerzes. Schweigend beobachtete er die glimmenden Holzstücke während er mit einem Flusskiesel spielte. In seinen dunklen Augen flackerte das Licht. *„Es ist ein vertrautes Gefühl, mit euch am Feuer zu sitzen. So vieles haben wir gemeinsam gesehen und erlebt und so hoffe ich, auch nach diesen Tagen die Wege gemeinsam mit euch zu gehen. Doch ich spüre eine Ahnung des Todes in mir. Wir werden nicht alle zurückkehren."*

„Wir sind gute Kämpfer, Eardin", sagte Whyen, *„und wir werden zu kämpfen wissen. So trügt dich vielleicht dein Gespür und die Todesahnung gilt der Schlange. Wir werden dies überleben! Und dir wünsche ich, dass du danach deinem Herzen folgst und zum Wald der Eymari zurückkehrst."*

Überrascht sah Fairrons auf. *„Du erstaunst mich, Whyen! Ich dachte deine Gedanken kreisen vor allem um alte Geschichten von Elbenkriegern und um die Güte deiner Schwerter und Pfeile."*

„Und du unterschätzt mich, Fairron! Auch ich nehme meine Umgebung wahr und ich erkannte, das Adiad etwas Lichtes in sich trug. Außerdem mochte ich sie!"

„Hüte dich, denn der Elb neben dir kann sehr eifersüchtig werden."

„Lasst das Gerede", raunte Eardin, *„es führt zu nichts! Sie soll sich einen Gefährten bei den Waldmenschen suchen und mich vergessen und ich werde sie vergessen. Denn in einem hatte der Drachenspeerträger Recht: Menschen und Elben sollten nicht zusammenkommen, es verheißt nur Unglück!"* Eardin verschloss sich, denn er wollte nicht mehr von Adiad reden. Er wollte sie dem Wald und den Waldmenschen zurückgeben. Schmerzhaft waren diese Gedanken der Vernunft, die den Funken der Hoffnung in ihm erstickten.

Während die Elben vor der erlöschenden Glut träumten, lagen auch Bewein und Gwandur noch wach.

Gwandur war in seiner Zuversicht erschüttert. Er, der alle Kämpfe gewonnen hatte, der, bis auf den einen aussichtslosen Kampf bei Battu, immer als strahlender Held nach Astuil reiten durfte, hatte plötzlich Angst vor dem Kampf mit einer Schlange! Eine Schlange war es, kein Drachen. Er war sich sicher, seinen Platz unter ihrem Bauch zu finden, falls die anderen nicht versagten. Seinen Speer würde er ihr in die Unterseite bohren. Aber war der Speer der richtige? Würde er sie töten oder sie nur ritzen? Und was blieb ihm dann noch, so nah am Verderben? Was sollte er dann tun? Mit düsteren Gedanken fiel er in unruhige Träume.

Auch Bewein wälzte sich auf seinem harten Lager. Die Schlange war nun keine Vorstellung in der Ferne mehr. Sie hatte Gestalt bekommen, eine schreckliche und unberechenbare Gestalt. Auch er machte sich Gedanken über die Wirksamkeit des Speeres. Er fühlte sich verantwortlich für die anderen, denn er hatte sie alle vorgeschlagen. Sicher, sie waren einverstanden gewesen, doch er hatte zuerst ihre Namen genannt. Gwandur, weil er der Beste mit dem Speer war. Und dann die Elben. Eardin, weil er sein Freund war. Weil er ihm vertraute und seinen Rat brauchte. Er war ein Krieger, gut mit Bogen und Schwert, besser als alle Menschen und schneller. Und Eardin nannte Whyen den Krieger und Fairron den Magier, seine besten Freunde bei den Elben. Eine gute Wahl, denn der Schutz Fairrons konnte sie verbergen, die Schlange würde sie weder sehen noch hören. Auch waren die Elben flink und leise, schnell und tödlich im Kampf. Die Wahl aller Gefährten war gut. Sie waren hier, aufgrund seiner Wahl, und in den nächsten Tagen könnten sie alle tot sein, weil er ihre Namen genannt hatte. Inständig schickte er seine Gedanken zur Göttin der Krieger und zu den Mächten der Elben. Flehte sie an, sie alle heil zurückzubringen. Auch er wollte heimkehren, zu seiner Frau und seinen Töchtern. Sie hatte geweint, ihn verdammt, dass er sich für diesen Auftrag gemeldet hatte. Warum kein anderer? Ja warum? Weil er es sich zutraute. Weil er besonnen war und eine Kämpfergruppe leiten konnte. Weil er gut mit seinem Schwert war und zuletzt auch: weil der König ihn darum gebeten hatte. Togar kannte ihn und vertraute darauf, dass er einen Weg finden würde. Am Schluss hatte ihn seine Frau in die Arme genommen, geküsst und ihm ihren Segensstein gegeben. Und König Togar hatte versprochen für sie zu sorgen, wenn sie nicht zurückkehren sollten. Doch noch wollte er diesen Gedanken nicht weiterspinnen. So atmete er tief in seine Lungen, setzte sich auf, fuhr sich durch den Bart und versuchte sich einen Plan zu überlegen. Ein guter Plan, tückisch wie die Schlange und tödlich! Aber nicht tödlich für uns, sondern für die Bestie, so dachte Bewein. Erst spät fiel er in einen unruhigen Schlaf.

Todeskampf

Am frühen Morgen trennten sie sich von den Menschen des Dorfes und ritten in Richtung Osten über die Furt. Der Lebein floss breit und eine Furt führte zunächst durch die Kiesbänke, über die tiefste Stelle war eine Holzbrücke gebaut worden. Ein Stück abseits vom Fluss, in einem ausgetrockneten Bachbett, fanden sie einen geschützten Platz, um zu reden.

„Ich will keine ermutigenden Worte sprechen, denn ich weiß keine", begann Bewein in seiner direkten Art. „Ihr alle wisst, dass wir, wenn es schlecht ausgeht, in unser Verderben reiten. Und doch hoffe und vertraue ich auf unser Geschick und Können. Ihr alle seid gute Kämpfer. Wir haben einen Magier der Elben bei uns und einen Drachenspeer, der, wenn die Götter bei uns sind, auch eine Schlange töten kann. Doch wir brauchen einen Plan!"

„Es sollte am Morgen geschehen", meinte Whyen, „die Menschen des Dorfes haben gesagt, die Schlange kriecht erst aus ihrem Loch, wenn die Strahlen der Sonne auf sie fallen. Und sie erzählten außerdem, die Schlange habe am Morgen kein Feuer."

„Also am Morgen des kommenden Tages", verkündete Bewein entschlossen. „Doch wie sollen wir den Drachentöter unter ihren Bauch bringen? Die halbe Nacht dachte ich darüber nach." Bewein sah hilfesuchend in die Runde, strich sich den Bart glatt. Nach wie vor fühlte er sich von allen guten Geistern verlassen, die ihm sonst die Ideen zugeraunt hatten.

„Wir müssen sie ablenken!", sagte Eardin. „Ihre Augen, ihr ganzes Streben muss vom Drachentöter weg gelenkt werden. Und wir müssen sie dazu bringen, sich aufzurichten".

„Dies wird sie sicher tun, bevor sie uns erschlägt", bemerkte Whyen schicksalsergeben.

„Ablenken", murmelte Bewein vor sich hin, „ablenken und verwirren, während sie sich aufrichtet - was war das mit dieser Sprache? Könnt ihr Elben vielleicht mit ihr sprechen?"

Ein erheitertes Schnauben Eardins. „Ich glaube nicht, dass sie Lust auf eine Unterhaltung hat."

„Licht!", unterbrach auf einmal Bewein das Grübeln. „Licht und Sonne! Wir blenden sie! Die Sonne geht am Morgen hinter den Bergen auf und steht im Rücken der Schlange. Wenn wir sie mit Licht blenden, kann sie uns für einige Momente nicht sehen. Die Verwirrung reicht hoffentlich auch für Gwandur und seinen Speer."

Gwandurs Blick richtete sich zweifelnd auf ihn. „Und womit willst du dies vollbringen? Es muss groß genug sein, um dieser Riesenschlange für eine Zeit ihr Augenlicht zu nehmen."

Whyen stand wortlos auf, ging zu seinem Pferd und holte sein prächtiges Elbenschild. „Drei Schilder haben wir, gefertigt von unseren besten Schmieden. Mir und meinem Vater." Er lächelte selbstgefällig. „Rein und ohne Fehler in ihrem Glanz. Ich denke, sie müssten reichen!"

Bewein stand auf, ging zu Whyen und umarmte ihn, was dieser zunächst etwas befremdet, dann schmunzelnd hinnahm.

„Ein guter Plan, der beste, den wir machen konnten, meine Freunde!" Bewein nickte erleichtert, er fühlte sich besser, da er wieder Hoffnung empfand.

Den Rest des Tages verbrachten sie damit, alle Schritte und Möglichkeiten zu bereden, das Vorgehen wieder und wieder zu besprechen und auch das Scheitern zu erwägen, Möglichkeiten der Flucht zu durchdenken. Am Abend brachen sie auf. Ihre Pferde ließen sie zurück, die Elbenpferde ohne Seile. Sie würden die Stricke ihrer Brüder lösen, falls niemand zurückkehren sollte. Die Elben sprachen mit ihnen und verabschiedeten sich. Beherzt stiegen sie aus dem Bachbett und hofften, noch vor dem Aufgang der Sonne in die Nähe des Schlangenloches zu kommen.

Fairron konnte seinen Schutzzauber nicht die ganze Nacht aufrechterhalten, denn er zehrte an seinen Kräften. Von Anfang an jedoch nahm er den Drachenspeer und verbarg ihn vor den Sinnen des Wesens, denn er war sich sicher, dass die Schlange ihn früh spüren würde. Als sie ein Stück des Weges gegangen waren, bemerkte er, dass sich die dunklen Zeichen auf dem Holz zu regen begannen. Dies gab ihm Hoffnung, denn der Speer spürte die Schlange, so schien er auch für dieses Wesen bestimmt zu sein. Fairron zeigte Bewein das leichte Schimmern auf dem dunklen Holz, Bewein flüsterte es Gwandur zu und dieser nickte erleichtert.

In der Mitte der Nacht hieß Fairron sie anhalten. „Ich denke, es ist nun soweit: Ich beginne sie stärker zu spüren und so wird auch sie uns bemerken. Bleibt dicht bei mir, seid leise! Ich werde eine Art Hülle über uns legen und uns verbergen. Eure Schritte werden euch gedämpfter vorkommen. Reden sollten wir nicht mehr." Er vollzog mit seinen Armen eine schützende Bewegung.

Im Vertrauen auf den Elbenzauber näherten sie sich der Bergflanke. Schwarze Grabesstille umgab sie. Nur ihre eigenen Schritte und ihr Atem waren zu hören. Bald wuchs ein neues Geräusch im Dunkeln. Ein Rasseln, das stoßweise kam; lauter wurde, je weiter sie gingen. Eardin sah zu den beiden Menschen, zeigte an sein Ohr und dann in die Richtung, aus der er es hörte. Schwarz wuchs die mächtige Felswand des Wallsteins aus der Nacht, wie ein dunkler See ruhte der sandige Boden darunter. Das Rasseln wurde deutlicher. Und sie hörten nicht nur den Atem der Schlange, sie spürten und rochen ihn. Warmer, stinkender Wind kroch in Wellen auf sie zu.

Hinter einem Felsblock suchten sie schließlich Deckung, hielten sich ruhig unter Fairrons Schutz und warteten auf die Dämmerung. Sie hofften auf den umfassenden Zauber der Elbenmagie, denn sie fürchteten die Gifte des Atems, fürchteten, in Verwirrung zu fallen.

Das blasse Morgenlicht offenbarte schließlich das Grauen in der Umgebung des Schlangenloches. Auf der geschwärzten und sandigen Steppe lagen die Überreste tapferer Männer, schwarz und grau verbrannt. In Stücke gerissen. Die Schlange hatte ihr unbarmherziges Mahl gehalten, nur kurz gelebte Menschenleben lagen wie Schlachtvieh vor ihrem Unterschlupf. Verborgen hinter dem Felsen starrten Elben und Menschen entsetzt auf das, was das Licht ihnen enthüllte. Jeder allein mit seinen Gedanken, denn absolute Stille war ihnen auferlegt. Während sie noch die Überreste der Menschen betrachteten, rührte sich das Unheil in seinem sandigen Schlund. Der Atem aus den Tiefen wurde lauter, schneller. Nervös wanderten die Blicke der Krieger nach oben, die Sonne jedoch hatte sich noch nicht über die Gipfel erhoben. Die Zeichen auf dem Schaft des Drachenspeeres pulsierten und Fairron ahnte: Trotz aller Bemühungen hatte die Kraft dieses alten Zaubers die Schlange frühzeitig geweckt. Fairron übergab Gwandur den Speer, der ihn mit fester Hand entgegennahm.

Wachsam beobachteten sie weiter den dunklen Schlund des Schlangenloches. Die Anspannung wuchs und mit ihr die Hoffnung auf einen Lichtblick. Darauf, dass die Sonne sich heute schneller erheben möge. Ihre Erwartung wurde zerschlagen, als der Sand zu rieseln begann. Bewein seufzte und sah in die Runde. Auch diese Möglichkeit hatten sie besprochen. Die Elbenkrieger sollten die erste Trägheit des Untiers ausnützen und ohne die Hilfe der Sonne vor sie treten. Eardin legte seine Hand auf Whyens Arm, dieser schöpfte tief Atem und nickte. Beide lächelten Fairron und Bewein noch einmal aufmunternd zu, dann traten sie entschlossen aus dem bergenden Schild.

In äußerster Anspannung blieb Fairron zurück, um den Drachenspeer und Gwandur, so gut es ging, vor dem Wesen zu verbergen. Die Hand am Schwertgriff, verharrte Bewein neben ihm. Seine Aufgabe war es, zu Hilfe zu eilen, an welcher Stelle sie auch benötigt wurde. Gemeinsam beobachteten sie, wie Eardin und

Whyen sich bedächtig dem Sandloch näherten. Geschmeidig wie Raubtiere bewegten sich die beiden der Mitte des Todes und der Verwüstung zu.

Das Revier der Schlange war offensichtlich: Beißender Gestank waberte über einem sandigen Leichenacker. Das Gefühl der Bedrohung wuchs bei jedem Schritt, den die beiden Krieger machten. Ein Zorn, eine Bosheit waren zu spüren, die die Elben im Innersten erschütterte. Die Schlange war erwacht und ihr Geist richtete sich nach draußen. Sie empfand die Anwesenheit von Wesen, die sie schon lange nicht mehr gespürt hatte. „Elben!", entstieg es ihren schwarzen Gedanken.

Dies hörten auch Eardin und Whyen. Mit Schwertern und Schildern gewappnet, warteten sie in der Nähe des Schlangenlochs. Regungslos, wie Standbilder aus Stein.

„Ich habe hunderte eurer Schwestern und Brüder getötet in den Schlachten der alten Zeiten. So werde ich auch euch zermalmen und zerreißen!" Unvermittelt, in verblüffender Schnelligkeit schoss die gewaltige Schlange aus dem Sandloch und die Krieger starrten entsetzt auf das turmhohe Untier, das von ihrem Platz aus gesehen die Berge überragte. Geschlitzte Pupillen schimmerten dunkel in einem Drachenkopf. Geschmeidig bog sich ihr Leib. Witternd züngelte eine gespaltene Zunge aus ihrem Maul. Zwei ledrige Kopfflügel entfalteten sich wie knochige Fächer. Das Echsenmaul öffnete sich, zwei dolchartige Schlangenzähne stachen hervor und ein böses Lachen hallte über das Gebirge. Dann ein tiefes Grollen und ruckartig stieß die Schlange mit gewaltiger Wucht zum Boden. Nur ihre Schnelligkeit bewahrte die Elben vor einem raschen Tod. Blitzartig stoben sie zur Seite, holten aus, hieben wuchtig nach dem Drachenkopf. Es war aussichtslos, denn selbst die Elbenschwerter und die Kraft ihrer Besitzer hinterließen nur Kratzer auf den dunklen, glänzenden Schuppen.

Nach einem ersten Augenblick blanken Schreckens waren Fairron und Gwandur in Richtung des Schlangenloches gelaufen, in dem noch der Rest des gewaltigen Körpers steckte. Bewein aber lief in Richtung der Kämpfer. Er trug das dritte Elbenschild mit sich, wobei er nur noch wenig Hoffnung hatte, die Sonne in seinem Leben überhaupt noch einmal zu sehen. Wieder hatte sich die Schlange erhoben, und hätte sie das Feuer in sich schon entfachen können, wäre das Ende der Gefährten besiegelt gewesen. Tanzend wand sie ihren Leib, stieß erneut herab. Zu kurz war ihr Aufbäumen gewesen, zu kurz für Gwandur, um unter sie zu gelangen.

Eardin und Whyen aber kämpften den wagemutigsten Kampf ihres Elbenlebens. Noch nie waren ihre Schwertschläge so wirkungslos gewesen. Trotzdem hieben sie mit all ihrer Kraft auf den Schlangenkörper ein, wichen aus, sprangen über Steine, Leichenstücke. Ein wahnwitziger Kampf. In dieses entsetzliche Schauspiel hinein lachte und lachte die Schlange, trieb ihr tödliches Spiel mit den Elben. Sie entdeckte Bewein, der zu den Elben geeilt war. Da aber ein Mensch für die Schlange noch weniger galt, hieb sie ihn zur Seite; mit einer kurzen Bewegung, wie ein lästiges Insekt. Weit wurde er durch die Luft geschleudert und totengleich blieb er auf dem verbrannten Boden liegen.

In diesem kurzen Augenblick aber, als der Sinn der Schlange auf den Menschen gerichtet war, fand die Sonne ihren Weg durch einen Einschnitt des Gebirges und berührte das Schlachtfeld. Überrascht bemerkten die Elben dieses Geschenk der lichten Mächte: die letzte Möglichkeit, das Untier zu blenden. Die Kreatur richtete sich auf, rasch hoben sie ihre Schilder, suchten das Licht. Und die Sonne fand die Schilder, warf ihr gleißendes Licht dem Drachenkopf entgegen. Geblendet warf die Schlange den Kopf in alle Richtungen, versuchte diesen unerwarteten Schmerz von sich abzuschütteln.

Gwandur erkannte, dass sein Augenblick gekommen war. Mit wenigen Schritten sprang er unter ihren Bauch und mit der Wucht seiner starken und kampferprobten Arme stieß er ihr den Drachenspeer in die Unterseite. Die elbischen Zeichen erglühten. Vor langer Zeit für diese Aufgabe erschaffen, hatte der Speer nun seine Bestimmung gefunden und begann sein Zerstörungswerk im Leib dieses Wesens. Das Todeskreischen der Schlange wurde von den Bergen als doppelter Schrecken in die Ebene geworfen. Ihren gesamten Leib schob sie aus der Erde, ein gewaltiger Körper, bedeckt mit schwarz glänzenden Schuppenpanzern und ihre dunklen Flüche durchdrangen die Herzen der Elben. Heißen Rauch stieß sie aus und wuchtig hieb sie ihren Schwanz zur Erde. Ihren gesamten Leib und ihren gesammelten Hass schlug sie gegen die, die es gewagt hatten, ihr diesen Schmerz zuzufügen. Die Elben sprangen, rannten, duckten sich und versuchten in fliehender Hast dem tobenden Wahnsinn zu entkommen. Die Ursache ihres Schmerzes suchend, fuhr die Schlange herum, sah Gwandur durch den Schleier ihrer geblendeten Augen. In ihrer letzten tödlichen Wut stieß sie auf ihn herab und wand sich um ihn. Blut spritzte aus ihrer Wunde und lief über Gwandurs schwarze Locken. Immer enger umfing ihn ihr Leib, während er den Speer verbissen weiter in den Schlangenleib bohrte. Doch auch im Sterben waren die Kräfte des Wesens noch gewaltig. Immer stärker umfing sie Gwandur und drückte das Leben aus ihm heraus.

So schlossen sich für immer die Augen des stolzen Kämpfers von Astuil. Ein Held bei den Menschen, aber nie mehr genannt in den Geschichten der Elben.

Als Eardin und Whyen ihn erreichten, war dort schon Fairron und hieb mit seinem Schwert wieder und wieder auf den Leib der Schlange ein, Worte der alten Sprache schreiend. Doch sowohl das Schwert als auch die Elbenmagie hatten in der sterbenden Schlange ihren Meister gefunden. Er konnte Gwandur nicht mehr retten.

Eardin wartete nicht länger und eilte zu Bewein. Er lag noch dort, wohin die Schlange ihn geschleudert hatte. Bang beugte der Elb sich über ihn, fühlte nach seinem Herz, horchte auf seinen Atem und seufzte erleichtert auf. „Er lebt. Bewein, du lebst! Dank sei deinen Göttern!" In seiner Freude und Sorge wusste er nichts Besseres, als ihn zu schütteln und zu rufen.

In dunklem Schrecken war Bewein besinnungslos geworden und mit diesem Gefühl erwachte er auch, denn seine Hand griff sofort suchend nach seinem Schwert, das er aber nicht fand. Zum Glück für Eardin, der lachte und rief: „Ich bin nicht die Schlange, Bewein, ich bin es, Eardin, und die Schlange ist tot! Die Schlange ist tot, und du lebst und ich freue mich, dass deine Kräfte noch bei dir sind."

Verwirrt sah Bewein sich um, erkannte seinen Freund, entdeckte den Körper der Bestie, verkrümmt und gewunden um sich selbst.

„Wie geht es dir, Bewein? Hast du Schmerzen?"

„Mir tut alles weh, aber ich kann auch noch alles bewegen. Kurz war mein Kampf! Was ist passiert? Wo sind die anderen?"

„Whyen und Fairron sind bei der Schlange. Ich denke, es geht ihnen gut. Der Drachentöter – nun, er hat seinen Kampf tapfer bis zum Ende gekämpft. Er konnte nicht mehr fliehen. Fairron hat noch versucht, ihn aus dem Leib der Schlange herauszuschlagen. Sie hatte ihn ganz umschlungen. Er ist tot, Bewein."

„Bring mich zu ihm."

Fairron schlug nicht mehr mit dem Schwert. Kein Leben war mehr in Schlange und Mensch. Gemeinsam versuchten sie, den erschlafften Schuppenkörper von Gwandur zu lösen. Ein aussichtsloses Unterfangen. Whyen grub schließlich mit seinem Elbenschild, um ihn von unten herausziehen zu können. Denn wenn auch im Tode das Gesprochene noch zwischen ihnen stand, wollten sie ihn dennoch nicht so im Griff der Schlange zurücklassen. Sie bargen Gwandur und seinen Speer und Bewein weinte um ihn. Zärtlich strich er ihm über Haupt und Haare, küsste ihn auf die Stirn und dankte ihm. „Gwandur, geh nun friedlich zu deinen Ahnen, sie warten auf dich, und stolz kannst du zu ihnen gehen. Erhobenen Hauptes. Du hast die dunkle Schlange getötet. Geh in Frieden, stolzer Kämpfer von Astuil."

Dann legten sie seinen zermalmten Körper in die Erde, unter eine Bergkiefer, am Fuße des Gebirges. Bewein sprach Abschiedsworte seines Volkes und auch die Elben verneigten sich, denn viele mutige Taten hatte Gwandur in seinem Leben begangen. Und jedes zu früh beendete Leben war zu beklagen.

Die Sonne stand hoch, als sie diesen Ort des Todes verließen. Den Drachenspeer nahmen sie mit sich. Die Schlange sollte verrotten. Der Schrecken des Ostens war vernichtet, sein giftiger Atem wehte nicht mehr über das Land. Neues Leben konnte entstehen auf verbrannter Erde.

Noch einmal wandte sich Eardin um und betrachtete den gewaltigen Leichnam. „Sie war durchdrungen vom Dunklen, ohne Gnade und Mitleid. Und doch mit Verstand. Sie sprach zu uns von uralten Kriegen. Wo kam sie her? Welcher Geist hat sie hervorgebracht? Ich habe vom Kampf der frühen Elbenvölker nicht nur gegen Drachen, sondern auch gegen schlangenartige Wesen gelesen. Ich frage mich, ob sie eine dieser Kreaturen war."

„Welch eine gute Fügung, dass sie den Drachen in irgendeiner Weise verwandt waren, sonst wäre unser Speer wahrscheinlich wirkungslos geblieben", sagte Bewein.

Fairron überlegte und meinte dann: „Zufall oder darin begründet, dass der Ursprung derselbe war. Ein Schatten lag über ihrem Geist und ein Schatten ist damals über diese wunderbaren Geschöpfe gekommen, die Drachen."

Whyen hob sein Gesicht gegen den Himmel und atmete tief ein. „Lasst ihn hinter uns, diesen Schatten und atmet diese herrlich frische Luft ein. Ein reiner Wind weht von Norden, die Sonne scheint klar über dem Land. Ich preise diesen Tag und die lichten Mächte Adains!" Und er begann laut zu singen.

Die anderen Elben sangen mit ihm. So lächelte auch Bewein erleichtert und in ihm wuchs das Bewusstsein, dass er siegreich heimkehren würde. Trotz des Schmerzes um Gwandur, war in ihm eine Freude, die er noch nicht fassen konnte. Und wäre Bewein ein Elb gewesen, so hätte er auch gesungen.

Müde erreichten sie in der Nacht ihre Pferde. Lange war es her, dass sie geschlafen hatten und viel war geschehen. Sie ruhten bis in den Mittag und wurden erst geweckt, als Torron, das Pferd von Whyen, ungeduldig seinen Freund schubste. Der Apfelschimmel stieß ein lautes Wiehern aus. Die Pferde drängten zum Aufbruch, denn sie spürten den Durst ihrer Artgenossen. Noch waren die Streitrösser von Astuil gebunden, doch hatte Torron, das wildeste der Elbenpferde, bereits versucht, ihre Stricke zu lösen.

In ihrem Gesang schenkten die Elben dem geschändeten Land all ihre Liebe und Magie.

Rückkehr

"Bewein, du wilder Mann aus Astuil, ich denke unsere Wege werden sich am Fluss trennen. Es sei denn, du bedarfst unserer Begleitung auf dem Heimritt", rief Eardin, als sie wieder auf ihren Pferden saßen.

"Du glaubst, ich finde ohne die Begleitung und den Schutz von drei Elblein nicht nach Hause? Passt lieber ihr auf, dass ihr euch nicht verirrt, vor lauter Schauen nach der Sonne und sonstigem Gelicht."

"Ich meine es ernst, Bewein. Geht es dir gut? Können wir dich alleine reiten lassen?", hakte Eardin nach.

"Es geht mir gut, meine Glieder sind noch heil."

"Welchen Weg wirst du nehmen nach Astuil?"

"Ich werde denselben Weg nehmen, denn der ist kürzer. Durch die nördliche Ebene wehen bereits die Winde des nahenden Winters und ich begebe mich gerne in den Schutz der Bäume. So kann ich den Waldmenschen auch vom Tod der Schlange erzählen. Doch ich denke, sie werden schon bemerkt haben, dass die Luft wieder freier geworden ist."

"Grüß sie von mir, Bewein", bat Eardin leise seinen Freund.

"Wen soll ich grüßen, Eardin? Die Waldmenschen oder Adiad?"

"Grüße Adiad von mir, und sag ihr, ich vermisse ihre Lieder", erwiderte Eardin, und als er ihren Namen sprach, spürte er die Sehnsucht in sich, heiß und stark wie noch nie zuvor.

Kurz war der Ritt zum Fluss und kurz war der Abschied. Eardin umarmte Bewein. "Du bist jederzeit willkommen in Adain Lit, mein Freund!"

"Ich werde kommen, Eardin, und sei es nur, um mit ein wenig Wildheit und einem verfilzten Bart die Elbenfrauen zu schrecken."

"Das möchte ich gerne sehen!" Whyen lachte.

Fairron schüttelt den Kopf, doch Bewein bemerkte sein Lächeln. Die Elben verabschiedeten sich von Bewein, der Richtung Westen ritt und das Pferd von Gwandur mit sich führte.

Je weiter er Astuil entgegenritt, umso mehr wurde Bewein von Dankbarkeit erfüllt. Sie hatten ihren Auftrag zu einem erfolgreichen Ende geführt! Auch wenn sein Verdienst am Kampf gering gewesen war, sein Stolz war darauf gerichtet, dass sie es gemeinsam geschafft hatten. Auch der größte Schrecken ist zu besiegen, dachte er.

Am Abend erreichte er eine kleine Felsplatte und ließ seinen Blick in Richtung des Lebein schweifen, der bereits weit unter ihm lag. Im Norden konnte er die Hügellandschaft erkennen. Zwischen ihr und dem Fluss ritten die Elben nun entlang. Zu ihrem herrlichen Wald, der sanft in die Hügel überging und überragt wurde vom Hohen Thron. Bewein sah die gewaltige Erhebung vor sich, ein Fels, der tatsächlich in seiner Form an einen Königsthron erinnerte. Dorthin gingen die Elben gerne, um in die Weite zu schauen. Man sah bis zu den Tausend Seen. Eine unendliche Wasserlandschaft, die nördlich des Goldaun ihren Anfang nahm. Tausend Seen seien es, so sagte man, doch Bewein vermutete manchmal, dass es noch mehr waren. Niemand hatte sie je gezählt, denn einen Weg durch das Gewebe von kleinen und großen Seen, von Tümpeln und Wasserwegen zu finden, war nur in den Randgebieten möglich. Der größte Teil war noch nie betreten worden und wilde Geschichten gab es, von Wasserwesen guter und böser Natur. Bewein lächelte, denn er hatte sie als Kind geliebt, diese Geschichten, die seine Mutter ihm immer wieder erzählen musste. Und jedes Jahr wurden die gelbzahnigen Flussdrachen, die im Geheimen lauerten, größer und die Wasserfrauen, die im Nebel sangen und die Wanderer lockten, schöner und geheimnisvoller. Gesehen hatte er sie jedoch noch nie, bei seinen Erkundungsritten in die südlichen Gegenden der Tausend Seen.

So träumte Bewein von seiner Kindheit und von Wasserfrauen und bereitete sich dabei sein Lager. Die Vorräte wurden knapp und er hoffte, bei den Waldmenschen Trockenfleisch und Brot zu bekommen. Äpfel und Beeren würde er zu dieser Jahreszeit immer wieder am Wegrand finden.

Als das Feuer allmählich in Glut überging, legte er sich nieder, hüllte sich in seine Wolldecke und fiel in einen tiefen Schlaf. Eine große Erschöpfung steckte in seinen Knochen und er vertraute auf das gute Gespür seiner Sinne und das der Pferde. Wach zu bleiben erschien ihm nicht möglich.

Ein Scharren von Hufen weckte ihn. Die Pferde regten sich und stießen Laute der Unruhe aus. Ohne sich zu rühren, lauschte er den Schritten, die sich leise näherten, packte sein Schwert, das er nachts wie eine Geliebte neben sich legte und sprang dann so unvermutet aus seiner Regungslosigkeit, dass die Gestalten zunächst zurückschreckten. Doch ebenso schnell erhoben sie ihre Waffen und ein dunkler Schemen sprach zu ihm: „Du bist allein, Fremder, und wir sind zu viert. Du hast zwei Pferde und wir besitzen keines. So werden wir sie dir nehmen."

„Ihr denkt, ihr kommt in der Dunkelheit dahergeschlichen und nehmt einem Soldaten von Astuil seine Pferde?"

„Nein, wir dachten, wir nehmen uns die Pferde, töten den Reiter und nehmen auch noch sein Schwert!" Die Männer lachten.

„Ich rate euch zu verschwinden, denn euer Leben könnte nur noch kurz sein. Ich werde euch töten, wenn ihr es wagen solltet mich anzugreifen."

Daraufhin lachten sie noch lauter.

Wild war der Kampf im Dunkeln. Bewein schwang sein Schwert mit Wucht und Geschicklichkeit. Die Angreifer stoben auseinander, feuerten sich an, stürzten sich wieder auf ihn. Schließlich hieb Bewein ohne Gnade auf sie ein. Er trieb dem Vordersten seine Klinge direkt ins Herz, dem nächsten spaltete er die Schulter. Wie Schlachtvieh lagen sie schließlich vor ihm und das Leben wich aus ihren zerschlagenen Körpern. Mit Grauen wandte sich Bewein ab, denn schon lange hatte er nicht mehr so gewütet. Obwohl er wusste, dass er nur so sein Leben hatte retten können, hasste er es im Innersten, zu töten. Entkräftet sank er an einen Felsen, legte sein bluttriefendes Schwert neben sich, und wartete auf die Sonne. Als sie aufging und ihm das Gesicht wärmte, dachte er an den Morgengruß der Elben und sprach ihn leise. Erst als sein Herz zur Ruhe kam, wagte er es, zu den Getöteten zu schauen. Vier Männer, alle mittleren Alters. Einer war jünger, der Sohn eines der anderen vielleicht. Rau sahen sie aus, alle mit blonden, verfilzten Haaren und Bärten, in die sie Zöpfe geflochten hatten. Ihre Kleidung war abgerissen, soweit er es unter dem Blut erkennen konnte.

'Es mag eine Bande derjenigen gewesen sein, von denen Juran, der Sprecher der Dorfgemeinschaft, erzählt hatte', dachte Bewein. 'Schlechte Menschen, denen das Gift der alten Schlangenkreatur ihr Gemüt noch mehr vergiftet hat, die mordend und plündernd durch die Gegend ziehen. So ist es nicht falsch, dass ich sie erschlagen habe. Doch trotzdem waren es Menschen, und ich habe ihnen ihr Leben genommen.' So grübelte er, während er sie betrachtete. Er erinnerte sich, dass Eardin ihn einmal gefragt hatte, warum er Kämpfer des Königs geworden sei, obwohl er das Töten verabscheue. ‚Weil ich meiner Hoffnung folge und für friedlichere Zeiten kämpfen will', hatte er ihm geantwortet. ‚Und deswegen muss ich die töten, die meine Hoffnung zerstören wollen und mein Volk und meine Familie bedrohen.'

'Es ist gut, dass du keine Lust am Töten empfindest, bewahre es dir', hatte Eardin ihm damals geantwortet. Hatte er heute Nacht Lust am Töten empfunden? Er konnte sich keine Antwort geben. Mit Abscheu hob er sein Schwert auf, reinigte es am feuchten Morgengras. Dann ritt er, ohne sich noch einmal umzuschauen, mit der Sonne im Rücken in Richtung des Eymariwaldes. Die Toten ließ er unbestattet liegen; er hatte zuviel Tod in den letzten Tagen gesehen. Er wollte dem allen entfliehen.

Es dauerte nicht lange, bis drei Waldkrieger ihn zum Halten brachten. Sie wussten von ihm, hatten seine Rückkehr schon erwartet und erhofft. Und sie übermittelten ihm den Dank des Waldvolkes, denn das Licht war zurückgekehrt in den großen Wald. Doch noch immer waren die Wege schwer zu finden, so begleitete ihn einer der Männer. Als sie zum Ende kamen, besann sich Bewein auf den Gruß Eardins.
„Wie geht es Adiad?", fragte er seine Begleitung.
„Gut", antwortete dieser überraschend einsilbig.
„Ich soll ihr einen Gruß bestellen von Eardin, dem Elben." Nachdem der andere nicht antwortete, sprach er weiter. „Sage ihr, dass Eardin sie grüßt und ihre Lieder vermisst."
„Ich werde es ihr mitteilen. Nun reite weiter, Bewein. Wenn du wieder Begleitung benötigst, du bist uns willkommen."
„Ich danke dir", entgegnete Bewein, erstaunt über den schnellen Abschied und die Betonung des einen Wortes, das ihm zeigte, dass nur er willkommen war. Er verneigte sich und ritt seines Weges.
Der Gruß an Adiad wurde aber nie an sie weitergegeben, denn durch einen unglücklichen Zufall war es Sandril, der Bewein begleitet hatte. Der Krieger, der Adiad liebte.

Ohne Hast ritten die Elben zwischen dem dampfenden Fluss und den sonnenbeschienenen Hügeln entlang. Eardin freute sich auf seinen Wald. Seine Seele war in Unordnung und Aufruhr, und schlechte Träume um Bewein hatten seine Stimmung nicht verbessert. Er hoffte, zur Ruhe zu kommen, sobald Adain Lit ihn umfing. Das Lichtspiel der Blätter, der Gleichklang der Elbengemeinschaft und die Lieder würden sein Inneres wieder ins rechte Schwingen bringen. Er wollte zum See gehen und lange im kühlen Wasser schwimmen, um Klarheit zu gewinnen. Immer wieder kamen ihm die wenigen Worte des Waldmenschen Belfur in den Sinn. 'Denke an Adiads Lebensweg. Ihr Schicksal und Glück liegt bei den Menschen, denn zu uns gehört sie und ihre Lebensjahre sind kurz.' Es war schon allein deshalb ein Irrsinn, einen Menschen zu lieben. Er stellte sich vor, wie er sie mitbringen würde zu den Elben, sah die Blicke seiner Mutter Thailit vor sich, hörte beinahe ihre Worte. Sie mochte die Menschen nicht. Er dachte an ihren Wunsch, dass er den Platz neben seinem Vater einnehmen müsse. Seit Langem forderte sie dies schon von ihm. Vor allem, seit sein Bruder gegangen war. Eardin sollte, so meinte seine Mutter, der nächste Ratsvorsitzende ihrer Gemeinschaft werden. Immer wieder hatten sie Gespräche geführt, denn Eardin vertrat die Auffassung, dass der Fähigste an diesen Platz gehoben werden sollte. So wie es in den letzten Jahrhunderten meist geschehen war. Ein Elb, der dies auch wollte, der dafür bestimmt war. Sein Vater war derselben Meinung, doch er schwieg, wenn seine Gefährtin redete. Unwürdig war dieser Streit und sein Bruder war deswegen im Zorn gegangen. Eardin vermisste ihn sehr. Damals, nachdem Lerofar verschwunden war, hatte auch Eardin sich seinen eigenen Weg gesucht, hatte sich verstärkt den Kriegern zugewandt, denn er war kräftig und geschickt mit Schwert und Bogen. Seitdem nutzte er jede Gelegenheit, in die Lande zu reiten. So hatte er in Astuil vor einigen Jahren Bewein kennengelernt. Einiges hatten sie seither zusammen erlebt, Eardin hatte Beweins Frau kennen gelernt und die Freude über die Geburten der beiden Töchter mitempfunden. Bewein hatte ihn immer wieder bei den Elben besucht und sich seinen Wald zeigen lassen. Obwohl Eardin wusste, dass er seine Begeisterung über die Lichtspiele in den Blättern nur bedingt teilte. Als der König von Astuil dann zu den Elben schickte wegen der Bedrohung am Wallstein, war Eardin der erste, der mitgehen wollte. Er hatte seine Freunde Whyen und Fairron gefragt. Damals nahm das Schicksal seinen Lauf, dachte Eardin und nun muss ich sehen, welcher Weg für mich der Richtige ist. Und für die Waldfrau.

„Eardin!" rief Whyen nun zum zweiten Mal. *„In welchen Gefilden weilen deine Gedanken? Wir wollen rasten, Fairron blieb schon dahinten am Bach, doch du reitest wie im Traum weiter."*

„Mein Geist war schon zuhause, Whyen. Ich sehne mich danach!"

„Erwache lieber aus deinem Traum. Wir sind noch nicht dort und kommen noch an der Furt von Dodomar vorbei. Erinnere dich an die Worte des Dorfvorstehers, dass viel Gesindel sich dort niedergelassen hat."

„Ich hoffe, sie bleiben in ihren Löchern, denn ich will in Frieden weiter reiten. Außerdem glaube ich nicht, dass in der Stadt nur noch Schlechtes zu finden ist."

„Ich hoffe es auch, doch die Menschen sind wankelmütig und schnell zum Bösen verführt. Juran hat gesagt, die Ehrlichen verlassen die Stadt. Die Stadt ist nicht weit entfernt von unserem Wald. Bosheit vermischt sich oft mit Faulheit und Gier. Der Ärger wird nicht fern bleiben, wenn nur noch Schlechtigkeit in der Flussstadt wohnt."

Fairron saß schon am Bach und ließ das Wasser über seine nackten Füße plätschern. Die anderen taten es ihm gleich. *„Unsere Vorräte sind geschrumpft, doch sollten sie noch reichen, wenn wir uns mäßigen. Außerdem kommt nach der Furt das Tal der Nüsse."*

Sie erreichten es am Ende des übernächsten Tages. Einen kleiner Hohlweg führte in die Hügellandschaft hinein. Als der Weg sich wieder öffnete, blieben die Elben abrupt stehen. Fassungslos betrachteten sie die Verwüstung: In einzelnen Stücken lagen die alten Nussbäume wild übereinander. Im ersten Moment dachten sie, dass ein gewaltiger Orkan durch das Tal gefegt sei. Dann erkannten sie Spuren von Äxten und sahen Feuerstellen. In wilder Zerstörungswut waren die Bäume nicht nur zerhauen, sondern man hatte auch versucht, sie niederzubrennen.

Eardin traten Tränen in die Augen.

„Das waren die Menschen der verderbten Stadt", flüsterte Whyen. Er hatte den Eindruck, vor einem Gräberfeld zu stehen.

Eardin wendete sein Pferd und preschte der Stadt zu. Whyen und Fairron folgten ihm.

„Was habt ihr getan, ihr Menschen?", schrie er seine Wut den Wächtern entgegen, „warum zerhackt ihr die Bäume? Welcher Wahnsinn beherrscht euch? Ich muss schwer an mich halten, nicht auch euch in kleine Stücke zu schlagen!"

Die beiden Menschen wichen vor der Wut des Elbenkriegers zurück, wollten fliehen.

„Bleibt stehen!", rief Fairron.

Schon im Wasser der Furt stehend, wandten sich die beiden Männer zögernd um.

„Was ist mit dem Tal der Nussbäume geschehen? Sprecht, denn mein Freund macht keine leeren Worte."

Der Ältere der beiden fasste sich ein Herz und begann schnell und aufgeregt zu sprechen. „Erschlagt uns nicht, wir waren es nicht. Wir gehören zum Rest der Stadtwache! Es waren Menschen aus dieser Stadt. Verkommene Menschen, die jetzt hier leben. Einer von ihnen hatte das Tal entdeckt, das auch wir bisher zum Ernten nutzten. Er nahm sich alle Nüsse, heimlich holte er mit seinen Helfern die gesamte Ernte. Er wollte Geld und überhöhte Tauschgeschäfte dafür. Deswegen wurde der Dieb erschlagen, seine gesammelten Vorräte geraubt. Doch seine Helfer sahen sich um ihren Lohn betrogen. Sie gingen in das Tal, zerhackten die Bäume. Niemand sollte mehr davon haben."

„Es tut mir leid, ihr Elben", sagte nun der andere, „denn ich weiß sehr wohl, dass auch ihr immer wieder hierher gekommen seid und euch Nüsse geholt habt und ich weiß, was die Bäume euch bedeuten."

„Du ahnst es nicht einmal!", fuhr Eardin ihn an.

Der Mann senkte den Kopf und sprach weiter: „Für uns Menschen der Stadt war es ein wichtiger Teil der Nahrung für den Winter. So war die Verzweiflung derjenigen, die schon länger hier wohnen, groß. Die Übeltäter aber sind weitergezogen. Sie plündern in anderen Orten und führen ein Leben von Schädlingen in diesem Land."

Die Elben nickten. Wortlos drehten sie sich um und ritten weiter. Die Stadtwachen aber atmeten erleichtert auf, denn die blanke Angst war ihnen in die Glieder gefahren. Stumm kehrten die Männer zurück auf ihre Posten; Relikte der Ordnung Dodomars.

„*Immer, wenn ich denke, ich verstehe die Menschen, merke ich, wie fremd sie mir sind*", sagte Eardin, nach einer längeren Zeit des Schweigens, „*ich kann so eine Tat weder verstehen noch verzeihen.*"

„*Nicht alle sind so*", meinte Whyen.

„*Doch es ist in ihnen angelegt*", antwortete Fairron. „*Nie käme es einem Elben in den Sinn, in blinder Wut lebende Bäume zu zerhacken!*"

'Sie ist nicht so', dachte Eardin, 'ihr wäre eine solche Tat fremd. Ich habe gesehen, wie sie eine Eiche gestreichelt hat und leise mit ihr sprach, als sie sich unbeobachtet fühlte. Sie ist anders als die übrigen Menschen.' Doch er war sich nicht mehr sicher, ob dem wirklich so war oder er es nur glauben wollte. Das Geschehen im Tal der Nüsse hatte sein Vertrauen in die Menschen wieder erschüttert.

Die drei Freunde kehrten heim in ihren Wald und wurden mit Freude empfangen. Die Elben hörten die Geschichten und schrieben sie auf. Alles, außer dem Namen von Gwandur.

Ordnung und Gleichklang legte sich über Eardin, Fairron und Whyen. Die Gesänge und das Schwimmen im See reinigten und heilten ihre Seelen. Doch die Tiefe von Eardins Herz klärten sie nicht.

Winterzeit bei den Eymari

Sandril hatte den Eymari erzählt, was er von Bewein gehört hatte. So erfuhr Adiad, dass alle, außer Gwandur, überlebt hatten und sie dankte den Göttern. Als er erwähnte, dass die Elben wieder in den Norden geritten waren, welkte die Hoffnung, dass Eardin wieder zu ihr zurückkehren würde. Es war nur ein vager Traum gewesen. Adiad fügte sich wieder in ihr Leben, half ihren Eltern, die nun, da sie älter wurden, verstärkt ihrer Hilfe bedurften. Oder sie ritt mit den Kriegern, saß mit ihnen des Abends am Feuer. Sie verstanden sich und konnten über Dinge reden, über die man nur in großer Vertrautheit spricht. Sandril bemühte sich jetzt offener um sie, nachdem Belfur ihn ermutigt hatte, ihr Herz für sich zu gewinnen. Die anderen begrüßten sein Werben, denn er war einer von ihnen. Erheitert beobachteten sie, wie er ab und zu wagte, den Arm um sie zu legen. Dies hieß noch nicht viel, denn viele Krieger neigten dazu, sie freundschaftlich zu umarmen. Doch bei Sandril, der eher von verschlossener Art war, war es neu. Neckend ermunterten sie ihn, nicht so scheu zu sein, sich von Adiads widerborstigem Wesen nicht abschrecken zu lassen. Von den Geschehnissen im Wald wussten die Waldkrieger nicht, da Belfur sich in Schweigen gehüllt und nur mit Sandril im Geheimen darüber gesprochen hatte.

Adiad nahm es hin, denn solange es bei Umarmungen blieb, war nicht viel geschehen. Auch die Bemerkungen der Männer ertrug sie klaglos. Sie erhoffte Trost in ihrer vertrauten Nähe, denn zunehmende Schwermut hatte sie ergriffen. So wie die letzten Blätter des Waldes fielen, so fiel die Freude von ihr ab. Ihre Lieder verstummten, immer öfter verfiel sie in langes Schweigen. Wenn möglich, ging sie alleine in den Wald, lief dort ziellos umher, lehnte sich an die Bäume, suchte Halt in ihrer zeitlosen Stärke. Mit niemanden konnte sie über das sprechen, was sie bedrückte. Ihr Weg war von den anderen vorgezeichnet und beschlossen. Auch ihre Eltern begrüßten eine Verbindung mit Sandril, sie meinten, dass es Zeit für sie wäre. Adiad war siebenundzwanzig. Andere Frauen in ihrem Alter waren bereits von einer Schar Kinder umringt. Von Eardin hatte sie ihnen nicht erzählt; sie wollte es nicht und sie hätte auch nicht gewusst, was sie erzählen sollte. Obwohl ihre Mutter sie drängte, ihr zu offenbaren, was sie bedrückte. Adiad verschloss sich auch ihr. Belfur hatte ihr versprechen müssen, über die Geschehnisse am See und im Wald zu schweigen. Zwar wunderte sie sich über Sandrils plötzliche Kühnheit, doch sie vertraute darauf, dass Belfur sein Wort hielt.

Immer lauter wurde der innere Ruf, den alten Baum zu besuchen, bei dem sie seit ihrer Kindheit Trost gefunden hatte. Doch er war einen halben Tagesritt entfernt und es war Winter. Wenn sie zu ihm gehen würde, dann wollte sie länger bleiben. So wie sie es immer tat. Sie wollte an seinem Stamm ruhen, in der Nacht im Gras unter den Sternen schlafen.

So näherte sich das Frühjahr. Milde Tage hatten den Boden geöffnet. Beladen mit einem Korb Milchkrautwurzeln kehrte Adiad eben in die Siedlung zurück, als Marid sie zu sich rief. Sie war eine der Dorfältesten und vor allem war sie die Kräuterfrau des Dorfes. Früher hatte Adiad viele Stunden mit Marid verbracht. Die alte Frau hatte sie damals angesprochen, weil sie Mitleid ergriffen hatte. Mitleid mit diesem einsam umherstreifenden Mädchen. Adiad hatte ihr geholfen und von ihr gelernt. Marid hatte sie gerne um sich. Mit ihr hatte Adiad auch über ihre merkwürdigen Fähigkeiten sprechen können. „Es wird sich alles fügen, Adiad. Dein Wesen ist noch verborgen, doch es ist mehr in dir angelegt, als du glaubst." Oft hatte Marid zu ihr diese Worte gesagt. Zu oft, denn Adiad nahm ihren Inhalt bald nicht mehr wahr.

An diesem Abend rief Marid nach Adiad. Lange schon war sie nicht mehr bei ihr gewesen und lange schon hatte sie nicht mehr mit ihr gesprochen.

„Adiad, mein Kind, komm zu mir in die Hütte. Setz dich und trink etwas. Das Licht des Johanniskrautes wird deine Seele beruhigen."

Herbwürzig hingen die Gerüche der Kräuter in der Luft, mit denen Marid die Decke ihrer einfachen Behausung behängt hatte. Kleine Tonkrüge mit Salben standen ordentlich beschriftet in einem Regal an der geschwärzten Wand. Adiad atmete tief durch, die vertraute Nähe der Kräuter tröstete sie. Mit unergründlichen Augen sah sie zu Marid, deren Herz von tiefem Mitgefühl ergriffen wurde.

„Mädchen, ich kenne dich schon lange und ich sehe, dass du leidest. Und ich verstehe es nicht. Was ist geschehen? Du läufst mit traurigen Augen umher, du singst und lachst nicht mehr. Dabei müsste es anders sein. Du hast den Platz bei den Kriegern, den du wolltest und Sandril zeigt dir offen seine Liebe. Er ist ein wenig verschlossen, aber im Grunde ein guter Junge. Doch auch wenn du ihn nicht liebst, ist dies kein Grund für diese tiefe Traurigkeit."

Adiad suchte Marids gütigen Blick, aber ihr Herz war vom Schmerz umklammert. Sie konnte nicht sprechen.

„Adiad, ich mache mir Sorgen um dich, ich möchte dir helfen! So oft bist du zu mir gekommen, hast mit mir geredet. Es hat deine Seele gereinigt und du hast den Weg wieder gesehen, der vor dir lag. Ich bitte dich, vertrau mir und erzähl mir, was geschehen ist." Marid setzte sich neben sie, nahm sie in die Arme und wiegte sie wie ein kleines Kind. Dabei summte sie längst vergessene Lieder aus der

Kinderzeit. Adiad merkte, wie sich dabei der Knoten um ihr Herz löste, und dann weinte sie. Sie drückte ihr Gesicht an die Schulter von Marid und weinte ihren Schmerz in die Umarmung der alten Kräuterfrau.

„Erzähl es mir, Kind. Rede, Adiad! Nicht nur das Weinen, auch das Reden hilft, dein Herz zu befreien."

Schließlich erzählte Adiad von Eardin, von den Tagen im Wald und von ihrer wachsenden Liebe zu ihm. Sie erzählte vom See, vom Abschied und von den Worten Belfurs. „Er hat gesagt, dass es mir nur Unglück bringt, einen Elben zu lieben, dass wir zu verschieden sind und ich bei den Menschen bleiben soll. Ich werde alt werden, Marid, viel schneller als er. Er soll sich eine Elbin als Gefährtin nehmen und nicht mich. Doch mein Herz schreit nach ihm, Marid, jenseits jeder Vernunft! Ich rede mit den Bäumen, flehe sie an, diese Liebe von mir zu nehmen. Doch ich finde keinen Trost mehr bei ihnen."

„Adiad, mein Kind, ich danke dir, dass du es mir erzählt hast." Marid strich über ihre Wange, wischte die Tränen aus ihrem Gesicht. „Du solltest dem Leben vertrauen und den hellen Fügungen des Schicksals. Wenn dein Weg dich zu diesem Elben führen soll, dann werden sich unerwartete Pfade auftun."

„Du redest in Rätseln, Marid, denn ich sehe keine Wege für mich. Doch es hat mir geholfen, mit dir zu sprechen und ich danke dir für deine Liebe und deinen Trost. Ich muss zur Ruhe kommen, so werde ich für eine Weile zu meinem Baum gehen. Im Frühjahr, wenn es wärmer ist."

„Tu dies, Adiad und bedenke auch, dass Eardins Weg ein anderer sein kann als deiner. Dass du deine Menschenwege ohne ihn gehen musst. Nun trink den Becher leer und leg dich auf mein Lager. Ich werde dir ein Lied der Heilung singen."

Adiad legte ihren Kopf in Marids Schoß und Marid sang sie in den Schlaf. Und dieser Abend bei der alten Kräuterfrau rettete Adiad durch ihren langen Winter.

φ

Seine Frau fehlte ihm sehr, doch die Priester brauchten sie noch nicht. Sie wollten erst den Männern den Weg zeigen. Er betrachtete den Staub unter seinen Füßen, den die Dorfbewohner vor ihm aufgewühlt hatten. Elendes Land, verbranntes Land. Hunger und Elend hatte der Fluch dieses Wesens gebracht. Doch die Priester hatten es vernichtet. Ihre Macht war derart groß, dass sie das Unheil vom Land genommen hatten. Zwar hatte ein Reisender behauptet, Krieger aus Astuil hätten dies vollbracht. Er schüttelte den Kopf. Nein, was hätten normale Menschen gegen einen Dämon ausrichten können? Dies war nur eine weitere Lüge ihres Königs. Nein, er glaubte den Priestern. Sie trugen Mäntel aus der Haut dieser Schlange und sie sprachen Worte der Macht und der Hoffnung. Er glaubte an die Zukunft, die sie ihnen versprochen hatten. Und er glaubte ihnen das Versprechen von der Unsterblichkeit, der Zunahme an Kräften, durch das Essen des Schlangenfleisches. Denn die Macht dieses Wesens war groß und ebenso war die Magie der Priester groß. Lange war sie bewahrt und streng gehütet worden, durch viele Menschengenerationen. Und nun waren die Nachfolger der großen Hexer in diese Zeit der Zerstörung gekommen und hatten neue Hoffnung gebracht.

„Hast du Angst, Timor?", hörte er die Stimme seines Freundes neben sich.

„Nein, ich hatte vorher Angst. Angst davor, wie es weitergeht. Jetzt habe ich Hoffnung, Wreod. Sie sind mächtig, diese Schlangenpriester. Sie werden uns helfen!"

„Das glaube ich auch, Timor. Und ich hoffe, sie tun dies schnell. Meine Frau, mein Sohn, blieben zurück. Ich will sie zu mir holen. Sie sollen dabei sein, wenn die satten Jahre anbrechen."

„Doch warum wollte er nur uns Männer?, fragte Timor leise, „ich verstehe es immer noch nicht."

Wreod zuckte mit den Schultern. „Ich weiß es nicht. Denk an den Efeu, auch er wächst zunächst langsam und mühsam, doch schließlich wuchert er in alle Richtungen."

„Er ist ein Schattengewächs, mein Freund", erwiderte Timor nachdenklich. „Wie auch immer", wischte er das düstere Bild zu Seite, „die anderen folgen ihm auch. Auch sie ließen ihre Familien zurück. So wird es schon richtig sein."

Der Zug der Männer vor ihm kam zum Halten. Timor nahm den Gestank wahr, und wusste, dass sie ihr Ziel erreicht hatten. Müde folgte er den Gestalten, die ihnen den Weg zu den Höhlen wiesen. Im Vorbeigehen sah er die Reste der Schlange und erschauderte vor ihrer Größe. Nur noch der Kopf und ein Teil des Rumpfes war zu sehen. Umgeben von beißendem Gestank schnitten Männer das Fleisch von ihr, zerhackten die Knochen, sammelten dann alles ordentlich und schafften es zu glühenden Feuern. Bevor er noch weiter schauen konnte, drängten sie ihn weiter, in Richtung eines Höhleneingangs.

„Setz dich hin und erhol dich ein wenig, Timor", hörte er bald danach die Stimme seines Freundes und schob erschöpft sein Bündel unter den Kopf.

Besuch eines Freundes

Wenig Grün war in Astuil. Das Land jedoch, die Vögel und die Wärme der Sonne kündeten vom Frühling. So hielt es Bewein, wie jedes Jahr um diese Zeit, nicht länger. Er wollte hinaus aus der Enge der Stadt. König Togar hatte ihm gestattet zu gehen. Seine Rolle als Kundschafter und Ratgeber des Königs gab ihm diese Freiheit, die er auch zu schätzen wusste. Tief atmete er durch, als er durch das Stadttor ritt. Er freute sich auf den Ritt und auf den Wald der Elben. Pfeifend ritt er der Mühle von Dorbis entgegen. Es verlangte ihn nach Grün, er hatte genug von grauen und steinernen Städten. ‚Die Elben haben mich schon verändert', dachte er schmunzelnd.

Die beiden Wächter am Rande des Elbenwaldes freuten sich ihn zu sehen. Er war nicht bei allen Elben beliebt, doch die Krieger mochten seine Art.

„Ich grüße dich, Bewein!", rief Fandor, „du musst beim letzten Schnee in Astuil aufgebrochen sein, um zu dieser Zeit bei uns zu erscheinen!" Der Elb war aus der mannshohen Wurzelhöhle eines Baumes getreten. Ein bauchartiges Gebilde, das bei jedem Besuch Beweins verwandelt wirkte. Im Winter schien sich der Eingang, die ganze Höhle zu verschließen, im Sommer zu weiten. Luftige Spalten erschienen in der Rinde, blühende Ranken suchten sich Wege und schufen eine Wachstube, die zum Träumen einlud.

„Auch ich grüße dich, Fandor! Ich bin wahrlich früh aufgebrochen und es ist wunderbar, wieder hier zu sein."

„Dann sei willkommen. Ich freue mich, dein wildes Gesicht wiederzusehen! Meine Freude gilt auch Eardin, dein Besuch wird ihm gut tun."

Bewein war überrascht. „Ist er krank?"

„Ich weiß nicht, was ihm fehlt, Bewein. Er ist nicht krank, im üblichen Sinne. Doch nun reite in den Wald. Du findest den Weg allein?"

„Ich finde ihn. Wenn ich mich verlaufe, schreie ich laut!"

„Ich bin sicher, wir werden dich hören. Du musst nur achtgeben, von den anderen nicht mit einem wilden Bären verwechselt zu werden. Dein Aussehen macht eine Verwechslung leicht möglich."

Die Elben lachten und Bewein ritt an ihnen vorbei, hinein in den Wald von Adain Lit. Auch wenn er wenig Sinn für den Elbenzauber hatte, er empfand ihn in diesem alten Wald. Die Bäume bewegten sich wie eigene Wesen, sie schienen nicht im Takt des Windes zu schwingen. Blätter fielen unvermittelt, als ob sie ihn necken wollten. Und manchmal erschien es ihm, dass Pflanzen an einem Ort wuchsen, wo eben noch keine gewesen waren. Der ganze Wald strömte eine außergewöhnliche Lebendigkeit aus, bei der Bewein sich sehr klein und unbedeutend vorkam. Während er dem Pfad folgte, fühlte er sich beobachtet. Es war nicht unangenehm, doch ungewohnt und ein wenig unheimlich, denn er sah niemanden. Leise Gesänge schienen in der Luft zu liegen. Bewein ahnte dies nur und manchmal meinte er auch, er bilde sich alles nur ein. Doch er wusste von Eardin: vieles in diesem Wald blieb den Augen und Ohren der Menschen verborgen. Er dachte über seinen Freund nach, aber nur kurz, denn ihm war klar, dass vorzeitiges Grübeln zu nichts führte. Er wollte abwarten und sehen.

Es dauerte eine Weile, bis er die Wohnstatt der Elben erreichte. Da er um die Länge des Weges wusste, hatte er am Vortag in der Nähe des Waldes sein Lager aufgeschlagen, um gleich am Morgen hinein zu reiten. Es war beinahe Abend, als er ankam. Das Horn der Wächter hatte seinen Besuch bereits angekündigt, so standen einige Elben auf dem großen Platz unter den Bäumen, um zu sehen, wer kommen würde. Auch Abgesandte von Eardins Eltern waren da, um ihn zu begrüßen.

„Im Namen von Aldor und Thailit heißen wir dich willkommen, Bewein, Reiter des Königs von Astuil", sagte Aleneth freundlich. Der Elb trug das gegürtete, hellbraune Hemd der Krieger über seiner Hose, doch er war ohne Waffen, denn kein ungebetener Gast konnte den Wald der Elben betreten.

„Auch ich grüße euch, ihr Elben, und ich bin wirklich dankbar, dass ihr mich wieder aufnehmt!" Bewein verneigte sich schmunzelnd.

„Aber du kannst nur bleiben, wenn du deine Drohungen nicht wahrmachst", rief eine Stimme.

Bewein richtete sich auf und erkannte das tiefschwarze Haar Whyens zwischen den meist blonden Haaren der anderen Elben. Whyen lachte und umarmte ihn freundschaftlich. „Welch eine Freude, dich zu sehen! Du siehst immer noch wild aus, Bewein. So halte dich zurück, unsere Elbenfrauen zu schrecken."

„Ich bin so und ich bleibe so!", entgegnete Bewein. „Ich bin wie ein alter Baum, zu knorrig, um mich noch zu ändern."

Whyen lachte. „Komm mit mir, knorriger Mensch. Morgen magst du vor Aldor und Thailit treten, nun ruhe dich aus, stärke und wasche dich."

„Waschen muss nicht sein, aber stärken würde ich mich gerne!"

„Doch das Waschen würde dir auch nicht schaden, Bewein, denn es wäre nicht gut, eingehüllt in üble Gerüche, vor den hohen Elben zu erscheinen."

Bewein seufzte. „Sag mir zunächst, wo Eardin ist."

„Ich vermute ihn auf der Lichtung beim Versammlungshaus. Dort ist er in den letzten Wochen meistens zu finden. Er sitzt dort und schnitzt seine Pfeile. Ich denke, mit der Menge der Pfeile, die er bisher gefertigt hat, könnte man mittlerweile große Schlachten schlagen."

„Wie geht es ihm, Whyen?"

„Ich weiß keine rechte Antwort auf deine Frage, Bewein. Für diejenigen, die ihn nicht kennen, wirkt er normal. Doch, wenn ich ehrlich bin, es geht ihm nicht gut. Fairron und ich haben wiederholt versucht, mit ihm zu reden, doch du kennst ihn. Seine Antworten sind stur dieselben: es ginge ihm gut, wir sollen seinen Gleichklang nicht stören."

Bewein sah Whyen direkt in die Augen. „Gleichklang? Du weißt, was ihm fehlt und ich weiß es auch."

„Ja, ich weiß es und ich habe es ihm gesagt, doch ich erntete nur wütende Blicke. Ich habe ihm sogar geraten, zu ihr zu reiten, um Klarheit zu gewinnen. Eardin antwortete mir, dass er hierbleiben werde und seiner Wege gehen wolle. Und das tut er, Bewein, doch in merkwürdiger Weise. Nicht nur, dass er tagelang seine Hölzer schnitzt, er wendet sich zusehends seinen Pflichten als Nachfolger seiner Eltern zu. Er nimmt, meist schweigend, an allen Ratssitzungen teil und sitzt dabei auf dem Stuhl neben Aldor, den er immer gemieden hatte."

„Er hasst diesen Stuhl, das weiß ich. Er wollte nie die Rolle, die seine Mutter ihn spielen lassen will. Und nun sucht er sie plötzlich freiwillig?"

„Ja, doch er tut dies alles, ohne dass sein Herz beteiligt ist."

„Nun gut, dann will ich zu ihm gehen und sehen, ob er mit mir reden mag."

Bewein ließ Whyen stehen und machte sich auf den Weg zur großen Lichtung. Hier stand das Haus der Versammlung, wo der Rat abgehalten wurde, aber auch gemeinsame Essen stattfanden, gesungen und getanzt wurde. Auf der Wiese dahinter hatten die Krieger ihren Platz. Die Bögen wurden dort gefertigt und ausgebessert, die Pfeile wurden geschnitzt und vollendet und das Bogenschießen wurde zur Vollkommenheit geführt. Mit eleganten Bewegungen übten sich die Schwertkämpfer.

Eardin saß auf einem Holzschemel, schnitzte mit seinem Messer das Eschenholz und die Späne flogen in alle Richtungen. Die Frühjahrssonne ließ sein blondes Haar leuchten. Er trug einen grauen, dicken Umhang, denn der Wind blies noch kühl auf der Lichtung. Bewein näherte sich ihm und wunderte sich. Er hatte sich schon vorher gewundert, Eardin nicht am Platz bei der Begrüßung zu sehen. Auch jetzt war er so in seine Gedanken versunken, dass er erst aufsah, als Bewein schon fast neben ihm stand.

„Ich höre, du rüstest ein Elbenheer mit Pfeilen aus."

„Bewein, welcher Wind hat dich hierher getrieben?" Eardin sprang auf und umarmte seinen alten Freund.

„Jetzt erzähl mir bloß, du hast von meiner Ankunft nichts mitbekommen, Elb."

„Es tut mir leid, Bewein, ich war in Gedanken. Umso mehr freue ich mich, dich zu sehen." Eardin betrachtete ihn aufmerksam von oben bis unten. „Du bist schmutzig, aber gesund. Ich hatte auf dem Rückweg im Herbst böse Träume von dir, doch ich spürte auch, dass du wohlbehalten bist."

„Ich werde dir alles erzählen. Auch deine Geschichten möchte ich hören. Wir haben Zeit, denn ich habe nicht vor, so schnell wieder aufzubrechen. Lass uns zu Whyen gehen, er hat mich eingeladen. Doch zuerst sollte ich mich wahrscheinlich reinigen, nachdem mich schon der zweite Elb wegen meiner Erscheinung gerügt hat."

Eardin legte sein Messer zur Seite und begleitete ihn. Sie brachten ihm erwärmtes Wasser und saubere Kleidung und selbst Bewein wusste dies zu schätzen.

So saßen sie später bei Whyen. Fairron war bald zu ihnen gestoßen. Hoch in den Bäumen hatten die meisten Elben ihren Platz gefunden. Die Bäume weiteten sich zu Gebilden, die entfernt an bedachte Vogelnester erinnerten. Doch sie waren nicht aus den Bäumen gewachsen, sondern von den Elben darin errichtet worden. Wobei Eardin Bewein einmal erzählt hatte, dass die Bäume auch ihren Anteil dabei hatten. So waren die *Elorns* entstanden, fantastische Gebilde mit merkwürdigen Windungen und großen Räumen, mit verschlungenem Schnitzwerk und gewundenen Treppen. Die meist runden Fenster ließen viel Licht hinein, so wirkten die Elorns leicht und hell. Das vollkommene Gegenteil zu den schweren Steinhäusern von Astuil. Auch ihre Anordnung im Wald ergab sich aus dem Wuchs, der Laune der Bäume und Pflanzen. Die Stadt der Elben von Adain Lit auf Papier bringen zu wollen, wäre für jeden Baumeister ein hoffnungsloses Unterfangen geworden. Die meisten dieser prächtigen Baumhäuser waren auf Eichen und Buchen gebaut, alt und stabil. Die Treppen zu ihnen wuchsen in seltsamer Art aus den Stämmen, und schon hier bewahrheiteten sich die Worte Eardins, denn nie hätten die Elben von sich aus Stiegen in einen Baum geschlagen.

In einem dieser Elorns saßen sie nun zusammen.

Whyen füllte Bewein den Becher mit Wein. „Ich bringe noch Früchte, Käse und Brot. Dein Ritt war lang und dein Essen wird knapp gewesen sein."

„Das war es wahrhaftig. Doch nun lasst uns erzählen. Unsere Gespräche sollten ausreichen, den Abend zu füllen und den Krug zu leeren."

Bis spät in die Nacht saßen die drei Elben und der Mensch am Tisch, das Lachen tat Eardin gut und verscheuchte für einige Zeit seine Düsternis.

Bewein schlief tief und lange. Er hatte, wie immer, darauf bestanden, in einer kleinen Hütte am Boden sein Lager zu bekommen. Die Bäume waren ihm als Schlafplatz fremd und unheimlich. Wenn der Wind stärker wehte, bewegten sie sich knarrend. Er hatte sich wie auf einem Boot gefühlt. Deswegen schlief er lieber auf dem Boden der vertrauten Erde.

Der Morgen brachte einen leichten Regen und die knospenden Bäume streckten sich ihm entgegen. Bewein wurde bald in das Versammlungshaus zum hohen Rat gebeten. Andächtig strich er über eine der Stützen der offenen, achteckigen Halle. In sich verschlungene Stämme weiteten sich nach oben zu einem hölzernen Blattwerk, das den großen Raum vor Regen schützte. Die elf Magier Adain Lits und ein Großteil des Elbenvolkes waren im Haus und auf der Wiese versammelt. Ausgiebig betrachtete Bewein, wie jedes Mal, die Elbenschrift auf dem Boden. Manchmal meinte er, sich in den Zeichen und Formen zu verlieren, als ob sie ihn in fremde Welten führten. Die großen Holztische, an denen sich die Krieger zum Essen zusammenfanden, waren herausgetragen worden und hatten Bänken und Stühlen Platz gemacht. Selbst die Stühle hatten die Form filigraner Blattschalen. Eardin saß neben seinen Eltern Aldor und Thailit auf dem erhöhten Podest. Der Ratsvorsitzende und seine Gefährtin waren beide in lange, helle Gewänder gehüllt. Ihr Haar wurde von feinen Stirnreifen gehalten. Auch sie trugen, wie alle Elben Adain Lits, Falkenfedern im Haar. Aldor hatte weiße Eulenfedern daneben gesteckt, Thailits Gewand war von Fuchshaar durchwebt. 'In irgendeiner Weise passt dies zu ihr', dachte Bewein. Trotz seiner Bitten hatten ihm die Elben nie erzählt, was der Sinn dieser Federn und Tierhaare, Zähne und Krallen war. Das Geheimnis blieb den Menschen verschlossen. Bewein betrachtete die scharfen Gesichtszüge Thailits und bemerkte, wie auch sein eigener Blick sich dabei verhärtete. Aldor dagegen ähnelte in seinem Aussehen eher seinem Sohn Eardin. Braune Augen unter dunklen Augenbrauen, in einem wohlgeformten, entschlossenen Gesicht.

Aldor lächelte ihm zu, als er die Blicke Beweins bemerkte. Eardin hing daneben in seinem Stuhl. Er trug die Kleidung der Krieger und spielte mit seinem Messer. 'Zumindest die Kleidung hast du dir noch nicht vorschreiben lassen', dachte Bewein.

Aldors Stimme rief in der Sprache der Menschen zur Ruhe, denn das Gesetz der Gastfreundschaft gebot es, die Rede nach dem Gast zu richten. Dann begann der Rat. Die Elben wollten von Bewein vor allem von den Unruhen und Geschehnissen im Lande Astuils wissen. Sie wollten hören, ob die verderbten Banden des Flusses bis zur Königsstadt gekommen waren. Er erzählte ihnen, dass sie in der Ebene vor den großen Seen einige Dörfer geplündert hatten. Mittlerweile waren von König Togar aber Soldatentrupps ausgeschickt worden, um die Dörfer zu schützen. Das ganze Land schien in Bewegung. Immer noch verließen Menschen die Gegend der verbrannten Erde, andere kehrten zurück. Es würde einige Zeit dauern, bis wieder Ruhe eingekehrt war und die Dörfler wieder vom Boden leben konnten. Den Lebein herauf waren wieder kleine Gruppen von Menschenhändlern in die Lande Astuils gezogen. Der Winter hatte sie zwar vertrieben, es war jedoch zu befürchten, dass sie zurückkommen würden, jetzt, wo der Schnee wich. Diese Männer aus dem Osten fielen über Reisende oder Weiler her, verschleppten Frauen, manchmal auch Knaben. Im letzten Sommer waren Nachrichten von mehreren solcher Überfälle nach Astuil gelangt, doch die Menschenhändler waren schwer zu greifen. Sie waren geschickt in der Tarnung, schnell und erbarmungslos im Vorgehen. Beim letzten Rat in Astuil hatte man beschlossen, erst abzuwarten, ob die Überfälle wieder beginnen würden. Die Elben erzählten von Dodomar, und Bewein wollte dem König davon berichten. Die Stadt war ein Lehen Astuils, das sich ein großes Maß an Selbstständigkeit erkämpft hatte. Deshalb konnten sie zwar gegen die umherziehenden Banden, die aus ihr hervorkamen, etwas unternehmen. Gegen die Stadt selbst vorzugehen war schwieriger.

„Es ist eine Räuberhöhle geworden und wir sollten überlegen, ob wir unseren Wald nicht besser schützen, bevor sie uns die Bäume zu Brennholz schlagen", sagte einer der jüngeren Elben.

„Die Menschen haben Adain Lit nicht zu betreten", erhob nun Thailit, die Mutter Eardins, ihre harte Stimme. „Ihr Sinn besteht vor allem aus Habgier und Zerstörung und ist auf diese Weise den Zwergen ähnlich. So bitte ich die Magier nochmals, Wege zu ersinnen, den Wald für sie endgültig zu verschließen."

Bewein sah betroffen um sich, doch wenige nahmen in diesem Moment noch wahr, dass ein Mensch unter ihnen weilte. Weitere Stimmen wurden laut und Bewein erkannte, dass diese Gespräche wohl schon öfters geführt worden waren.

„Du hast uns schon das letzte Mal darum gebeten, Thailit, und es gibt Wege dies zu tun. Doch wir sollten gut darüber nachdenken. Es ist nicht immer weise, sich hinter Mauern zu verstecken und vor der Welt zu verschließen," meldete sich Mellegar, der Hohe Magier, zu Wort.

„Es ist nicht die Zeit, um darüber zu reden", sagte nun Aldor entschieden. „Wir haben einen Gast bei uns und sollten dieses Gespräch später weiterführen. Bewein, ich danke dir für deine Worte und deine offenen Berichte. Und danken möchte ich dir dafür, dass durch deine weise Führung der Ritt gegen die Schlange erfolgreich war und Fairron, Whyen und unser Sohn heil zurückkehren durften. Bleib nun solange du möchtest bei uns und sei willkommen, Mensch!" Und er sprach dies, so spürten es alle, um Bewein das Unbehagen zu nehmen, das ihm nach Thailits Worten geblieben war. Aldor beendete die Zusammenkunft des Elbenrates. Das Haus der Versammlung leerte sich langsam, denn viele waren noch in Grüppchen stehen geblieben, um über die Worte Thailits und Mellegars zu sprechen.

„Die Seele meiner Mutter ist voller Misstöne," murmelte Eardin. Gemeinsam mit Bewein schlenderte er durch das dampfende Licht des Waldes. Der Regen hatte aufgehört, die Feuchtigkeit suchte sich wieder ihren Weg in den Himmel. „Ihre Worte sind oft schnell und unbedacht. So bitte ich dich, ihr zu verzeihen, dass sie dich verletzte, indem sie alle Menschen schlecht heißt."

„Lass uns nicht über deine Mutter reden. Ich habe sie noch von meinem letzten Besuch in unguter Erinnerung. Doch du musst mit ihr leben und nicht ich. Was ich nicht verstehe und mir mehr zu denken gibt ist, warum du plötzlich ihre Nähe suchst und dich auf diesen merkwürdigen Stuhl der Nachfolge setzt, der dir bisher immer zuwider war."

„Vielleicht weil ich meinen Platz gefunden habe?"

„Du hast also, vielleicht, deinen Platz gefunden. Vielleicht aber auch nicht."

Schweigend liefen sie weiter.

Nach einer Weile begann Eardin wieder. „Ich habe einen neuen Bogen gefertigt, Bewein, schneller und besser als alle anderen, die ich bisher hatte. Ich habe ihn wie die anderen aus Ulmenholz gemacht und mit starken Zeichen verziert. Es war eine besondere Ulme, deren Holz ich im nördlichen Teil des Waldes fand. Ich meinte, das Holz atmen zu hören. So atmet der Bogen bei jedem Schuss des Pfeiles."

„Das freut mich für dich, Eardin, ich würde den Bogen gerne sehen", antworte Bewein und folgte dem Elben zu seinem Elorn. Neben dem Buchenstamm stand eine kleine Bank, auf der er sich niederließ. Er wollte nicht über Bögen mit Eardin reden. Aber er wusste nicht, wie er über das sprechen sollte, was ihm wirklich am Herzen lag. So bewunderte er den neuen Bogen, der tatsächlich etwas Besonderes war und den der Elb kunstvoll mit silbernem Rankwerk und geschnitzten Zeichen versehen hatte.

„Er ist wunderbar und deiner würdig und ich wünsche dir, dass zumindest dein Bogen immer sein Ziel treffen wird."

„Was meinst du damit?" Eardin sah ihn erstaunt an.

„Ich meine damit, dass es mir so scheint, dass du in deinem Leben dein Ziel nicht mehr ganz im Auge hast."

„Und was soll das sein?", fragte Eardin mit leichtem Ärger in der Stimme.

„Das weißt du selbst, doch du willst es nicht wahrhaben, mein Freund. Oder willst du mir erzählen, dass du bald als Ratsvorsitzender der Gemeinschaft mit edlen Gewändern in ihrer Mitte sitzen willst? Mit einer Elbin an deiner Seite, die deine Mutter für dich ausgesucht hat? Edel von Geblüt und wunderschön, aber nicht fähig, dein Herz zu berühren."

Eardin starrte ihn an, stand auf und verschwand zwischen den Bäumen.

„Deine Worte tun ihm gut", Fairron war neben ihm erschienen.

„Ich bin mir nicht so sicher. Jedenfalls scheinen sie ihn aufgeweckt zu haben."

„Lass ihn, Mensch, es ist heilsam, dass er in den Wald geht. Die Bäume lieben die Elben und werden ihm helfen."

„Ich glaube, dass nur eines ihm helfen kann, aber dazu müsste er sich auf einen schweren Weg machen."

„Du meinst, er sollte zu Adiad reiten?"

„Ja, das meine ich und ich weiß, dass Whyen es ihm auch schon geraten hat. Aber er will nicht. Und ich möchte zu gerne wissen, was in seinem Kopf vorgeht."

Eardin lief durch den Wald, bis er seinen Zorn nicht mehr spürte. Dafür roch er die Frische der Erde und merkte, dass er sie schon lange nicht mehr so berauschend nahe empfunden hatte. Sie berührte ihn, er blieb stehen, spürte ihrem Atem nach und sah nach oben, ins Licht. Und auch dies war schon länger nicht mehr geschehen, denn sein Blick war in der letzten Zeit eher nach unten zu seinem Schnitzwerk gegangen. So setzte er sich unter einen Baum und beobachtete das Licht. Es spielte mit den jungen Blättern, mit dem Silberglanz, der über allem lag. Ein Lied entfaltete sich. Leise summte er es vor sich hin, bis er erkannte, dass es kein Elbenlied war und sich erinnerte, wer es gesungen hatte. Und Eardin wandte sich ab vom Baum und vom Licht und lief zurück zu seinen Pfeilen.

In den nächsten Tagen ging er dem Menschen und auch Whyen und Fairron aus dem Weg. Doch Bewein hatte Zeit und ließ ihm Zeit. Er besuchte Whyen in der Schmiede, bewunderte die kunstvollen Waffen und Schilder. Er wanderte zu den Feldern und sah den Elben zu, wie sie unter Gesang die Saat auf den großen

Lichtungen einbrachten. In stiller Muße beobachtete er die Korbflechter, die aus Eschenholzstreifen stabile Tragekörbe fertigten. Ab und zu fand er auch den Weg in das Geschichtenhaus. Besonders die Elbenkinder saßen hier gerne auf den umlaufenden Bänken, gelehnt an Holzwände, die in der oberen Hälfte mit Bildern aus ihrer langen Geschichte bemalt waren. In dieser anregenden Umgebung trafen sich immer wieder Elben, die aus Büchern vorlasen oder frei sprachen. Sie erzählten von vergangenen Zeiten und schilderten aufregende Lebensschicksale. Bewein schloss dabei die Augen, hörte zu und dachte an seine verstorbene Mutter. Auch liebte er es, in die Obstgärten zu gehen, sich dort unter die Bäume zu setzen und die beginnende Obstblüte zu genießen. Gedankenverloren ließ er die Finger über die hohen Büsche mit diesen länglichen, roten Früchten springen, die überall auf den Hängen wuchsen. Tampi nannten sie die Elben. Wenn man mit dem Zeigefinger an eine der harten, dunkelrot Fruchthülsen schnippte, gab sie, wenn sie reif war, einen glockenähnlichen Ton von sich und sprang auf. Das feste, blassgelbe Fruchtfleisch sättigte erstaunlich. Sie schmeckten säuerlich und Bewein schüttelte sich jedes Mal, wenn er davon aß. Die Büsche wuchsen gut in dem Zauber des Waldes, trugen beinahe ganzjährig Früchte. Die Elben schätzten sie für lange Ritte; sie ernteten sie kurz bevor sie ihre Reife erlangt hatten. So blieben sie lange frisch. Bewein jedoch liebte den Glockenton, wenn sie aufsprangen. Er schnippte mit den Fingern gegen die nächste Tampi und schob sich ihr Fleisch für später in die Tasche.

Viel Zeit verbrachte Bewein mit Fairron und Whyen, spielte ihre Elbenspiele mit schönen Steinen auf kunstvoll geschnitzten Brettern oder übte sich im Bogenschießen und Schwertkampf. Sie gaben ihm Bücher zum Lesen, doch er beherrschte ihre Schrift nicht, so konnte er nur die Bilder betrachten und sich die Geschichten erzählen lassen.

φ

Etwa fünfzig Männer standen mit ihm bei den Pfählen. Hohe Stangen, die mit roten Zeichen bemalt waren. Gehüllt in ihre dunklen Schuppenumhänge hatten sich die Priester der Schlange vor ihnen aufgebaut. Beiden fielen halblange, braune Haare über die Schultern und beide hatten hagere, scharfkantige Gesichter. Timor fragte sich, ob es Brüder waren. Mit mächtigen Worten hatten sie zu ihnen gesprochen, Timor gierte nach den Kräften, die er erhalten sollte. Sein Leben als Bauer verlangte ihm viel ab, deswegen hatte er zunächst daran gedacht, diese neue Stärke in die Feldarbeit zu stecken. Doch die Priester hatten ihnen noch mehr versprochen. Sie wollten ihnen neue Wege aufzeigen, sie in fruchtbare Länder führen, eigene Reiche gründen. Unsterblichkeit hatten sie verheißen! Ewig könnten sie in dieser neuen und herrlichen Zukunft leben. In wunderbaren Farben hatte ein Priester es geschildert, Timor waren die Tränen herabgelaufen. Es tat ihm gut, dass jemand versprach, für sein Leben zu sorgen. Es erleichterte ihn ungemein. Er bewunderte diese Priester, unfehlbar wie Götter erschienen sie ihm. Verschreckt sah Timor zu den Menschen, die bei den Priestern standen. Er bemerkte Schuppen auf ihren Gesichtern. Er wollte nicht so aussehen, aber die Priester hatten gemeint, dass dies nur im Übergang so wäre. Es zeige die Macht der Schlange in ihrem Körper.

Die Priester begannen zu summen, bald summten alle Männer um ihn. Sie wiegten sich sanft und Timor tat es ihnen gleich, da er nicht auffallen wollte. Es kam ihm seltsam vor, doch er bemerkte, wie er ruhiger dabei wurde.

„Kommt zu mir, Brüder und Kinder der Schlange", rief ein Priester mit klarer Stimme. „Ich zwinge euch nicht, doch verheiße ich euch ewiges Leben! Im Glanze der alten Macht! Kommt und beendet euer Elend. Geht den neuen Weg der Hoffnung und des Glücks. Wollt ihr dies? Wollt ihr ewig leben? Unverwundbar werden?"

„Ja!", stöhnten viele der Männer. Timor entdeckte einige der Verwandelten neben sich, die besonders laut schrien. 'So kann es nur gut sein', dachte er und stimmte mit ein in die Rufe.

„Nehmt es, dieses Geschenk der alten Magie, kommt zu mir", schrie der Priester jetzt mit durchdringender Stimme.

Timor fühlte sich mittlerweile wie im Rausch. Ergriffen von seinen Gefühlen folgte er den Menschen, die sich zum Priester begaben. Es war dunkel. Viele Feuer flackerten und verwandelten den Zug der Männer, die sich summend dem Priester näherten, zu einer Armee von Irrlichtern.

„Nimm es, das Leben der Schlange", sagte ihr hagerer Erlöser, als auch Timor endlich vor ihm stand.

Timor sah auf, begegnete dessen dunklen Augen. Ein Echo der Flammen tanzte in ihnen, ebenso auf den dunklen Schuppen seines Umhanges. Der Priester fing wahrhaftig das Licht! Trotzdem spürte Timor plötzlich ein Zögern in sich.

„Nimm es, Kind der Schlange. Beende dein elendes Leben und trete ein in ein Leben der Fülle und der Kraft", flüsterte der Priester noch einmal, beugte sich vor, lächelte.

Timor verdrängte seine Zweifel und nahm den gepressten schwarzen Klumpen. Während er dem Priester gebannt in seine Augen sah, schob er es in den Mund. Es schmeckte grauenhaft, doch er kaute und schluckte es hinunter.

„Gut gemacht, mein Sohn!", sagte der Priester.

Timor verneigte sich. Dann ging er, um auf seine Verwandlung zu warten.

Wolfsknurren

Die Sterne leuchteten an diesem Abend besonders hell über Adain Lit. Bewein sah sie durch die Baumgipfel wie tausende Glühwürmchen funkeln. Fairron hatte ihn eingeladen und gerne war er dieser Einladung in das Elorn des Magiers gefolgt, denn er fand es besonders kunstvoll. An der Außenseite mit seltsamen Symbolen bemalt, beherbergte es zwei geheimnisvoll gestaltete Räume. Die bunten Linien auf den Wänden schienen sich im Licht der Flammenschalen zu bewegen. Immer wieder wanderte Beweins Blick dorthin. Er erkannte Bäume, deren Äste und Zweige sich in Buchstaben der Elbenschrift wandelten. Zeichen für die Seelen von Adain Lit, hatte Fairron ihm einmal erklärt. Ihr leiser Zauber bannte ihn, er riss seinen Blick los und wandte sich den beiden Elben zu. Seit dem letzten Gespräch war Eardin nicht mehr zu den gemeinsamen Abenden erschienen. Doch sie wollten ihn nicht drängen.

Whyen und Fairron hatten ein neues Spiel ausgebreitet und Bewein bemühte sich soeben, die sehr frei und spielerisch ausgelegten Regeln zu verstehen, als Eardin plötzlich hereinkam. Er setzte sich an den Tisch und betrachtete eine Weile schweigend das Spielfeld. Nachdem sie nicht mehr weiterspielten und ihn fragend ansahen, nickte er und holte tief Luft. Er hatte sich diese Rede an seine Freunde lange überlegt und deswegen kam sie recht unvermittelt für sie.

„Ich weiß, was ihr von mir denkt und ich weiß, was ihr von mir wollt. Doch ich sage euch hier an diesem Abend, dass ich nicht auf eure Meinung hören werde! Ich habe mir geschworen, das Leben von Adiad nicht zu zerstören und kein Unglück über sie zu bringen, denn ich liebe sie und ich denke, ihr wisst das. Sie soll ihr Menschsein leben und mit einem Menschen glücklich werden. Ich kann dort nicht mit ihr leben, denn mein Platz ist bei den Elben und sie kann nicht hier leben, denn sie würde sich von einigen der Gemeinschaft nicht angenommen fühlen und unglücklich werden. Ihr habt gehört, wie meine Mutter über die Menschen denkt. Wie sollen ein Mensch und ein Elb zusammenpassen? Ihr Leben ist kurz und unseres dauert über Jahrhunderte. Sie soll es glücklich leben, denn das vor allem wünsche ich ihr. Und außerdem wird sie mich längst vergessen haben und schon die Gefährtin von einem dieser Waldkrieger sein." Eardin sah entschlossen in die Runde.

„Na da haben wir ja die Ursache von allem!", sagte daraufhin Bewein, „du hast Angst, dass sie dich nicht mehr liebt und traust dich nicht nachzusehen und sie zu fragen."

„Nenn mich nicht einen Feigling, Bewein! Du hast gehört, dass ich andere Gründe genannt habe!"

„Ich habe sie gehört, mein Freund, doch ich glaube, dass du nicht ehrlich zu dir bist. So sage ich dir nochmal: Du bist zu feig und traust dich nicht zu ihr zu reiten. Du hast Angst davor zu sehen, dass sie an einen anderen vergeben ist."

„Ich denke, er hat recht", mischte sich nun auch Whyen in das Geschrei ein, denn es war laut geworden am Tisch. „Ich hatte es dir schon einmal gesagt: Reite hin und wenn sie dich liebt, nimm sie mit dir. Alles andere wird sich fügen."

„Ihr hört mich nicht und ihr versteht mich nicht", schrie Eardin und sprang auf.

„Wie hören dich sehr wohl, mein Freund", sagte Bewein, „denn du schreist laut genug. Und wieder sage ich dir, geh hin und frag sie. Wie willst du alleine entscheiden, was für sie gut ist? Wie willst du entscheiden, was für sie Glück und Unglück ist?"

Und während die anderen schwiegen und Eardin zornig am Tisch stand, da Beweins Satz in ihm wirkte, hakte Bewein nach. „Trau dich, Elb, und wenn sie einen anderen hat, so kannst du dir eine Elbenholde suchen und deine Mutter glücklich machen!"

Knurrend beugte Eardin sich vor, der Anhänger mit dem Wolfzahn rutsche aus seinem Hemd und pendelte drohend vor Bewein. „Ich werde gehen, Bewein, und wenn es nur ist, um dir zu zeigen, dass ich mich auch diesem Schicksal stellen kann. Und wage es nie mehr, mich feige zu nennen!" Nach diesen Worten drehte sich Eardin ruckartig um, stieß dabei die Spielfiguren, die noch stehengeblieben waren, vom Tisch und verschwand in der Nacht.

„Gut gesprochen, Bewein!", sagte Fairron, der schon während des Streits mit seiner zunehmenden Heiterkeit gekämpft hatte. „Ich denke, nur ein Mensch und wahrscheinlich im besonderen nur du, hätte den Mut aufgebracht, so zu ihm zu sprechen. Es war ein wundervoller Einfall, ihn als feige zu bezeichnen. Sei froh, dass er dich nicht gebissen hat." Er lachte Tränen, Whyen stimmte darin ein und nach einer Weile lächelte auch Bewein. Sie wussten, sie hatten ihr Ziel erreicht, denn Eardin würde zu den Eymari reiten. Und wie dies enden würde, lag nicht mehr in ihren Händen.

Als Bewein am nächsten Morgen erwachte, war Eardin schon fort.

Einsame Gedanken

Schon in der Nacht hatte er zornig alles zusammengepackt, hatte in der Dämmerung sein Pferd gerufen und war in den Morgendunst geritten, ohne sich noch einmal umzusehen.

Die Vögel begannen ihre Frühlingslieder im erwachenden Wald zu singen und der Tau tropfte von den Blättern. Lautlos lief Maibil, sein Pferd, über den weichen Waldboden. Ein Zauber lag über dem Wald, denn jeder Frühling bringt neues Leben und seine Verheißung vom Sieg des Lichtes. Winzige Blumen erhoben ihre Köpfe aus dem alten Laub, um ihre Blüten zu öffnen, sobald die Sonne sie küssen würde. Das Gemüt des Elben kam langsam zur Ruhe, tiefer und gleichmäßiger atmete er die Waldluft ein. 'Und so gehe ich dorthin, wo ich nie mehr hingehen wollte und reite aus meinem geliebten Adain Lit nach Süden, um einem Traum zu folgen', dachte er. Verschwommen kam ihm wieder die Begegnung der Nacht in den Sinn. Er war sich nicht sicher, ob Fairron tatsächlich bei ihm gewesen war, oder er ihn nur im Geiste gesehen hatte. Klar erinnerte er sich seiner Worte: *„Geh deinen Weg, Wolf, folge deiner inneren Führung. Es ist deine Zeit, die Zeit des Aufbruchs!"* Eardin dachte lächelnd an seinen Freund und übergab seinen Dank an das unsichtbare Gespinnst der Luft, an den Atem Adains, der sie verband.

Nach etwa sieben Tagen würde er zum großen Wald der Eymari kommen; wenn das Wetter günstig war und ihn niemand behinderte. Eardin hatte noch keine Idee, wie er es anfangen sollte. Aber sieben Tage würden reichen, um darüber nachzudenken. So ritt er aus dem Wald, grüßte die Wächter, ließ zwei Tage später Dodomar links liegen und beachtete die Männer an der Furt nicht weiter. Wehmütig wanderte sein Blick in Richtung des Hohlweges, hinter dem die erschlagenen Nussbäume lagen, er ließ auch ihn hinter sich und überquerte weiter die vielen Bäche, die aus den Hügeln in Richtung des Lebein flossen. Keinem Menschen begegnete auf seinem Ritt, er sah sie nur in der Ferne. Es war, als ob das Schicksal ihm Zeit geben wollte, alles in Ruhe zu bedenken. Doch die Ruhe tat ihm nicht gut. So entstand in ihm zeitweise sogar der Wunsch, Whyen oder Fairron neben sich zu haben, um von seinen verworrenen Gedanken abgelenkt zu werden.

Am fünften Tag lag die Furt zum Wallstein unter ihm. Er sah sich dort sitzen, mit dem Flusskiesel in der Hand, aufgewühlt von den Worten des Waldkriegers Belfur und der Wut auf Gwandur. Er merkte, dass er mit seinen Gefühlen nicht viel weiter gekommen war als damals. Nur waren sie inzwischen noch tiefer in ihm verborgen. Am sechsten Tag war er sich selbst nicht mehr sicher, was er für Adiad empfand. Und als er am Schluss auf den Eymariwald zuritt, war sein Innenleben derart in Aufruhr, dass er am liebsten umgedreht und wieder zurückgeritten wäre. Dann sah er Beweins Gesicht vor sich, hörte seine Worte und ritt trotzig weiter. Als er schon die einzelnen Bäume unterscheiden konnte, legte Eardin nochmals eine Rast ein. Mit gekreuzten Beinen setzte er sich auf den Boden, kehrte seine Handflächen zur Sonne und überließ seine Gedanken und Gefühle dem Wind und den Wolken. Er wollte seinen Ritt jetzt zu Ende bringen und Klarheit bekommen. Und am Schluss lachte er über sich selbst. Darüber, dass er nach all seinen vielen Elbenjahren wegen einer Menschenfrau so durcheinander sein konnte. Geruhsam ritt er in den Wald und bald tauchten die Krieger der Eymari auf.

„Ich kenne dich, Elb", rief Worrid und senkte seinen Bogen, „du warst bei der Gruppe, die im Herbst in unseren Wald ritt."

„Ich war bei der Gruppe, ich bin Eardin aus Adain Lit und ich bitte euch, mich in den Wald zu führen."

„Sei gegrüßt, Elb. Ich bin Worrid, aber du wirst dich vielleicht auch an mich erinnern. Unsere Wege scheinen euch zu gefallen, denn erst vor kurzem ist einer von eurer Gruppe in die andere Richtung geritten."

„Das war Bewein aus Astuil, er ritt zu uns und er ist auch noch in Adain Lit."

„Und du willst jetzt wahrscheinlich nach Astuil?"

„Nein, Worrid, ich habe andere Pläne." Eardin stieg vom Pferd, ging auf die Gruppe der drei Krieger zu und verbeugte sich mit dem Gruß der Elben. „Ich möchte zu Adiad. Ich bin gekommen, um sie zu sehen und mit ihr zu sprechen. Ich bitte euch, mich zu ihr zu bringen."

Die Krieger schwiegen zunächst, dann fragte Worrid: „Was willst du von ihr, Elb?"

„Ich will ihr nichts Böses, ich möchte nur mit ihr reden."

„Ich sehe nicht ein, warum ich dich zu ihr bringen sollte, nur damit du mit ihr redest."

Eardin hatte gesagt, was er zu sagen hatte und so auch Worrid. Schweigend standen sie sich gegenüber und maßen sich mit den Blicken.

„Worrid", unterbrach ein anderer Waldkrieger die Stille, „wir sollten ihn zu ihr bringen. Wenn der Elb zu dir wollte, würden wir es ihm auch nicht verwehren. Wir haben nicht das Recht, ihn von ihr fern zu halten. Ich denke, du brauchst sie nicht vor ihm zu beschützen."

„Nun gut", brummte Worrid, nach einer Zeit weiteren Schweigens, „ich bringe dich zu ihr. Bleibt ihr beiden hier, ich reite selbst mit dem Elben in den Wald."

Eardin atmete leise auf und folgte dann Worrid auf den Pfad. Weiterhin redeten sie kaum. Sie beobachteten einander und vor allem Worrid beobachtete den Elb und versuchte seine Gedanken zu durchdringen.

Als sie am zweiten Abend am Feuer saßen, überwand Worrid sich, sah Eardin forschend in die Augen und fragte ihn: „Was willst du wirklich, Elb?"

„Ich sagte es dir", erwiderte Eardin wortkarg.

Worrid betrachtete ihn nachdenklich, warf einen weiteren Zweig ins Feuer, dann überwand er sich und fragte das, was ihn schon länger beschäftigt und beunruhigt hatte: „Adiad führte euch durch den Wald, danach kam sie zurück und war anders als vorher. Sie wurde stiller, ihr Lachen verlor sich. Was ist geschehen? Weder Belfur noch Adiad haben je davon gesprochen."

Eardin blickte auf, seine Gefühle wirbelten plötzlich durcheinander. „Wie geht es ihr jetzt?", fragte er und erhob dabei seine Stimme. Unruhig wartete er auf Antwort. Und dabei erkannte der Mensch in den Augen des Elben die Wahrheit und brauchte einige Zeit, um es zu fassen.

„Sie singt nicht mehr und sie lacht nicht mehr. Ihre Augen haben den Glanz verloren. Wir haben alles versucht, aber sie hat nichts erzählt und erging sich im Schweigen. Sandril hat sich um sie bemüht. Er liebt sie ..."

Eardin sah alle seine Ängste Wahrheit werden und wartete angespannt auf die nächsten Worte.

„... nun, er kann ihr nicht helfen. Sandril versteht Adiad nicht. Außerdem liebt sie ihn nicht."

Der Elb atmete wieder weiter.

Worrid stocherte in der Glut, versuchte seine Gedanken zu ordnen. „Ich bringe dich zu ihr und wir wollen sehen, ob du sie heilen kannst", sagte er am Ende.

Eardin nahm wahr, dass er lächelte. Es war ein freudloses Lächeln.

Die Siedlung der Waldmenschen lag am Rande eines weiten Tales, das vom Vulkanberg zur Ebene hin lief. Felder reihten sich an die Viehweide, auf der vereinzelte Obstbäume standen. Ein lebhafter Bach floss durch das Tal und zwischen den Gebäuden hindurch, um wieder im Wald zu verschwinden.

Auf dem letzten Stück des Weges hatten sie lange über das Leben der Eymari und der Elben gesprochen und Worrid gestand sich ein, dass er diesen Elbenkrieger mochte, dass er sich gerne mit ihm unterhielt.

„Hier sind wir. Warte bitte, unser Dorfvorsteher muss unterrichtet werden."

Eardin saß ab und sah sich um. Die Hütten und Holzhäuser lagen am Rande der Lichtung. Sie bildeten an dieser Stelle einen kleinen Halbkreis. Am Rande des

Platzes floss der Bach, an dem Kinder spielten, die den Elben mit großen Augen ansahen. Alles machte einen friedlichen und wohlgeordneten Eindruck. Von einigen Seiten kamen nun andere Menschen herbei. Die meisten hatten dunkelblonde oder braune Haare, die sie mit Bändern zusammenhielten. Sie waren in einfache Leinen- oder Ledergewänder gekleidet, einige der Frauen hatten sich kleine Frühlingsblumen ins Haar gesteckt. Eardin grüßte sie und wartete.

Bald kam Worrid zurück und führte Eardin zu einer größeren Hütte, die ein Stück abseits vom Platz lag. Er klopfte kurz und trat ohne auf Antwort zu warten durch die Tür. „Elid, Sabur, ich bringe Besuch für Adiad!"

„Wir sind hinter der Hütte, Worrid."

Dort lag in der Sonne ein blankes Stück Feld, auf dem sich zwei Menschen bemühten, die Erde aufzulockern, um aus ihr neues Gemüse und Früchte zu gewinnen. Elid, Adiads Mutter, richtete sich auf, wischte sich den Schweiß von der Stirn. Auch ihre Haare waren dunkelblond und gebunden. Sie war um einiges kleiner als ihre hochgewachsene Tochter. Sie hatte ein offenes Gesicht, in dem viele Lachfältchen zu sehen waren. Sabur war ein stämmiger Mann. Die üppigen Brauen, der struppige Bartansatz gaben ihm einen grimmigen Anschein, doch freundliche, blaue Augen erzählten vom Gegenteil. Beide trugen über ihrer Kleidung große Schürzen, die von der Erde verschmutzt waren. Ebenso wie ihr Mann hielt Elid inne und musterte überrascht den fremden Besucher.

„Ich bringe euch Eardin, einen Elben aus Adain Lit. Er ist gekommen, um Adiad zu besuchen, die ihn im Herbst mit den anderen Reitern durch den Wald geführt hat." Worrid hatte das Wichtigste gesagt, setzte sich auf die Bank und ließ den Dingen ihren Lauf.

„Willkommen, Elb", sagte Sabur freundlich, „setz dich zu uns in die Sonne, wenn du möchtest."

Eardin setzte sich auf einen der großen Steine und musterte Adiads Eltern neugierig. Auch Elid betrachtete ihn, wie er dort saß, stolz und aufrecht. Die blonden, federgeschmückten Haare fielen über seine Schultern auf seine Brust. Er hatte auf seinem Rücken einen wunderbaren Bogen und ein Schwert hing an seiner Seite. Er trug die bestickte Kleidung der Elbenkrieger. Ruhig saß er dort auf dem Stein und sah sie mit seinen dunklen Augen aufmerksam an.

„'Elid' ist elbischen Ursprungs", sagte Eardin in die Stille, „es ist das Wort für eine Blume des Waldes."

„Ich weiß", antwortete Elid, schaute dabei auf den Fremden in ihrem Garten und spürte auch in sich etwas Fremdes aufleuchten.

„Wer gab dir deinen Namen?", wollte Eardin nun wissen.

„Meine Mutter nannte mich so. Doch nun sag uns, warum du zu Adiad möchtest. Sie ist nicht hier, doch wir wissen wo sie ist."

„Ich möchte mit ihr reden", sagte Eardin, denn mehr wollte er, konnte er nicht sagen.

„Er ist in Ordnung", mischte sich Worrid nun in das Gespräch ein. „Ihr könnt ihm vertrauen."

„Sie ist bei ihrem Baum, Elb", verriet Elid, „Worrid kann dir den Weg zeigen. Doch ich bin nicht sicher, ob der Baum dich zu ihr lässt."

Eardin hob erstaunt eine Augenbraue und so erklärte Sabur: „Es ist ein besonderer Baum und ein besonderer Ort. Ihr Elben würdet wohl von Magie sprechen. Ein geheimer Pfad führt dorthin und nicht jeder kann ihn gehen. So geschah es schon öfters, dass der Pfad sich verschloss und wieder von dem Platz an der Quelle wegführte. Dieses Gebiet hat ein Eigenleben, stärker als der Rest des Waldes. Und der Geist von allem ist dieser mächtige Baum. Er steht auf einer kleinen Lichtung, in der Nähe einer Quelle. Seit Adiad ein Kind war, ist sie immer wieder dorthin gegangen, um zur Ruhe zu kommen. So auch vor einigen Tagen."

„Willst du mich hinführen, Worrid?", fragte Eardin.

Der Waldkrieger sah zu Elid und Sabur. Sie nickten. „Dann komm, Elb, denn es dauert fast einen halben Tagesritt. Wir sind schon in der Nähe vorbeigekommen."

Eardin dankte Adiads Eltern, verbeugte sich und Elid gab Eardin und Worrid noch zwei große Äpfel vom letzten Herbst. Und sie schenkte Eardin ein Lächeln, denn sie ahnte inzwischen, was die Qualen ihrer Tochter verursacht hatte.

Begegnung und Abschied

„Was ist das für eine Geschichte von diesem Baum im Wald", fragte Eardin, als sie schon wieder auf dem Weg waren.

„Ich kann dir nicht viel mehr sagen, doch mag es wirklich sein, dass du ihn nie erreichst, denn die Geschichte vom Pfad ist wahr. Es ist, als ob der Baum dein Herz prüft und dich nicht hereinlässt, wenn ihm nicht gefällt, was er sieht."

„Es klingt wie eine Geschichte unseres Volkes."

„Vielleicht war das Gebiet um die Lichtung auch Teil eines früheren Reiches der Elben. Vielleicht sind es auch andere Mächte, ich weiß es nicht. Es ist nichts Dunkles dort, eher mehr Licht und Sonne als an anderen Orten. Ich bin nur selten auf der Lichtung beim alten Baum, doch Adiad ist dort gerne."

Sie hatten am Mittag eine Rast gemacht und das Brot und den Käse geteilt, den Worrid aus dem Dorf mitgenommen hatte. Nun war es Nachmittag geworden. Eardin betrachtete gerade die besonders prächtigen Farne am Wegrand, als Worrid plötzlich anhielt, auf einen bemoosten Stein zeigte und sagte: „Hier beginnt der Weg zur Lichtung. Es ist nicht weit, doch weit für den, der nicht ankommen darf. Reite dort hinein und lass dich von den Mächten des Waldes führen, was einem Elben ja nicht schwer fallen sollte."

„Danke, Worrid!" Eardin verbeugte sich, Worrid nickte und ritt seines Weges.

Eardin wartete bis er verschwunden war, dann streichelte er über die Mähne seiner Stute. *„Nun geh, Maibil, ich will dich nicht mehr leiten. Lass uns sehen, ob der Baum uns hereinlässt in sein Reich."* Maibil warf den Kopf in die Höhe, stieß einen Ruf aus, und sie betraten den Pfad. Eardin spürte bald die Veränderung. Es fühlte sich an, als ob er eine fremde Stadt betreten hätte und forschende Augen ihn aus dem Verborgenen anblickten. Ein wenig erinnerte ihn der Wald an Adain Lit. Er meinte ein fremdes Wesen in sich zu spüren, fremd und doch vertraut. Er ließ es zu, wehrte sich nicht gegen die eigenartigen Empfindungen und ließ sich prüfen.

Als der Weg immer dichter wurde und selbst Maibil verwirrt stehen blieb, entdeckte Eardin ein Rotkehlchen, es saß direkt neben ihm im Geäst. Rotorange leuchtete sein Gefieder über dem weißen Bauch. Ruhig saß es dort und aufmerksam bewegte es sein rundes Köpfchen. Dann flog es auf, flatterte kurz über ihnen und flog zielsicher los, an einer Esche vorbei. Maibil folgte ihm.

Bald sah Eardin Helligkeit in der Ferne und wusste, dass der Weg zur Lichtung nicht mehr weit war. Die vertraute Unruhe und Angst befielen ihn. Schneller und wilder schlug sein Herz. ‚So weit bin ich nun gekommen', dachte er, ‚und nun will ich diesen Weg zum Ende gehen und sehen, wo er mich hinführt.'

Adiad hatte in der Nähe der Wiese frühe, gelbblühende Kräuter gefunden, die sie zum Trocknen an ein selbst gefertigtes Gitter knüpfte. Sorgfältig befestigte sie Bündel um Bündel. Sie fühlte sich getröstet, seit sie an diesem Ort war. Der Baum hatte heilende Worte in ihrem Herzen gesprochen, ihr Lieder des Windes gesungen. In den ersten Tagen war sie, eingehüllt in Wolldecken, an seinen Wurzeln eingeschlafen. Doch obwohl sie die Kräfte des Lebens nun wieder in sich spürte, konnte auch dieser Ort die tiefe Leere nicht von ihr nehmen. Das Gefühl, einen Weg zu gehen, den sie nicht gehen wollte. Mittlerweile glaubte sie aber, dass der andere Weg nicht für sie bestimmt war. Die Elben waren in den Norden geritten; sie hatte seither nichts mehr von ihnen gehört. So war es an der Zeit, auch ihr Herz Abschied nehmen zu lassen. Sie wollte die offen vor ihr liegenden Wege in der Gemeinschaft der Eymari beschreiten. Mit diesen Gedanken war sie vor fünf Tagen zum großen Baum geritten. Sie erhoffte Trost und Kraft von ihrem alten Freund, um ihr Leben ohne den Elben weiterleben zu können.

Eardin war von Maibil gestiegen. Er hatte sich mit leisen Schritten der Lichtung genähert und trat nun aus dem Wald auf die kleine Wiese, die mit weißen Sternenblumen übersät war. Er sah Adiad. Sie kniete vor einem Gitter aus Zweigen und hängte Pflanzen daran. Sie trug ein dunkelgrünes Wollkleid, das an ihrer Hüfte mit einem Ledergürtel gebunden war. Die dunkelblonden Haare fielen offen und leicht gewellt über ihren Rücken. Eardin betrachtete sie lange und eine Freude, wie er sie noch nie in seinem Elbenleben empfunden hatte, stieg in ihm auf.

Adiad war in ihre Arbeit und ihre Gedanken vertieft und hatte deswegen erst spät gespürt, dass jemand gekommen war. Sie unterbrach ihr Knüpfen, wandte sich um und sah dort am Ende der Wiese den Elben stehen, den sie so oft in ihren Träumen gesehen hatte. Und so meinte sie wieder, nur zu träumen.

„Eardin?" Sie sprach es leise, mehr zu sich selbst, doch der Elb hörte sie und lächelte. Langsam ging er auf sie zu. Adiad erhob sich und beobachtete ungläubig, wie er sich aus dem Traum in ihre Wirklichkeit begab. Ihre Hände und ihr Körper begannen zu beben und sie schlang ihre Arme um sich. Er blieb vor ihr stehen und lange sahen sie sich nur an.

Und ganz langsam kam, aus der Tiefe ihrer Seele, wieder das Leuchten in Adiads Augen. Eardin berührte sie sanft, strich ihr zärtlich über die Wange, die Haare. Seine Berührungen waren wie warme Sonnenstrahlen auf ihrer Haut. Adiad sah in seine Augen und meinte, darin ertrinken zu können. Bevor sie nochmals seinen Namen sagen konnte, riss Eardin sie an sich, in einer Heftigkeit, die ihr den

Atem nahm. Ihre Lippen fanden sich und Adiad versank in einem tiefen Strudel des Lichts.

Als ihr Mund sich von dem seinen löste, hielt er sie weiter umschlungen. Adiad legte ihren Kopf an seine Brust und hörte sein Herz schlagen. Sie spürte seine Wärme, fühlte seine Hände, die sanft ihren Rücken streichelten und mit ihren Haaren spielten.

Eardin roch den Duft nach Kräutern und Wald in ihrem Haar und küsste es zärtlich. Er fühlte ihren weichen Körper unter seinen Händen und konnte sein Glück nicht begreifen.

So standen sie lange, während der kleine Vogel im alten Baum sang. Denn ihre Gemüter brauchten die Zeit und die Berührung des anderen, um langsam zu erfassen, dass ihre verzweifelte Hoffnung Wirklichkeit geworden war. Dann küsste Eardin sie wieder, lachte, warf sie in die Höhe und schwang sie einmal um sich herum. Vorsichtig legte er Adiad auf die Wiese, kniete sich über sie und hielt ihre Arme am Boden. „Ich lasse dich nie mehr los, Adiad, und ich werde dich auch nie mehr verlassen."

„Und wenn ich nicht will?", fragte Adiad augenzwinkernd.

„Dann verschnüre ich dich, packe dich auf mein Pferd und nehme dich gegen deinen Willen mit mir."

„So wird mir wohl nichts bleiben, als freiwillig mit diesem wilden Elben mitzugehen."

„Adiad, ich liebe dich! Ich wollte es lange selbst nicht wahrhaben und meinte, das Schicksal sei gegen uns." Er verstummte und Tränen verschleierten den Sternenglanz seiner Augen, bevor er weitersprach. „Doch jetzt spüre ich es so sicher, wie meinen eigenen Herzschlag. Ich will bei dir bleiben, auch wenn ich nicht weiß, wohin die Mächte uns führen."

Als Eardin sie wieder losgelassen hatte, kniete Adiad sich vor ihn, betrachtete ihn zunächst etwas scheu, dann strich sie ihm die blonden Haare aus dem Gesicht und küsste sanft seine Hände. „Auch mein Zweifel wurde größer, je länger du weg warst. Und als Bewein erzählte, dass ihr wieder in den Norden gerittten seid, da meinte ich, dass wir uns nie mehr wiedersehen. Eardin, ich kann es kaum glauben, dass du hier bei mir bist!"

„Hat Bewein nicht meinen Gruß an dich ausgerichtet?"

„Ich hörte nichts davon. Doch Sandril ritt mit ihm."

„Das ist derjenige?"

„Ja, Sandril wäre meine Zukunft hier bei den Eymari. Er wünscht sich, dass ich seine Frau werde und hat mich, obwohl er spürt, dass ich ihn nicht liebe, auch schon gefragt. Ich denke, er hat den Gruß Beweins bewusst verschwiegen."

„Adiad, lass uns nicht über die Zukunft reden, lass uns nicht einmal vom morgigen Tag sprechen. Es ist wie im Traum, bei dir zu sein."

Der Eymari jedoch kamen plötzlich ihre Bedenken in den Sinn. „Doch du bist ein Elb und ich bin ein Mensch. Ist es nicht unnatürlich?"

Er lachte hell auf. „So viele Unterschiede gibt es nicht zwischen uns, Menschenfrau. Es gab solche Verbindungen immer wieder." Mehr wollte er nicht darüber reden.

Letzte Sonnenstrahlen berührten die Spitzen der Bäume. Adiad stand auf, holte ihre Wolldecken und breitete eine davon mitten auf der Lichtung aus. „Komm zu mir Elb! Gib mir deine Hand, damit ich glauben kann, dass du kein Trugbild meiner Sinne bist!"

Lächelnd legte er sich neben sie und sie sahen zu, wie das letzte Licht die Wiese verließ. Still genossen beide das Glück, den anderen neben sich zu spüren. Es wurde kühler. Adiad sah zögernd zu ihm, dann rückte sie näher an Eardin heran, denn sie begann zu frieren.

„Soll ich dich wärmen, Adiad?"

„Das wäre wunderbar, Eardin!" Er zog sie an sich, schenkte ihr seine Wärme und im Licht der Sterne schliefen sie einer ungewissen Zukunft entgegen.

Als Adiad erwachte, sah sie das Gesicht des Elben neben sich, der sie wie ein seltsames Wunder betrachtete.

Übermütig drückte er ihr einen Kuss auf die Stirn. „Steh auf, Adiad, grüße mit das Geschenk dieses Morgens und dann zeige mir deinen Baum und deinen Wald!"

Eardin sprang auf, erhob seine Hände und begann zu singen. Adiad beobachtete ihn und dachte daran, wie sie es das erste Mal gesehen hatte, als die Elben diesen Ritus vollzogen. Sie würde es gerne lernen und verstehen, doch Eardin sang in seiner Sprache und sie verstand kein Wort, sondern erfühlte nur den Sinn der Gesten. Wie damals erhob er zunächst singend seine Handflächen zur Sonne, dann verharrte er eine Weile mit geschlossenen Augen, richtete die Hände zur Erde, sang wieder. Legte am Ende seine Hände auf die Stirn und die Brust. Schließlich breitete er nochmals die Arme weit aus, als wolle er alles Leben, alles Licht in sich aufnehmen.

„Magst du mir sagen, was du gesungen hast?", fragte sie, als er sich ihr zuwandte.

„Es ist ein Gruß an den Morgen und die Sonne. Seit Urzeiten wird er von allen Elben, an jedem neuen Tag und oft auch am Abend gesungen. In unserem Gesang schwingt das Licht, Waldfrau!" Eardin lächelte ihr zu. „Ich kann gerne versuchen, dir die Worte in eurer Sprache zu sagen. Sie lauten in etwa:

Meine Liebe geht zu dir, du lichtes Gestirn,
Leben und Magie fließe durch mich

Meine Liebe geht zu dir, du lichtes Adain,
Leben und Magie durchdringe dich und mich

Meine Liebe geht zu euch, ihr Klänge Adains
geistdurchdrungen und Atem des Seins

Meine Liebe geht zu dir, du Quelle des Lichts,
mein Wesen in dir und du in mir

„Du wirst unser Wesen, unser Leben verstehen lernen, Adiad. Vielleicht wirst du irgendwann diesen Gruß mit mir singen." Er bemerkte ihre unsicheren Blicke. „Hast du Angst vor mir, Waldfrau?"

„Nein, Elb, aber ich weiß sehr wenig von euch."

„Es hat Zeit, Adiad, das meiste unserer Magie ist licht und hell. Du brauchst dich nicht davor zu fürchten. Ich werde dir alles erklären und es dir, so weit es möglich ist, auch zeigen. Doch vieles davon bleibt dem menschlichen Auge auch verborgen, manches darf ich dir nicht sagen." Eardin strich über eine der Falkenfedern, die er im Haar trug. „Es tut mir leid!", ergänzte er flüsternd.

Adiad nickte, nahm ihn an der Hand und brachte ihn zu der kleinen Hütte. Dort aßen sie von den Vorräten, die Adiad mitgebracht hatte. Danach führte sie ihn zum Baum. Der Elb ging langsam um ihn herum, lief auf die Wiese und schaute nach oben. Ehrfürchtig näherte er sich wieder dem Stamm, berührte ihn mit den Händen. Adiad beobachtete ihn voller Liebe. Eardin lehnte sich an den Stamm und legte sein Ohr an die glatte Rinde, als ob er auf eine Stimme horchen wolle. Dann wandte er sich Adiad zu. „Was ist das für ein Baum? Seine Blätter haben die Form von Buchenblättern, aber sie sind größer und heller. Sein Stamm ist dafür viel dunkler als der einer Buche. Und er ist riesig, so groß, wie ich in Adain

Lit selten einen Baum gesehen habe. Er muss uralt sein." Staunend ging sein Blick nach oben in die Blätter, die sich leise im Wind bewegten.

„Ich weiß nicht, von welcher Art er ist. Außer ihm habe ich nie einen gesehen, der so aussah. Es ist, als ob ein fremdes Wesen in ihm wohnen würde, denn er spricht zu mir, Eardin. Er sprach schon immer zu mir. Ich höre seinen Gesang und verstehe den Sinn davon. Es ist eine fremde, doch vertraute Sprache der Lieder und ich spüre ihre Bedeutung."

Wieder legte er seine Hände auf ihn und lauschte. Dann flüsterte er: „Ein Wesen von starker Kraft und Magie bewohnt diesen Baum!" Er wandte sich zu ihr. „Adiad, wenn du es gestattest und natürlich auch du", erneut legte er seine Hände auf die Rinde, „dann würde ich gerne Mellegar herführen, einen der Magier von Adain Lit."

Adiad nickte und die Krone des Baumes bewegte sich etwas stärker im Wind. „Er ist einverstanden, Eardin."

„Ich spüre es auch, und danke dir!" Eardin verneigte sich vor dem Wesen des Baumes.

Sie verbrachten einen Tag des Glückes und der Leichtigkeit. Sie lebten den Augenblick und freuten sich am Anderen und an ihrer wiedergefundenen Liebe. Adiad zeigte Eardin alle geheimen und schönen Orte, die sie kannte. Sie führte ihn zum blauen Steinbecken, das Eardin besonders bewunderte. Einer der kleinen Bäche des Gebirges hatte sich in einem Becken aus Stein gestaut, um danach über kleine Kaskaden weiterzufließen. Der Stein war von blauer Farbe, so leuchtete das Wasser in blau und türkis, besonders wenn die Sonne gegen Mittag das Wasserbecken erreichte. In der spiegelnden Felsschale fing sich die Weite des Himmels. Adiad lehnte sich an ihn. Er umfing sie und liebkoste ihr Haar. Sie nahmen sich vor, im Sommer zurückzukehren, wenn Luft und Wasser wärmer wären, um darin zu baden.

Als sie später an der Quelle am Rande der Lichtung saßen, erzählte Eardin ihr von der Schlange, vom Rückweg, von den Menschen der Stadt Dodomar, von den Nussbäumen und Adiad weinte mit ihm. Dann beschrieb er ihr Adain Lit, und er schilderte es ihr so prächtig, wie es war. Doch von seiner Mutter und seinen Bedenken erwähnte er nichts. Er wollte Adiad mit sich nehmen und er hoffte, dass sich alles zum Guten wenden würde. Sein Herz war leicht und die Sorgen noch fern.

Der nächste Tag kam, sie gingen durch den Wald und sprachen darüber, wie der Winter gewesen war. Über ihre Ängste, ihren Schmerz. Eardin erzählte von den vielen Pfeilen und Adiad lachte über Beweins Worte vom Elbenheer. Er zeigte ihr den prächtigen Bogen und schilderte ihr auch den letzten Abend im Elbenwald.

„Ich denke, er wollte, dass du dich ärgerst und zornig wirst."

„Das glaube ich inzwischen auch, doch an diesem Abend hätte ich ihn am liebsten ...", er zögerte kurz, „... niedergeschlagen. Ich war wirklich wütend, vor allem, da ich merkte, dass sie Recht hatten. Es wurde noch schlimmer, als mir auffiel, dass Fairron seinen Spaß dabei hatte. Während ich nicht mehr wusste, wohin mit meinem Zorn, bemühte er sich zunehmend, seine Heiterkeit vor mir zu verbergen."

„Ich mag deine Freunde, Eardin!"

„Ich mag sie auch, aber dieser Abend hätte fast in einer Schlägerei geendet, was bei uns Elben nicht üblich ist."

„Ich fürchte, die Menschen haben einen schlechten Einfluss auf dich, Elb."

„Ich werde damit leben müssen, Waldfrau", antwortete er schmunzelnd.

Die Eymari dachte eine Weile über die Elben nach und fragte dann: „Wie alt seid ihr, du und deine Freunde?"

„Wir sind beinahe gleich alt. Wir haben schon als Kinder zusammen an unserem See und im Wald gespielt."

„Und wie alt bist du, Elb?"

„Fast fünfhundert Jahre, Menschenfrau."

Adiad schwieg und verglich ihr Alter mit dem seinen, dachte daran, wieviel mehr er schon erlebt und gesehen hatte. Dann meinte sie lächelnd: „Du siehst gar nicht so uralt aus!" und küsste ihn.

Im Abendlicht suchten sie sich einen Platz am Stamm des alten Baumes. Eardin lehnte sich an seinen Stamm, Adiad setzte sich zwischen seine Beine und Eardin legte seine Arme um sie.

„Eardin?"

„Mmhh?"

„Es ist unglaublich, ich ..." Adiad zögerte.

„Was?", hauchte er in ihr Ohr.

„Es ist, als ob ich bei dir meine Heimat gefunden habe. Ich meine, nirgendwo anders hinzugehören als in deine Arme."

Eardin drückte sie fester an sich und sann ihren Worten nach. Wie Sonnenstrahlen erhellten sie seine Seele. „Und ich werde dich behüten, du Licht meines Lebens!"

Sanft hob und senkte sich ihr Leib unter seinen Händen. Er spürte ihre Wärme und lauschte ihrem leisen Gesang. Ein Waldvogel antwortete ihr.

„Adiad, ich denke, wir sollten morgen zurückreiten", sagte Eardin plötzlich, denn er fühlte sich jetzt stark genug, allen Widrigkeiten zu begegnen.

„Ich dachte ebenfalls darüber nach, obwohl ich mir auch vorstellen könnte, mein Leben hier mit dir auf dieser Lichtung zu verbringen."

Sie spürte sein Nicken.

Adiad wollte ihn sehen, so wand sie sich aus seiner Umarmung und kniete sich vor ihn. Es war ein kurzer Moment der Scheu, den die Berührung wegzauberte. Zart strich sie über seine weichen, geschwungenen Lippen, fühlte seine glatte Haut, die so ganz anders war als die der Menschen. Feiner, beinahe wie die Haut eines Kindes.

„Ihr bekommt keinen Bart?"

Eardin schüttelte lächelnd den Kopf.

Weiter erforschte sie sein Gesicht, ließ ihre Fingerspitzen über seine Wimpern wandern, streichelte seine spitzen Ohren, biss neckend hinein, so dass er aufschrie. Sie lachte. „Ich beiß sie nicht ab, keine Angst, sie fühlen sich nur so eigenartig an."

Eardin zog sie an sich und küsste sie heftig. Es war die Erfüllung seiner Sehnsüchte, sie im Arm zu halten. Sie bei sich zu haben, diese wenigen Tage hier mit ihr verbringen zu dürfen. Er liebte es, wenn sie erzählte und dabei lachte, seine Seele schwang mit, bei ihren Liedern. Und jetzt fühlte er sie und er schmeckte sie. Warm war ihr Körper unter dem Wollstoff, gebannt folgte er seinem Schwung; er fand die weichen Erhebungen ihrer Brüste, berührte sie vorsichtig, spürte wie ihr Herz schneller schlug, ließ seine Finger zu ihrem Hals und ihrem Gesicht gleiten, streichelte ihre zarte Haut, merkte wie sie wieder ruhiger atmete und küsste sie, um ihren Atem, ihr ganzes Sein in sich aufzunehmen.

In der letzten Nacht beim alten Baum schmiegte sie sich an ihn. Er strich noch einmal zaghaft über ihren Körper und sang sie dann leise in den Schlaf.

Der Morgen kam und mit ihm der Aufbruch. Eardin rief sein Pferd und Adiad rief ihres.

„Wie rufst du es, Adiad?"

„Ich rufe es in meinen Gedanken, ich rief es schon immer so."

„Du weißt, dass dies bei Menschen nicht normal ist?"

„Ich weiß, dass ich nicht normal bin, doch im Moment kümmert es mich nicht." Sie lachte, drückte ihm einen schnellen Kuss auf die Wange und lief, um die Decken, die restlichen Vorräte und die gesammelten Frühjahrskräuter zu holen.

Eardin schaute ihr zu und wunderte sich.'Ich verstehe es nicht', dachte er, 'was lebt in ihr? Sie ist in manchem uns Elben ähnlich, doch sie ist ein Mensch, von Menschen geboren. Ob der Baum es bewirkt hat?" Fragend sah er zu ihm, doch der Baum antwortete nicht.

Der Himmel hatte sich zugezogen, die Wiese lag im trüben Licht. Adiad sprach Worte des Abschieds zum alten Baum, ging noch einmal zur Quelle, trank von dem klaren Wasser, strich sanft über einige Frühlingsblumen am Waldrand. Dann lief sie zu den Pferden und wollte aufsteigen.

Eardin jedoch hielt sie am Arm fest und sagte mit ernster Miene: „Adiad, wir haben über eines noch nicht gesprochen."

„Du meinst, wohin wir gehen werden, wo wir leben wollen?"

„Dies genau meine ich. Ich habe darüber nachgedacht und ich, nun, ich weiß nicht, wie ich es dir sagen soll, wir hätten schon früher darüber sprechen sollen ..."

Adiad sah die Unsicherheit in seinen Augen und hatte keine Geduld länger zu warten, bis er das herausgestammelt hatte, was sie schon längst wusste. „Ich gehe mit dir zu den Elben, wenn es dir recht ist!"

Sprachlos starrte Eardin sie an. „Weißt du, wie lange ich letzte Nacht wach gelegen bin und mich die Gedanken gequält haben, dass ich mit dir sprechen muss. Wie ich es dir sagen soll? Und nun stehst du hier und ich sehe, du hast es längst für dich beschlossen. Es ist verblüffend!" Lächelnd legte er seine Hände auf ihre Wangen. „Adiad, du hast das Herz einer Kriegerin und ich verspreche dir, dass ich alles tun werde, damit es dir bei uns gut geht."

Adiad nahm seine Hände in die ihren, sah in seine braunen Augen und antwortete: „Ich habe auch darüber nachgedacht. Ich weiß, dass du in unserem Dorf nicht glücklich werden würdest. Du würdest bei uns verkümmern, so ähnlich wir uns in manchem auch sein mögen. Deshalb will ich es versuchen. Es ist ein Versuch, Eardin, denn auch ich bin mir nicht sicher. Du hast mir von Adain Lit erzählt, doch auch wenn dort viel Schönheit und Licht ist, so wird es auch dort den Schatten geben. Doch ich liebe dich und ich bin nicht bereit, dich alleine ziehen zu lassen. Du brauchst mich also nicht auf dein Pferd zu schnüren. Ich komme freiwillig mit."

Während sie durch den Wald ritten, dachte Eardin darüber nach, welch eine erstaunliche Frau sie doch war.

Die Siedlung der Waldmenschen lag im Nachmittagslicht. Am Rande des Platzes hatten sich einige der Krieger getroffen, um sich im Bogenschießen zu messen. Adiad wunderte sich, denn es waren mehr als sonst. Sie zählte etwa zwanzig Eymarikrieger. Doch bevor sie sich, wie gewöhnlich, zu ihnen gesellte, wollte sie zunächst mit Eardin zu ihren Eltern gehen. So ließen sie die Pferde laufen und wandten sich den Holzhäusern zu. Elid stand vor der Tür, als habe sie schon gewartet. Sie sah ihre Tochter auf sich zukommen und erkannte an ihrem Schritt, an ihrer ganzen Haltung, dass sich etwas geändert hatte. Neben ihr ging stolz und aufrecht der Elbenkrieger.

Der große alte Holztisch stand in der Mitte eines gemütlichen und hellen Raumes. Alle Fenster waren geöffnet, der Frühling flutete hinein. Blumensträuße standen in kleinen Tongefäßen und gewundene Zweige mit Kräutersträußen hingen von der Holzdecke. Sie brachten den Raum zum Duften. Bald kam Sabur dazu, er hatte gehört, dass sie in den Ort geritten waren. Adiad sah zu ihren Eltern und lächelte. Elid ergründete die Augen ihrer Tochter und die Augen des Elben und verstand.

„Du hast sie gefunden, Eardin?"

„Ich habe sie gefunden!", sagte er und nahm Adiads Hand.

Da dämmerte es auch Sabur.

„Mutter, Vater, ich werde mit Eardin nach Adain Lit gehen", begann Adiad vorsichtig. „Bitte versucht es zu verstehen, denn ich liebe ihn und möchte bei ihm sein!"

Angespanntes Schweigen breitete sich aus.

„Und warum kann dann der Elb nicht hierbleiben?", polterte ihr Vater los, nachdem er sich von seinem ersten Schrecken erholt hatte. „Sind wir ihm nicht gut genug? Warum musst du zu den Elben? Du erscheinst hier, nach vielen Tagen ohne Nachricht, mit einem Fremden, von einem fremden Volk und erklärst uns, dass du mit ihm gehst. Und so frage ich dich nochmals, warum bleibt er nicht? Ich kenne ihn nicht. Ich will ihm meine Tochter nicht mit in die Fremde geben!" Dunkle Blicke schickte er über den Tisch.

Doch Elid legte ihre Hand auf die seine, lächelte und sagte: „Siehst du nicht, dass sie sich lieben?"

„Ich sehe es wohl, doch ich traue ihm trotzdem nicht!"

„Doch ich vertraue ihm, Vater, und ich bin alt genug, meine Entscheidungen für mich zu treffen."

Da erhob sich Eardin, legte seine Hand an die Brust, verneigte sich und sagte mit entschlossener Stimme: „Adiad möchte mit mir gehen und ich werde sie mit mir nehmen! Ich verspreche euch, sie mit meinem Leben zu schützen. Alles zu tun, damit es ihr gut geht."

Sabur schwieg verbissen, Elid jedoch stand auf, stellte sich vor Eardin, sah zu ihm auf und flüsterte: „Die Wege des Schicksals sind erstaunlich!" Scheu legte sie ihm die Hand auf die Wange. „Auch ich vertraue dir, denn ich sehe das Gute in deinen Augen und höre es in deinen Worten. Vor allem sehe und spüre ich die Liebe zu meiner Tochter. Nimm sie mit dir, geht mit meinem Segen, doch bleibt nicht für immer fort. Findet den Weg wieder zu uns, denn ich möchte sie wiedersehen. Ihr seid immer willkommen!"

Eardin nickte und sah zu Sabur. Dieser saß noch immer erstarrt am Tisch, er weinte versteckt. Adiad ging zu ihm, umarmte ihn.

Seufzend schloss er sie in die Arme. „Dann pack deine Sachen und geh mit ihm. Doch hör auf deine Mutter und komm ab und zu vorbei. Und du, Elb, wehe du krümmst ihr ein Haar!"

Während Adiad mit ihrer Mutter in einen anderen Raum ging, um ihre Kleidung einzupacken, trat Eardin vor die Tür. Er brauchte die frische Luft und wollte Saburs grimmigem Schweigen entgehen. So stellte er sich vor die Hütte, verschränkte seine Arme vor der Brust und ließ seinen Blick in Richtung der Felder wandern. Lange war er so gestanden, als Worrid auf ihn zukam.

„Bewachst du das Haus, Elbenkrieger?"

„Worrid, es tut gut dich zu sehen! Nein, ich warte auf Adiad. Sie packt ihre Sachen."

„Sie geht mit dir?"

„Sie möchte es so und ich will es auch."

Worrid zögerte, dann lud er Eardin mit einer Geste ein, ihm zu folgen. Einige Schritte vom Haus entfernt stand ein runder Findling, auf den sie sich setzten.

„Ich hatte es befürchtet."

„Worrid, es wird ihr gut gehen bei uns. Ich will, dass sie glücklich ist. Es ist nicht das Schlechteste, bei den Elben zu leben."

„Das weiß ich, Eardin, doch die Stimmung bei den Kriegern ist gereizt. Dein Besuch vor ein paar Tagen ist nicht verborgen geblieben, so erzählte Belfur mehr von dir, obwohl er es Adiad anders versprochen hatte. Es hat sich bei denen, die in der Nähe waren, herumgesprochen. Sie sind zum Dorf geritten, um zu sehen was passiert. Dann sahen sie dich und Adiad ins Dorf reiten und zu ihren Eltern gehen. Sie sind nicht dumm, Eardin. Sandril ist enttäuscht und Belfur ist wütend. Sie mögen Adiad, wir mögen sie alle sehr und ihr Glück ist uns nicht egal, auch nicht ihr Unglück. Obwohl wir auch sahen, dass sie in der letzten Zeit litt. Sandril wollte sie zur Frau nehmen."

„Ich weiß dies, Worrid, doch sie liebt ihn nicht."

„Die Zeit hätte das Glück gebracht", sagte Worrid tonlos. Eine Phrase die völlig inhaltsleer aus seinem Mund kam.

Eardin schwieg. Er wusste nicht, was er Worrid darauf antworten sollte.

So sprach dieser nach einer Weile weiter. „Ich wünsche euch Glück, Eardin, und ich freue mich für euch, obwohl es mich sehr schmerzt, wenn Adiad geht. Doch ihr solltet mit Sandril und den anderen reden. Sie glauben, du bringst Unglück in ihr Leben."

Verwundert nahm Eardin Worrids Betroffenheit wahr. Der Eymarikrieger kämpfte mittlerweile mit den Tränen. So nickte er ihm freundlich zu und sagte: „Ich danke dir, Worrid, für deine offenen Worte. Adiad wäre nie ohne Abschied gegangen. Ich werde mit zu den Kriegern gehen. Ich glaube, dass ihr Adiad sehr wertvoll seid und ich denke, sie liebt euch alle auf ihre Weise. Deshalb wünsche ich mir, dass wir auch im Guten wieder vorbeikommen können."

Worrid legte ihm die Hand auf die Schulter, nickte und ging. Eardin aber wartete nachdenklich auf dem Stein, bis Adiad herauskam.

„Du hast mit Worrid gesprochen?"

„Er kam zu mir, um mit mir über Sandril, Belfur und die anderen zu reden. Sie sind wütend auf mich und denken, ich bringe Unheil über dich und dein Leben. Und wie es Sandril geht, kannst du selbst ermessen."

„Doch woher wissen sie alles so genau?"

„Belfur hat ihnen anscheinend alles erzählt."

„Das fasse ich nicht!", fauchte Adiad und stürmte über den Platz in Richtung der Krieger.

„Da habt ihr euch nun versammelt, um über mein Leben zu beschließen", fuhr sie die erstaunten Männer an. „Und du Belfur, hast mir versprochen, nichts zu erzählen und weißt nichts Besseres, als wie ein altes Weib alles heraus zu plaudern."

Über Belfurs Gesicht schoss eine feurige Röte, die selbst sein blonder Bart nicht verbarg. „Und du, Adiad, rennst hinter einem Elben her, ohne Sinn und Verstand", schrie er zurück. „Was willst du bei den Elben? Lieder singen und dir beim Altwerden zuschauen lassen? Sie werden dich bald auslachen!" Bitter und böse waren seine Worte und Adiad merkte, wie ihr die Tränen kamen.

Sandril drängte sich an Belfur vorbei. „Deine Worte sind hart, Belfur, doch sie sind wahr!" Er packte Adiad am Arm und fuhr mit beschwörender Stimme fort:

„Adiad, sieh mich an! Ich liebe dich und ich kann dich glücklich machen, auch wenn du meine Liebe nicht in gleicher Weise erwiderst. Wir können hier bei den anderen leben. Wir sind deine Familie! Wir, deine Eltern, dein Wald. Wir sind dein Volk, Adiad! Menschen deiner Art! Bleibe hier bei uns, bleib bei mir, Adiad!" Fest hielt er ihre Hände mittlerweile in den seinen, Adiad sah Tränen auch in seinen blauen Augen und dies brachte sie endgültig in Verwirrung.

Nachdem er Belfur und zwei andere zur Seite geschoben hatte, war es Worrid gelungen zu Adiad durchzudringen. „Beruhigt euch und lasst sie, denn es ist ihre Entscheidung!", verkündete er laut.

„Und diese Worte aus deinem Munde", rief jetzt Tard, „du, der sie am liebsten immer nur irgendwo versteckt hättest, um sie zu beschützen. Der ihr fortwährend sagen wollte, was sie zu tun hat."

„Ich habe dazugelernt!", schrie Worrid in den allgemeinen Aufruhr, „und ich schätze den Elben. Ich bin mit ihm zusammen geritten und ich vertraue ihm Adiad an, denn er liebt sie!"

„Und ich liebe ihn!", versuchte sich Adiad wieder bemerkbar zu machen und begann zu weinen. Der Streit ihrer Freunde, ihre Worte erschütterten sie tief.

„Lasst mich durch!", rief plötzlich Eardin und er rief es mit einer Kraft in der Stimme, dass die Krieger ihm den Weg frei machten. Aufrecht ging er, wütende Blicke um sich schickend, zu Adiad und nahm sie in die Arme. Adiad schmiegte sich an ihn und weinte hemmungslos. Betroffene Stille machte sich breit. Nur Sandril drehte sich um und ging.

Belfur war der erste, der wieder sprach. „Adiad, es tut mir leid. Ich denke, es tut uns allen leid. Wir wollen dich nicht verlieren und haben dabei vielleicht eher an uns gedacht."

Adiad hob ihren Kopf aus den Armen Eardins. „Ich will euch auch nicht verlieren, doch ich werde mit Eardin gehen. Bitte versucht das zu verstehen." Ihre Tränen rollten in Eardins Elbengewand.

„Wir werden uns bemühen, Adiad", sagte ein anderer, „wann werdet ihr reiten?"

„Morgen früh. Ich werde sie morgen mit mir nehmen!", antwortete Eardin, legte Adiad besitzergreifend seinen Arm um die Schultern und führte sie weg von ihren Freunden.

„Es ist gut, Adiad, beruhige dich!" Sanft wischte er ihr die Tränen aus dem Gesicht und langsam kehrte das Lächeln wieder in ihre Augen zurück.

„Wir streiten nicht immer so heftig."

„Normalerweise schlagt ihr euch wohl eher?", fragte er schmunzelnd. „Ich bring dich zu deiner Mutter, leg dich etwas hin, ich will noch einmal zu den Kriegern gehen".

Adiad sah ihn erstaunt an. „Lass uns erst zu Marid, der Kräuterfrau, gehen. Ich möchte, dass du sie kennenlernst."

Marid freute sich für ihr Mädchen.

„Du wirst ihr Glück bringen Elb, denn du liebst sie wahrhaftig", sagte sie, nachdem sie eine Weile zusammengesessen und geredet hatten und diese Worte waren eine Wohltat für Eardins Seele.

Adiad blieb noch länger bei Marid. Eardin jedoch kehrte zu den Kriegern zurück und ließ sich bei ihnen am Feuer nieder. Als er sich umsah, begegnete er aufgewühlten und erstaunten Gesichter. Sie hatten wahrlich nicht erwartet, dass er noch einmal zurückkommen würde.

„Ihr habt gute Bögen, ihr Waldmenschen. Aus welchem Holz habt ihr sie gefertigt?"

Belfur überwand sich, da ihn ein schlechtes Gewissen plagte, ging zu Eardin und zeigte ihm seinen Bogen.

Als Adiad sich später wieder zögernd dem Platz näherte, bemerkten die Krieger sie kaum, denn Bögen und Pfeile wurden verglichen, Messer und Schwerter betrachtet und es wurde über Hölzer und Werkzeuge gesprochen. Adiad freute sich, denn mitten in der Runde stand Eardin. Worrid entdeckte sie und kam zu ihr herüber. „Das hat dein Elb geschickt gemacht, er beginnt ihre Herzen für sich zu gewinnen."

„Wo ist Sandril? Ich sehe ihn nicht."

„Lass ihn, Adiad, er braucht seine Zeit. Ich werde mit ihm reden, wenn er sich etwas beruhigt hat."

„Ich danke dir, Worrid!" Sie küsste ihn auf die Wange.

Als das Licht am nächsten Morgen den Raum erhellte, stand Adiad auf. Sie hatte schon lange wach gelegen. Ihre Gedanken waren zwischen dem vergangenen Tag und ihrer ungewissen Zukunft herumgesprungen. Lautlos schlich sie in den angrenzenden Wohnraum und näherte sich Eardin, der einen Schlafplatz auf der großen Holzbank an der Wand gefunden hatte. Lange stand sie nur da und betrachtete ihn. Er lag auf dem Rücken, hatte die Arme vor der Brust verschränkt und atmete ruhig. Seine goldenen Haare flossen über die Bank in Richtung Boden. 'Ich liebe dich so sehr!', dachte sie lächelnd.

„Du kannst dich an einen Elben nicht einfach so anschleichen, ohne dass er dich bemerkt." Eardin öffnete seine Augen.

Adiad kniete sich vor ihn, gab ihm einen Kuss auf die Stirn und streichelte sanft über sein Gesicht. „Wie hast du geschlafen, Elbenkrieger?"

„Nicht besonders gut, Adiad. Die Erde der Wälder ist weicher als diese Bank. Ich denke ich werde, wenn wir das nächste Mal hier sind, bei Worrid schlafen."

„Oder bei mir", meinte Adiad und küsste ihn wieder.

„Ich bin mir nicht sicher, ob deine Eltern dies gestatten. Doch nun lass mich aufstehen, ich will sehen, ob ich meine Glieder noch bewegen kann." Eardin erhob sich ächzend, dehnte sich lange und ausgiebig. Dann trat er vor die Tür, musterte den Himmel und sagte: „Es wird ein schöner Tag, Adiad, ein guter Tag zum Reisen. Lass uns früh aufbrechen und in die aufgehende Sonne reiten. Ihr Licht soll uns führen, uns ein Zeichen sein, dass auch unsere Reise ins Licht und ins Helle geht."

Der Abschied dauerte länger, als Eardin es befürchtet hatte. Jeder wollte umarmt sein, jeder hatte noch Worte des Rates für Adiad. Nur Sandril war nicht zu finden. Sie konnte keine versöhnlichen Worte mehr mit ihm sprechen. Adiad umarmte noch einmal ihre Eltern und Eardin verneigte sich vor ihnen. Dann luden sie die Proviantaschen, die Elid geschnürt hatte, auf die Pferde und ritten hinaus aus dem großen Tal. Bevor sie im Wald verschwanden, wandte sich Adiad noch einmal um.

„Es wird nie mehr so sein wie früher, wenn ich zurückkomme."

„Nichts bleibt, wie es ist", antwortete Eardin, „und das ist gut so. Denn Wandel bedeutet Leben. Lass uns reiten, Adiad! Schau nicht zu lange zurück! Dein Weg führt jetzt in ein neues, ein anderes Sein. Ich werde dir helfen, dort eine Heimat zu finden."

Naga

*D*er Weg nach Osten führte über vertraute Pfade und Adiad liebkoste ihren Wald. Etwas wehmütig grüßte sie die Vögel, die ihre Morgenlieder sangen und versprach ihnen, bald zurückzukommen. Bevor sie den Wald verließen, wollten sie noch einmal den kleinen See besuchen. Doch sein Wasser war eisig, anders als im Herbst, als er die Wärme der Sommersonne noch in sich trug. Sie gingen nur bis zu den Knien hinein. Als Adiad schon wieder heraussteigen wollte, schubste Eardin eine Handvoll eiskaltes Wasser in ihre Richtung. Adiad schrie laut auf, lachte und spritzte mit den Füßen zurück. Die Schlacht war bald beendet und sie hüllten sich in ihre warmen Wollumhänge.

„Du bist albern wie ein Kind, Elb."

„Ich weiß und du wirst bald merken, dass wir alle ein wenig wie Kinder sind, was sicher nicht das Schlechteste ist."

Adiad lachte. „Nun komm. Lass uns reiten, Eardin, ich möchte den Wald hinter mir lassen."

Die Bäume verloren sich im Dunst und unter ihnen öffnete sich das offene Flusstal. Das raue Wallsteingebirge dahinter war nur zu erahnen. Adiad war schon oft am Lebein gewesen. Die Eymari ritten mehrmals im Jahr zu den Dörfern im Umland, um Waren zu tauschen oder das Zwergenerz zu bekommen, dass sie für ihre Waffen benötigten. Für den Handel fertigten ihre Frauen hübsche Schmuckstücke, die in den Dörfern begehrt waren. Adiad trug solchen Schmuck nicht. Ihr einziger Schmuck war der kleine Efeuzweig, den sie im Haar trug. Den Efeu hatte sie in das oberste der drei Bänder gesteckt, die ihre Haare zum dicken Zopf fassten. Es war nicht nur Schmuck, sondern auch eine Erinnerung. Ein Teil ihres Lebens, von dem sie Eardin noch nicht erzählt hatte.

Fest hatte sie den warmen Umhang um sich geschlungen. Darunter trug sie das Gewand der Waldkrieger: ein längeres, angenehm weiches Hemd aus Hirschleder, das vorne von kleinen Haken zusammengehalten wurde, Hosen aus Leder und hohe Stiefel. Das Hemd war gebunden mit einem Gürtel, seitlich hing ein Messer im Schaft. Für wärmere Tage hatte sie ein leichtes Leinenhemd unter dem Leder, doch noch strich ein kalter Wind über das Land. Der entspannte Bogen und der Köcher, der mit vielen Pfeilen gefüllt war, waren über den Rücken gebunden. In ihr Bündel hatte sie das dunkelgrüne Wollkleid gewickelt. Ihre Mutter hatte es für sie genäht. Sie nahm es als Andenken mit und weil sie bei den Elben nicht nur mit Männerkleidung herumgehen wollte.

Den nächsten Abend verbrachten sie in Sichtweite des Flusses im Schutz einer leichten Anhöhe. Eardin malte mit einem Stock Zeichen in den Boden.

„Ist das Elbenschrift?

„Nein, das sind nur sinnlose Linien."

„Ich möchte eure Sprache und Schrift erlernen, Eardin."

„Ich bringe sie dir gerne bei. Sicher helfen dir auch Fairron, Whyen und die anderen. Außerdem ergibt sich vieles beim Hören und Sehen. Ich kann dir schöne Bücher zeigen und dir daraus vorlesen, Adiad."

„Ich sehe mich schon auf deinem Schoß sitzen!" Adiad lachte und dachte daran, wie ihr Vater sie als Kind auf dem Schoß gehabt und ihr Geschichten erzählt hatte, von Menschen und sagenhaften Wesen aus früheren Zeiten. Sie hatten ihr damals viele wilde Träume beschert.

„Ich musste an die Dorfbewohner denken, denen wir damals begegnet sind, auf unserem Weg zur Schlange", sagte Eardin.

„Der Anführer der Gemeinschaft hieß Juran, wenn ich mich richtig an deine Erzählung erinnere?"

„Ja, und ich frage mich, was wohl aus ihnen geworden ist. Es war hier in der Nähe, als wir sie trafen. Vielleicht sind sie zurückgekehrt? Ich hoffe, dass sie einen guten Platz gefunden haben für sich und ihre Kinder."

„Ein Neubeginn kann auch viel Gutes in sich tragen."

„So wie bei dir?"

„Das hoffe ich, Elb! Sonst reite ich wieder alleine heim!"

„Das traust du dich nicht, Waldfrau."

„Ich traue mich wohl alleine zu reiten, denn ich bin eine Kriegerin der Eymari und nicht hilflos in der Welt unterwegs."

„Doch schon ein Elb reicht, um dich zu binden."

„Versuch es doch, Elb!" Adiad sprang auf, rannte in Richtung des Flusses, doch Eardin hatte sie ohne Mühe sofort erreicht, ergriff sie und warf sie zu Boden.

„Ich hab noch mein Messer, Elb!"

„Versuch es zu nehmen, du Kriegerin der Eymari!", reizte er sie lachend.

Wie die Kinder rollten sie im Zweikampf über den Boden, bis sich Eardin auf sie warf und ihre Hände seitlich zu Boden drückte.

„Du tust mir weh."

„Das glaub ich dir nicht, denn ich halte dich nicht so fest. Ich denke, das ist eher ein Versuch sich zu befreien, den du bei deinen Waldbrüdern benutzt hast."

Adiad wand sich vergeblich unter ihm und Eardin genoss es. Er suchte ihre Lippen und küsste sie lustvoll. Als sie sich nicht mehr wehrte, ließ er ihre Hände los.

Hurtig stand Adiad auf, wischte sich den Staub vom Gewand, baute sich vor Eardin auf und blitzte ihn an. „Aber mit dem Bogen bin ich genauso gut wie du, Elb!"

„Das will ich sehen, Mensch!"

„Ich werde es dir zeigen, gleich morgen wirst du meine Pfeile ihr Ziel finden sehen!"

Adiad lachte. Sie ahnte nicht, in welcher Weise sich ihre Worte bewahrheiten würden.

Sie schliefen, wie die letzten Nächte, eng aneinander geschmiegt. Eardin lag hinter ihr und hatte seine Hand warm auf ihre Hüfte gelegt. Zart bewegte er seine Finger, zog dann größere Kreise und schließlich wanderte er weiter nach unten, bis zum Ende ihres Hemdes. Er zögerte und spürte, wie sie den Atem anhielt. Behutsam ließ er seine Hand wieder über ihr Hemd nach oben gleiten. Er hob ihre Haare, küsste sie zart in den Nacken und hörte Adiad leise aufstöhnen. Doch er wagte nicht mehr. So beugte er sich über sie, fand ihren Mund und küsste sie sehnsüchtig. „Schlaf gut, Waldfrau!"

„Du auch, Elb!"

Nach dem späten Erwachen am Morgen setzten sie sich an die erkaltete Feuerstelle und aßen das Brot und die Äpfel, die Elid ihnen mitgegeben hatte. Plötzlich stand Eardin auf, wandte sich zum Fluss und Adiad tat es ihm gleich. Auch sie hatte die Geräusche von Menschen und Wagen gehört.

„Du hörst sie?"

„Ich höre Menschen kommen, Eardin."

Er sah sie erstaunt an, dann liefen sie auf die Anhöhe und sahen zum Fluss. Weit in der Ferne näherte sich ein kleiner Zug von Wagen und Reitern aus dem Süden.

„Vielleicht sind es deine Dörfler?"

„Das wäre ein merkwürdiger Zufall."

Die Wagen wandten sich der Furt zu. Ein Tross von fünf Wagen und etwa vierzig Menschen.

„Sie wollen in ihr Land und sich zurückholen, was die Schlange ihnen genommen hat."

Während sie noch zuschauten, wie die Gemeinschaft ihre Wagen und Ochsen vorsichtig und mühevoll durch die Furt in Richtung der Brücke führten, brach der Sturm los.

φ

Timor schlug sich die Hand gegen die Stirn. Es ließ sich nicht vertreiben. Die Stimme biss sich durch seine Gedanken. 'Gehorche und töte sie! Töte die Menschen, wenn sie den Fluss überqueren.' Ich weiß, ich weiß ja, doch ich will nicht, ich kann das nicht. 'Gehorche und töte sie. Versteckt euch, wartet. Seid leise! Schlagt zu, wenn sie kommen.' Ich habe noch nie getötet, warum soll ich das tun? Ich habe Angst. 'Greift sie sofort an, zögert nicht!'

Er hörte Geräusche von Wagen, hörte die Stimmen von Menschen, dachte an den Priester, spürte die Kraft des Schlangenfleisches und plötzlich wusste er, dass er es tun würde. Kurz sah er neben sich und wandte sich sofort angewidert ab; das Wesen neben ihm schreckte ihn. Er griff sein Schwert und während er die sandigen Wände nach oben kroch, versuchte er auf den Boden zu sehen, nicht mehr auf die Kreatur an seiner Seite. 'Leise, seid leise wie die Schlangen und dann schlagt ebenso erbarmungslos zu! Tötet sie alle!' Timor sprang aus dem Erdloch, um der Stimme zu gehorchen. Um zu töten.

φ

Eine Horde von Menschen, die am anderen Ufer gelauert hatte, stürzte über die Brücke auf die Männer und Wagen zu. Eardin und Adiad beobachteten es fassungslos, denn sie hatten die Angreifer vorher nicht wahrgenommen.

„Komm! Schnell!", rief Eardin.

Hastig spannten sie die Sehnen auf ihre Bögen und schwangen sich auf ihre Pferde. Es dauerte nicht lange, bis sie die Furt erreicht hatten. Einige der Dörfler lagen bereits erschlagen im Wasser, ein heftiger Kampf war im Gange. Frauen, Alte und Kinder hatten sich hinter dem Hausrat in den Wägen versteckt. Die Männer hieben mit allem, was sie greifen konnten, auf die Angreifer ein, wehrten sich verzweifelt mit Schwertern und Stöcken.

Eardin sprang ins Dickicht nahe am Ufer. Adiad verbarg sich hinter einem Gebüsch. Gleich darauf flogen ihre Pfeile wie ein giftiger Regen über den Fluss, doch schnell wurde es schwieriger, die Ziele auszumachen. Der Kampf verlagerte sich hinter die Wagen, das Gemenge von Angreifern und Dörflern wurde unübersichtlich. Alle trugen ähnliche Kleidung. Doch bemerkte die Eymari, dass ihre Gesichter sich unterschieden. Die Menschen, die über die Brücke gestürmt waren, schienen Masken zu tragen. Plötzlich hatten die Maskenträger sie entdeckt. Drei von ihnen stürmten in ihre Richtung. Sie wurden von Eardins Pfeilen durchbohrt. Adiad hörte die verzweifelten Schreie der Dörfler, sah Eardin in Richtung der Brücke stürmen und folgte ihm in geduckter Haltung, denn auch einige der Angreifer hatten Bögen. Eardin kämpfte mit dem Schwert, Adiad sprang hinter das nächsten Schilf und versuchte ihm durch gezielte Schüsse beizustehen. Er verschwand aus ihrer Sicht, sie hörte Metall wuchtig aufeinander schlagen, die Kämpfe wurden heftiger. Einige der Angreifer versuchten über die Brücke zu fliehen. Der Elb folgte ihnen.

Bald wurde es stiller. Die ersten Dörfler senkten ihre Waffen, während andere noch suchend umherschauten. Die Kinder weinten in den Wagen und die Verwundeten stöhnten. Adiad hielt Ausschau nach Eardin und entdeckte ihn bald. Sein Schwert in der Hand ging er auf eine Gruppe der Dorfbewohner zu. Viele der Männer lehnten erschöpft auf ihren Waffen oder saßen am Boden. Andere suchten nach ihren Freunden im Kies und im Schilf.

„Seid ihr Elben?", fragte einer.

„Ein Elb und ein Mensch", antwortete Eardin und ließ endgültig sein Schwert sinken.

„Wir würden alle nicht mehr leben ohne euch", sprach darauf der Mann und verneigte sich tief vor ihm. „Ich danke allen Göttern, die euch zu dieser Zeit hierher brachten."

Adiad näherte sich einem der Toten im Kies. „Was ist das für ein Geschöpf?"

Auch die anderen betrachteten das menschengleiche Wesen. Gekleidet wie ein Bauer, war die Haut mit dunklen, glänzenden Schuppen bedeckt. An der Stelle der Ohren saßen ledrige, nach oben spitz zulaufende, flügelartige Gebilde, die nur noch entfernt an menschliche Ohren erinnerten. Seine Nase war kleiner als die der Menschen und hatte zwei enge Schlitze.

„Ich habe so was noch nie gesehen." Der Dörfler beäugte angewidert das Wesen. „Naga", sagte er dann leise, als ihm die Erinnerung wieder kam. „Er nannte sie Naga! Wir trafen vor einigen Tagen einen Reiter, der uns von Schlangenmenschen erzählte. Er gab ihnen diesen Namen. Wir glaubten ihm nicht."

„Ich habe das Wort schon gehört", sagte Eardin und kniete sich interessiert vor den Körper. „Es gibt alte Geschichten, in denen Schlangenmenschen vorkommen. Ich glaube, sie nannten sich so. An mehr erinnere ich mich nicht."

„Er sieht ekelhaft aus!" Adiad war ebenfalls in die Hocke gegangen, um sich den Schlangenmenschen genauer anzuschauen.

„Hier lebt noch einer!" Ein Junge hatte im Schilf eine der Kreaturen gefunden. Der Naga war verletzt, aber bei Besinnung.

Eardin baute sich über ihm auf, hielt ihm sein Schwert an die Kehle. „Was bist du? Sprich rasch und wahr, sonst nehme ich dir schneller dein Leben, als du schreien kannst."

„Du kannst mich nicht töten, denn ich bin unsterblich!" Seine Stimme war ein Zischen. Die Augen der Kreatur öffneten sich weit und offenbarten enge, spitze Pupillen. Schlangenaugen.

Der Elb betrachtete ihn voller Abscheu. „Du bist sehr wohl sterblich. Soll ich dir deine toten Brüder zeigen?"

„Doch wir werden wiederkommen, nach dem Tode, denn die Schlange gab uns ihre Kraft!"

„Die Schlange, welche Schlange?", wollte er von ihm wissen, doch er ahnte es bereits.

Der Schlangenmensch schwieg und Eardin drückte ihm das Schwert heftiger an die Kehle. „Ich kann dich langsam und qualvoll sterben lassen oder schnell!"

Die gelben Augen weiteten sich. „Die große Schlange am Berg."

„Wie erhaltet ihr die Kraft? Die Schlange ist tot."

Seine Stimme wurde schwächer. „Sie hat sich für uns geopfert. Wir sind ihre Kinder. Sie schenkt uns ihr Leben. Ihre Kraft."

„Er redet irre!", sagte der Dörfler aus dem Hintergrund, „bring ihn um! Ich will mir das nicht länger anhören."

Doch der Elbenkrieger ließ ihn noch nicht. „Was habt ihr vor? Wie viele seid ihr? Wie erhaltet ihr die Kraft der Schlange? "

Die Kreatur am Boden stöhnte auf und stammelte: „Wir ... wir essen sie."

„Ihr esst die tote Schlange?" Adiad wurde übel.

„Wie viele seid ihr?", wollte Eardin noch einmal wissen. Doch der unsterbliche Schlangenmensch atmete nicht mehr.

Bleich und schwankend schleppte sich Adiad zum Fluss. Sie war nahe daran, sich zu übergeben und wollte sich das Gesicht mit dem kalten Wasser waschen. Die Vorstellung, das Fleisch einer Schlange zu essen, die seit dem letzten Herbst tot im Sand lag, war zuviel für sie gewesen.

„Vielleicht räuchern die Schlangenmenschen sie ja vorher", sagte eine Stimme hinter ihr.

„Dein Gemüt möchte ich haben, Eardin. Es ist widerlich!"

„Geht es wieder? Soll ich dir helfen?"

„Lass mich einfach, es wird wieder. Ich komme, sobald ich wieder aufrecht stehen kann."

Die Menschen des Dorfes hatten inzwischen ihre Toten geborgen, die Verwundeten auf die Wagen gelegt. Die Frauen kümmerten sich um sie.

Adiad begann ihre Pfeile zu sammeln. Sie tat dies nicht gern, doch waren alle verschossen und sie wollte nicht ohne Bewaffnung sein. Entschlossen griff sie den nächsten Schaft, stellte den Fuß auf den Körper und wandte sich ab, während sie den Pfeil angeekelt aus diesen menschenähnlichen Wesen herauszog. Eardin soll sich die seinen selber suchen, dachte sie, während sie erneut mit der Übelkeit kämpfte.

Der Elb begleitete inzwischen einige der Männer, die nach Plätzen für die Gräber schauen wollten, über die Brücke. Eardin trieb seine Verwunderung darüber, dass er die Angreifer nicht gesehen und gehört hatte. Hinter den Büschen erkannte er die Lösung des Rätsels. Sie hatten sich Höhlen in den Sand gegraben und still wie die Schlangen darin gelauert.

„Es war eine Falle. Sie haben hier auf Opfer gewartet."

„Warum haben sie uns angegriffen? Wir führen keine Schätze mit uns, außer unserem Leben." Ein alter Mann stand an einem der Löcher und weinte.

„Ihr Geist war von der Bosheit dieses alten Wesens, von deren Fleisch sie gegessen haben, vergiftet. Ich denke, es waren vorher Menschen wie ihr."

„Was sollen wir tun, Elb? Rate uns! Wir sind hierhergekommen, um wieder in unseren früheren Landen zu siedeln."

„Ihr solltet nach Westen ziehen, denn ihr wisst nicht, wieviele dieser sogenannten Kinder der Schlange am Wallstein lauern."

Sie blieben bis zum Abend bei der Dorfgemeinschaft, denn sie fürchteten neue Angriffe. Doch es blieb ruhig. Die Männer hatten die Toten begraben, die Wagen wieder zurück ans westliche Ufer des Lebein gebracht. Dort saßen sie nun mit den restlichen Menschen ihrer kleinen Gemeinschaft, redeten über ihre Ängste und Pläne. Adiad und Eardin hatten sich zurückgezogen und wachten am Rande des Lagers.

„Ich habe so etwas noch nie gesehen, Eardin. Und ich verstehe es nicht, was diese Naga trieb."

„Den Sinn des Bösen zu verstehen, gelingt auch mir nicht. Doch mir schien, sie waren ausschließlich davon getrieben. Ich erinnere mich an Worte von Fairron, der zu uns sprach, dass ein Unheil ein anderes anzieht. Ein neues Unheil ist aus der Schlange entstanden. Ich bin in Unruhe darüber, was daraus wachsen wird."

„Es hörte sich an wie in alten Geschichten, als dunkle Götter verehrt wurden und die Menschen ihre Kräfte in sich aufnahmen."

„Es erinnert daran, und es wäre das Schlimmste, was geschehen könnte, denn in solchem Wahn sind Menschen lenkbar und gefährlich. Das Land ist verwundet und noch immer gibt es zu wenig Hoffnung. Es werden sich genug finden, die dem Ruf folgen und neue Kraft im Schlangenfleisch suchen."

„Es waren keine Menschen, Eardin."

„Ich denke, es waren Menschen, die sich zu Nagas gewandelt hatten. Ich werde Mellegar darüber befragen. Er ist ein großer Magier unseres Volkes, ein Hüter des Wissens der Elbenvölker. Außerdem ist er ein guter Freund von mir."

Sie verließen die Furt erst am Morgen. Die Dorfgemeinschaft hatte beschlossen, nach Westen zu reiten, ihr Glück in den Ebenen, im Schutze Astuils, zu suchen.

ϕ

Sie brechen auf, ich höre die Wagen. Still, bleib liegen und warte. Rühre dich nicht, sei ruhig, bis sie weg sind. Es schmerzt. Zieh ihn endlich heraus! Timor packte den Schaft und zog den Pfeil mit einem Ruck aus seinem Arm, riss einen Stoffstreifen vom Hemd und wickelte ihn mit Hilfe seines Mundes herum. Es ist nicht tief, es ist gut, steh auf und flieh, geh zurück!

Vorsichtig erhob sich der Naga aus dem Kiesloch, in das er nach seiner Verwundung geflohen war. In einiger Entfernung sah er die Brücke. Er schlich sich dorthin, überquerte das Wasser und begann seinen Marsch zum Gebirge. Stur lief er weiter, ohne noch einmal an den Kampf zu denken, sah dabei die Priester vor sich, freute sich auf sie. Sie würden ihm sagen, was er weiter zu tun hätte.

In vollkommener Erschöpfung fiel er auf die Knie, als er dort endlich ankam. Andere Naga gaben ihm Wasser und brachten ihn zu den Priestern. Er erzählte, was geschehen war.

„Ihr habt nicht alle getötet?", fragte einer der Priester.

„Nein, Priester der Schlange, nicht alle, aber viele der Menschen. Sie hatten Hilfe."

„Wer hat ihnen geholfen?"

„Elben, zwei Elben mit Bögen. Seid mir nicht böse, Priester. Ich mache alles für euch. Ich war verletzt, seht her! Ich folge euch, Priester. Sagt mir, was ich für euch tun soll."

„Ich werde dich holen, wenn ich dich brauche!", sagte Deond und scheuchte ihn und all die anderen weg. „Verfluchte Elben! Es passt mir nicht, dass sie von uns wissen."

„Auch ihre Macht ist begrenzt", sagte der andere, „und unsere wächst! Und sieh dir die Naga an, Bruder. Es ist unser Werk! Sie folgen uns und du hast gesehen, dass sie auch für uns töten, ohne weiter zu fragen."

„Einige zweifeln noch," meinte Deond, „doch es sind einfältige Bauern. Sie brauchen jemanden, der sie führt. Und wir sind dazu bestimmt zu führen."

„Die Verwandlung ist nicht vollständig. Sie sind noch verwundbar."

„Die Kraft der alten Kreatur wirkt in ihnen, Bruder. Vertrau mir. Wir haben Zeit zu warten."

φ

Adiad und Eardin hatten sich verabschiedet und ritten weiter in Richtung Norden, am Fluss entlang.

Nach einer Weile wandte Eardin sich ihr zu. „Adiad, versprich mir bitte, dass du Whyen irgendwann im Bogenschießen herausforderst. Ich möchte sein verblüfftes Gesicht gerne sehen."

„Ihr habt mir nicht geglaubt, dass ich gut darin bin!"

„Doch, das haben wir, aber ich hatte keine Vorstellung, wie gut!"

Kurz vor der Stadt Dodomar schwenkten sie gegen die Hügel, um die Begegnung mit den Stadtbewohnern zu vermeiden. Eardin wollte ihr das Tal mit den zerschlagenen Bäumen nicht zeigen, er wollte es nie mehr betreten. Es war merkwürdig für Adiad, die Plätze aus seinen Schilderungen zu sehen, zu erleben, wie sie Wirklichkeit wurden. Es schien ihr, als ob auch Eardin dadurch immer mehr Gestalt annahm, ihr vertrauter wurde. Je näher sie kamen, umso mehr versuchte sie, sich auch Adain Lit vorzustellen.

„Woher kommt der Name eures Waldes, Elb?"

„Es ist eine uralte Geschichte. Wenn du magst, kann ich sie dir erzählen."

Die Eymari nickte begeistert.

„Es wird darin von einem Elben erzählt, der sich auf die Suche nach der Sonne begeben hatte. Er meinte, ihr näher zu kommen, wenn er ihrem Lauf folgte, ihr seine Lieder schenkte. So sang er für sie. Seine Liebe zum hellen Gestirn wuchs mit jedem Tag, er ruhte in ihrem Licht und sandte ihr all seine Magie. Schließlich war er derart von seiner Liebe zu ihr durchdrungen, dass die Sonne es wahrnahm und seine Gefühle erwiderte. Sie umfing ihn mit ihrer Wärme, ließ ihr Licht durch ihn strömen und der Elb sang ihr Lieder des Glücks. Und diese gegenseitige Liebe verbrannte ihn schließlich. Es heißt, dass das lichte Gestirn ihn zu sich geholt hat. Auf dem Ort, wo dies geschehen war, wuchs unser Wald. Er erhob sich aus der Asche des Elben. Das Wort ‚Adain' heißt „die Geliebte" und so nennen wir auch die Erde und dieses Land."

„Ist die Geschichte wahr, Eardin?"

„Ich weiß es nicht, doch sie ist wunderschön und trägt Wahrheit in sich."

„Ich freue mich schon auf Adain Lit!"

Elbenwald

Die Eymari wusste nicht genau, wann sie ankommen würden, denn Eardin hatte auf ihre Fragen hin nur vage Auskünfte gegeben. So näherten sie sich eines Morgens einem Waldgebiet, dessen Grenze in Richtung Norden im Dunst verschwand. Der Wald ging sanft in die westlichen Hügel über und strahlte eine Würde, aber auch Unnahbarkeit aus, dass Adiad sofort wusste, was sie vor sich sah.

„Das ist Adain Lit!"

Eardin sah sie nur an, lächelte und nickte. Adiad spürte die Liebe des Elben zu seinem Wald und seiner Heimat und freute sich mit ihm.

Am südlichen Ende des Waldes standen zwei hohe Bäume, die eine Art Tor bildeten und im Schatten dieser Bäume standen zwei Elben. Wachsam sahen sie in die Richtung der Reiter. Sie hatten Eardin schon längst erkannt, doch der Mensch neben ihm war ihnen fremd. Eardin stieg ab und grüßte sie.

Die beiden Elbenkrieger erwiderten den Gruß. *„Es freut uns wirklich dich zu sehen, Eardin. Wir hörten, dass du vor vielen Tagen hier vorbeigezogen bist, mit kurzem Gruß und verschlossenen Blick, ohne zu sagen, wohin du reitest. So fürchteten wir, du folgst deinem Bruder und kehrst nicht zurück. Whyen, Fairron und der Mensch gaben nur wirre Auskünfte. Sei uns willkommen, Eardin!"* Neugierig wandten sie sich Adiad zu, verneigten sich wieder und so tat es auch Adiad.

„Sie spricht unsere Sprache nicht, ihr Name ist Adiad."

„Die wenigsten Menschen sprechen unsere Sprache." Larinas lächelte sie an. „Sei willkommen in Adain Lit, Menschenfrau!"

Adiad grüßte zurück und die beiden Wächter musterten sie aufmerksam.

Eardin bemerkte ihre Neugierde, schmunzelte vielsagend und legte dabei seine Hand auf Adiads Arm. „Komm, ich freue mich darauf dir deine neue Heimat vorzustellen."

Überrascht sahen die beiden Elben hinter ihnen her, bis Larinas sprach: *„Ich denke, Thailit wird sich freuen."*

Dann nahmen sie das Horn, um ihre Ankunft zu verkünden.

Adiad erlebte den Wald ähnlich wie Bewein. Sie spürte, dass er sein eigenes Leben hatte, doch anders als Bewein beunruhigte es sie nicht. Mit großen Augen sah sie um sich und glaubte bald den Zauber des Waldes als leichtes Vibrieren zu spüren. Wie ferne und doch ganz nahe Musik. Es waren fremde Lieder, die ihr Herz berühren wollten, die leise nach ihm riefen. Manche Pflanzen schienen von glitzerndem Raureif umrandet. Den ganzen Boden bedeckte ein vages Funkeln, doch nahm sie alles nur schwach wahr. Nach einer Weile konnte sie nicht anders, als vom Pferd zu steigen. Wie im Traum kniete sie sich auf den Waldboden, legte beide Hände auf ihn. Dabei spürte sie die Kräfte des Waldes, wie noch nie zuvor. Der Wald freute sich, dass sie hier war, sie fühlte seinen Atem unter ihren Fingern. Etwas klang in ihr, etwas Fremdes und Seltsames, etwas Helles und Wunderbares. Adiad weinte und ihre Tränen fielen in das Moos zu ihren Füßen.

Eardin war von Pferd gestiegen und sah sich dieses erstaunliche Verhalten Adiads an. Auch er liebte diesen Wald, doch hier war etwas anderes zugange. Sie war in einer Weise ergriffen, die er nicht verstand. Doch er spürte, dass es aus ihrem Innersten kam. So ließ er ihr Zeit, wartete und schwieg.

Adiad wandte sich ihm zu. „Dein Wald berührt meine Seele! Er ruft mich, Eardin!" Ohne weitere Erklärungen stieg sie auf und ritt weiter.

Verwundert hielt Adiad nach einer Weile wieder inne. „Was war das? Ich meinte etwas in der Ferne fliegen zu sehen. Wie sehr große Schmetterlinge, doch sehe ich sie wie durch Nebel."

„Das sind Wiris, Adiad. Es erstaunt mich mittlerweile kaum noch, dass du sie siehst. Bewein ahnt sie nur. Dir merkwürdigen Eymarifrau gelingt es anscheinend, sie deutlicher wahrzunehmen."

„Sind es Schmetterlinge?"

„Nein, Wiris sind Wesen, die es nur in Adain Lit gibt. Es sind Wandelwesen. Sie sind schwer zu beschreiben. Ich werde versuchen eines zu rufen und wir werden sehen, ob du es erkennst. Bleib still sitzen, denn sie sind sehr scheu."

Er schloss seine Augen, Adiad verharrte schweigend auf dem Pferd. Langsam näherten sich einige Schemen in der Größe von Amseln, hell und bunt. Je näher sie kamen, umso weniger konnte Adiad sie wahrnehmen, bis sie Eardin nur noch wie bunte Nebelbälle umschwirrten. Er sah sie an, sie schüttelte enttäuscht den Kopf. Die Schemen bewegten sich noch ein wenig auf sie zu, dann entschwanden sie wieder im Wald.

„Du konntest sie nicht sehen?"

„Du musst sie mir beschreiben, Elb."

„Es tut mir leid für dich, sie sind wirklich hübsch. Ihre Köpfe erinnern entfernt an Menschen, doch ist ihr Ausdruck schwer zu fassen, er verschwimmt vor den Augen. Ihr Körper ist eher der eines bunten Vogels, überdeckt von kleinen Federn, ebenso ihr Gesicht. Sie besitzen winzige Arme und Beine. Und Füße mit langen Zehen. Wie Finger."

Adiad lachte auf.

„Aus ihren Schultern wachsen ledrige Flügel, die in der Sonne bunt schimmern."

„Haben sie auch Haare?"

„Nein, die Federn sind etwas länger und feiner am Kopf."

„Es ist unglaublich, Elb! Ich habe noch nie von solchen Wesen gehört und hier bei euch scheinen sie ganz selbstverständlich zu leben."

„Es gibt sie, seit es den Wald gibt. Sie mögen die Stille, man findet sie eher in den unbewohnten Gebieten des Waldes, abseits der Wege. Da die Wiris aber auch sehr neugierig sind, erscheinen sie meist kurz, wenn Besucher in den Wald kommen."

„Du sprachst von Wandelwesen?"

„Das ist eine merkwürdige Gabe der Wiris. Sie vermögen sich aufzublasen und verändern ihr Gesicht zu grauenhaften Fratzen. Wir Elben wissen, dass sie harmlos sind und haben eher unseren Spaß dabei, wenn sie sich in derartiger Gestalt zeigen. Doch es gelingt ihnen, ungebetene Besucher des Waldes damit zu verschrecken. Wenn sie sich derart wandeln, können auch die Menschen sie sehen. Sie erscheinen in dunkler, farbloser Gestalt mit grässlich verzerrten Gesichtern und aufgerissenen Mäulern, wie kleine dunkle Geister. Da unser Wald noch sein übriges tut, fliehen die Menschen in Furcht und Schrecken. So bieten sie dem Wald einen zusätzlichen Schutz."

„Ich würde diese Wiris zu gerne einmal sehen, Eardin." Enttäuscht sah sie ihnen hinterher.

Die Farben dieses Waldes wirkten klarer, die Luft wirkte reiner, als im Wald der Eymari. Fortwährend kam es Adiad vor, als ob ein stiller Gesang und leise Lieder um sie herum wären. Als sie genauer lauschte, um den Ursprung zu fassen, konnte sie ihn nicht wahrnehmen. Das Licht fiel schon seitlich durch die Bäume, als sie auf den Platz der Ankunft kamen. Sie sah Elben auf sich zukommen, die in lange Gewänder gehüllt waren, aber auch Elbenkrieger, die gekleidet waren wie Eardin.

Dieser unterbrach ihr Staunen. Er war bereits vom Pferd gestiegen und stand lächelnd neben ihr. „Es gefällt dir?"

„Es ist wie im Traum, Eardin."

Sie stieg ab und Eardin legte den Arm um sie. „Schau dich in Ruhe um, mein Stern!"

Überrascht sah sie auf, er küsste sie auf die Stirn. „Du bist wie ein heller Stern in meinem Leben aufgegangen, Adiad!"

Die Elben, die inzwischen auf den Platz gekommen waren, sahen es und verstummten.

Bewein und Whyen standen etwas abseits. Wie immer, wenn Reiter im Wald angekündigt wurden, waren sie, von einer Unruhe getrieben, zum Platz gelaufen. Fairron aber blieb in seinen Räumen bei seinen Büchern, denn er glaubte, dass sich sowieso alles zum Guten fügen würde. Als sie Eardin mit der Eymari auf den Platz reiten sahen, strahlten sie vor Erleichterung. Und als er seinen Arm um sie legte und sie küsste, da hätte Bewein am liebsten Whyen geküsst, doch er kannte den Elben und hielt sich zurück. Dafür konnte er nicht an sich halten, nach vorne zu laufen und in das Schweigen hinein zu rufen: „Ich wusste doch, dass Elben mutiger sind, als sie aussehen!" Heftig presste er seinen Freund an sich und wandte sich Adiad zu. „Und die Kriegerinnen der Eymari sind ebenfalls mutig! Sei gegrüßt, Waldfrau! Du glaubst nicht, wie ich mich freue, euch beide hier zu sehen!" Er umarmte Adiad und drückte ihr Gesicht an seinen verfilzten Bart.

Inzwischen war ihm auch Whyen gefolgt. Schmunzelnd legte er Eardin seine Hände auf die Schultern. „Sei willkommen, mein Freund!"

Als er Adiad mit einer Verbeugung begrüßte, entdeckte sie Tränen in seinen Augen. Danach sahen die drei sich lange schweigend an, dann lächelte Eardin und sagte nur: „Danke!"

„Kommt später zu mir!", schlug Whyen vor, „ich habe Wein und frischen Käse. Alles andere hat bis morgen Zeit!" Er warf einen kurzen Blick zum Elorn von Eardins Eltern.

„Lass uns zunächst zu mir gehen, Adiad!" Eardin schob sie sanft vorwärts. „Danach freue ich mich schon darauf, wieder an einem Tisch mit euch zu sitzen!"

„Diesmal aber friedlich!", warf Bewein ein und schickte dabei drohende Blicke.

Durch hohe, verwachsene Buchen führte der Weg. Auf vielen der Bäume sah Adiad die seltsamen Häuser dieses Volkes und blieb immer wieder staunend stehen. Sie trafen andere Elben, die zuerst überrascht wirkten, dann aber meist freundlich und sogar herzlich grüßten. Am Rande der Baumsiedlung hatte Eardin sein Elorn in einer besonders knorrigen und verwachsenen Buche errichtet.

„Komm, ich will dir zunächst alles zeigen. Später holen wir die Bündel von den Pferden und bringen sie nach oben."

„Du meinst, ich soll bei dir wohnen und schlafen? Denkst du nicht, dass die anderen reden?"

„Adiad!" Zärtlich streichelte Eardin über ihre Wange. „Du wohnst bei mir und ich glaube nicht, dass die anderen dies entscheiden und unser Leben bestimmen sollten. Es gibt welche, die das versuchen. Ich habe mich im letzten Winter viel zu sehr davon leiten lassen. Doch dies ist vorbei! Und nun komm."

Er wies ihr den Weg und Adiad betrat behutsam die gewundenen Stufen, die aus dem Baum heraus nach oben führten. Am Ende der Treppe fand sie einen mit fremden Zeichen beschnitzten Türbogen, der in einen hellen Raum mit drei runden Fenstern führte. In der Mitte des Raumes stand ein dunkler, glänzender Holztisch zwischen zwei Bänken. Mitten darauf saß ein Geschöpf, ähnlich einem Eichhörnchen mit einem gestreiften Schwanz und bediente sich an einer Schale mit Nüssen. Eardin lachte, ging zu ihm, streichelte ihm sanft über den Kopf. Als Adiad näher kam, huschte der kleine Räuber aus dem Fenster. Die Eymari sah ihm enttäuscht hinterher und widmete ihre Aufmerksamkeit wieder Eardins Elorn. An den Wänden sah sie Bücher und Spielbretter in geschwungenen Schränken stehen. Alles wirkte licht und freundlich. Eine Treppe führte sie in den oberen Raum. Das warme Glühen der letzten Abendsonne fiel durch ein großes, rundes Fenster, das sich in Richtung Westen öffnete. Zunächst nahm sie nur dieses Licht wahr. Dann bemerkte sie, dass die goldenen Strahlen über ein Bett fluteten, das derart kunstvoll bearbeitet war, dass ihr der Atem stockte. Schon im ersten Raum war ihr das Schnitzwerk aufgefallen, das die Schränke und alle Holzteile überlief. Doch der Rahmen und der Kopfteil dieses Bettes übertraf dies noch bei weitem. Wunderbar rankten sich Zweige nach oben, umschlangen sich dabei immer wieder. Feinstes Blattwerk war darin eingearbeitet, in einer Lebendigkeit, die das Holz beinahe in Bewegung brachte. Adiad ging staunend darauf zu, strich über die Ranken.

„Es sieht aus wie echt, es wirkt, als ob es sich bewegt!"

Stolz lächelnd stand Eardin an der Treppe.

„Du hast dies gemacht?"

„Ich hatte viel Zeit."

„Es ist unglaublich schön, Eardin!"

„Ich freue mich, dass es dir bei mir gefällt, mein Stern!"

Die Sonne wanderte weiter, das Licht verblasste. Adiad sah an sich herab. „Ich fühle mich ziemlich staubig in all dem Glanz, ich würde mich gerne waschen und umziehen." Fragend ging ihr Blick zu Eardin.

„Wir könnten zum See gehen und schwimmen."

„Das ist mir zu kalt, der See muss noch eisig sein."

„Er ist nicht kalt, er bewahrt seine Wärme das ganze Jahr. Im Winter ist er nur ein wenig kühler."

„Aber das ist nicht möglich, jedes Wasser wird im Winter kalt."

„Es ist Magie in diesem Wald, Adiad. Du hast es gespürt, als du hinein geritten bist."

Der Elb hatte sich auf dem Bettrand niedergelassen und zog sie neben sich. „Der ganze Wald ist erfüllt von einem jahrtausendealtem Zauber. Du wirst es in vielem finden, wenn du dich umschaust."

„Doch woher kommt dieser Zauber? War er schon immer an diesem Ort?"

„Er kommt auch von all den Elben, die hier gelebt haben und noch leben. Es ist ein ewiges Geben und Nehmen. Wir geben dem Wald unseren Gesang, das Licht, das aus uns herausfließt und der Wald schenkt uns seinen Schutz, seine Früchte und seine Klänge. Wir sprechen zu den Bäumen und sie sprechen zu uns. Wir spüren die Melodie Adains und singen mit ihr. Es ist ein sehr kostbares Geschenk und deshalb behüten wir es. Darum lassen wir nur wenige Menschen nach Adain Lit. Denn sie können dieses Gleichgewicht stören, wenn sie Unfrieden in sich tragen."

„Ich trage keinen Unfrieden in mir, nur die Liebe zu Dir, Elbenkrieger!" Adiad küsste ihn und sprang auf. „Lass uns zum See gehen, ich will sehen, ob er wirklich warm ist!"

Fröhliches Lachen brandete ihnen entgegen, als sie sich dem See auf dem Pfad unter den Weiden näherten. Er lag bereits im Schatten der Bäume. Am Ufer standen Schalen, in denen kleine Feuer brannten und einen Halbkreis aus Lichtern bildeten. Auch das Wasser schien von innen zu leuchten. Schemenhaft erkannte Adiad langbeinige Vögel in der Nähe eines Schilfes; etwas weiter entfernt einige Elbenkinder und Erwachsene, die im Wasser schwammen oder ausgelassen am Ufer entlang liefen und lachten.

„Ich sagte dir, dass wir manchmal wie die Kinder sind," sagte Eardin, „komm mit zum Schilf, dort kannst du deine Kleidung ablegen und ins Wasser steigen."

„Ihr schwimmt ohne Kleidung?", fragte Adiad entgeistert.

„Keine Angst, du kannst dein Hemd anlassen, wie alle anderen auch, obwohl es mir ohne auch gefallen würde."

„Da muss ich dich leider enttäuschen, Elb, ich gehe mit meinem Hemd schwimmen." Schon war sie zum Schilf gelaufen, hatte sich die staubige Lederkleidung ausgezogen, vorsichtig die Wassertemperatur gefühlt und war dann begeistert in den See gesprungen.

Adiad war erst wenige Züge geschwommen, als sie entsetzt aufschrie: „Schlangen, Eardin!"

Der lachte und hielt sie fest, als sie panikartig wieder das Wasser verlassen wollte. „Das sind Iglons, kleine Lichtwesen, die in unserem See leben. Sie tun dir nichts!"

Adiad sah scheu unter sich.

„Bleib ruhig stehen, mein Stern. Sieh sie dir an, es sind nicht viele und sie halten Abstand zu dir!"

Die Eymari beruhigte sich und sah sich die länglichen Schemen, die sich in der Nähe ihres Körpers sammelten, genauer an. Winzige schlangenförmige Lichtwesen, wie durchsichtige Grashalme. Ein Glimmern erfüllte sie, das Licht der Sonne schien in ihnen gefangen zu sein. Vorsichtig streckte sie die Hand ins Wasser. Sofort stoben die Wesen auseinander.

„Du spürst sie nicht, Adiad. Sie bringen nur den See ein wenig zum Leuchten."

Die Eymari atmete durch und ließ sich wieder ins Wasser gleiten. Die Iglons spielten mit ihren Schwimmbewegungen, begleiteten sie danach wie eine glänzende, lebendige Hülle, doch berührten sie nie ihren Körper. Bald fand sie es sogar schön, das Licht vor sich auseinanderstauben zu sehen. So begann sie damit zu spielen. Sie verharrte beim Schwimmen und bewegte ihre Hände langsam unter Wasser, glitzernd folgten die Lichtpunkte ihren Bewegungen.

Eardin beobachtete es lächelnd und folgte ihr.

Der Schein des Feuers tanzte bereits über das Wasser, als sie wieder ins Schilf zurückstiegen und sich in Umhänge hüllten.

„Gibt es außer den ganzen Wunderwesen auch etwas zu essen bei euch Elben? Ich bin durch das Schwimmen ziemlich hungrig."

„Das tut mir leid, mein Stern, wir leben nur von der Magie und der Liebe."

Kurz starrte ihn die Eymari an, doch dann lachte sie auf. „Da bin ich dankbar, dass ich noch etwas von meiner Mutter dabei habe, sonst müsste ich elend verhungern in eurem wunderschönen Wald."

Bewein und Whyen warteten schon auf sie.

„Kommt herein!", rief der Elb, „setzt euch! Fairron ist sicher schon auf dem Weg, er wollte nur noch etwas zu Ende lesen."

„Na dann hoffe ich, dass ich ihn heute noch sehe", antwortete Eardin.

„Deine Rückkehr ist mir wichtiger als tausend alte Bücher!", rief eine Stimme von unten. Fairron strahlte, als er die beiden sah. „Ich habe dir gesagt, dass der Geist Adains dich führen wird." Er verneigte sich, umarmte seinen Freund und dann auch Adiad.

Diese freute sich, den sanften Magier wieder zu sehen. Bevor sie sich niederließ, sah sie sich neugierig in Whyens Elorn um. Es war erfüllt von Waffen. Die Wände waren bedeckt mit edlen Schwertern, Dolchen, Messern und glänzenden Schilden.

Eardin bemerkte ihre Blicke. „Whyen liebt sie. Er arbeitet in der Schmiede und hat sie zum Teil selbst gefertigt."

Adiad wollte gerade den Mund öffnen, um ihn danach zu fragen, als Eardin sie lachend unterbrach. „Tu dies bloß nicht, bitte sprech ihn nicht darauf an. Er liebt es über seine Schwerter zu reden und hört nicht mehr auf!"

Amüsiert wandte sich Adiad dem Tisch zu. Whyen hatte geflochtene Brote, weißen Käse und getrocknete Früchte aller Art darauf gestellt. Die silbernen Becher waren bereits mit Wein gefüllt. Kelche, wie geöffneten Blüten. Ehrfürchtig strich Adiad über Linien, die wie feinste Blattadern darüber wuchsen.

„Was möchtest du trinken, Kriegerin der Eymari? Wir haben hellen Wein und Wasser." Whyen sah sie mit seinen grauen Augen freundlich an.

Adiad zögerte. „Ich habe nach dem langen Ritt ziemlichen Durst, meine Kehle ist ganz staubig. Könnte ich vielleicht - hättet ihr vielleicht einen Krug Bier für mich?"

Entgeistert starrte Whyen sie an. „Du meinst das Zwergengetränk, das sie aus Getreide und anderen Zutaten brauen?"

„Dies genau meine ich. Wir haben es immer bei den Dörflern getauscht, die bekamen es von den Zwergen."

„Sie will ein Zwergenbier!" Bewein lachte laut auf. „Mädchen, du gefällst mir!"

„Doch ich trinke gerne auch euren Wein, nur gebt mir vorher bitte noch Wasser."

„Na, da bin ich aber froh, dass du unseren Wein auch trinkst, denn Zwergenbier kann ich dir leider nicht bieten." Whyen füllte schmunzelnd ihren Kelch.

Es wurde spät an diesem Abend, denn nicht nur die Freude darüber, dass Eardin gemeinsam mit Adiad zurückgekommen war, erfüllte ihre Gespräche, sondern auch der Angriff an der Furt des Lebein.

Sie schliefen tief und lang. Als es dämmerte, erwachte Adiad aus merkwürdigen Träumen, blickte sich verwundert um, entdeckte dann den Elben, der in der Flut seiner blonden Haare noch ruhig neben ihr schlief. So kam ihr der vorige Tag wieder in den Sinn und sie erfasste, wo sie sich befand. Liebevoll beugte sie sich über Eardin und betrachtete sein Gesicht. Ein wohlgeformtes, entschlossenes Männergesicht mit Augenbrauen, die um einiges dunkler waren als sein blondes Haar. Adiad dachte über seine Augenfarbe nach und erkannte, dass sie die Farbe nicht genau benennen konnte. Sie meinte sie dunkelbraun gesehen zu haben, dann wieder in leichtem Grau. Und sie nahm sich vor, es genauer zu erforschen. Lange besah sie sich seine sanft geschwungenen Lippen, die ein feines Lächeln auf sich trugen. Sie fand sie wunderschön und musste sich zurückhalten, ihn nicht sofort darauf zu küssen. Sein Mund zuckte ein wenig und seine linke Augenbraue hob sich dabei. Adiad überlegte, was Elben wohl träumten. Unter ihren Blicken erwachte Eardin und zog sie sofort an sich.

„Wie war deine erste Nacht im Elbenwald, Menschenfrau?"

„Ich habe tief und fest geschlafen, und bin dann neben einem Elben in einem wunderschönen Bett aufgewacht, was mich zunächst etwas überrascht hat."

Er küsste sie und schwang sich aus dem Bett.

Eardin wollte sie gerade zum Hohen Magier führen, als Aleneth ihn ansprach. „Deine Eltern würden dich gerne bei sich sehen, Eardin. Dich und deine Begleitung!"

Eardin atmete tief durch. „Sag ihnen bitte, wir werden kommen."

Aleneth nickte Adiad aufmunternd zu, bevor er ging.

Eardin seufzte. „Es fällt mir schwer, aber ich muss dich vor meiner Mutter warnen. Ich glaube nicht, dass sie freundlich mit dir reden wird. Ich habe es dir noch nicht erzählt, denn es hat für mich keine Bedeutung. Meine Eltern Thailit und Aldor sind hochgestellt in unserer Gemeinschaft. Sie sind vielleicht euren Fürsten ähnlich. Mein Vater steht auf gleicher Ebene wie Mellegar. Er sitzt dem Hohen Rat vor."

Da Adiad nicht reagierte, sprach er weiter: „Dieses Amt wird üblicherweise an die Fähigsten vergeben. Doch meine Mutter sieht dies anders. Sie will mich an dieser Stelle. Vor mir sollte es mein Bruder sein."

„Du hast einen Bruder, Eardin? Warum erzählst du mir dies alles jetzt erst?"

„Es tut mir leid, mein Stern, ich hätte es dir vorher sagen sollen. Es ist verworren und schwierig. Ich wollte dich nicht ängstigen."

„Erzähl weiter Eardin, ärgern kann ich mich später."

„Mein Bruder Lerofar ging im Zorn und Streit, denn auch er wollte sich nicht meiner Mutter fügen. Ich habe ihn seit langem nicht mehr gesehen. Als er gegangen war, versuchte ich dem Ganzen zu fliehen, ritt so oft wie möglich mit den Kriegern in die Lande. Meine Mutter jedoch blieb bei ihren Wünschen. Und sie wünscht sich nicht nur, dass ich dem Rat vorsitze, sondern bedrängt mich seit längerem damit, mir eine passende, würdige Frau aus dem Elbenvolk zu suchen. Ich hatte, bevor ich zu dir ritt, mein Leben und meine Wünsche aufgegeben. Ich gab ihr nach und nährte ihre Hoffnung auf die Nachfolge. Umso größer wird ihre Enttäuschung jetzt sein. Ich glaube nicht, dass sie dich mit guten Worten empfängt, denn sie wird in dir die Schuldige sehen. Außerdem hält sie von Menschen nicht viel."

„Das sind ja aufbauende und ermunternde Worte, kurz bevor wir zu deinen Eltern gehen", erwiderte sie zornig. „Was ist mit deinem Vater, Elb?"

„Mein Vater Aldor ist weise und führt sein Volk gut. Er mag Bewein und ich denke, er wird auch dich mögen. Er denkt so wie ich."

„Doch deine Mutter ist stärker."

„Ich fürchte, ja, Adiad."

„Nun gut, dann lass uns gehen, damit sie mich zerfleischen kann."

Adiad war durcheinander, doch sie fühlte sich stark neben ihm. So traten sie vor Thailit und Aldor, die sie hoch oben, in einem der mächtigsten Bäume, empfingen. In lange Gewänder gekleidet, warteten sie in dem hohen Raum, edel und würdig in ihrer Erscheinung. Nachdem sie sich voreinander verbeugt hatten, umarmte Aldor zunächst seinen Sohn.

„Ich freue mich sehr, dich wiederzusehen, Eardin. Dein Aufbruch kam unerwartet. Keiner wusste, wohin du gegangen warst, wann du zurückkommst."

„Ich werde dir davon erzählen, Vater. Es gibt auch beunruhigende Nachrichten vom östlichen Gebirge."

„Tu dies, Eardin. Wir sollten es auch in den hohen Rat einbringen, wenn es unser Volk betrifft. Doch nun zu dir, Menschenfrau. Du bist Adiad von den Eymari?"

Sie nickte.

„Sei willkommen bei uns, Waldfrau!" Sanft legte Aldor ihr seine Hände an die Arme und betrachtete sie mit einem wohlwollenden Lächeln.

'Er sieht aus wie sein Sohn, er hat dieselben sanften, braunen Augen', dachte Adiad und lächelte freundlich zurück.

Thailit, die währenddessen still im Hintergrund gewartet hatte, breitete nun ihre Arme aus: *„Auch ich grüße dich, mein Sohn! Komm zu mir!"*

Eardin zögerte, ging dann doch zu seiner Mutter, um ihr die gebührende Ehre zu erweisen. Adiad blieb an ihrem Platz stehen, wartete ab.

Thailit umarmte ihn und wies dann neben sich. *„Setze dich zu mir und erzähle mir von den Geschehnissen am östlichen Gebirge".*

Sichtlich verärgert wandte Eardin sich um, ging wieder zu Adiad und führte sie zu Thailit. „Mutter, ich möchte dir Adiad vorstellen. Ich bin nicht ohne Grund aus Adain Lit fortgeritten. Ich habe sie aus dem Wald der Eymari zu mir geholt. Ich liebe sie und sie wird mit mir leben."

„Du liebst diese Menschenfrau also." Thailits Stimme war plötzlich schneidend kalt. Durchdringend besah sie sich die Frau der Eymari von oben bis unten. Diese fror unter ihren Blicken.

„Eine würdige Gefährtin hast du dir gesucht, mein Sohn!", sagte sie mit einer derartigen Verachtung, dass Adiad erschaudernd ihre Augen schloss.

Eardins Gesicht wurde starr. Entschlossen, wie vor einer Schlacht, baute er sich vor seiner Mutter auf und legte den Arm schützend um Adiad. „Ich danke dir für deine freundlichen Worte und deine Begrüßung, Mutter. Ich denke, wir sollten jetzt gehen." Ein angedeutetes Nicken vor Thailit, eine Verneigung vor seinem Vater und Eardin zog Adiad aus dem Raum.

Adiad folgte ihm wie betäubt. Sie fühlte sich plötzlich schäbig und unwürdig.

„Sie hasst mich!"

„Sie kennt dich nicht, deswegen kann sie dich nicht hassen. Doch sie hasst, was du bist."

Sie rasteten an einem Bach. Schweigend hatte Eardin sie dorthin geführt.

„Ich hätte nicht gedacht, dass Elben zu so etwas fähig sind", flüsterte Adiad.

„Es ist wahrlich selten, doch es kommt vor. Und es ist unerträglich für mich, dass meine Mutter so ist." Eardin nahm sie in die Arme, sprach leise zu ihr. „Es tut mir leid, bitte vergib mir! Vielleicht hätte ich dich nicht herführen sollen. Doch ich liebe dich!"

Adiad spürte seine Angst. „Ich bin mit dir gekommen und ich bleibe bei dir, Elb. Ich habe gelernt zu kämpfen, so werde ich dies tun. Doch gib mir Zeit, um nach dieser Begegnung wieder zu mir zu kommen."

Eardin ließ sie los, betrachtete sie erstaunt und küsste dann ihre Hände. „Du bist wahrhaftig eine Kriegerin. Doch lass dir von mir helfen. Dies ist ein schwerer Kampf!"

Nach einem langen Spaziergang durch den Wald, den sie gebraucht hatten, um ihre Gemüter zu beruhigen, gingen sie wie versprochen zu Mellegar.

Mellegar war der Hohe Magier der Elbengemeinschaft und er strahlte dies auch aus. Silberblondes Haar fiel ihm weit über den Rücken, ein dünner, goldener Reif hielt das Haar zusammen und öffnete sich auf seiner Stirn wie einer liegenden Samen, ein Symbol für die Sonne. Hochgewachsen, wie alle Elben, mit einem Gesicht, das Geschichten erzählte und aus dem graublaue Augen ihr aufmerksam entgegenblickten. Auch er trug Rabenfedern im Haar, wie Fairron, doch entdeckte sie auch die eines Adlers und eine Eulenfeder. Sein helles Gewand überzog ein ähnlicher matter, grünbunter Schimmer, der sich mit Teilen von Braun abwechselte. In scheuer Neugier huschte Adiads Blick darüber.

„Es ist mir eine große Freude, dich kennenzulernen, Adiad!" Mellegar strahlte sie an, ging zu ihr, legte sanft seine Hände auf ihren Kopf und küsste sie auf die Stirn.

Adiad mochte Mellegar sofort. Er wirkte ebenso ruhig und besonnen wie Fairron. Und er gab ihr mit seinen Worten und Gesten das Vertrauen in die Elbenwelt zurück. Die Hoffnung, dass doch alles gut werden würde. Mellegar wies auf die Bank unterhalb seines Elorns und Adiad ließ sich zwischen ihm und Eardin nieder. Der Hohe Magier nahm sich Zeit. Er wollte alles über die Naga und alles über den alten Baum wissen. Geduldig und interessiert hörte er zu. Außerdem ließ er sich Adiads Fähigkeiten schildern.

„Fairron hat mir schon von dir erzählt, Menschenfrau. Ich werde mich jetzt zurückziehen, denn ich möchte über alles nachdenken. Ich danke euch!" Damit stand er unvermittelt auf und verschwand.

„Was war das? Habe ich etwas Verkehrtes gesagt?" Adiad war verblüfft über den schnellen Abschied.

Der Elb lachte. „Er ist so, er war schon immer so, seit ich ihn kenne, und das ist schon eine ganze Weile. Wenn ihm seine Gedanken zuviel werden, muss er gehen und nachdenken. Du hast nichts Falsches gesagt. Komm, es ist spät geworden und ich möchte noch bei den Kriegern vorbeigehen."

Adiad zögerte. „Eardin, ich fühle mich müde und erschöpft. Ich würde mich gerne hinlegen."

„Gut, dann bringe ich dich zurück."

„Lass es mich allein versuchen, du weißt, ich bin gut darin Pfade zu finden, so werde ich auch zu deinem Baum zurückfinden."

Es war das erste Mal, dass die Eymari allein durch den Elbenwald ging. Am Anfang ängstigte sie noch das Fremde, sie fühlte sich unsicher. Dann erhob sie ihren Kopf und versuchte beherzt weiterzugehen. Die Elben, denen sie begegnete, grüßten sie und sie grüßte zurück. 'Ich werde meinen Weg hier finden', dachte Adiad, 'so wie ich jetzt den Weg zu seinem Elorn finden werde.' Zufrieden entdeckte sie es bald, sank dort in das herrliche Bett und fiel in einen erschöpften Schlaf.

Eardin war zu den Kriegern gegangen, um sie zu begrüßen. Die meisten von ihnen kannten die Geschichten über die Naga noch nicht. Er erzählte sie ihnen, denn er wusste, dass sie es hören wollten. Doch er war es langsam müde, immer das Gleiche zu sagen und verschwand schnell, um den vielen Fragen zu entgehen. So strebte er schließlich auch seinem Elorn zu, das mittlerweile in den Blättern des Frühsommers verschwand. Leise stieg er hinauf und fand Adiad schlafend in seinem Bett vor. Lange betrachtete er dieses Wunder, das da in seiner Schlafstatt lag. Sie trug nur ihr Hemd und hatte die Decke bis an die Hüfte gezogen. Den Kopf auf dem Arm ruhend, hatte sie sich in Richtung des Fensters in die wärmende Abendsonne gedreht. Sie schlief ruhig. Er näherte sich vorsichtig dem Bett und legte sich ihr gegenüber, um sie nicht zu wecken und doch betrachten zu können. Die schwindende Sonne brachte ihren Körper zum Leuchten und so konnte Eardin nicht anders, als sie zu berühren. Zärtlich strich er mit den Fingerspitzen an ihren Armen entlang, über ihre Hände und weiter über ihren Körper.

Adiad erwachte von diesem sanften Kribbeln, rührte sich nicht und hielt die Augen geschlossen. Eardin fand Stellen, bei denen Adiad kaum noch zu atmen wagte, um sich nicht zu bewegen. Als er an ihrem Hals angelangt war, änderte sich auf einmal die Berührung. Sie spürte etwas, wie warmes Licht unter ihrer Haut. Erstaunt öffnete sie die Augen und sah Eardin schmunzeln.

„Ich weiß, dass du schon länger wach bist, mein Stern."

„Es hat sich anders angefühlt an meinem Hals."

„Das war Magie, Adiad."

„Das war schön, ich werde die Augen nochmal zumachen, dann kannst du damit weitermachen."

Erwartungsvoll schloss sie sie wieder, doch in den Zauber dieser Stille, erschallte ein Ruf: „Seid ihr da oben? Ich gehe zum Feuer und wollte euch mitnehmen."

Bewein stand unten an der Treppe.

Zu Adiads Enttäuschung ließ der Elb von ihr ab und antwortete: „Wir kommen gleich, Bewein!" Bedauernd streichelte er noch einmal über ihre Haare. „Bewein weiß, dass wir hier oben sind. Er würde keine Ruhe geben und wäre wahrscheinlich sogar bald nach oben gekommen."

„Deine Magie fühlt sich gut an, Elb!" Adiad küsste seine Finger, dann sprang sie aus dem Bett, um sich anzukleiden.

Der Mensch aus Astuil empfing sie an der Treppe. Adiad lief hinter dem Elben die Stufen hinunter. Noch beim Laufen band sie den Zopf neu zusammen.

Beweins Mund verzog sich zu einem breiten Grinsen. „Habe ich euch gestört?"

„Ein wenig", antwortete Eardin knapp und führte Adiad an Bewein vorbei in Richtung des Feuers. „Du wirst jetzt einige der Krieger kennenlernen, sie werden dich mögen!"

Eardin nutzte die nächsten Tage, um ihr weiter seinen Heimatwald zu zeigen. Als erstes führte er sie zu der Wasserquelle, einem magischen Ort, der Adiad wie das Herz von Adain Lit vorkam, wie der Nabel des gesamten Elbenreiches. Klares Wasser quoll aus einem tiefen Becken, das kreisrund im Schatten einer Erle stand. Die Äste des Baumes hingen tief, sie schienen sich vor dem Wasser zu verneigen und es gleichzeitig behüten zu wollen. Steinquader umrundeten die Quelle, am Rande standen Tonkrüge- und schalen. Kleine Blüten und runde Steinchen schmückten die Umrandung. Geschenke?

„Hast du Durst?" Eardin wartete nicht auf Antwort, nahm eine Schale. Doch er schöpfte nicht sofort, sondern legte zunächst die Hand auf sei Herz, verbeugte sich und murmelte leise Worte in seiner Sprache. Dann tunkte er die Schale behutsam ins Wasser und reichte sie Adiad.

„Was hast du gesagt?", fragte sie, nachdem sie getrunken hatte.

„Ich dankte der Heimat des Wassers, der Erde. Und ich dankte dem Wasser, für seine Weisheit und seine heilenden Klänge."

Adiad streichelte über den glatten Ton. „Wir Eymari nennen das Wasser unsere Großmutter und feiern am Anfang des neuen Jahres ihr Fest. In der Zeit, wenn es noch kalt ist, wenn ihre eisigen Hände noch von Ruhe erzählen, ihr Herz jedoch von Visionen, von der Hoffnung auf Leben. Es ist ein Fest der Reinigung, wir feiern es mit Ritualen, mit viel Lichtern, Kreistänzen und Trommeln." Adiad schmunzelte. „Die Männer lieben den guten Gewürzwein, der dabei reichlich ausgeschenkt wird. Er vertreibt die Kälte."

„Das Wasser zu feiern, ihm zu danken ist weise, denn das Wasser ist empfindsam und die Quelle allen Heils!", erwiderte Eardin ernst. Dann schmunzelte auch er. „Magst du mir eure Tänze zeigen? Ich würde dir gerne zusehen und von dir lernen, mein Stern."

„Ihr tanzt auch?"

Der Elb breitete seine Hände aus und antwortete mit singender Stimme: „Wir tanzen mit dem Lachen und dem Flüstern des Windes! Wir tanzen mit dem Lebensatmen und der Liebe unseres lichten Gestirns! Wir tanzen mit dem Fluss des Lebens! Und wir tanzen mit dem ewigen Ruf der Erde, mit Leben und Tod, mit der Wiederkehr allen Seins!"

„Ich glaube nicht, dass unsere Tänze da mithalten können, Elb."

„Oh, das denke ich wohl, Waldfrau. Denn uns alle verbindet derselbe Geist, dieselbe Musik."

Lange waren sie über die Wiese unter den Obstbäumen gelaufen. Adiad hatte, so wie Bewein, die Tampibüsche bestaunt und ihre Früchte versucht. Und auch sie konnte sich nicht zurückhalten, den Glockenton noch einmal erklingen zu lassen. Erstaunt entdeckte sie Kühe, Ziegen und Schafe, die am unteren Teil der Wiese in der Nähe eines kleinen Baches weideten.

„Ich dachte, ihr esst kein Fleisch?"

„Wir trinken gerne Milch und stellen guten Käse her. Du riechst es, wenn du weiter nach Norden zu den Felsen gehst. Von den Schafen nehmen wir die Wolle und das Fett aus dem Fell, für die Salben."

Die Wiese lag am westlichen Teil des Waldes, dort wo er in die Hügellandschaft überging. Sie stiegen einen kleinen Pfad hinauf und gelangten weiter oben zu einer Bank, auf der sie sich niederließen. Die Weite der blühenden Obstgärten war zu überschauen, doch die Höhe der Baumwipfel des Elbenwaldes hatten sie noch nicht erreicht.

„Komm näher zu mir, Menschenfrau!" Eardin strahlte sie an. Bedächtig ließ er seine langen Finger über ihrer Rücken gleiten, schob sie unter ihr Haar, liebkoste ihren Hals. „Deine Haut schmeckt süß", flüsterte er und küsste sie lustvoll, während seine Finger die Umrisse ihr Brüste nachzeichneten, verspielt über ihre Spitzen strichen, sich zärtlich verabschiedeten. Warm legte er seine Hand auf ihren Bauch.

Adiad stöhnte wonnig. „Dir gelingt, dass sich alle Härchen meiner Haut auf einmal aufstellen, Elb." Sie spürte, wie das Pochen ihres Herzens ihren gesamten Körper ausfüllte. Es schlug heftig. Sie sehnte sich nach ihm.

„All diese Härchen würde ich gerne sehen - und berühren!" Er schob den Stoff nach oben und ließ seine Lippen über ihren Arm hüpfen.

Ein Falke schrie laut über dem Wald, Adiad lehnte sich an Eardin und spürte auch sein Herz wild schlagen. Nach einer Weile kam der Eymarifrau ein vergessener Gedanke. So wandte sie sich ihm zu, legte ihre Hände auf seine Wangen und musterte interessiert seine Augen. Kleine, lichte Sterne leuchteten darin.

„Willst du mich bannen, Waldfrau?"

„Das habe ich hoffentlich schon! Nein, ich will mir deine Augen betrachten. Jetzt sind sie braun, doch manchmal, so wie vorhin, sind sie fast schwarz und ich habe sie auch grauer und heller gesehen. Und ich wunderte mich darüber. Könnt ihr Elben die Augenfarbe wechseln?"

„Deine Wahrnehmung ist richtig, doch ich ändere die Farbe meiner Augen nicht bewusst, es geschieht einfach. Bevor ich mich auf dich stürze, werden sie rot!"

Adiad lachte. „Das glaub ich dir nun wirklich nicht! Ist das bei euch allen gleich? Ich meine, dass Whyens Augen eher grau sind."

Er nickte. „Seine Augen werden heller, wenn er zornig ist, so wie meine auch."

„Ich werde mir etwas ausdenken müssen, um es einmal beobachten zu können."

„Ich denke nicht, dass du dies schaffst. Es dauert lange, bis er wirklich wütend wird, doch diese Wut kann gewaltig sein. Dann ist es besser, nicht direkt vor ihm zu stehen und seine Augenfarbe zu erforschen."

„Er ist ein Krieger wie du, Eardin, ich habe deinen Zorn auch schon gesehen."

„Du meinst bei den Naga?"

Sie nickte.

„Da war ich nicht wirklich zornig, eher nach deiner ersten Begegnung mit meiner Mutter. Und auch wegen der Nussbäume." Er schwieg eine Weile und sagte dann eher zu sich selbst: „Und auf den Drachenspeerträger aus Astuil war ich wütend."

Adiad betrachtete ihn fragend, doch er schüttelte den Kopf. „Ich will nicht mehr darüber sprechen."

Verträumt beobachteten sie eine Zeit die Bienen, die das Gold der Blüten in der Wiese suchten.

„Warst du eigentlich schon einmal verliebt, Eardin? Ich meine vor mir. Du lebst schon so lange. Hattest du schon jemand, eine Elbenfrau, die du liebtest?"

Er antwortete lange nicht, so dass Adiad meinte, er wolle auch darüber nicht sprechen.

„Ja, ich war mit einer Elbin zusammen", sagte er dann, „sie war einige Jahre meine Gefährtin. Doch je mehr ich mich den Kriegern zuwandte, umso mehr ging jeder von uns seine Wege. Am Ende wussten wir nichts mehr miteinander anzufangen und trennten uns schließlich wieder."

„Hast du sie geliebt, Eardin?"

„Ich war sehr verliebt in sie und ich meinte, sie auch zu lieben. Doch wenn ich dir in die Augen sehe", flüsterte er und streichelte sanft über ihren Kopf, „dann merke ich, was ich damals vermisst habe."

„Hast du ..., habt ihr miteinander?"

„Natürlich waren wir auch im Bett zusammen, doch jetzt sollten wir das lassen. Es ist vorbei."

Nach einer weiteren Zeit des Schweigens wandte er sich mit forschendem Blick zu ihr. „Hattest du jemanden vor mir? Und habt ihr? Warst du bei ihm gelegen?"

Ein Gesicht tauchte vor Adiads Augen auf. Nur kurz. Sie sah die braunen Haare und Augen, spürte seine feste Umarmung, die für sie irgendwann zu fest geworden war. „Worrid. Ich war mit ihm zusammen."

„Worrid?", brauste der Elb auf. „Kein Wort hat er davon gesagt, während wir gemeinsam ritten. Und hast bei ihm gelegen, Adiad?"

Seine Augen blitzten zornig und sie bemerkte das helle Grau, das in ihnen aufstieg.

„Ja, das habe ich Elb!", fauchte sie zurück, „zwar nicht oft, doch es ist geschehen. Und ich frage mich, worin der Unterschied zu dir besteht?"

„Bei mir ist es länger her, beinahe fünfzig Jahre."

„Das ist mir egal, das kann man nicht vergleichen. Bei mir ist es vier Jahre her und es kommt mir auch vor, wie eine Ewigkeit."

Schnell verging ihr Zorn und sie sprach etwas sanfter zu ihm. „Ich habe ihn nie richtig geliebt. Ich mochte ihn sehr und war sicher auch verliebt in ihn, ich mag ihn noch heute. Aber er umklammerte mich, wollte mich ständig beschützen, festhalten. Er nahm mir dabei den Atem." Adiad holte tief Luft. „So, und jetzt mag ich nicht weiter darüber reden!"

Beim Rückweg kamen sie an derb duftenden Kräutern vorbei. Adiad brach vorsichtig ein ganzes Bündel davon ab, um es mitzunehmen. Wie schon am Vortag band sie die Kräuter in Eardins Wohnraum mit langen Gräsern zusammen. Sorgsam hängte sie die Büschel an die hervorstehenden Blätter der geschnitzten Deckenbalken. Eardin sah es mit Unbehagen. Zwar mochte er den Duft, der mit ihnen in seine Räume gekommen war, doch musste er sich zunehmend in gebückter Haltung bewegen, sobald er in die abgelegenen Ecken oder zu seinen Büchern wollte.

„Adiad, wir haben einige Heilkundige, sie sammeln Kräuter wie du. Wenn du möchtest, werde ich dich morgen zu ihnen führen. Sie werden dankbar für die Hilfe beim Sammeln sein; du könntest deine Kräuter bei ihnen trocknen."

Adiad strahlte. „Gerne würde ich dabei helfen! Weißt du, ich denke es wäre gut, hier bei euch eine Aufgabe zu finden."

„Du kannst ihnen sicher helfen. Sie trocknen sie für Getränke oder bereiten Heilmittel, Salben und Öle. Auch die Zwerge mögen unsere Kräuter. Und außerdem wäre ich froh, weniger davon über meinem Kopf zu finden", ergänzte er, während sein Blick nach oben wanderte. „Ansonsten denke ich, dass deine Aufgabe auch weiter bei den Kriegern ist."

Adiad sah von ihrem Kräuterbündel auf. „Aber wie sollte ich zu den Kriegern gehen? Meine Künste sind mit denen der Elbenkrieger nicht zu vergleichen!"

„Das weiß ich, doch mit dem Bogen bist du so gut wie ich. Und außerdem ist es wichtig, dass du einen Platz hast, an den dein Herz dich führt. Diesen Platz hast du bei den Eymari schon gefunden. Ich sah dich bei den Kriegern, nicht bei der alten Kräuterfrau, als wir uns das erste Mal begegneten."

Adiad nickte und schwieg. Sie konnte es sich nicht recht vorstellen, mit Elbenkriegern zu reiten.

Geist und Blut

Die Kräuterhallen waren schon in Sichtweite, als Fairron sie aufhielt. „Mellegar schickt mich, weil er noch einmal mit dir sprechen möchte, Adiad. Und du, Eardin, sollst bitte auch mitkommen."

Mellegar erwartete sie auf der Bank unter seinem Elorn. Er machte eine einladende Geste mit der Hand. „Kommt mit nach oben, ich möchte dich etwas fragen, Adiad."

Der Wohnraum des Hohen Magiers war ein Hort des Wissens. Bücher und Schriftrollen wuchsen über die Wände, umschlossen zwei Fenster und entfalteten ihre Blätter auf Tischen und Bänken. In die Mitte seiner Bücherhöhle hatte er Stühle gestellt, worauf sie, samt Fairron, nun Platz nahmen.

Nach einer kurzen Stille nahm Mellegar Adiads Hände und fragte unvermittelt: „Meinst du, du kannst mir vertrauen, Adiad?"

„Ich kenne dich kaum, doch, ja, ich denke, ich vertraue dir, Mellegar. Und ich weiß, dass Eardin dir vertraut."

Dieser nickte nur.

„Ich habe mir deine Geschichten angehört, Frau der Eymari, und ich habe mit allen gesprochen, die dich mittlerweile kennen, vor allem die Worte Fairrons waren mir wichtig und wertvoll. Du hast Fähigkeiten, wie kein anderer deines Volkes, das stimmt doch?"

Adiad nickte.

„Doch deine Mutter und dein Vater sind Menschen der Eymari?"

Wieder antwortete sie nickend, gespannt darauf, wohin diese ernsten Fragen führen sollten.

„Fairron hat dich beim Abschied im letzten Herbst an der Stirn berührt. Ich sehe, du erinnerst dich. Er spürte dabei etwas. Ich möchte nun auch deine Stirn berühren, doch etwas länger. Mein Geist wird in dich wandern, du wirst es kaum spüren. Aber ich will, dass du einverstanden bist und auch du, Eardin. Ich werde mehr wahrnehmen, als für mich bestimmt ist. Gefühle und Gedanken, von denen ich nichts wissen sollte, da sie dein sind. Ich verspreche mir davon, dem Rätsel auf die Spur zu kommen."

Dann schwieg er und es war an Adiad, zu antworten. Er ließ ihr Zeit.

Schon lange wollte sie wissen, was an ihr anders war und warum. Sie hatte begonnen, damit zu leben, aber hier bei den Elben keimte die innere Suche wieder auf. Manchmal war sie sich selbst unheimlich geworden. Als Kind hatten sie Träume von vertauschten oder vergessenen Kindern gequält, eine Zeit lang hatte sie sogar geglaubt, ihre Eltern wären fremde Zauberer gewesen. Ja, sie wollte wissen, warum sie besser hörte und sah als die anderen Eymari, warum sie Licht in den Pflanzen wahrnahm und mit Bäumen reden konnte. Sie wollte die Freude in sich begreifen, als sie Adain Lit das erste Mal betreten hatte. Das Gefühl einer merkwürdigen Vertrautheit.

„Ich bin einverstanden, Mellegar."

Dieser nahm es mit einem Lächeln hin.

„Und du, Eardin?"

Der Elb stimmte ebenfalls zu.

„Gut, dann schließe die Augen." Warm legten sich seine Hände auf ihre Schläfen, Mellegar begann leise zu singen. Es war eines der seltsamsten Gefühle, das sie je gehabt hatte; als ob ein Licht in ihrem Kopf herumwandern würde. Sie spürte einen leichten Druck, doch es war nicht unangenehm, sie hatte keine Angst. Als er die Hände nach einer Weile von ihr nahm, öffnete sie ihre Augen und sah Mellegar erschöpft vor sich sitzen. „Ich dachte es mir."

Dann folgte Schweigen. Eine ganze Zeit später hielt Eardin es nicht mehr aus. „Was dachtest du dir, Mellegar?"

Dieser schaute auf, als ob er erst jetzt wieder bemerkte, dass die anderen noch da waren. „Du hast Elbenblut in dir, Adiad!"

Adiad musterte ihn ungläubig. „Also, das glaube ich nun wirklich nicht. Du musst dich täuschen. Woher soll ich Elbenblut haben? Meine Eltern sind ..." Bilder aus alten Kinderträumen brachten sie zum Verstummen.

„Ich täusche mich nicht, Adiad. Auch Fairron hat damals schon einen Hauch davon gespürt. Und ich bin mir sicher."

Eardin hatte Adiads Hand ergriffen, seine Miene spiegelte seine Skepsis. „Das würde zwar einiges erklären, aber ich habe ihre Eltern gesehen, es sind keine Elben."

„Vielleicht bin ich von Elben im Wald verloren worden", mischte sich Adiad nun kleinlaut ein.

„So ein Unsinn, Mädchen, Elben verlieren keine Kinder im Wald", erwiderte der Magier kopfschüttelnd.

Adiad gestand sich ein, dass sie sich das auch nicht vorstellen konnte.

Mellegar überlegte eine Weile. „Wir werden die Lösung nur finden, wenn wir deine Eltern dazu fragen. Ich werde deshalb mit dir zu den Eymari reiten." Er sprach es aus und es war für ihn eine beschlossene Sache. Im Stillen dachte er aber auch an den Baum an der Quelle, den Eardin ihm beschrieben hatte und den er sehen wollte. „Nun geht, ich muss nachdenken, außerdem sammelt sich morgen der Hohe Rat, um über die Naga zu sprechen." Mellegar nahm noch einmal Adiads Hände. „Ich danke dir für dein Vertrauen, Elbenkind."

Adiad hatte die Worte Mellegars erst allmählich erfasst und war in der Seele erschüttert. Tausend Gedanken schwirrten durch ihren Kopf; sie kam erst zur Besinnung, als Eardin sie leicht schüttelte. „Adiad, komm zu dir und schau mich an! Es ist alles in Ordnung, es hat sich nichts verändert. Du bist immer noch du selbst und ich bin immer noch an deiner Seite."

„Nimm sie und geh mit ihr in den Wald, das wird ihr helfen." Fairron streichelte beruhigend über ihre Stirn.

Eardin führte sie in den Wald und ohne ein Wort zu sprechen, folgte sie ihm. Unter einer alten Weide am Bach fanden sie einen Platz, setzten sich in ihren Schatten. Adiad barg sich in seinen Armen.

„Es ist nicht so schlecht, ein Elb zu sein, mein Stern."

„Ich bin kein Elb, ich habe nur irgendetwas wie Elbenblut in mir. Und ich habe nicht die geringste Ahnung, woher es kommt."

Er zuckte mit den Schultern. „Ich denke, du wirst damit leben müssen, Waldfrau. Mellegar täuscht sich selten. Fairron empfand es auch."

„Ich kann nicht mal meine Augenfarbe wechseln, ich habe kein Elbenblut."

Eardin lachte laut auf. „Komm, steh auf, erfrische dich am Wasser. Nach dem Rat werden wir zu den Eymari reiten und deine Eltern fragen, damit das Rätsel sich löst."

Adiad mochte an diesem Abend nicht zu Whyen gehen, sie wollte alleine sein und nachdenken. Am Fenster stehend lauschte sie den Gesängen des abendlichen Waldes und ihre aufgewühlte Seele kam allmählich zur Ruhe.

Eardin saß bei Whyen und Bewein.

„Ich weiß nicht, es hört sich merkwürdig an", sagte Bewein, nachdem er sich alles angehört hatte, „ich verstehe ihre Zweifel."

„Es kommt vor", meinte Whyen, „es gab solche Kinder schon öfter, deren Eltern ein Elb und ein Mensch waren. Es war oft schwierig für sie, in dieser Welt ihren Platz zu finden. Ich kenne viele Geschichten davon."

Eardin schüttelte den Kopf. „Weder ihre Mutter noch ihr Vater sind ein Elb." Dann erzählte er ihnen noch, dass sie gesagt hatte, die Elben hätten sie im Wald verloren.

„So ein Unsinn!", rief Whyen und lachte.

„Ich kann mir vorstellen, dass ihr dies nicht gerade erst eingefallen ist", meinte dagegen Bewein nachdenklich, „wahrscheinlich glaubt sie schon länger, dass sie nicht von den Eymari abstammt."

Die Morgensonne flimmerte in den Buchenblättern und der Wald war erfüllt vom Vogelgesang. Wie jeden Morgen erklangen leisen Gesänge. Die Elben begrüßten die Sonne und den neuen Tag. Auch Eardin stellte sich jeden Morgen ans Fenster und vollzog dieses Ritual.
„Steh auf, Kriegerin", sprach er, als er sich ihr wieder zugewandt hatte, „bald beginnt die Versammlung vor dem Hohen Rat. Wir sollen dort noch einmal, und hoffentlich das letzte Mal, von den Naga erzählen."
„Ich will da nicht hin!" Adiad drehte sich um und wickelte sich in die Decke.
„Du willst da also nicht hin. Doch es ist unhöflich, dort nicht zu erscheinen, besonders wenn man eingeladen ist wie du."
„Sie werden mich anstarren, den Balg eines Menschen und eines Elben oder sonst eines Wesens."
„Sie wissen es gar nicht, Adiad. Weder Mellegar noch einer der anderen hat irgendetwas weitererzählt."
„Sie wissen es nicht? Ich dachte, es hat sich schon bei allen herumgesprochen."
„Vertrau mir, keiner weiß es, also erhebe dich und komm!"
„Na gut, dann reich mir seltsamem Mischwesen bitte mal mein Kleid."
„Soll ich dir zeigen, was ich mit Mischwesen mache?"
Adiad glaubte das prachtvolle Bett müsse in der Mitte entzweibrechen, als er sich auf sie stürzte. Eardin setzte sich auf ihren Bauch. Liebevoll sah er zu ihr hinunter. „Du bist wunderschön, mein Stern! Besonders wenn du mit deinem wilden Haarschopf so in meinem Bett liegst. Wer auch immer deine Eltern gewesen sein mögen, ich liebe dich so wie du bist und besonders so, wie du hier unter mir liegst!" Er lachte, beugte sich über sie, fand ihre Lippen, die seine schon suchten und küsste sie hingebungsvoll.

Das Versammlungshaus war schon gut gefüllt, als sie ankamen. Eardin führte sie nach vorne zu den erhöhten Plätzen, denn ihre Stimme sollte gehört werden. Aldor begrüßte sie beide, doch Thailit begrüßte nur ihren Sohn. Adiad war für sie nicht vorhanden.
Fairron beobachtete es und ärgerte sich. Er hatte sich schon öfters über die Gefährtin von Aldor geärgert. Eardin hatte ihm nach einigem Nachfragen auch von ihren Worten und Verhalten der Eymari gegenüber erzählt. Und nun sah er,

dass sie die uralten Gesetze der Höflichkeit nicht beachtete, die geboten, einen geladenen Gast zu begrüßen. Aldor hatte Adiad eingeladen. Er war der gewählte Leiter ihrer Gemeinschaft. Thailit saß neben ihm, doch sie war nie gewählt worden. Sie hatte sich in die Rolle unmerklich eingefunden und füllte sie in einem Maße aus, das ihr nicht zustand. Doch die meisten Elben hatten dies vergessen, da Aldor schon lange ihrem Volk vorstand und Thailit immer dabei war. Aldor war weise und klug. Seine Entscheidungen waren wohl durchdacht und alle schätzten ihn. Doch Thailit gegenüber zeigte er zuviel Schwäche.

Nachdem die Versammlung der Erzählung über die Schlangenmenschen gelauscht hatte, erhoben sich viele Stimmen und Aldor schlug eine Pause vor, damit in kleinen Gruppen das Notwendige beredet werden konnte. Nachdem wieder Ruhe eingekehrt war, sagte Aldor: „Ich danke für eure Schilderung, Adiad und Eardin. Ich würde jetzt gerne die Magier hören. Ihr habt in den alten Schriften geforscht und habt Berichte über die Naga gefunden. Sprecht bitte."

Einer der Magier erhob sich. Er erschien Adiad sehr alt; sie fragte sich, wie viele Jahrhunderte er wohl schon erlebt hatte. Sein weißes Haar war immer noch lang und voll, doch seine Gestalt war schon gebeugt und sein Blick schien wie durch Schleier zu gehen. Mit stockender Stimme begann er zu sprechen: „Wir haben lange gesucht, Aldor, in vielen Schriften. Wir fanden Abschriften von Geschichten über die Naga. Es geschah in einer Zeit, etwa zehn Elben-Generationen vor meiner Geburt. Damals gab es die Drachen und die großen Schlangen. Ihr kennt alle die Geschichten über die Drachen und das von ihnen vernichtete Elbenvolk der Elthai." Der alte Magier schwieg kurz. Aufseufzend sah er schließlich wieder in die Runde. „Die Schlangen wurden ähnlich beschrieben, wie unsere Krieger es taten. Groß wie ein Baum, mit Drachenkopf. Auch dass sie Feuer spien, wird erzählt. In späteren Geschichten finden sich diese Schlangen nicht mehr, was nicht heißt, dass es sie nicht noch irgendwo gab. Es war die Zeit, als Verwirrung über die Drachen kam. Sie und die Schlangen waren eine tödlichen Plage. Die Elben vernichteten viele von ihnen. Ihr geheimes Wissen war größer als das unsere. Manches davon ist wohl niedergeschrieben in den Schriften, die wir im verschollenen Turm der Seen vermuten. Außerdem hatten sie magische Artefakte. Ich vermute, es waren Steine oder besondere Waffen. Ich weiß, dass das Elbenvolk des Hochlandes in den letzten Jahrzehnten eingehender danach forscht. Nun gut, ich will nicht abschweifen, denn ich sehe, dass ihr mir noch aufmerksam zuhört." Er lächelte, denn er bemerkte die vielen offenen Gesichter, die alle geduldig an seinen Lippen hingen. Denn Elben lieben Geschichten. So erzählte er weiter. „Die Drachen und Schlangen also wurden weitgehend vernichtet, manche mögen sich auch verkrochen haben. So wäre es durchaus möglich, dass sie in unserer Zeit nach langem Schlaf erwachten und wieder aus den Höhlen krochen."

„Nach Tausenden von Jahren?", fragte Aldor ungläubig nach.

„Wer bestimmt, wie lange ein Leben zu dauern hat?", antwortete der andere, „sieh uns an, auch für die Menschen erscheint die Dauer unseres Lebens unglaublich lang. In den alten Berichten nun wird davon erzählt, dass einige der Menschen damals begannen, die toten Schlangen zu verehren. Es entwickelte sich eine Art Kult. Und wie immer, wenn Menschen verblendet sind, gibt es auch solche, die diese Verblendeten anführen. So bildete sich eine Gemeinschaft der Schlangenpriester. Sie versammelten Anhänger an den Löchern und Höhlen der Schlangen und gaben ihnen das Fleisch der Schlange, das sie vorher wahrscheinlich getrocknet hatten."

„Oder geräuchert", flüsterte Eardin der Eymari grinsend ins Ohr.

„Sie versprachen ihnen Unsterblichkeit und wer weiß was noch alles, und ich vermute, dass die Menschen dafür Opfergaben zur Schlange bringen mussten, die die Priester dann nahmen. Die Menschen verwandelten sich durch das giftige, verderbte Fleisch der Schlangen und ihre Gestalt bedeckte sich mit Schuppen. Sie nannten sich Naga, Schlangenmenschen. Nach den Drachen und den großen Schlangen wurden die Naga eine neue Plage für das Land, bis Elben und Menschen auch die Naga vernichteten. Noch Jahre später wurde von einzelnen dieser Wesen berichtet. Sie hielten sich in den alten Schlangenhöhlen verborgen und waren schwer zu greifen." Damit beendete der Elb seinen Bericht und setzte sich erschöpft nieder.

„Ich danke euch allen für eure Mühen!", wandte Aldor sich an die Magier. „Es scheint sich also um dieselbe Plage zu handeln, die unser Land schon einmal befiel, doch wissen wir ihr Ausmaß noch nicht. Und ebenso kamen noch keine Berichte über Priester zu uns."

„Was nicht heißt, dass es sie nicht gibt, Aldor." Mellegar trat vor. „Es ist möglich, dass die Naga an der Furt die einzigen waren, dann bleibt uns nur den Schlangenleib so rasch wie möglich zu vernichten. Ebenso kann es aber sein, dass es der erste sichtbare Trieb eines verborgenen Wurzelwerkes ist. Und da ich hier nicht in Unwissenheit abwarten möchte, schlage ich vor, nachzusehen."

„Du willst Krieger zum Schlangenloch schicken, Mellegar?"

„Ich möchte selbst dorthin reiten." Er trat näher zu Aldor heran. „Es gibt noch eine andere Sache, über die ich nur mit dir sprechen möchte." Ein scharfer Blick traf Thailit, dann sprach er lauter weiter: „Ich reite nicht allein, Aldor; ich bitte dich, mir einige Krieger mitzugeben."

„Frage wen du möchtest. Du reitest im Auftrag von mir und unserem Volk."
Mellegar verneigte sich und Aldor beendete die Versammlung.

„Lass uns ein wenig gehen, mein Freund."
„Eine andere Sache, Mellegar? Welches Geheimnis treibt dich?"
„Ich erzähle es dir, Aldor, doch ich möchte im Moment nicht, dass noch andere davon erfahren. Nur die Freunde von Eardin wissen es bisher. Ich bin nicht sicher, was daraus erwächst, so ist eine gewisse Verschwiegenheit der bessere Weg."
„Ich höre, Mellegar."

So erzählte der Hohe Magier von Adiad, von allem, was ihn veranlasst hatte, genauer hinzusehen. Von der Prüfung ihres Geistes und Blutes und dass er vorhatte, ihre Eltern zu befragen.

Aldor schwieg eine Weile. *„Eine Elbenblütige. Und Eardin?"*
„Er war bei der Prüfung dabei."
„Was meint er dazu?"
„Er sagt, er mag sie als Mensch und als Elb, es ist ihm gleich. Er liebt sie so, wie sie ist."
Aldor lachte. *„Das ist mein Sohn! Nun, Mellegar, ich danke dir, dass du mir alles berichtet hast. Lass uns abwarten, ob sich bei den Eymari eine Klärung ergibt."*

„Aldor, ich möchte noch etwas anderes ansprechen. Thailit - sie begegnet Adiad mit großer Ablehnung und Adiad leidet darunter. Die Eymari ist stark. Vielleicht kann sie weiter mit den Blicken und Worten von Thailit leben. Es ist aber ebenso möglich, dass ihr Gemüt darunter erkrankt. Eardin ist sehr glücklich mit ihr, ich habe ihn schon viele Jahre nicht mehr so gesehen; seit Lerofars Verschwinden, wenn ich es recht bedenke. Sie scheinen sich beide wirklich zu lieben. Ich möchte nicht, dass Thailit dies zerstört."

„Es ist schwer, Mellegar, du weißt, wie sie ist. Sie lehnt die Menschen ab und außerdem ist sie verbittert, wegen Lerofar."

„Sie hat es selbst verschuldet, Aldor!"

„Ich weiß, doch sie will es nicht hören. Und nun ruht ihre ganze Hoffnung auf ihrem zweiten Sohn. Sie lässt nicht ab davon, sich ihre eigenen Vorstellungen zu machen, wie sein Glück auszusehen hat. Ich denke nicht, dass es einen Unterschied macht, ob Adiad Elbenblut in sich hat."

„Eardin wird nicht mehr auf seine Mutter hören, er geht seinen eigenen Weg, das weißt du. Wenn Thailit ihn und vor allem Adiad weiter damit quält, dann verlässt er am Ende ebenfalls Adain Lit."

Aldor blieb stehen. *„Lerofars Verlust verschattet tagtäglich mein Licht. Ich spüre, dass mein Sohn noch lebt, singe jeden Tag für ihn."*

Mellegar legte seine Hände auf Aldors Arme und betrachtete ihn voller Zuneigung.

Aldor seufzte. *„Ich rede mit ihr, Mellegar, doch ich glaube nicht, dass ich ihr Herz erreiche."*

„Tu das, mein Freund und begegne zumindest du Adiad mit der Liebe, die unserem Wesen entspricht."

„Du weißt, dass ich das tue, außerdem liebt mein Sohn sie!"

„Noch etwas, Aldor. Wenn ich reite, werde ich kein Elbenheer mitnehmen, sondern nur ein paar Krieger. Ich möchte mich den Naga vorsichtig nähern, sie eher beobachten. Die Auswahl, wer mitkommt, ist schon getroffen."

„Ich denke es mir, Mellegar."

„Gut. Dass ich Adiad mitnehme, ergibt sich von selbst und wenn sie geht, dann reitet auch Eardin. Und wohin Eardin reitet ..."

„Du musst nicht weitersprechen, Mellegar. Ist Fairron auch dabei?"

Mellegar lächelte.

„Der Mensch wird ebenfalls mitreiten?"

„Bewein reitet mit uns, er kehrt danach zurück nach Astuil."

„Kommt heil wieder zurück, Mellegar!"

Der Magier umarmte ihn, dann setzten sie sich in die Sonne und schwiegen zusammen. Denn vieles hatten sie schon gemeinsam durchlebt und so tat es gut, den anderen neben sich zu wissen, hier in der Sonne und wenn das Schicksal es wollte, auch in den vielen Jahren, die noch folgten.

Vor der Abreise blieben noch einige Tage. Adiad beobachtete eben Elbenkinder beim Ballspiel, als Eardin ihr zuflüsterte: „Ich möchte dir noch etwas zeigen, mein Stern. Es ist ein halber Tagesritt nach Norden und ich dachte mir, wir könnten morgen, gleich wenn der Tag beginnt, losreiten."

„Was ist es?"

„Lass dich überraschen!"

Die Sonne warf ihre ersten Strahlen durch taunasse Bäume. Der Zauber des frühen Sommers küsste den Wald und die Blätter entfalteten sich in kräftigem Grün, in üppiger Vielfalt wucherte das Leben. Leise, längst gesungene Lieder folgten den sanften Luftbewegungen. Still lauschte die Eymari einer nie gehörten Musik, die sich mit dem Gesang der Vögel vereinte. Adiad saß barfuß auf ihrem Pferd und trug ihr leichtes Hemd aus Leinen. Der Wind spielte mit ihren offenen Haaren. Auch Eardin ritt ohne Stiefel und Waffen, nur in seinem luftigen, gewebten Hemd über der Hose. Es war ein Gefühl von Leichtigkeit und Freude, das sie beide empfanden und schweigend genossen. Adiad ahnte die Wiris in den Baumkronen. Je weiter sie in den Wald hineinritten, umso zahlreicher wurden sie. Doch so sehr sie sich auch bemühte, sie erkannte nur bunte Schemen. Während ihre Augen noch den verschwindenden Gestalten folgten, hörte sie plötzlich leise Geräusche im Laub. Suchend folgte sie ihrer Wahrnehmung und wurde eines grauen Schattens gewahr.

„Ein Wolf, Eardin!", flüsterte sie verunsichert.

Eardin lächelte sie an und deutete ihr abzusteigen. Immer noch schweigend kniete er sich auf den Boden, dann begann er leise zu singen. Adiad beobachtete erstaunt, wie der Wolf näher kam; ein hellgraues Tier mit dichtem Fell und einem buschigen, dunklen Schwanz. Seine bernsteinfarbenen, klugen Augen schienen den Elben zu kennen und zu begrüßen. Das Tier war in einiger Entfernung stehengeblieben und verharrte ruhig. Eardin beendete seinen Gesang und verbeugte sich. Der Wolf wandte sich ab und verschwand, ohne Hast, zwischen den Bäumen.

Eardins kam zu ihr, sein Lächeln galt nicht ihr, es war ein inneres Strahlen, das Adiad nicht verstand. Sie berührte das Hemd des Elben, dachte an die merkwürdige, graugescheckte Farbe seines Obergewandes. Sie strich über den kleinen Anhänger, den er an einem Lederband um den Hals trug. Ein Wolfszahn. Und sie musterte seine Augen, die einen bernsteinfarbenen Ton angenommen hatten.

Ohne Erklärung stieg Eardin wieder auf sein Pferd.

Der Wald von Adain Lit schmiegte sich an eine Hügelkette, die in Richtung Norden an Höhe zunahm. Es wurde felsiger und bald zeigten sich kleine Einschnitte, Felsrisse und Höhlen. Als es auf die Mitte des Tages zuging, bog Eardin in einen Hohlweg zwischen zwei größeren Felsen. Adiad folgte ihm und hörte bald ein leichtes Brausen, das anschwoll, je weiter sie ritten. Nach einigen Windungen des Weges öffnete sich das bergige Land zu einer kleinen, kreisrunden Schlucht. Ein hoher Wasserfall ergoss sich in ein steinernes Becken. Die Wände hinter dem Wasser und neben dem Becken waren mit dickem Moos bewachsen. Lange Pflanzen mit blauen, glänzenden Blättern rankten den Stein neben dem Fall herab.

Sie stiegen von den Pferden und Eardin nahm ihre Hand. Lange schauten sie nur dem fallenden Wasser zu und er erkannte in ihren Augen, dass sie es wunderbar fand. Am Rande des Beckens ließen sie sich schließlich auf einen Stein nieder, aßen

Brot und Obst und beobachteten den Staub des Wassers, das bunt im Licht glitzerte.

„Ich liebe diesen Platz, Adiad, er schenkt mir Ruhe."

Sie lächelte ihn an. „Lass uns schwimmen gehen! Ich würde mich zu gerne, dort wo es etwas flacher ist, unter den Wasserfall stellen und mir den Rücken nass spritzen lassen!"

„Dort stehe ich auch jedes Mal, es ist herrlich! Das Wasser ist aber auch hart, wenn es von oben fällt. Sei vorsichtig!"

„Ich kenne Wasserfälle, Elb!"

Eardin lachte, stand auf und Adiad beobachtete überrascht, wie er alle seine Kleider ablegte.

„Wir sind hier ganz allein, Menschenfrau."

Nur kurz blieb ihr Zeit, bewundernde Blicke auf seinen makellosen Körper zu werfen, denn der Elb sprang sofort ins Wasser und tauchte unter.

„Ich trage nie Kleidung, wenn ich hier bin!", rief er laut nach dem Auftauchen und sah erwartungsvoll zu ihr.

„So, und nun soll ich wohl ebenfalls alles ausziehen?"

„Es wäre mir eine Freude, mein Stern!"

Nach kurzem Zögern legte sie ebenfalls ihre Kleidung ab und warf sie über einen Stein. Eardin beobachtete sie, seine Blicke waren lockende Berührungen. Adiad ließ sich Zeit, stieg umsichtig ins Becken, tastete sich vorwärts. Es gab kaum Untiefen und der Stein unter ihren Füßen war angenehm glatt. Je näher sie dem fallenden Wasser kam, umso tiefer wurde es. Adiad ließ sich sinken, um an der Oberfläche von einem kräftigen Spritzen empfangen zu werden. Eardin versuchte sie zu ergreifen, sie entwand sich ihm lachend. Ausgelassen tollten sie bald durch das Becken, tauchten und schwammen. Als Adiad das Toben zu viel wurde, stellte sie sich unter das herabfallende Wasser und schloss die Augen.

Eardin betrachtete sie, wie sie dort unter dem Fall des Wassers stand. Sonnenfunkelnd lief der weiße, sprudelnde Schaum ihre Haare und ihren Körper hinab. Adiad öffnete ihre Augen, begegnete seinem Blick und sie erkannte die Sehnsucht darin. Eardin kniete bis zur Brust im Wasser, seine blonden Haare bewegten sich um ihn herum und seine Hände streichelten die Wasseroberfläche. Lächelnd ging sie auf ihn zu.

Eardin wartete ruhig. Er konnte seinen Blick nicht von ihr lösen. Das Wasser lief an ihr herab, tropfte aus ihren Haaren über ihren Körper. Gebannt verfolgte er den Lauf der glitzernden Tropfen. Als sie endlich vor ihm stand bewegte er seine Arme auf sie zu, umfing sie erst sanft und dann fester an den Hüften. Behutsam strich er mit seinen Daumen über ihrem Bauch, befühlte ihre weiche Haut, küsste sie auf den Bauchnabel und Adiad lachte auf. Seine Hände, sein Mund wanderten zärtlich nach oben. Als er die Spitzen ihre Brüste erreichte, dort verweilte, schrie sie leise auf. Eardin liebkoste ihr Gesicht, fand ihre Lippen. Fest drückte er ihren nassen Körper an sich und küsste sie lange und heftig. Dann hob er Adiad auf und trug sie zu dem weichen Moos, das sich am Rande des Beckens gebildet hatte. In dieses grüne Bett legte er sie sanft.

Als er sich über sie beugte, griff Adiad nach seinen Haaren, die ihm in nassen Strähnen herabhingen, zog ihn zu sich, hielt dann inne. „Sie werden schwarz!"
„Wer wird schwarz?", fragte Eardin verwirrt.
„Deine Augen, sie sind jetzt beinahe schwarz. So dunkel, wie ich sie noch nie gesehen habe."
Er lächelte und sie zog ihn weiter, bis sie seinen Mund auf dem ihren spürte. Ungestümer und heftiger begann er sie zu berühren. Adiad spürte den muskulösen Rücken unter ihren Händen. Und sie merkte wie ihr Leib zunehmend nach ihm gierte. Sein warmer Mund liebkoste ihren Hals, ihre Brüste und fiebernd bog sich ihr Körper dem seinen entgegen. Sanft schob Eardin sich zwischen ihre Beine und mit einem Aufseufzer drang er ein, zunächst vorsichtig, doch bald ungezügelter und wilder. Adiad schrie laut auf, als sich ihr Innerstes zusammenzog und Wellen bebender Wärme sie erfüllten. Auch Eardin stöhnte auf, suchte ihren Mund, drückte sie fest an sich.
Nur langsam kamen ihre Sinne wieder zur Ruhe und dunkle, besorgte Augen tauchten über ihr auf. „Hab ich dir weh getan?"
Adiad schüttelte schmunzelnd den Kopf.
„Du bist unglaublich, Waldfrau!" Er lachte und warf sich neben sie.
„Wieso?"
„Ich bin dankbar, dass wir hier alleine in dieser Schlucht waren."
„War deine Elbenfrau leiser?"
„Na ja, sie war schon ein wenig zurückhaltender als du."
Nach einer Weile schob Adiad sich wieder über ihn. „Es ist wunderbar dich so zu spüren, Elb!"
Eardin ließ seine Finger über ihren Rücken gleiten, liebevoll fuhr er die Linien ihres Körpers nach und Adiad begann sich wohlig zu winden. Überrascht hob er die linke Augenbraue.
„Ich vermute sie war auch nicht so gierig wie ich", sagte Adiad entschuldigend.

„Das macht nichts! Es ist mir durchaus nicht unangenehm, dich weiter zu berühren, mein Stern! Und deine Bewegungen so warm auf mir zu spüren, ist äußerst wohltuend!", flüsterte er nach einer Weile.

„Vielleicht sollten wir in meinem Elorn bleiben und die anderen ohne uns reiten lassen!", hauchte Eardin in ihr Ohr, als sie sich schon wieder die Kleidung übergezogen hatten.

„Du scheinst unersättlich zu sein, Elbenkrieger", erwiderte Adiad und Eardin grinste.

Die Falle

*D*er übernächste Tag brachte den erwarteten Aufbruch. Einige Elben waren nicht unglücklich darüber, dass der laute und ungestüme Mensch aus Astuil wieder ging. Doch von den meisten wurde Bewein, wie alle anderen, herzlich verabschiedet. Aldor und auch Thailit kamen und gaben ihnen gute Wünsche mit auf den Weg. Sie umarmten ihren Sohn, doch wieder sah Thailit durch die Eymari hindurch.

„Sie hofft, dass ich nicht wiederkomme", dachte Adiad verbittert.

Mellegar saß schon unternehmungslustig auf seinem Pferd. Er trug nicht mehr sein langes Gewand, sondern hatte sich ähnlich den Kriegern gekleidet und einen Umhang darüber geworfen. Auch dieser Stoff trug einen Abglanz von Tieren in sich. Ein Schwertgehänge hing an seiner Seite. Wie Fairron trug er keinen Bogen. Die Pferde waren mit Decken, Proviant und Zelten bestückt. Adiad klopfte ihrem Pferd auf den Hals, sprach zu ihm, saß auf und folgte den anderen, in Richtung Süden.

Weit breitete sich die Wiesenlandschaft des Lebeins vor ihnen aus. Adiads Blick wanderte nachdenklich nach oben. Schnelle Flügelschläge wechselten mit langen Gleitflügen ab, breit fächerten sich die Schwanzfedern. Der Vogel verschwand in Richtung des Flusses, flog dann der Sonne zu, um ein Schatten ihres Lichtes zu werden.

„Ihr habt alle Falkenfedern im Haar und ein Falke begleitet uns, seit wir den Wald verlassen haben", stellte sie fest und sah fragend zu den Elben.

„Sie fliegen gerne mit uns," erwiderte Mellegar.

Adiad wandte sich hilfesuchend Bewein zu, der hob nur die Schultern.

Als sie am nächsten Tag eine Rast am Fluss einlegten, musterte Whyen nachdenklich die Eymari. „Wir reiten vielleicht in Kämpfe. Wie steht es mit deinen Schwertkünsten, Waldkriegerin? Und auch deine Pfeile sah ich noch nicht fliegen."

„Sie fliegen so weit und so genau wie deine, Elbenkrieger. Doch meine Schwertkünste kann ich dir nicht vorführen, denn ich besitze, wie du siehst, nur ein Messer und auch das beherrsche ich nicht besonders gut."

„Und so willst du gegen die Naga reiten?"

„Wir reiten nicht gegen die Naga, Whyen", mischte sich Mellegar ein, „wir werden sie nur beobachten!"

„Trotzdem sollten wir uns ihrer Messerkünste annehmen, denn wir wissen nicht, was noch kommt." Schwungvoll stand er auf und die anderen verfolgten neugierig das weitere Geschehen.

„Also, dein Pfeil trifft genauso wie meiner, Kriegerin der Eymari?" Herausfordernd hatte er sich mit seinem Bogen vor ihr aufgebaut.

„Sie hat nicht deine Kräfte!", bemerkte Eardin.

„Gut, dann ein näheres, aber dafür kleineres Ziel. Siehst du das Treibholz dort hinten bei der Weide?"

„Willst du mich beleidigen, Elb?"

„Ich meine nicht das Holz, sondern den Holzpfahl, den du siehst, wenn du über das Treibholz blickst, viel weiter hinten am Ufer."

Bewein stellte sich neben die beiden, starrte lange geradeaus, indem er die Augen abwechselnd aufriss und zusammenzwickte. „Da ist kein Holzpfahl", murmelte er schließlich.

„Ich sehe ihn", sagte Adiad, „willst du zuerst oder soll ich?"

„Lass mich zuerst, dann findet dein Pfeil vielleicht besser seinen Weg."

Whyen warf sein schwarzes Haar über die Schulter, spannte seinen Bogen, der Pfeil schwirrte blitzartig durch die Luft und bohrte sich mittig in den dünnen Pfosten.

„Getroffen", sagte Fairron zu Bewein.

Der Schütze sah siegesgewiss auf Adiad herab, lächelte und lud sie mit einer eleganten Geste ein, es ihm gleichzutun. Adiad verbeugte sich ebenfalls, schritt zu der Stelle, von der Whyen geschossen hatte, nahm den Bogen in die Hand, zielte und schoss.

„Ebenfalls getroffen", meinte Fairron nur trocken. Whyen starrte ungläubig zum Pfosten, lachte dann laut auf, nahm Adiads Hand und kniete sich vor ihr auf den Boden. „Vergib mir, oh große Waldkriegerin der Eymari, denn ich hatte es nicht geglaubt!"

Adiad legte ihre Hand auf seinen Kopf und verkündete hochtönend: „Ich vergebe dir großmütig, Elb, doch ich erbitte dafür die Einweisung in die Messerkünste! Und nun darfst du dich erheben."

Bewein lachte Tränen.

Umgehend legte Whyen seinen ganzen Ehrgeiz hinein, Adiad im Nahkampf zu unterrichten. Doch er fand ihr Messer lächerlich kurz und wünschte sich oft, er hätte ein kleines Schwert oder einen längeren Dolch mitgenommen. Er war sogar soweit, wieder umzudrehen und es nachzuholen, doch Eardin hielt ihn davon ab.

„Wenn es überhaupt zu Kämpfen kommen sollte, dann wird sie im Hintergrund bleiben und den Bogen benutzen, dies ist ihre Waffe. Ich danke dir, dass du ihr hilfst, Whyen, es ist gut, wenn sie sich auch ohne Bogen wehren kann. Ich hoffe jedoch, dass dies nicht nötig sein wird."

Beunruhigt wanderten ihre Blicke nach Süden.

Als sie an Dodomar vorbeiritten, lösten sich Fairron und Mellegar aus der Gruppe, um mit den Stadtwächtern zu reden. Die anderen blieben zurück, denn sie wollten die Menschen nicht unnötig ängstigen. Bei ihrer Rückkehr berichteten die beiden Magier von dem Gespräch.

„Es klingt nicht gut", sagte Fairron, „die Stadtwächter haben uns erzählt, dass vor einiger Zeit zwei Männer in die Stadt gekommen sind, die sich als Priester der großen Schlange bezeichneten. Sie waren in schuppige Umhänge gehüllt, liefen durch die Straßen, führten große Reden über ewiges Leben und ungeahnte Kräfte. Und sie forderten die Bürger auf, mit ihnen zu gehen. In ihrem Unglück und ihrer Hoffnungslosigkeit folgten ihnen schließlich viele der neuen und alten Bewohner der Stadt. Sie nahmen dabei allen Besitz mit, den sie tragen konnten. Anscheinend suchen diese Schlangenpriester noch anderswo Anhänger, denn er hörte von Reisenden ähnliche Berichte. Mehr wusste der alte Stadtwächter nicht zu erzählen. Er klagte uns noch sein Leid über die Sinnlosigkeit seiner Arbeit und meinte, dass er bald fortgehen würde, nach Astuil, wo noch Ordnung herrscht und die Hoffnung lebt. Denn diese sei hier verloren."

Die anderen schwiegen zunächst betroffen, dann wendete Mellegar sein Pferd, um entschlossen in Richtung Süden zu reiten.

„Wir müssen vorsichtig sein", sagte Eardin am Abend, „vorsichtig und wachsam. Wir sind zu wenige für einen großen Kampf. Doch wir sind genug, um uns das Treiben am Schlangenloch genauer anzuschauen."

„Es ist wie in der Geschichte des alten Elben", meinte Adiad, „ich hoffe, es geht am Ende genauso gut aus!"

Ihr Rastplatz lag in einer kleinen Senke in der Nähe der Furt. An ihrer Seite sang der Lebein Lieder der Ewigkeit. Gespießt auf einen langen Stock hielt Whyen seine Tampifrucht über das Feuer. „Ich mag sie leicht angeröstet", erklärte er Adiad, als er ihre interessierten Blicke bemerkte. „Du darfst später davon kosten."

Adiad hatte sich an ihren Elben geschmiegt und beobachtete die Flammen. Plötzlich jedoch kam ihr ein vergessener Gedanke. „Erzähl mir von deinem Bruder, Eardin."

Die anderen hoben erstaunt ihre Köpfe.

Eardin seufzte und begann zögernd zu erzählen: „Wir sind zusammen aufgewachsen, Adiad. Lerofar ist etwas älter als ich, neben Whyen und Fairron war er lange mein bester Freund. Wir haben viel Zeit zusammen verbracht." Er lächelte wehmütig. „Lerofar liebte es, unterwegs zu sein, wir sind oft Tage durch den Wald geritten. Und er liebte, so wie Whyen, die Herstellung von Waffen. Viel Zeit hat er bei den Schmieden verbracht, sie beobachtet, von ihnen gelernt. Wir haben uns nicht nur gut verstanden, wir dachten auch ähnlich. Auch er wollte sich nicht in die Rolle drängen lassen, die meine Mutter ihm zugedacht hatte. Sie hatte sogar schon eine Elbenfrau für ihn ausgesucht und versuchte alles, sie zusammenzubringen. Vor allem lehnte sie seine Vorliebe für das Schmiedehandwerk ab. Am Ende wollte sie es ihm untersagen, da es einem zukünftigen Anführer des Elbenvolkes unwürdig sei."

„Deine Mutter kann sehr bestimmend sein", bemerkte Mellegar.

„Das kann sie und Lerofar ärgerte sich zunehmend über sie. Wir haben oft darüber gesprochen."

„Er ist auch zu mir gekommen", sagte Fairron, „und hat meinen Rat gesucht, denn er begann darüber nachzudenken, Adain Lit zu verlassen, um wieder Frieden zu finden."

Mellegar wandte sich Eardin zu. „Aldor und ich haben damals mit deiner Mutter geredet. Sie hielt sich für kurze Zeit zurück, so wurde es etwas leichter für Lerofar."

„Um danach wieder schlimmer zu werden", sagte Eardin. „Sie setzte ihn ständig unter Druck, vermittelte ihm, dass er als Sohn verpflichtet wäre, ihren Wünschen zu entsprechen, um ihr seine Liebe und Anerkennung zu zeigen. Er war zerrissen, denn auf seine Weise liebte er unsere Mutter, doch es drängte ihn auch seinen eigenen Weg zu gehen und das war ein anderer. Ich wundere mich immer noch, wie er es solange ausgehalten hat."

„Er wollte dich schützen, Eardin", sagte plötzlich Fairron, „in einem unserer Gespräche hat er von seiner Angst gesprochen, dass es dich treffen würde, wenn er geht."

„Du hast mir das nie erzählt, Fairron."

„Es hätte zu nichts geführt", antwortete dieser.

„An einem Abend kam es zum Streit", erzählte Eardin weiter und wandte sich wieder Adiad zu, „der Anlass war nichtig. Es ging darum, dass er nicht zur nächsten Ratssitzung kommen wollte, da er vorhatte, mit einer Gruppe zu den Zwergen ins Ostgebirge zu reiten."

„Zu den Zwergen?", fragte sie überrascht.

„Ja, zu den Zwergen, denn wir brauchen ihr Erz für unsere Waffen. Lerofar wollte mitreiten und Thailit wollte dies nicht. Am Ende schrien sie sich an, und da mein Vater schweigend daneben saß, schrie Lerofar schließlich auch ihn an und warf ihm seine Schwäche vor."

„Dein Bruder konnte manchmal sehr aufbrausend sein," sagte Fairron und Bewein bemerkte: „Genauso wie du!"

Eardin beachtete seinen Einwurf nicht. „Am nächsten Tag war er fort. Er war mit dem kleinen Trupp gegangen, der zu den Zwergen aufgebrochen war. Aber er kam dort nie an. Er verabschiedete sich irgendwann von ihnen und ritt gegen Westen."

„Wo ist er hingeritten, Eardin?", fragte Adiad.

„Ich weiß es nicht, ich vermute es nur, doch ich habe keine Gewissheit."

„Und wann war das? Wann hast du ihn zum letzten Mal gesehen?"

„Vor siebenundfünfzig Jahren", sagte er und hob resigniert die Schultern.

Doch Adiad wollte noch nicht schweigen und Mellegar freute sich über ihre Hartnäckigkeit. „Du ahnst, wo er hingegangen ist?"

„Ich ahne es, aber ich weiß es nicht."

„Was ahnst du, Elb?"

„Was bringt mir die Ahnung, wenn ich es nicht weiß?", erwiderte er unwirsch. „Soll ich meine Zeit damit verbringen einer vagen Ahnung hinterher zu reiten? Er könnte überall sein."

„Dies wundert mich, Elb, denn ich dachte, gerade euer Volk hört auf Ahnungen", hakte Adiad nach.

„Lass mich, Adiad, er wollte weg. Auch wenn ich ihn finden sollte, werde ich ihn nicht zurückbringen."

„Du nimmst es also einfach hin, Elbenkrieger."

„Ich habe es ihm auch schon gesagt, Adiad, doch dieser Elb ist stur." Bewein erntete einen zornigen Blick seines Freundes.

Zärtlich legte Adiad Eardin die Hand auf den Arm. „Du bist auch zu mir geritten und hast mich geholt, vielleicht sollte dies deine Zuversicht etwas stärken. Also, was sagt deine Ahnung, Elb?"

„Ich … ich vermute, dass er zu den Feandun geritten ist", ergab er sich, „dem Elbenvolk des alten Gebirges. Wir haben manchmal davon gesprochen. Sie leben im Geheimen und haben sich von der übrigen Welt zurückgezogen. Es gibt sogar Geschichten, dass sie niemand mehr zu sich hineinlassen, sogar fremde Elben nicht. Deshalb denke ich zwar, dass er vielleicht dorthin geritten ist, da ihn seine

Neugier trieb, doch es ist unwahrscheinlich, dass er sie fand, zu ihnen hineinkam und jetzt sogar auch noch dort ist."

„Es sind nicht nur Geschichten, Eardin." Mellegar begann zu erzählen: „Es ist Jahrtausende her, als sie sich zurückzogen, irgendwo im westlichen Teil des alten Gebirges, in der Nähe des Meeres. Wenn ich meine Schriften hier hätte, könnte ich euch das Gebiet zeigen. Es gab wohl mehrere Gründe, doch waren es auch die Magier dieses Volkes, die den Weg vorgaben. Sie wollten sich nur noch ihrem Wissen und ihren Kräften widmen, sich von äußeren Einflüssen und vor allem von den Menschen fernhalten. Und in dieser Abgeschiedenheit, und da sie wahrscheinlich auch besonders danach suchten, entwickelte sich eine andere Art von Magie bei ihnen als bei uns. Ähnlich und doch anders. Es wäre interessant zu erfahren, auf welche Weise dies geschah, denn die Magie ist im Volk der Elben angelegt. Ein Elb hat sie in sich. Doch wenn es stimmt, was ich gehört habe, so haben sich die Elben der Feandun angepasst. Sie haben diese veränderte Magie derart in ihr Wesen übernommen, dass auch neu geborene Elbenkinder sie besitzen."

„Und woher weißt du das alles?" Whyen sah aufmerksam zu Mellegar. Mit überkreuzten Beinen saß er vor dem Feuer und drehte den Stock mit der halb gegessenen Tampi zwischen den Fingern.

„Von Zeit zu Zeit verlassen einzelne Feandun-Elben ihr Tal. Sei es, weil sie etwas brauchen oder nur, um Neuigkeiten aus der Welt zu erfahren. Über diesen Weg kam das Wissen, das ich euch mitgeteilt habe, auch zu uns. Doch ob Lerofar dort ist, weiß ich nicht."

„Wir könnten hinreiten und nachschauen!" Nach kurzem Nachdenken sprach Whyen aus, was ihre zukünftigen Pläne in eine ganz neue Richtung lenken würde.

Mellegar sah ihn scharf an. „Unsere Aufgabe ist vorerst eine andere!"

Und damit war das Gespräch beendet, die Gedanken jedoch wanderten weiter.

Glitzernd floss der Lebein dahin, eine silberne Ader im Leib Adains, friedlich lag die Furt in der Sonne und gelassen suchte sich das Wasser seinen Weg zwischen den großen Steinen. Nichts erinnerte mehr an die Toten, die dort im Wasser, Schilf und Dreck gelegen hatten. Kein Mensch und anscheinend auch keine andere größere Kreatur war in der Nähe. Eardin musterte das andere Ufer, er traute dem Frieden am Fluss nicht.

Mit einer Handbewegung hieß Mellegar sie anzuhalten und schloss die Augen. „Da ist niemand." Da er Adiads fragenden Blick bemerkte, ergänzte er: „Ich kann es fühlen, Adiad. Du kannst mir vertrauen."

Vorsichtig liefen die Pferde über die rutschigen Steine des Flusses und überquerten die Holzbrücke. Unbehelligt erreichten sie das andere Ufer.

„Und nun?" Bewein schaute in die Runde. „Die Schlange liegt an einer Stelle, an der die Felsen ein halbkreisförmiges Tal bilden. Falls diese Naga und Priester in der Nähe sind, werden sie wahrscheinlich dort einen Platz gefunden haben. Es wäre am klügsten, sich in gebührendem Abstand von Süden her zu nähern. Die rauen Felsen könnten uns gut verbergen."

„Dein Vorschlag ist gut." Eardin nickte und auch die anderen stimmten zu.

Ein weites Stück ritten sie den Lebein hinab, um dann, als sie den Abstand als ausreichend empfanden, nach Osten zu schwenken. Von den Naga sahen sie keine Spur, nur ödes und verbranntes Land. Der Boden war trocken und staubig. In ihrem Zorn hatte die Schlange alles Leben vernichtet, nur zögerlich zeigten sich einige verkrüppelte Pflanzen. Je näher sie den Felsen kamen, um so sandiger wurde der Boden. Der Anfang einer kleinen Sandwüste, die hier im Schatten des Gebirges schon immer gewesen war. Adiad sah sich unruhig um, doch sie konnte weder etwas Auffälliges sehen noch hören. Ihr Blick ging zu Eardin. Die Hand am Schwertknauf, saß er aufrecht und angespannt umherschauend auf Maibil. Als er ihren Blick bemerkte, erschien ein leichtes Lächeln auf seinen Lippen.

Es war später Nachmittag, als sie eine Felsflanke erreichten, die von der Sonne gewärmt wurde. Sie wollten die Nacht in ihrem Schutz verbringen und im morgendlichen Schatten des Gebirges nach Norden gehen. Die Nacht wurde kalt und Adiad schmiegte sich unter der Decke an Eardin. Sie schlief unruhig.

Versteckt in einem Einschnitt ließen sie die Pferde zurück und machten sich früh auf den Weg. Er war mühsam, oft mussten sie über Felsen und Geröll klettern. So wurde es Mittag, als sie in die Nähe des Ortes kamen, an dem sie die Schlangenmenschen vermuteten. Whyen kletterte voraus, sie folgten ihm und vorsichtig drängten sie sich schließlich auf die Stufe eines großen Felsbrockens.

„Ich spüre sie!", flüsterte Mellegar, „auf und unter der Erde. Ich meine, auch im Berg."

„Wie viele?", raunte Bewein.

„Ich spüre das Aufflammen von Leben, doch wenn viele zusammen sind, kann ich es nicht mehr unterscheiden. Es sind viele, sicher mehr als hundert. Vielleicht sogar doppelt oder dreimal so viele."

„Kannst du wahrnehmen, ob es alles Naga sind? Vielleicht haben sie Gefangene in der Erde, vielleicht sind dort Menschen?", fragte nun Eardin leise.

„Ich kann es nicht sagen, Eardin, Leben ist Leben, welcher Art auch immer. Sie sehen in meinem Geiste alle ähnlich aus. Nur die Lichter der Elben leuchten etwas heller und größer."

„Ich gehe jetzt dort an den Felsen und versuche etwas zu sehen", sagte Eardin, huschte entschlossen den großen Stein herab und näherte sich der Felsspitze, die den Blick auf den Taleinschnitt verbarg. Adiad sah ihm mit klopfenden Herzen hinterher. Doch sie waren in der Nähe, wären sofort bei ihm, falls er in Bedrängnis kommen sollte. An den Felsen gepresst, stand sie neben Whyen. Er hatte, ebenso wie sie, seinen Pfeil im Bogen eingelegt und wartete. Bald hatte Eardin die Felskante erreicht, er lauschte, beugte sich achtsam nach vorne, tat noch einen Schritt und im gleichen Augenblick begann sich der Sand unter seinen Füßen zu bewegen. Seine Freunde konnten nur zusehen, wie der fließende Sand ihn schnell und erbarmungslos verschluckte.

Adiad schrie auf, hechtete vorwärts. Whyen ergriff ihren Arm, hielt sie fest. „Bleib stehen, es ist eine Falle! Du wirst auch versinken."

„Lass mich los!" Sie schlug nach ihm, Whyen packte sie fester, presste sie schließlich an sich, hielt ihr den Mund zu. „Still!"

Adiad wehrte sich, weinte. Sie mussten ihm doch helfen! Sie konnten ihn doch nicht im Sand ersticken lassen!

„Er lebt noch", sagte Mellegar plötzlich, „ich sehe sein Licht tief im Boden."

„Ich dachte es mir, der Sand rutschte zu schnell." Whyen hielt Adiad noch immer an sich gedrückt, nur langsam ließ ihr Widerstand nach. Der Elb löste seinen Griff, drehte sie zu sich und nahm sie in die Arme. „Beruhige dich, Adiad. Er lebt und wir werden ihn finden!" 'Und hoffentlich immer noch lebend', dachte er besorgt und wischte die Tränen aus ihrem Gesicht.

„Still!", mahnte Mellegar. „Ich will sehen, wohin er geht. Er bewegt sich nicht", flüsterte Mellegar nach einer Weile, „doch andere bewegen sich auf ihn zu. Sie sind bei ihm. Sie gehen mit Eardin in den Berg hinein."

Dann schwieg er wieder. Adiad meinte ihr Herz müsste zerspringen.

„Sein Licht wird blasser."

Sie starrte ihn an. „Er wird doch nicht? Er stirbt doch nicht, Mellegar?"

„Nein, ich glaube nicht, dass er stirbt. Es sind die Felsen." Nach einer Weile des Schweigens flüsterte der Hohe Magier: „Er ist weg, ich kann ihn nicht mehr wahrnehmen." Er öffnete die Augen. „Lasst uns nachdenken, was wir tun können." Mellegar deutete in einen versteckten Einschnitt, ging voraus und sie folgten ihm.

Whyen jedoch folgte ihm nicht. Er wies die schroffe Felswand nach oben und bevor ihn jemand hindern konnte, war er schon unterwegs.

♈

Der Gang war stickig. Die Waffen an sich gepresst schleppte sich Timor weiter durch das düstere Wurmloch, während die anderen den leblosen Elben hinter sich herzogen.

„Bringt den verfluchten Elben zu der Höhle mit den Ringen. Gib mir seine Waffen", befahl der Priester.

Der Bogen war beim Sturz zerbrochen, enttäuscht betrachtete Timor das kunstvoll bearbeitete Holz im Schein seiner Fackel, bis der Priester es ihm aus der Hand riss, den Bogen besah und ihn dann von sich warf. Dann prüfte der Priester das Schwert. „Geht weiter!", herrschte er die Naga an.

Sie stöhnten, die Gänge waren eng. Als sie ein größeres Sandloch erreichten, rief einer: „Wir wollen nicht mehr, Priester! Lassen wir ihn hier!"

„Ihr sollt ihn in die große Höhle bringen, sagte ich!"

„Die Gänge sind zu eng!", fauchte der Naga wütend zurück.

Der Priester lächelte ihn an. Dann holte er mit dem Schwert aus und hieb ihm, ohne zu zögern, den Kopf ab. Timor schwankte, doch als er den Kopf vor sich liegen sah, freute er sich. Dieses abscheuliche Schlangenwesen hatte nicht verdient, weiterzuleben. Er griff nach dem Arm des Elben und sie zerrten ihn weiter. Als sie die große Höhle mit den Ringen erreichten, erwachte der Elb. Sie versuchten ihn zu binden, er wehrte sich, so hieb ihm Timor einen Stein auf den Kopf.

„Du Narr!", schrie der Priester, „jetzt muss ich warten, bis er wieder zu sich kommt. Zwei von euch bleiben hier. Seht zu, dass ihr ihn wach bekommt und zum Reden bringt. Ich will wissen, ob er alleine war und was er hier wollte. Bindet ihn dort an den Eisenring!" Schnellen Schrittes verließ er den Raum. Timor folgte ihm.

Ratlos standen die beiden Naga vor dem bewusstlosen Elben. Dann nahmen sie die Stricke, mit denen seine Arme gefesselt waren, schleiften ihn zur Wand und banden ihn an einen der Eisenringe.

Schließlich holte einer von ihnen mit dem Fuß aus und trat dem Elben in die Seite: „Wach auf!"

„Das ist falsch", sagte der andere und zog sein Messer, „du musst ihn ritzen, damit er erwacht!" Mit einer langsamen, gemächlichen Bewegung schnitt er über Eardins Brust. „Nicht zu tief, siehst du?"

Die Schmerzen rissen Eardin aus der Bewusstlosigkeit. Bestürzt sah er die beiden Naga mit dem Messer vor sich knien. Er war in einer Höhle. Spürte Fels an seinem Rücken. Seine Arme waren nach oben gebunden. Seile schnitten in seine Handgelenke.

„Merkst du, wie es hilft?", zischte der Schlangenmensch und wandte sich Eardin zu. „Du sagst mir jetzt, ob du allein warst und was du hier wolltest. Der Priester will es wissen."

Eardin schwieg. Es dauerte nicht lange, bis der Naga ihm ins Gesicht schlug. „Rede!"

Sie warteten nur kurz sein weiteres Schweigen ab, dann spürte er wieder den brennenden Schmerz auf seiner Brust.

„Was machen wir, wenn er nicht redet?"

„Dann töten wir den Elben und erzählen dem Priester, er wäre allein gewesen."

„Du willst ihn anlügen?"

„Er ist schnell mit dem Schwert, wenn wir versagen." Der Naga fuhr sich mit einer schnellen Bewegung über den Hals.

ϙ

Als Whyen den Felsen wieder herabkam, waren seine Hände blutig vom Klettern. Er hatte Tränen in den Augen, als er ihnen schilderte, was er gesehen hatte. „Sie sind dort unten. Etwa zweihundert oder mehr von diesen Schlangenwesen. Um einige Pfähle versammelt. In der Mitte ein Mann in einem schuppigen Umhang, wahrscheinlich der Priester. Sie wiegten sich alle summend. Aus einem der Höhleneingänge trat der andere Priester. Er trug etwas in der Hand, hielt es in die Höhe." Whyen verstummte plötzlich, die letzten Worte fielen ihm schwer. „Es war Eardins Schwert, es war voller Blut."

Das Leben war aus Adiads Gesicht gewichen. Auch die anderen schwiegen erschüttert. Fairron fuhr zusammen, als Adiad plötzlich neben ihm aufsprang und mit eiskalter Stimme sagte: „Ich hol ihn da raus! Er ist nicht tot! Ich geh jetzt dorthin und hol ihn raus und wenn es das letzte ist, was ich in meinem Leben tue!"

„Sie hat recht!", erwiderte Fairron und meinte aus einem Albtraum zu erwachen. „Es besteht immer Hoffnung. Wir wissen nicht, was geschehen ist, es kann das Blut eines anderen sein." So sprach er, um ihnen Hoffnung zu machen, doch er glaubte es nicht.

Bewein wandte sich an Whyen. „Was sind das für Eingänge und wie viele sind es?"

„Ich habe zwei große Eingänge gesehen, auch viele Löcher im Fels. Doch es sind zu viele der Naga, wir würden nicht durchkommen. Und sobald wir unsere Pfeile schießen, verschwinden sie in ihren vielen Höhlen."

„Die Berge sind hier von zahlreichen Höhlen durchlöchert, nur zum Teil haben sie einen natürlichen Ursprung. Es sind auch alte Zwergengänge dabei. Vielleicht finden wir andere Eingänge", sagte Mellegar und die Möglichkeit etwas tun zu können, gab ihnen wieder eine Spur von Hoffnung.

„Lasst uns doch endlich gehen", drängte Adiad.

Whyen wies nach oben. „Diesen Felsen hinauf!" Entschlossen griff er mit seinen Fingern in die Spalten.

„Gib mir bitte deine Hände, Whyen!"

Der Krieger zögerte, ging dann doch zu Mellegar. Der legte die seinen auf die zerschundenen Handflächen und sang leise Worte der Heilung.

Den Elben machte das Klettern die wenigsten Probleme, doch für die Menschen waren die hohen, rauen Felsen eine Pein. Mühsam zogen sie sich hinauf, um dann wieder waghalsig nach unten zu rutschen. Spalten und Abgründe taten sich auf. Bewein quälte sich hinter den anderen her. Als er sich gerade wieder ächzend nach oben zog, hörte er einen leisen Ruf: „Ein Pfad!"

Der steinige Weg, den sie kurz danach betraten, lief in eine Schlucht hinunter, aus der sie das Dröhnen von fließendem Wasser hörten. Je weiter sie gingen, umso lauter wurde das Brausen, die Luft wurde kälter und feuchter. Dunkel ragten die Berge des Ostgebirges hoch über ihnen in den Himmel. Einzelne schiefe Bäume krallten sich an dem kargen Untergrund und drohten nach unten zu stürzen. Schließlich erreichten sie die steilen Klamm eines Bergbaches. Unter ihnen sprudelte das Wasser wild über einen steinigen Absturz.

„Wir sollten dem Wasser entgegengehen, es kommt aus dem Berg." Whyen wandte sich nach links, vorsichtig gingen sie auf dem nassen Grund weiter. Der Weg war in die Felsenwände geschlagen und führte an hohen feuchten Wänden entlang.

„Das ist Zwergenarbeit!" Bewein hatte ein Zeichen im Stein entdeckt und befühlte die moosüberwachsenen Linien mit den Fingern. Es beruhigte ihn, denn er hielt viel von den Zwergen, anders als die Elben. Ihre Arbeit war meist solide, so würde der Steinpfad sie sicher tragen und vielleicht sogar in den Berg führen. Der Weg war feucht und der Absturz zum Wildbach nah. Unter ihnen brauste das Wasser über riesige runde Steine und abgebrochene Holzstämme. Die Klamm wurde enger, die Felswände steiler. Zunehmend wurde es dunkler, das Licht der

Sonne fand nicht mehr in diesen Teil des Gebirges. Wie eine Wand baute sich bald vor ihnen der Berg auf und das Ende des Weges schien nahe. Sie erreichten eine aus großen Steinbrocken errichtete Brücke, unter deren Bogen der Wildbach schaumig hindurchschoss. Adiad sah in die Tiefe und erschauerte vor dieser Naturgewalt. In der Nähe, hoch über ihnen, brach ein Wasserfall über die Felswand. Sein Echo brüllte gewaltig durch die Klamm. Er ergoss sich in ein Becken, um dann der Brücke entgegenzurasen. Über diesen tödlichen Wasserschlund einen Übergang zu bauen, erschien ihr nicht möglich. Doch stand sie sicher darauf und dachte mit Bewunderung an die Zwerge.

„Hier ist ein Eingang!" Whyen wies auf die Reste eines vermoderten Holztores.

„Hier war schon lange niemand mehr." Bewein strich über die eisernen Verankerungen. Weitere Holzstücke bröselten herab. Unsicher starrte er in die Dunkelheit hinter dem halboffenen Tor. „Und nun?"

„Nun gehen wir da hinein!", sagte Fairron knapp.

Der Mensch bedachte ihn mit einem zweifelnden Seitenblick. „Ins Ungewisse? Vielleicht sollte ich vorausgehen."

„Wir haben keine Zeit, alle Wege erst vorher zu untersuchen. Und wenn du vorausgehst, wie willst du sehen im Dunkeln, Mensch?"

„Und du kannst sehen im Dunkeln, Fairron?", fragte Bewein gereizt.

„Nein, aber ich kann Licht machen! Ein kleines zwar nur, aber es sollte reichen."

Er formte seine Hand zu einer Schale, darauf formte sich eine leuchtende Kugel aus blauem Licht, die sich zu drehen schien und dabei über der Hand schwebte.

Bewein betrachtete sie bewundernd. „Gut, wenn das so ist, dann lasst uns in den Berg steigen!"

In den Tiefen des Wallsteins

Fairron kam es vor, als ob er die Innereien der Erde betreten würde. Nur dass sie nicht weich und pulsierend, sondern aus hartem Knochen waren. Er fühlte sich ohne Sonne nicht wohl und er wusste, dass es den anderen Elben ähnlich ging. Seine Lichtkugel und die von Mellegar erhellten die Gänge matt. Fairron betastete den ordentlich beschlagenen Fels und begann die Zwerge dafür zu bewundern. Die Stollen waren in einer erstaunlichen Gleichmäßigkeit geformt, der Boden war so eben gearbeitet, dass man nicht befürchten musste, zu fallen. Ab und zu zweigten kleine Nebengänge ab.

Lange waren sie so gegangen, als der Gang sich zu einer Höhle weitete. Fairron blieb stehen, lauschte. Sie war verlassen, so betraten sie den steinernen Raum. Silbern glitzernde Wände umschlossen eine Ansammlung von Steinen und runden Felsen. Die Decke und das Ende der Höhle verloren sich im Dunkeln. Seltsam war dieser Ort, dunkel und still wie ein Grab. Doch es war auch eine verborgene Schönheit an ihm, eine Würde, die in seiner Verlassenheit ruhte. Diese Stille machte sich nicht nur in Fairrons Herzen breit.

„Ich meine, von aller Welt und allem Leben abgeschnitten zu sein", sagte Mellegar, „lasst mich versuchen, im Geiste die Lichter des Lebens zu suchen." Lange blieb er still, dann sprach er enttäuscht: „Ich sehe sie nicht, der Fels ist zu stark!"

„Ein Ausgang wäre hilfreich. Fairron?" Aufmerksam begann Whyen gemeinsam mit dem Magier die Wände nach einer Öffnung abzusuchen. Sie fanden mehrere.

„Wunderbar", schimpfte daraufhin Bewein, sackte auf einen Stein und starrte grimmig in Richtung der Gänge, „Mellegar sieht nichts und wir haben mehrere Möglichkeiten, in dieses Nichts zu gehen."

Er erntete einen bösen Blick von Fairron und verstand sofort seinen Ärger. So wandte er sich Mellegar zu. „Es tut mir leid, Hoher Magier. Meine Worte kamen etwas unüberlegt und waren beleidigend. Doch ich bin müde und habe Angst um Eardin." Er verneigte sich, denn er bereute seinen vorwurfsvollen Ton wirklich. Doch er war am Ende seiner Kräfte und spürte keine Zuversicht mehr, Eardin noch lebend zu finden.

„Es ist gut, Mensch, ich verstehe dich, denn wir fühlen uns ebenso", antwortete ihm Mellegar versöhnlich.

Am Rande der Höhle saß Adiad auf einem Stein und zitterte vor Erschöpfung und Angst. Die Kälte der Höhle kroch ihr in die Knochen und der Funken einer Hoffnung begann auch in ihr zu erlöschen.

Fairron setzte sich neben sie und sanft legte er den Arm um ihre Schultern. „Lass dich von mir wärmen, Adiad." Es war seine Wärme die er ihr gab, doch Worte des Trostes fand er nicht.

„Ich gehe jetzt in irgendeines dieser Löcher, egal in welches! Es ist besser als hier nur zu sitzen und auf Erleuchtung zu warten!" Entschlossen stand Whyen auf und näherte sich einem der Gänge. Plötzlich hielt er inne und lauschte. „Es kommt jemand!"

Kein Platz zum Verbergen. Sie wollten auch nicht in den Gang zurückfliehen. So bauten sich die Krieger nebeneinander auf, zückten ihre Schwerter. Adiad legte einen Pfeil in den Bogen. Mellegar hielt die leuchtende Kugel in seiner Hand, angespannt starrten sie auf den Gang. Schritte kamen näher, kurz und fest. Heller werdendes Licht begleitete sie. Plötzlich verlosch der Schein, es wurde dunkel und still.

„Das sind keine Naga", flüsterte Fairron, „ich glaube fast, es sind Zwerge."

Nichts rührte sich.

„Sie könnten uns helfen, also werde ich sie rufen und du, Whyen, halte dich bitte zurück!" Fairron sah warnend zu ihm, denn er kannte dessen Abneigung gegen das Zwergenvolk. „Wir sind keine Schlangenmenschen, wir sind Elben", rief er der Dunkelheit entgegen.

Nach einer kurzen Stille kam die Antwort dröhnend aus dem Gang. „Und was sollten Elben hier unten tun, in den Höhlen, die sie so verabscheuen? Habt ihr euch etwa verlaufen, ihr Alleswisser?"

Fairron überwand seinen Stolz und antwortete: „Wir haben uns tatsächlich verlaufen, doch wir stiegen nicht ohne Grund hinab in die Dunkelheit. Wir suchen einen Freund und ich denke, wir könnten eure Hilfe gut gebrauchen!"

„Ha!", rief die Stimme, dann war Geflüster zu vernehmen: „Es sind wirklich Elben, Norgrim, sieh doch den blauen Schein, das ist Elbenlicht."

„Ich sehe es auch, Hillum, doch ich traue ihnen trotzdem nicht, es könnte eine Falle sein."

„Das ist Unsinn, sie wussten doch gar nicht, dass wir kommen. Ich denke, der Elb spricht die Wahrheit und sie haben sich tatsächlich verlaufen."

Wieder herrschte Stille, dann wurde es wieder heller und die Schritte kamen näher. Sie nahmen Gestalt an, in Form von vier Zwergen, die wuchtig und in voller Rüstung aus einem der Gänge erschienen. Beeindruckend sahen sie aus mit den eisernen Brustschilden, umhängt mit Äxten und Schwertern. Dicke Bärte, in die Zöpfe geflochten waren, hingen über ihre Brust.

Adiad kannte das Zwergenvolk vom Handel in den Dörfern. Sie boten Steine und Erze, aber auch Salze zum Tauschen an. Und sie führten dabei auch immer mehrere Fässer ihres Bieres mit sich. Meist hatten die Männer des Dorfes mit ihnen gesprochen, denn der Umgangston der Zwerge war eher rau. Außerdem fand sie es merkwürdig, auf sie herabzusehen, wenn sie mit ihnen sprach, denn meistens reichten sie ihr nur bis zum Kinn. Sie wusste, dass die Elben das kleine Volk nicht mochten. Sie selbst kannte sie nicht gut genug und wartete deshalb eher ab, was geschehen würde.

Jeder der Zwergenkrieger trug einen Helm aus glänzendem Metall. Adiad bemerkte, dass einer der Helme besonders kunstvoll gearbeitet war und fragte sich, ob es nicht Elbenarbeit wäre. Doch hütete sie sich davor, den Zwerg danach zu fragen.

„Ich führe sie an", sagte dieser mit schmetternder Stimme. „Mein Name ist Norgrim."

Die Elben verneigten sich und auch die Menschen schlossen sich an.

Mellegar ging auf sie zu. „Ich danke euch! Fairron sprach die Wahrheit. Eure Hilfe käme uns mehr als gelegen. Diese Schlangenwesen haben einen unserer Freunde in einem Sandloch gefangen und in den Berg verschleppt. Wir haben euren Pfad gefunden und sind ihm gefolgt, denn wir hofften ihn im Berg zu finden. Doch nun wissen wir nicht mehr weiter."

Der Zwerg lachte laut und schallend auf. „Na das ist mir doch mal eine Freude, euch Lichtgestalten hier hilflos im Dunkeln zu finden und uns dazu noch um Hilfe anbetteln zu sehen."

Whyen ballte seine Fäuste, doch er blieb still.

„Und Menschen sind auch noch dabei, wie ich jetzt sehe. Ein hilfloses Häuflein im Dunkeln!" Die Zwerge lachten nun alle.

„Die Zeit drängt!", sagte Mellegar, „könnt ihr uns bitte hier herausführen?"

„Die Zeit drängt immer", antwortete Norgrim, „aber zumindest muss Zeit sein, sich vorzustellen, damit wir wissen, welch edle Gestalten wir die Ehre haben, durch unsere Gänge zu führen." Er verneigte sich tief, mit der Hand an der Brust, doch äffte er dabei nur die Elben nach.

Mellegar atmete tief durch, dann stellte er sich und die anderen den Zwergen höflich vor. Die Zwerge nannten nun ebenfalls ihre Namen. Sie ließen sich sogar herab, ihnen zu erzählen, dass in der letzten Zeit regelmäßig kleinere Trupps wie sie in die verlassenen Stollen geschickt wurden, um die Umtriebe der Schlangenmenschen zu beobachten.

„Doch nun kommt, ich erkenne langsam wirklich eure Not. Folgt mir!", sagte Norgrim.

Die Gemeinschaft aus Zwergen, Elben und Menschen betrat nun hintereinander einen der dunklen Gänge und folgte seinen Windungen. Bald wurden zahlreiche andere Stollen sichtbar, die davon abzweigten.

„Wir hätten ohne euch nie weitergehen können", sagte Fairron zu Norgrim und dieser grinste in seinen Bart.

„Wir kommen jetzt allmählich zu unseren alten Höhlen und Arbeitsstätten", flüsterte einer der Zwerge, „sie werden schon lange nicht mehr von uns genutzt, die Schlangenmenschen haben sich mittlerweile dort eingenistet. Seid vorsichtig und leise!"

Der Gang endete nach einigem Auf und Ab an einer steinernen Treppe, die linker Hand durch einen Stollen nach oben und auf der anderen Seite in die Tiefe führte. Die Zwerge blieben stehen.

„Ich bin mir nicht sicher, aber ...", Norgrim sprach flüsternd, „... ich denke, wenn sie einen Gefangenen hätten, würden sie ihn in unsere ehemaligen Pferdeställe bringen; ihr werdet gleich sehen, warum. Ich führe euch nach oben, von dort können wir alles besser überblicken und bleiben im Verborgenen. Die Treppe rechts führt direkt in den Stall."

Mellegar schloss die Augen. „Er ist dort unten und er lebt! Und ich höre Stimmen, er ist nicht allein."

Adiad unterdrückte den ersten Impuls, die Treppe hinab zu rennen. Sie blieb stehen und lauschte angestrengt. Geräusche drangen zu ihnen, seltsam in ihrem Klang und vage in ihrer Entfernung. Norgrim wies nach oben, und leise folgte die Gemeinschaft den Zwergen. Nach vielen Stufen öffnete sich der Stollen zu einer Plattform, bevor er wieder im Felsen verschwand. Norgrim deutete ihnen, jetzt vollkommen still zu sein und zeigte auf eine kleine Steinbrüstung. Vorsichtig schlichen sie näher, beugten sich über die Mauer. Der Blick öffnete sich über eine Felshalle mit dicken Säulen und Resten hölzerner Verschläge. Diffuses Fackellicht beleuchtete die Szenerie.

Reglos hing Eardin an einer Felsmauer, die Beine am Boden ausgestreckt, die Arme über dem Kopf in einem Eisenring gebunden. Sein Kopf hing auf der Brust, blutig verkrustete Haarsträhnen verdeckten das Gesicht. Sein Obergewand hing in Fetzen von ihm herab, vollgesogen mit dunklem Blut.

„Was haben sie dir angetan?" Fairron stützte Adiad und kämpfte dabei mit seinem eigenen Entsetzen. Und mit der Angst. Der grenzenlosen Angst um seinen Freund, denn sofort hatte er es wahrgenommen: das Elbenlicht Eardins wurde schwächer, es verlor sein lebendiges Leuchten.

Um Eardin herum hatten sich einige Gestalten versammelt. Naga in Menschenkleidern. Und einer der Priester. Unter seinem Umhang steckte Eardins Schwert. Der Schlangenpriester hatte sich vor den Elben gekniet, packte ihn eben am Hemd und hielt ihm ein Messer an die Kehle. „Rede endlich, Elbenhund, oder ich überlasse dich endgültig deinen Wärtern."

Einer der Naga grinste gehässig. Dann verbeugte er sich unterwürfig vor dem Priester. „Wir haben ihn immer wieder gefragt, hoher Priester, doch er schweigt. Kein einziges Wort konnten wir ihm entlocken." Ohne Zögern trat er Eardin mit voller Wucht in die Seite.

Eardin stöhnte, der Schlangenpriester packte ihn an den Haaren, riss seinen Kopf nach oben und fuhr ihn an: „Wenig Zeit lasse ich dir noch. So frage ich dich ein allerletztes Mal: Warum warst du dort am Felsen? Wer hat dich geschickt? Sind noch andere deiner Art in der Nähe?"

Adiad sah, wie Eardin langsam seine geschwollenen Augen öffnete. Er schwieg und erwiderte stumm den Blick des Priesters. Adiad hatte die Hand um den Bogen gekrallt; es war unmöglich, ihn zu benutzen, denn das Messer des Priesters lag an Eardins Hals. Nur im Verborgenen konnte sie zuschauen und hoffen, dass sich später eine Möglichkeit ergab, ihn dort rauszuholen. Doch hilflos zusehen zu müssen, wie er dort hing und der Bosheit dieser Kreaturen ausgeliefert war, war jenseits allem, was sie meinte ertragen zu können. Verzweifelt schrie sie im Geiste seinen Namen.

Eardin fühlte das Messer an seinem Hals, seine Arme schmerzten unendlich, sein ganzer Körper war eine offene und brennende Wunde. Wie durch Nebel hörte er die Worte des Priesters, empfand pochend den Schmerz des Trittes. Er spürte das Blut aus sich heraus fließen, es verließ ihn, wie seine Lebenskraft. Sein Elbenlicht verdunkelte sich. So versuchte er, sich ihr Gesicht noch einmal vorzustellen. Dann hörte er ihren Schrei in seinem Kopf und wusste, dass die anderen in der Nähe waren. So schloss er seine Augen und bat die guten Mächte, noch lange genug überleben zu können.

Der Schlangenpriester brüllte vor Zorn, holte mit dem Arm aus und schlug dem Elben seine ganze Wut ins Gesicht. Eardin sackte zur Seite.

Mellegar, der neben Adiad stand, legte ihr die Hand auf den Rücken und flüsterte: „Er lebt noch und wir holen ihn!"

Adiad hörte ihn kaum, noch nie hatte sie Hass und Ohnmacht so dicht beieinander empfunden. Der Bogen bebte in ihrer Faust, während ihre Beine den Dienst versagen wollten.

Der Schlangenpriester war inzwischen mit seinem Gefolge zum Ausgang gegangen, drehte sich noch einmal um und rief den beiden Wächtern zu: „Lasst ihn am Leben, bis ich wiederkomme, ich brauche ihn noch. Ansonsten könnt ihr mit ihm tun, was ihr wollt."

Die Wächter lachten ein rasselndes Lachen und wandten sich dem blutenden Elben zu. „Er ist bewusstlos, so macht es keinen Spaß mehr, lass uns ihn wieder aufwecken!"

Sie kamen nicht mehr weit. Es waren keine Pfeile, die Adiad und Whyen schossen, sondern entladener Hass. Die Naga keine Lebewesen, sondern Opfer für ihr Bedürfnis nach Rache.

Whyen rannte die Treppe nach unten. Die anderen folgten in gleicher Hast. Am Ende der Treppe hielt er kurz an, lauschte. Alle Vorsicht ignorierend, drängte Adiad sich an Whyen vorbei, eilte zu Eardin und sank vor dem Bewusstlosen auf die Knie. Behutsam barg sie seinen Kopf an ihrer Brust und küsste sein Haar, rief ihn, doch Eardin rührte sich nicht.

Der Hohe Magier schob Adiad sanft zur Seite. „Bindet ihn los!"

Fairron hieb das Seil entzwei und Eardin sackte in Mellegars Arme. Dieser legte die Hand auf seine Stirn und begann leise zu singen, während Fairron die verbliebenen Haken von Eardins Obergewand öffnete. Vorsichtig zogen sie es von seinem Leib, lösten den blutverklebten, feinen Stoff des Hemdes von seiner Haut. Sein Körper war mit blutenden Schnitten und den Spuren von Schlägen übersät. Adiad schloss die Augen und weinte stumm. Achtsam begannen sie ihn mit Wasser aus ihren Beuteln zu reinigen. Mellegar legte seine Hände auf die ausgewaschenen Wunden, die sich unter seinem Heilzauber langsam schlossen. „Er ist ganz kalt, er braucht mehr Wärme!"

„Kannst du sehen, ob er innere Verletzungen hat, Mellegar? Die Ruhe wird nicht ewig halten!" Angespannt um sich schauend, stand Bewein neben ihnen. Die Zwerge hatten inzwischen an dem Tor, durch das der Priester gegangen war, Stellung bezogen.

„Keine schlimmeren, Mensch. Ich verstehe deine Unruhe, doch wir müssen die Wunden erst schließen, sonst überlebt er nicht mehr lange."

Adiad widmete sich weiter dem Auswaschen. Dabei begann sie leise zu flüstern, der Rhythmus ihrer eigenen Worte gab ihr Halt, er wurde zum leisen Sprechgesang: „Bleib bei mir, bitte bleib bei mir", murmelte sie, während sie die nächsten Leinenfasern aus der tiefen Schnittwunde löste, die quer über seinen Bauch lief.

Plötzlich waren Stimmen zu hören und ein Zwerg rief: „Sie kommen zurück!"

Whyen und Bewein stürmten zum Tor, um die Naga zu erwarten. Der erste, der erschien, war der Schlangenpriester. Whyen bemerkte wie dessen Umhang beim Gehen auseinander wehte und schoss ihm, ohne zu zögern, einen Pfeil mitten ins Herz. Der Priester brach zu Boden, einige der Naga stürzten schreiend nach vorne, andere verschwanden in dem Gang, aus dem sie gekommen waren. Whyen zog sein Schwert. Mit Wucht hieben er, Bewein und die beiden Zwergenkrieger auf die Angreifer ein, bis sie sterbend zu ihren Füßen lagen. Sofort suchte Whyen einen Weg über die Körper, um dem toten Priester Eardins Schwert zu nehmen.

„Bringt ihn weg! Sie holen Verstärkung", schrie Bewein den Magiern zu.

Mellegar strich besorgt über Eardins Kopf. Sie hätten noch mehr Zeit gebraucht. „Nimm ihn, Fairron, aber sei vorsichtig!"

Bewaffnet mit Schwertern, Speeren und Messern stürmten kurz danach Horden beschuppter Wesen in die kleine Höhle, die den Pferdeställen vorgelagert war. Zwerge, Elb und Mensch kämpften nebeneinander, hieben mit ihren Schwertern und Äxten auf die Naga ein.

Adiad hörte es, küsste Eardin und nahm ihren Bogen. „Ich helfe ihnen." Am Tor angelangt packte sie einen der Zwerge am Ärmel und deutete zu den beiden Magiern. „Führ sie dort raus. Bitte!"

Der Zwerg nickte. Adiad stellte sich in die Tür und spannte ihren Bogen. Die Angreifer waren zahlreich. Viele von ihnen lagen schon erschlagen am Boden, andere sammelten sich dahinter, um erneut über sie herzufallen. Sein Schwert mit beiden Händen umfasst, wartete Whyen auf die neue Angriffswelle, mit hasserfüllten weißen Augen. Er wollte sie büßen lassen. Für das, was sie Eardin angetan hatten. Allein dieser Zorn, den der Elbenkrieger ihnen entgegenwarf, hielt die vordersten der Schlangenmenschen für einen Moment auf. Whyen sah die engen Pupillen dieser Wesen, die schuppige Haut und er spürte nichts Menschliches mehr an ihnen. Es war das Wesen der Schlange, das sie in sich trugen.

„Kommt zu mir, ihr unsterbliches Gewürm!", schrie er sie an und hieb seinen Fuß in einen der toten Naga, „seht was ich aus euch mache!"

Als Antwort fauchten die Angreifer wie aufgescheuchte Giftschlangen, hoben drohend ihre Schwerter und Speere.

'Sie haben keinen Verstand mehr', dachte Bewein erschüttert, 'sie gehorchen den Priestern blind.'

Der Druck der Nachfolgenden wuchs, die Vorderen kamen näher. Im Bewusstsein ihrer Übermacht verzerrten einige ihre Münder zu einem entstellten Grinsen.

Und Bewein bemerkte, dass ihn Mitleid mit diesen verlorenen Kreaturen überkam. „Es waren einmal Menschen wie ich. Wie konnte dies aus ihnen werden?"

„Denk später über den Sinn des Ganzen nach", rief Whyen. „Es sind zu viele! Rückzug!"

„Der einzige Weg ist die Treppe", meldete sich Norgrim, „gebt mir kurz Zeit. Ich gebe euch Zeichen." Er bemerkte Whyens misstrauischen Blick. „Vertrau mir, Elb! Ich fliehe nicht!"

Und wieder brach eine neue Flut der Naga über sie herein. Die Schlangenmenschen sprangen über die Leiber ihrer erschlagenen Brüder und stürzten sich vor allem auf die Zwerge, da ihnen der Elb und der Mensch zu groß und erschreckend erschienen. Aber auch die Zwerge schlugen mit ihren Doppeläxten in einer Wucht um sich, die selbst Whyen erstaunte. Auch er hieb und stach mit seinem Elbenschwert, doch fehlte ihm der Raum um zu kämpfen, wie er es gewohnt war. So wurden sie erneut weiter zurückgedrängt, trotz ihrer heftigen Gegenwehr. Dicht flogen die Pfeile der Eymari an seinem Körper vorbei und Whyen dankte den lichten Mächten für ihre Bogenkünste, denn er wollte nicht mit einem Pfeil im Rücken in diesem Kampf enden.

Plötzlich ein Schrei, Adiad wandte sich um. Norgrim stand auf der Treppe, winkte aufgeregt. „Der Zwerg gibt uns das Zeichen! Weg hier!"

Eilig flohen sie zur Treppe und stürmten, zwei Stufen auf einmal nehmend, hinauf, an Norgrim vorbei. Die Naga stoppten zunächst verwirrt, dann sprangen sie über die Toten und folgten.

Indessen betete Norgrim zur Zwergengöttin und beobachtete nervös die brennende Lunte. ‚Die Idee ist ein Wahnsinn', dachte er, doch ich weiß keinen anderen Weg. Und es ist ein Jammer um die schöne Treppe.' Als die ersten Naga die Stufen erreichten, wich er zurück, hielt dabei abwehrend sein Schwert vor sich. In diesem Moment wurde der alte Pferdestall von einem gewaltigen Donnerschlag erschüttert. Felsbrocken und Steine ergossen sich und erschlugen die obersten der Schlangenmenschen sofort. Norgrim hechtete zurück und konnte gerade noch Whyens Hand ergreifen. Der zog ihn nach oben. Die komplette Treppe war in der Mitte eingestürzt.

„Gute Arbeit, Zwerg!", begrüßte ihn Whyen.

Bald holten sie Hillum und die beiden Magier ein. Ihre Gewänder waren blutig, da sie Eardin abwechselnd getragen hatten.
„Gib ihn mir!"
Behutsam legte Fairron den reglosen Körper Whyen in die Arme.
„Macht schneller, sie können uns immer noch folgen!" Norgrim rannte voraus, zweigte nach rechts und links ab und stieg schließlich Stufen hinunter, die weit nach unten führten. „Kommt", sagte er nochmals. Er deutete auf ein offenes Holztor und sie huschten hinein. Die Zwerge stemmten sich dagegen und schlugen es krachend zu. Mit lautem Schlag fiel der Eisenriegel ins Schloss.
„So, nun sollten wir Ruhe haben!" Schwer atmend ließ Hillum sich auf den Boden fallen.
Mellegar breitete seinen Umhang aus, vorsichtig bettete Whyen seinen Freund darauf. Eardin war noch nicht bei Bewusstsein.
„Bist du sicher, dass er noch lebt?" Norgrim war an den Elben herangetreten und betrachtete ihn zweifelnd.
„Ihr Zwerge habt Gemüter wie Ochsen", fuhr Whyen ihn an, während Adiad auf die Knie gefallen war und panisch Eardins Herzschlag suchte.
„Er atmet noch!", sagte Mellegar, „doch er braucht dringend Wasser. Er hat zuviel Blut verloren. Ich werde versuchen, ihn zu wecken."
Die Zwergenleuchten erfüllten den felsigen Raum mit gelbem Licht. Schweigend versammelten sie sich um den bewusstlosen Elben. Mellegar hatte ihn sanft auf seine Knie gebettet, hielt seinen Kopf im Arm, strich ihm zärtlich die langen Strähnen aus dem Gesicht und legte ihm die Hand auf die Stirn. Und dann begann Mellegar leise über Eardin zu singen. Es wäre ein friedliches Bild gewesen, wenn Eardins Körper nicht ein Anblick des Schreckens gewesen wäre. Totengleich lag er dort in den Armen des Magiers und rührte sich trotz der Bemühungen Mellegars nicht. Fairron sandte ängstliche Blicke zu Whyen und Bewein, legte Eardin die Hände auf den Leib, verschloss seine Augen und begann mitzusummen.
Stumm vor Angst beobachtete Adiad das Geschehen. Sie hatte die Blicke Fairrons wahrgenommen, spürte die zunehmende Anspannung und Furcht. Die Magier sangen ihre Lieder des Lichtes und der Heilung, aber Eardin bewegte sich nicht. Die Zeit verstrich. Mellegar und Fairron wirkten zunehmend erschöpft, doch ließen sie in ihren heilenden Gesängen nicht nach. Und schließlich erwachte der Elb. Mühsam öffnete er seine Augen zu einem winzigen Spalt und stöhnte.

„Gebt ihm Wasser, schnell, er muss trinken!" Fairron hielt ihm den Wasserbeutel an den Mund. „Trink Eardin! Bitte! Trink!"

Doch Eardin schloss die Augen. Er drohte wieder in die Bewusstlosigkeit zu sinken, als Adiad ihn laut anfuhr: „Trinken sollst du, Elb!" Entschieden packte sie ihn an den Schultern und schüttelte ihn so heftig, dass er aufschrie. „Du trinkst jetzt sofort etwas, sonst stirbst du, hast du gehört? Wenn du stirbst, dann will ich auch nicht mehr leben. Also trink sofort das Wasser!"

Eardins trüber Blick suchte ihr Gesicht. Und dann trank er. Das meiste des Wassers floss zwar über ihn herab, doch ein Teil erreichte ihn und schenkte ihm langsam wieder einen Hauch von Leben. Danach schlief er erschöpft ein.

Mellegar nahm Adiads Hand. „Ich werde mir merken, dich zu rufen, wenn ich Hilfe brauche!" Er lächelte ihr zu.

„Du tust ihm einfach gut, Mädchen!" Bewein schlug ihr anerkennend auf den Rücken.

Erleichterung machte sich breit, denn ab diesem Moment glaubten sie, dass er es schaffen würde.

φ

In Schmerz und im Zorn schrie Deond laut auf, als er seinen toten Bruder am Boden fand. Ein Pfeil ragte aus seinem Schlangenumhang hervor. Den toten Naga, der auf ihm lag, stieß er mit dem Fuß weg. Sanft hob er seinen Bruder auf, um ihn mit sich zu nehmen.

Er erreichte die kleine Höhle und schickte die Naga fort. Dann wartete er, bis keiner mehr in der Nähe war, beugte sich über den toten Körper am Boden und weinte hemmungslos. So lange waren sie ihren gemeinsamen Weg des Behütens und Erforschens der alten Geheimnisse gegangen. Seit vielen Jahren war er immer in seiner Nähe gewesen und nun lag er tot vor ihm und ein Elbenpfeil ragte aus seiner Brust. Dieses verfluchte Volk hatte ihm seinen Bruder genommen! Wutentbrannt umfasste er den Schaft, riss ihn heraus, zerschmetterte ihn an einem Stein. Nur langsam kam er wieder zur Ruhe. Und er merkte dabei, wie sich aus der bitteren Trauer, die ihn ausfüllte, allmählich ein anderes Gefühl erhob. Wie Gift fraß es sich durch ihn hindurch und die heiße Wut wandelte sich in kalten Hass. „Ich räche dich, Bruder! Ich werde sie vernichten, das schwöre ich dir! Sie werden unsere Macht zu spüren bekommen und untergehen!" Liebevoll drückte er ihn wieder an sich. Er würde ihn vor allen verbrennen, um ein Zeichen seiner Entschlossenheit zu setzen.

Auf dem Gang kamen ihm einige der Naga entgegen. „Wir finden sie nicht mehr, Schlangenpriester. Sie sind uns in den vielen Stollen entkommen."

Der Priester hätte sie am liebsten zertreten. Jedoch war ihm bewusst, dass er sie noch brauchte. Wortlos ließ er sie stehen, um seinen Bruder den Flammen zu übergeben.

♈

Die beiden Elbenmagier und die Eymari hatten die Wunden von Eardin versorgt. Sobald er die Augen aufschlug, flößten sie ihm Wasser ein. Doch dieses ging zur Neige.

Bewein saß auf einem Steinsockel und sah sich um. Der Raum war nicht breit, seine Länge verlor sich im Dunkeln. „Wo sind wir hier eigentlich?"

„Es gehört zu den alten Stollen, die wir nicht mehr nutzen", antworte ihm Norgrim, „es war früher ein Bierkeller."

„Ein Bierkeller!" Bewein wiederholte es langsam, mit singender Stimme. „Was gäbe ich jetzt für ein Horn Bier!"

Die Augen der Zwerge blitzten erheitert.

„Wir müssen überlegen wie es weitergeht", meinte nun Norgrim, hielt Rücksprache mit den anderen Zwergen und erklärte schließlich: „Es ist nicht mehr so weit zu unserer Stadt. Am besten wäre, euch dorthin zu bringen. Aber es ist nicht so einfach, denn wir haben selten Besucher, vor allem keine Elben. Ich weiß daher nicht, ob ihr eingelassen werdet. Doch wir sehen eure Not und möchten euch helfen. Also werden wir jetzt aufbrechen und zunächst bis zur großen Brücke gehen. Dort lasse ich euch zurück, denn ich muss vorher mit unserer Königin und ihren Räten darüber sprechen."

Die Zwerge gingen zum Tor, öffneten es und die Elben lauschten. Kein Ton war zu vernehmen. Achtsam stiegen sie die Treppe wieder hinauf, um dann in einen Stollen abzubiegen. Norgrim hatte ihnen nicht ganz die Wahrheit gesagt, denn es war noch ein weiter Weg bis zur großen Brücke. Er wollte ihnen nicht den Mut nehmen, denn er sah ihre Erschöpfung.

Sie hatten Eardin seine zerrissenen Sachen wieder übergezogen. Hillum hatte sie vor ihrem Aufbruch im Pferdestall in seinen Gürtel gestopft. Es war ihm zuwider gewesen, das feine Tuch liegen zu lassen. Whyen trug Eardin als erster und übergab ihn dann Bewein. Sobald er zu sich kam, gaben sie ihm Wasser zu trinken. Bei niedrigen Wegstücken trugen die Zwerge den Elben und trotz seiner

Erschöpfung erkannte Whyen in sich ein neues und unbekanntes Gefühl: Er begann die Zwerge zu mögen.

Gurgelnd brach ein Gewässer aus dem Felsen, um durch Steine und Spalten dem unterirdischen Fluss entgegen zu fließen. Ein Lebensquell des Berges, mit dem sie dankbar ihre Beutel füllten. Weiter folgten sie seinem Lauf und erreichten schließlich den Platz an der Brücke, an dem der Zwerg sie zurücklassen wollte. Das steinerne Bauwerk lief bogenförmig über einen Abgrund, in dem in großer Tiefe ein reißender, dunkler Strom floss.

Schaudernd starrte Adiad nach unten in die tobende Schwärze, während Norgrim erklärte: „Das Wasser strömt weiter durch die Felsen bis zum Süden des Gebirges. Dort bricht es in einem großen Krater an die Oberfläche und fließt dem Lebein zu."

Er bat sie, in der Nähe zu warten, ließ eine der Lampen zurück und ohne weitere Worte marschierten die Zwerge über die Brücke in Richtung ihrer Stadt.

„Wollen wir hoffen, dass sie uns hereinlassen. Ich hätte nicht gedacht, dass ich mir einmal so wünschen würde, ins Zwergenreich zu gelangen!" Whyen, der Eardin das letzte Stück getragen hatte, saß erschöpft an einen Felsen gelehnt und trank das kalte Wasser aus seinem Beutel. Eardins Kopf ruhte auf seinen Beinen. Adiad kniete sich neben Whyen und küsste Eardins geschwollenes Gesicht.

„Komm her zu mir, Waldfrau!" Whyen lächelte sie an und sie zögerte nur kurz. Müde lehnte sie sich an ihn und er legte seinen Arm um sie. Doch er konnte sie nicht mehr wärmen, denn er war zu lang in diesen dunklen Felsen gewesen. So schloss auch er seine Augen, um zu schlafen. Fairron betrachtete sich eine Weile dieses Bild des Friedens und spürte eine große Dankbarkeit in sich. Noch einmal stemmte er sich in die Höhe und legte Eardin den Umhang Mellegars über. Wie alle fiel er danach in einen erschöpften Schlaf.

„Gib acht, dass ich nicht eifersüchtig werde, Whyen!"

Adiad und Whyen erwachten gleichzeitig, als sie die vertraute Stimme hörten. Von unten blinzelte sie ein dunkles Augenpaar an.

Adiad löste sich von Whyen, kniete sich vor Eardin und strahlte ihn an. „Den Göttern sei Dank! Wie fühlst du dich, wie geht es dir?"

„Wunderbar!", erwiderte er gequält, begann sich mühsam zu bewegen und versuchte, sich aufzustützen.

„Bleib liegen, schone dich bitte!" Adiad drückte ihn wieder zurück in Whyens Schoss.

„Nein, lass ihn", sagte Mellegar, „ich will sehen, ob er sich normal bewegen kann."

Sie halfen ihm aufzustehen. Eardin hielt sich an Whyens Arm fest und schwankte bedenklich. „Es geht schon, ich denke, ich bin noch heil."

„Dein Aussehen spricht dagegen." Bewein ließ seinen Blick über ihn wandern. „Du siehst grauenvoll aus, als ob du unter wilde Tiere geraten wärst."

Eardin sah an sich herab und schwieg, denn die Erinnerungen kamen zurück.

„Das ist er auch, Bewein. Dies waren keine Menschen mehr." Mellegar erschuf eine Lichtkugel in seiner Hand, ergründete damit Eardins Augen. „Es wird wieder, es heilt, setz dich wieder hin, Eardin."

Dieser ließ sich an dem Arm seines Freundes wieder nach unter gleiten.

Und dann umarmte ihn Whyen. „Du bist wieder unter uns!"

Eardin lächelte ihn an. Plötzlich entdeckte er sein Schwert. „Du hast mein Schwert?"

„Ich habe es dem Priester genommen."

„Hast du auch meinen Bogen?"

„Ich denke, er ist verloren, Eardin. Ich sah ihn nicht und wir hatten wahrhaftig keine Zeit, ihn zu suchen. Es tut mir leid."

„Ich werde mir einen neuen machen müssen", erwiderte Eardin tonlos.

„Nichts ist so kostbar wie dein Leben, du Bruder meines Herzens", flüsterte Whyen.

Als sie schon nicht mehr daran glaubten, kamen die Zwerge zurück. Sie bemerkten, dass Eardin wieder bei sich war und freuten sich mit den Elben.

„Ihr seid beinahe so zäh wie Zwerge", sagte Norgrim und Whyen lachte.

Die Aufmerksamkeit genießend ließ Norgrim seinen Blick über die erwartungsvolle Runde schweifen und verkündete schließlich feierlich: „Es ist mir gelungen, die Königin und die Räte nach langen und zähen Verhandlungen und dank meines Geschickes ...", er lächelte selbstgefällig und Hillum, der neben ihm stand, verdrehte die Augen, „... nun, ihr dürft mit uns kommen in unsere Stadt!" Er sprach es aus, als ob es nichts Schöneres geben konnte. Und in diesem Moment empfanden es Elben und Menschen ebenso.

Nach der Brücke führte der Pfad wieder in die Welt der Stollen hinein und Adiad fragte sich, wie diese Stadt wohl aussehen würde. Der Zwerg hatte von Wohnhöhlen gesprochen, so sah sie große Höhlen vor sich, mit eng beieinander liegenden Steinhäusern, die tief im Berge im Halbdunklen lagen. Sie fand genug

Zeit für ihre Gedanken, denn Eardin bestand stur darauf, wieder selbst zu gehen. Doch er kam alleine nicht weit. Bewein und Whyen nahmen ihn zwischen sich und er legte seine Arme über ihre Schultern. Eardin ging schleppend, brauchte immer wieder Pausen, so zog sich der Weg bis zu Zwergenstadt.

Berggrund

Licht strömte ihnen entgegen und die Eymari spähte neugierig nach vorne in Erwartung großer Feuer. Die Zwergenstadt jedoch war jenseits aller Erwartungen und Vorstellungen, die sowohl sie als auch die anderen gehabt hatten. Die Helligkeit kam von der Sonne und die Elben konnten sich nur langsam wieder an die Berührung ihres geliebten Gestirns gewöhnen.

Inmitten eines gewaltigen Talkessels wucherte die Stadt. Wie in riesigen Bienenwaben lebten die Zwerge in Höhlen, mit denen die Felswände übersät waren. Zwischen den Löchern stiegen Steintreppen wirr auf und nieder, unterbrochen von großen und kleinen Vorsprüngen. Als sich ihre Augen wieder vollständig an das Licht gewöhnt hatten und sie offen nach oben blicken konnten, erkannten sie, dass die Höhlen zu Häusern verbaut worden waren. Leicht zurückversetzte Steinmauern mit Fenster und Türöffnungen waren vom Höhlenboden bis zur Decke gezogen.

„Gefällt es euch?", fragte einer der Zwerge.

Bewein sprach aus, was alle dachten: „Ich habe es mir wahrlich anders vorgestellt."

„Du hast gedacht, wir leben im Dunkeln?"

„Ich glaube, das dachten wir alle."

„Nun, dann habt ihr euch eben getäuscht", sagte der Zwerg, lachte und marschierte weiter.

„Auch wir brauchen die Sonne!", ergänzte Norgrim, „zwar nicht im Übermaß und doch brauchen wir ihr Licht und ihre Wärme. Im Sommer wird sie uns meist zuviel und wir fliehen in den Schatten der Felsen. Dieses runde, hohe Tal lässt sie nur kurz an einem Ort verweilen. So ist sie uns ein meist angenehmer Begleiter. Unser Herz jedoch gehört den Bergen und Felsen. Wir lieben die vielfältigen Gesteine, die Geheimnisse der Höhlen und Tiefen."

Whyen hütete sich, während dieser Rede etwas über die übermäßige Gier der Zwerge zu sagen. Außerdem bemerkte er die warnenden Blicke von Fairron und Bewein, die auf ihn gerichtet waren.

Die Zwerge führten sie in der Mitte des Talkessels an Brunnen, Wachhäusern und anderen Gebäuden vorbei. Diese schmiegten sich an Felsbrocken, die wohl vor langer Zeit die steilen Bergwände heruntergerutscht und dort liegen geblieben waren.

„Ich bringe euch zu eurer Unterkunft." Norgrim deutete auf eine Wohnhöhle am Fuß der Felswand. „Ihr könnt ein wenig ruhen, die Königin möchte euch erst morgen sehen. Ich hoffe, sie haben euch den großen Zuber zum Waschen mit Wasser gefüllt und Brot gebracht."

„Habt ihr Früchte für Eardin? Ich wäre euch dankbar, Zwerg", bat Mellegar.

„Ich bringe euch welche, Elbenmagier."

In diesem Moment fiel Fairron auf, was er die ganze Zeit in seiner Müdigkeit nicht bemerkt hatte. „Wo sind die anderen deines Volkes, Norgrim?"

Dieser antwortete zögernd. „Sie halten sich verborgen und beobachten euch. Die meisten Zwerge mögen keine Elben", sagte er und lächelte entschuldigend.

„Und was ist mit Menschen?", wollte Bewein wissen.

„Ich schätze, dich mögen sie", sagte der Zwerg grinsend.

„Das glaube ich auch", meinte Whyen unter der Last seines Freundes ächzend, „die Ähnlichkeit ist in jeder Hinsicht verblüffend."

Eardin brach auf dem Lager nieder und streckte erschöpft seine Glieder von sich. „Ich möchte nur noch schlafen."

Adiad betrachtete ihn, wie er dort lag, mitten auf der langgezogenen Lagerstatt, in dem kargen, halbdunklen Raum am Fuße des Felsens. An die Außenwand der Wohnhöhle hatten die Zwerge einen riesiger Wassertrog gestellt und einen Tisch, bestückt mit Broten, Krügen und Bechern. Gegenüber breitete sich das Schlaflager aus: eine Ansammlung von Wolldecken auf flachen Strohsäcken. Mitten auf diesem Lager lag nun der Elb, mit zerrissenen und blutigen Kleidern.

Adiad sah zu Whyen. „Er sollte sich waschen und neu kleiden, es würde ihm gut tun."

„Du sprichst meine Gedanken aus, Waldfrau."

„Dann zieht ihn aus, wascht ihn und ich werde nach Kleidung schauen."

Nach einigem Umherirren fand sie Hillum, der mit zwei anderen Zwergen am Brunnen stand und sich einen Bierkrug mit ihnen teilte. Adiad erkannte ihn sofort, da sein schwarzes Haar aus den meist rotbraunen Haaren der anderen Zwerge hervorstach. Wie viele andere seines Volkes hatte er sie zu einem dicken Zopf geflochten.

„Ihr trinkt Bier, Hillum?"

„Wir trinken Bier, Menschenfrau, das machen wir öfters." Freundlich funkelten seine dunklen Augen unter den dichten Brauen.

Adiad spürte ihre trockene Kehle. „Wäre es möglich? Ich habe entsetzlichen Durst."

Hillum reichte ihr den Krug.

Sie leerte ihn in wenigen Zügen. „Ich danke euch! Ich bräuchte auch noch neue Kleidung für Eardin. Habt ihr vielleicht etwas Passendes?"

Die Zwerge hatten ihre erste Verblüffung überwunden und begannen schallend zu lachen. „Da schau sich einer diese Menschenfrau an. Spaziert hier vorbei und trinkt uns unser Bier weg. Magst du noch eines? Ich würde glatt gehen und dir noch einen Krug holen."

„Ich glaube es reicht, später gerne."

Immer noch lachend nahm Hillum sie am Arm. „Komm, wir wollen sehen, ob wir etwas für deinen Elben finden."

Er führte sie zu seiner Frau in eines der vielen Höhlenhäuser. „Dies ist Adiad, die Menschenfrau, die bei den Elben dabei war. Sie braucht Kleidung für einen der Elben. Hast du was da, Frau?"

Ihre Hände an die Hüften gestemmt, baute sich Hillums Frau vor ihnen auf. Sie war etwas größer als ihr Mann. Ihre dicke, braune Zöpfe hatte sie zu gewaltigen Schnecken gebunden und zornige Blicke warf sie Hillum zu.

„Ich habe zufällig keine Elbenkleidung in meinem Schrank!", fuhr sie ihn an.

„Doch vielleicht weißt du jemand, meine Liebste?"

„Ich weiß auch niemand, ich bin nicht der Kleiderverwalter dieser Stadt."

„Er hat noch Kleidung, doch sie ist blutig und zerrissen", warf Adiad leicht verunsichert ein, denn sie wusste nicht, ob sie diesen Streit verursacht hatte oder ob es die Art der Zwergenfrauen war, so mit ihren Männern zu reden.

„Liebchen, könntest du vielleicht?"

Hillums Frau sah ihn zunächst nur ungläubig an, dann wurde ihr Gesicht rot vor Zorn. „Ich soll einem Elben die Kleidung richten?", schrie sie. „Welcher Wahnsinn hat dich denn befallen, Hillum?" Nach einem entrüsteten Schnauben drehte sie sich um und stapfte in den hinteren Teil des Raumes.

Hillum zwinkerte Adiad zu. „Aber du Edelstein meiner Träume, es sind Gäste unserer Königin. Sie würde dich vielleicht großzügig für deine Hilfe entlohnen."

Seine Frau hielt inne. „Du meinst, das würde sie?"

Er nickte.

„Nun gut, dann bringt mir das Elbengewand. Ich will sehen, was ich tun kann."

Als Adiad das Gewand brachte, brach ein neuer Sturm in dem kleinen Raum aus.

„Das soll ich richten? Das sind nur Fetzen! Haben den Elben die Wölfe zerrissen?" Die Schimpftirade fand ihr Ende, als sie die mäßigenden Gesten von Hillum bemerkte, der auf Adiad wies. So sah die Zwergenfrau erst fragend zu ihrem Mann, ging dann auf die Eymari zu und tätschelte ihr mit ihren großen

Händen über die Wangen. „Ist schon gut, dann will ich mal sehen, was ich noch daraus machen kann. Doch du, Hillum, sorgst dafür, dass die Königin dies auch erfährt!"

Der nickte und führte Adiad wieder nach draußen.

„Woher wusstest du, dass die Königin ...?"

„Ich wusste gar nichts", raunte er leise, „ich habe nur vor ein paar Tagen einen sehr schönen Stein gefunden. Den werde ich ihr geben und ihr erzählen, er käme von Usar."

„Danke, Hillum!"

„Gern geschehen, Menschenfrau. Außerdem bleibt der Stein ja in der Familie."

Er brachte sie wieder zu ihrer Unterkunft. „Ich stell das nächste Bier für dich kühl!", rief er, als er schon auf dem Rückweg war.

„Sie war bei den Zwergen beim Biertrinken!", sagte Bewein lachend.

„Ich hatte Durst und das Zwergenbier war herrlich!" Adiad sackte matt neben Eardin, zog die Decke über sich und schloss gähnend die Augen. Eardin jedoch, der fertig gewaschen, mit nassen Haaren und nackt unter seiner Decke lag, drehte sich zu ihr und legte seinen Arm um ihre Hüfte. „Ich denke wir schlafen jetzt beide eine Weile!"

„Wahrscheinlich haben sie recht", meinte Mellegar lächelnd und suchte sich auch einen Platz.

Und so ruhten sie alle. Nur Eardin nahm sich vor dem Schlaf noch ein wenig Zeit, sie näher an sich zu ziehen. Denn diesmal brauchte er ihre Wärme.

Als Eardin am nächsten Morgen erwachte, spürte er ihren warmen Körper neben sich und hörte ihren ruhigen Atem. Wohlig drückte er sich an sie, ließ seine Hand über ihren Leib gleiten. Er wollte das Leben wieder spüren.

Bewein, der schon länger wach war, stand in der Nähe und bemerkte die langsamen Bewegungen unter der Decke. 'Es geht ihm wieder besser!', dachte er schmunzelnd. Gut gelaunt trat er nach draußen. Am Waschhaus entdeckte er einige Zwergenfrauen. Sie warfen ihm misstrauische Blicke zu. Er grüßte sie freundlich, streckte seine Glieder und sank auf die steinerne Bank vor dem Haus.

„Hast du deinen Morgengruß an die Zwerge verrichtet, Bewein?" Fairron hatte beobachtet, wie der Mensch sich gedehnt und ausgiebig dazu gegähnt hatte.

„Sie werden mit meinem Morgengruß wahrscheinlich weniger Schwierigkeiten haben als mit eurem!"

„Ich sprach den meinen deswegen schon im Verborgenen. Ich weiß, dass sie uns nicht mögen. Unsere Magie und alles was ihr nahe kommt, ist ihnen fremd und vielleicht fürchten sie uns deswegen."

„Sie finden euch überheblich."

„Dafür können wir nichts, sie sollten lieber auf ihre eigenen Unzulänglichkeiten schauen!"

„Lassen wir das", stöhnte Bewein, „aber du solltest ihnen zugestehen, dass sie ihre Stadt wunderbar in diesen Berg gebaut haben." Er wies auf einen in den Fels geschlagenen Palast, den er im Morgenlicht erst entdeckt hatte. Kunstvoll war der Stein zu Säulen und verzahnten Steinornamenten verarbeitet worden. Kleine Öffnungen taten sich dazwischen auf, die dem Raum dahinter Licht spendeten, Stufen führten zum offenen Eingangstor im Berg, Sonnenflecken ließen eine Halle erahnen.

„Ich denke, wir werden die Zwergenkönigin dort später vorfinden. Norgrim wollte uns noch vor dem Mittag holen", sagte Fairron.

Bewein nickte, stand unvermittelt auf und sah sich unternehmungslustig um. „Dann werde ich die Zeit nutzen, um zu sehen, woher Adiad ihr Bier bekommen hat."

„Du trinkst das Bier schon am Morgen?"

„Warum nicht? Es schmeckt am Morgen genauso gut wie am Mittag und Abend!" Er stapfte davon.

Adiad hatte sich Eardin zugewandt. Vorsichtig streichelte sie sein Gesicht, dessen normale Hautfarbe von den Spuren der Schläge kaum noch zu erkennen war. Seine Augenbrauen und Lippen waren aufgeplatzt gewesen, doch heilten sie mittlerweile schon, dank der Gesänge von Mellegar und Fairron. Dunkler Schorf klebte an seinem Kopf.

„Ich habe deine Stimme gehört, als ich dort lag. Ich hörte dich in mir schreien."

„Es war so grauenvoll, dich dort zu sehen, Eardin. Und ich, wir konnten nichts tun. Er hätte dich getötet. Was haben sie mit dir gemacht, Eardin?"

Er schloss die Augen, fühlte wieder das Brennen der Schnitte auf seiner Haut, die durchdringenden Schmerzen der Schläge. „Als ich spürte, dass ihr da wart, hatte ich wieder Hoffnung, Adiad. Lass uns nicht mehr darüber reden, zumindest im Moment nicht. Lass uns einfach hier liegen. Es tut so gut, dich zu spüren, mein Stern."

„Du bist wieder bei mir! Komm zu mir, lass dich von mir halten." Wie ein Kind barg sie ihn in ihren Armen, während er weinte.

Etwas später erschien Mellegar. „Norgrim bringt uns zur Königin. Adiad, komm bitte mit und du, Eardin, bleibst liegen. Ein Heiler der Zwerge wird über dir wachen. Vorher lass dich noch anschauen." Er kniete sich nieder, befühlte und besah ihn sich ruhig. Schloss seine Augen und erspürte das Licht in seinem Geist und Leib. Dann sandte ihm Mellegar, wie so oft, seine heilenden Kräfte. Sah ihn dabei vor sich, so wie er sein sollte: Heil und lichtdurchflutet. Zart küsste er Eardin auf die Stirn. „Deine Lebensenergie fließt gelöster und Adains Atem singt wieder in dir. Auch die Wunden heilen. Schlafe, überlasse deinen Geist der heilenden Stille, Elbenkind!"

Vor den Stufen des steinernen Palastes hatten sich einige der Angehörigen des kleinen Volkes versammelt, die mit grimmigen Mienen zu den Elben aufblickten.
'Schon ihre Größe macht es schwierig', dachte Bewein und sah freundlich in die Runde. Die Zwerge reichten ihm meist nur bis zur Brust. Er bemerkte, dass die Elben sich bemühten, die Zwerge freundlich grüßten, doch ihre fließenden und ruhigen Bewegungen, das leichte Nicken, bei dem sie ihre Hände auf die Brust legten, erschien sogar dem Menschen überheblich. 'Sie meinen es nicht so', überlegte er weiter, 'doch sie werden von den Zwergen so gesehen. Ihre Sprache ist nicht so ruppig, ihre Kleidung ist feiner und edler. Und sie wissen mehr, da sie viel in den Schriften lesen und sprechen es auch aus. 'Alleswisser', ihm fiel das giftig herausgespuckte Wort von Norgrim ein, das er bei ihrer ersten Begegnung aus dem Gang gerufen hatte. Sein Blick wanderte zu dem wuchtigen Zwergenmann mit der rotbraunen Haarmähne, die er fahrig zu einem Zopf geflochten hatte. Hinter seinem Bart war ein eher kantiges Gesicht zu erahnen, aus dem wachsame Augen aufmerksam umherblickten. Im Gegensatz zu dem etwas kleineren, rundgesichtigen Hillum war Norgrim ein ausgeprägter Vertreter seines Volkes. Ein beeindruckender Zwergenkrieger, dessen Kräfte Bewein im Kampf gegen die Naga erlebt hatte.
„Die Königin und die Räte erwarten euch!" Einer der Wachen unterbrach seine Gedankengänge und sie betraten die Halle, in deren Mitte die Königin mit ihren Beratern auf steinernen Sitzen unterschiedlicher Färbung thronte und ihnen herausfordernd entgegen blickte. Der Raum war ansonsten schlicht und endete an einem großen, verschlossenen Eisentor. Er wirkte eher wie ein Vorraum, der zu größeren Hallen führt. Bronzestatuen in Wandnischen säumten die Rundung des Raumes. Namen der Vorgänger von Usar waren in die Sockel gemeißelt. Sie hatten hier ein ewiges Andenken gefunden.

„Königin Usar, ich bringe euch die Elben und Menschen!" Der Wächter verbeugte sich tief und baute sich dann neben anderen Zwergenkämpfern, seitlich von den steinernen Bänken auf. Rechts und links von der Königin warteten acht Zwerge, Frauen und Männer, die mit unterschiedlichen Mienen auf die Gäste schauten.

„Ich begrüße euch im Zwergenreich von Berggrund", sagte Usar laut. Stolz saß sie auf ihrem kunstvoll behauenen Thron. Dicke, rote Zöpfe hingen über ihre Brust. Sie trug ein wollenes, rotes Kleid, das mit geschliffenen Steinen verziert war. Ihr Haupt dagegen war schmucklos. Nur die Ohren waren mit großen Gehängen aus schwarzen Kristallen geschmückt. Usar hatte ein breites, energisches Gesicht, aus dem graugrüne Augen durchdringend auf die Besucher herabsahen. Adiad fand sie beeindruckend. Sie war erstaunt darüber gewesen, dass eine Königin das Zwergenvolk führte. Sie hatte sich dieses Volk als reine Männergesellschaft vorgestellt, rau und kämpferisch, wie sie waren.

Die Elben verneigten sich tief. Usar sah es wohlwollend und nickte huldvoll zurück. Auch die Räte verbeugten sich, doch drei von ihnen hielten ihre Köpfe starr oben.

„Seid ihr mit eurer Unterkunft zufrieden? Hat man euch alles gegeben, was ihr braucht?"

„Wir danken für eure Gastfreundschaft, Königin Usar!" Mellegar war etwas vorgetreten. „Wir haben alles, was wir benötigen. Ich vermute, es ist euch nicht leicht gefallen, uns in euer Reich eintreten zu lassen."

„Es gab gewisse Widerstände", bemerkte Usar mit einem Blick zur Seite.

„Umso dankbarer sind wir", erwiderte Mellegar. „Norgrim hat Euch unsere Notlage sicher beschrieben. Eardin, der verletzte Elb aus meinem Volk, verdankt eurer Entscheidung wahrscheinlich sein Leben."

„Geht es ihm wieder besser?"

„Es braucht seine Zeit, doch die Heilung schreitet voran."

„Gut! Ihr könnt solange bleiben, bis er wieder laufen und reiten kann und dann bitte ich euch, mein Reich wieder zu verlassen. Eure Anwesenheit hat viel Unruhe in die Gemeinschaft gebracht und wir schätzen diese Unruhe nicht besonders."

„Wir werden gehen, sobald es möglich ist. Eine Bitte noch, Königin Usar, wir haben unsere Pferde am Rande der Berge zurückgelassen."

„Meine Wachen haben sie schon entdeckt und zwei davon mit sich geführt. Die anderen vier ließen sich nicht einfangen. Sie bissen und traten!" Strafende Blicke trafen die Elben. „Ich vermute, es sind eure Pferde?"

Whyen schmunzelte. „Das vermute ich auch, Königin Usar."

Nach einer Musterung des Elbenkriegers, sprach sie weiter. „Eure Pferde sind den anderen in einigem Abstand gefolgt. Die Wachen haben die Pferde, die wahrscheinlich euch Menschen gehören, in ein Gatter gesperrt, die anderen grasen in der Nähe."

Mellegar nickte zufrieden.

„So, nun wünsche ich, dass Stühle herbeigebracht werden, denn ich möchte mehr von euch hören und ich denke, dass es auch meine Räte interessieren sollte, was ihr von den Schlangenmenschen zu berichten habt. Zunächst aber will ich wissen, wen ich hier vor mir habe. Setzt euch also!" Sie deutete auf die bereitgestellten Stühle und Hocker. „Zunächst, wer seid ihr? Was führt euch hierher? Wir haben Zeit." Sie wandte sich zu den Wachen: „Bringt uns Wasser und Bier und etwas zu essen!"

Die Elben und Menschen setzten sich, stellten sich einzeln vor und Bewein begann von ihrem Ritt gegen die große Drachenschlange zu erzählen. Die Zwerge wussten schon vieles, denn sie hatten aus ihren Verstecken den Kampf beobachtet, trotzdem lauschten sie seinen Worten aufmerksam.

„Mit unserem Speer habt ihr die Schlange also getötet?", sagte einer der Räte.

„Es ist ein Speer, der von den Elben gefertigt worden ist", wandte Mellegar ein.

„Doch wir fanden ihn!", erwiderte Usar mit schneidender Stimme.

Der Hohe Magier kämpfte mit sich, konnte sich jedoch nicht lange zurückhalten. Sie hatten eine Sache angesprochen, die ihn schon länger beschäftigte. „Habt ihr noch andere Dinge dort gefunden?"

„Wovon sprichst du, Elb?"

„Ich spreche davon, dass ihr zwei der Schlangen wahrscheinlich in ihrem Nest erschlagen habt. Und wir sind euch für diese Tat dankbar. Die Schlangen wurden verschüttet, so habt ihr den Speer in ihrer Nähe gefunden. Und ich fragte mich, ob die Schlangen, wenn sie den Speer dorthin gebracht haben, nicht auch andere Dinge in ihrem Versteck gehortet hatten?" Mellegars wachsamer Blick hing an Usar.

„Da war nichts, Elb!", antwortete sie nach einer kurzen Pause scharf, „nun wieder zu den Schlangenmenschen."

Doch Mellegar war noch nicht fertig. „Gar nichts? Keine versteckte weitere Höhle? Keine Steine, die merkwürdig aussahen oder andere Gegenstände, wie Waffen oder Schilde oder anderes?"

„Ich sage dir ein letzte Mal, Elb, dass dort nichts mehr war!" Usar hatte sich erhoben, ihre Hände auf die Lehnen ihres Thrones gestemmt. Ihr Gesicht näherte sich der Farbe ihres roten Kleides an. „Und nun will ich nicht mehr darüber reden!

Ihr seid Gäste, die nahe daran sind, meine Geduld zu erschöpfen. Einige hier wollen, dass ihr geht. Sie wollten euch nie hier haben. Ihr seid nur dank meiner Gnade hier!"

Sie haben doch etwas gefunden, erkannte Mellegar.

Sichtlich verärgert sank Usar wieder in ihren Thron und forderte ihn auf, weiterzusprechen, da sie etwas über den Ursprung der Schlangenmenschen erfahren wollte und vermutete, dass der Elb das Wissen darum in sich trug.

'Alleswisser', dachte Bewein und schmunzelte in seinen Bart, während Mellegar von den Ursprüngen der Naga erzählte.

„Die Späher haben davon berichtet", meldete sich einer der Zwergenräte zu Wort. Ein gewaltiger Zwergenmann mit schwarzem Bart und einem Umfang, der ihn so breit wie hoch erscheinen ließ. „Sie haben beobachtet, dass einige Menschen die große Schlange zerteilt und in Stücken getrocknet haben. Einen Teil von ihrem Fleisch haben sie aber auch verbrannt und die Asche in kleine Säcke gefüllt. Auch ihre Knochen wurden gesammelt. Die Priester nehmen es an sich. Den Neuankömmlingen wird bei einem Ritus das Fleisch der Schlange zum Essen gegeben. Sie ziehen sich in die Höhlen zurück und ihre Körper beginnen sich zu verändern. Unsterblichkeit und große Kräfte wurden ihnen versprochen. Doch scheinen sie nichts davon zu gewinnen, sondern eher ihren Verstand zu verlieren."

Eine der Ratsmitglieder wandte sich an Whyen: „Wieviele habt ihr erschlagen beim alten Pferdestall?"

„Ich schätze an die fünfzig. Einer der Priester war dabei."

„Fünfzig?"

„Sie kamen nicht alle gleichzeitig und wir waren anfangs zu siebt. Norgrim, Hillum und die beiden anderen aus eurem Volk und außer mir noch Bewein und Adiad, die hinter uns mit dem Bogen schoss."

Usar schickte ihr einen anerkennenden Blick. „Das heißt aber auch, dass noch viele von ihnen leben. Sie nutzen unsere alten Gänge und Höhlen, doch eigentlich brauchen wir diese nicht mehr."

„Es geht nicht nur um eure alten Gänge und Höhlen, Königin Usar", meldete Adiad sich zu Wort, „es geht um die Menschen am Fluss. Wir erzählten euch von den Überfällen."

„Die Menschen am Fluss interessieren uns nur bedingt", sagte ein Ratsmitglied, „sie sollen sich an ihren König im fernen Astuil wenden, wenn sie Hilfe brauchen."

„Eure Waren tauscht ihr aber gerne mit ihnen!", erwiderte Adiad bissig. Sie erschrak selbst über ihre Worte, doch sie waren gesprochen.

„Sie hat nicht ganz unrecht", meinte die Königin und massierte nachdenklich ihr Kinn, „die Naga leben und vermehren sich direkt vor unseren Toren, so kann es uns schneller betreffen, als uns lieb ist. Außerdem liegen die Felder und Weiden recht ungeschützt und ich vermute, die Schlangenmenschen werden nicht bei den Pferdeställen bleiben, sondern sich über die Gegend ausbreiten. Es ist weiser, jetzt etwas zu unternehmen."

Die Räte nickten zustimmend und einer, von dessen Kopf dünne graue Strähnen hingen, sprach: „Ich gebe Usar recht, doch es will gut überlegt sein. Ihr wisst selbst, was für ein Gewirr von Stollen und Höhlen wir zurückgelassen haben. Die Naga könnten sich darin ewig verbergen, ohne dass wir aller habhaft werden. Also muss dieses Vorhaben gut vorbereitet und überlegt sein!"

„Wir können euch dabei helfen, wenn es euch recht wäre", meinte Fairron freundlich.

Usar fuhr ihn an: „Wir brauchen eure Hilfe nicht, Elb! Wir haben erfahrene und gute Kämpfer. Wir kennen uns aus in unseren Gängen. Wir brauchen keine Elben, die dort hilflos herumstehen und uns nur im Weg sind!"

Fairron hob nur gleichmütig seine Schultern.

„Nun geht! Wendet euch an Norgrim, wenn ihr etwas braucht."

Damit war der Empfang beendet und die Gäste wurden wieder hinausgebracht.

Am späten Nachmittag näherte sich eine Zwergenfrau mit einem Bündel ihrer Unterkunft. Adiad sprang auf und lief ihr entgegen. Die Zwergenfrau war inzwischen zögernd stehengeblieben.

„Du hast es fertig?"

„Ja, es ist fertig, geflickt und gewaschen, doch es ist noch feucht."

„Ich danke dir, es war wirklich sehr großzügig, dass du dir dafür Zeit genommen hast! Ich bin selbst nicht besonders geschickt darin."

„So siehst du auch nicht aus", antwortete die Zwergin grimmig und deutete mit dem Bündel in die Richtung von Fairron und Whyen. „Ich habe es für dich getan und nicht für sie. Und natürlich auch für unsere Königin!"

Schmunzelnd nahm Adiad die Kleider Eardins entgegen und ohne weitere Worte enteilte die Zwergin, denn sie wollte nicht zu lange hier in der Nähe der Elben gesehen werden.

„Hast du seine Kleider?" Whyen kam ihr entgegen.

„Ja, aber wir müssen sie noch trocken bekommen, ich werde sie dort beim Feuer ausbreiten."

Sie holten Stühle und hängten Hose und die zwei Obergewänder darüber. Die Zwergenfrau hatte mit feinen Stichen, die ihr Adiad nie zugetraut hätte, die Risse wieder zusammengefügt. Dabei hatte sich auf dem Hemd ein seltsames Muster ergeben. Denn Eardin hatte früher schon Linien darin eingestickt und diese verbanden sich nun mit den Fadenstichen der Zwerge zu abenteuerlichen Mustern.

„Fairron, sieh dir das an!", rief Whyen, „hier verbindet sich Elben- mit Zwergenkunst!" Er lachte.

Auch Mellegar hatte sich erhoben. Verdrossen betrachtete er die Kleider.

„Setz dich zu uns!" Fairron legte dem hohen Magier den Arm um die Schultern und führte ihn zum Tisch. „Sag uns, was dich belastet, Mellegar!"

Der antwortete mit bedrückter Stimme: „Mich erschüttert das Verhalten der Priester, Fairron. Die Naga mögen als Menschen hoffnungslose Gestalten gewesen sein, die bei den Priestern eine Zukunft suchten. Auch scheint durch das Essen des Schlangenfleisches ihr Verstand zum Teil verloren. Doch die Priester? Was treibt sie an? Was bringt sie dazu, solchen sinnlosen Hass und solche Vernichtung zu bewirken? Warum wurden die Dörfler an der Furt getötet?"

Fairron und die anderen hatten betroffen seinen Worten gelauscht und Adiad erinnerte sich an das Gespräch mit Eardin. Nach dem Angriff auf die Dörfler hatten sie ähnliche Gedanken gehabt.

„Es kann die Freude an der Macht sein", sprach Mellegar weiter, „es mag sein, dass es ihnen Lust bereitet, von Menschen verehrt zu werden. Doch was treibt sie zum Töten? Welche Dämonen fesseln ihr Bewusstsein?"

Auch Bewein erinnerte sich an seine eigenen Gedanken darüber. Als er die Straßenräuber erschlug, hatte er über die Lust am Töten nachgedacht. Er war sich mittlerweile sicher, dass er sie damals nicht empfunden hatte, obwohl er wie im Rausch gewesen war. Doch konnte er sich vorstellen, dass andere es empfanden. Dass es Menschen gab, die Freude am Leid und der Vernichtung haben. „Sie sind krank!", sagte er, „ihr Geist ist vergiftet, durch was auch immer. So denke ich, dass du keinen vernünftigen Grund finden wirst für ihre Taten."

An der Felswand lehnend, betrachtete Fairron seine Freunde, die mit ernsten Gesichtern um den kleinen Tisch vor ihrer Unterkunft saßen. „Ich denke, der Priester wird erst Ruhe geben, wenn Angst und Unterwürfigkeit herrschen. Wenn nicht nur die Naga zu ihm aufschauen, sondern alle Menschen des Flusses. Und er wird weiter wandern, um seine Macht zu vergrößern. Ich befürchte, er hat den Angriff auf die Dörfler befohlen, um Angst zu verbreiten. Um wahrgenommen und gefürchtet zu werden!"

Mellegar versank zunächst in Schweigen, dann sagte er mit kaum hörbarer Stimme: „Dieser Priester ist gefangen in seiner eigenen Schattenwelt. Nicht bereit, seine Seele daraus zu befreien. Er nährt das Böse und dieser Dämon wird noch viele ins Verderben ziehen!" Er stand auf und ging.

Ohne Aufregung verliefen die Tage; die Elben blieben für sich, nur Bewein verschwand immer öfter und kam spät, leicht schwankend, zurück. Adiad hütete sich davor, mit zu dieser rauen Männergesellschaft zu gehen, doch ab und zu brachte Hillum Adiad einen Krug Bier, den dann zur Hälfte Bewein leerte. An einem Abend lud Hillum sie und Bewein sogar zu sich ein. Seine Frau hatte Eintopf gekocht. Lange stand der Zwerg vor ihrer Unterkunft, als er die Einladung überbrachte. Er redete so verworren und stockend, dass sie einige Zeit brauchten, um zu verstehen.

„Wir wollten uns sowieso gerade etwas niederlegen." Fairron hatte endlich erkannt, dass Hillum die Einladung nur für die Menschen brachte.

Eardin erholte sich zusehends. So beschlossen sie am zehnten Tage ihres Aufenthaltes, am nächsten Morgen aufzubrechen. Sie wollten die Geduld der Königin nicht zu sehr bemühen. Der Abschied war kurz. Das Zwergenvolk gab sich keine große Mühe, seine Erleichterung darüber zu verbergen, dass die Elben endlich verschwanden und wieder Ruhe und Gleichklang einkehrten. Nur Hillum und seine Frau, Norgrim und einige der Wachleute verabschiedeten sich herzlicher und umarmten Adiad und Bewein.

Norgrim überwand sich, ging zu Wyhen und schlug dem erstaunten Elben auf den Rücken. „So übel seid ihr Lichtgesindel gar nicht!"

Whyen verbeugte sich schmunzelnd. „Ich denke, ich würde mich freuen, dich wiederzusehen, Zwerg!"

Kurz vor dem Aufbruch bat Mellegar die Königin nochmals, ihnen Nachricht zu schicken, wenn sie im Kampf gegen die Naga Hilfe benötigten. Und Usar erteilte ihm erneut eine scharfe Abfuhr.

„Ihr werdet jetzt zu der Höhle gebracht, bei der wir euch sonst bei euren Besuchen empfangen. Dort sind auch eure Pferde. Von dort werdet ihr euch ja hoffentlich alleine zurechtfinden!"

Noch einmal verneigten sie sich, dann verließen sie die Stadt der Zwerge.

Elids Geschichte

Erleichtert ließen die Elben die Dunkelheit des Stollens hinter sich. Ihre Pferde standen abseits der Koppel. Freudig wiehernd begrüßten sie ihre Reiter. Eardin ging zu Maibil, umarmte sie heftig und die schwarze Stute schubste ihn mit ihrem weichen Pferdemaul gegen die Brust. *„Maibil, es ist wieder gut. Du hast gespürt, dass etwas nicht in Ordnung war?"* Maibil warf ihren Kopf nach oben. *„Ich bin wieder bei dir, und nun reiten wir!"* Gutgelaunt schwang der Elb sich auf sein Pferd und genoss es, wieder auf ihm zu sitzen. Und er merkte, dass auch in dieser Haltung sein Körper nicht mehr schmerzte. Still dankte er den Mächten des Lichtes für das Geschenk, wieder leben zu dürfen.

Auf ihrem Weg zum Lebein kamen ihnen vereinzelt Menschen entgegen, die dem Ruf der Priester gefolgt waren. Vor allem Bewein und Adiad redeten auf sie ein, doch nur die wenigsten waren bereit, ihnen Glauben zu schenken und wieder umzukehren. Zu verheißungsvoll war das neue Leben im Schutze der Priester und der Schlange.

Als sie den Lebein überquert hatten und die weite, sommerliche Wiesenlandschaft vor ihnen lag, sah Whyen zu Eardin und seine Augen blitzten. Dann rief er seinem Pferd Torron Worte zu. Der Apfelschimmel stieß einen hellen Laut aus, machte einen Satz und begann schneller zu laufen. Bald galoppierte er so ungezähmt über die Wiesen, dass die schwarzen Haare des Elben wild im Wind tanzten. Eardin lachte laut auf, beugte sich vor und begann ihm in dem rasenden Ritt zu folgen. So hielt es auch Adiad und die anderen nicht länger, und sogar Mellegar hielt sein Pferd nicht zurück. Adiad lehnte sich nach vorne, der warme Sommerwind pfiff an ihrem Kopf vorbei und sie hörte die schweren Hufe des Pferdes über den Boden donnern. Wie alle trug sie nur ihr Hemd, es fing die Luft und schlug übermütig an ihren Körper. Sie hörte Fairron einige Worte in der Elbensprache rufen. Er war neben ihr, lachte ihr zu. Sein Zopf hüpfte über seinen Rücken. Die Pferde flogen über das Gras und die Eymari durchfuhr die Lust am Leben. Laut schrie sie auf vor Glück.

Irgendwann ließ Whyen sein Pferd auslaufen, sprang mit einem Satz ab, und warf sich breit in die Wiese. Er schob seine Hände unter den Kopf, seine grauen Augen leuchteten der Sonne zufrieden entgegen, und der kleine Granat auf seinem Stirnband funkelte. Eardin ritt zu ihm, glitt von Maibil, warf sich neben seinen Freund ins Gras und breitete seine Arme weit aus. Genussvoll ließen sie das Licht und die Wärme des Sommers und die Kraft von Adain, ihrer Geliebten, in sich

fluten. Als Adiad sie so nebeneinander liegen sah, machte ihr Herz einen Sprung und sie dachte in diesem kurzen Moment 'Ich glaube, ich liebe sie beide!'
„Du stehst in der Sonne, Waldkriegerin."
„Tut mir leid, Whyen, ich bin sofort weg!", erwiderte Adiad und legte sich neben Eardin. „Ich könnte mich doch daran gewöhnen, mit den Elbenkriegern zu reiten!"
Eardin schmunzelte und drückte fest ihre Hand.

Es war heiß und stickig geworden, so waren sie froh, als der Wald der Eymari endlich Gestalt annahm. Adiad konnte sich nicht mehr bremsen, wurde schneller und ritt ihnen voraus. Als sie die Bäume erreichte, musste sie nicht lange warten. So fanden sie die Nachkommen in den Armen eines der Eymarikrieger liegend, der sie danach durch die Luft wirbelte. Sie lachte, ließ sich von ihm absetzen, lief zu den beiden anderen Kriegern und fiel strahlend in ihre ausgebreiteten Arme.
„Du solltest ab und zu mit ihr heimreiten", wandte sich Bewein an Eardin.
„Zu oft vielleicht nicht", erwiderte der. Mit grimmiger Miene erwartete er mittlerweile Adiad. Sie näherte sich ihm gemeinsam mit einem Waldkrieger. Lässig hatte der Eymari seine Hand um ihre Hüfte gelegt. Die Wiedersehensfreude strahlte aus Adiads Augen und so wich auch der leichte Zorn von dem Elben. Wie alle anderen stieg er von seinem Pferd und begrüßte die Waldkrieger.
„Wir wollen ins Dorf, Leond", sagte Adiad zu dem Mann, der sie immer noch festhielt.
Er ließ sie los, doch nicht ohne ihr einen Kuss auf die Backe zu geben. „Du kennst dich ja aus, Adiad. Wir sehen uns sicher in den nächsten Tagen."
Eardin schickte ihm warnende Blicke.

Der Wald hatte die stickige Hitze gestaut, deshalb wurde der Vorschlag von Fairron, zum Waldsee zu reiten, sogar von Bewein gerne angenommen. Das Schwimmen in dem kühlen Wasser war eine Wohltat für alle.
Mellegar schwamm neben Eardin. *„Ich habe dich beobachtet, deine Bewegungen sind wieder normal und so denke ich, dass du wieder vollständig geheilt bist."*
„Es geht mir wunderbar, Mellegar, und ich danke dir für alles!", erwiderte Eardin.
Nach einer Weile wandte sich der Magier ihm nochmals zu: *„Du bist glücklich mit ihr?"*
„Meine Seele singt, wenn ich sie sehe, Mellegar. Ich kann mir nicht vorstellen, ohne sie weiterzuleben!"
Mellegar antwortete nicht und auch Eardin wurde still.

Donner rollte drohend vom alten Gebirge über den Wald der Eymari und Blitze erleuchteten das Elbenzelt. Adiad lag gemeinsam mit Eardin unter einer Wolldecke. Fairron, der neben seinem Freund lag, hatte schon die Augen geschlossen und hörte den Regen seine Geschichten erzählen. Die Eymari schob sich inzwischen näher an ihren Elben, hörte seinen Atem und genoss den Frieden dieser Stunde. Eardin spürte das leichte Heben und Senken ihres Körpers und bald glitt seine Hand an ihr herab und fand das Ende ihres Hemdes. Sanft hob er es, suchte sich langsam seinen Weg an ihrem Körper entlang, fühlte mit dem Daumen genussvoll der seidigen Zartheit ihrer Haut nach. Adiad drehte sich zu ihm, küsste seine Lippen und streichelte vorsichtig über sein Gesicht. Behutsam ließ sie ihre Hände über seinen Hals und seine Brust gleiten und spürte noch Reste der Wunden unter ihren Fingern. Sie wusste, dass sie dank der heilenden Gesänge Mellegars bald vollständig verschwunden sein würden. Während sie seinen Bauch erforschte, sah sie ihn wieder dort an dem Eisenring hängen und die Erinnerung brachte ihr Herz zum Weinen. Bald jedoch änderte sich das Gefühl und verwandelte sich in Dankbarkeit. Dafür, dass er neben ihr lag. Dass er noch lebte! Adiad ließ Küsse über sein Gesicht hüpfen.

Fairron hörte ihre Bewegungen und lächelte. Kurz dachte er darüber nach, die beiden allein zu lassen und ins andere Zelt zu gehen. Doch wollte er sich ungern in die Enge begeben. Außerdem graute es ihm davor, Bewein neben sich schnarchen zu hören. So blieb er, und unter den leisen Geräuschen schlief er ein.

Am nächsten Morgen fielen immer noch einzelne, schwere Tropfen auf das Zelt und so erfolgte der Aufbruch recht hastig. Die nassen Zelte wurden auf die Pferde gebunden und sie setzten ihren Weg zur Siedlung der Eymari fort. Erst am Mittag lichtete sich der Himmel, erste Sonnenflecken tanzten im Dunst. Adiad sah sich in ihrem Heimatwald um. Das Vertraute trug und umfing sie, und doch wurde sie des Unterschieds zum Elbenwald gewahr. Sie merkte, dass die Stimmung des Waldes weniger licht und hell war, die Farben kamen ihr dumpf vor, obwohl der Regen alles rein gewaschen hatte. Vor allem vermisste sie die fast unhörbaren Gesänge, das leichte Schwingen, das den ganzen Wald von Adain Lit durchwehte. Wehmütig spürte sie tief in sich, dass sie Adain Lit vermisste. 'Wie mag es den Elben erst gehen', dachte sie, sah zu Mellegar, der vor ihr ritt und schlagartig kam ihr der Anlass ihres Rittes in den Sinn; die Angst um Eardin hatte alles, was sie vorher umgetrieben hatte, zur Seite gedrängt. Jetzt war sie hier und sie ritten in ihr Dorf, um zu erfahren, wer sie war. Wer war ihr Volk? Waren es die Menschen der

Eymari? Die Elben? Warum hatte der Baum ihr nie ein Erkennen darüber geschenkt? War die Wahrheit zu erschreckend? Die Worte Marids fielen ihr ein, über das Verborgene, das in ihr schlummern würde. War es das Elbenblut oder etwas anderes? Und warum hatten ihre Eltern nie darüber gesprochen, was verbargen sie vor ihr?

„Was ist mit dir, Elbenkind?" Mellegar hatte sein Pferd gezügelt, war neben sie geritten, denn er hatte ihre Furcht gespürt und ihre verunsicherten Blicke gesehen.

„Ich habe Angst, Mellegar, ich fürchte mich vor der Wahrheit, ich fürchte mich davor zu hören, was meine Eltern vor mir verschwiegen haben."

„Es gibt keinen Grund sich zu fürchten, Adiad, besonders nicht vor der Wahrheit. Deine Seele ist licht, sie ist hell, so ist auch dein Ursprung hell und nicht dunkel."

Er lächelte ihr zu und Adiad fühlte sich getröstet. Und bald veränderte sich das Gefühl der Angst in eine drängende Neugier. Sie wollte erfahren, woher sie stammte, wer ihr Volk war. So sehnte sie am Ende das Gespräch mit ihren Eltern herbei.

Die Sonne streichelte die Wiesen und Felder und die Eymari gingen ihrer Arbeit nach, bis die Reiter auf der Lichtung erschienen. Da im Laufe des Jahres wenige Besucher zu ihnen fanden, ließen sie sofort ihre Arbeit ruhen und kamen, um sich die Ankommenden näher zu betrachten. Und es war wahrlich ein Anblick, den sie selten bekamen. Die Elben schien eine Ahnung der Jahrhunderte zu umgeben, als sie bedächtig und beinahe lautlos auf den Dorfplatz der Eymari ritten. Ihre langen Haare bewegten sich sanft im Wind und die Sonne spielte lichte Spiele mit ihnen. Besonders Mellegar, der aufmerksam um sich blickte, vermittelte den Eindruck großer Würde und Macht. Ein lichter Zauber lag über ihnen und so bestaunte die Dorfgemeinschaft schweigend die vier Elben, ihre prächtigen Pferde und ihre kunstvollen Waffen.

Hinter ihnen ritt, weniger beeindruckend, Bewein, mit seinem wilden schwarzen Zopf und seinem dunklen Bart. Neben ihm Adiad, die etwas verunsichert in die Runde schaute und die ihre Gedanken darüber umtrieben, ob die Eymari ihr Volk waren.

Als sie eben auf dem großen Platz in der Mitte der Siedlung abgestiegen waren, kam Elid gelaufen und rief in die Stille: „Adiad, wie schön, dich zu sehen, ich glaubte nicht, dass du so bald wiederkommst." Freudig umarmte sie ihre Tochter und die ehrfürchtige Stimmung am Platz entspannte sich wieder.

„Bringt ihr sie schon zurück, ihr Elben? Wollt ihr sie nicht mehr haben?"

Eardin fuhr herum, sah Worrid auf sich zukommen und antwortete lachend: „Sie ist zwar nicht ganz so friedlich, wie wir es uns gewünscht hätten, doch ich denke, ich nehme sie wieder mit."

Sie ernteten dafür das Gelächter einiger Waldkrieger und böse Blicke von Adiad.

„Nun komm schon, Adiad", Tard ging auf sie zu und umarmte sie, „du weißt, dass wir uns freuen, dich zu sehen!"

Nachdem die Besucher gebührend begrüßt worden waren, verstreuten sich die Dorfbewohner wieder. Einige der Eymari begannen, Schlafplätze für die Gäste herzurichten.

„Du kannst bei mir schlafen, Eardin", bot Worrid an. Er wollte die Tasche vom Pferd nehmen, als er den Blick des Elben bemerkte. Die erste Freude war aus dessen Gesicht gewichen und hatte verhaltenem Zorn Platz gemacht. Eardin waren die Worte Adiads über ihre Zeit mit Worrid eingefallen.

Worrid sah ihn verwundert an, bis es ihm plötzlich dämmerte. „Sie hat dir von uns erzählt?"

„Das hat sie."

„Es ist lange her, Eardin."

„Das weiß ich, doch ...", er atmete tief durch, „es tut mir leid, Worrid. Ja, ich werde gerne bei dir schlafen."

Worrid nickte, trat dann näher an den Elben heran und besah sich interessiert sein Gesicht. „Bist du in eine Schlägerei gekommen, Elb?"

„Nein, Worrid." Und mehr wollte er nicht sagen. Der Waldkrieger wartete kurz, hob dann seine Schultern und führte ihn zu seiner Hütte.

Adiad folgte ihrer Mutter.

„Komm rein, mein Mädchen", sagte Elid herzlich. Adiad schmunzelte, denn sie fand diese Anrede mittlerweile etwas unpassend.

„Setz dich und erzähl! Und sag mir vor allem, was euch so bald wieder hergeführt hat."

Adiad ließ sich auf der Bank nieder, sie genoss die vertraute Umgebung. „Wo ist Vater?"

„Er kommt sicher bald."

„Geht es euch gut?"

„Alles geht seinen Gang. Du siehst etwas erschöpft aus, mein Kind."

„Ich fühle mich wohl bei den Elben. Sie sind freundlich zu mir, mach dir keine Gedanken um mich." Von Thailit wollte sie ihr nicht erzählen, sie wollte sie nicht in Sorge zurücklassen.

„Was ist mit Eardin? Sein Gesicht ist voller Flecken."

„Wir hatten Schwierigkeiten am Wallstein. Die Schlange, gegen die sie damals geritten sind, hat eine Brut von menschenähnlichen, bösen Kreaturen hervorgebracht. Eardin ist in eine ihrer Fallen geraten. Eigentlich kann ich noch nicht darüber sprechen, Mutter."

Adiad wollte inzwischen nur noch über eines mit ihr sprechen. Prüfend betrachtete sie Elid, suchte in ihrem Gesicht nach Ähnlichkeiten; in der Form der Augen und des Mundes. Wieder wunderte sie sich, dass ihre Mutter, ebenso wie ihr Vater keine grüne Augen hatte und die vertrauten Ängste stiegen wieder in ihr auf.

„Ruhe dich aus, Adiad, wir können später weiter reden, es wird alles wieder gut, du wirst sehen."

'Das hoffe ich', dachte ihre Tochter.

Der Vorsteher der Siedlung hatte am Abend zum gemeinsamen Essen eingeladen. Es fand unter freiem Himmel auf der großen Wiese statt. Die Frauen hatten alles an Speisen und Getränken zusammengetragen, das sie entbehren konnten. Adiad freute sich, wie herzlich die Elben bei den Eymari aufgenommen wurden.

Als Bewein am nächsten Morgen trotz heftigen Rüttelns nicht wachzubekommen war, entschloss sich Whyen, ihn liegenzulassen. Er hatte vorgehabt, den Mann aus Astuil zu dem Gespräch bei Adiads Eltern zu holen, weil er wusste, dass er unbedingt dabei sein wollte.

'Dann bleibst du eben hier', dachte sich Whyen verärgert und ging zu der Hütte von Elid und Sabur.

Dort empfing ihn Fairron. „Es tut mir leid, Whyen. Mellegar will nicht, dass wir alle dabei sind. Komm, lass uns in den Wald gehen, sie werden es uns erzählen."

Whyens Blick ging enttäuscht zur Tür und widerwillig folgte er Fairron.

Die anderen hatten sich mittlerweile um den Tisch versammelt. Adiads Eltern waren verunsichert, seit der Magier sie zu diesem Gespräch gebeten hatte. Elid hatte zwar eine Ahnung, doch wollte sie zunächst abwarten. Adiad hatte sich zu Eardin gesetzt, Elid neben ihren Mann. Dazwischen saß Mellegar mit ernstem Gesicht. „Nun gut." Er seufzte tief auf. 'Wie fange ich dies an?', dachte er, wandte sich dann an Elid und Sabur und musterte sie aufmerksam. „Ich führe dieses Gespräch hier bei euch nicht gerne, denn ich weiß nicht, in welche Richtung es gehen wird. Doch es ist für Adiad wichtig. Ebenso für uns Elben, denn sie wird bei uns leben. Adiad besitzt gewisse Fähigkeiten ..." Elid nickte. „Du weißt, von was ich spreche. Nun, ich habe mich gefragt, woher sie kommen und habe ihren Geist geprüft. Wie, ist jetzt nicht entscheidend."

Bevor Mellegar noch weiterreden konnte, drängte aus Adiad der Satz heraus, der ihr im Herzen brannte. „Seid ihr meine Eltern - Mutter?"

Sabur erstarrte, Elid jedoch antwortete sofort und nahm dabei ihre Hand. „Wir sind deine Eltern, Adiad. Ich bin deine Mutter und Sabur ist dein Vater. Ich weiß gar nicht, wie du auf solchen Unfug kommst."

Adiad bebte, Tränen liefen ihr über die Wangen. „Das stimmt nicht, das kann nicht sein! Mellegar sagt, ich habe Elbenblut in mir und weder du noch Vater seid Elben!"

Eardin musste sie zurück auf die Bank drücken, damit sie in diesem angestauten Ausbruch ihrer Gefühle nicht aus der Tür stürmte. „Sei ruhig, mein Stern, alles wird sich klären!"

Während Adiad sich schluchzend an ihn drückte, wandte sich Sabur fassungslos seiner Frau zu. Elid atmete kurz durch und sagte dann: „Es kann sehr wohl sein, mein Kind."

Saburs Augen weiteten sich. „Du hast doch nicht etwa?"

„Nein, Mann, ich habe nicht! Doch jemand anderes hat." Und dann sprach sie in die Stille, die entstanden war: „Deine Großmutter, meine Mutter, du erinnerst dich vielleicht noch an sie?"

Adiad nickte.

„Sie war dir ähnlich, Adiad, sie ging auch oft zu dem Baum an der Lichtung. Sie hat mir davon erzählt. Und eines Abends, als ich schon beinahe erwachsen war, setzte sie sich an mein Bett und gestand mir, dass sie dort, als sie noch jünger war, einen Elben getroffen hat. Er hatte sein Lager an dem blauen Becken aufgeschlagen. Nun, sie trafen sich öfter, bevor er weiterzog. Sie scheinen sich sehr geliebt zu haben. Sie weinte, als sie mir davon erzählte und sie offenbarte mir, dass ich die Tochter dieses Elben sei."

Adiad schüttelte ungläubig den Kopf. „Das glaube ich dir nicht! Du bist ein Mensch, du siehst aus wie ein Mensch. Du musst dich irren."

„Es ist möglich, Adiad", mischte sich Mellegar ein, „ich habe davon gehört und gelesen. Es kam immer wieder vor, dass das Elbenblut sich erst in der folgenden Generation zeigte und bei den Kindern solcher Verbindungen eher versteckt blieb. Ich hatte mir, wenn ich ehrlich bin, schon so etwas gedacht. Doch konnte ich anderes natürlich auch nicht ausschließen." Er sah dabei zu Sabur, der sich nur langsam beruhigte. Dann wandte er sich Adiads Mutter zu. „Elid, wenn du einverstanden bist, werde ich jetzt bei dir dasselbe machen, wie bei Adiad. Ich prüfte in Adain Lit ihr Innerstes und spürte das Licht der Elben in ihr. Doch auch dich will ich vorher fragen, denn ich sehe dabei Gefühle und Gedanken, die nur dir gehören."

Elid überlegte nur kurz, dann nickte sie. „Ich habe nichts zu verbergen." Entschlossen sah sie dabei ihrem Mann in die Augen.

So setzte sich Mellegar ihr gegenüber und legte, wie damals ihrer Tochter, die Hände an ihre Schläfen. Es war still im Raum, bis der Magier sprach: „Du hast wahr gesprochen. Du bist die Tochter eines Elben."

Elid nickte.

Adiad konnte es nicht fassen. „Du hast es mir nie gesagt!"

„Ich musste es meiner Mutter versprechen. Sie hat mir davon erzählt, als dein Großvater noch lebte. Er wusste nichts von dem Elb und er wusste auch nicht, dass ich nicht sein Kind, sondern das eines anderen war. Meine Mutter muss unendliche Ängste ausgestanden haben, bis ich auf der Welt war und es sich zeigte, dass ich weder spitze Ohren habe, noch sonst irgendwelche Auffälligkeiten."

„Hast du es nie gespürt, Mutter?"

„Ich spürte es schon ein wenig. Doch als ich mit ihr darüber sprach, sagte sie, ich bilde es mir nur ein. Sie legte sogar besonders viel Wert darauf, dass ich mich so verhielt wie alle anderen Kinder. Sie wollte nicht, dass ihr Mann es bemerkte. So lernte ich, mich den anderen anzupassen, so zu sein wie sie und das Wenige, dass ich spürte, in mir zu verbergen und zu vergessen. Und dass ich so aussah wie alle anderen Eymari, war wahrscheinlich eher ein glücklicher Zufall."

„Was ist mit dem Elb geschehen?" Eardin hielt Adiad immer noch im Arm.

„Er ist wieder gegangen, Eardin. Und er kam nie mehr zurück. Es hat meiner Mutter das Herz gebrochen."

Mellegar nahm sanft ihre Hände. „Wie sah er aus, Elbenkind? Hat sie dir erzählt, wie er aussah? Nannte sie seinen Namen oder seine Herkunft?"

Elid schüttelte den Kopf. „Sie hat mir nichts davon gesagt. Weder seinen Namen noch woher er kam. Sie erzählte mir nur unter Tränen, dass er lange, dunkelblonde Haare hatte, in die viele Zöpfe geflochten waren und dass er sehr sanft und liebevoll war. Bis an ihr Lebensende hat sie geglaubt, er würde zurückkehren. Ich sah sie oft zur Lichtung reiten und mit leerem Blick zurückkommen."

Der Magier lehnte sich zurück und wandte sich an Eardin. „Möglich wäre es."

Eardin nickte verhalten. „Sie werden so beschrieben, doch ich habe nie einen von ihrem Volk gesehen."

„Wer wird so beschrieben? Was ist möglich, Eardin?"

„Die Feandun, die Elben im Westen, werden so beschrieben, Adiad. Das versteckte Elbenvolk, wo ich auch Lerofar vermute."

„Was für eine merkwürdige Fügung des Schicksals!" Fairron konnte es kaum glauben, als er die ganze Geschichte gehört hatte.

„Ich sagte gleich, wir sollten hinreiten!" Whyen lachte. „Jetzt können wir außer Lerofar gleich noch Adiads Großvater suchen. Pass auf, dass er sich nicht in sie verliebt, Eardin, er dürfte nicht älter sein als du!"

Adiad war nach dem Gespräch allein in den Wald gegangen, um ihre Gefühle zu ordnen. Ruhig wogten die Bäume über ihrem Haupt, lächelnd sah sie nach oben. Sie fühlte sich wieder im Gleichklang mit dem grünen Leben um sie herum. Die Offenbarung ihrer Mutter hatte sie weniger erschüttert, als sie vermutet hatte. Ihr Großvater war also ein Elb. Und dieser hatte sie nicht im Wald verloren, wie in ihren Träumen, sondern er hatte ihre Großmutter offenbar geliebt, doch war er dann für immer verschwunden. Und möglicherweise lebte er auch noch irgendwo. Welch seltsame Netze das Leben doch wob.

Als sie nach einer langen Zeit wieder zurückkam, entdeckte sie Worrid, der sich im Bogenschießen übte.

„Die Elben vermögen ihn besser zu führen, Adiad, aber Whyen half mir und sieh her, ich treffe jetzt noch genauer als bisher." Er ließ seinen Pfeil durch die Luft sausen.

Adiad bemerkte keinen Unterschied zu seinen bisherigen Leistungen, doch klopfte sie ihm anerkennend auf die Schulter. „Ich habe Sandril noch nicht gesehen, weißt du, wo er ist?"

„Er ist gegangen, als er euch kommen sah und in den Tiefen des Waldes verschwunden. Ich befürchte, er wird nicht mehr erscheinen, solange ihr hier seid."

„Es tut mir so leid, Worrid."

„Es wird wieder, er braucht seine Zeit! Was habt ihr heute bei deinen Eltern so lange geredet, Adiad? Eure Gesichter waren ernst und verschlossen, als ihr wieder aus dem Haus gekommen seid."

„Ich kann noch nicht darüber reden, Worrid. Es ist besser, meine Mutter erzählt dir davon. Aber auch das wird seine Zeit brauchen."

Worrid wirkte enttäuscht. „Hast du kein Vertrauen mehr in mich, Adiad?"

„So ein Unsinn, Worrid!" Adiad lächelte in seine braunen Augen. „Ich vertraue dir, denn ich mag dich wirklich sehr und das weißt du auch!"

Er grinste und versuchte sie zu ergreifen. „Dann schenk mir einen Kuss, holde Elbenmaid!"

'Er weiß nicht, wie nahe er dem Geheimnis ist.' Lachend entwand sie sich ihm und lief zum Haus ihrer Eltern.

Der Abend wurde lang, Elid musste ihr nochmals alles erzählen, was sie wusste.

„Du hättest es mir und auch Vater schon früher sagen können, Mutter. Hat dich dein Versprechen derart gebunden?"

„Ich hatte es mir oft überlegt, Kind, besonders als ich bemerkte, dass du in viel stärkerem Maße als ich nach jenem Elben schlugst. Ich war oft kurz davor. Doch was hätte es gebracht? Deine Freude war so groß, als die anderen Kinder dich wieder mitspielen ließen. So glaubte ich, es wäre besser für dich, wenn dein Leben so verläuft wie meines und du deine besonderen Begabungen vergisst. Ich wollte immer das Beste für dich, Adiad."

„Das glaube ich dir, doch bin ich auch dankbar um die Wahrheit."

„Adiad, was habt ihr jetzt vor?", fragte ihre Mutter, nachdem sie sich lange nur die Hände gehalten hatten.

„Wir haben noch nicht darüber gesprochen, Mutter. Eardin dachte darüber nach, zu den Feandun zu reiten, um seinen Bruder zu suchen."

„Seinen Bruder?"

„Das ist eine andere Geschichte, die ich dir auch ein anderes Mal erzählen möchte. Es wäre deshalb möglich, dass wir die Feandun suchen, da seine und meine Geschichte in dieser merkwürdigen Weise zusammengefunden haben."

„Wenn du den Elben finden solltest, dann grüße ihn von seiner Tochter, Adiad!"

„Das werde ich. Doch leben sie im Verborgenen, Mutter, es mag sein, dass wir das Volk der Feandun nie finden."

Baum-Magie

Am nächsten Tag fand Fairron seine Freunde mit Bewein um ein bearbeitetes Stück Holz versammelt.

„Es geht nicht, Whyen, das Holz wehrt sich, es sträubt sich in meinen Händen. Meine Lieder erreichen es nicht. Ich muss zu der Ulme in Adain Lit und werde ohne Bogen reiten müssen."

„Das Holz sträubt sich", wiederholte Bewein Eardins Worte und verdrehte die Augen. „Holz ist Holz, totes Holz sträubt sich nicht. Du redest konfus, Eardin. Nimm irgendeinen Bogen der Waldmenschen, sie werden dir einen geben. Er schießt seine Pfeile ebenso."

„Du irrst, Bewein." Whyen streckte ihm seinen Bogen entgegen. „Hier halte ihn, und nun nimm einen Bogen von den Waldkriegern in die andere Hand und du wirst spüren, dass er anders schwingt!"

Bewein tat ihm den Gefallen und nahm den nächsten, den er sah. Vergleichend hielt er sie in seinen Händen und schloss dabei die Augen, denn er bemühte sich wirklich. „Da schwingt nichts!"

„Es schwingt schon, deine Hände sind nur zu grob."

Fairron ging näher, um Bewein beizustehen. „Er kann es nicht spüren, Whyen, und du weißt das."

„Doch es ist so offensichtlich, Fairron."

„Es fühlt sich nur für uns so an. Das Holz erzählt uns seine Geschichte, weil unser Elbenlicht in es hineinfließt. Bewein vermag dies nicht."

„Bewein vermag dafür was anderes", erwiderte dieser grimmig. „Ich gehe mir jetzt mein Morgenbier holen, ihr könnt ja weiter das Holz beim Schwingen beobachten." Er stapfte davon.

„Wir reiten zur Lichtung, Bewein", rief Fairron ihm nach, „um den alten Baum zu besuchen und mit ihm zu reden."

„Ha!" rief Bewein nur, ohne sich umzudrehen.

Eardin lachte auf. „Ich denke, er will nicht mit dem Baum sprechen."

Singend öffneten sie ihre Herzen und der Pfad ließ sie durch. In der Weite ertönte der Schrei des Falken. Adiad wurde wehmütig zumute, als sie auf die Lichtung ritten. Sie sah zu Eardin, er lächelte sie an, seine Augen spiegelten die Sonne und die Erinnerung. Die Elben ließen die Pferde laufen, sahen sich um und warteten, während Adiad zum Baum ging, um ihn zu begrüßen. Die Rinde schien ihr heller zu leuchten als sonst. 'Er freut sich' dachte sie, 'er freut sich darüber, dass wir da sind. Wahrscheinlich besonders über die Elben.' Bald hörte sie auch seine Stimme wie Wind in sich. Der Baum hatte davon gewusst, das sie Elbenblut in sich hatte. Sie meinte fast, ihn lachen zu hören und musste sich bemühen, ihm nicht dafür zu zürnen.

Andächtig näherten sich die Elben. Mellegars Blick wanderte den dunklen Stamm entlang nach oben, bis zu den hellen Blättern, die im Licht glänzten. Dann sank er auf die Knie, bettete seine Hände in das moosige Gras und strich sanft darüber, um sich danach wieder zu erheben und zu verbeugen. Bedächtig schritt er zum Fuß des Baumes und legte seine Hände auf die Rinde. Nach einer langen Zeit des Schweigens legte er sein Ohr an das Holz. Adiad erinnerte sich an Eardin, wie er das erste Mal den Baum ebenso berührt hatte. Mellegar hatte inzwischen den Baum umrundet, löste wieder seine Hände, verneigte sich und kam zu ihnen zurück. Bald folgten Whyen, Fairron und Eardin.

„Ein mächtiges Wesen bewohnt diesen Baum! Uralt und voller Magie!", raunte Mellegar.

Whyen sah ehrfürchtig nach oben. „Was ist es, Hoher Magier? Ich spüre es wie ein Gegenüber, wie eine starke Präsenz, doch ich verstehe es nicht."

„Es verschließt sich auch vor mir, Whyen, ich kann es nicht sagen." Mellegar war seine Enttäuschung anzusehen.

„Es ist viel Licht in ihm", Fairrons Blick versank in der weit entfernten Krone, „ich sehe nichts Dunkles. Und ich höre seine Stimme, die uns willkommen heißt; seine Freude darüber, dass Elben bei ihm sind."

Die anderen nickten in stiller Zustimmung. Dann rief Mellegar Adiad zu sich, die sich mitten in der Wiese niedergelassen hatte, um nicht zu stören. „Du hast unsere Worte gehört. Empfindest du es ebenso?"

„Ich denke, ich erlebe es ähnlich wie ihr. Doch spüre ich auch seine Zuneigung. Irgendwie mag mich der Baum und ich mag ihn!"

„Und vermagst du zu erkennen, was für ein Wesen in ihm wohnt?", fragte der Magier lächelnd.

„Ich weiß es wirklich nicht, Mellegar, wie sollte ich es erkennen, wenn ihr es nicht könnt. In mir lebt nur der vierte Teil eines Elben!"

Eardin und Whyen lachten laut auf. Eardin ergriff sie und hob sie in die Höhe. „Für einen Viertelelben bist du ganz schön schwer, Adiad!"

„Lass uns reden!" Mellegar wies zu dem sonnigen Platz an der kleinen Hütte. Whyen und Fairron folgten ihm.

Eardin jedoch hielt die Eymari zurück und rief den anderen zu: „Ich gehe mit Adiad in den Wald. Wir hatten uns im Frühjahr versprochen, zum blauen Becken zurückzukehren."

„Dann schaut nach, ob ihr den Bogen des Feandun-Elben findet, vielleicht hat er ja seinen Namen eingeritzt!", erwiderte Whyen.

„Der Wald um den Baum erinnert mich an Adain Lit", sagte der Elb, als sie über den weichen Boden gingen. Kleine Lichtpunkte tanzten darüber. „Ich vernehme zwar keine Gesänge, doch spüre ich den leichten Zauber um mich herum."

Sie hörten das Wasser schon über die Steinkaskaden plätschern, bevor sie es sahen. Allmählich öffnete sich der dichte Bewuchs, um den Blick auf das Becken frei zu geben. In einer tiefe Kuhle des blauen Steines sammelte sich Wasser und vereinte sich nach einen kleinen Wasserfall wieder mit dem Bach. Wie bei ihrem letzten Besuch fiel das Licht der Sonne in das Becken - glitzernde Sonnensterne über tiefem Türkisblau. Nachdem sie den Zauber des Ortes eine Weile betrachtet hatten, küsste Adiad Eardin auf die Wange. „Komm, Elb, lass uns hineinsteigen."

Summend legte sie ihre Kleider ab, öffnete den Zopf und stieg vorsichtig in das Steinbecken. Das Wasser war warm, die Sonne berührte es. Eardin folgte ihr, ließ sich am Rande sinken und schloss die Augen. Adiad betrachtete seinen kraftvollen Körper, sein entspanntes Gesicht, schmunzelte, bewegte sich auf ihn zu und glitt sanft über ihn. Neckend küsste sie ihn auf die Brust, streichelte sanft über die Reste der Narben, schob sich dann höher, um sich sein Gesicht ausgiebig zu besehen. „Meine Liebe zu dir wird jeden Tag tiefer und stärker, Eardin."

Zärtlich nahm er ihre Haare und legte sie auf ihren Rücken. Eardin spürte die leichte Bewegung ihres Körpers und erforschte den Spiegel ihrer dunkelgrünen Augen. Und ihm fielen die Tage im Winter ein. Seine Verwirrung und seine Ängste. „Als ich nach dem Kampf gegen die Schlange zu unserem Wald zurückkritt, wollte ich dich aus meinem Herzen reißen, Adiad. Doch dein Platz war schon darin und du erfüllst es mit Licht, mein Stern!"

Lächelnd suchte sie seine Lippen, umfing ihn mit ihren Beinen. Eardin legte seine Hände um ihre Hüften und zog sie an sich. Sie kam ihm entgegen und bald ließ sie sein pulsierendes Leben in sich fließen.

Mit nassen Haaren traten sie wieder in die Helligkeit der Lichtung. Whyen hatte sich ins Gras gelegt. Er begrüßte sie mit stummem Lächeln und deutete ihnen, zu ihm zu kommen. „Sie reden schon ewig, sie kommen nicht weiter", flüsterte er.

Mit erschöpftem Gesicht gesellte sich Fairron nach einiger Zeit zu ihnen. „Es lässt ihm keine Ruhe. Ich sagte ihm, dass wir es hinnehmen müssen. Der Baum verschließt sein Wesen, wir können ewig weiterreden und werden doch keine Lösung finden."

„Hat er eine Ahnung?"

„Ich denke schon, aber ihr kennt ihn, er will erst in seinen Schriften nachlesen."

„Hast du eine Ahnung?", hakte Eardin nach.

„Vielleicht, doch ich brauche Zeit, darüber nachzudenken."

„Ihr Magier seid alle gleich", meinte daraufhin Whyen und sank wieder zurück ins Gras.

„Wir sollten zurückreiten, es ist ein langer Rückweg", bemerkte Adiad, den Blick zu Mellegar gewandt, der wieder am Stamm des Baumes stand.

„Ich hole ihn", sagte Fairron.

Mellegars Enttäuschung war einer gewissen Entschlossenheit gewichen. „Mir sind ein paar alte Schriften eingefallen, in die ich noch schauen könnte."

Fairron hob hilfesuchend seine Hände. „Wenn er sich uns nicht offenbaren will, dann nutzen alle Schriften nichts. Das habe ich dir vorhin schon gesagt."

„Sie fangen wieder an." Whyen sprang auf, um die Pferde zu holen.

Doch Eardin zögerte. „Er ruft mich!"

Die anderen beobachteten überrascht, wie er auf den Waldrand zuging, sich vor dem alten Baum verneigte und danach den Boden absuchte. Er verschwand hinter dem gewaltigen Fuß des Baumes. Als er wieder ins Licht trat, hielt er ein langes Stück Holz in seinen Händen und strahlte vor Glück. Nachdem er sich tief verneigt hatte, kam er zurück und stieg schweigend auf sein Pferd.

„Was ist das?", unterbrach Fairron die Stille.

„Das wird mein neuer Bogen!" Eardins Augen funkelten. Den Rest des Weges verlor er sich darin das Holz liebevoll zu betrachten und zu betasten.

„Das Wesen des Baumes hat in sein Herz gesehen", sagte Mellegar zu Fairron.

Spät am Abend ritten sie wieder im Dorf ein. Bewein kam ihnen entgegen und fragte mit unverkennbarem Hohn: „Und, was spricht der Baum?"

Die Elben würdigten ihn keines Blickes.

Das ungetrübtes Licht der Morgensonne liebkoste die Siedlung. Adiad war gemeinsam mit einigen Eymari-Kriegern in den Wald geritten, die heimatliche Gewohnheit suchend. So hatte Eardin begonnen, sich einen neuen Bogen zu fertigen. Bewein und Whyen ließen ihn, sie wollten den Tag nutzen, um den Eymari ausführlich von den Naga und dem Schlangenpriester zu erzählen. Es war ihnen wichtig, dass sie ihre Aufmerksamkeit, trotz der Versprechen der Zwerge, verstärkt auf die Osträner des Waldes lenkten. Mellegar hingegen war mit Fairron in den Wald gegangen. Sie erschienen erst wieder am Abend.

Das Licht hatte die Siedlung schon verlassen, als der hohe Magier sie alle zu sich ans Feuer rief. Die Flammen wärmten angenehm, aber die Kälte der Nacht kroch über die Rücken. So lehnte Adiad sich an Eardin. Er streichelte über ihren Arm, nahm ihre Hand, küsste ihre Finger. Adiad war nahe daran zu schnurren, wie eine Katze. Schläfrig sah sie zu den Waldkriegern, von deren Feuer er sie geholt hatte und überlegte, zu wem sie gehörte. An welchem Feuer sie sitzen wollte, an dem der Eymari oder dem der Elben. 'Ich habe mich für die Elben entschieden, so muss ich die Waldkrieger lassen', dachte sie wehmütig.

„Ich werde morgen heim nach Adain Lit reiten. Und da ich weiß, dass euer Weg ein anderer ist, werde ich alleine reiten", verkündete Mellegar mit einem Male.

„Du hast recht, Mellegar", sagte Eardin, nachdem sich die unvermittelten Worte des Hohen Magiers in ihn gesenkt hatten, „wir haben noch nicht darüber gesprochen, aber ich denke, wir werden uns auf die Suche nach Feandun-Elben machen."

Alle außer Bewein nickten, was aber nicht bemerkt wurde.

„Doch wundere ich mich, dass du nicht mit uns reitest."

„Es ist mir genug, Eardin. Ich möchte über so vieles nachdenken. Ich brauche die Ruhe von Adain Lit, die Stille des Waldes für meine Seele."

„Willst du die verborgenen Elben nicht sehen?"

„Die verborgenen Elben der Feandun bleiben höchstwahrscheinlich weiter im Verborgenen. Der Ritt dorthin dauert mindestens zehn Tage und es mag sein, dass ihr scheitert. Ich habe es mir gut überlegt, denn die Neugier treibt auch einen älteren Elben wie mich noch an." Lächelnd betrachtete er sie. Es fiel ihm schwer, Abschied zu nehmen.

„Können wir dich allein reiten lassen?"

„Du musst nicht auf mich aufpassen, Whyen. Ich bin wirklich alt genug, um von den Eymari nach Adain Lit zu reiten. Außerdem bin ich nicht ganz schutzlos."

Whyen hielt sich zurück, er kannte den Magier lange genug. Doch es behagte ihm nicht.

„Nun gut, dann ist alles gesprochen und das Weitere wird sich finden", Mellegar sah vielsagend zu Fairron. Dann stand er auf und umarmte sie alle. „Grüßt mir das große Wasser des Westens und mögen die lichten Mächte euch behüten!" Er drehte sich um und ging.

Als das Licht des nächsten Morgens erwachte, war er schon fort.

„Wir werden ein Stück nach Süden in Richtung Astuil reiten, um dann unseren Weg am Gebirge entlang, in Richtung des Meeres, fortzusetzen." Fairron saß auf einem Stein und malte, vor allem für Adiad, Linien auf den Boden. „Das Land ist besiedelt, es gibt Dörfer und größere Orte." Er stach mit dem Stock kleine Löcher in die Erde. „Die Berge schwenken dann wieder nach Süden. Wir sollten ihnen folgen, denn Mellegar sagt, die Feandun-Elben siedeln am auslaufenden Gebirge in Richtung des Meeres. Wir können nur auf unser Glück vertrauen. Hoffen wir, dass das letzte Stück des Weges sich uns offenbart, wenn wir dort sind."

„Wir brauchen Vorräte. Es kann sein, dass wir tagelang nach den Feandun suchen," warf die Eymari ein.

„Wir können uns unterwegs versorgen." Fairron griff an seinen Gürtel, öffnete einen kleinen Lederbeutel und holte einige golden glänzende kleine Steine heraus. „Die Menschen schätzen dieses Gold sehr, wie ihr wisst. Ein Gefährte der Sonne!" Er hielt es nach oben und drehte seine Hand dabei, damit alle den gelben Glanz sehen konnten.

„Woher habt ihr euer Gold eigentlich?", fragte Bewein.

„Es ist aus einem unserer Bäche in Adain Lit. Wir benutzen es nicht nur für die Gefäße, sondern auch zum Tauschen. Aber nur wenn es nicht anders geht. Die Menschen sind gierig danach und sollten nicht zu sehr darauf aufmerksam werden. Deshalb bitte ich dich, darüber zu schweigen."

Am nächsten Morgen brachen sie auf.

Nachdem alle verabschiedet waren, wollte auch Adiad auf ihr Pferd steigen, doch sie hörte Worrid rufen und hielt inne. Er hatte einen kleinen Efeuzweig in der Hand. Sein Blick ging zu Eardin. Der lächelte und nickte, so gab Worrid Adiad einen Kuss auf die Wange und steckte ihr den Zweig ins Haar. „Er soll dir Glück bringen, Elbenfrau."

Erstaunt sah sie auf.

„Deine Mutter hat es mir gesagt. Nur mir!"

„Danke, Worrid!", flüsterte Adiad. Einer alten Gewohnheit folgend, strich sie die verirrten Strähnen aus seinem Gesicht.

Der Himmel hatte sich eingetrübt und ließ den Wald düster erscheinen. So war es für Adiad etwas leichter, ihn zu verlassen. Ihr Blick hing an Eardin, der vor ihr ritt. Neben den Pfeilköcher, den er von Worrid bekommen hatte, hatte er das Holz des alten Baumes gebunden. Er wollte an den Abenden an ihm arbeiten. Sie freute sich für ihn und dankte dem Baum noch einmal im Stillen für sein Geschenk.

„Der Falke ist fort", stellte sie fest.

„Er begleitet Mellegar", erwiderte Eardin, als ob es nichts Natürlicheres gäbe, „es mag sein, dass ein anderer uns findet."

„Sie werden es dir nicht offenbaren", flüsterte Bewein an ihrer Seite, „du bist ein Mensch, Adiad, trotz deines Elbenblutes. Du wirst das Innerste ihres Wesens, ihre Magie nie ganz verstehen."

'Dann werde ich auch ihn nie verstehen', dachte Adiad bedrückt.

Eardin wandte sich um, wollte etwas sagen. Er zögerte, doch schließlich ritt er schweigend weiter.

Sie folgten dem schmalen Pfad noch nicht lange, als Bewein bei einer Rast den Kopf hob, sie bedauernd ansah und verkündete: „Ich komme nicht mit!"

Alle außer Eardin waren überrascht. „Ich dachte es mir. Du willst wieder heim."

„Ich liebe meine Familie, Eardin. Sie fehlen mir. Ich möchte meine Kinder und meine Frau wiedersehen und dort eine Weile bleiben. Wir werden uns morgen trennen, der Weg nach Astuil zweigt bei der Mühle von Dorbis ab."

„Es tut mir leid, Bewein", meinte Whyen, „es macht wirklich Spaß, mit dir unterwegs zu sein. Ich hoffe, dich bald wiederzusehen, vielleicht in Adain Lit. Besuch uns, wenn es dich wieder aus Astuil herausdrängt."

„Dies werde ich tun, doch kommt ihr erst mal heil in euren Wald zurück! Ich wollte euch noch was auf den Weg mitgeben", sprach er dann weiter. „Die Menschen hier in der Gegend kennen die Elben, denn ihr seid schon öfters zu uns geritten. Je weiter ihr nach Westen kommt, umso schwieriger wird es. Die Menschen dort sind nicht schlecht. Sie sind recht bodenständig, aber alles was fremd ist, was sie nicht kennen, macht ihnen Angst. Manche von ihnen haben noch nie Elben gesehen, sondern kennen sie nur noch aus Geschichten. Es kann sein, dass sie euch fürchten, euch für Zauberer halten oder sonst irgendwas. Also wundert euch nicht, wenn sie ängstlich auf euch schauen. Euch meiden oder sogar verwünschen."

„Wir sind diese Wege schon vor vielen Jahren geritten", antwortete ihm Eardin, „und hielten uns deswegen im Verborgenen. Es ist nicht unsere Absicht, die Menschen zu schrecken. Vernünftiger wäre es aber, ihnen offen zu begegnen."

„Wir können nicht das ganze Land bis zum Meer von den alten Geschichten befreien, unser Ziel ist ein anderes," warf Fairron ein, „wir sollten Begegnungen aus dem Weg gehen."

„Ihr könntet euch ja hinter mir verbergen", sagte Adiad und lachte.

Bewein nickte bestätigend: „Es ist gut, wenn ein Mensch unter euch ist."

„Außer sie denken, wir haben sie entführt und vorher verhext", erwiderte Fairron.

„Wenn ihr nett zu mir seid, werde ich nicht gequält und hilfesuchend herumschauen, wenn wir anderen Menschen begegnen."

Whyen lachte. „Na gut, wir danken dir, Bewein. Wir werden darauf achtgeben."

Geheime Treffen

Cardin umarmte seinen Freund und Bewein presste Adiad noch einmal fest an sich. Dann ritt er auf Astuil zu, das in der Ferne schon auf dem hohen grünen Hügel am Rande der Berge zu sehen war. Gedankenverloren betrachtete er die gewaltigen Wachtürme, die die Stadtmauer unterbrachen. Fahnen wehten auf ihnen, wie immer, wenn König Togar anwesend war. Bewein wusste, die Soldaten auf der Mauer würden ihn bald erkennen. Hinter den massiven Quadern zwängten sich die Wohnhäuser und die Gebäude der Handwerker und Händler. Ein enges Straßengewirr führte hindurch. Er dachte an Adain Lit und verstand, warum die Elben die Städte der Menschen nicht mochten. Wenig Grün war in Astuil, nur grauer Stein, dies jedoch war die Art der Menschen, sich zu schützen. Sie hatten keinen Schutzzauber. Starke Mauern und wehrhafte Türme sollten den Bewohnern Sicherheit bieten und notfalls auch den Bauern, von denen sie lebten. Kurz erwiderte Bewein den Gruß der Stadtwachen und wie immer wanderte sein Blick zu den Mordlöchern, runden Öffnungen im Gewölbe des Torbogens. Instinktiv zog er jedesmal seinen Kopf ein. Sollten Angreifer je das erste Tor überwunden haben, würde sie hier ein Pfeil- und Steinregen erwarten. Gelassen um sich schauend, folgte er den engen Gassen zum Palast des Königs. Die Hufe seines Pferdes schlugen laut auf den steingepflasterten Wegen. Handwerker hatten ihre Waren vor den Geschäften ausgebreitet und priesen lautstark ihre Fertigkeiten und Gerätschaften. Menschen drängten sich an ihm vorbei, einige grüßten hastig. Jede Gasse war von einem anderen Geruch erfüllt. Nicht jede angenehm. Er ritt schneller, als er an dem Viertel der Schlächter vorbeikam. Der Gestank beschied ihm unangenehme Erinnerungen. Aus der Messerschmiede waren schleifende Geräusche zu hören. Im Hof des Kamm-Machers lagerten alte Hufe und Hörner. Es stank erbärmlich. Die Stadtwache würde ihn nochmals ermahnen müssen, sein Material nicht so lange Zeit zu lagern. Die Huren standen an dem Platz, an dem sie immer standen. Bewein betrachtete kurz ihre Reize.

„Für dich ist es heute günstiger, Bewein!"

Er lachte. „Lass deine Versuche, Nade, ich komme auch heute nicht zu dir, obwohl du sehr hübsch aussiehst in deinem roten Kleid."

Sie hob ihren Rock, unter dem sie nichts trug und schwenkte ihn. Dann lachte sie, um sich dem nächsten Mann zuzuwenden.

‚Auch dies schätzen die Elben nicht besonders', dachte Bewein.

Stolz erhob sich mitten in Astuil der Palast des Königs. Blanke hohe Wände ragten steil nach oben, einzig unterbrochen von schmalen Fenstern im obersten

Stockwerk. Es war eine Wehranlage für sich, formell nur durch ein einziges riesiges Holztor zu betreten. Nichts Kunstvolles war an dem Bauwerk, nichts Schönes, wie bei den Häusern der Elben. Für die Jahrhunderte gebaut, diente es einzig dem Zweck, den König zu schützen. Die Wachen ließen ihn vor dem Tor warten, um ihn bei König Togar zu melden, und Bewein betrachtete den großen Platz. Wie ein Sturmauge ruhte er zwischen den lebendigen Gassen von Astuil. Die meisten Menschen mieden ihn, so wie sie Togar mieden. Zwar wurde der König geschätzt für seine Entschlossenheit und Stärke, doch neigte er auch zu Willkür und unbesonnenem Handeln. Bewein zollte es seiner Jugend, denn Togar war seinem Vater erst vor sieben Jahren nachgefolgt und zählte noch keine dreißig Lenze. Wenig gab der König auf das Urteil der Räte. Zwar hörte er sie, doch war es ihm ein Bedürfnis, selbst zu entscheiden. Bewein mochte ihn trotz allem. Er hatte schon seinen Vater gekannt und Togar aufwachsen sehen. Bewein war einer der wenigen, die das Vertrauen des Königs besaßen. Es war ihm jedoch bewusst, dass sich Togar in seiner launischen Art schnell anders entscheiden konnte, vielleicht auf seine Ratschläge bald nichts mehr gab.

Die hohe Tür, die in dem Tor eingelassen war, wurde geöffnet und er betrat den Innenhof des viereckigen Bauwerks. Knaben liefen auf ihn zu, um sein Pferd zu nehmen. Er gab ihnen den Zügel und folgte dem Wächter. Dieser führte ihn nicht zum Haupteingang, sondern zu einer der Ecken des Hofes. Der Innenhof dieses Wehrbaus war lichter und offener gestaltet. Fenster und Balkone unterbrachen die Mauer, an der Efeu und wilder Wein rankten. Während Bewein noch überlegte, ob die zwei Seiten des Bauwerks auch die beiden Gemüter des Königs darstellten, öffnete der Wächter eine Tür und begann vor ihm die Treppenstufen hinaufzusteigen, die sich spiralförmig nach oben wanden. Bewein hasste solche Treppen. Er war weder für das Treppensteigen, noch für die ständigen Drehungen geschaffen. Schnaufend quälte er sich und musste immer wieder stehen bleiben, um gegen seinen Schwindel zu kämpfen. Endlos drehten sich die Stufen um die steinerne Säule und er dachte darüber nach, ob der König ihn dieser Qual bewusst aussetzte, um ihm seine Macht zu zeigen. Um ihn spüren zu lassen, dass er mit ihm machen konnte, was ihm in den Sinn kam. Bewein wurde sich bewusst, dass er ihm dies durchaus zutraute. Als er schon das Licht über sich sah, hielt er kurz inne, um wieder zu Atem zu kommen. Dann betrat er kühnen Schrittes die Plattform des Eckturms.

Togar wartete bereits. Selbstbewusst stand er vor der Weite der Landschaft, die Arme vor der Brust verschränkt und das Schwert wie immer an seiner Seite. Er trug das schwarze Gewand der Soldaten Astuils, die Ränder indes waren mit feinen, goldenen Borten gefasst, das lange Hemd mit einem edelsteinbesetzten Gürtel gebunden. Seine schwarzen Haare hatte er wie Bewein zum Zopf gefasst. Blaue Augen saßen unter dichten, geraden Augenbrauen. Sein kurzgeschnittener, dunkler Bart ließ Togar älter erscheinen, als er war, doch seine Augen verrieten ihn. Fast jungenhaft erschienen sie in diesem Moment. ‚Ein Soldatenkönig' dachte Bewein, verneigte sich tief und sprach: „Sei gegrüßt, Togar, König der Länder von Astuil!"

„Lass die edlen Worte und komm näher, Bewein!"

Bewein erhob sich schmunzelnd und trat neben seinen König. Der klopfte ihm derb auf die Schulter, wandte sich um und blickte in die Weite. Dunst lag über dem Land, so blieben die Tausend Seen dem Auge verborgen, doch der Fluss der Ebene leuchtete in der grünen Landschaft wie ein Band aus Silber. Bewein dachte an die Elben, die dort unten ihres Weges ritten. Weiter im Norden lag der Wald der Eymari. Er sah eben im Geiste ihren Dorfplatz vor sich, als Togar ihn laut aus seinen Gedanken riss.

„Erzähl, Freund Bewein, was gibt es Neues?"

Bewein erzählte. Er berichtete wenig von den Elben, denn er war gekommen, um Togar die Erlebnisse mit den Naga zu schildern. Aufmerksam verfolgte der König seine Worte.

„Ein Priester führt sie an, sagst du?"

„Es waren zwei, doch Whyen, der Elbenkrieger, tötete einen von ihnen."

„Auch mir scheint es vernünftig zu warten, ob es den Zwergen gelingt, sie zu vernichten. Ich werde meine Aufmerksamkeit ein wenig nach Osten lenken. Lasst den Statthalter aus Sidon kommen, ich will mich mit ihm abstimmen."

Bewein nickte. „Was gibt es Neues in der steinernen Stadt, mein König?"

Togar schwieg zunächst und sein Blick wanderte sehnsüchtig in die Weite. Aufseufzend setzte er sich schließlich auf die Mauerbrüstung. Bewein sah es mit Grauen; ein kleiner Stoß würde genügen. Tief fiel die Mauer hinter dem König zum steinernen Vorplatz.

„Tut dies nie, wenn Ihr jemandem nicht vertraut, mein König!"

Togar lachte auf. „Setz dich zu mir, Bewein. Wir wollen sehen, ob du mir so vertraust, wie ich dir."

Bewein versuchte nicht an die Höhe zu denken und ließ sich beklommen neben ihm nieder. Es mochte die Zeit kommen, wo Togar bereit war, ihn von der Brüstung zu stoßen.

Der König beobachtete ihn aufmerksam. „Du traust mir nicht, Bewein!"

Bewein antwortete nicht.

Ohne weiter in ihn zu dringen, begann Togar: „Merkwürdige Umtriebe gibt es in der Stadt, Soldat. Geheime Treffen mit seltsamen Handlungen. Ich beobachte sie, meine Späher verfolgen alle ihrer Schritte."

„Wen verfolgen die Späher?"

„Bewohner unserer Stadt, vor allem Männer aus reichen Häusern, aber auch andere. Ihre Versammlungen erscheinen harmlos. Sie treffen sich in der Kellerhalle von Bront, reden kaum, sondern singen in fremden Sprachen. Der Sinn des Ganzen bleibt mir verschlossen, doch vermute ich, dass meine Späher nicht alles erfuhren. Es muss Anführer geben, Menschen, denen die anderen hinterher rennen. Wie die Schafe dem Schafhirten", ergänzte er und lachte grob auf. Bewein vermutete, dass er sie alle auch ein wenig dafür hielt. Schafe, die ihrem König folgten.

„Es ist etwas Magisches, was dort geschieht und ich verabscheue Magie, Bewein. Auch auf die Elben mit ihrem ganzen magischen Gerede kann ich verzichten. Und jetzt kommst du daher, und erzählst mir von diesen Naga und irgendwelchen Schlangenpriestern!" Grimmig sah er vor sich hin. „Mir wäre es am liebsten, diese ganzen nichtmenschlichen Wesen würden sich gegenseitig vernichten!"

Bewein erschrak über seine Worte, denn Togar hatte die Elben bisher freundlich empfangen. So erfuhr er erst jetzt von dessen Abneigung gegen sie.

„Ich bin froh darüber, dass du wieder da bist, Bewein, obwohl ich deine ständigen Besuche in Adain Lit nicht verstehen kann. Jetzt komm, Elbenfreund, lass uns etwas trinken. Ich werde dir die Aufgabe übertragen, diese merkwürdigen Umtriebe in unserer Stadt auszurotten!"

Wieder schlug er ihm auf die Schulter und Bewein folgte ihm schweigend mit aufgewühlten Gedanken.

Ängste

Adiad und die drei Elben aus Adain Lit folgten inzwischen dem breiten Pfad, der am Gebirge entlanglief. Dieser Gebirgszug zu ihrer Linken wurde nun für viele Tage ihr ständiger Begleiter. Einige bewaldete oder grüne Hügel waren ihm vorgelagert. Auf einem davon lag auch die Königsstadt Astuil, die jetzt aus ihrem Blick verschwand. Bäche plätscherten von den Bergen herab, auch größere Wasserläufe, in denen sich die Rinnsale schon gesammelt hatten. Das Land zu ihrer Rechten war saftig und fruchtbar. Ab und zu sahen sie kleine Ortschaften, die mit hohen Holzzäunen umgeben waren. Sie lagen in der Ebene, der Weg am Gebirge war einsam und führte durch keine Orte.

Es war der fünfte Tag ihres Rittes, als ihnen eine Gruppe von Reisenden entgegenkam. Sie führten mehrere Karren mit sich, die von kleinen stämmigen Pferden, aber auch von den Männern selbst gezogen wurden. Zwei Frauen waren in der Gruppe, große Körbe beugten ihre Rücken. Je näher die Elben den Menschen kamen, um so zögerlicher gingen diese weiter. Bis sie schließlich stehenblieben, zur Seite traten und mit versteinerten und auch furchtsamen Mienen auf sie blickten. Sie flüsterten untereinander, einer der Männer trat schließlich vor. „Wir fragen uns, ob ihr Elben seid, Fremde."

Eardin nickte. „Wir sind Elben. Wir kommen aus den östlichen Landen und reiten dem Meer zu."

Der Blick des Mannes wanderte misstrauisch zu Adiad, sie ergänzte rasch: „Ich bin ein Mensch, ich reite freiwillig mit ihnen." Dabei bemühte sie sich nicht gequält und hilfesuchend zu schauen.

Eine Weile lastete Schweigen auf der Menschengruppe. Bis eine weibliche Stimme flüsterte: „Hexer aus dem Osten."

Einem aufziehenden Unwetter gleich, verdunkelten sich die Gesichter der Menschen und sie wichen zurück. Einige von ihnen überkreuzten ihre Finger vor der Brust zum Zeichen der Abwehr, andere zogen Ketten mit beschriebenen Bleitäfelchen aus ihren Hemden, hielten sie schützend vor sich.

„Sie sind keine Hexer, sie tun euch nichts!", versuchte sich Adiad.

„Geht weg! Lasst uns! Schaut uns nicht an!" Die Männer und Frauen wandten ihre Blicke ab, verbargen ihre Gesichter.

Adiad fühlte sich hilflos. Auch die anderen wussten nicht anders damit umzugehen, als die Menschen dort stehenzulassen und weiterzureiten.

„Ich möchte wissen, was für Geschichten über uns in diesem Land erzählt werden", sagte Eardin nach einer Weile.

„Keine guten!", antwortete Fairron.

So bemühten sie sich, Begegnungen mit Bewohnern dieses Landes zu vermeiden, bis schließlich ihre Vorräte zu Ende gingen. Sie hatten sich bei leichtem Regen in einem der Zelte zusammengefunden, als Whyen die letzten Reste des Brotes und der getrockneten Früchte aus seinem Beutel kramte.
„Das ist alles. Morgen müssen wir in ein Dorf reiten."
„Wir können es nicht ändern, vielleicht sollte aber nur einer von uns gehen", antworte Eardin.
„Ich könnte gehen, ich bin ein Mensch, ich werde überhaupt keine Schwierigkeiten bekommen."
„Das gefällt mir nicht, Adiad."
„Was soll das, Eardin? Du fängst schon an, wie Worrid zu reden. Ich werde wohl in ein Dorf reiten können, um ein paar Brote zu holen."
„Es wird einiges mehr sein", meinte nun Whyen. Du kannst es nicht alleine tragen."
„Ich habe mein Pferd. Hört auf, euch Sorgen zu machen. Es gibt keinen wirklichen Grund, der dagegen spricht."
„Sie hat recht!", sagte Fairron, „wir fangen wirklich schon an, auf sie aufpassen zu wollen. Aber gib bitte acht, dass nicht falsche Augen den goldenen Stein bei dir sehen, Adiad."
„Ich werde darauf achten, Fairron", antwortete Adiad schmunzelnd.

Der Morgendunst verwandelte die Landschaft in ein Traumbild. In einen weißen See aus Nebel gebettet, lag ein Dorf im Licht des neuen Tages. Lange Holzpfähle wuchsen düster aus einem Erdwall, der eine größere Anzahl von Gebäuden schützend umgab. Ein breiter Weg führte dem Ort zu. Es waren kaum Menschen unterwegs, so konnten sie nahe an die Wegkreuzung reiten, bevor sie sich in den Schutz einiger Bäume zurückziehen wollten.
„Ich finde es wirklich merkwürdig und ärgerlich, sich vor den Menschen zu verstecken!" Grimmig stierte Whyen vor sich hin, „wir sind keine dunklen Hexer oder sonst etwas, vor dem sie Angst haben sollten."
„Es ist besser so", antwortete Fairron, „du hast gesehen, dass sie sich fürchten. Wir sind nicht hergekommen, um allen Menschen dieses Landes zu zeigen, dass wir dies nicht sind, oder uns ihre angstgeweiteten Augen anzusehen. Ich möchte zu den Feandun-Elben und dies, ohne ständige Reden halten zu müssen."
Whyen brummte widerwillig.

„Gut, gib mir das Gold, Fairron, und ich gebe euch meinen Bogen. Ich werde ihn dort nicht brauchen, außerdem habe ich noch mein Messer", sagte Adiad entschlossen.

„Es ist lächerlich klein!", warf Whyen ein.

„Ich brauche keine Waffe! Ich reite dort hin, tausche Gold gegen Essen und komme wieder."

Fairron gab ihr einen der kleinen goldenen Steine. „Es ist besser, du nimmst nur einen, damit sie nicht gierig werden."

An der Wegkreuzung angelangt, drehte sich Adiad noch einmal um, hob die Hand zum Gruß und ritt den Weg hinunter dem Dorf entgegen. Aufmerksame Elbenaugen beobachteten sie, bis sie den Wall erreicht hatte. Nach einem kurzen Wortwechsel mit den Torwächtern verschwand sie aus ihrer Sicht.

Adiad genoss ihren Ausflug. Langsam ritt sie der Mitte des kleinen Ortes zu, sah sich um und grüßte freundlich. Sie bemerkte, dass einige verwundert ihre Kleidung betrachteten. Doch war es auch nicht so ungewöhnlich, eine Frau in einem langen Lederhemd, Hose und Stiefel zu sehen. Die Dorfbewohner hielten sich nicht lange damit auf und gingen weiter. Bald erreichte Adiad einen kleinen Platz, auf dem zu ihrer Freude schon einige Marktstände aufgebaut waren. Die flüchtig errichteten Verkaufstische schmiegten sich an die Fronten der einfachen Häuser, die den sandigen Platz kreisförmig umgaben. Auf Sockeln aus grob behauenen Steinen erhob sich dunkel verwittertes Holz. Ein Haus suchte Halt am anderen, keines der Dächer wirkte im Lot. Adiad fand sie recht heimelig. Gutgelaunt schwang sie sich vom Pferd. Bald entdeckte sie einen ansprechenden Stand. Ein Bauer hatte ein reichhaltiges Angebot ausgebreitet, bei dem sie alles fand, was sie brauchte. Er hatte sogar einen Krug mit Honig, ein großes Stück harten Käse und Nüsse vor sich liegen. Es war noch ruhig am Markt und so war sie allein, als sie auf ihn zuging.

„Ich bräuchte einiges von dem, was auf deinem Tisch liegt, doch es sollte auch gut und frisch sein, sonst werde ich weitergehen."

„Schau dich um, schöne Frau, nimm es in die Hand, koste vom Käse. Du findest bei keinem anderen bessere Sachen."

Sie ließ sich Zeit, alles genau zu betrachten. „Das Brot ist etwas hart, doch sollte es genügen. Wieviel möchtest du dafür haben?"

„Nur für das Brot?"

„Nein für alles, außer den Eiern und dem Fleisch."

„Für alles?"

„Ja, und einen deiner Säcke bräuchte ich auch noch."

Er betrachtete sie eine Weile abschätzend, dann antwortete er: „Sag mir, was du hast, dann sag ich dir, ob es recht ist."

Die Eymari erkannte, dass der Spielraum zum Handeln gering war. Sie besaß nur einen Goldklumpen, den sie schlecht teilen konnte.

„Ich habe dies hier!" Vorsichtig öffnete sie ihren Beutel, den sie am Gürtel befestigt hatte und gab das Gold versteckt an den Bauern. Der hielt ihn eine Weile in seiner Hand, als ob er ihn wiegen würde, dann hob er ihn hoch und betrachtete ihn im Licht, um ihn anschließend zwischen seinen Zähnen zu prüfen. Adiad erschrak, denn sie dachte an die Worte Fairrons.

„Das reicht, Frau, ich nehme ihn!" Schnell schob er den Klumpen ein und begann ihr beim Einpacken und Beladen des Pferdes zu helfen. „Hast du eine Räuberbande zu versorgen?", fragte er mit einem Seitenblick, der sein Befremden verriet.

„Nein, ich sehe nur so aus, doch ich bin kein Räuber. Ich habe eine große Familie und wir sind auf der Durchreise.

„Und warum hilft dir deine Familie nicht?"

„Sie haben Angst vor anderen Menschen", erwiderte sie schmunzelnd.

„Gut, der Sack ist fest an dein Pferd gebunden. Ich danke dir und wünsche dir und deiner Familie eine gute, weitere Reise." Er nickte kurz und widmete sich wieder seinem Stand, um seine restlichen Waren breit über den Tisch zu verteilen.

Adiad jedoch freute sich, so schnell zu einem befriedigenden Handel gekommen zu sein und machte sich auf den Rückweg. Es waren immer noch wenige Menschen unterwegs, als sie ihr vollbepacktes Pferd vom Marktplatz wegführte und durch eine der Gassen ging, die zum Tor lief.

Zu ihrer linken Seite wurde die Tür eines Schuppens geöffnet. Adiad sah hin, um zu erkennen, wer heraustreten würde, als plötzlich ein Mann aus dem Tor herausbrach, sie brutal packte, ihr eine Hand auf den Mund presste und sie in den Schuppen zog. Während der Schatten eines anderen Mannes das Tor hinter ihnen zuschlug, schleifte ihr Häscher sie grob in die Mitte des Raumes. Der Schatten löste sich aus dem Dunklen und sie sah einen verwahrlosten Mann mit Bart und strähnigen Haaren auf sich zu kommen. „Wo hast du die anderen Steine, Mädchen?"

Nach dem ersten Schrecken begann sie sich gegen den Griff des Mannes, der sie festhielt, zu wehren. Dieser nahm ihren Arm und bog ihn hart nach hinten. „Schau nach", raunte seine Stimme in ihrem Rücken.

Adiad wand sich, versuchte in seine Hand zu beißen und trat nach den Männern.

Der Bärtige schrie auf, als sie sein Schienbein traf. „Halt sie fester!", stieß er wütend hervor.

„Dann brauch ich beide Arme."

„Dann stopf ihr was rein. Warte, ich hab was." Er zog sich sein schmutziges Tuch vom Hals und sie drückten es ihr in den Mund. Adiad übergab sich fast vor Ekel. Ihre Arme wurden nun beide gepackt und brutal nach hinten gebogen, während der Bärtige anfing, an ihrem Gürtel herumzufingern. „Ich hab ihn!" Mit einem Ruck riss den Lederbeutel ab und öffnete ihn hastig. „Er ist leer, sie hatte nur einen."

Enttäuscht schleuderte er den Beutel auf den Boden, wandte sich ihr wieder zu, packte sie an den Schultern und hauchte ihr seinen faulig stinkenden Atem ins Gesicht. „Du hast also nichts mehr von den goldenen Steinen?"

Adiad schüttelte den Kopf.

Ein verärgertes Schnauben, der Bärtige packte ihren Hals und rieb seine rauen Daumen über ihre Kehle. „Dann wollen wir aber was anderes von dir haben." Gemächlich ließ er seine Hände über ihren Oberkörper nach unten gleiten, beobachtete sie dabei, schien sich an ihrem entsetzten Blick zu ergötzen. Ein lüsternes Grinsen, dann fuhr er hart mit seiner Hand zwischen ihre Beine. „Was könnten wir wohl mit dir vorhaben?" Wollüstig leckte er über seine Lippen, öffnete ruckartig ihren Gürtel und löste die Haken ihrer Lederjacke.

Adiad wehrte sich in blanker Verzweiflung, ihre Arme wurden grob nach hinten gerissen und stechender Schmerz raste durch ihren Körper. Der Knebel erstickte ihren Schrei.

„Es gefällt ihr!", keuchte der Bärtige.

„Mach schneller, mach nicht so langsam. Reiß das Hemd und die Hose auf, stoß sie, dann lass mich ran!", sagte der andere mit gehetzter Stimme.

„Sei still, lass mich, ich mag es lieber langsam!", fuhr ihn der Bärtige an und öffnete den letzten Verschluss.

Während der Bärtige sich schwer atmend an sie drückte, schrie Adiad einen stummen Schrei zu den Elben. Sein feuchter Mund glitt über ihren Hals, seine Hände packten ihre Haare, rissen ihren Kopf nach hinten. Er lachte, zog ihre Jacke auseinander, fuhr mit seinen Händen nach unten und schob sie unter ihr Hemd bis er ihre Brüste fand. Grob umschloss er sie und begann sie heftig zu kneten. Sein Knie drückte gegen ihre Schenkel, er stieß ihre Beine auseinander, ließ seine Hände zum Bund ihrer Hose gleiten und löste die Schnüre.

„Beeil dich", stöhnte der andere Mann und bog ihr dabei so stark die Arme nach hinten, dass der Schmerz ihren Körper wie Feuer durchfuhr. Das Tuch in ihrem Mund drohte sie zu ersticken. Gefangen in Panik und Schmerz, wand Adiad sich vergeblich unter ihren Griffen und schrie im Geiste verzweifelt um Hilfe. Der Bärtige war gerade dabei, ihr die Hose herunterzureißen, als das Tor krachend aus den Angeln flog und die Elben, einer Naturgewalt gleich, in den Schuppen stürmten. Blitzschnell hatte Eardin den Bärtigen gepackt. Er schleuderte ihn zu Boden, direkt vor Fairrons Füße, der ihm sein Schwert an die Kehle drückte. Whyen hatte seinen Unterarm um den Hals des anderen geschlungen und würgte ihn solange, bis er röchelnd Adiads Arme losließ. Dann schleuderte er ihn von sich, zog ihn an seinem Haar wieder nach oben und drückte den Mann brutal gegen die Wand. Mit einem tiefen Knurren setzte er die Spitze seines Messers direkt auf seinen Unterleib. Eardin hatte Adiad inzwischen das Tuch aus dem Mund genommen und hielt sie fest umfangen. Sie bebte vor Schrecken.

Unvermittelt betraten Menschen den Schuppen. Sie hatten die Elben gesehen, als diese in wildem Ritt durch das Tor gestürmt waren. Die Torwachen waren dabei, sie sahen sich um, bis einer rief: „Lasst sie uns!"

Die Elben rührten sich nicht und der Mann unter Fairron begann elend zu jammern.

„Ich sagte, ihr sollt sie uns übergeben!" schrie der Wächter, „ich will genau wissen, wer ihr seid und was hier geschehen ist. Und vorher wird hier keiner umgebracht."

Eardin wandte sich in der Elbensprache an Fairron und Whyen. *„Lasst sie und kommt. Ich nehme Adiad."*

Whyen knurrte als Antwort, packte den Mann, der ihn mit weitaufgerissen Augen anstarrte, noch fester am Hals, hob ihn hoch und warf ihn gegen die nächste Wand. Bewusstlos blieb er liegen. Nachdem Fairron dem Bärtigen noch einen Tritt versetzt hatte, verließ er mit den anderen wortlos den Schuppen. Erschrocken wichen die Menschen unter ihren Blicken zur Seite. Fairron holte Adiads Pferd, Eardin trug die Eymari zu Maibil, übergab sie kurz Whyen, stieg auf und barg sie wieder in seinen Armen. Ohne sich umzusehen ritten sie aus dem Tor hinaus, dem Wald entgegen.

Schweigend ritten die Elben unter die Bäume, bis sie einen geschützten Platz fanden. Dort kniete Eardin sich auf den Boden, hielt Adiad fest und streichelte ihr sanft über das Haar, während Fairron seine Hand auf ihre Stirn legte und leise sang. Derweil lehnte Whyen an einem Baum, finster vor sich hin starrend.

„Es ist gut, Adiad, es ist gut, mein Stern! Du bist bei uns, sie sind weg, es ist gut." Eardins Stimme holte Adiad allmählich aus ihrem Albtraum. Sie begann zu weinen.

„*Ich hätte sie umbringen sollen!*" Whyens Augen waren weiß vor Zorn. „*Ich reite wieder runter und bringe sie um!*"

„*Lass sie, Whyen*", sagte Fairron, „*sie sind es nicht wert, es ist menschlicher Abschaum.*"

„*Es wäre noch mehr geschehen, wenn wir nicht gekommen wären, sie waren kurz davor!*", schrie er Fairron an.

„*Es ist aber nicht mehr geschehen, also beruhige dich!*"

Whyen schnaubte, verschränkte die Arme und starrte weiter wütend in Richtung des Dorfes.

Fairron wandte sich der Eymari zu. „Wie geht es dir, Adiad?"

Adiads Antwort kam stockend. „Es war furchtbar, ich hatte so entsetzliche Angst. Einer bog mir die Arme nach hinten, ich glaubte, er würde sie mir brechen, es tat so weh. Ich bekam kaum noch Luft, sie hätten mich fast ... ich hatte solche Angst!" Adiad weinte wieder heftiger und Eardin drückte sie an sich. All seine Wärme und Magie ließ er in sie fließen.

Es dauerte, bis sie sich aus Eardins Umarmung löste. „Ich würde mich gerne waschen."

Eardin nickte und führte sie zu dem Bach, den er in der Nähe gehört hatte.

„*Wir sollten aufbrechen, diesen Ort hinter uns lassen!*", sagte Fairron zu Whyen.

So fragten sie Adiad, ob sie wieder reiten könne und als sie nickte, verteilten sie die Lebensmittel auf die Pferde und verließen den Ort. Bald verloren sie auch das Dorf aus dem Blick. Schweigend folgten sie dem Gebirgsweg. Whyen ritt voraus, und die Entgegenkommenden wichen erschrocken vor seinen Blicken zurück. ‚Sollen sie erzählen, was sie wollen!', dachte er bei sich.

Als sie am Mittag eine Rast einlegten, hatte sich Adiad wieder einigermaßen beruhigt. „Ich konnte nichts dafür. Sie hatten das Gold gesehen, doch nicht ich, sondern der Händler hielt es hoch. Und dann haben sie mich gepackt. Keine Messerkünste hätten mir mehr geholfen, Whyen!"

„Du kannst dich gegen zwei Männer, die dich überfallen, nicht wehren," erwiderte er mürrisch.

„Nie mehr lasse ich dich allein irgendwo hinreiten", beschloss Eardin mit harter Stimme. „Das nächste Mal komme ich mit!"

Und in diesem Moment konnte sie ihm nicht widersprechen. „Woher wusstet ihr, dass ich Hilfe brauche, Eardin?"

„Wir hörten dich alle in unserem Geist schreien!", antwortete er.

Zwei Tage später gabelte sich der Weg, rechts führe er zu den Städten des Meeres, linker Hand begleitete er die Berge in ihrem Schwung nach Süden. Diesem folgten sie und es wurde stiller. Keine Reisenden mehr, das Land wurde karger und verlassener.

„Ich glaube, wir sind auf dem richtigen Weg", meinte Fairron. „Wenn sie irgendwo sind, dann eher hier, als in der Nähe der Siedlungen."

Als sie das Meer schon riechen konnten, schlug Eardin an einem Morgen vor, den Gruß an die Sonne auf einem der grasbewachsenen Hügel zu singen, von dem sie das Meer überblicken konnten.

„Hast du schon einmal das Meer gesehen, Adiad?"

„Wie sollte ich, Whyen? Ich kam nie weit hinaus aus unserem Wald."

„Dann schließe die Augen, Waldfrau!" Vorsichtig führte er sie den Pfad nach oben, drehte sie, so dass sie die Sonne im Rücken spüren konnte und sprach dann: „Jetzt kannst du sie wieder aufmachen!"

Adiad öffnete sie und sah eine Weite, die sie sich nie hätte vorstellen können. Himmel und Meer verbanden sich in einem gleißenden, hellen Blau, so dass Adiad glaubte, ihre Welt würde hier enden und in eine neue und fremde Welt übergehen. Nachdem sie lange nur das Licht auf dem Meer bestaunt hatten, erhoben die Elben ihre Hände, um Adain und dem lichten Gestirn ihre Zuneigung zu schenken, um das ewige Band zwischen den Liebenden zu erneuern. Die Eymari hatte begonnen, die Lieder und Gesten der Elben zu begleiten. Zwar verstand sie nur wenige Worte, die sie leise mitsang, ansonsten summte sie und vollzog die Bewegungen, die keiner Worte bedurften, da ihr Herz sie verstand.

Nach einer weiteren Zeit stillen Schauens lachte Eardin plötzlich auf und rief: „Lasst uns hinunter reiten! Es ist lange her seit dem letzten Mal, doch ich weiß noch wie wunderbar es war, die Pferde über den Sand und im Wasser rennen zu lassen!"

Whyen und er rannten los und auch Adiad wollte ihnen folgen.

„Bleib bitte hier, ich will mit dir reden." Als Fairron die Eymari aufhielt, unterbrachen die beiden anderen überrascht ihren Lauf.

„Geht! Ich brauche Zeit, um mit ihr über etwas zu sprechen."

Adiad zuckte mit den Schultern. Eardin jedoch erstarrte und Fairron sah eine Ahnung in seinen Augen. „Vertrau mir, Eardin!", rief er ihm zu.

Sein Freund zögerte, doch schließlich ging er.

Fairron ließ sich im Gras nieder und sah ihnen nach. Die Eymari setzte sich neben ihn und wartete. Nach einer Weile trieb sie die Neugier zu sehr und sie wandte sich ihm zu.

„Was ist, Fairron? Ich wäre gerne mitgeritten, so vermute ich, dass es etwas Wichtiges ist, was du mir sagen willst."

Fairron nahm ihre Hand. „Tut mir leid, Adiad, ich wusste nur nicht, wie ich beginnen soll." Kurz schwieg er wieder, dann atmete er durch und begann: „Adiad, ich sehe, dass du mit Eardin glücklich bist und er mit dir. Und wir, Mellegar und ich, spüren auch, dass euer Leben und eure Seelen in einer besonderen Weise zusammengefunden haben. Sie singen dasselbe Lied, Adiad! Und dies ist etwas Besonderes, auch bei den Elben. So mag es sein, dass ihr eine lange Zeit miteinander in Liebe verbringen könntet."

Sofort legte sich ein Schatten über Adiads Augen. „Unsere Zeit ist nur begrenzt, Fairron, und ich will sie mit ihm verbringen, denn ich liebe ihn unendlich. Doch, wenn das Alter sich bei mir, wie bei allen Menschen, bemerkbar macht, werde ich ihn verlassen und zu den Eymari zurückkehren."

„Du hast das schon beschlossen?"

„Ja, denn er soll mich jung in Erinnerung behalten und lernen, ohne mich weiter zu leben. Es sind danach nicht mehr viele Jahre, die mir bei den Eymari bleiben." Sie wandte ihr Gesicht dem Meer zu und schwieg.

„Schau mich an, Adiad!" Sanft streichelte Fairron die Tränen von ihren Wangen. „Am letzten Tag bei deinem Volk war ich lange mit Mellegar im Wald und wir haben über etwas gesprochen. Es gäbe eine Möglichkeit, dein Menschsein von dir zu nehmen."

„Mein Menschsein...?", stammelte Adiad ungläubig.

„Es ist eine magische Handlung, in der das Licht der Elben in dich übergeht."

„Warum sagst du mir das erst jetzt? Warum habt ihr mir das nicht früher erzählt?"

„Weil es nicht ohne Gefahr ist, Menschenfrau. Und Eardin weiß das auch."

„Er weiß davon? Er hat mir auch nichts gesagt!"

„Er hat Angst um dich! Er kennt die Geschichten."

„Was für Geschichten, Fairron?" Adiad hatte sich inzwischen vor ihn gekniet, um ihm direkt in die Augen sehen zu können. Ihr Herz schlug heftig.

„Es kam schon öfters vor, Adiad. Es gab über die Jahrhunderte immer wieder Paare wie euch, Elben und Menschen, die sich gefunden hatten. Wie auch deine Großmutter. Und es wurde auch dieser Ritus vollzogen."

„Was ist geschehen, du sprachst von einer Gefahr?"

„Es waren Magier, wie wir, mit ähnlichem Wissen und Können, von denen die Berichte stammen. Doch die Worte, die sie bei dem Ritus verwendeten, sind älter. Ähnlich unserer Sprache, doch anders im Klang und in der Aussprache. Sie hatten sich sicher ausreichend vorbereitet, so wie wir es auch tun würden, doch mag es ein falsches Wort, eine falsch ausgesprochene Silbe gewesen sein."

Er verstummte und Adiad starrte ihn an. „Was, Fairron?"

„Es gibt nur einen Fall, eine Menschenfrau, die mit all ihren Sinnen zur Elbin wurde. Die anderen verloren sie. Die meisten verloren ihr Augenlicht, einige ihr Gehör oder ihre Sprache. Ein Mann wusste danach nicht mehr seinen Namen und erkannte die Elbin nicht mehr, die auf ihn wartete."

„Blieb das so, oder kamen die Sinne zurück?"

„Nein, Adiad, sie kamen nicht mehr."

„Und mein Elbenblut, Fairron?"

„Es macht wenig Unterschied, es gab Menschen oder Elbenblütige wie dich." Beruhigend streichelte Fairron über ihren Kopf, während er weitersprach. „Ich wollte es dir schon einige Tage früher sagen, doch dann kam dieser Morgen dazwischen und so sollte dein Gemüt wieder in Einklang kommen. Mellegar bat mich, mit dir zu reden, bevor wir die Feandun-Elben erreichen. Vorausgesetzt, dass wir überhaupt zu ihnen gelangen. Sie besitzen ein anderes Wissen als wir, Adiad, und sie sind in gewisser Weise dein Volk. Es mag sein, dass sie Wege kennen."

Als ihre Augen aufleuchteten, fügte er schnell hinzu: „Erhoffe dir nicht zuviel. Es ist eher unwahrscheinlich, denn ihre Sprache ist der unseren gleich. Denke gut darüber nach und sprich auch mit Eardin, denn er ahnt, über was wir reden."

Adiad antwortete nicht und Fairron drückte sie an sich. Schließlich setzte Adiad sich neben ihn und sie schwiegen, bis sie in der Ferne zwei Reiter auf sich zukommen sahen.

Fairron half Adiad auf und sie trafen die anderen am Fuße des Hügels. Eardin schwang sich von Maibil und baute sich wortlos vor ihnen auf. Als er die Verwirrung in Adiads Augen sah, wusste er, dass Fairron es ihr gesagt hatte.

„Was ist mit euch?", rief Whyen vom Pferd aus. „Erst war Eardin schon so still und jetzt starrt ihr euch alle an."

„Er hat mit ihr über den Ritus gesprochen", erwiderte Eardin tonlos.

Whyen verstummte.

„Lasst uns weiterreiten!" Fairron stieg auf sein Pferd und die anderen folgten ihm zögernd.

Sie hatten den Pfad verlassen und bewegten sich nun nahe an den Felsen entlang. Es ging nur langsam vorwärts. Immer wieder ritt einer von ihnen in Spalten oder kleine Täler, um nach Pfaden zu suchen. Als der Mittag schon vorüber war, machten sie Rast, um zu essen und etwas zu ruhen.

Eardin hatte bisher wenig gesprochen. Jetzt stand er auf und nahm Adiad am Arm. „Komm bitte, ich muss mit dir reden." Er verschwand mit ihr hinter den Felsen.

Whyen wandte sich an den Magier. *„Warum hast du es ihr gesagt, Fairron?"*

„Mellegar wollte es so und ich fand es auch richtig, denn es ist möglich, dass die Feandun ihr helfen können."

Der Krieger schwieg eine Weile. *„Vielleicht habt ihr Recht, doch die Vorstellung, was geschehen könnte, ist schrecklich."*

„Es ist ihre Entscheidung und die von Eardin. Er wird danach weiter mit ihr leben, auch wenn sie ihn nicht mehr sieht oder erkennt. Er würde es tun, ich kenne ihn lange genug."

Eardin hatte einen schattigen Platz gefunden, nebeneinander lehnten sie sich an den kühlen Felsen.

„Warum hast du es mir nicht gesagt, Eardin?"

„Ich wollte noch warten. Ich habe befürchtet, dass du überstürzt eine Entscheidung fällst."

„Was denkst du darüber, Elb? Du kennst die Geschichten?"

„Ich kenne sie alle", erwiderte er flüsternd, nahm ihre Hand, küsste sie zärtlich. „Ich liebe dich, mein Stern. Es ist das Licht meines Lebens, dich bei mir zu haben und ich möchte, dass dies immer so bleibt. Dich irgendwann verlieren zu müssen, ist unvorstellbar für mich. Doch wenn ich mir vorstelle, dass du deine Tage im Dunklen, ohne das Licht deiner Augen, verbringst, dass du den Gesang nicht mehr hörst, selbst nie mehr singen kannst …"

„Fairron hat von einem Menschen erzählt, der sich ganz verlor."

Eardin nickte bloß. „Vielleicht solltest du zurück zu den Waldmenschen gehen und dir Sandril nehmen, oder besser Worrid. Ich bringe dir kein Glück, Adiad."

„Du bist mein Glück und mein Leben, Eardin, und ich gehe jetzt nicht auf einmal zurück zu den Eymari, um ein tristes Leben neben Sandril zu führen! Und außerdem …" Adiad ließ ihre Hand über sein graues Gewand gleiten, befühlte behutsam eine der Falkenfedern seines Haares, „ich möchte dich lieben, Elb, dich ganz lieben! Auch den Teil deines Wesens und deines Lebens, den du vor mir verbirgst."

„Ach Adiad, wie gerne würde ich es dir sagen, doch ich darf es nicht." Der Elb drückte einen zarten Kuss auf ihre Lippen. „Du musst es nicht gleich entscheiden, du hast Zeit, das helle Licht des Schicksals hat uns schon einmal geführt. Vielleicht sollten wir ihm vertrauen."

'Das hofften die anderen wahrscheinlich auch', dachte Adiad.

„Schau mich an, mein Stern, wie du dich auch immer entscheidest, und was auch immer geschieht, ich bleib bei dir, ich verlasse dich nicht!"

Drei Tage hatten sie die Felswände abgesucht. Die Hitze eines frühen Sommers lag drückend über dem Land. Der sandige, mit kurzen Gräsern bewachsene Boden warf die Wärme wie ein Spiegel zurück.

„Wir sollten es eigentlich fühlen, wenn wir in die Nähe eines versteckten Pfades kommen", Fairron war ermattet stehen geblieben, „doch mag es auch sein, dass sie ihn so gut verborgen haben, dass wir nichts empfinden."

„Du bist sicher, dass wir richtig sind?" Whyen glitt von Torron, um sich auf einer großen Steinplatte im Schatten eines Felsens auszustrecken.

„Mellegar hat es mir genau beschrieben und aufgezeichnet. Es stand in seinen Schriften."

„Sie könnten trügen!"

„Die Schriften trügen nicht!", antwortete ihm Fairron gereizt.

„Steig vom Pferd, und setz dich zu uns, Fairron!" Eardin, der sich neben Whyen niedergelassen hatte, vollführte eine einladende Geste. „Und dann erzähle bitte noch einmal genau, wie er es beschrieben hat."

Seufzend folgte Fairron seinem Vorschlag. „Es heißt, dass sie im alten Gebirge in der Nähe des Meeres leben. Und dass Berge sie umschließen. Der Pfad soll verborgen sein und es heißt, sie wohnen im Licht."

„Das ist die Stelle, die mich am meisten verwirrt. Wenn sie in einem Tal im Gebirge wohnen, dann passt dies nicht ganz", meinte darauf Eardin.

„Vielleicht ist es falsch aufgeschrieben worden und es heißt nicht, sie wohnen im, sondern sie wohnen unter dem Licht", mischte sich Whyen ein, während er weiter mit geschlossenen Augen auf dem Stein lag.

Sofort sprang Fairron auf und sah zornig auf ihn herab. „Hör auf, mich zu reizen, Whyen. Wir übertragen die Worte, die wir lesen, sehr sorgfältig und so haben es auch die Magier vor uns gemacht!"

„Beruhigt euch!", sagte Eardin. „Wir sind alle erschöpft und enttäuscht. Lasst uns hier verweilen …" er wies versöhnlich in die Weite, „… solange bis unsere Gemüter wieder den Ruf des Meeres vernehmen und im Gleichklang seiner Wellen schwingen."

Der nächste Tag begann wie die vorigen. Es war noch vor der Mittagstunde, als Eardin Maibil plötzlich zum Stehen brachte. Er strahlte eine solch gespannte Aufmerksamkeit aus, dass sich die anderen Reiter um ihn versammelten.

„Das Holz rührt sich!" Er nahm den Stock von seinem Rücken, hielt ihn in den Händen und schloss die Augen. „Der Pfad muss hier irgendwo sein!" Aufmerksam sah er um sich.

Fairron starrte auf den halbfertigen Bogen. „Gib ihn mir!" Auch er schloss die Augen. „Es ist nicht zu glauben! Das Holz vom alten Baum der Eymari spürt die Magie der Feandun-Elben!" Ehrfürchtig gab er ihn Eardin zurück. „Kommt, wir sollten uns hier genau umsehen."

„Ich möchte nicht Beweins Worte dazu hören!", meinte Eardin.

Geheimnisverrat

Verbrauchte, stickige Luft erfüllte den Gastraum. Soldaten, fremde Reisende und Bürger Astuils hockten an den blank gescheuerten Holztischen oder lümmelten auf der Holzbank, die dem Lauf der verräucherten Wand folgte. Bewein bestellte am Ausschank Bier und musterte dabei weiter die schillernde Ansammlung von Menschen. Händler, mit schön gewebten Reiseumhängen saßen neben laut grölenden Soldaten Astuils. Ein paar Dirnen hatten sich zwischen sie gedrückt und versuchten die Männer für sich zu gewinnen, während diese die Karten über den Tisch fliegen ließen und ihre Hände danach wieder zu den Frauen wanderten. Die Händler am Nebentisch beäugten die angetrunkenen Soldaten misstrauisch. Mittig im Raum zechten Bürger der Stadt, ihr runder Tisch barst von Krügen und Bechern. Im Raum herrschte eine fürchterliche Enge, die durch die schlechte Luft noch erdrückender wurde. Bewein liebte dieses Gasthaus, und er war nicht allein. Das Bier schmeckte am besten bei diesem Wirt und auch der Wein war nicht verwässert. In der Mischung aus Enge und Rausch bekam er ein Gefühl von Geborgenheit, das er nur in gleicher Weise empfand, wenn er mit seiner Frau zusammenlag. So atmete er gelassen die vertrauten Dämpfe ein und wartete. Er kannte sie alle und wusste, dass er nicht alleine bleiben würde. Bald riefen sie ihn, er griff nach seinem Krug und ließ sich auf den Stuhl neben Lotar fallen. Mit einem lässigen Kopfnicken hießen ihn die Kaufleute, Handwerker und Händler Astuils willkommen. Bewein hatte sie schon lange gehört, denn ihr Gespräch war laut. Sie schienen schon einige Humpen in sich geschüttet zu haben.

„Bewein, alter Freund, was treiben die Elben?" Lotar schlug ihm auf den Rücken und lachte laut über seinen Witz, der keiner war.

„Sie treiben es?", grölte ein anderer, „haben sie es mit dir getrieben?"

Der ganze Tisch brüllte nun vor Lachen. Als sie jedoch sahen, dass Bewein auf ihr Spiel nicht einstieg, beruhigten sie sich wieder.

„Nimm es uns nicht übel, Freund", sagte Lotar, „erzähl uns ein wenig von deiner Reise. Auch von den Elben, wenn du möchtest", ergänzte er.

Kein Wort erzählte er ihnen von den Elben, sondern schilderte ihnen, so wie dem König, das Vorgehen der Schlangenpriester und Naga. Mit einem Urteil darüber hielt er sich zurück, denn er wollte sie locken.

„Unsterblichkeit verheißen sie?", flüsterte einer, „das wäre schon was. Oft denke ich darüber nach: alles, was ich mein Eigen nenne, bleibt mir nicht. Ich habe keinen Sohn und keine Tochter. Wenn sie mich einbuddeln, werden sich die Wölfe um mein Erbe reißen."

„So alt wie die Elben möchte ich werden", träumte nun ein anderer.

Während noch alle dieser verlockenden Vorstellung nachsannen, meldete sich Bladok zu Wort. Er lehnte sich vor, seine dunklen Augen wurden zu Schlitzen. Leicht lallend presste er, mit verschwörerischer Miene, die Worte durch seinen Bart: „Es ist nicht unmöglich!"

Alle Augen richteten sich auf ihn und er genoss sichtlich diese Aufmerksamkeit.

„Sie können euer Leben verlängern. Der Priester des Blutes macht euch alt, älter als die Elben!" Bladok riss seine Augen weit auf, als er dies von sich gab. Während des Sprechens hatte er sich in seinen braunen Umhang gehüllt, als ob er frieren würde. Leicht schwankend wartete er auf die Wirkung seiner Worte.

„Was redest du da für einen Unsinn, Bladok", sagte einer.

„Er hat es uns versprochen!", erwiderte Bladok aufgebracht, „wenn wir das Blut trinken, schenkt es uns ein verlängertes Leben und gesunde Lebenssäfte. Das Blut der Opfer erneuert das unsere."

Schaudernd vernahm Bewein die letzten Worte, doch er schwieg; er wollte sie nicht daran erinnern, dass er nicht nur ihr Freund, sondern auch ein Mitglied der Stadtwache war.

„Wir treffen uns", fuhr der Kornhändler fort, „im alten Keller von Bront. Der Priester gibt uns das Blut, wenn wir die Worte gesungen haben. Er schenkt uns ein neues Leben!"

„Was ist das für Blut, woher hat er es?", fragte Lotar mit deutlichem Entsetzen in der Stimme.

Bladok verstummte, als er die ernste Frage hörte. Er erkannte plötzlich, dass er zuviel geredet hatte.

Bewein wollte diese Gelegenheit jedoch nicht verstreichen lassen und so hakte er nach: „Schweineblut wird es sein, und es gibt euch das Leben von Schweinen!"

Ausgelassenes Gelächter folgte und die Anspannung am Tisch löste sich etwas.

Bladok lehnte sich gekränkt zurück, seine nächsten Worte waren eher ein Zischen: „Es ist Menschenblut, sie nehmen es von Bettlern und Durchreisenden, ich habe es selbst gesehen!"

Augenblicklich erstarb das Gelächter, bis einer erschüttert fragte: „Ihr bringt sie um?"

„Sie sind schon halb tot, oder waren Betrüger und Diebe!"

„Schenkt das Blut wirklich längeres Leben?", fragte Lotar nach einer Weile allgemeinen Schweigens und beugte sich näher zu den anderen. Die ganze Runde war zusammengerückt, glich mittlerweile einer Ansammlung von Verschwörern. Fasziniert warteten sie auf Bladoks Antwort.

„Ich spüre es in mir", antwortete der, „es verändert mich, seit ich es trinke. Der Priester streut Pulver hinein, hält es ins Feuer und spricht magische Worte."

„Was ist das für ein Priester?", fragte Bewein, „vielleicht seid ihr auf einen Lügner hereingefallen?"

Bladoks empörte Blicke trafen ihn. „Er kommt aus Evador. Er hat uns von einem Ort im Dunkeln der Felsen und uraltem Zauber erzählt. Er hat die Errichtung seiner Stadt selbst erlebt, er schilderte uns genau, was geschah! Und er hat uns uralte Gegenstände und seinen Kelch gezeigt. So erkannten wir, dass er die Wahrheit spricht."

„Ist er allein?"

„Ich weiß nicht, Bewein, doch er hat gesagt, dass das Blut noch machtvoller im Osten lebendig sei und er die Willigen und Auserwählten dorthin führen werde. Vielleicht zum Schlangenpriester?", flüsterte er geheimnisvoll.

Bewein dachte daran, dass Betrunkene meist die Wahrheit sprechen. So konnte es durchaus sein, dass die Priester den gleichen Ursprung hatten. Nur konnte das Pulver, von dem er sprach, nicht das Pulver der Schlange sein, denn Bladok zeigte kein Anzeichen der Schlangenhaut. Er betrachtete ihn genauer – nein, keine Anzeichen von Schuppen.

Das Schweigen wurde drückend, Bladok schwankte auf seinem Stuhl, plötzlich packte er seinen Krug, seine Augen weiteten sich. „Schwört mir, dass ihr nichts sagt. Ich bin euer Freund. Bitte verratet mich nicht! Ich werde euch sagen, wann sie sich treffen, damit auch ihr von dem Blut trinken dürft, doch sagt nicht, dass ich es euch erzählt habe."

„Wir verraten dich nicht", versprach Lotar zögernd, und auch die anderen, selbst Bewein, nickten.

Bladok entspannte sich und bestellte für den Tisch Getränke. „Ich lade euch alle ein, Freunde!", plärrte er und schlug Lotar, der neben ihm saß, erleichtert auf den Rücken.

Das verborgene Volk

„Hier! Hinter den Kiefern!"

Das Eymariholz hatte ihnen den Ort gewiesen, so hatten sie nach einigem Suchen einen schmalen Pfad entdeckt. Hinter knorrigen Bäumen und Sträuchern verschwand er, gut verborgen, in den Felsen. Aufgewühlt betraten sie ihn. Bald erhoben sich steile Felswände und das Licht wich dem Schatten. Es wurde deutlich kühler und die Stille der Berge schloss sie ein, wie eine plötzliche Winternacht. Die erste Neugier und Begeisterung wich allmählich einem gleichförmigen Reiten. Von Zeit zu Zeit weitete sich der Blick, es wurde heller, so dass sie glaubten, das Ziel erreicht zu haben und sich schneller bewegten, dann verengte sich der Pfad wieder und die Helligkeit verschwand. Lange waren sie so geritten, als der Weg an einer unüberwindbaren Felswand endete.

„Wundervoll!", bemerkte Whyen trocken.

Fairron trat näher, berührte den Stein, drückte erst leichter, dann fester dagegen. Er sprach magische Worte, der Fels zeigte keine Veränderung. Eardin und Whyen bemühten sich ebenfalls, gaben aber bald wieder auf.

„Das Holz des Eymari-Baumes?", überlegte Fairron.

Eardin drückte ihn an den Stein. Nichts geschah.

Enttäuscht und ratlos lehnten sie sich an die Wände und Eardin seufzte. „Wir kommen nicht rein. Wenn dies der Eingang sein sollte, bleibt er für uns versperrt. Er öffnet sich wahrscheinlich nur für die Feandun-Elben."

In dem Moment, als er es aussprach, wanderte alle Aufmerksamkeit zu Adiad.

„Versuch es!" Whyen schob sie nach vorne und Adiad legte ihre Hände an den Fels. Zunächst blieb er stumm, dann begann er langsam zu glimmen, wie von inneren Feuern erleuchtet und sie erkannten, dass es nur das feste Bild eines Felsens war. Adiads Hände sackten ins Leere. Sofort nahmen sie die Pferde und schritten hindurch. Der Fels hinter ihnen verdichtete sich und die Eymari strahlte sie an.

„Wenn wir dich nicht bei uns hätten, du Viertelelb!" Eardin umfing sie und küsste sie stürmisch.

Fairron und Whyen sahen schmunzelnd zu, bis der Magier sprach: „Wir sind noch nicht am Ziel und es wird bald dunkel, lasst uns weitergehen."

Als der Weg sich endlich öffnete, standen sie am Fuße eines Berges, der in seiner Höhe in die Wolken zu wachsen schien. Ein gewaltiger Steinklotz, geschützt von den höchsten Gipfeln des Alten Gebirges. Wie eine gewundene Schlange führte eine Treppe nach oben. Beeindruckt folgten sie ihr. Breit war die Treppe in den Feld geschlagen, geschützt von einem kleinen Überhang. Der Aufstieg war beschwerlich und ein wenig beängstigend. Alle vermieden es, während des Steigens, in die steinigen Tiefen an ihrer Seite zu sehen. Anstrengung und Beklemmung wurden jedoch überlagert von einer erregten Erwartung, die ihren Höhepunkt erreichte, als sie die letzte Stufe überwunden hatten. Die Dämmerung verschluckte bereits die Täler neben dem Felsen. Umso beeindruckender wirkte das Licht. Vor ihnen breitete sich eine gewaltige Ebene aus, die im Glanz der letzten Abendsonne strahlte, und Whyen sprach entschuldigend zu Fairron: „Sie wohnen doch im Licht!" In der Mitte der Fläche erhob sich ein Wald, daneben Felder und Wiesen mit einzelnen Bäumen. Am Rande endete das Land, so weit sie es sehen konnten, am Absturz des Felsens. Während sie noch die Ebene bestaunten, bemerkten sie, dass einige Elben in schnellem Lauf auf sie zukamen. In einiger Entfernung blieben sie stehen, spannten ihre Bögen und richteten ihre Pfeile aus. *„Wer seid ihr und wie kommt ihr hierher?"*

Eardin, verbeugte sich und rief: *„Wir sind Elben aus Adain Lit!"*

„Und wie kommen Elben von Adain Lit auf unsere Ebene?", rief der andere zurück und Eardin antwortete: *„Ich habe keine Lust mehr, zu euch hinüberzuschreien! Ich lege jetzt meine Waffen auf die Erde und meine Gefährten werden dies auch tun."*

Die fünf Feandun-Elben kamen näher. Mit gespannten Bögen und unbeweglichen Mienen. Sie trugen helle Kriegergewänder aus feinen Stoffen, darüber fielen dunkelblonde, lange Haare, in das sie dünne, mit bunten Steinen verzierte Zöpfe und Federn geflochten hatten. Sie haben dieselbe Haarfarbe wie ich, dachte Adiad und besah sich die Feandun neugierig.

„Ihr habt eine Menschenfrau bei euch!", sagte einer von ihnen aufgebracht, doch bevor Eardin ihm antworten konnte, blieben die fünf Elben plötzlich stehen.

„Folgt uns!" Die Feandun deuteten mit ihren Bögen in Richtung des Waldes und so folgten sie ihnen ins Herz der Ebene.

„Was haben sie gesagt?", erkundigte sich Adiad.

„Nicht viel mehr, als du gesehen hast, mein Stern. Sie wollten wissen, wie wir hier reingekommen sind, aber ich konnte nicht antworten. Sie wirkten, als habe jemand zu ihnen gesprochen und wollten dann, dass wir ihnen folgen."

„Sie sind nicht sehr freundlich."

„Nein, sie scheinen sich nicht besonders über unser Kommen zu freuen."

Der Wald in der Mitte der Ebene offenbarte seine Größe und Höhe erst im Näherkommen. Fremde, knorrige Bäume bildeten ein schützendes Dach. Es hatten sich bereits viele der Feandun eingefunden. Eardin, Fairron und Whyen liefen erhobenen Hauptes durch die Wartenden hindurch und sahen stur geradeaus. Adiad aber konnte nicht anders, als sich umzusehen und sie bemerkte dabei nicht nur unfreundliche Blicke. Viele der Elben sahen offen in ihre Richtung, einige lächelten sogar. Adiad lächelte zurück und ihr wurde bewusst, das dies auch ihr Volk war. Ihr Großvater lebte hier, es könnte einer der jungen Elben sein, die dort standen. Vielleicht hatte sie sogar noch andere Verwandte. Während sie sich in diesen Überlegungen verlor, waren sie bei den ersten Häusern der Feandun angekommen. Überrascht erkannte sie, dass es Steinhäuser waren. Sie waren mit geschwungenen Ornamenten verziert, mit bunten Farben bemalt und wirkten einladend und freundlich. Doch standen sie alle am Boden, ganz anders als die Elorns in Adain Lit. Die Feandun bildeten eine weite Gasse, der sie weiter folgten. Bald bemerkte Adiad auch finstere Mienen, eisige Blicke. Die fünf Krieger brachten sie zu einem gewaltigen Baum, der als einziger ein Haus in seinen Ästen barg. Es ähnelte eher den Elbenhäusern, die sie kannte, nur dass es noch größer war.

Die Krieger deuteten ihnen, die Treppe hinaufzugehen. *„Bögen und Schwerter bleiben hier!"*

Whyens Augen färbten sich in helles Grau. Sie mussten ihm seinen Bogen und sein Schwert aus der Hand reißen.

„Ich verstehe euch wirklich nicht", fuhr er sie an, *„wir sind Elben von eurer Art und sollten höflich empfangen werden. Ihr behandelt uns wie Gefangene!"*

Die Krieger zeigten zunächst keine Regung, dann verbeugte sich einer und antwortete leise: *„Es tut mir leid, doch es gibt Anweisungen, deswegen."*

Adiad bereute inzwischen, dass sie sich nicht ernsthafter bemüht hatte, die Elbensprache zu erlernen. So blieb ihr nichts, als die zornigen Worte Whyens zu hören und die Betroffenheit einiger der Feandun wahrzunehmen. Angespannt folgte sie Fairron die gewundene Holztreppe nach oben, bis sie eine offene Halle erreichten. Drei Elben erwarteten sie dort bereits. Regungslos saßen sie auf erhöhten Stühlen unter dem verschlungenen Astwerk, das weit über ihnen die Hallendecke bildete. Lebendige Blattschindeln gewaltigen Ausmaßes schützten den Raum. Ihrer Erscheinung nach, vermutete die Eymari, dass sie Magier vor sich hatte. Am Rande der Halle standen andere Feandun-Elben, ihre Gesichter waren undurchschaubar. Neugierig sah Adiad sich um und bemerkte verwundert, dass der Boden aus dem Holz der Baumes bestand. Adiad fand es merkwürdig, in einer so prächtigen, mit Schnitzwerk versehenen Halle einen Boden aus unebener Baumrinde zu finden. Licht strömte durch viele Öffnungen und wären die versteinerten Blicke der Magier nicht gewesen, hätte sie ihr Herz gerne für den Zauber dieses Ortes geöffnet. Doch sie war verunsichert und verschloss sich.

Die Elben aus Adain Lit verbeugten sich mit der Hand auf der Brust. Die Feandun rührten sich nicht.

Fairron, der ebenfalls vermutete, Magier vor sich zu haben, sprach daraufhin: *„Ich grüße euch, hohe Elben der Feandun! Wir sind einen weiten Weg aus Adain Lit zu euch geritten und bitten, freundlich bei euch empfangen zu werden."*

Einer der Magier erhob sich. Ein Elb mittleren Alters, gekleidet in ein langes Gewand mit vielfarbigen kleinen Schuppenstücken. Sein dunkelblondes Haar, in dem schon einige silberne Strähnen schimmerten, war mit einen goldenen Stirnreif gefasst. Ein stirnseitig offenes Gebilde, das in feinem Blattwerk endete. Graue Augen stachen aus seinen harten Zügen. *„Wir hatten euch nicht eingeladen, doch nun seid ihr hier, doch nicht als unsere Gäste!"*

Seine Stimme war derart eisig, dass Adiad verschreckt zusammenzuckte.

„Es ist ebenso nicht zu glauben, dass ihr es auch noch wagt, einen Menschen hierher zu bringen. Der Zutritt zu unserer Ebene ist weder euch, noch minderwertigen Kreaturen gestattet. Es war ein Vergehen gegen unsere Gesetze. Ich werde euch nun wegbringen lassen, um zu entscheiden, was mit euch zu geschehen hat."

Die Elben aus Adain Lit waren erstarrt. Eardin schluckte seine erste Wut über die Worte gegen Adiad hinunter und entgegnete: *„Wir haben Gründe für unser Kommen."*

Er kam zu keiner weiteren Erklärung, denn der Magier herrschte ihn an: *„Schweig!"* Dann wandte er sich an die Krieger: *„Führt sie weg und sperrt sie ein!"*

Adiad hatte erschrocken den Verlauf dieser Begegnung beobachtet. Bei den letzten Worten des Magiers, der Eardin schreiend unterbrochen hatte, war sie zurückgewichen. Dabei nahm sie die ungläubigen Gesichter der Feandun, die neben ihr standen, wahr.

Ein anderer der drei Magier erhob sich nun. *„Cerlethon, wäre es nicht besser, dass sie sich frei bewegen können? Es sind Elben! Angehörige unseres Volkes! Ich bin sicher, sie werden in Ruhe unsere Entscheidung abwarten."*

Dieser blieb hart. *„Sie haben unsere Gesetze verletzt und sind ohne Erlaubnis hier eingedrungen. Und so will ich, dass sie eingesperrt werden! Vor allem diese Menschenfrau. Bringt sie weg!"*

Als einer der Krieger Adiad am Arm packte und wegbringen wollte, reichte es Eardin endgültig. Kurzerhand sprang er auf ihn zu und stieß ihn energisch von ihr weg. Plötzlich bebte die Luft vor Magie. Erstarrt beobachtete Adiad, wie sich lange Ranken aus dem Boden schoben und sich unaufhaltsam um ihre Füße und die der

Elben aus Adain Lit schlangen. Die grünen Gewächse drehten sich um ihre Beine, krochen weiter zu ihren Oberkörpern. Bewegungslos mussten sie am Boden verharren.

„*Ich fasse es nicht*", flüsterte Fairron.

„*Das ist nun endgültig genug!*", rief unvermittelt eine weibliche Stimme aus dem Hintergrund. „*Hör sofort damit auf, Cerlethon! Es sind Elben aus Adain Lit! Wir sollten sie höflich begrüßen und nicht derart behandeln. Und die Anwesenheit eines Menschen werden sie uns erklären, wenn du sie lässt!*"

Forschen Schrittes trat eine Elbin aus dem Kreis der Umstehenden heraus und ging, ohne einen weiteren Blick auf die drei Magier zu werfen, auf die Festgewachsenen zu. Als sie sie erreicht hatte, warf sie Cerlethon einen durchdringenden Blick zu und sagte mit scharfer Stimme: „*Lass sie bitte los!*"

Knirschend lösten sich die Ranken und fielen von ihnen ab. Erst jetzt nahm die Eymari die freundlichen Blicke der Elbenfrau wahr. Sie war etwas jünger als Cerlethon. Geschmückte Haare umrahmten ein fein geschnittenes Gesicht.

Sie verbeugte sich nach Art der Elben. „*Ich begrüße euch bei uns und entschuldige mich für das Verhalten unseres Hohen Magiers!*"

Doch dieser wollte sich noch nicht zurücknehmen. „*Nelden, du weißt, dass unsere Gesetze Fremde nicht dulden. Sie bringen ungeahnte Gefahren und Unfrieden in unsere Gemeinschaft. Sie haben das Siegel des Felsens gebrochen!*"

„*Du siehst Gefahren, wo keine sind, Cerlethon. Und über allen deinen Gesetzen, auf die du dich ständig berufst, steht immer noch das Gebot der Höflichkeit gegenüber Angehörigen unseres eigenen Volkes!*"

„*Sie haben eine Menschenfrau mitgebracht!*"

Die Elbin wandte sich Adiad zu. „*Sie wird uns sicher erklären, warum sie dabei ist*".

„*Sie spricht unsere Sprache nicht,*" wandte Eardin ein.

Zornig erhob sich Cerlethon wieder und fauchte mit eisiger Stimme: „*Sollen wir uns etwa auf das einfache Gestammel der Menschen herunterbegeben? Mit ihr in ihrer Sprache reden?*"

„*Ja, das werden wir, denn sie ist auch unser Gast!*", antwortete die Elbin. Dann lächelte sie sanft und sagte: „Willkommen bei den Feandun-Elben, Menschenfrau!"

Adiad verneigte sich vor ihr.

„Auch wenn das Geschrei unseres Magiers dich verängstigt haben sollte, bist du doch bei uns willkommen und dir wird nichts geschehen, solange du keine bösen Absichten im Sinn hast. Und alles andere wird sich zeigen. Du hast unser Gespräch nicht verstanden, darum sage ich es dir in deiner Sprache: Wir dulden normalerweise keine Fremden bei uns, vor allem keine Menschen. Deswegen bitte ich dich, uns zu sagen, warum du hier bist."

Als sie sich scheu umblickte, bemerkte Adiad, dass alle Augen auf sie gerichtet waren. Sie nahm die eisigen Blicke des Magiers, die harten Blicke einiger anderer wahr. In ihrer Verunsicherung fiel ihr kein anderer Grund ein, als der eine: „Ich suche meinen Großvater!"

„Du suchst wen?", fragte die Elbin verblüfft.

Da sie nicht wie ein kleines Kind vor den Elben stehen wollte, das nach seinem Großvater ruft, sammelte sich Adiad wieder und richtete sich auf. „Mein Name ist Adiad, ich bin eine Kriegerin des Eymarivolkes und mein Großvater ist ein Elb, der wahrscheinlich aus eurem Volk hervorgegangen ist."

„Und sie ist meine Gefährtin!" Eardin legte seinen Arm um ihre Schultern, „und ich dulde es nicht, dass eure Krieger sie noch einmal anfassen!"

Nachdem die Elbin kurz durchgeatmet hatte, fing sie an zu lachen. Die Stimmung im Saal klarte dadurch merklich auf. Nur Cerlethon berührte das Lachen nicht, sein Blick blieb unnachgiebig.

„Du bist also eine Elbenblütige aus unserem Volk? Und unsere hohen Magier haben dies nicht bemerkt?"

„Gib acht, was du sagst, Nelden!" Cerlethon kam auf sie zu, *„sie könnte dies nur behaupten, wir wissen es nicht genau!"*

„Doch wir wissen es!", erwiderte Fairron zornig. „Meinst du, wir hätten sie zu euch gebracht, wenn wir dies nicht geprüft hätten? Und wer hätte den Felsen öffnen können? Ihr solltet eure Magie besser im Auge behalten, damit ihr euch erinnert, dass nur Elben von eurem Blute dies vermögen!"

„Sie hat es geöffnet?"

„Das habe ich!" Als Adiad die fragenden Blicke bemerkte, ergänzte sie: „Ein wenig von eurer Sprache verstehe ich schon."

Ein anderer Magier wandte sich nun an die Krieger der Feandun. „Bringt sie bitte nach unten und sucht angenehme Unterkünfte für sie. Ich denke es wäre besser, wenn wir uns alle beruhigen und morgen darüber reden." An Adiad gewandt, ergänzte er: „Dann können wir auch den Elben suchen, der dich hervorgebracht hat."

Während die Feandun-Elben sie zu einem Haus führten, das ihnen als Unterkunft dienen sollte, flüsterte die Eymari Eardin zu: „Warum hast du nicht wegen Lerofar gefragt?"

„Es war keine Gelegenheit!", brummte er zurück.

Nachdem alles bereitet war, wies der Feandun einladend auf die offene Tür: „Ihr müsst leider alle zusammen übernachten, wir haben nie Gäste und so gibt es auch keine passenden Unterkünfte. Es sind nur zwei Betten darin, aber es hat noch Raum. Wir werden euch zwei weitere bringen."

„Ein zusätzliches Bett reicht, danke!", erwiderte Eardin und trat über die Schwelle. „Sie waren dann doch so gnädig, uns nicht gleich einzusperren." Grimmig betrachtete er sich den Raum.

Er war licht und großzügig, in Wandnischen brannten Feuerschalen und es duftete angenehm nach einem Kraut, das sogar Adiad nicht benennen konnte. Zwei große, mit hellen Tüchern bezogene Betten standen an den Wänden. Bald wurde ein weiteres Bett gebracht und die Betttücher darauf ausgebreitet.

Der Feandun wischte noch einmal darüber, dann kam er zu ihnen und sagte: „Ich freue mich, dass ihr hier seid! Seid willkommen bei uns!" Mit einer Verneigung verließ er sie.

„Das soll einer verstehen", sagte Fairron daraufhin.

„Was mir wirklich gefällt", meinte nun Whyen lachend, „ist, dass die Feandun uns auch nur einen Raum geben, da sie nie Gäste haben. Hier sind sie den Zwergen ähnlich!"

„Sag das bloß nicht laut!" Eardin hatte sich, mittlerweile etwas versöhnter, auf eines der Betten geworfen, „sonst fangen die Magier wieder an, dich am Boden festwachsen zu lassen!"

„Habt ihr so einen Zauber schon einmal gesehen?" Fairron ließ sich neben Eardin nieder.

„Wenn du es nicht weißt, Fairron. Ich habe jedenfalls noch nie einen Elben gesehen, der Pflanzen aus dem Boden wachsen ließ." Whyen warf sich zu Füßen Eardins schräg über das Bett und lehnte sich an die mit flachen Ornamenten verzierte Steinmauer.

„Ich würde gerne mehr darüber erfahren", sagte Fairron, „aber mir steht im Moment nicht der Sinn danach, diese Magier zu befragen."

„Früher habe ich davon geträumt, Pflanzen wachsen zu lassen", bemerkte Adiad.

Fairron musterte sie aufmerksam. „Und hast du sie auch?"

„Ich habe es nie wirklich versucht. Es war nur ein Traum, ich wüsste gar nicht, wie ich das anstellen sollte."

„Es mag sein, dass es in dir angelegt ist, Adiad", überlegte er, „doch lasst uns jetzt schlafen, ich kann kaum noch denken vor Müdigkeit."

Adiad betrachtete sich die drei Elben, die in dem Bett verteilt lagen und saßen. „Ich lege mich in das andere Bett, da ist mehr Platz."

„Nein, komm zu uns, schöne Kriegerin der Eymari, es ist noch Platz in unserer Mitte!" Whyen machte eine einladende Geste.

„Ich werfe mich gleich auf euch alle drauf, Whyen. Eigentlich wollte ich bei Eardin schlafen und jetzt liegt ihr dort herum."

Der Elb lachte und sie suchten sich ihre Betten, entkleideten sich bis auf die Hemden und fielen bald in einen erschöpften Schlaf.

Eardin war schon wach, als die Sonne den Raum heiter mit kleinen Lichtern sprenkelte. Adiad lag noch eingerollt in ihre Decke neben ihm und schlief. Er hörte auf ihren Atem und lauschte den fremden Vogelstimmen, die den Morgen begrüßten. Und er dachte an Adain Lit. Bald war die Zeit des Sommermondes. Sie würden das Lichterfest am See feiern und der See würde wieder blau leuchten. Es war ein besonderer Tag im Jahr. Alle Elben bemühten sich zu dieser Zeit in ihrem Wald zu sein. Es war eine Nacht der Freude und des Lichtes, der besonderen Magie im Wald und über dem See. Sehnsüchtig schloss er noch einmal seine Augen, um sich das blaue Leuchten über dem Wasser vorzustellen. So lag er, als es vorsichtig an der Tür klopfte. Die anderen erwachten und blickten erwartungsvoll auf, als die Tür sich langsam öffnete. Ein Elb stand im Morgenlicht, jedoch konnten sie sein Gesicht gegen die Sonne nicht erkennen. Was sie aber sahen, war der Kranz goldblonden Haares, welches die Sonne zum Leuchten brachte.

Er trat langsam ein, sah sich um und erstarrte in seiner Bewegung. „*Eardin? Whyen? Fairron?*"

Eardin sprang aus dem Bett. „*Lerofar!*"

Erschüttert verharrten die Brüder, sahen sich lange nur an, dann fielen sie sich in die Arme.

„Ich hörte gestern Abend, dass Elben aus Adain Lit hier sind, doch es war schon spät. Aber, dass ihr es seid!"

Lerofar saß neben Eardin auf dem Bett und weinte ebenso wie Eardin vor Wiedersehensfreude. *„Was macht ihr hier? Wie seid ihr hierher gelangt?"*

„Wir haben dich gesucht, Lerofar. Und wir hofften dich hier zu finden. Doch dass du wirklich hierher gelangt bist und wie?"

„Das ist eine längere Geschichte. Es ist unglaublich und wie im Traum, euch alle zu sehen!" Dann wurde er Adiads gewahr, die mit der Decke über den Knien am Bettrahmen

hinter ihnen lehnte. Neugierig wandte er sich ihr zu. „Und wer bist du, die du im Bette meines Bruders nur im Hemd sitzt?"

„Ich bin Adiad von den Eymari."

„Und sie ist ein Viertel Feandun-Elb", ergänzte Eardin, „und ich liebe sie, Lerofar!"

Lerofars lächelte sie an und Adiad musterte sein Gesicht. Es waren die sanften, braunen Augen Eardins und auch Aldors, sein Mund war schmaler und erinnerte sehr an seine Mutter Thailit. Auch sein Gesicht war ihr ähnlich, doch es hatte nicht diesen harten Zug. Es war offen und kleine Lachfältchen zierten die Mundwinkel.

„Seid ihr mit ihrer Hilfe durch das Tor gelangt?" Lerofar wandte sich wieder Eardin zu, der antwortete: „Adiad hat den Stein berührt und das Trugbild verschwand. Außerdem hatten wir ein Holz, das uns den Pfad wies, ich werde es dir später zeigen, es wird mein neuer Bogen!" Er lächelte stolz. „Doch du bist kein Feandun, wie ist es dir gelungen?"

Bevor Lerofar zu reden begann, ließen sich die beiden anderen Elben ebenfalls auf dem Bettrand nieder und Adiad seufzte auf. „Es wird brechen!"

„Es hält", sagte Eardin nur, „jetzt erzähle, Lerofar!"

Und dieser begann ihnen seine Reise und seine Suche nach dem Pfad in die Berge zu schildern. „Ich hatte keinen magischen Stab. Ich suchte eine lange Zeit und war müde und erschöpft, als ich in der Ferne einen Elb aus den Bergen reiten sah. So fand ich den Eingang. Doch den Felsen konnte ich nicht überwinden. Zwei Tage blieb ich davor sitzen. Ich wusste nicht mehr, welchen Weg ich gehen sollte, mein Ziel war mir versperrt und für ein anderes hatte ich keine Kraft mehr. Am dritten Tag entschloss ich mich nach oben zu klettern. Ein sinnloses Unterfangen, doch die Enttäuschung und vielleicht ein gewisser Zorn, trieben mich nochmal an. So zog ich mich die Felswände nach oben und hoffte, dass sich ein Weg auftun würde. Ich kam nicht weit. Meine Finger verloren den Halt und ich stürzte nach unten. Dort fand mich, eher tot als lebendig, der Elb. Er nahm mich mit."

Nach einer Weile des Schweigens fragte Eardin: „Wolltest du nie zurück, Lerofar?"

„Ich habe oft darüber nachgedacht und ich war kurz davor zurückzukehren. Dann verliebte ich mich in eine Feandun, so blieb ich."

Eardins Augen leuchteten auf und Lerofar sagte lächelnd: „Ihr werdet sie kennenlernen! Doch nun erzählt mir von Adain Lit!"

Diese Frage hatte Adiad befürchtet und so unterbrach sie schnell: „Vielleicht sollten wir uns erst etwas überziehen. Ich habe auch einen See gesehen. Es wäre wunderbar, etwas zu schwimmen!"

Die Elben wandten sich um und Whyen sagte lachend: „Ich glaube, sie will uns vom Bett haben. Du könntest aber auch über uns drüber steigen, Adiad, es wäre sicher ein angenehmer Anblick!"

Eardin warf ihn vom Bett.

„Was habe ich euch vermisst", flüsterte Lerofar.

Licht und Schatten

*W*ährend des Weges unter den Bäumen erzählten sie von Adain Lit. Die Feandun, denen sie begegneten, erschienen verunsichert, doch die meisten grüßten freundlich. Als der Wald sie aus seiner schattigen Umarmung entließ, öffnete sich die Ebene zu einer Landschaft unfassbarer Schönheit. Die Feandun hatten blühende Gärten angelegt, die überflossen vor der Fülle und von den Farben der Blumen. Auf den Feldern wuchs Getreide und Gemüse in einer nie gesehenen Pracht und Größe. Unter üppigen Obstbäumen sahen sie Bienenkörbe stehen und in der Nähe entdeckten sie einige Elben, die singend Gemüsepflanzen in große Körbe legten. Alles schien in einem solchen Überfluss vorhanden zu sein, wie sie es auf einer Ebene im Gebirge nie erwartet hätten. Weit erstreckten sich die Gärten und Felder bis zum See, der offen in der Ebene lag. Das Ufer war flach und steinig. Adiad hatte den Eindruck, in eine Scheibe aus grünblauen Silber zu tauchen. Es war wie im Traum. Das Wasser war klar und frisch und sie genoss die Reinigung ihres Körpers und Geistes, wie schon lange nicht mehr. Sie wandte sich um zu Eardin. Er strahlte vor Glück.

Nach einer Weile wurde Fairron gewahr, dass er keinen Bach gesehen hatte, der den See speiste. „Ist das alles Regenwasser, Lerofar?"

„Auch, aber es ist auch ein Werk der Magier."

Nachdem sich Fairrons Gesicht in eine offene Frage wandelte, sprach er weiter. „Lass uns ans Ufer zurückschwimmen, ich werde es euch auf dem Rückweg erklären."

„Ihr habt sie schon gesehen, ihr seid von ihnen empfangen worden", fuhr er fort, als sie wieder dem Wald zuliefen.

„So kann man es nicht nennen", warf Eardin ein, „wir wurden vor sie geführt wie Gefangene!"

„Ich habe es gehört, Bruder. Ich werde es euch schildern und dann öffnet sich euer Blick vielleicht auch auf das andere. Die Magier der Feandun besitzen eine große Macht und außergewöhnliche geheime Kräfte. Ihre Macht hat in diesen Kräften ihren Ursprung. Ihr Zauber ist schöpferischer Art. Er lässt den See nie versiegen, das Getreide und Gemüse prächtiger wachsen. Er verstärkt die Kräfte der Natur und ermöglicht es den Feandun-Elben, hier zu leben. Auf diese Weise wurden die Magier mächtig in diesem Volk, denn wenn die Feandun weiter hier leben wollen, brauchen sie ihre Hilfe. Doch diese begannen, das Leben der Feandun zu bestimmen. Sie erließen Vorschriften und entschieden, wer die Ebene verlassen darf und auch wer hinein darf. Und dies waren nicht viele."

„Und die anderen nehmen das alles hin?", fragte Fairron.

„Sie leben damit, aber es gefällt ihnen nicht, zumindest den allermeisten. Doch gehen die Jahre oft vorbei, ohne dass die Magier eingreifen müssen und so beginnt wieder alles im Gleichklang zu laufen. Bis solche Geschehnisse eintreffen, wie eure Ankunft."

„Sind es nur diese drei Magier?"

„Es sind mehr. Drei wurden ausgewählt, die anderen zu vertreten. Nicht alle denken so eng wie Cerlethon. Es gibt verschiedene Stimmen, doch meistens setzt er sich durch. Er ist ihr Hoher Magier und verfügt über das umfangreichste Wissen."

„Was werden sie jetzt mit uns tun?", fragte die Eymari.

„Sie sprechen darüber, ihr werdet es erfahren, wenn sie ihre Entscheidung getroffen haben."

Eardin blieb stehen und sah zum See zurück. Ein Glanz lag auf dem Wasser, der ihn an das Meer am Morgen erinnerte. An seine grenzenlose Weite. Seufzend wandte er sich wieder Lerofar zu. „Wer ist diese Nelden, die Cerlethon widersprach?"

„Nelden ist eine wunderbare und mutige Elbenfrau, sie lässt sich nicht von ihm einschüchtern. Ich glaube, sie haben schon als Kinder zusammen gespielt und später, so sagte man mir, waren sie sogar viele Jahrzehnte zusammen. Sie wandte sich von ihm ab, als sein Wesen sich veränderte, seine Stellung ihm wichtiger wurde." Sie waren im Wald angekommen. Lerofar lächelte sie an. „Ruht euch aus oder schaut euch um. Wahrscheinlich haben sie etwas zu essen in eure Unterkunft gestellt. Ich denke, es wird euch keiner auf eurem Weg aufhalten, sie warten alle ab. Wenn ihr mögt, hole ich euch später und bringe euch zu Gladin."

„Also sind wir nun von der Gnade der Magier abhängig, das dürfte dir gefallen, Fairron", meinte Whyen auf dem Rückweg.

„Ich finde das nicht so spaßig, Whyen. Was würdest du machen, wenn sie entscheiden, dass wir uns zwar frei bewegen, aber die Ebene nicht mehr verlassen dürfen?"

„Das können sie nicht machen, Fairron. Das werden sie nicht wagen!"

Fairron schwieg.

„Ich denke, dass eher das Gegenteil geschieht", sagte Eardin, „sie werden uns, so bald wie möglich, rauswerfen. Deshalb sollten wir die Tage nutzen. Lerofar haben wir gefunden, doch wir wissen noch nicht, wer Adiads Vorfahr ist. Der Elb neben Cerlethon hat gesagt, er würde ihr helfen. Ich möchte nicht darauf warten oder vertrauen."

„Wir können ja nach Elben mit dunkelblonden Haaren und Zöpfen darin suchen!", warf Adiad ein und die anderen lachten.

Das Steinhaus Lerofars barg sich unter einer alten Kiefer. Eine Elbin stand davor und erwartete sie. „Wie schön euch zu sehen, und vor allem dich, Eardin. Seit ich ihn kenne, hat Lerofar von dir erzählt." Dabei lachte sie strahlend und hell. Das Blau ihrer Augen spielte mit dem Blau ihres feinen Kleides. Ihr dunkelblondes Haar mit den steingeschmückten Zöpfen floss seidig über ihren Rücken. Adiad sah, wie Whyen, Fairron und auch Eardin sie bestaunten.

„Und du bist die Menschenfrau, die mit Eardin kam." Gladin umarmte sie sanft. Adiad spürte ihr feines Kleid, ihre zarte Berührung. Dann sah sie sich selbst stehen, in ihrem Ledergewand und ihren Stiefeln und kam sich auf einmal minderwertig und schäbig vor. Trotzdem erhob sie ihren Kopf und versuchte diese Gefühle zur Seite zu drängen. „Ich freue mich auch, dich kennenzulernen, Gladin."

'Sie ist nett und sie ist freundlich', dachte Adiad, während die anderen zu einem Holztisch schlenderten, der im Schatten einer weiteren Kiefer stand. 'Auch wirkt sie ruhig und sanft und sie ist die Gefährtin von Lerofar, Eardins Bruder.' Doch alles half nichts, sie fühlte sich zusehends elender. Und während die Elben wieder von Adain Lit sprachen, begann Adiad darüber nachzudenken, dass sie wohl doch besser zu den Waldmenschen der Eymari passte und nicht zu den Elben. Dann sah sie Eardin im Geiste mit einer edlen Elbin und dachte, dass sie selbst nie an deren Schönheit und Anmut herankommen würde. Adiad bemerkte Whyen kaum, als er auf sie zukam. Da sie vor dem Brunnen stand und er Wasser holen wollte, nahm er sie bei den Schultern und hob sie zur Seite.

„Du bist mir ein wenig im Weg, Waldfrau!"

„Ich bin kein Stück Holz, Whyen", fuhr sie ihn an.

Erschrocken wich er zurück. „Ist dir ein Naga in deinem Tagtraum begegnet, Adiad?" Unschlüssig blieb er vor ihr stehen. Da sie nicht antwortete, schöpfte er das Wasser und ging zurück zu den anderen.

„Komm, Adiad, und setz dich zu mir!", rief Eardin.

„Mir ist so heiß, Eardin. Ich geh schwimmen!" Sie lief in Richtung des Sees. Die anderen schauten ihr verwundert hinterher und redeten dann weiter.

Bedrückt saß sie bald danach am Ufer, beobachtete die Lichtspiegelungen auf dem Wasser und bemühte sich zur Ruhe zu kommen. Dabei erschien das Gesicht von Worrid vor ihr, sie dachte an die anderen Eymarikrieger und plötzlich fühlte sie sich einsam und fremd bei den Elben und konnte die Tränen nicht mehr zurückhalten.

Sie spürte ihn, bevor sie ihn hörte. Eardin setzte sich neben sie, nahm sie in die Arme und begann zu summen. Warmes, tröstendes Licht floss ihr zu. Adiad wurde ruhiger und sagte dann: „Ich sollte zu den Eymari zurückkehren, Eardin. Ich passe nicht zu euch."

Als sie dies ausgesprochen hatte, bemerkte sie, wie er langsam erstarrte. Ruckartig stand er auf und ging. Und Adiad ergab sich endgültig ihren Tränen.

Sie war noch am See, als es schon dämmerte und lauschte dem sanften Plätschern des Wassers auf den Kieseln. Betrübt machte sie sich schließlich auf den Rückweg, ohne zu wissen, was sie jetzt tun sollte. Als sie nahe beim Wald war, kam Eardin ihr entgegen. Schweigend führte er sie zu einer nahen Bank. Sie bemerkte, dass er geweint hatte.

„Es tut mir leid, Eardin, doch ich ..."

Der Elb griff sie an den Schultern. „Liebst du mich nicht mehr, Adiad?"

„Eardin, ich ..."

„Wenn du zu den Eymari zurückgehst, ich glaube, ich ertrage das nicht!" Er hielt sie inzwischen so fest, dass es schmerzte.

„Eardin, die Elben sind so viel edler und schöner als ich, ich werde nie wie ein Elb aussehen. Und vielleicht würdest du dich meiner irgendwann schämen, wenn Lerofar mit seiner Gefährtin neben uns steht. Vielleicht hättest du dann auch lieber eine schöne und anmutige Elbin neben dir."

Eardin starrte sie zunächst nur an, dann lachte er auf, riss sie an sich und umarmte sie heftig. „Die Gefährtin von Lerofar! Du hast dich mit ihr verglichen. Wie kann man nur so unvernünftig sein." Eardin schob sie von sich, suchte ihre Augen. „Ich liebe dich unendlich, mein Stern! Und du bist wunderschön, auch ohne edle Elbenkleider!" Dann küsste er sie stürmisch.

Und dies war der Augenblick, als in Adiad fast unbemerkt der Wunsch zu reifen begann, den Ritus zu vollziehen.

Dunkelheit hatte sich über die weite Ebene gelegt. Fairron hatte die Eymari erwartet, gemeinsam mit einem der Feandun-Magier. „Er sucht dich, Adiad, sie wollen mit dir reden."

Adiad erkannte den gemäßigten der drei Magier.

„Soll ich morgen wiederkommen?", fragte der, als er bemerkte, dass sie geweint hatte.

„Vielleicht", antwortete sie leise.

Er wandte sich zum Gehen.

Adiads Neugier trieb sie, noch zu fragen, was er wollte.

„Wir glauben zu wissen, wer der Elb ist, den du suchst."

„Gut, ich komme mit."

Als Eardin sich anschickte ihnen zu folgen, hielt der andere ihn zurück. „Wir wollen nur mit ihr sprechen. Ich bringe sie bald wieder zu dir." Er verschwand mit der Eymari zwischen den Bäumen.

Fairron legte Eardin seine Hand beschwichtigend auf die Schulter. *„Geht es dir wieder besser?"*

Dieser nickte nur. *„Was werden sie mit ihr machen?"*

„Wahrscheinlich wirklich nur reden. Setz dich hin, Eardin", Fairron schob ihn zur Bank. *„Sie haben uns Wein vorbeigebracht, der beruhigt dein Gemüt!"*

Adiad wurde zu einem rund gemauerten Haus gebracht. Als sie dort eintraf, waren schon mehrere Magier versammelt, Cerlethon mitten unter ihnen. Ein weißgewandeter Elb mit ergrauten Haaren kam auf sie zu und wies ihr mit einer eleganten Geste einen Stuhl zu. „Setz dich, Menschenfrau."

Verunsichert folgte sie seiner Anweisung. Die Magier ließen sich gemeinsam mit ihr an einem Tisch nieder. Sechs Männer und drei Frauen, alle in hellen Kleidern und mit goldenen Stirnreifen. Der Raum war gefüllt mit Büchern und Schriftrollen, doch bemerkte die Eymari, dass es längst nicht so viele waren, wie sie allein schon in den Räumen von Mellegar und Fairron gesehen hatte.

„Du brauchst dich nicht vor uns zu fürchten, wir würden nur gerne mit dir reden. Du behauptest, dein Großvater ist ein Elb aus unserem Volk. Bevor wir dir einen Namen nennen, würden wir gerne wissen, wie du zu deiner Behauptung kommst."

Adiad erzählte ihnen ihre Geschichte, so wie sie ihr von ihrer Mutter erzählt worden war. Langsam entspannte sie sich dabei, trotz der forschenden Blicke.

„Nun sage uns bitte, ob du irgendwelche Magie in dir spürst und welcher Art sie ist."

Nachdem sie zögerte, fuhr der grauhaarige Magier fort: „Wir sind dein Volk, Adiad, du bist aus uns hervorgegangen, also solltest du uns auch vertrauen."

So schilderte sie ihnen ihre besonderen Wahrnehmungen und Fähigkeiten.

„Wir danken dir, Menschenfrau! Eine Frage hätte ich noch: Hast du jemals Pflanzen wachsen lassen oder hattest du das Gefühl, es tun zu wollen?"

In ihrer Erschöpfung erzählte sie ihnen schließlich auch von ihren Träumen.

„Wir danken dir nochmals, Adiad. Man wird dich nun heimbegleiten."
„Und wie ist der Name des Elben?"
„Wir werden ihn dir morgen sagen. Ich muss erst mit ihm reden."
Höflich wurde sie wieder hinausgeleitet und zu ihrer Unterkunft zurückgebracht.

Eardin lag schon auf seinem Bett, die beiden anderen saßen, wie am Vortag, daneben. Adiad betrat erschöpft den Raum, schloss die Tür, zog sich bis auf ihr Hemd aus, drängte sich an den anderen vorbei, stieg über Eardin und rollte sich in ihre Decke. Sie wollte nur noch schlafen.
„Habt ihr das gesehen?", fragte Eardin. „Da kommt diese Waldfrau ohne ein Wort zur Tür herein, kriecht ziemlich unsanft über mich drüber, ohne einen Gruß oder einen Kuss zur Nacht, dreht sich um und fängt an zu schlafen. Und ich liebe sie auch noch dafür. Ich muss vollkommen verrückt sein!" Er lachte und wandte sich zu ihr.
Schmunzelnd löschten die beiden anderen die Lichter.

„Du hast ihnen auch von den Träumen erzählt?", fragte Fairron beunruhigt.
„Sie sind mein Volk, Fairron, sie haben es mir selbst gesagt, warum sollte ich ihnen nicht davon erzählen?"
„Vielleicht, weil sie mir jetzt zu freundlich sind."
„Ich kann mir auch nicht vorstellen, dass es zu irgendeinem Unheil führt, Fairron, also setz dich zu mir und schau dir den Bogen an, er ist bald fertig!" Eardin saß in den Lichtern der Morgensonne und vollendete den Bogen aus dem Holz des Eymaribaumes. Neben ihm prüfte Whyen sorgsam die Sehne. Gedreht aus dem Schweifhaar der Elbenpferde.
Mit einem tiefen Seufzer ließ Fairron sich auf der Bank nieder und sah sehnsüchtig in die Baumkronen. „Ich würde gerne mehr über ihre Magie erfahren. Doch Lerofar sagte mir, dass sie alles sorgfältig hüten. Sie bewachen ihr Wissen eifersüchtig, haben ihn den Wachstumszauber nie beobachten lassen." Dann betrachtete er die Lichtflecken am Boden. „Doch diese schöpferische Kraft ist etwas ganz Besonderes, sie sollte allen Elben zuteil werden. Es mag sein, dass sie die Elben von Adain Lit minder schätzen, da wir ein Volk der Krieger sind. Doch ich bin Magier! Warum sollten sie einem Elbenmagier nicht vertrauen?"
„So, wir sind also weniger wert, weil wir Krieger sind?", meinte Whyen verärgert. „Wie hat er gesagt, Eardin? Minder! Das Volk der Krieger wird minder geschätzt!"

„Du weißt, dass ich das nicht so meine, Whyen, also hör auf, es ist schwierig genug. So, und nun gehe ich hin und lade sie zu einen Gedankenaustausch ein." Er sprang auf und verschwand.

Mit zornigem Blick kehrte er zurück. Wütend vor sich hin murmelnd warf er sich auf die Bank. Adiad konnte sich gerade noch vor seinem fliegenden Zopf ducken.

„Sie werden hellgrün!", flüsterte sie Eardin ins Ohr.

„Wer wird grün?", schrie Fairron.

„Deine Augen, Fairron, sie werden hellgrün, wenn du zornig bist." Sie lächelte ihn an.

„Sie sind so stur! Ihr glaubt nicht, wie stur sie sind! Ich habe sie wegen ihrer Magie gefragt, habe ihnen sogar vorgeschlagen, Schriften und Wissen auszutauschen. Wir könnten uns geistig befruchten! Sie lehnen es nur höflich ab, ohne weitere Gründe. Dazu hatte ich noch den Eindruck, dass sie nicht nur die Krieger, sondern auch die Magier von Adain Lit minder schätzen."

„Ich will dich nicht noch mehr reizen, Fairron", meinte nun Whyen, „aber das freut mich dann doch!"

Am Nachmittag, als sie gemeinsam unter den Bäumen spazieren gingen, um sich die vielfältigen Ornamente der Häuser anzusehen, kamen zwei junge Elben auf sie zu. Wie die meisten der Feandun-Elben trugen sie lange, hellbraune Gewänder, über die ihr Haar mit den eingeflochtenen Zöpfen lang nach unten fiel. Sie grüßten und stellten sich ihnen als Remon und Linden vor.

„Wir würden euch gerne begleiten. Es wäre uns eine große Freude, etwas über euch Elben in Adain Lit zu erfahren", sagte Remon.

„Ist es euch überhaupt gestattet, mit uns zu reden?", fragte Whyen überrascht.

„Nein, wir sollen das Gespräch mit euch meiden. Wir haben uns entschieden, nicht darauf zu achten."

Fairron betrachtete sie erstaunt. „Ihr zeigt viel Mut, euch gegen den Willen der Magier zu stellen!"

„Es ist kein Mut, sondern das Bewusstsein, dass wir frei in unseren Entscheidungen sind. Wir sind nicht die einzigen, die so denken."

„Bekommt ihr keinen Ärger, wenn ihr mit uns gesehen werdet?", fragte Eardin.

„Was kommt, wird sich zeigen. Die lichten Mächte bestimmen unser Schicksal, nicht die Magier. Doch nun lasst uns gehen. Euch gefallen unsere Häuser?"

„Sie sind wunderschön gearbeitet", sagte Adiad, und Eardin fragte: „Ist das Elbenarbeit? Auch die große Treppe zur Ebene, ich kann mir kaum vorstellen, dass sie aus Elbenhand stammt."

„Die Zwerge haben sie geschaffen", antwortete Linden.

„Die Zwerge?"

„Als unsere Vorfahren hierher kamen, erschienen sie bald aus ihrer Bergstadt und nach einiger Zeit begannen sie, den Elben zu helfen, den engen Pfad auf die Ebene auszubauen und ihre Häuser zu errichten. Die Elben verfeinerten dafür die Waffen des kleinen Volkes und heilten ihre Kranken. Für die Häuser nahmen die Zwerge das, was hier in Überfülle vorhanden war und das ist der Stein. Der Wald sollte geschont werden. Bei den Ornamenten arbeiteten dann sogar einige Elben mit, sie hatten von den Zwergen gelernt."

„Wo sind jetzt die Zwerge?", erkundigte sich Fairron. „Ich bemerkte keine Spuren mehr von ihnen."

„Je mächtiger die Magier wurden, umso mehr wandten die Zwerge sich von uns ab und verschwanden. Denn einige unserer Magier waren unfreundlich zu ihnen, da sie die Zwerge, wie auch die Menschen, als minderwertig ansehen. So verschwand das Volk der Zwerge bald ganz. Ich habe noch nie einen bei uns gesehen, es war vor meiner Zeit."

„Aber nun erzählt uns bitte etwas von euch", bat sie der andere Feandun-Elb, „ihr seid uns so fern und auch ein wenig fremd geworden. Viele unserer Brüder und Schwestern ärgern sich schon seit langem darüber. Sie verlangen danach, hinauszureiten und die Bande zu euch und den Hochlandelben wieder zu erneuern."

Fairron brannte jedoch eine Frage auf der Seele und er wollte diese günstige Gelegenheit nutzen. „Wir erzählen euch gerne von unserem Wald. Doch vorher: Was war das für ein Zauber? Was ging vor sich, als die Wächter, die uns entgegenliefen, plötzlich stehen blieben? Ich hörte sie nicht reden, sie schienen einen Ruf zu vernehmen. Auch spürte ich ein Beben im meinem Geist, das an den Nachklang einer Stimme erinnerte."

„Deine Wahrnehmung hat dich nicht getrogen, denn wir vermögen im Geist miteinander zu sprechen. Und so rief sie wahrscheinlich einer der Magier."

„Das ist sehr nützlich!", ließ sich nun Whyen vernehmen.

„Das kann man so sagen", antwortete Remon lachend.

„Sie reden im Geiste", murmelte Fairron.

Am Rande das Waldes fanden sie einen Platz in einer Senke, die von saftigem Gras und kleinen, harten Kräutern bewachsen war. Sie hatten sich eben niedergelassen, als Nelden zwischen den Bäumen erschien. Sie lächelte, als sie die beiden Feandun-Elben bemerkte und grüßte sie alle freundlich. „Es freut mich, euch hier zusammen zu finden. Euren fragenden Blicken entnehme ich, dass ihr vermutet, die Entscheidung über euer weiteres Schicksal von mir zu hören. Doch dies ist nicht meine Aufgabe, außerdem ist es noch nicht entschieden. Ich wollte nur Adiad holen, um sie zu ihrem - Großvater zu führen."

Die Eymari erhob sich und mit ihr Eardin. „Ich begleite sie, wenn es dir recht ist!"

Nelden nickte.

„Adiad, ich möchte dir vorher noch ein wenig über den Elben erzählen, den du gleich in meinem Haus treffen wirst. Dein Großvater ...", und sie sprach das Wort wieder ebenso betont und langsam aus wie zuvor, " ... nun, er dürfte in Menschenjahren verglichen, in deinem Alter sein. Sein Name ist Amondin. Er weiß inzwischen von dir und möchte dich auch sehen. Es war nicht einfach für ihn, von dir zu hören. Er wusste nicht, dass die Eymari, die er damals verließ, sein Kind in sich trug. Ich würde dir gerne seine Geschichte erzählen, Adiad." Nelden blieb stehen und wies auf eine der vielen Bänke, die im Wald verteilt standen. „Du weißt, dass er in den Wald der Eymari kam, denn du hast es selbst erzählt. Und Amondin bestätigte dies noch einmal, als wir mit ihm sprachen. Doch kannten wir seine Geschichte bereits und den Magiern wurde erst bei deiner Schilderung klar, dass du aus ihm hervorgegangen bist. Nun, Amondin kehrte damals heim, denn er hatte einen Auftrag und wollte ihn zu Ende führen. Dir zu erklären, was dieser Auftrag war, führte jetzt zu weit. Nach einiger Zeit ging er zu den Magiern und bat sie, wieder hinausreiten zu dürfen. Doch sie sahen keinen Grund und verwehrten es ihm. Sein Drängen wurde über die Zeit beharrlicher und nachdem die Magier sich hartnäckig weigerten, ihn gehen zu lassen, erzählte er ihnen alles. Einige von ihnen rührte seine Liebe; sie wollten ihn ziehen lassen. Doch du hast Cerlethon inzwischen erlebt und es gibt wenige andere, die der gleichen Meinung sind. Er tobte, beleidigte Amondin und die Menschenfrau, die er nicht kannte. Es war der letzte große Aufruhr in unserer Gemeinschaft, vor eurem Kommen. Am Ende ließen sie ihm die Möglichkeit, zu ihr zu gehen, doch für immer aus dem Volk der Feandun ausgeschlossen zu werden, oder hier zu bleiben und sie zu vergessen. Es war furchtbar für ihn, er war verzweifelt, Adiad. Seine Mutter bat ihn weinend, zu bleiben. Er solle an die kurze Zeit mit der Menschenfrau und an die lange Zeit der Verbannung und Trennung denken. Und so blieb er schließlich. Doch er zog sich zurück und errichtete sich ein kleines Haus am Rande der Ebene hinter dem See.

Dort lebt er seither und kümmert sich um die wenigen Pferde, die mit uns leben und um die Ziegen und Schafe."

Adiad hatte Tränen in den Augen. „Ich möchte ihn sehen!"

Nelden nickte, erhob sich und ging ihnen voraus in Richtung ihres Hauses.

Er erwartete sie bereits. Ein junger Elb, mit den dunkelblonden Haaren der Feandun, die er als einziger zum Zopf gefasst hatte. Auch trug er kein langes Gewand, sondern eher die Tracht eines Bauern, nur in feinerem Linnen. Er lächelte und Adiad ging mit klopfenden Herzen auf ihn zu.

Nach einer Zeit der stillen Annäherung strich Amondin sanft über ihr Gesicht. „Du siehst aus wie sie, Adiad!" Tränen liefen über seine Wangen. Dann nahm er sie an der Hand und führte sie zu einer Bank. „Komm mit mir, erzähl mir von meiner Tochter und erzähl mir von dir, Adiad!"

Und die Eymari folgte ihm.

Eardin blieb zurück, schweigend saß er neben Nelden, an die Steinwand ihres Hauses gelehnt. Er hatte die Augen geschlossen, atmete Licht in seinen Körper.

„Du liebst sie?", fragte Nelden leise.

„Sehr!"

„Habt ihr schon über den Ritus gesprochen?"

Eardin richtete sich auf und wandte sich ihr aufmerksam zu. *„Fairron hat mit ihr gesprochen."*

„Ihr erhofft Hilfe bei uns?"

„Unsere Magier halten es für eine Möglichkeit."

„Ich habe einen unserer Magier gefragt, denn ich dachte darüber nach, seit ich erfuhr, dass sie deine Gefährtin und elbenblütig ist. Ihr dürft keine Hilfe von uns erhoffen, Eardin. Wir sind schon so lange von den Menschen getrennt. Keiner unserer Magier hat ihn je vollzogen. Noch wissen sie viel darüber oder haben sich überhaupt damit beschäftigt. Sie können euch nicht helfen, Eardin!"

In Eardins Schweigen fragte Nelden: *„Ist sie bereit, es auf sich zu nehmen?"*

„Ich weiß es nicht, sie denkt noch darüber nach."

„Und du, was denkst du darüber?"

Eardin antwortete wieder nicht, doch Nelden bemerkte die tiefe Pein in seinen Augen.

Amondin umarmte sie lange, dann verschwand er in Richtung des Sees. Adiad sah ihm nach. Mit geröteten Augen kam sie zu Eardin zurück.

„Wir sollen ihn morgen in seinem Haus besuchen, Eardin. Er will dich auch kennenlernen. Doch jetzt wollte er die Stille suchen."

Eardin ergriff ihre Hände, lächelte und Adiads Gesicht hellte sich auf. „Ich mag ihn, Eardin, und ich denke, er mag mich auch! Obwohl es merkwürdig ist, einen Großvater im gleichen Alter zu haben!"

Eardin erinnerte sich der Worte Whyens. „Dann muss ich wohl auf dich aufpassen, damit du mir nicht abhanden kommst und bei den Feandun-Elben bleibst!" Er lachte und bemerkte dabei nicht den besorgten Blick Neldens.

Seine einfache Steinhütte besaß keine Ornamente, sie stand in der Nähe des tiefen Abgrunds am Rande der Ebene. In der Nähe seiner Behausung sahen sie Pferde, Schafe und Ziegen frei grasen. Amondin begrüßte sie herzlich. Er hatte Becher und einen Krug mit Ziegenmilch bereitgestellt. Adiad vermied es in die Tiefe zu schauen, doch sie genoss den Blick in die Weite. Erhaben ruhten die mächtigen Berge im Licht des Tages, große Vögel ließen sich vom Wind über die Schluchten tragen. Es war ein nie erlebtes Gefühl. Sie empfand Ehrfurcht vor dieser Größe und fühlte sich gleichzeitig über alles, was sie bisher kannte, erhaben. Es gab nur noch diese Ebene und die Berge. Mit diesen Gedanken wandte sie sich wieder Amondin zu, der sie anlächelte.

„Du hast grüne Augen!", bemerkte Adiad.

„Und dieses Grün lebt auch in dir. Deine Großmutter hatte braune Augen. Sanft, aber genauso offen und fragend wie deine. Ich habe sie sehr geliebt, Adiad."

Kurz ließ die Eymari ihre Gedanken zu ihrer Ahnin wandern, doch ihre Erinnerungen waren verschwommen, so fand ihr Blick wieder Amondin. „Was sind das für Steine in euren Haaren?"

„Wir wählen sie mit Bedacht, wir finden sie und sie finden uns. Es sind Boten der Zeit und Hüter der Kräfte Adains."

„Und dein Gewand?"

„Leinen mit ein wenig Steinbock", lächelte er, „wie bei den meisten Feandun. Die Auswahl ist nicht mehr so groß, seit wir hier sind. Es beschränkt uns, die Enge des Seins beschränkt unseren Geist."

„Und die Federn? Ich sah vor allem die des Adlers."

„Er ist ein Träger des Lichtes und der Wahrheit, er trägt die Freiheit in seinem Wesen. Die Magier sollten mehr auf seine Weisungen hören."

„Ihre Gewänder glänzen."

„Schlange und Eidechse, Adiad." Er sah kurz zu Eardin und schwieg.

Die Zeit verrann. Amondin wollte von Eardin nicht nur von Adain Lit hören, sondern auch alles vom Kampf gegen die Schlange erfahren.

„In meinem Herzen bin ich ein Krieger, Eardin. So habe ich damals überlegt, zu euch zu gehen, als sie mich mit dieser Entscheidung peinigten. Ich blieb hier bei meinen Eltern und es gibt Zeiten, da bereue ich es sehr. Doch die Zeit für diesen Weg ist vertan. Und nun sitzt die Enkelin meiner geliebten Eymari vor mir und ist genauso hübsch wie sie!"

Er strahlte sie an und in Eardin erglomm in diesem Moment die Eifersucht. So stand er bald danach auf und sie verabschiedeten sich. Grimmig beobachtete er, wie Amondin sie nochmal umarmte und ihr über die Wange streichelte.

Schweigend begleitete er sie zurück, bis Adiad stehen blieb und sich vor ihm aufbaute. „Sieh mich an, Elb! Was ist los mit dir? Du schweigst plötzlich vor dich hin und ich spüre deinen Zorn."

„Nichts ist los, Adiad, lass uns weiter gehen."

Sie hielt ihn fest, betrachtete ihn aufmerksam und plötzlich dämmerte es ihr. „Ich glaube es nicht! Du wirst doch nicht etwa eifersüchtig sein? Er ist mein Großvater, Eardin!" Adiad lachte laut auf.

Eardin jedoch wandte sich ab und stapfte wütend davon.

Pflicht und Drohung

Nachdem er lange mit seinem Gewissen gekämpft hatte, war Bewein zu seinem König gegangen, denn er vertraute auf dessen Vernunft. Auf keinen Fall wollte er seinen Freund Bladok verraten, doch dessen Bemerkungen über getötete Bettler und Reisende waren alarmierend. Als Mitglied der königlichen Wache Astuils konnte er solches Treiben unmöglich dulden. Im Verlauf der letzten Tage hatte er versucht, unauffällig herumzufragen. Verschwundene Bettler störten keinen in der Stadt. Bettler kamen und gingen, ohne bemerkt zu werden und auch die Reisenden wurden nicht am Stadttor gezählt. Doch in den Gasthäusern musste es auffallen. So erfuhr er von zwei verschwundenen Händlern. Die Wirte hielten sie für Betrüger, die weder Zeche noch Übernachtung zahlen wollten. Bewein konnte nur vermuten, dass die Blutopfer dahinter steckten. Es gab keine Leichen, er hatte keine Beweise. Sie müssten beim Opfern erwischt werden. So berichtete er es schließlich auch dem König.

Mit eisiger Miene hatte dieser seinen Worten gelauscht und rief sofort nach den Wachen: „Bringt mir die beiden Späher!"

Unbeweglich, mit verschränkten Armen, wartete er auf seinem Thron. Ein einfacher, mit Stoffen behangener Sitz aus Stein. Viele Könige vor ihm hatten von diesem Herrschaftssymbol aus regiert und viele würden folgen; wenn nicht aus seinem Geschlecht, dann aus einem anderen hohen Hause Astuils. Auch der Saal war schmucklos, nur einige schmale Wandteppiche hingen müde von den Wänden. Im Winter wurden sie vor die Fenster gezogen, um die Kälte zu mindern. Togar hatte nach seiner Krönung auf der zweckmäßigen Umgestaltung des Saales bestanden. So waren Stühle und Bänke entfernt und auch jeglicher Schmuck. Besucher mussten oft lange vor ihm stehen. Bewein wusste, dass er es genoss, diese Macht über sie auszuüben. Auch er stand nun wartend vor Togar, bis die zwei Späher gebracht wurden. Er wusste, was folgen würde, es war unvermeidlich gewesen.

„Ihr seid vollkommen unfähig!", schrie Togar sie an. „Von einem Mitglied der Stadtwache muss ich erfahren, dass Menschen geopfert werden, um ihr Blut zu nehmen. Ihr dagegen treibt euch herum und erzählt mir, sie singen nur in ihren Kellern."

„Wir haben alles versucht", entschuldigte sich einer der Späher, „doch alle, die wir befragten, schweigen. Wir wollten nicht erkannt werden."

Bewein betrachtete die jungen Burschen voller Mitgefühl. „Sie sind zu jung", sagte er gerade heraus, „keiner vertraut ihnen so, wie sie mir vertrauen." Während er dies aussprach, wurde ihm übel vor Scham. Mit dem Gang zum König hatte er seinen Schwur gebrochen.

„Gehurt und gesoffen habt ihr, anstatt euch umzuhorchen", brüllte Togar weiter. „Ich versetze euch hiermit zu den einfachen Soldaten, sperre euch für ein ganzes Jahr euren Freigang und halbiere euren Sold. Und wenn ein Wort von der ganzen Sache über eure Lippen kommt, lass ich euch beiden die Zungen herausschneiden! Raus!", brüllte er so laut, dass Bewein zusammenfuhr.

„Was rätst du mir?", fragte er etwas ruhiger.

„Ihr könnt dies nicht dulden, mein König. Wir müssen sie bei diesen Handlungen erwischen und festsetzen. Es mag mit Bettlern beginnen, doch damit wird es nicht enden."

„Glaubst du die Geschichten über die Unsterblichkeit, Bewein?", fragte Togar lauernd.

Bewein ahnte seinen Hintergedanken. „Nein, mein König. Auch die Naga haben von Unsterblichkeit gesprochen. Sie fielen unter unseren Pfeilen und Schwertern."

Enttäuschung machte sich im Gesicht des Königs breit. „Finde heraus, wann sie sich treffen, dann werden wir zuschlagen. Es ist mir egal, wer dabei ist. Ich werde dies beenden. Doch wehe du täuschst dich, Bewein!" Ein drohender Blick, Togar erhob sich und schritt mit kurzem Nicken an ihm vorbei. Schwungvoll riss er die hölzerne Tür auf, die Wachen dahinter standen sofort stramm. „Bringt mir die dralle Rote und einen großen Krug Wein!"

Bewein sah ihm nach und hoffte für sich, dass Bladok die Wahrheit gesprochen hatte.

Entscheidung der Magier

Die zackigen Felswände im Osten glühten rot, sanft streichelte das Abendlicht ein letztes Mal die Ebene. Gemeinsam mit Remon und Linden hatten sich die Elben aus Adain Lit vor ihrem Haus niedergelassen. Die Feandun erklärten ihnen soeben eines ihrer Spiele, als ein Magier erschien, sich vor ihnen verneigte und dabei den beiden Feandun-Elben warnende Blicke zuwarf. Dann wandte er sich an Fairron: „Wir haben unsere Entscheidung gefällt, ihr dürft mir folgen!" Schwungvoll drehte er sich um und ging ihnen voraus.

Die drei bekannten Magier erwarteten sie, gemeinsam mit vielen anderen, in der Halle des großen Baumes. In ihrer Mitte Cerlethon. Eardin merkte, wie der Ärger wieder in ihm aufstieg; er fühlte sich wie vor ein Tribunal geführt. Während sie die Halle betraten, verlangsamte Adiad ihre Schritte, denn sie hatte die Stimme Cerlethons in ihrem Kopf gehört. Erstaunt suchte sie seinen Blick.

'Du verstehst mich?', hörte sie ihn freundlich fragen. 'Verstehst du meine Worte genau, die ich zu dir spreche?'

Adiad nickte. Sie war überrascht, doch sie hatte nicht das Gefühl, dass diese Art zu reden fremd für sie war.

'Hast du schon einmal in deinem Geist gesprochen, Adiad?'

Sie antwortete ihm ebenfalls im Geiste, ohne dies vorher überdacht zu haben. 'Ich habe im Geiste geschrien und die anderen haben mich gehört!'

'Du hast geschrien, als du in Not warst?'

Adiad nickte. Fairron, der neben ihr ging, bemerkte es und sah sie fragend an. Doch die Stimme in ihrem Kopf war jetzt still. Gleichzeitig beobachtete sie, wie die Magier sich zunickten, als hätten sie ihre Entscheidung erst jetzt gefällt.

Die Elben aus Adain Lit verbeugten sich etwas widerwillig und Fairron sprach für sie. „Ihr habt entschieden? Ich hoffe, dass dies auch die Entscheidung des Volkes der Feandun ist?"

Deutlich war zu spüren, wie die Elben um sie herum in Anspannung verfielen. Die Gesichter der Magier jedoch verhärteten sich.

„Unsere Entscheidung ist die Entscheidung aller, da sie zum Wohle aller Elben der Feandun getroffen wurde." Cerlethons Stimme schlug ihnen dabei ins Gesicht. „Und so vernehmt nun, dass wir euch auffordern, morgen früh unsere Ebene zu verlassen!"

'Sie werfen uns also doch raus', dachte sich Eardin. „Was ist mit meinem Bruder, was ist mit Lerofar? Kann er mitgehen, wenn er es möchte?"

„Er kann mitgehen, über seine Gefährtin werden wir neu entscheiden!"

„Ihr könnt sie doch nicht einsperren!", schrie Fairron auf.

„Wir sperren sie nicht ein, Magier aus Adain Lit, sie kann gehen, wann immer sie will. Doch die Rückkehr bleibt ihr versperrt!"

Während Fairron noch über eine passende Antwort nachdachte, sprach Cerlethon weiter: „Außerdem haben wir darüber gesprochen, Adiad bei uns zu behalten."

Eardin meinte, nicht richtig zu hören.

„Sie ist aus unserem Volk und sie birgt unsere Magie in sich."

Mühsam stand ein anderer Magier auf. Adiad erkannte ihn als den grauhaarigen wieder, der bei der Magierversammlung so freundlich zu ihr gesprochen hatte. Er ging auf sie zu und legte die Hände auf ihre Schultern. „Wir denken, dass die Magie der Feandun in dir angelegt ist, Adiad. Und wir bieten dir an, sie zu erlernen! Wir könnten dir zeigen, wie du Bäume und Kräuter zum Wohl deines Volkes wachsen und gedeihen lassen kannst. Wir bieten dir an, die Heilkunst der Pflanzen und Steine zu erfahren, mit ihrer Hilfe Krankheiten zu mildern und Verletzungen zu heilen. Du könntest bei uns viel lernen, Elbenkind!"

Während Adiad ihn noch verunsichert anstarrte, empörte sich Eardin: „Wie könnt ihr es wagen, sie so zu locken! Adiad, sie würden dich nie mehr gehen lassen. Sie wollen ihre Magie verbergen. Sie würden dich nie mehr zu mir lassen, wenn du sie erst beherrschst!"

Der Magier ließ sich von Eardin nicht stören und sprach weiter: „Du könntest bei Amondin wohnen."

In diesem Moment stürmte Eardin auf ihn zu, um ihn zu ergreifen. Whyen warf sich dazwischen und konnte gerade noch verhindern, dass Eardin den Magier zu Boden schlug.

Cerlethon erhob sich und sprach mit überheblicher Stimme zu den umherstehenden Elben: „Ihr seht, dass die Elben aus Adain Lit den Menschen immer mehr ähneln. So versteht ihr sicher auch meinen Rat, unser Volk vor diesem verderblichen, menschlichen Einfluss zu schützen!"

Adiad hatte sich inzwischen aus den Händen des Magiers gewunden und sah Eardin in den Armen Whyens. Er hielt ihn immer noch fest, da er befürchtete, er würde weiter stürmen. Und sie bemerkte nicht nur Eardins Wut, sondern auch seine Angst. Stolz richtete sie sich auf und sprach mit lauter Stimme: „Ich bin vor allem eine Kriegerin der Eymari und keine Magierin eures Volkes. So werde ich mit Eardin und den anderen zurückreiten. Ihr könnt euer geheimes Wissen behalten und es beibringen, wem immer ihr mögt!" Sie verbeugte sich und verließ ohne ein weiteres Wort die Halle.

Whyen lachte auf und ließ Eardin los.

„Dann wäre wohl alles gesprochen!", meinte Fairron nur. „Die minderwertigen Elben aus Adain Lit grüßen hiermit zum letzten Mal ihre Brüder und Schwestern und werden morgen ihren einsamen Felsen verlassen." Damit wandte er sich um und folgte Adiad.

Auch Eardin und Whyen verneigten sich stumm und überließen die Elben in der Halle dem Aufruhr, der sich nun erhob.

Am Fuß der Treppe blieb Eardin stehen. „Ich muss zu Lerofar!"

„Wir werden mit dir gehen", sagte Adiad, die auf ihn gewartet hatte.

„Das haben sie wirklich versucht?" Lerofar setzte sich, um sich wieder zu fassen. In diesem Moment ging die Tür auf und Nelden kam herein. „Ich dachte mir, dass ihr hier seid!"

„Sie wollten Adiad hierbehalten, Nelden!"

„Ich hatte dies schon befürchtet, Lerofar. Es ist ihre eifersüchtige Angst, wenn es um ihre Magie geht. Sie haben zu lange damit verbracht, diese in den Elben der Feandun anzulegen. Und nun, da sie vererbt wird und dies auch an Elbenblütige, wächst ihre Angst, andere könnten sie nutzen. Dass all ihre Ängste unserem Volk jedoch mehr schaden als nützen, erkennen sie in ihrer Verblendung nicht mehr. Sie wollen es auch nicht hören; ich bin nicht die einzige, die immer wieder versucht hat, mit ihnen zu reden."

Die Elbin sank auf eine der Bänke. „Es herrscht durch euch großer Aufruhr in unserem Volk, und ich bin dankbar dafür! Denn ich hoffe, dass aus diesem Beben etwas Gutes und Neues erwächst. Doch mag es sein, dass die Magier, wenn sie ihre Macht schwinden sehen, in ihrem Zorn zu furchtbaren Mitteln greifen." Sie bemerkte die fragenden Blicke und fuhr fort: „Wenn sie ihren Zauber von dieser Ebene nehmen, dann können wir hier nicht lange weiterleben. Ein paar Jahre vielleicht, wenn überhaupt. Wir müssten aufbrechen und uns eine neue Heimat suchen!" Sie verstummte. Kalte Furcht lag in ihren Augen.

„So könnt ihr aber auch nicht weiterleben", meinte Lerofar.

„Wir konnten es lange, Lerofar, und wir würden es auch weiter können. Doch es zerstört uns, in einer anderen Weise. Und dies ist schlimmer, als diese Ebene verlassen zu müssen."

Eardin wandte sich an seinen Bruder. „Ich habe sie wegen dir gefragt, Lerofar. Sie würden dich gehen lassen, doch sie wollten über Gladin neu entscheiden. Ich befürchte, sie werden sie nur zu ihren Bedingungen mitgehen lassen."

„Dies ist mir vertraut, Eardin. Ich wollte sie schon vor einiger Zeit zu euch bringen."

„Sie ließen euch nicht?"

„Du hast sie gehört. Doch hoffe ich, dass sich durch euren Besuch und durch die Unruhe, die ihr Krieger aus Adain Lit verursacht habt, einiges ändern wird!" Er stand auf und umarmte Eardin. „Ihr werdet morgen reiten und ich möchte mich jetzt von dir und von euch verabschieden, Eardin. Umarme unseren Vater und grüße ihn von mir und grüße auch Thailit. Ich werde kommen, Bruder und ich komme nicht ohne Gladin!"

Es fiel Eardin unendlich schwer, Lerofar erneut loszulassen. Adiad umarmte ihn, als sie in dem großen Bett ihrer Hütte lagen. „Er wird kommen, Eardin. Du hast ihn gefunden und hast ihm seine Liebe zu Adain Lit neu ins Herz gelegt. Schon allein deswegen wird er kommen."

Der Elb sah sie an und küsste sie sanft. „Und dich wollten sie mir auch noch nehmen, Adiad."

„Aber ich wollte nicht! Ich hatte überhaupt kein Bedürfnis, bei dem unfreundlichen Magier zu bleiben. Ich bin lieber bei dir!"

„Das war beeindruckend, Waldfrau", rief Whyen aus seinem Bett, „du hättest sie genauso gut niederschlagen können. Die Gesichter wären ähnlich gewesen. Doch Fairron war ebenfalls imponierend."

Während die Sonne ihre leuchtende Scheibe über die Berge schob, beluden sie ihre Pferde. Bereits in der Morgendämmerung war Adiad in Begleitung von Eardin in Richtung des Sees gelaufen, um sich von Amondin zu verabschieden.

„Ich kann mir vorstellen, dass er mit Lerofar reitet, wenn sie irgendwann nach Adain Lit kommen", sagte sie zu den anderen. „Er hat Eardin gefragt, ob sie noch Krieger benötigen, und ich denke, er meinte es ernster, als er es vorgab."

Adiad ließ ihre Augen ein letztes Mal über den Wald und und in Richtung des Sees wandern. Die Sonne übergoss die Ebene soeben mit klarem Licht. Die Eymari spürte eine erstaunliche Wehmut, die sie bei diesem Abschied von den Feandun-Elben ergriff. In den wenigen Tagen ihres Aufenthaltes hatte sie auch viel Freundlichkeit von ihnen erfahren. Und sie mussten Lerofar und Amondin zurücklassen.

Whyen saß schon auf seinem Pferd, als Remon, Linden und einige andere Elben zwischen den Bäumen auftauchten. Linden verneigte sich. „Wir wollten nicht, dass ihr mit schwerem Herzen und den bösen Worten der Magier von hier geht. Cerlethons Worte und sein Verhalten waren eine Schande für alle Feandun. Die anderen Magier haben ihn dafür gerügt. Darum geht in Freundschaft! Wir wünschen uns, das dies nicht das letzte Mal ist, dass wir uns sehen."

Am Ende des Waldes wurden sie von einem der Magier erwartet. „Ich werde euch begleiten, ihr kommt nicht ohne meine Hilfe durch den Felsen." Auf ihre überraschten Blicke hin, ergänzte er: „Das Tor lässt nicht zu, dass ein Elb ohne die Erlaubnis der Magier geht."

Fairron sah ihn nur an, schüttelte dabei den Kopf. Dann wandte er sich ab, ohne ein Wort zu sagen. Schweigend führten sie ihre Pferde die Treppe hinab und folgten dem Magier zum Felsen. Dort verneigte sich der Feandun und ließ sie hindurch. Die Elben von Adain Lit verließen die Feandun ohne weiteren Gruß.

Der Fels verdichtete sich wieder. Eardins Blick wanderte die steilen Wände nach oben. Er dachte an Lerofar, sah ihn auf dem steinigen Weg liegen. „Wenn der Elb ihn nicht gefunden hätte ..."

„Es sollte so sein, Eardin, und er wird auch wieder nach Adain Lit kommen!" Fairron legte ihm seine Hand auf den Arm. „Lasst uns wieder aus der Enge der Berge hinauskommen, in die Freiheit reiten!" Er sprach die letzten Worte mit Tränen in den Augen.

„Die Sehnsucht nach Licht in ihren Herzen wird dieses Gefängnis sprengen, Fairron!" Whyen nahm den Zügel und führte sein Pferd weg von der Felsmauer.

Als sich der Weg endlich bei den Kiefern öffnete, atmeten sie alle merklich auf. Eine warme, salzige Luft wehte vom Westen her. Eardin stieg auf Maibil. „Lasst uns heimreiten."

„Nicht, ohne dass ich am Meer war!" Adiad schwang sich ebenfalls aufs Pferd und ritt, ohne die Elben weiter zu beachten, dem Meer zu. Bald verfiel sie in einen wilden Galopp, denn die Hügel waren sanft und ohne Felsen. Sie hörte die anderen hinter sich, hörte ihr Lachen und sie spürte ihre Lieder wieder in sich aufsteigen; und ihr Herz, das sie bei den Feandun-Elben eher verschlossen gehalten hatte, öffnete sich weit.

Der Boden wurde sandiger und sie zügelte ihr Pferd. Als das Meer in seiner Weite vor ihr lag, sprang sie ab. Andächtig ging sie darauf zu. 'Ich will es fühlen!' Sie zog ihre Stiefel aus, spürte den warmen Sand unter ihren Füßen und grub ihre Zehen hinein. „Es ist unglaublich, Eardin!"

Der Elb stand schmunzelnd neben ihr, nahm sie an der Hand und ging mit ihr auf die Brandung zu. Sanfte Wellen spülten ihre schaumigen Reiter auf den Sand, in der weiten Felsbucht war außer ihrem Brausen nichts zu hören.

„Wir könnten schwimmen gehen, es wäre wunderbar, Eardin!"

„Das Wasser ist voller Salz, mein Stern, es bleibt an dir hängen und zum nächsten Bach wird es eine Weile dauern."

„Das ist mir egal, ich geh jetzt da rein." Adiad begann sich bis auf das Hemd auszukleiden und die drei anderen warteten nicht lange, es ihr gleich zu tun. Eine Weile beobachtete die Eymari erneut das Spiel der Wellen. Die Elben, die das Meer schon öfter gesehen hatten, sahen ihr dabei lächelnd zu. Adiad, die nur die Ruhe der Seen kannte, ließ berauscht das schaumige Wasser über ihre Füße kommen und gehen. 'Es muss sich wunderbar anfühlen, es am ganzen Körper zu spüren!" In einem plötzlichen Einfall zog sie auch noch das Hemd aus, rannte in die Wellen und warf sich hinein. Verblüfft hatten die anderen zugesehen.

„Jetzt kommt endlich!", rief Adiad und wandte sich wieder der Weite des Meeres zu.

Eardin lachte auf, zog sich aus und folgte ihr, ebenso wie Fairron und Whyen.

„Es ist anstrengender, als im See zu schwimmen!", rief sie Eardin zu.

„Ja, und es zieht dich hinaus, wenn du nicht Acht gibst. Doch es ist nicht immer so. Es ist wie unser Wald, es nimmt, aber es gibt auch wieder."

Die Eymari bekam plötzlich Wasser in den Mund und spuckte es wieder aus. Der Elb lachte nur.

Die Weite, das wogende Wasser, es war ein völlig neues Erlebnis für ihre Sinne. Und während die anderen schon wieder im Sand standen und ihre Hemden übergezogen hatten, konnte sich Adiad lange nicht vom Meer lösen. Schließlich folgte auch sie, blieb jedoch bald stehen.

„Jetzt musst du sehen, wie du da wieder raus kommst", rief Whyen und lachte.

„Dreht euch sofort um!" Eardin nahm Adiads Hemd und brachte es ihr ins Wasser.

„Es erinnert mich an die Geschichten von den Elben der alten Zeiten", sagte er lächelnd, reichte ihr das Hemd und Adiad zog es über ihren nassen Körper.

Whyen und Fairron hatten sich inzwischen in den Sand gelegt, sie warfen sich daneben und bald fragte Adiad: „Was für Geschichten?"

„Ich habe einmal davon gelesen, dass die Elben, als sie die ersten Lichterfeste des Sommermondes begingen, nie bekleidet ins Wasser gingen. Wahrscheinlich wollten sie das blaue Licht ohne störende Kleider auf sich spüren!"

„So wie ich das Meer", sagte Adiad. „Erzähl mir von diesem Fest, Eardin."

„Ein anderes Mal, mein Stern, wir haben viel Zeit auf unserem Rückweg." Träge schloss er die Augen.

Als er etwas später wieder aufsah, bemerkte er die Träne, die über Adiads Gesicht lief. Er beugte sich über sie. „Du weinst?"

„Ich dachte an Amondin. Ob er ihr auch einmal das Meer zeigen wollte?"

Eardin küsste sie auf die Stirn und stand auf. „Lasst uns einen Bach suchen!"

„Wartet! Ich möchte Muscheln mitnehmen!" Adiad zeigte auf den Felsen, da sie dort die meisten gesehen hatte.

„Du kennst sie?", fragte Eardin erstaunt.

„Ich habe sie bei Händlern gesehen und wir haben sogar einige davon gekauft. Die Frauen unseres Dorfes arbeiten sie in die Schmuckstücke ein." Adiad hob ihr Hemd an einer Ecke auf und begann die Schönsten aufzusammeln. „Der Händler sprach damals von Meeressilber, und sieh doch, manche glänzen wirklich wie Silber!" Sie hielt eine dunkle Schale in die Höhe und drehte sie in der Sonne, um die Innenseite zu bewundern. Bald waren viele Muscheln zusammengekommen, auch viele kleine, schneckenförmige, die in verschiedenen Farben glänzten.

„Willst du sie in deinem Hemd mitnehmen?", fragte Eardin schmunzelnd und ging, um bei den Pferden nach einem Beutel zu suchen.

Whyen betrachtete sich inzwischen all ihre Schätze. „Was willst du mit ihnen machen, Adiad?"

„Ich weiß noch nicht, Whyen, vielleicht bringe ich sie zu den Frauen unseres Dorfes. Der Händler verlangte sehr viel dafür und so denke ich, sie würden sich freuen. Vielleicht behalte ich sie auch einfach. Sie sind so wunderschön!"

Eardin brachte den Stoffbeutel, den er gefunden hatte und sie befüllten ihn vorsichtig. Als er zu seinem Pferd ging, bemerkte er mit einem Seitenblick, dass Adiad wieder Muscheln klaubte. Und sie sahen Fairron auf sich zukommen, der begeistert auf seiner Hand eine große, gepunktete Schneckenmuschel trug.

„Ich denke, wir sollten die beiden schnell hier wegbringen", meinte Whyen, „sonst müssen wir nochmal zurück zu den Feandun, um Pferde und Säcke zu holen, was ich ungern machen würde."

Eardin schob die Eymari vom Strand, versuchte, auch noch die letzten Schätze zu verstauen, und sie wandten sich wieder den Bergen zu.

Heimweg

*D*as Meer verlor sich in der Ferne, sie folgten wieder dem Weg in der Nähe des alten Gebirges. Doch das Suchen nach Spalten im Fels war vorbei, so kamen sie in den ersten Tagen schneller voran. Whyen verweigerte stur, sich zu verbergen, auch als die ersten Siedlungen der Menschen auftauchten. Starrsinnig ritt er, erhobenen Hauptes, mitten auf dem Weg.

Als sogar der Wind nicht mehr vom Meer erzählte, erreichten sie eines Abends den durchfurchten Hügel eines gerodeten Waldes. Mittig auf der kleinen Anhöhe erhoben sich merkwürdig geformte Felsen, von denen sie einen weiten Blick in die Landschaft hatten. Aufmerksam umrundete Fairron die Felsen, die dreimal so hoch wie er selbst waren. „Sie sehen aus, wie von Menschen geformt oder von anderen Wesen. Als ob Riesen sie erst rund geschliffen und dann in den Boden geschlagen hätten. Seht ihr, dass sie oben ganz flach sind?"

„Sie sind mir auf dem Weg zu den Feandun nicht aufgefallen." Eardin war ebenfalls an die Felsen getreten und befühlte sie vorsichtig.

„Unser Blick war verschlossen an diesem Tag. Es ist in der Nähe des Ortes, in den Adiad alleine geritten war", antwortete Fairron, schloss die Augen und bemühte sich auf das Schwingen des Felsens zu hören. „Ich empfinde ihren Wiederklang in mir, doch er erschließt sich mir nicht. Dennoch erinnert es mich an eine uralte Kultstätte der Menschen, die ich vor zwei Jahrzehnten im südlichen Teil des Alten Gebirges entdeckte. Auch dort empfand ich den Gesang von alten und fremden Erdkräften. Und auch damals konnte ich sie nicht fassen, da sie sehr leise waren, so wie hier."

„Du hast sicher danach in deinen Schriften gewühlt?", meinte Whyen.

„Ich wühlte nicht, sondern ich habe sorgsam nach Geschichten gesucht und sie dann auch gefunden."

„Und was hast du gefunden?", fragte Whyen nach einer Weile, nachdem Fairron schwieg.

„Es freut mich, dass du nun doch neugierig auf das Ergebnis meines Wühlens bist. Nun, ich vermute, es sind die Reste eines alten Blutkultes der Menschen. Sie hatten vor vielen Generationen Hexenmeister hervorgebracht, die ähnlich der Schlangenpriester die Menschen an sich banden. Es gab damals Blutopfer, doch es war mir nicht möglich, mehr herauszufinden. Auch nicht, ob Menschen dafür getötet wurden oder nur ein Teil ihres Lebenssaftes genommen wurde. Die Hexenmeister verschwanden und mit ihnen alles andere. Die einzigen Zeugen davon sind wahrscheinlich diese Steine."

Die Eymari wandte sich an Fairron. „Ich erinnere mich an eine Geschichte, die mir mein Vater als Kind erzählte. Sie handelte von einem Hexer, der seine Zauberkräfte durch Menschenblut verstärkte. Ich fand sie damals besonders schaurig."

„Ich wusste nicht, dass die Menschen eine solche Geschichte erzählen", meinte Fairron. „Kamen darin auch solche Steine vor?"

„Ich glaube nicht, es waren eher große Räume unter der Erde oder im Berg. Genau weiß ich es leider nicht mehr, es ist schon zu lange her."

Dann kam ihr etwas anderes in den Sinn. „Ist an diesem Ort die Magie auch im Boden?"

„Ja, aber es ist eine andere Strahlung als die unsere, und sie gefällt mir nicht wirklich. Die Erde um diese Steine wirkt eher dunkel als hell."

Ihr Weg führte sie weiter am Gebirge entlang. Sie hatten vor, die Ebene hinunter in Richtung Sidon zu reiten. Die Stadt lag im Süden der Hügelkette, an die Adain Lit sich schmiegte.

Das letzte Licht der Abendsonne funkelte golden im Wasser eines Bergbaches, als sie ihr Nachtlager richteten.

„Ich denke, die Erde ist hier wieder frei von dunklen Kräften, so würde ich gerne etwas versuchen." Schwungvoll stand die Eyamri auf, sah sich um, kniete sich unter einen nahen Baum und begann angestrengt auf den Boden zu starren. Die drei Elben umringten sie neugierig, bis Eardin sich nicht mehr zurückhalten konnte und loslachte. „Willst du die Pflanzen mit deinen Blicken entflammen, Adiad? Du bist schon ganz rot vor Anstrengung im Gesicht."

Wütend sah sie auf. „Jetzt hast du es gestört, es kribbelte schon in meinem Kopf."

„Es kribbelte?" Whyen bog sich inzwischen vor Lachen. „Vielleicht hast du vorhin ein paar Spinnen in dein Haar gelassen, die jetzt herumkriechen."

Die Eymari begann auf ihren Kopf zu schlagen, obwohl sie wusste, dass Whyen sie nur ärgern wollte.

Eardin war inzwischen bewusst geworden, was sie versuchte. „Du wolltest Pflanzen wachsen lassen!"

Adiad nickte und setzte sich enttäuscht wieder ans Feuer.

Nachdem sich auch Fairron beruhigt hatte, nahm er ihre Hände. „Adiad, unsere Magie ist wie reine Musik. Sie ist etwas Sanftes, sie geschieht nicht unter Zwang. Sie fließt aus dir heraus, so wie deine Empfindungen sanft geschehen. Du siehst, hörst und empfindest zum Teil wie ein Elb. Doch dies geschieht ohne dein Bemühen.

Und so ähnlich ist es mit der Magie, die du wirkst." Er hob seine Hand und es erschien die kleine blaue Kugel, die er bei den Zwergen hatte aufleuchten lassen. Langsam ließ er sie über seine Hand rollen, bis zu den Fingerspitzen. Dann nahm er Adiads Hand, drehte sie und hielt sie an die seine. Die Kugel wanderte langsam auf ihre Finger, rollte dann weiter in die Schale ihrer Hand, um sich sanft darüber zu erheben. „Spürst du die Leichtigkeit, Adiad?"

Verzagt suchte sie Fairrons freundliche Augen. „Ich wollte es einfach versuchen, Fairron. Du weißt, dass ich davon geträumt habe. Und als ich die Ranken wirklich wachsen sah, erkannte ich, dass es kein Traum ist."

„Es ist in dir angelegt, Adiad. Doch diese Kraft wird erst in dir offenbar, wenn du dein Menschsein hinter dir lassen willst."

Dann schwieg er, und mit ihm die anderen.

„Doch die Magier der Feandun", beharrte Adiad nach einer Weile, „Eardin erzählte mir, dass sie den Ritus nicht vollziehen können und doch wollten sie mich diese Fähigkeiten lehren."

„Vielleicht überschätzen sie sich, Adiad", antwortete Fairron, „sie hätten es wahrscheinlich versucht, doch sie wären gescheitert. Und ich vermute, sie wussten dies auch. Vor allem wollten sie dich mit ihren Versprechen locken und an sich binden und ich bin wirklich dankbar, und sogar überrascht, dass sie dich ziehen ließen. Ihre Befürchtungen, dass das Erbe der Feandun in dir seine Kraft entfalten wird, falls wir den Ritus an dir vollziehen, waren unverkennbar."

„Und damit ihr wunderbares und einmaliges Wissen in die Hände unwürdiger Elben fällt", ergänzte Whyen.

In dieser Nacht drängte sich die Eymari fest an ihren Elben. Er wusste, was sie bewegte und flüsterte ihr zu: „Lass dir Zeit, mein Stern. Du musst dich nicht gleich entscheiden. Und es ist nicht nur deine Entscheidung. Lass den Winter kommen und das Frühjahr. Und dann hast du immer noch viel Zeit. Also schlaf jetzt ruhig, Adiad!"

Adiad aber spürte, dass ihr Herz sich schon entschieden hatte.

Ausgeliefert

*B*ewein ahnte nicht, dass die Elben in der Nähe Astuils waren, als er die fünfzig Soldaten einwies. Stramm standen diese vor ihm. Die Metallschuppen auf ihren Lederharnischen leuchteten golden im Licht der Fackeln. Ihre Haare hatten sie alle zum Zopf gebunden. Kurze Schwerter hingen an ihren Seiten. Bewein war nicht wohl dabei, deswegen wollte er sich bei der ganzen Sache im Hintergrund halten. Der König hatte es ihm, auf seine Bitte hin, zugesagt. Doch dies erst, nachdem Bewein versprach, ihm weiter als Spitzel zu dienen. Er hatte sich zunächst stur geweigert, auch die Appelle an sein Ehrgefühl ließen ihn kalt. Doch als ihm Togar seinen Dienstrang nehmen und seinen Sold halbieren wollte, gab er klein bei. Bewein hasste sich dafür.

Breitbeinig hatte er sich jetzt vor ihnen aufgebaut, seine Arme hinter dem Rücken verschränkt. „Lasst keinen entkommen, auch wenn ihr sie kennt und es hochgestellte Personen sind. Setzt sie fest, vor allem den Priester. Versucht sie alle lebend zu bekommen. Es scheinen zwanzig bis dreißig Menschen zu sein. Ergreift sie, bindet ihnen die Augen und den Mund, schlagt sie notfalls nieder. Dann führt sie hier in diesen Raum. Und dies alles, ohne viel Aufsehen zu erregen, was nicht so schwierig sein sollte, da das Treffen zur Nachtzeit ist. Sucht nach Leichen und Gefäßen mit Blut. Doch vor allem die Opfer dieser Umtriebe brauchen wir, sonst wird der Sturm in Astuil gewaltig. Ich möchte nicht unser Handeln rechtfertigen müssen, wenn wir keine Beweise finden."

In unendlicher Anspannung wartete Bewein auf ihre Rückkehr. Togar hatte sich inzwischen eingefunden, er selbst hielt sich in einer kleinen Seitenkammer des Gerichtssaals verborgen. Der König wollte die Gefangenen nicht im Thronsaal haben. Fahrig betrachtete Bewein die Waffen an den Wänden und fuhr über ihre glatten Klingen, als er Geräusche hörte. Eine Tür wurde aufgestoßen und Schritte füllten den Raum. Daneben hörte er Stöhnen und Jammern. Er öffnete die Tür der Kammer einen Spalt, um etwas sehen zu können. Sie hatten sie! Die erste Freude wich Entsetzen, als er die vielen bekannten Gesichter erahnte. Etwa zwanzig Bewohner von Astuil kauerten auf den Knien vor König Togar. Ihre Augen und Münder waren gebunden und die Hände vor dem Körper verschnürt. Bewein entdeckte eine unbekannte Gestalt. Das musste der Priester sein. Auch er war in der gleichen Weise gebunden. Ein silbrig glänzender Umhang lag über seinen Schultern und blonde Haare umrahmten sein schmales Gesicht. In diesem Moment befahl der König, den Gefangenen die Augenbinden zu nehmen und Bewein musterte den Priester. Eindrücklich leuchteten seine braunen Augen aus den tief liegenden Augenhöhlen. Gütig und freundlich wirkte er. ‚Ich hätte ihm wahrscheinlich auch geglaubt', dachte Bewein.

Wieder öffnete sich die Tür und andere Stadtsoldaten zogen in Decken gehüllte Bündel hinter sich her. Schleichend erhob sich ein ekelhaft beißender Gestank und Bewein hätte am liebsten die Tür der Kammer zugeschlagen. Erschüttert beobachtete er, wie die Wachen die Decken aufschlugen und die darin liegenden Körper entblößten. Sechs nackte Männer in verschiedenen Stufen der Verwesung.

„Wir haben sie in einem Raum neben dem Keller gefunden, wo wir die anderen ergriffen. Die Leichen lagen in einer Grube unter Säcken und Erde." Würgend hatte der junge Soldat seine Worte herausgebracht.

König Togar ging zu den Toten und betrachtete sie mit ungerührter Miene. „Bringt sie weg und vergrabt sie! Und dann lüftet hier durch."

Nachdem alle wieder etwas atmen konnten, ließ er die Türen schließen und wandte sich an den Priester. „Nehmt ihm den Knebel."

Dieser blieb erstaunlich ruhig, während sie ihm das Tuch lösten.

„Was hast du ihnen versprochen, damit sie so etwas zuließen, Priester?" Togar sprach das letzte Wort gedehnt und mit Ekel in der Stimme.

Da dieser schwieg, ließ Togar einem der anderen den Mundknebel entfernen.

Der Mann antwortete mit Panik in der Stimme, ohne weiter gefragt worden zu sein. „Er hat uns Kraft und Stärke für unser Blut und unsere Säfte versprochen. Langes Leben versprach er uns, so lang wie seines. Unwertes Leben und Blut für wertvolles Leben. Die Bettler waren nichts wert und die Händler Betrüger. Ihr Tod und ihre Bestrafung waren abzusehen."

Er sah hilfesuchend zu den anderen und die meisten nickten bestätigend. Bewein taten sie leid in ihrer Erbärmlichkeit und ihrem Schwachsinn.

„Ich habe die Kraft und die Möglichkeit, auch euer Leben zu verlängern, König Togar", vernahm er nun die schmeichelnde Stimme des Priesters. „Ich besitze magische Pulver und beherrsche Zauber, die ich seit langer Zeit ausübe. Vermischt mit dem Blut der Menschen, schenkt es euch soviel Lebenskraft, dass ihr über Jahrhunderte regieren könnt."

Der König besah ihn sich eine Weile nachdenklich. „Das ist möglich?", fragte Togar plötzlich interessiert.

„Das ist es wahrhaftig!"

„Und schenkt es auch Schutz, Priester? Macht es mich möglicherweise unverwundbar?"

Der Priester nickte, ein lebhaftes Glühen überzog seine Wangen. „Das Blut und mein Zauber werden euch schützen, König. Der Wandel dauert, doch schließlich werdet ihr unverwundbar werden und mit gestärkten Lebenskräften regieren."

Bewein wunderte sich, doch kannte er Togar lange genug, um den versteckten, spöttischen Unterton zu bemerken. Der Priester jedoch glaubte ihm.

„Wo bist du her, Priester?"

„Aus Evador. Seit Jahrhunderten lebe ich dort." Er sagte es mit bedeutungsvoll erhobener Stimme. Seine Erscheinung hatte sich gewandelt, erhobenen Hauptes kniete er nun vor dem König.

Gemach ging Togar um ihn herum, baute sich dann direkt vor ihm auf, um in seine Augen zu blicken. „Kommen von dort auch diese Schlangenpriester? Sie versprechen sogar ewiges Leben. So wird wohl etwas an euren Zaubern wahrhaftig sein."

„Ja, sie kommen von dort", antwortete der Priester. „Unsere Kraft ist dieselbe!"

„Bist du ein Elb?", wollte der König nun wissen.

„Ich bin ein Mensch, doch ich lebe so lang wie die Elben!"

„Du sagst, du kannst mich unverwundbar machen", schmeichelte ihm Togar, „bist du selbst auch unverwundbar?"

„Ich bin es!", entgegnete dieser etwas überhastet.

„Ach, ja?", flötete Togar. Dann wandte er sich zu den Wachen und brüllte: „Schlagt ihm den Kopf ab!"

Die Stadtwache war unter seinem Schrei zusammengefahren. Mit weit aufgerissenen Augen starrte der Priester Togar an. Der König entfernte sich einige Schritte und beobachtete mit eiskalter Miene, wie die Wachen den Mann packten, einer von ihnen sein Schwert nahm, ausholte und ihm mit einem mächtigen Hieb den Kopf vom Rumpf trennte. Der Kopf kullerte vor Togar. Dieser stieß ihn mit dem Fuß gegen Bladok, der daraufhin ohnmächtig zusammenbrach.

„Hier habt ihr euren Unverwundbaren", sagte Togar kalt und wandte sich an die Wachen: „Sperrt sie alle ein. Sie werden morgen wegen der Tötung von sechs Menschen und wegen verbotener Hexerei vor Gericht gestellt."

Bewein sah zu, wie sie weggeführt wurden. Er wusste, was passieren würde. Der Gerichtshof des Königs fand unter seinem Vorsitz, unter Beisein seiner Räte statt. So würde das Urteil Togars die Gefangenen treffen und er ahnte, was dies hieß.

„Du kannst rauskommen, Bewein!", hörte er die Stimme seines Königs, als die letzten den Raum verlassen hatten.

Togar stand neben dem kopflosen Körper der Priesters. „Ich dulde weder Mord noch Zauberei in Astuil", sagte er. „Dafür werden sie bluten!"

Bewein wusste, dass er nichts mehr tun konnte. So verneigte er sich und verließ den Raum. Er wollte sich heute bis zur Bewusstlosigkeit betrinken. Zwar wusste er, dass dank seiner Hilfe weitere Opfer vermieden worden waren. Doch schämte er sich bis ins Innerste für seinen Verrat. Er fühlte sich schuldig an ihrem weiteren Schicksal. ‚Wie die Naga folgten sie blind. Gierig nach Kraft und langem Leben', dachte er verbittert und lief schleppenden Schrittes dem nächsten Wirtshaus zu.

Drachenaugen

Nachdem sie die Furt des Goldaun passiert hatten, wandte sich Eardin noch einmal besorgt Astuil zu. Unruhe und eine Ahnung von Schuld hatten ihn berührt, als er an Bewein dachte. So schloss er die Augen und umfing ihn im Geiste mit seinem Licht.

Es war schwül, müde trotteten die Pferde über das Gras. Kleine Baumgruppen wechselten sich mit satten Wiesen ab und in der Ferne war die Hügellandschaft bei Sidon zu erkennen. Neben ihnen sonnten sich kleine, grün- und gelbgescheckte Echsen. Die Felsen, deren Wärme sie genossen, zeugten vom gewaltigen Ausbruch des mittlerweile erkalteten Vulkanberges, an dessen Fuß der Eymariwald lag. Bald näherten sich von Westen her düstere Wolken, türmten sich zu großen Gebilden und die untergehende Sonne bereitete dabei ein beeindruckendes Schauspiel. Rasch verdunkelte sich der Himmel und ein leichter Wind kam auf. Die zwei Falken, die sie seit ein paar Tagen begleiteten, begannen mit dem Wind zu spielen. Waghalsig stürzten sie sich mit angelegten Flügeln dem Boden entgegen, um danach wieder nach oben zu kreisen.

„Wir sollten uns einen Platz für das Lager suchen." Whyen wies auf einige Bäume auf einer Kuppe. Auf deren Mitte bauten sie rasch eines der Zelte auf. Eardin schwang sich gerade in einen der Bäume, um das Seil an einen starken Ast zu binden, als es schon zu regnen begann. Hastig befestigten sie den Rest und warfen Decken und Taschen in das Zelt. Bei prasselndem Regen schlüpften sie hinterher und schlossen den Eingang.

„Es mag sein, dass es heute Nacht etwas eng wird", meinte Whyen, als er sich das Durcheinander betrachtete, in dem sie nun zu viert standen. „Lasst uns die Vorräte suchen und zunächst etwas essen."

Adiad bestaunte erneut das Zelt der Elben. Es erhob sich etwa doppelt so hoch wie sie groß war und bot unten reichlich Platz, da der Stoff sich nach außen weit spannte. „Ist es völlig dicht?" fragte sie, während der Regen wie eine rennende Pferdeherde auf das Zelt klatschte.

„Es ist von Elben gewebt und mit einem Zauber belegt", antwortete ihr Fairron. „Es ist dicht, mach dir keine Sorgen, Waldfrau. Doch es wird wirklich beengt heute Nacht."

So legten sie sich später zum Schlafen. Fairron suchte sich seinen Platz an der Seite, drehte Whyen den Rücken zu, rollte sich in seine Decke und schlief ein. Adiad legte sich zwischen Whyen und Eardin, denn sie hatte bemerkt, dass der Wind hineinblies und wollte es warm haben.

„Ich bin dankbar um die Kuppe, auf der es steht", meinte Eardin noch, „sonst würden wir hier wahrscheinlich schon im Wasser schwimmen."

Am Morgen hatte sich das Wetter beruhigt, letzte dicke Tropfen klatschten von den Bäumen auf den Zeltstoff. Eardin erwachte und lauschte den Geräuschen des Morgens. Behutsam wandte er sich Adiad zu und sah, dass sie noch tief schlief. Und dann entdeckte er Whyens Arm. Er hatte ihn über sie gelegt und sein Kopf ruhte an ihrer Schulter. Auch er schlief noch fest. Eardin betrachtete sich die beiden lächelnd und wunderte sich dabei über sich selbst.

Auch Adiad ließ langsam die Tiefe des Schlafes hinter sich. Sie spürte einen Arm auf sich liegen, rollte sich auf die Seite, schob sich weiter unter den Arm und schmiegte sich an den Körper. Bis sie bemerkte, dass es sich anders anfühlte als sonst. Sie sah auf, schwarze Haarsträhnen fielen ihr ins Gesicht. Whyen hatte sich über sie gebeugt und grinste auf sie herab. Dann sah er zu Eardin, der das Ganze etwas überrascht beobachtet hatte. „Du musst auf deine Eymari aufpassen, Eardin! Sie drängt sich schon in der Früh an andere Elben heran."

„Ich dachte, du wärst Eardin!", sagte Adiad verwirrt, während sie sich unter seinem Arm herauswand.

„Du bist fast auf ihr draufgelegen!", fuhr Eardin seinen Freund an. „Du hattest den Arm über sie gelegt!"

„Ich habe geschlafen, Eardin. Und es ist eng hier. Es war keine Absicht!" Als er Eardins zornige Blicke wahrnahm, ergänzte er ernst: „Ich würde sie dir nie nehmen, Eardin, und das weißt du!"

Dieser sah ihm in die Augen und nickte dann still.

„Lasst uns aufstehen und nach draußen gehen," hörten sie Fairrons ruhige Stimme, „ich würde mich gerne etwas ausstrecken."

Klares frühherbstliches Licht wärmte das Land, und die Sonne verzauberte die letzten Tropfen an den Zweigen und Gräsern in bunte Kristalle. Die Elben wandten ihre Gesichter dem Licht zu und begannen mit ihren Gesängen an den Morgen. Auch die Eymari kannte inzwischen die Worte und sang sie mit. Sie empfand die Sprache der Elben schöner und reiner, als die der Menschen. Die Worte trugen Lieder in sich. So bemühte sie sich fleißiger, sie zu erlernen. Die Elben unterhielten sich zunehmend in ihrer Sprache. Manche Worte übersetzten sie ihr und Adiad musste sie so oft wiederholen, bis Eardin zufrieden war.

Während sie auf Sidon zuritten, sah Adiad sehnsüchtig ihren Wald in der Ferne liegen. Doch bemerkte sie auch ihre Vorfreude auf den Elbenwald, auf die

Gesänge, den See, auf den Zauber und den Gleichklang, der über allem lag. Besonders freute sie sich auf Eardins weiches Bett. Die Stadt Sidon lag am Rande der Hügel mit Blick auf die Ebene. Sie trafen einige Reiter der Stadt und Händler, die sie freundlich grüßten. Östlich der Stadt legten sie eine Rast ein und Eardin erinnerte sich, dass weiter oben am Hügel zu dieser Zeit des Jahres Waldbeeren zu finden seien.

„Bringt uns welche mit", rief Whyen ihm und Adiad nach, als sie zwischen den kleinen Bäumen verschwanden. Genüsslich warf er sich ins Gras neben Fairron.

Sie entdeckten die Beeren auf einer Lichtung, die von kleinwüchsigen, knorrigen Bäumen und einigen Felsen umgeben war. Eardin hatte ein großes Ahornblatt zu einem Becher geformt, indem er es zusammenklappte, es wickelte und dann den Stiel hindurchsteckte. Adiad tat es ihm gleich. „Wir machen es bei den Eymari ebenso mit diesen großen Blättern!" Eifrig zupfte sie und aß auch gleich einige von den schwarzen Beeren.

„Weißt du, dass man sie Drachenaugen nennt?", fragte Eardin, bevor er sich eine Hand voll Beeren in den Mund warf.

„Ja, wir haben sie auch so genannt. Marid erzählte mir, dass die Augenfarbe der Drachen dieselbe war. Schwarz mit einem blauen Glanz darauf."

„Und als die Elben sie töteten, weinten sie schwarze Tränen, aus denen diese Beeren entstanden."

„Sie schmecken süß, diese Drachenaugen."

„Mmhhmm." Eardin zupfte weiter, doch plötzlich erstarrte der Elb in seiner Bewegung, legte die Blattschale zur Seite und zog schleifend sein Schwert aus der Scheide. „Mindestens zehn", flüsterte er, „bleib hinter mir, dein Bogen nützt hier nicht viel. Zu wenig Platz. Nimm dein Messer!"

Still warteten sie, bis sich Gestalten aus den Bäumen herausschälten. Elf Männer, die schwarze Kleidung trugen und ihre ebenfalls dunklen, halblangen Haare zum Teil mit Stirnbändern gebunden hatten. Sie sprachen kein Wort und näherten sich geschmeidig wie Raubtiere. Wie ein Fels baute Eardin sich vor Adiad auf. Sie hörten Schritte hinter sich, Whyen und Fairron erschienen mit gezogenen Schwertern. Schweigend stellte sich der Elbenkrieger neben seinen Freund, Fairron ging zu Adiad, nahm sie am Arm. „Bleib dicht bei mir, das sind Menschenhändler."

Diese begannen die beiden Elben zu umringen. Doch bevor alle Angreifer aus den Bäumen hervorkommen konnten, schlugen die Elben zu. Adiad hatte sie bisher nur bei Übungsgefechten gesehen und sie verfolgte diesen Kampf mit wachsendem Erstaunen. Die Elben bewegten sich wie bei einem Tanz, schienen jeden Schlag schon zu erahnen, bevor er sie erreichte und kamen ihm mit einer unglaublichen Wucht und Schnelligkeit entgegen. Es war ein tödliches Spiel, das sie trieben. Die Eymari erkannte, dass auch die anderen zu kämpfen wussten. Doch kamen sie in ihren Künsten nicht an die Elben heran. Unerbittlich schlugen diese solange auf die Angreifer ein, bis keiner mehr lebte.

Dann kamen auch die Elbenkrieger langsam zur Ruhe. Stumm verharrten sie vor den Toten, bevor sie sich zu Fairron und Adiad wandten. Die Gewänder waren voller Blut, doch es war nicht das ihre. Adiad hatte sie noch nie so gesehen, noch nie so erlebt. Unbarmherzig hatten sie zugeschlagen und nun standen sie vor ihr, wie Rachegötter aus alten Geschichten, mit harten Gesichtszügen, hell leuchtenden Augen und blutigen Schwertern. 'Das bist du auch', dachte Adiad, 'ein gnadenloser und tödlicher Kämpfer.' Schaudernd bemerkte sie, dass es sie nicht nur entsetzte, sondern auch erregte.

Während Eardin und Whyen auf sie zukamen, entspannten sich ihre Gesichter und die Augen bekamen ihre ursprüngliche Farbe zurück.

„Lass uns nachsehen, ob sie Gefangene haben," sagte Eardin mit harter Stimme.

Sie stiegen über die Leichen und verfolgten die Spuren bis zu einem versteckten Platz, an dem sie die Pferde der Menschenhändler fanden. Unter einem Baum entdeckten sie zwei Bündel. Eine junge Frau und ein halbwüchsiger Knabe, die mehrfach gefesselt am Boden lagen. Sie hatten Tücher über den Mund gebunden und sahen nun mit vor Schreck geweiteten Augen die blutigen Elben mit ihren Schwertern auf sich zukommen.

Fairron drängte sich nach vorne und zog Adiad mit sich. „Habt keine Angst, sie sind alle tot. Wir werden euch die Stricke abnehmen!"

Adiad holte ihr Messer und sie banden sie los.

„Wer seid ihr und wo haben sie euch ergriffen?", fragte Adiad.

Den Jungen umklammernd, antwortete die Frau: „Wir sind aus einem Dorf in der Nähe. Er ist mein Bruder. Wir wollten nach Beeren sehen, da fielen sie über uns her, banden uns und warfen uns auf die Pferde."

„Wann war das?"

„Gestern Abend."

„Haben sie dir Gewalt angetan?", fragte Adiad leise und streichelte sie sanft.

„Immer wieder." Sie weinte still.

Der Junge sah inzwischen ängstlich zu den Elbenkriegern. Fairron versuchte ihn zu beruhigen. „Es wird euch nichts mehr geschehen, ihr braucht keine Angst zu haben. Wir bringen euch wieder in euer Dorf."

„Vorher sollten wir uns waschen", meinte Whyen. „Es wäre für alle gut und heilsam." Er hatte die geflüsterten Worte der Frau gehört.

„Es ist ein Bach in der Nähe", sagte sie.

„Ich kenne ihn. Lass uns die Pferde rufen." Erschöpft ließ Eardin endgültig sein Schwert sinken.

Nach dem Aufenthalt am Fluss brachten Adiad und Fairron die Frau und den Jungen in ihr Dorf zurück. Die beiden anderen wollten ihre Kleidung vom Blut reinigen.

„Die Dorfbewohner werden die Leichen der Menschenhändler beseitigen", sagte Fairron, als sie zurückkamen. „Lasst uns heimreiten!"

„Sie sind eine Plage für dieses Land", bemerkte Whyen, während sie die Hügel in Richtung des Lebeins hinunterritten.

„Als ich mit anderen Eymarikriegern beim Handeln in einem der Dörfer war, erzählten sie von ihnen und sagten, sie kämen aus dem Süden", meinte Adiad.

„Das stimmt nicht ganz." Whyen deutete in Richtung der östliche Berge. „Der Lebein fließt südlich der Berge in Richtung Osten. Es gibt dort sehr dichte Wälder und weite Steppen. Dort leben sie und ziehen umher. Die Knaben, die sie hier rauben, holen sie für die Arbeit und die Frauen für andere Dienste." Adiad wollte noch nachfragen, was dies sei, doch dann verstand sie.

Ein Entschluss

Eardin begann vor Freude zu singen, als er den Wald von Adain Lit im Glanz der Morgensonne vor sich liegen sah. Vor dem Eingang des Waldes saß eine größere Gruppe Krieger bei einem Spiel zusammen. Veleth erhob sich erfreut, als sie den Wald erreichten.

„Jetzt bin ich gespannt zu hören, wo ihr herkommt", begann er, „Mellegar sagte kein Wort, ihr kennt diese Magier und ihre Sturheit." Er sah zu Fairron und lachte. „Kommt zu uns und erzählt!"

Whyen ließ sich bei ihnen nieder. „Warum seid ihr hier?"

„Hast du was dagegen?"

„Ihr wisst, was ich meine. Es ist ungewöhnlich, dass so viele Krieger den Eingang bewachen."

„Es ist wegen der Menschen von Dodomar", antwortete ihm Veleth. „Eine kleine Gruppe von ihnen hat vor einigen Tagen versucht in den Wald einzudringen. Entweder wollten sie Holz holen oder einfach nur versuchen, wie weit sie kommen. Sie waren schnell wieder draußen", sagte er und grinste. „Du kennst unseren Wald!" Als er Adiads neugierigen Blick wahrnahm, ergänzte er: „Er macht ihnen Angst, Menschenfrau. Je weiter sie gehen, umso mehr senkt sich die Angst in ihre Herzen, bis sie ihn in blanker Panik wieder verlassen."

„Mir macht er keine Angst", sagte Adiad.

„Du hast keine bösen Absichten, und das spürt er. Er prüft die Herzen derjenigen, die ihn betreten und legt ihnen ihre eigene Bosheit ins Gemüt. Und die Wiris hatten sicher auch ihren Spaß dabei."

Ein anderer Krieger fuhr fort: „Also sind wir hier, um ein wenig die Augen offen zu halten. Doch jetzt berichtet, wo ihr wart!"

„Wir waren bei den Feandun-Elben", antwortete Eardin im Plauderton und genoss die Stille, die sich ausbreitete.

„Das glaube ich nicht", flüsterte Veleth und dann brach eine Flut von Fragen über sie herein. Bis Eardin sich Gehör verschaffte und ihnen von den Feandun zu erzählen begann.

Es wurde Mittag, bis sie weiterreiten konnten. Der Wald umfing sie innig. Adiad meinte zu spüren, dass er sich über sie freute und sie erinnerte sich an ihre Großmutter, die sie nur kurz gekannt hatte. Daran, wie sie von ihr auf den Schoß genommen, warm an sich gezogen und umarmt wurde. Und dieses Gefühl der Wärme und Liebe empfand sie nun, im Wald von Adain Lit. Die Sonne spielte mit den Blättern und die Eymari begann zu singen. Es war das Lied der Elben, das sie von dem Gruß am Morgen kannte. Eardin lauschte ihrem Gesang und war glücklich.

Die Nachtvögel riefen schon in den Bäumen, als sie den Platz der Ankunft erreichten. Still nahmen sie ihre Bündel von den Pferden, lächelten sich noch einmal zu und verschwanden zu ihren Elorns.

Nach der Begrüßung Mellegars führte ihr Weg am nächsten Morgen zu Eardins Eltern. Während sie den dicken Stamm des großen Baumes umrundeten, merkte Adiad, wie ihr bei jedem Schritt banger wurde. Nachdem sie sich voreinander verbeugt hatten, umarmten Aldor und Thailit ihren Sohn herzlich. Adiad erschrak, als sich Thailit ihr zuwandte. „Ich grüße auch dich, Waldfrau der Eymari!" Der Gruß Thailits war frostig. Doch dass sie überhaupt grüßte, war für Adiad schon ein Grund zu hoffen, dass sich alles bessern würde.

Aldor bat sie, sich zu setzen. „Mellegar hat uns nichts erzählt. Ich bitte euch nun, uns zu berichten, wo ihr wart und welchen Grund ihr hattet, weiterzureiten. Adiads Geschichte kennen wir bereits, denn soweit hat der Hohe Magier alles geschildert."

Eardin verschwieg zunächst, dass er sich auch auf die Suche nach seinem Bruder begeben hatte. Nach einer Weile jedoch sagte er: „Wir haben nicht nur den Weg zu den Feandun gefunden. Wir haben auch Lerofar dort gefunden! Wir sind auch wegen ihm hingeritten, denn ich wollte ihn suchen."

Fassungslos sahen seine Eltern ihn an. Dann sprang seine Mutter auf und fiel ihm weinend in die Arme. „Du hast Lerofar gefunden! Du hast meinen Sohn wiedergefunden!" Hemmungslos weinte sie an Eardins Schulter.

Dieser tröstete sie und ergänzte bedrückt: „Er konnte nicht mitkommen."

Thailit löste sich von ihm und betrachte ihn aufmerksam. „Er konnte nicht?"

Erschüttert vernahmen seine Eltern den Rest der Geschichte.

Fairron stand neben seinem Freund, mitfühlend empfand er die aufgewühlten Seelen. „Er wird zurück nach Adain Lit kommen! Und er wird Gladin mit sich bringen. Ich bin sicher, dass die Magier der Feandun nicht mehr so weiter machen können, die Empörung und auch der Zorn der anderen waren zu groß. Also wird sich etwas ändern und dies wird, so hoffe ich, zum Guten sein."

Aldor verneigte sich vor dem Magier. „Ich danke dir für deine Worte, Fairron. Und ich danke euch allen!" Eardins Vater schloss Thailit in die Arme. „Jetzt geht bitte und lasst uns allein. Wir brauchen etwas Zeit und Ruhe."

Der Sommer verging und das Leben ergab sich der Vergänglichkeit, um Raum für Neues zu schaffen. Mit viel Geduld und Liebe hatte Eardin wieder begonnen zu schnitzen. Selbstverloren bearbeitete er am Tisch unter seinem Elorn die Hölzer. Ganze Landschaften entstanden auf Spielbrettern. Dazu gestaltete er Figuren, die in ihrer Lebendigkeit dem Blattwerk seines Bettes gleichkamen. Kleine Drachen, Zwerge und andere Gestalten, die den Geschichten der Elben entsprangen. Sie wurden nicht nur als Spielzeug für die Kinder oder für die Spielbretter verwendet, sondern gerne auch von den Elben im Geschichtenhaus in die Hand genommen, um die Erzählungen noch lebendiger zu schildern. Feines Holzmehl rieselte auf den Tisch, als er die Schuppen der Naga herausarbeitete, für eine neue Geschichte. Regungslos beobachtete ihn ein flachsblonder Elbenjunge dabei. Seine grünen Augen verfolgten jede kleine Bewegung des Messers auf dem Lindenholz. *„Was wird das?"*

„Ein Schlangenmensch." Eardin gab ihm die unfertige Figur. *„Hast du die Geschichten darüber gehört?"*

„Mellegar hat davon erzählt. Er gefällt mir, er sieht nicht gefährlich aus."

„Nicht? Dann werde ich noch besser daran arbeiten müssen, Namin."

„Sie hatten dich gefangen."

„Das haben sie."

„Haben sie dir wehgetan?"

„Ja."

„Warum?"

„Ihre Herzen hatten das Licht verloren, Namin. Und dann suchten sie es bei anderen, bei den Schlangenpriestern, von denen du gehört hast. Sie haben mir wehgetan, damit ich meine Freunde verrate."

„Das hast du aber nicht."

„Nein."

„Darf ich auch mal?"

„Gerne, Namin. Setz dich neben mich. Ich gebe dir ein Holz und ein Messer." Eardin strich über den Kopf des Jungen und rutschte etwas zur Seite. Und Namin begann seinen ersten Naga zu schnitzen.

Es war wärmer in Adain Lit als bei den Eymari, doch regnete es auch häufig in dieser Jahreszeit. So lag Adiad an einem verregneten Tag neben ihrem Elben auf dem Bett und betrachtete, wie so oft, die Schnitzereien an der Decke. Sie hatte geholfen, die getrockneten Pflanzen in Beutel zu füllen und in der Kräuterhalle aufzuhängen. Eardin war beim Bogenschießen gewesen, bis der Regen stärker wurde. Er hatte seinen Eymaribogen, wie er ihn nannte, inzwischen vollendet. Das erste Mal, als er ihn Adiad vorführte, merkte sie, dass er beinahe singende Geräusche von sich gab, wenn der Elb den Pfeil schoss. Dieser flog mit einer ungeheuren Wucht, so dass er weiter kam, als Eardin dies bisher bei seinen anderen Bögen erlebt hatte. Und er traf Ziele, an die er eher dachte, als dass er sie sah. Whyen bat Adiad bald darauf, ihren Baum wegen eines Holzes für ihn zu fragen. Sie musste versprechen, es zu versuchen. Die Eymari lauschte dem Regen und ließ ihre Gedanken treiben und einer davon stieg an die Oberfläche, der sich immer öfter regte. Es war der Wunsch, Eardin ihre Entscheidung mitzuteilen. Sie war ihrem Herzen gefolgt, das schon früher wusste, was sie wollte. Da sie merkte, dass ihre Ängste im Moment ein wenig ruhten, beschloss sie, es ihm zu sagen.

„Ich werde es tun, Eardin!"

Für einen Moment hörte sie seinen Atem nicht mehr. Dann beugte er sich über sie und seine Haare bildeten einen lichten Raum um ihren Kopf. Eine lange Zeit sah er sie nur an und eine Flut von Gefühlen huschte über sein Gesicht. Dann sagte er leise: „Du weißt, was ich zu dir damals gesagt habe, Adiad. Und es gilt weiterhin. Ich kann die Entscheidung nicht für dich treffen, mein Stern, aber ich kann sie mit dir tragen!" Warm flüsterte er in ihr Haar: „Ich danke dir!"

Adiad schmiegte sich in seine Arme und spürte, dass es richtig und gut war.

Am nächsten Tag gingen sie zu Mellegar und Fairron. Dieser umarmte sie lange, doch er wagte es nicht, ihr zuviel Hoffnung zu machen.

Mellegar nickte nur und bat sie, sich zu setzen. „Fairron hat dir alles erklärt, Adiad?"

„Ich kenne die Geschichten, und ich weiß, dass es auch mich treffen kann. Doch ich möchte es wagen, für mich und für Eardin!"

„Dann soll es so sein." Der Magier überlegte eine Weile. „Ich möchte bis zum Frühjahr warten, er birgt die Kraft neuen Lebens in sich, die sich auf diese Verwandlung im guten Sinne auswirken kann. Außer mir, werden dich noch fünf unserer Magier begleiten, Adiad. Und wir werden uns den ganzen Winter darauf vorbereiten, so gut wir es vermögen." Mellegar hielt mittlerweile ihre Hände in den seinen und Adiad bemerkte den Anflug von Sorge in seinen Augen. „Nutze die Zeit, um dir einen Ort zu suchen, der dir als passend erscheint. Es soll ein Platz des Lichtes sein, an dem du dich geborgen und wohl fühlst. Geh spazieren in unserem Wald und horche auf die Stimme in dir."

Adiad brauchte nicht lange zu überlegen. „Geht es auch außerhalb des Waldes?"

„Es kommt darauf an, Adiad."

„Ich würde gerne zu meinem Baum bei den Eymari gehen und mich zu Füßen seines Stammes setzen. Ist das möglich, Mellegar?"

Er überlegte kurz und sagte dann: „Lass uns der Stimme deiner Eingebung folgen. Ich sehe nichts, was dagegen spricht. So werden wir im Frühjahr in den Eymariwald reiten." Sanft küsste er sie noch einmal auf die Stirn „Ich bewundere deinen Mut!"

Nachdem sie es Mellegar und Fairron mitgeteilt hatten, sprachen sie nicht mehr davon. Eardin verbrachte viel Zeit damit, ihr die Sprache und auch die Schrift der Elben beizubringen. Adiad half, wie viele der Krieger, bei der Obsternte und lernte dabei andere Elben seines Volkes kennen. Sie begann, sich zusehends zuhause zu fühlen.

Viele kleine Feuerschalen waren im Raum verteilt und der Wärmezauber der Magier lag über den Häusern der Elben, so dass es behaglich warm war. Feine Schneeflocken blinkten in der Dunkelheit der Winternacht. Adiad trug ihr Eymarikleid und saß neben Eardin auf der Holzbank. Er las ihr gerade eine Geschichte über Drachen in der Elbensprache vor, als sie vom Übermut ergriffen wurde, ihm das Buch entriss und von der Bank sprang. Hurtig rannte sie die Treppen hinauf und warf sich lachend aufs Bett.

„Es langt jetzt, Eardin. Ich verstehe gar nichts mehr, mir dreht sich der Kopf. Ich kann eure Sprache nicht in so kurzer Zeit erlernen!" Schwungvoll ließ das Buch unter das Bett gleiten.

„Du willst also nicht mehr lernen? Du verweigerst dich mir?"

„Und wenn? Du kannst mich nicht zwingen!"

„Du meinst, das kann ich nicht?" Drohend näherte er sich dem Bett. „Soll ich dir zeigen, was ich kann?"

Mit einem kurzen Aufschrei warf er sich auf sie. Adiad wand sich heraus, versuchte zu entkommen, doch der Elb hielt sie eisern fest und zog sie zurück. Wieder warf er sie auf das Bett, kniete sich diesmal über sie und hielt ihre Arme. Eine Weile erfreute er sich an ihrer Gegenwehr, doch dann ließ er sie los, küsste sie und begann sie genüsslich zu entkleiden. *„Wenn du etwas dagegen hast, Waldfrau, dann sag es mir, wenn du mich verstehst!"*

Adiad schmunzelte, sie hatte jedes Wort verstanden. Doch sie schwieg und ließ ihn.

Entspannt lag seine Hand in der ihren und sie küsste seine Finger. Warm spürte sie seinen nackten Körper an ihrem Rücken und hörte seinen ruhigen Atem. Ihr kam die Frage in den Sinn, die sie schon länger stellen wollte.

„Eardin?"

„Mmmhh?"

„Ich wundere mich, warum ich nicht schwanger werde, Elb." Sie ahnte sein Lächeln.

„Ich war gespannt, wann du es fragen würdest. Es ist nicht so häufig bei den Elben. Wir werden älter als die Menschen und so ist es ein seltenes Wunder, wenn neues Elbenleben entstehen will. Es geschieht wirklich sehr selten, mein Stern."

„Doch ich bin ein Mensch!"

„Nicht ganz, Adiad. Und außerdem bin ich ein Elb. Und ich meine fast, dass dies ausreicht." Sanft strich er über ihre Hüfte und ihren Bauch. „Alles Leben, dass entstehen will, darf wachsen. Ich habe nur einen Bruder, Adiad. Verstehst du jetzt, wie selten es ist?"

Adiad nickte, dachte noch eine Weile über seine Worte nach, dann schlief sie ein.

Häutung

Grimmig lief der hohe Magier der Feandun dem Haus zu. Wieder hatte einer der Elben, die er auf dem Weg getroffen hatte, ihn nicht mehr gegrüßt. Seit längerem musste er dies nun erdulden. In stummem Zorn betrat er den Raum der Schriften, in dem die acht anderen schon auf ihn warteten. Er grüßte knapp und ging zu seinem Stuhl.

„Du hast diese Versammlung einberufen, Cerlethon, nun sprich bitte", sagte Norbinel und wandte sich ihm zu.

Cerlethon sah entschlossen um sich. Er merkte schon länger, auch bei den Magiern, den Aufruhr. Sein zorniger Blick traf Norbinel, der sich als Wortführer herausgestellt hatte. *„Ihr wisst genau, um was es hier geht. Die Elben von Adain Lit und diese Menschenfrau haben genau die Unruhe gebracht, die ich euch angekündigt habe. Sie haben unseren Frieden gestört und unsere Gesetze verletzt. Wie ein Gift hat sich dies in der Gemeinschaft ausgebreitet. Die Gedanken unseres Volkes sind unter den verderbten Einfluss geraten. Sie grüßen nicht mehr und im Verborgenen reden sie gegen uns. Bereits während diese Unruhestifter da waren, haben sich einige Feandun offen gegen unsere Anweisungen gestellt."*

„Du siehst das etwas falsch, Cerlethon", entgegnete Norbinel, *„der Ursprung liegt nicht in dem Besuch der Elben von Adain Lit."*

„Das war kein Besuch, sondern ein unerwünschtes Eindringen!", fauchte Cerlethon.

Norbinel jedoch ließ sich von ihm nicht aus der Ruhe bringen. *„Dein sogenannter Frieden ist nichts anderes als ein langsames Dahinscheiden, Cerlethon. Und die Stimmen dagegen gab es schon früher, das weißt du genau. Nicht nur ich, sondern auch andere wiesen schon länger darauf hin, dass sie Recht haben. Wir dürfen sie nicht länger einsperren! Wir müssen die Enge unserer Gedanken, die Ängste um unsere Magie endlich lassen! Dies hat der Besuch unserer Brüder endgültig gezeigt. Ich habe mich vor ihnen geschämt, Cerlethon! Und nicht nur ich alleine."*

Eine Magierin nickte bestätigend. *„Es ist an der Zeit, etwas zu ändern. Übergib dich dem Adler, Cerlethon, betrachte es aus seiner Sicht. Sein Geist zeigt uns, dass wir mutig, in Freiheit, unsere Grenzen überwinden sollen. Und nun sieh hinab auf uns und unsere Ebene. Wir sind eng geworden, eng und einsam. Es drängt mich dazu, uns mit den Elben von Adain Lit und auch denen des Hochlandes auszutauschen. Ich denke, dass wir uns geistig befruchten würden. Vergiss deine Ängste und deinen Stolz, Cerlethon. Was soll es schaden, wenn wir unsere Geheimnisse vor ihnen offenbaren?"*

„Sie sind von den Menschen verdorben", entgegnete Cerlethon scharf, *„wir müssen nicht nur unser Wissen davor bewahren, sondern unser ganzes Volk!"*

„Das sollen sie selbst entscheiden", erwiderte Norbinel aufgebracht, *„wie können wir uns anmaßen, ihnen den Weg vorzugeben? Ich werde dabei endgültig nicht mehr mitmachen! Ich werde dies nicht mehr dulden und ich bin auch nicht bereit, sie mit dem Entzug des Schöpfungszaubers für ihre Auflehnung zu bestrafen, denn sie sind im Recht und wir Magier haben uns zu sehr in unsere Ängste verrannt."*

Betroffen bemerkte Cerlethon, dass alle zustimmend nickten. *„Ihr wollt also die Ebene öffnen?"*, schrie er, *„ihr wollt die Magie, die wir und unsere Ahnen mühevoll erschaffen haben, preisgeben? Ihr wollt die Feandun dem Einfluss minderwertiger Völker aussetzen?"*

„Bitte mäßige dich, Hoher Magier", bemühte sich ein anderer, *„und lass uns gemeinsam darüber entscheiden. Wir haben in der letzten Zeit genug darüber gesprochen."*

„Ihr habt hinter meinem Rücken schon entschieden. Ich weiß, dass ihr euch ohne mich zusammengefunden habt!"

„Ja, das haben wir", sagte Norbinel *„aber erst, nachdem du dich uneinsichtig und verbohrt gezeigt hast. Deine Zeit ist vorbei, Cerlethon! Du stehst alleine!"*

Cerlethon lehnte sich in seinem Stuhl zurück, verschränkte seine Arme und schwieg gekränkt. Sollten sie ohne ihn weiterreden, seine Meinung schien hier nicht mehr zu interessieren. Sollten sie doch alle in ihr Verderben laufen.

„Gut, dann lasst uns nun endlich darüber abstimmen", entschied Norbinel, der diese Gunst der Stunde nutzen wollte. *„Ich bitte diejenigen die Hand zu erheben, die mit mir der Meinung sind, dass das Tor geöffnet werden sollte und wir die Schöpfungsmagie trotzdem weiter auf der Ebene erhalten."*

Fassungslos sah Cerlethon, dass alle, auch diejenigen, die er immer hinter sich wusste, ihre Hände erhoben.

„Dann ist es endgültig beschlossen", erklärte Norbinel erleichtert, *„ich werde eine Versammlung einberufen, um es zu verkünden."*

Sie nickten Cerlethon zu und verließen den Raum. Erstarrt blieb der Hohe Magier zurück.

Als Nelden es von Norbinel hörte, wurde sie von einer Herzensfreude erfüllt, die sie singen ließ. Und sie wusste, dass die meisten Feandun es so empfanden. In ihrem Glück fiel ihr plötzlich Cerlethon ein. Es musste entsetzlich für ihn sein, dass alle sich gegen ihn wandten. Und während sie weiter über ihn nachsann, spürte sie ihre alte Liebe zu ihm und bald tat er ihr unendlich leid. So dachte sie darüber nach, ob sie zu ihm gehen sollte. Nelden entsann sich der schönen Jahre an seiner Seite. Sie sah sein junges, entschlossenes Gesicht vor sich. Schon damals trug er den Goldreifen der Magier mit Stolz. Schon immer hatte er es geliebt, in den Schriften zu suchen und neue Wege für die Elbenmagie zu finden. Es wurde bald sein einziges Streben. Und dann kam die Lust an der Macht, die ihn in seine Fänge nahm, und in der er sich verlor. Und damit verlor er auch sie. Nelden schloss die Augen und sah sich in seinen Armen liegen, sie spürte ihn beinahe und sie merkte, wie die Liebe zu Cerlethon sie wieder erfüllte. Am Abend entschied sie, zu ihm zu gehen.

Unschlüssig näherte sie sich seinem bemalten Steinhaus. Ihre Unsicherheit wuchs, doch im gleichen Maße der Wunsch, ihm beizustehen. So klopfte sie und hörte seine harte Stimme hinter der Tür. Etwas zögernd trat sie ein.

Sein Gesicht war wie Stein, mit zusammengepresstem Kiefer stand er am Fenster, die Arme vor der Brust verschränkt. *„Was willst du, Nelden? Willst du mich verspotten und mir sagen, dass auch du Recht gehabt hast?"*

„Dies liegt mir fern, Cerlethon, ich wollte nur nach dir sehen."

„Meine Zeit ist vorbei, Nelden. Norbinel hat es mir deutlich gesagt. Also lass mich!"

Nelden schüttelte den Kopf und ging auf ihn zu.

„Ich sagte, du sollst gehen!" Zornig wandte er sich zum Fenster.

„Cerlethon, versuch uns doch bitte zu verstehen. Du musst dich nicht gegen uns stellen. Du kannst den neuen Weg gemeinsam mit allen Elben deines Volkes gehen. Du bist nicht allein. Eine neue Zeit bricht für uns alle an!"

„Nicht für mich."

Entschlossen drehte Nelden ihn zu sich und legte sanft ihre Hände auf seine Arme. *„Lass mich dich halten, Magier. Lass dich von mir umarmen!"* Sie merkte, wie er zögerte, spürte seinen inneren Kampf. So ließ sie ihre Hände zu seinem Gesicht wandern, streichelte ihm über die Wangen und holte die Tränen aus seinen Augenwinkeln.

„Nelden, bitte! Ich ..."

„Komm her zu mir, lass dich von mir einfach nur halten."

Cerlethon atmete tief aus, als er in ihre Arme sank. Lange hielt sie ihn und spürte seine Tränen über ihren Hals laufen. Sanft umfasste sie seinen Kopf und zog ihn zu sich, bis sie seine Lippen auf den ihren spürte. Und während des Kusses fühlte sie endlich seine Hände auf ihrem Rücken. So lächelte sie ihn an, führte ihn langsam vor sein Bett und begann ihn zu entkleiden. Cerlethon ließ es geschehen. Nelden zog die eigenen Kleider aus, legte sich nieder und streckte ihm ihre Hand entgegen. Als er sich unsicher neben sie setzte, ergriff sie ihn, warf ihn unter sich und küsste sein Gesicht. Und sie entdeckte dabei immer mehr das junge Gesicht, das sie so lange vermisst hatte. *„Ich liebe dich immer noch, Magier!"*

„Ich liebe dich auch, Nelden, ich habe dich immer geliebt." Mit der Leidenschaft seiner ausgehungerten Seele zog er sie zu sich.

Nelden verließ ihn erst am Morgen. Ihre Seele war in Aufruhr. So fand sie zum See, um lange in der kühlen Frische zu schwimmen. Sie wollte allein sein, deshalb ging sie auch nicht zu der angekündigten Versammlung. Sie wusste, dass Cerlethon es ebenso vermied, dort zu erscheinen. Den ganzen Tag hielt sie sich von ihm fern, denn sie wollte ihm Zeit zum Nachdenken geben.

Am nächsten Morgen wurde sie von lauten Stimmen geweckt. Eine dunkle Ahnung trieb sie, den Geräuschen zu folgen. Am Waldrand entdeckte sie eine größere Gruppe von Elben, die einen Reiter umringten. Als sie näher kam, erkannte sie, dass es Cerlethon war. Dort stand er, in seiner Reisekleidung und hatte ein Bündel auf das Pferd gebunden.

„Ich gehe", sagte er bloß, als er sie entdeckte.

Nelden brauchte eine Weile, um sich zu fassen. Dann ging sie zu ihm und suchte zunächst eine Antwort in seinen Augen.

„Ich verlasse die Ebene, Nelden", sagte er nochmal, *„und ich werde nicht mehr zurückkehren!"*

„Warum, Cerlethon?" Nelden nahm seine Hand.

Cerlethon spürte die Wärme ihrer Haut, merkte wie sie zitterte. Er versuchte seine Sinne davon zu lösen. *„Es ist zuviel geschehen. Ich kann hier nicht mehr leben. Ich streife die alte Haut ab, Nelden."*

„Bleib bei mir, bitte!", flüsterte sie. Sie spürte sein Zögern, ahnte seinen Kampf. Ruckartig wandte er sich von ihr ab und ließ sie ohne ein weiteres Wort stehen.

Nelden stand noch dort, als er längst an der Steintreppe verschwunden war.

Ritus

$\mathcal{D}$er Frühling küsste Adain Lit und wonnig entfaltete sich das Leben unter seiner Berührung. Mit dem aufkeimenden Grün wuchs auch Adiads Angst. An einem besonders strahlenden Tag streunte sie durch den Wald und betrachtete die Blumen, die sich beherzt durch das tote Laub schoben. Und sie fragte sich, ob es das letzte Mal wäre, dass ihre Augen diese Wunder wahrnahmen. Ihr Blick wanderte in den frühlingsblauen Himmel, sie hörte das Frohlocken des Waldes und dachte an ihre eigenen Lieder. Seit Tagen konnte sie nicht mehr singen. Immer wieder kam ihr Eardins Gesicht in den Sinn. Sie würde ihn vielleicht nie mehr sehen. Schließlich sank sie zu Boden und weinte vor Angst. Der Baum, an dem sie lehnte, schenkte ihr Halt und sie fühlte sich ein wenig getröstet. Doch während die Tage vergingen, wurde ihr Denken allmählich nur noch von dem einen bestimmt. Deshalb sehnte sie am Ende den Ritus herbei. Sie wollte es hinter sich bringen, um nicht mehr mit dieser Angst zu leben.

Mellegar kam unerwartet, so wie er auch immer unerwartet ging. Er stand eines Abends in der Tür, als sie bei Whyen saßen, sah Adiad an und sie wusste, das es soweit war. „Wenn du möchtest, dann können wir uns auf den Weg zu den Eymari machen."

Whyen ergriff ihre Hände. „Wir werden dich begleiten, Waldfrau. Es wird gut, es geht gut aus, du wirst sehen!"

Adiad entdeckte nicht den Hauch eines Zweifels in seinem Gesicht.

Am Morgen des übernächsten Tages brachen sie auf. Aldor hatte ihr eine herzliche Umarmung geschenkt. Er und alle anderen, die darum wussten, wollten dem Wind ihre Gesänge übergeben; der Atem Adains sollte ihren lichten Zauber zum Wald der Eymari tragen und ihr beistehen. Außer Mellegar und Fairron waren noch vier andere Magier dabei. Neben Eardin und Whyen begleiteten drei weitere Krieger die Gruppe. Mit langgezogenen Schreien schossen zwei Falken über die Bäume. Adiad fühlte sich wieder gefasster, jetzt, wo sie auf dem Weg waren. Sie spürte großes Vertrauen in Mellegar, Fairron und die anderen Magier, und sie hoffte auf die Hilfe ihres Baumes. Auf dem Weg zum Wald der Eymari wurden nur wenige Worte gewechselt. An einem Abend wollte Adiad wissen, was sie bei dem Ritus machen solle. Fairron sah sie liebevoll an. „Erinnerst du dich an die blaue Kugel, Adiad? Denk an sie, wenn wir anfangen zu singen, schließe die Augen und stell dir die Kugel vor und sonst nichts. Du musst nichts machen, nur unter dem Baum sitzen und warten."

Kurz bevor sie den Wald der Eymari erreichten, fragte Eardin: „Was sollen wir den Waldkriegern sagen?"

„Sag ihnen bitte nichts, Eardin, erzählt ihnen einfach, ihr kommt wegen des Baumes. Wenn sie erfahren, was wir vorhaben, lassen sie uns nicht in den Wald."

Belfur war unter den Kriegern am Waldrand. Staunend beobachtete er den Zug der elf Elben, die Adiad begleiteten. Nach der Begrüßung wandte er sich an Eardin. „Hat sie etwas angestellt?"

Trotz seiner Anspannung lachte der Elb auf. „Nein, Belfur, wir würden gerne zu eurem Baum an der Lichtung reiten, wenn ihr es gestattet. Dies sind Magier unseres Volkes. Mellegar und Fairron kennst du bereits. Wir Krieger begleiten sie."

„Und Adiad?", fragte dieser unschlüssig.

Die Angesprochene versuchte ihm zuzulächeln, es gelang ihr nicht wirklich. „Ich führe sie durch den Wald zur Lichtung. Mach dir keine Sorgen, Belfur." Rasch schwang sie sich auf ihr Pferd, um weiterzureiten.

„Kommt ihr noch ins Dorf, Adiad?", rief er ihr nach.

„Ich weiß noch nicht, vielleicht." Damit verschwanden sie hinter den Bäumen.

Die Waldkrieger sahen ihnen hinterher. „Da stimmt etwas nicht, sie war ganz anders als sonst."

„Alle waren anders, doch vielleicht hat sie sich nur mit ihrem Elben gestritten? Lass sie, Belfur!"

Somit wandten sie sich wieder dem Osten zu. Belfur jedoch dachte noch länger darüber nach und war sich am Ende sicher, dass es einen anderen Grund gab.

Adiad begrüßte ihren Wald. Er tat ihrer aufgewühlten Seele gut. Die Elben versuchten, sie abzulenken und fragten sie nach dem Leben der Eymari, nach den Kriegern, den Tieren und Pflanzen des Waldes und hörten sich dabei geduldig jede Geschichte an. Obwohl Adiad ihre Absicht erkannte, merkte sie, dass ihre Angst durch das Erzählen weniger Raum bekam. Und so redete sie viel an den nächsten Tagen.

Dann tauchte der bemooste Stein auf und sie bogen in den Pfad ein. Und die Furcht senkte sich wie ein Fels in ihr Herz. Sie sah zu Eardin, seine Blicke waren ein Spiegel ihrer Gefühle.

„Du musst es nicht tun", sagte er leise.

„Ich weiß."

Der Pfad ließ sie durch und Adiad führte die Magier auf die Lichtung. Während diese sich Zeit nahmen, um sich umzusehen und den Ort zu erspüren, ging sie umher, um alles Vertraute zu begrüßen. Bald jedoch hörte sie einen Ruf, sie wandte sich um und sah die Magier am Baum stehen. Die Krieger hatten sich mittlerweile an die Quelle gesetzt und warteten ab. Whyen schickte ihr aufmunterte Blicke. Adiad wandte sich noch einmal Eardin zu, der in ihrer Nähe wartete, da er nicht wusste, ob sie allein sein wollte oder nicht. Scheu nahm er sie in seine Arme, küsste ihre Stirn und sie merkte, wie er vor Angst fast verging, es aber nicht zeigen wollte. Dann ging sie zu den Magiern. Whyen holte Eardin zu sich.

„Dort hin, Adiad." Mellegar wies auf die Stelle unter den Stamm, wo sie so oft gelegen hatte. Die Magier setzten sich im Kreis, Fairron und Mellegar direkt neben ihr. Der Hohe Magier nahm ihre Hand. „Ich vermute, dass du am liebsten weglaufen würdest, Adiad."

Sie nickte.

„Du kannst es noch tun. Doch ich möchte dir auch sagen, dass wir uns sehr gut auf diesen Ritus vorbereitet haben und du Vertrauen in uns haben kannst. Wir werden alles tun, damit dir nichts geschieht. Und weißt du, Adiad, ein wenig vertraue ich auch diesem alten Wesen!" Er berührte den Stamm des gewaltigen Baumes. „Ich meine zu spüren, dass er dir helfen will und wird."

Er schwieg, sie sah sein offenes Gesicht auf sich gerichtet und erkannte die Frage, die darin lag. Eine Welle der Angst durchfuhr sie. Doch sie nickte.

„Ich werde ein Zeichen auf deine Stirn malen, Adiad." Mellegar färbte seinen Finger an einem Stück Kohle. „Alles ist im Wandel", sagte er dabei leise, „im Fluss und Atem des Geistes. Seinem Schutz vertraue ich dich an."

Adiad schloss die Augen. Und dann dachte sie nur noch an die blaue Kugel von Fairron. Die Magier begannen zu singen. Sie hielten sich bei den Händen, Mellegar und Fairron hatten Adiads Hände genommen und damit den Kreis geschlossen. Sie sangen in einer fremden Sprache. Zwar meinte die Eymari, den Klang der Elbensprache zu hören, dennoch waren die Laute anders.

Die Krieger beobachteten sie von der Quelle aus. Eardin glaubte, es nicht ertragen zu können.

Lange saß sie so und hörte nur den Gesang, spürte die warmen Hände von Mellegar und Fairron und entspannte sich dadurch langsam. Auch die Kugel verlosch allmählich. Sie empfand eine große Weite in sich, bald meinte sie, in dem Gesang eine neue Stimme zu vernehmen. Ob Eardin sang? Doch auch dieser Gedanke machte wieder der Stille und einem erwachenden, zartgelben Leuchten Platz. Ruhe und Frieden füllten sie aus. Ihr kamen Bilder aus ihrer Kindheit und von ihren Eltern. Sie sah Marid. Und sie sah sich als Kind, als junge Frau, hier unter ihrem Baum. Worrid fiel ihr ein und sie sah sich in seinen Armen liegen. Bald kamen Bilder von Eardin, dann tauchten langsam auch die anderen Elben auf. Sie sah den See der Feandun vor sich liegen und sie blickte in das Gesicht von Amondin. Immer wieder sah sie Eardin und barg sich im Geiste in seinen Armen. All diese Bilder wurden von dem zarten Leuchten begleitet. Sie glaubte es größer werden zu sehen, doch als sie darauf schauen wollte, entwand es sich ihr. Schließlich ließ sie es und versank in den Tiefen ihres Geistes.

„Adiad? Adiad, hörst du mich?"

Die Stimme in ihrem Kopf nahm langsam Gestalt an. Mellegar. Sie spürte eine Berührung an ihren Schultern und hörte Stimmen ihren Namen rufen. Und bald wusste sie wieder, dass sie hier unter dem Baum saß. Doch wagte sie nicht, die Augen zu öffnen.

„Adiad!" Es war jetzt Eardins Stimme. Sie hörte ihn und ihr Geist jubilierte. 'Ich höre seine Stimme! Ich erkenne ihn noch! Ich weiß, wer er ist!' Tränen flossen aus ihren geschlossenen Augen.

„Du hörst mich, mein Stern?"

Sie nickte und Eardin atmete durch. „Und du erkennst mich auch?"

„Ich erkenne dich, Elb."

Eardin stöhnte auf und begann ebenfalls zu weinen.

„Öffne sie, Adiad!", flüsterte er mit erstickter Stimme.

Behutsam öffnete die Eymari ihre Augen. Und sie sah sein Gesicht vor sich. „Ich sehe dich nicht richtig, du bist ganz verschwommen!"

„Das sind die Tränen, Adiad, das sind nur deine Tränen!" Eardin riss sie an sich. Lange und fest barg er sie in seinen Armen und nur zögernd ließ er sie wieder los.

Ängstlich sah Adiad sich um. Ihr Blick ging zum Himmel, dann zu den Elben, die lächelnd um sich herum standen. Sie bemerkte, dass einige vor Freude weinten. Ungläubig wandte sie sich wieder Eardin zu. „Ich sehe dich und ich höre dich und ich kann sprechen!" Plötzlich kam ihr ein Gedanke und ein zweifelnder Blick traf Mellegar.

Der ahnte, was sie befürchtete. „Wir haben den Ritus bis zum Ende vollzogen!"

Von irgendwo hörte sie Fairrons Stimme. „Es geschah sanft, wie das Leuchten der Kugel in deiner Hand."

Mellegar legte ihr die Hände auf die Stirn und schloss die Augen. Dann öffnete er sie wieder, strich ihr über den Kopf und sagte: „Willkommen bei den Elben, Adiad!" Strahlend zog er sie in seine Arme.

„Ich habe es dir gleich gesagt, dass alles gut geht!", meinte Whyen, als er sie an sich drückte. Auch ihm liefen Tränen über die Wangen.

Liebevoll umfing Eardin sie wieder, hob sanft ihre Haare und betrachtete ihre Ohren.

Fairron lachte erschöpft. „Es braucht seine Zeit, es mag sein, dass sie nicht spitz werden und so bleiben, oder sie wandeln sich langsam. Und auch alles andere wird sich erst langsam entwickeln, so wie die Bäume nicht an einem Tag wachsen."

Adiad kam der Gesang der Magier wieder in den Sinn. „Fairron, ist es möglich, dass da noch eine Stimme war? Hat Eardin gesungen? Ich meinte, außer euch noch jemanden singen zu hören."

„Sie hat doch schon spitze Ohren", sagte Mellegar. „Ich wollte mit den anderen noch darüber reden, denn ich habe es auch vernommen. Du hast richtig gehört, es kam eine Stimme dazu und ich meine fast, es war das Wesen des Baumes. Und er sang die Worte des Ritus so rein und klar wie keiner von uns. Er trug uns hindurch, Adiad. Er begleitete unseren Gesang. Es ist möglich, dass du den Erhalt deiner Sinne ihm verdankst!"

Ehrfürchtig wandte Adiad sich ihrem Baum zu, legte ihre Hände auf die Rinde und versuchte dieses Wesen zu spüren, das in ihm wohnte. Sie öffnete ihm ihr Herz so weit sie es vermochte und sprach zu ihm: „Ich danke dir!" All ihre Liebe und Freude ließ sie in ihn fließen. Warm spürte sie sein Licht in sich und hörte leichte Worte wie Wind, die sich mit ihr freuten.

Eardin, Whyen und die anderen Krieger warteten auf sie, doch als sie zu ihnen ging, merkte Adiad, wie durcheinander sie war. Immer noch spürte sie ihre Ängste, konnte kaum glauben, dass sie sich nicht mehr zu fürchten brauchte. Kurz blieb sie stehen und besah sich ihre Hände. 'Ich bin noch dieselbe, ich fühle mich überhaupt nicht anders an.'

In dieser Verwirrung legte sich zärtlich ein Arm um sie. „Komm!" Eardin führte sie weg von der Lichtung, hinein in den Wald. Dort nahm er ihre Hand und so gingen sie schweigend, bis Adiad stehen blieb. Sie sah in seine vor Glück strahlenden Augen und langsam begann auch sie zu begreifen, dass es wirklich geschehen war. Lieder erhoben sich in ihr, Lieder unbeschreiblicher Freude, so dass sie laut singen wollte. Und während Eardin ihr in die Augen blickte, wurde ihm das Wunder geschenkt. Er durfte beobachten, wie das Licht der Elben langsam in ihren Augen aufstrahlte: Die Geburt eines Sternenhimmels!

„Das Leuchten, Eardin - ich habe ein gelbes Leuchten gesehen, während die Magier sangen. Und jetzt, jetzt spüre ich es wieder und es beginnt mich zu erfüllen.

Es fließt durch mich hindurch wie die Wellen am Meer, es berührt mich mit seiner Musik und ich ...", Adiad verstummte, spürte staunend ihrer Wahrnehmung nach, „... ich kenne sie! Die Melodie, so fern und so vertraut ... und, meine Seele tanzt mit ihr, Eardin!"

„Es ist der Atem Adains, den du empfindest, mein Stern!" Zärtlich nahm er sie in seine Arme. „Ich weiß nicht, wie ich dir dafür danken soll, was du für mich getan hast, denn meine Worte erfassen es nicht." Sanft strich er ihr über Haare und Rücken und versuchte sein Glück zu begreifen, dass er sie, so wie sie vorher war, bei sich haben durfte.

„Ich hatte solche Angst, Eardin. Ich war kurz davor wegzulaufen."

„Doch du hast es nicht getan. Wenn du gelaufen wärst, wäre ich wahrscheinlich mit dir gelaufen, denn ich ertrug es kaum noch. Ich fühlte mich so schuldig an allem."

Adiad küsste ihn. „Es ist vorbei, Eardin. Ich sehe und spüre dich noch und vor allem liebe ich dich unendlich."

„Das will ich doch hoffen, mein Stern, denn uns bleibt jetzt etwas mehr Zeit."

Und während er sie lachend umarmte, weinten sie beide Tränen des Glücks.

Elbenwege

Als sie zurückkamen, redeten die Magier immer noch. So setzten sie sich zu Whyen und den anderen.

„Wie fühlst du dich, Waldfrau?"

„Lass sie, Whyen", antwortete Eardin, „sie braucht noch etwas Zeit."

Adiad sah sich um. „Habt ihr was zu essen, Whyen? Ich habe furchtbaren Hunger!"

Whyen lachte. „Du bist noch dieselbe, Adiad! Warte, ich bringe dir alles, was ich finden kann!"

Er sprang auf und durchsuchte die Satteltaschen, um ein reichliches Mahl vor ihr auszubreiten. „Die getrockneten Äpfel habe ich bei Fairron gefunden."

Bald bedienten sich alle und Adiad merkte, wie in der vertrauten Gemeinschaft der Krieger die letzte Anspannung von ihr abfiel.

In der Dämmerung des erwachenden Tages begannen die Vögel ihren vielstimmigen Gesang, die Lichtung enthüllte ihre Farben. Die ersten der Schläfer erhoben sich, als die Sonne die Bäume berührte und begannen mit ihren leisen Liedern. Whyen ging nach dem Gruß an den Morgen zum alten Baum, um den Boden nach einem Holz abzusuchen. Bald schickte er hilfesuchende Blicke zur Adiad. Sie gesellte sich zu ihm.

„Frag ihn", bat er, „dich kennt er besser!"

Sie lachte und legte ihre Hände an den Stamm. „Er ist ganz ruhig, Whyen. Ich spüre ihn kaum. Ich denke, wir sollten ihn lassen und beim nächsten Mal bitten."

„Na gut, wenn du meinst." Noch im Gehen sah er sich mit enttäuschter Miene suchend um.

Sie riefen die Pferde und Adiad sandte einen letzten Gruß an das Wesen des alten Baumes. An der Wegkreuzung, an dem der Pfad zu dem Dorf der Eymari führte, wandte Eardin sich um, doch sie schüttelte den Kopf. „Lass uns heimreiten!" Im selben Moment, als ihr diese Worte über die Lippen kamen, erkannte sie, was sie gerade ausgesprochen hatte. Der Elb lächelte und flüsterte Maibil dieselben Worte zu.

Während sie weiter in den Wald in Richtung Osten ritten, wurde Adiad von einer immer größeren Dankbarkeit erfüllt. Sie sah in den Himmel, sah die zarten Triebe der Blätter. Sie hörte die Waldvögel und so begann sie selbst leise zu singen. Dabei spürte sie zum ersten Mal den Lichtzauber der Elben wie wärmende Sonnenstrahlen aus sich herausfließen. Eardin, der hinter ihr ritt und sie liebevoll betrachtete, bemerkte, wie die Ausstrahlung, die Adiad bisher sanft umgeben hatte, stärker wurde. Ein erwachendes Schimmern, wie der Morgendunst auf dem See von Adain Lit. Ein Glanz, wie das Licht der Sonne, das sich im Staub des Wassers bricht. Die lebendigen Farben des Regenbogens, die alle Elben umtanzte, wenn sie sangen, und deren lichten Klang nur die Elben gewahr werden konnten. Seine Seele öffnete sich weit, vor Liebe und Glück. Fairron jedoch, der das Leuchten ebenfalls wahrgenommen hatte, bemerkte noch etwas anderes. Fast unbemerkt neigten sich die kleinen Äste, an denen Adiad vorbeiritt, ihr zu. Es schien, als wollten sie Adiad sanft berühren. Doch war diese Bewegung so zart, dass selbst Fairron sich seiner Elbenaugen nicht sicher war, sondern es eher nur spürte. Aber er empfand das Andersartige dieser Magie, denn es war die der Feandun.

Sie erreichten den Rand des Eymariwaldes am vierten Tag. Unter den letzten Bäumen sahen sie Worrid neben Belfur stehen. Die Waldkrieger warteten schweigend, verharrten auf ihren Plätzen, mitten am Weg, ohne zu weichen.

„Adiad, ich würde gerne mit dir reden!", sagte Worrid.

Etwas überrascht, und verwundert über die Härte seiner Worte, hielt sie inne, nickte und glitt vom Pferd. Kurz sah sie zu Eardin und hob ratlos die Schultern. „Ich weiß nicht, was ist. Doch ich werde mit ihm gehen, wenn er mit mir sprechen will."

Leicht verunsichert folgte sie Worrid. Als sie ein Stück gegangen waren und er sich sicher war, dass kein Elbenohr sie mehr hören konnten, blieb er stehen und blickte besorgt auf sie. „Belfur hat mich hierher geholt, um mit dir zu reden, wenn ihr zurückkommt. Er befürchtete bereits, dass du nicht mehr zu deinen Eltern reitest. Was ist los, Adiad? Belfur hatte das Gefühl, dass etwas nicht stimmt, dass du anders bist als sonst. Geht es dir nicht gut bei den Elben? Und warum seid ihr in solcher Anspannung in den Wald geritten? Die anderen nahmen sehr wohl wahr, dass ihr alle merkwürdig ward." Forschend sah er Adiad in ihre Augen, da sie zunächst nicht antwortete.

„Worrid, ich ..."

„Deine Augen sind anders", unterbrach er sie, „irgendetwas stimmt nicht mit dir. Was haben sie mit dir gemacht, Adiad?" Er nahm sie an den Schultern und Adiad erkannte seine zunehmende Furcht.

„Sie haben mir nichts getan, Worrid."

„Das glaube ich dir nicht, du wirkst wie verhext. Deine Augen haben denselben Glanz wie ..." Er verstummte. Zunehmend fassungslos betrachtete er ihr Gesicht. „Sag, dass nicht wahr ist, was ich glaube und ahne, Adiad."

Sie nickte und lächelte ihn an. „Ich gehöre jetzt zu ihnen, Worrid."

„Du bist ein Elb? Sie haben einen Elben aus dir gemacht?"

Adiad lachte und zur gleichen Zeit erschienen Tränen in ihren Augen, denn sie hätte lachen und weinen mögen. „Ich weiß nicht. Ich glaube schon, aber so richtig anders fühle ich mich noch nicht. Doch ich spüre ihr Licht in mir und Mellegar hat es erspürt. Es ist alles so neu, Worrid."

„Doch, wie ist das möglich, trotz deines Elbenblutes? Wie ist so etwas möglich, Adiad?"

„Ein ander Mal, Worrid, ich werde es dir ein anderes Mal erzählen, es ist noch zu nah."

Worrid schwieg erschüttert. Dann strich er ihr sanft über den Kopf. „Du hast es für Eardin getan?"

Adiad nickte. „Es war nicht ungefährlich, deswegen waren alle angespannt, doch nun ist es gut. Es geht mir gut, Worrid, ich brauche nur etwas Zeit. Macht euch bitte keine Sorgen um mich. Ich werde im Sommer wieder zu euch kommen, bitte erzähle meinen Eltern und allen anderen nichts."

„Ich sage nichts, Adiad." Lange sah er in ihre Elbenaugen und versuchte zu verstehen, was geschehen war. Doch er sah vor allem Adiad vor sich, die er so lange schon kannte und die er immer noch ein wenig liebte. Und so nahm er sie in die Arme und hielt sie fest. Und dann küsste er sie.

„Verzeih mir, es war die Erinnerung an eine alte Gewohnheit, als ich dich so hielt." Worrid nahm den Efeuzweig, den er für sie verwahrt hatte und steckte ihn in ihre Haare. „Ich werde, so lange ich lebe, für dich da sein, Adiad, das weißt du."

Als sein Versprechen in sie sank, erkannte sie mit stillem Grauen, was diese Worte auch für sie bedeuteten. Sie würde die Eymari, die sie kannte, alle überleben. Adiad schloss kurz die Augen, dann küsste sie ihn auf die Wange. „Danke, Worrid!"

Er brachte sie zu den Elben.

Als sie schon ein wenig geritten waren, drehte sich Adiad noch einmal um. „Bring mir Zwergenbier mit, Worrid! Die Elben haben keins."

Whyen lachte auf.

Der große Fluss brachte braunes Schmelzwasser aus dem Norden und im Land geschah das ewige Wunder des Lebens. Aus dem Verbrannten hatte sich Grün erhoben, der Frühling war überall spürbar. Bevor sie den Fluss hinaufritten, wollten die Magier ihren Geist zum Gebirge öffnen.

„Es ist Unruhe in den Bergen, seht wie erregt die Falken fliegen, der Wind trägt beunruhigende Geschichten", sagte Mellegar und die anderen Magier nickten.

Lebond, ein dunkelhaariger Magier in ähnlichem Alter wie Mellegar, wandte sich zu den Kriegern. „Die Zwerge oder wer auch immer das Gebirge bewohnt, sind in Aufruhr. Tod ist zu spüren und Angst. Doch kann ich nicht sagen, wen es betrifft. Es mögen die Naga sein oder die Zwerge."

Besorgt wanderten die Blicke nach Osten. Whyen dachte an Norgrim und Hillum. Ihm fielen die Menschen ein, die zu den Naga gepilgert waren, um den Versprechungen der Priester zu folgen.

„Sollen wir zum Wallstein reiten?", fragte einer der Krieger.

Mellegar schüttelte den Kopf. „Die Zwerge wollten es nicht und so werden wir es nicht tun, um ihren Wunsch zu achten. Sie würden um Hilfe ersuchen, wenn sie diese bräuchten. Auch seid ihr zu wenige."

„Mir gefällt es nicht, sie allein zu lassen", warf Eardin ein.

„Wir wissen nicht, wer dort alleine ist, vielleicht sind es die Naga, deren Tod wir spüren", meinte Fairron.

„Unser Auftrag ist es, die Magier sicher zu begleiten und das sollten wir zu Ende führen!", sprach Whyen mit fester Stimme und die anderen stimmten ihm zu.

Als sie sah, dass die Krieger sich gegen Norden wandten und die Magier ihnen folgten, meinte Adiad: „Das würde den Magiern der Feandun nicht gefallen, dass die Krieger die Wege mitbestimmen."

„Doch diese Gemeinsamkeit ist ein Grundwesen der Elben", antwortete ihr Mellegar, „und das haben die Magier der Feandun anscheinend vergessen."

Am nächsten Morgen würden sie Adain Lit erreichen. In stiller Vorfreude saßen sie um das Feuer versammelt, als Adiad die Ruhe nutzte und sagte: „Ich danke euch allen! Für eure Mühe und euren liebevollen Beistand. Und ich danke euch, dass ihr mich aufnehmt in euer Volk." Sie wollte noch so viel mehr sagen, doch weiter kam sie nicht, denn sie kämpfte mit den Tränen.

„Elbenkind, wir freuen uns über dich und wir freuen uns für dich und Eardin!" Mellegar kniete sich vor sie. „Du weißt, dass dein neues Leben nicht nur Licht hat. Du wirst in unserem Volk deinen Platz finden müssen und du wirst Abschied nehmen müssen von den Eymari. Sowohl von deinem Wald, als auch von den Menschen. Sie werden dich nicht mehr lange begleiten können."

„Ich weiß, Mellegar!", erwiderte Adiad schluchzend.

Eardin hatte den Arm um sie gelegt. „Du hast ein neues Leben, Adiad, und dies ist bei uns und bei mir!" Eardin drückte sie an sich und Adiads Seele wanderte in die geborgene Heimat, die sie bei ihm empfand.

Auch der Wald von Adain Lit umfing sie mit Liebe. Wie noch nie zuvor hatte Adiad das Gefühl heimzukommen. Sie strahlte Eardin an. Dieser nahm ihre Hand und sagte zärtlich: „Willkommen im Wald der Elben, mein Stern!"
Die Bäume flirrten im zarten Grün. Kleine weiße Blumen verwandelten den Boden in ein verzaubertes Blütenmeer. Der Gesang des Waldes war kräftig und klar wie der Frühlingstag selbst, der sanfte Wind trug Melodien in seinem Atem. Auch die Elben sangen, als sie unter den Bäumen hindurchschritten. Adiad sah den bunten Lichtschimmer, der sie dabei umgab. Und sie erkannte noch mehr. Sie sah die Silberränder, welche die Blätter schmückten. Auch der Boden schien in einem edlen Zauber zu liegen, als ob Spinnen funkelnde Fäden um die Pflanzen gewoben hätten. Dieses leuchtende Gespinst setzte sich über die Rinden bis in die Baumkronen fort. Als sie unter einem Ast hindurchschritt, griff sie vorsichtig danach, doch ließ es sich nicht fassen. Es war reines Licht. Andächtig betrachtete sie diese nie gesehene Schönheit. Der ganze Wald war ein großer Festsaal aus Silber, ein Zauberreich berührt von der Ahnung anderer Welten. Staunend sah sie sich weiter um, ihr fielen die Wiris ein. Zunächst fand sie keines dieser scheuen Wandelwesen. Doch bald entdeckte sie einige von ihnen zwischen den Bäumen. Eilig flogen sie auf sie zu, andere folgten ihnen. Adiad erkannte sie begeistert in ihrer wahren Gestalt. Sie sah die fedrigen, etwas vagen Gesichter mit den großen Augen und noch größeren Mündern, nahm ihre neugierigen Blicke wahr. Bunt schimmernde Flügel flatterten wild um die federbedeckten Körper. Vorsichtig hielt sie ihnen die Hand entgegen. Sofort stoben sie auseinander, um sich ihr dann wieder zu nähern. Ein Zupfen an ihrem Haar, dann entschwanden sie in die nächste Baumkrone.
„Sie kennen dich schon und merken, dass sich etwas an dir geändert hat. Sie sind nicht dumm, diese Wiris, nur scheu", erklärte Eardin.
„Sprechen sie auch?"
„Nein, sie vermögen nur kleine Schreie auszustoßen, ähnlich der Vögel. Dies machen sie vor allem, um Menschen zu schrecken. Reden hörte ich sie noch nie. Obwohl es möglich ist, dass sie sich anders verständigen. Was ich klar wahrnehme, sind ihre Gefühle. Jetzt zum Beispiel langt es ihnen und ich denke, sie werden bald wieder verschwinden."
„Ich bemerke es auch", erwiderte Adiad kaum hörbar. Sie war tief bewegt vom Zauber dieses Waldes, angerührt von seiner Musik und verwirrt von all den neuen

Empfindungen. Diese Verwandlung, sie ähnelte einer Geburt, dachte Adiad. Ich bin neu auf diese Welt gekommen, in eine unbekannte faszinierende Welt voller Licht und zarten Gesängen. Eardin lächelte ihr zu. „Ich liebe dich so sehr, du Stern meines Herzens!", flüsterte er.

Mittags rasteten sie an einem Bach. Wild rauschte er über runde Kiesel, um etwas weiter entfernt einen kleinen Abbruch hinunter zu brausen. Adiad lehnte an einem Baum und aß die letzten getrockneten Früchte aus Eardins Tasche. Ungerührt streiften in ihrer Nähe zwei Rehböcke durch die Bäume. Schon im Eymariwald war Adiad aufgefallen, dass die Tiere kaum noch Scheu vor ihr zeigten. 'Du hast den Menschen abgelegt', hatte Eardin ihr erklärt. 'Sie empfinden unser lichtes Band. Und sie wissen, dass wir ihnen nicht schaden.'

Adiad sah zu ihm. Er stand mit Whyen und Fairron in der Nähe, hatte seinen Eymaribogen in der Hand und redete mit seinen Freunden.

„Ich führe dich zu der Ulme im Norden, Whyen, sie gab mir das wunderbare Holz für den Bogen, den ich bei den Naga ließ."

„Trotzdem würde ich gerne noch einmal mit Adiad zum Baum der Eymari gehen", erwiderte Whyen, „es mag sein, dass er mir Holz für einen Bogen gibt."

„Es mag auch sein, dass nicht. Vielleicht mag er einfach nicht!", rief Adiad ihm zu.

„Dann binde ich dich und zwinge ihn dazu", erwiderte Whyen lachend.

„Ich bin jetzt ein Elb und kann mich besser wehren!", rief sie zurück.

„Willst du versuchen, mich mit deinem hochroten Kopf zum Brennen zu bringen, wie damals dein merkwürdiger Versuch auf dem Rückweg?"

Adiad antwortete nicht, denn ihr kam ein anderer Einfall. Sie dachte an die blaue Kugel und stellte sich vor wie ...

Fassungslos beobachtete Whyen, wie sich feine Ranken um seine Füße und Beine wickelten.

„Ich glaub es nicht!", rief er, „seht euch an, was diese Feandun mit mir macht. Und das wird sie jetzt über Jahrhunderte so machen, wenn ich sie nur in irgendeiner Weise ärgere. Kannst du ihr das nicht verbieten, Eardin?"

Dieser lachte nur, ebenso wie Fairron.

2. TEIL

BLUTMAGIE

Zwergenkämpfe

Angespannt starrte Hillum in den Gang. Er wusste, dass sie nicht mehr fern waren, er roch sie beinahe. Doch er konnte sie nicht fühlen, wie die Elben es vermochten. Diese Schlangenmenschen wussten sich gut zu verbergen. Flink krochen sie durch die alten Stollen, während die Zwerge in ihrer Kriegsausrüstung ihnen nur schwerfällig folgen konnten. Seit drei Tagen versuchten sie schon ihrer habhaft zu werden. Bis zu den alten Werkstätten waren sie mittlerweile vorgerückt.

Als einer von dreißig Zwergenkämpfern stand Hillum in dem engen Gang in der Nähe der alten Erzlager. Fest hielt er die Axt und er hörte die anderen Kämpfer neben sich flach atmen. Jedes Geräusch musste vermieden werden. Er bemühte sich, nicht mit der Waffe an das Brustschild zu stoßen, während sie auf die Späher warteten. ‚Das ist das Verwünschte an der Schlacht im Berg' dachte er, ‚ich merke nicht, wann die anderen zuschlagen, wie es ihnen ergeht. Jede Gruppe kämpft ihren eigenen Kampf.'

Bedächtige Schritte waren zu hören. Die Späher kehrten zurück. Flüsternd wurde ihre Nachricht weitergegeben: „Sie sind bewaffnet, sie erwarten einen Angriff. Etwa zwanzig Naga in der Höhle."

'Mit denen werden wir fertig', dachte Hillum und folgte den anderen.

In allen Stollen, die zu den alten Werkstätten und Lagerräumen liefen, hatten sich die Zwerge verteilt. Sie wussten weder, wie viele der Naga sie insgesamt erwarteten, noch wussten sie, wo der Priester war. Überall hatten die Späher Schlangenmenschen entdeckt, draußen vor den Bergen, in den Felsen. Usar hatte deswegen entschieden, das gesamte Zwergenheer gegen die Naga und den Schlangenpriester zu werfen. Sie wollte ihn und seine Anhänger endgültig vernichten und dies, ohne die Elben zur Hilfe rufen zu müssen.

Die Gruppe um Hillum erreichte den Felsenraum und stürmte die wenigen Stufen herunter. Bewaffnet verschanzten sich die Naga hinter den alten Steintrögen und fauchten in ihre Richtung. Pfeile schnellten den Zwergen entgegen, die meisten prallten an ihren Brustpanzern ab. Einige jedoch trafen. Schreiend brach der Zwerg neben ihm zu Boden; ein Pfeil steckte in seinem Bein. Hillum holte mit seiner Axt aus, spaltete dem ersten Naga die Brust. Der Nahkampf gehörte den Zwergen. Wuchtig schwangen sie Schwerter und Äxte, bis keiner der Schlangenmenschen mehr lebte.

Einen Toten und sieben Verwundete mussten sie zurücklassen. Ein weiterer Zwerg blieb zurück, um ihnen beizustehen. Angespannt marschierten sie durch den nächsten Felsgang, hörten den Lärm von Waffen, marschierten schneller. Ein leises Surren, das ihrem Anführer zum Verhängnis wurde. Ein Pfeil traf ihn im Hals, er fiel, die anderen sprangen in Deckung. Hillum hob sein Schild, rannte als erster los. Kurz spürte er einen Schmerz im Arm, beachtete ihn nicht weiter und erschlug den ersten Naga, den er erreichte. Der andere floh.

„Wir dürfen uns nicht zersplittern. Bleibt zusammen", schrie Wellun.

Hillum hob seine stabile Grubenlampe, sah kurz zu seinem Arm. Der Pfeil hatte ihn nur gestreift, es blutete schwach; er beschloss nicht weiter darauf zu achten. Über den Stollen, durch den sie damals mit den Elben geflohen waren, erreichten sie den Pferdestall und versuchten sich zunächst von der Balustrade aus einen Überblick zu verschaffen. Die Schlacht war unüberschaubar, doch schienen die Naga in der Überzahl zu sein. Mühsam kämpften sie sich an den Rändern der zerstörten Treppe hinunter. Der riesige Raum war erfüllt von Kämpfern, von Metallgeräuschen und Schreien. Hillum stürzte sich, so wie die anderen, ohne weiteres Zaudern hinein.

Norgrim hatte mit seiner Gruppe inzwischen einige Naga in einem Gang in der Nähe des Stalles entdeckt. Sie trieben sie vor sich her, bis die Schlangenmenschen sich in zwei Gänge verteilten. Er entschied, ihre Gruppe ebenfalls zu teilen. In vielen Gängen begann jetzt diese irrwitzige Jagd, um die Naga zu töten oder ins Freie zu treiben, wo sie schon von Kämpfern erwartet wurden. Unerschrocken rannte Norgrim weiter, die anderen folgten ihm. Er kam an Gängen vorbei aus denen Befehle hallten. Andere trugen Geflüster zu ihm. Er hörte Kämpfe. Unmöglich, diese Schlacht zu überblicken! Allein sein Instinkt führte ihn weiter. ‚Die Elben würden in diesem Gewirr verzweifeln' dachte er, während die nächsten Naga vor ihm auftauchten. Immer wieder stießen sie auf verwundete oder auch getötete Zwerge, sie mussten sie liegen lassen. Meist war jemand bei ihnen, der sich ihrer annahm. Eine kleine Höhle tat sich auf, in der sich einige der fliehenden Naga versammelt hatten und wieder stürzten sie sich aufeinander. Dieses Mal hatten die Schlangenmenschen keine Möglichkeit, ihre Bögen zu spannen und so überlebten alle Zwerge den Kampf. Norgrim ließ seinen Trupp vor der Treppe halten, um zu rasten. Erschöpft griffen sie nach ihren Wasserschläuchen.

„Es geht immer weiter nach Norden", sagte einer.

„Sie fliehen, sie scheinen sich überall auszukennen", antwortete Norgrim, „ich frage mich, wie weit wir ihnen folgen sollen. Wir können die Verwundeten nicht ihrem Schicksal überlassen."

„Lass uns noch bis zur alten Schmiede gehen. Wir sind schlagkräftiger, doch sie sind schneller als wir. Wenn wir sie bis dorthin nicht haben, erwischen wir sie auch nicht mehr. Lieber sollten wir auf dem Rückweg schauen, ob sich noch Naga verborgen halten."

Nur noch wenige Naga waren zu finden, als sie einen Tag später wieder in Richtung Berggrund marschierten. Soweit möglich, versuchten sie die Verwundeten mit sich zu nehmen. Andere Zwergentrupps erschienen in den Gängen und Norgrim erfuhr, dass sie alle genauso entschieden hatten. Es dauerte vier Tage, bis sich die letzten Kämpfer in Berggrund eingefunden hatten. So traten schließlich die Führer der Trupps vor Königin Usar. Erschöpft verneigten sie sich und Usar ging zu jedem von ihnen, legte ihnen die Hand auf die Schulter und nickte anerkennend.

„Ich bin sicher, dass ihr alles getan habt, was möglich war und ich bin ebenfalls sicher, ihr habt es gut gemacht. Dass einige der Naga geflohen und der Priester nicht gefunden wurde, ist nicht eure Schuld. Lasst die Verwundeten holen, die Toten bergen. Dann ruht euch aus und holt euch aus meinem Lager soviele Fässer mit Bier, wie ihr braucht."

Matt sank sie in ihren steinernen Thronsitz. Sie musste mit den Räten sprechen und Späher ausschicken. Sie wollte wissen, wohin der Priester geflohen war, doch sie ahnte es bereits.

Letzte friedliche Tage

„Vermagst du auch mehr als einen Elben zu binden?"

Adiad befand sich inmitten der elf Magier von Adain Lit. Lebond stand neben ihr und um seine Füße wanden sich grüne, feste Ranken.

„Ich weiß es nicht, Lebond."

„Lass mich erst los, Elbenkind, und versuch es dann mit uns dreien", bat er.

Adiad sah im Geiste, wie die Ranken sich von ihm lösten und so fielen sie von ihm ab. „Cerlethon ließ uns damals alle vier festwachsen. Doch er war ein Magier. Ich bin erst seit wenigen Tagen ein Elb, so kann man es nicht ganz vergleichen."

„Das wissen wir, Adiad." Fairron lächelte sie an. „Doch du kennst die Neugier der Elben, und mittlerweile weißt du wahrscheinlich auch, dass sie bei den Magiern noch ausgeprägter ist. Besonders, wenn es um andere Formen der Magie geht. Also versuch es einfach, aber nur wenn es dir nicht zuviel wird."

Adiad sah in die erwartungsvollen Gesichter und nickte. Es war schwieriger, sich die drei Elben gleichzeitig vorzustellen und dabei an die Ranken zu denken, doch es gelang ihr. Sie ließ sie bis zu ihren Brustkörben wachsen. Es war ein merkwürdiger Anblick, sie in ihren edlen Gewändern so zu sehen. Unbeweglich standen sie da, wie Bäume mit Armen und Köpfen. Dann konnte sie sich nicht zurückhalten, Fairron auch noch seinen Zopf zu umwickeln. Er sandte ihr zuerst zornige Blicke, bald jedoch überkam ihn zunehmende Heiterkeit. „Ich kann mich wirklich nicht mehr rühren, diese Feandun hat uns tatsächlich am Boden festwachsen lassen."

Adiad ließ sie wieder los und Lebond setzte sich auf die Bank, unter Mellegars Elorn. „Ich glaube nicht, dass die Feandun-Elben ihre Magie für diesen Zweck geschaffen haben. Nach euren Berichten war der ursprüngliche Sinn, das Wachstum der Pflanzen auf der Ebene zu fördern. Und dieses schöpferische Streben steht auch hinter dem, was Adiad vermag."

„Geht es auch auf Stein, Adiad?", wollte nun ein anderer wissen.

„Es geht nur auf lebendem Boden. Es gelang mir nicht einmal auf totem Holz."

Das dritte Mal stand sie nun in ihrer Mitte und versuchte ihnen beim Verstehen zu helfen. Auch zu dem Sprechen im Geiste hatten sie sie befragt. Adiad hatte Mellegar sogar gestattet, ihr dabei die Hände aufzulegen. Doch allmählich langte es ihr. Sie hatte alles geschildert, was sie wusste und spürte eine große Müdigkeit.

Mellegar bemerkte es. „Lasst sie nun. Es ist noch nicht lange her, seit sie durch den Ritus zum Elb wurde. Und nicht nur die Angst davor hat an ihren Kräften gezehrt. Auch die Wandlung braucht Zeit und Ruhe." Sanft legte er seine Hand auf ihren Arm. „Verzeih uns! Wir haben zu sehr an uns gedacht. Geh nun und ruhe dich aus, Adiad!"

Das Frühjahr war einem warmen Frühsommer gewichen. Die Elorns der Elben verschwanden hinter dem kräftigen Grün der Blätter. Adiad hatte die Ruhe gesucht, seit sie wieder im Wald von Adain Lit war. Die anfängliche Freude und das Willkommen der Elbengemeinschaft hatten sich gelegt. Aldor hatte vorgeschlagen, ein Fest zu veranstalten. Er wollte ihre Aufnahme in das Volk der Elben feiern und sie war ihm dankbar für diese Geste. Er ehrte damit nicht nur sie, sondern stellte sich damit auch offen hinter die Entscheidung seines Sohnes Eardin. Denn immer noch begegnete Thailit, Eardins Mutter, ihr mit großer Kälte und Ablehnung und zeigte damit allen anderen, dass sie von der Gefährtin ihres Sohnes nichts hielt. Doch Adiad bemühte sich mittlerweile nicht mehr. Sie ließ die Blicke von sich abprallen und grüßte Thailit nur kurz. Trotzdem schmerzte es sie jedes Mal. Sie hatte gehofft, dass es sich bessern würde, jetzt wo sie kein Mensch mehr war und zu den Elben gehörte. Doch es blieb und Adiad wusste, dass auch Eardin darunter litt.

Still ging sie nach der Befragung bei den Magiern der knorrigen Buche zu, aus der Eardins Haus wuchs. Mit einem lauten Aufseufzer warf sie sich auf das Bett mit dem kunstvoll geschnitzten Rahmen und fiel in einen tiefen Schlaf. Erst am Abend erwachte sie wieder und lauschte eine Weile den Liedern des Elbenwaldes. Gesänge deren Zauber sich behutsam enthüllte, Klänge deren Geheimnisse ihre Seele berührten, sie zu verwandeln schienen. Lächelnd verabschiedete sich Adiad. Dann zog sie das Kleid über, warf sich den Umhang um und ging, um Eardin zu suchen. Sie fand ihn, wo sie ihn vermutet hatte. Er saß mit Whyen und einigen anderen Kriegern am Feuer in der Nähe des Versammlungshauses.

„Warst du die ganze Zeit bei den Magiern, Adiad? Sie sollten langsam genug wissen!" Eardin zog sie zu sich und sie drängte sich zwischen ihn und Whyen auf die Holzbank.

„Ich habe noch eine Weile geschlafen, Eardin. Es ist anstrengender als ich dachte, als Elb in Adain Lit zu wandeln."

„Du bleibst jetzt bei uns, Waldfrau", sagte Whyen entschieden. „Die Magier werden mit ihrer Fragerei nie Ruhe geben, sie werden immer neue Rätsel finden. Ich kenne Fairron lange genug. Es liegt ihnen im Blut."

„Nimm sie morgen mit zu uns, Eardin", meinte nun Veleth, „es wird Zeit, dass wir damit anfangen, sie im Schwertkampf auszubilden."

„Ich werde es nie können, Veleth, ich hab gar nicht die Kräfte dazu."

„Wir haben immer wieder Elbenkriegerinnen unter uns, Adiad, und auch sie lernten mit dem Schwert umzugehen. Ihr Schwert ist kleiner und leichter. Doch die Schritte, Griffe und Schläge sind dieselben. Auch solltest du jetzt, wo du ein Elb bist, schneller sein als die Menschen. Und außerdem ..." Er hielt ihr sein Schwert hin. „Nimm es und betrachte es dir. Siehst du die feinen Schriftzeichen auf der Klinge und der Parierstange?"

„Ich sehe sie und ich habe sie auch auf den anderen Schwertern bemerkt."

„Die Schmiede gravieren sie sorgsam hinein. Es sind alte Zeichen. Wenn du dein Schwert gewählt hast, dann vollenden sie die Schrift, gemeinsam mit den Magiern. Dein Schwert gehört dann zu dir und es spricht zu dir, wie das Holz zu dir spricht. Es stärkt deine Sinne, schenkt dir Kraft. Es festigt deinen Geist im Kampf."

Adiad hielt Veleths Schwert in der Hand und besah es sich unsicher.

Eardin umarmte sie. „Lass dir Zeit, mein Stern, es ist wirklich genug Zeit, die du jetzt hast. Ein paar Jahrzehnte sollten genügen, um das Schwert zu führen. Und das Bogenschießen brauchen wir dir sowieso nicht mehr beizubringen."

„Sie kann ja notfalls ihre Gegner am Boden festwachsen lassen", brummte Whyen.

„Ich habe es zwar gerne mit dir gemacht", sagte Adiad und lächelte ihn an, „doch ich verrate dir ein Geheimnis: Es geht nur, wenn du dich nicht rührst. Sobald du dich bewegst, gelingt es mir nicht. Und auch auf totem Boden wachsen keine Ranken."

Whyen küsste sie auf die Backe. „Ich danke dir, oh Elbin der Feandun, dass du mir deine Kriegslist verraten hast. Bei einem wahren Feinde solltest du das nicht tun!"

„Ich werde ihm kaum entgegenrufen, dass er laufen soll, damit ich ihn nicht binden kann", erwiderte Adiad verstimmt. „Außerdem geht es bisher nur mit drei Menschen oder Elben. Ich habe es vorhin versucht. Mit Mellegar, Fairron und Lebond. Sie sahen aus wie menschliche Bäume. Und Fairron habe ich auch noch seinen Zopf umwickelt."

„Das hätte ich gerne gesehen!" Whyen lachte.

Veleth aß ein Stück des gebackenen Käses, den er auf einen gesplitterten Pfeil gesteckt und geröstet hatte und sah dann fragend in die Runde. „Die Krieger, die Aldor zu den Zwergen geschickt hat, müssten bald zurück sein."

„Wahrscheinlich haben die Zwerge sie wieder weggejagt, weil sie ohne Einladung gekommen sind!", meinte Fandor.

„Das wäre eine der guten Möglichkeiten", sagte Eardin, „es ist einen Mond her, seit wir die Unruhe am Wallstein empfanden. Wir haben seither nichts mehr von den Zwergen gehört. So war es richtig und umsichtig von meinem Vater, unsere Krieger, entgegen der Abmachung mit den Zwergen, loszuschicken. Vielleicht konnten die Zwerge keine Boten mehr aussenden, die um Hilfe fragen. Lasst uns abwarten, was Beldunar und die anderen erzählen, wenn sie zurückkommen."

Die Stille des Abends legte sich über die Runde der Krieger. Der dunkle Schatten eines Hirsches erschien in ihrer Nähe, das mächtige Tier graste auf der Lichtung und wurde wieder von der Schwärze des Waldes geschluckt. Verträumt verfolgte Adiad die Sprünge der Flammen auf dem Holz. Kurz tanzten sie auf, um dann wieder zu verschwinden und der blauen Glut Raum zu geben. Als sie zu Eardin sah, waren seine Augen in die Ferne gerichtet. Sie spürte, an was er dachte. Sanft strich sie ihm über die Hand und flüsterte ihm ins Ohr: „Lerofar kommt zurück, Eardin. Ich bin sicher, dass er kommen wird!"

Eardin lächelte sie an.

Mit wenig Begeisterung ging Adiad am nächsten Tag zu ihrer ersten Übung im Schwertkampf, überzeugt davon, es nie richtig zu lernen. Doch war ihr auch bewusst, dass der Bogen nicht genügte. Ihr fiel der Kampf der Elben mit den Menschenhändlern in der Nähe von Sidon ein. Die Lichtung war zu klein für das Schießen von Pfeilen und ihr Messer wäre gegen die Säbel der Angreifer kein Mittel zur Verteidigung gewesen. Also fügte sie sich den Ratschlägen der Elben und auch ihres eigenen Verstandes. Eardin hatte ihr ein handliches Schwert ausgesucht, das sie nun unter Beobachtung einiger Krieger um sich schwang. Daraufhin nahmen sie es ihr wieder, gaben ihr größere und kleinere, mit langem und kurzem Knauf und befragten Adiad, wie es sich anfühle. Als sie am Ende eines gefunden hatte, das ihr gefiel, nahm es ihr Eardin wieder weg und brachte ihr einen langen Stock zum Üben. Es war eine Geduldsprobe für Adiad. Oft hätte sie den Stock am liebsten einem der Elben nachgeworfen, die immer wieder die gleichen Bewegungen und Schritte von ihr verlangten. Als ihre Arme zu verkrampfen begannen, beendete Eardin die Unterweisung. Adiad warf ihre Handschuhe von sich und ließ sich flach auf den Boden fallen.

„Es wird schon, mein Stern! Vor allem zeigst du Ausdauer und den Willen zu lernen. Und irgendwann schmerzen die Arme auch nicht mehr."

Viele der Elbenkrieger saßen bereits im Versammlungshaus zum gemeinsamen Essen, als sie dazukamen. Adiad wurde freundlich in ihrer Mitte aufgenommen und dachte, während sie in ihrer Runde saß, an die Eymarikrieger, sah sie sitzen, abends beim Feuer, Worrid und Belfur und all die anderen, die ihr so vertraut waren. Dann betrachtete sie die Gesichter der Elben am Tisch. Sie bemerkte Whyen, der sie anlächelte. Fandors Blick begegnete ihr. Der blonde Elb unterhielt die Runde, wie so oft. Er saß neben Veleth, einem erfrischend unbekümmerten Elben. Er bemerkte ihre forschenden Blicke und zwinkerte ihr zu. Viele Gesichter waren ihr nicht mehr fremd. Ihr Leben war im Wandel, da sie sich selbst gewandelt hatte. Sie würde sich daran gewöhnen, würde vertrauter in diesem Volk werden, dessen war sie sich sicher. Auch die Sprache der Elben wurde ihr geläufiger. Obwohl sie sich aus Höflichkeit ihr gegenüber noch in der Menschensprache unterhielten, verfielen sie doch immer öfter in ihre eigene. Das meiste davon verstand die Eymari schon. So blickte sie an diesem Tag zuversichtlich in ihre Zukunft. Während sie noch darüber nachdachte, erschallte das Horn der Wächter von Adain Lit, um von Reitern zu künden.

In der Dunkelheit kehrten die ausgesandten Elbenkrieger von den Zwergen zurück. Feuer waren entzündet worden, man erwartete sie bereits. Viele der Elbengemeinschaft fanden sich im Versammlungshaus ein. Beldunar, ein weißblonder Krieger, dessen dunkelblaue Augen vor Tatkraft sprühten, stellte sich in die Mitte der Versammlung und verbeugte sich. „Mit zwanzig Kriegern sind wir ausgeritten, Aldor, und mit zwanzig kehren wir wohlbehalten zurück!"

Auch Aldor verneigte sich. „Ich freue mich über eure gute Rückkehr, Beldunar! Und nun berichte uns von den Zwergen des Ostgebirges."

„Wir haben sie an der Höhle getroffen, in der wir normalerweise unsere Tauschgeschäfte verrichten. Sie wirkten alle wohlbehalten, doch wollten sie uns zunächst nichts sagen und erst ihre Königin fragen. So haben wir gewartet, während sie einen Boten zu Usar schickten. Die Zwerge begegneten uns zunächst grimmig und mit Ablehnung. Sie schienen wenig erfreut, die Zeit mit zwanzig Elben verbringen zu müssen."

Einige der Umstehenden schmunzelten.

„Das ginge uns nicht anders", meinte Aldor.

„Während wir warteten, wurden sie redseliger. Einer von ihnen erzählte mir dann von den Geschehnissen im Berg. Sie haben die Naga tatsächlich angegriffen, Aldor. Sie warfen ihre gesamte Zwergenstreitmacht gegen sie und jagten sie in Stollen und Höhlen. Es gab Tote auf beiden Seiten, doch vor allem auf Seiten der Naga. Die einzelnen Kämpfe wurden erbittert geführt. Am Ende gelang es den Zwergen, sie zu vertreiben. Die Schlangenmenschen flohen weiter in den Norden.

Der Priester war bei ihnen. Anscheinend gelang es ihnen auch, die Reste der toten Schlange mit sich zu nehmen. Irgendwann ließen die Zwerge sie laufen, denn sie wollten ihre Verletzten und Toten bergen."

„Wissen sie, wo die Naga jetzt sind?"

„Sie vermuten, dass sie in Steinbeth, der uralten, verfallenen Zwergenstadt, Zuflucht gefunden haben. Sie liegt mitten im Wallstein, dort wo der Gebirgszug am engsten, aber auch am höchsten ist. Die Zwerge, die mir dies erzählten, meinten, dass Usar sie dort lassen wollte. Wortwörtlich hatte sie gemeint, dass die Naga dort verrotten sollen. Die Stollen in diesem Bereich sind fast alle verschüttet und verfallen. So besteht auch wenig Möglichkeit, dass weitere Menschen zu ihnen finden."

„Die Zwerge haben das ganze Gebirge durchlöchert", brummte nun einer der Krieger, „wir können froh sein, wenn sie nicht eines Tages mitten in Adain Lit aus dem Boden auftauchen."

Er erntete für diese Bemerkung das Gelächter vieler.

„Mir gefällt das alles nicht", meinte Mellegar. „Ich würde gerne wissen, was dieser Priester ausbrütet. Ich habe eine ungute Ahnung, wenn ich an ihn denke. Der Wind erzählt dunkle Geschichten in meinen Träumen."

Die anderen Magier nickten zustimmend.

Aldor wandte sich wieder Beldunar zu. „Erzähl bitte weiter!"

„Es gibt nicht mehr viel zu berichten, denn die Boten der Königin fertigten uns kurz ab, als sie zurückkamen. Usar ließ uns nur ausrichten, dass sie alleine zurechtkämen und wir uns um unsere eigenen Angelegenheiten kümmern sollen."

„Gut, ich danke dir, Beldunar", sagte Aldor, „und ich danke allen, die zu den Zwergen geritten sind. Ich bin erleichtert zu hören, dass die Zwerge in diesem ersten Schritt Erfolg hatten, doch gebe ich auch Mellegar Recht. Wir dürfen uns nicht damit abfinden, sondern müssen weiter wachsam sein. Ich schlage vor, in gewissen Abständen Krieger und Magier in das naheliegende Gebiet zu entsenden. Ich möchte sicher sein, dass sie sich ruhig verhalten. Und falls sie in der alten Zwergenstadt verrotten, wie Usar es so treffend aussprach, dann sollten wir es auch bemerken." Er sah sich um. „Ich sehe eure Zustimmung, so ist dies beschlossen!"

„Wie geht es deinen Armen, Adiad?", fragte Eardin, als sie ihrem Elorn zuliefen.

„Sie schmerzen, und auch die Beine tun mir weh."

„Übe morgen nicht ganz so lange. Doch solltest du es nicht ganz sein lassen, sonst wird es nur schlimmer."

Sie hatten inzwischen den Schlafraum erreicht und Eardin entzündete die Flammen der Schalen. Warmes Licht flutete durch den Raum. Adiad wusch sich und merkte beim Lösen ihres Zopfes wieder ihre schmerzenden Arme. Eardin sah, wie sie zusammenzuckte. „Lass dir helfen, mein Stern!" Sorgfältig band er ihr das Haar auf und entkleidete sie bis auf ihr Hemd. Er verharrte kurz. Dann hob er ihr Hemd.

Sie schüttelte den Kopf. „Ich bin zu müde, Elb. Und mir tut alles weh."

Enttäuscht ließ er von ihr ab, doch zog er sie noch einmal an sich, um sie zu küssen.

Adiad lächelte in seine dunklen Augen. „Schlaf gut, Elb!" Erschöpft fiel sie aufs Bett.

Die Halle der Kräuter lag etwas nördlich der Elorns, in der Nähe des Obstgartens. Ein großer, luftiger Raum, dessen Decke aus Kräuterbündeln bestand. An vielen Balken waren sie zum Trocknen gehängt, um sie später in kleine Stoffbeutel und Tiegel zu füllen. Die Elben mochten die Kräutergetränke, denn sie waren nicht nur wohlschmeckend, sie spürten die Kräfte und das Licht der Pflanzen in ihnen. Die besonders duftenden Kräuter wurden in die Wohnräume gehängt oder den Seifen und Ölen zugegeben. Und viele der Heilkräuter wurden auch für die Zwerge gesammelt, um sie gegen Erz einzutauschen. Adiad ging gerne in die Hallen. Sie half beim Sammeln auf den Hügeln, beim Bündeln und Trocknen. Sie genoss diese Abwechslung zum Kriegerhandwerk. Doch bemerkte sie auch, dass Eardin recht hatte. Ihr Herz gehörte den Kriegern und nicht dem Kräutersammeln. Besonders gut verstand sie sich mit Arluin, einem Elben, der in Menschenjahren wohl zehn Jahre älter als sie gewesen wäre. Er hatte die blonden Haare der meisten Elben von Adain Lit und seine Augen leuchteten in der Farbe der Erde. Viele Lachfältchen hatten sich unter seinen Augen gesammelt. Ruhig und besonnen in seiner Rede, verlor er sich emsig in seiner Arbeit. Früh morgens war er einer der ersten in den Hallen und abends blieb er lange, um neue Salben zu rühren. Gern war er in den Hügeln unterwegs, auf der Suche nach Pflanzen und Wurzeln. Manchmal nahm er Adiad mit in die Gärten und zeigte ihr die versteckten Stellen der Heilkräuter. Während sie durch Obsthaine und Blumenwiesen liefen, erzählte sie ihm von ihrem Leben. Sie beschrieb ihm Marid, die Kräuterfrau ihres Dorfes, berichtete ihm, wo sie all die Pflanzen im Wald der Eymari gefunden hatte. Beschrieb ihm den Baum an der Quelle und den Wald. Sie redeten über die Wirkkraft der Pflanzen und Arluin war erstaunt über das Wissen des Eymarivolkes. So dachte er sogar darüber nach, die alte Kräuterfrau einmal zu besuchen.

„Du darfst nicht zu lange darüber nachdenken, Arluin. Sie ist schon sehr alt, ich hoffe selbst, sie noch wiederzusehen, wenn ich das nächste Mal zu den Eymari reite."

„Wann wird das sein, Adiad?"

„Ich weiß noch nicht. Eardin und die Krieger legen ihren ganzen Ehrgeiz hinein, mich im Schwertkampf zu schulen. So kann ich nicht einfach gehen. Ich werde es tun, wenn es mir zuviel wird. Ich möchte die Eymari bald wiedersehen."

„Sie fehlen dir."

„Ich vermisse sie manchmal sehr. Aber wäre ich dort, würde ich euch alle vermissen."

„Dein Herz braucht Zeit, um seine neue Heimat zu erspüren, Elbenkind!"

„Ich weiß, Arluin. Aber ich denke oft daran, dass ich die Eymari, die ich kenne, nicht mehr so lange habe. Sie werden älter, während ich lange jung bleibe. Ich werde sie alle sterben sehen, Arluin!"

Er schwieg eine Weile und nahm dann ihre Hand. „Das ist das Schicksal der Elben, Adiad. Deshalb meiden wir die Bindung an Menschen. Ich denke, dass es ein Grund war, warum Eardin damals solange gezögert hat, zu dir zu reiten."

Sie sah in seine braunen Augen und nickte.

Um sie herum summte der Sommer. Die Bank, auf der sie saßen, war vom Gras und den Wiesenblumen derart umwuchert, dass sie beinahe daran vorbeigelaufen wären.

„Es ist so schön hier, Arluin. Manchmal möchte ich mich in all die Wunder um mich herum einfach auflösen."

„Das geschieht irgendwann, wenn auch deine Zeit gekommen ist, Adiad."

„Das glaubt ihr? Ihr denkt, ihr werdet zu all dem grünen Leben, was um euch herum ist?"

„Das empfinden wir so, Adiad. Und du scheinst es auch schon in dir zu spüren. Die Seelen der Elben sind mit dem Leben der Pflanzen verbunden. Sie können diese Bindung auch nach dem Tode nicht lassen. Unsere Seelen wandern in die Pflanzen und Bäume. So wachsen sie wieder dem Licht entgegen. Wir kamen aus dem Licht, leben darin und werden weiter darin singen. Alles atmet denselben Geist."

Adiad schloss die Augen, um seine Worte in sich wirken zu lassen. Ihr fiel der alte Baum der Eymari ein. Welch besondere Seele er wohl in sich trug?

„Komm, Adiad" sagte Arluin und küsste sie auf die Stirn, „ich zeige dir den Platz, an dem ich die kräftig duftenden Kräuter von heute morgen gefunden habe. Danach kannst du wieder zu den Kriegern gehen."

Während er sie die Wiese hinunter in Richtung der Blumengärten führte, fragte er: „Warst du mit Eardin schon einmal an den Felsen des hohen Thrones?"

„Nein, er hat mir davon erzählt und wollte es mir noch zeigen. Wir haben noch keine Zeit gefunden."

Arluin lachte. „Jetzt bist du bei den Elben und hast Ewigkeiten vor dir. Und ihr findet keine Zeit zum Hohen Thron zu gehen. Ich denke, ich muss mit deinem Gefährten einmal reden."

Eardin saß am Tisch seines Elorns und hatte ein Buch vor sich, als sie ihn fand. Sie hatte ihn zunächst bei den Kriegern gesucht, doch diese waren, einer Laune folgend, zum Schwimmen in den See gegangen.

Über der gesamten Holzplatte breitete sich eine Karte aus. „Sieh her, Adiad, die alte Zwergenstadt liegt etwas südlich von Dodomar. Dort, wo die Felsen mit am höchsten sind." Er ließ seine langen Finger über die Linien gleiten. „Als wir jünger waren, haben wir einmal versucht, dorthin zu gelangen. Leider fanden wir keinen Eingang in die Felsen. Es reizte uns damals sehr, durch die alte Stadt zu streifen."

„Außer dir waren es wahrscheinlich Whyen und Fairron?"

„Und Lerofar. Wir waren meistens zu viert unterwegs."

Adiad stellte sich hinter ihn und betrachtete die Karte. Dabei streichelte sie über sein Haar, das lose über sein langes Leinenhemd fiel. Und bald begann sie, kleine Zöpfe hineinzuflechten. So wie sie es bei den Mädchen der Eymari immer gemacht hatte und später auch manchmal bei den Kriegern. Die meisten hatten es nicht gemocht. Eardin hingegen ließ es zu. Er studierte weiter die Karte, während sie sein langes, blondes Haar mit kleinen Zöpfen verzierte. Plötzlich hielt er inne. Ihm war etwas eingefallen, das er schon seit ein paar Tagen vorhatte. Er wollte aufstehen, sie ließ ihn erst, als auch der letzte Zopf fertig war.

„Jetzt setzt du dich hin, du Elbin der Feandun."

Adiad sah ihn in seiner Truhe nach etwas suchen und mit einem Beutel zurückkehren.

„Was wird das, Elb? Was hast du da?"

„Schau nach vorne und lass mich machen."

Er kämmte ihr Haar und begann danach auch zu flechten. Ab und zu stöberte er in dem Beutel. Adiad hörte die Geräusche, doch konnte sie nicht bestimmen, was es war. Eardin nahm die nächste Muschel heraus. Er hatte vor einiger Zeit die schönsten ausgewählt und vorsichtig Löcher in sie eingearbeitet. Einige waren ihm dabei zerbrochen, aber bei vielen war es ihm gelungen. Und diese Muscheln und Schneckenhäuser holte er nun aus dem Beutel und flocht sie in die kleinen Zöpfe, die er in ihrem offenen Haar verteilte. Er dachte dabei daran, wie sie diese Schätze des Meeres damals im Sand gesammelt hatte, sah sie im Hemd am Strand stehen und ihm fiel ein, wie sie nackt ins Meer gesprungen war.

„Was machst du da, Elb? Warum lachst du? Ich möchte nachher nicht zur allgemeinen Heiterkeit beitragen!"

„Meine Absichten sind lauter, du Stern meines Elorns!" Eardin drückte ihr einen Kuss auf den Kopf. „Ich musste nur daran denken, wie wir damals am Meer waren."

„Muscheln! Du hast Muscheln in deinem Beutel. Ich wusste, dass ich das Geräusch kenne!"

„Richtig geraten, Elbenohr! Hast du übrigens bemerkt, dass deine Ohren langsam spitz werden?"

„Sie werden spitz?" Adiad griff an ihr Ohr. „Ich glaube es nicht! Meine Ohren verändern sich und ich habe es noch nicht bemerkt." Sie befühlte es genauer. „Es fühlt sich wirklich merkwürdig an. Wie sieht es aus, Eardin?", fragte sie unsicher.

„Wunderbar!" Er küsste sie auf beide Ohren. „Nun sieh dich an, ich bin fertig!", ergänzte er dann stolz.

Adiad stand auf, lief die Treppe nach oben und näherte sich vorsichtig dem kleinen Silberspiegel an der Wand des Schlafraums. Zunächst wollte sie ihre Ohren betrachten. „Es ist seltsam, aber ich denke, ich kann mich daran gewöhnen!"

„Dir wird nichts anderes übrig bleiben, als damit zu leben!", sagte er lachend. „Doch nun sieh dir an, was ich aus dir gemacht habe!"

Wieder betrachtete sie sich im Spiegel. Ihr Haar war noch offen, einzelne Zöpfe fielen darüber. In diese Zöpfe hatte Eardin glänzende kleine Muscheln und bunte Schneckengehäuse eingeflochten.

„Ich sehe aus wie eine Elbin der Feandun."

„Du bist eine Elbin der Feandun, mein Stern!"

„Es sieht wunderschön aus, Eardin!" Sie schüttelte ihr Haar, fiel ihm stürmisch um den Hals, drückte ihn in Richtung Bett und warf ihn hinein. Lachend bog sie ihm die Hände nach hinten und ließ die kleinen Perlmuscheln über sein Gesicht gleiten.

„Gefällt es dir, Adiad?"

„Ich werde es nie mehr herausnehmen!"

Er lächelte zufrieden.

„Danke Elb, es hat dich sicher viel Mühe gekostet, die Muscheln zu durchbohren?"

„Es ging, du warst ja oft genug in der Kräuterhalle, da hatte ich etwas Zeit. Hübsch siehst du damit aus, du solltest es wirklich immer so tragen!"

„Ich will einmal sehen, wie die Muscheln sich sonst auf dir anfühlen." Schmunzelnd zog sie ihm das Hemd über den Kopf.

„Es kitzelt", lachte er, „doch dies ist vor allem dein Haar."

„Meinst du, dein Kunstwerk hält es aus, wenn ich mein Kleid ausziehe?"

„Es wäre den Versuch wert." Genüsslich beobachtete er, wie sie ihr Kleid über den Kopf zog. „Es sieht so sogar noch schöner aus!" Eardin nahm einen der kleinen Zöpfe, legte ihn neben ihre Brust, betrachtete die Komposition eine Weile und fuhr dann verspielt fort, weitere Zöpfe über ihren Oberkörper zu verteilen. „Hier gefiele es mir noch", flüsterte er und zeichnete mit seinem Finger eine weitere Linie." Zufrieden ließ er schließlich die Hände auf ihre Beine sinken, betrachtete Adiad lange und sagte dann: „Dass mir so etwas Wunderbares wie du zuteil wurde."

„Gefällt dir dein Werk?"

„Es gefällt mir so sehr, dass ich danach giere, es mir einzuverleiben."

„Du willst es zerstören, Elb?"

„Ich weiß nicht, ich möchte dich immerfort anschauen und gleichzeitig ..."

Adiad schmunzelte. „Ich werde dir beistehen!" Achtsam erhob sie sich und begann die Schnüre seiner Hose zu öffnen.

Eardin ließ die Arme zurücksinken. „Vielleicht ...", er schmunzelte, „würden sie noch schöner aussehen, wenn sie über deinen Körper tanzen."

„Ergeben folge ich der Eingebung des Künstlers", erwiderte Adiad, zog ihm die Hose aus und kroch mit summenden Liebkosungen wieder über ihn. Lustvoll begann sie sich auf ihm zu bewegen.

Der morgendliche Wald dampfte vom nächtlichen Gewitter. Auf regennassem Gras hatten sie sich zur Übungsstunde im Schwertkampf zusammengefunden. Mit zunehmender Schwäche wehrte sich Adiad gerade gegen Whyen, der mit seinem Stecken auf den ihren einschlug.

„Quer, halte ihn quer! Schau auf mich, versuch zu erkennen, was ich vorhabe!" Wieder setzte er den nächsten Hieb, doch diesmal hielt sie dagegen.

„Gut gemacht, Waldfrau!"

Adiad warf den Stecken von sich und sackte auf die nächste Bank, als sie das Horn der Wächter von Adain Lit vernahmen.

„Vielleicht ist es Bewein?", meinte Whyen, „er ist in diesem Jahr überfällig. Sonst kommt er eher im Frühjahr."

„Oder die Zwerge", ergänzte ein anderer.

„Worrid wollte uns auch besuchen", fiel Adiad ein, „ich würde mich so freuen, ihn wiederzusehen!"

„Komm Waldfrau, es dauert bis zum Abend, bis wir es wissen." Whyen ging zu ihr und drückte ihr den Stock in die Hand. „Nimm deinen Stecken und stell dich da hin. Die Naga lassen dich auch nicht zwischendrin auf der Bank ausruhen! Und jetzt schließe die Augen und versuch mich zu spüren, Adiad. Versuch zu erahnen, wie ich mich bewege."

Adiad empfand es, sie meinte zu wissen, wo er stand. „Ich spüre dich, Elb."

„Dann schlag nach mir!"

Sie holte aus und hieb in die Richtung, wo sie ihn vermutete. Holz schlug auf Holz. Adiad riss die Augen auf und Whyen strahlte sie an. Doch bevor sie sich weiter freuen konnte, landete er schon den nächsten Schlag. „Das machst du wundervoll, Waldfrau, und irgendwann wirst du die Schläge ahnen, bevor sie auf dich niederschlagen, du wirst sie hinter dir empfinden, bevor sie dich treffen." Weiter umrundete er sie, schlug nach ihr und versuchte sie zur Abwehr zu reizen.

„Er quält mich, Eardin, hilf mir!"

Doch ihr Elb lachte nur und sah ungerührt zu, wie Whyen auf sie eindrosch.

Lange ersehnt

𝓔rwartungsvoll waren schon einige Elben auf dem großen Platz der Ankunft zusammengekommen. Adiad saß neben Eardin auf einer Bank, als auch Whyen und sogar Fairron zu ihnen stießen.

„Es ist schön, dich wieder einmal im Licht der Abendsonne zu sehen, Fairron." Whyen ließ seine Hand auf Fairrons Schulter sinken. „Du weißt, dass deine Schriften dich zu sehr binden? Ein wenig Sonne würde dir nicht schaden. Komm morgen zur Wiese und sieh dir an, was die Waldfrau schon gelernt hat."

Fairron nickte müde. „Es täte mir wirklich gut, etwas hinauszugehen. Auch sollte ich mich wieder mit dem Schwert üben. Ich habe es schon länger nicht mehr in der Hand gehabt. Doch die Magie der Feandun lässt uns keine Ruhe. Es ist für uns unvorstellbar, wie sie dies in den Elben anlegen konnten. Dazu noch in einer derartigen Kraft, dass es an Elbenblütige vererbt wird."

„Und was sind eure Vermutungen dazu, Fairron?", fragte Eardin.

„Wir denken, dass sie einen magischen Gegenstand dazu benutzten. Es gibt Steine, die fähig sind, solche Kräfte zu bündeln. Wir möchten in der nächsten Zeit zu den Elben des Hochlandes reiten, um mit ihnen darüber zu sprechen."

„Wäre es nicht vernünftiger, ein wenig zu warten und die Feandun selbst zu fragen?"

„Ich habe bisher noch keine bei uns gesehen. Außerdem wissen es wahrscheinlich nur deren Magier, und ich brauche euch nicht ihre Ansichten zu schildern."

Fairron ließ sich neben Eardin fallen und schloss die Augen, um die Reste der Abendsonne in sich aufzunehmen. In die friedliche Stimmung des Sommers fingen einige Elben an zu singen und ihre Lieder verbanden sich mit den abendlichen Wohlklang des Waldes. Adiad sah das Licht aus den Elben strömen. Es bewegte sich zart auf die Bäume und Pflanzen zu, die dabei aufleuchteten. Ein Zauber lag über dieser Stunde. Auch Eardin, der neben ihr an einem Stamm lehnte, sang. Staunend beobachtete sie das Licht in seinem Haar. Die Silberfäden, die sich an den Bäumen und Pflanzen zeigten, hatten sich damit verbunden, wie flüssiges Silber liefen sie darüber. Sein Haar und die dunkle Baumrinde glitzerten wie Morgentau in der Sonne. Adiad sah sich um und erkannte, dass allen Elben, die an den Bäumen lehnten, dieser Glanz über die Haare floss. 'Ihr Wesen verbindet sich mit den Seelen der Bäume', dachte sie ehrfürchtig.

„Die Baumseelen liebkosen das Leben", flüsterte Fairron ihr zu, „und sie erzählen vom Licht des ewigen Seins."

Stimmen wurden hörbar und die Elben von Adain Lit empfanden den Hauch von Aufregung und Erwartung, der die verborgenen Reiter umgab.

„Sechs Pferde", sagte Eardin und sah angespannt auf die riesige Esche, neben deren Stamm der Weg endete.

Dann gaben die Zweige des Baumes die Reiter frei. Und sie sahen das blonde Haar Lerofars aufleuchten, der vor Glück strahlend neben seiner Gefährtin Gladin auf den Platz ritt. Hinter ihnen entdeckten sie mehrere Feandun-Elben. Sie erkannten Amondin, der neugierig um sich sah, ebenso wie Remon und Linden. Bald löste sich auch einer der Magier aus dem Dunkel des Waldes. Eardin vermochte sich in den ersten Augenblicken nicht zu rühren. Fassungslos starrte er auf seinen Bruder. Erst als dieser vom Pferd sprang und auf ihn zueilte, rannte er ihm entgegen und riss ihn in seine Arme.

Auch Amondin war abgestiegen. Er trug das Gewand der Feandunkrieger und hatte sein Haar wieder zu einem einfachen, dicken Zopf gebunden. Suchend sah er sich um, bis er Adiad entdeckte. Sie hatte sich ihm vorsichtig genähert, denn so gut kannte sie ihn noch nicht. Doch als sie sein strahlendes, offenes Lachen sah, lief sie in seine Umarmung.

„Du siehst aus wie ein Feandun-Elb, Adiad", sagte er überrascht, als sie sich wieder von ihm gelöst hatte.

„Das hat Eardin gemacht", erwiderte sie und warf ihr muschelgeschmücktes Haar um sich, „außerdem bin ich jetzt einer!"

„Was bist du?"

„Ich bin jetzt ein Elb, Amondin, sieh mich doch an."

Ungläubig musterte er ihre Augen und erkannte das Funkeln in ihnen. „Sie haben den Ritus an dir vollzogen?"

Adiad nickte.

„Und du bist noch heil? Es geht dir gut?"

„Mir fehlt nichts, Amondin. Ich sehe und höre noch."

Er strahlte sie an. „Es ist unglaublich, Adiad. Du glaubst nicht, wie ich mich freue!" Stürmisch zog er sie erneut an sich.

Die Elben von Adain Lit hatten sich mittlerweile ebenfalls aus ihrem Erstaunen gelöst und liefen zuerst zu Lerofar, um ihn willkommen zu heißen. Dieser weinte vor Wiedersehensfreude, als er die vertrauten, so lange vermissten Gesichter sah.

Eardin hatte inzwischen Amondin entdeckt. Und er sah Adiad in seinen Armen liegen. Aufmerksam beobachtete er die beiden. Er sah, wie Amondin sie an den Schultern nahm, ihr lachend in die Augen blickte, ihr über den Kopf strich und sie dann wieder umarmte. War dies nur Wiedersehensfreude? Eardin meinte mehr zu bemerken und die vergessene Eifersucht auf Amondin regte sich. So drängte er sich zu ihnen, legte seinen Arm um Adiad und zog sie von ihm weg. „Ich grüße dich, Amondin!"

Der Feandun-Elb zögerte erstaunt, denn er hatte den Zorn in Eardins Stimme gehört, dann verneigte er sich. „Ich grüße dich auch, Eardin, und freue mich, bei euch zu sein!"

„Eardin, ich habe ihm gerade von dem Ritus erzählt", sagte Adiad, die ahnte, was ihn ärgerte. Ihr Gefährte entspannte sich, doch das Misstrauen blieb.

Auch die anderen Feandun-Elben wurden herzlich begrüßt, sogar der Magier. Und dies, obwohl alle Elben von Adain Lit die Geschichten über sie kannten. Über dem freudigen Aufruhr hörten sie plötzlich Aldors Stimme, der sich einen Weg zu seinem Sohn suchte. Zunächst besah er ihn sich lange, dann schloss er ihn wortlos in seine Arme und weinte vor Glück. Auch Thailit wollte zunächst zu ihm laufen, ihre zunehmende Unsicherheit hielt sie jedoch zurück. Vor beinahe sechzig Jahren war er im Zorn von ihr geschieden. So blieb sie stehen und wartete, bis Lerofar sie schließlich bemerkte.

Er löste sich von seinem Vater und ging auf sie zu, um sich vor ihr zu verbeugen. *„Ich grüße dich, Mutter."*

„Und ich grüße dich, Lerofar!" Zögernd strich sie ihm über die Wange. *„Ich freue mich so, dass du wieder bei mir bist!"*

Lerofar zuckte zusammen und antwortete: *„Ich freue mich auch, wieder in Adain Lit zu sein!"* Dann drehte er sich um und ließ sie stehen. Er wollte seinem Vater Gladin vorstellen.

Thailit aber verließ still den Platz.

Lerofar entdeckte Adiad und drückte sie begeistert an sich.

„Wie seid ihr herausgekommen, Lerofar? Was ist mit den Magiern?"

„Ich werde euch alles erzählen. Wir haben Zeit, ich habe nicht vor, wieder zu gehen." An der Hand zog er sie zu seiner Gefährtin, die etwas verunsichert zwischen den fremden Elben stand. Sie trug wie er die einfache Reitkleidung und hatte ihr Haar zu einem Zopf geflochten. 'Ohne edle Kleidung gefällt sie mir besser', dachte Adiad und ging offen auf sie zu. Sie bemerkte, wie Gladin sich freute, ein bekanntes Gesicht zu sehen.

Während die Elben der Feandun noch die Häuser auf den Bäumen bestaunten, wurde nach Unterkunft geschaut. Lerofar konnte mit Gladin wieder in sein Elorn einziehen, Aldor hatte es die ganzen Jahre für ihn bewahrt. Mit etwas Überwindung nahm Fairron sich des Magiers an. Er hatte Norbinel erkannt, den gemäßigten der Feandun-Magier. Wäre es Cerlethon gewesen, Fairron hätte ihn stehen lassen.

„Ich würde gerne wissen, was du gegen meinen Großvater hast?", fragte Adiad zornig, als sie ihren Wohnraum erreicht hatten.

„Großvater! Es ist lächerlich, Adiad. Er ist in Menschenjahren in deinem Alter!"

„Aber er ist der Vater meiner Mutter. So bin ich mit ihm verwandt."

„Ich glaube nicht, dass ihm das wirklich bewusst ist", brummte er zurück.

„Und ich hätte nicht gedacht, dass ein Elb so übertrieben eifersüchtig sein kann, wie du."

„Ich sah es in seinem Blick, es lag noch mehr darin!"

Adiad verdrehte die Augen und warf sich aufs Bett. „Eardin, da ist nicht mehr. Komm, beruhige dich. Dein Bruder ist da, es gibt genug Grund zu Freude. Also nimm das Grau aus deinen Augen und leg dich zu mir, Elb!"

Mit düsterem Blick ließ er sich neben sie fallen. Ein wenig Grau blieb in seinen braunen Augen zurück.

In der Dämmerung war Lerofar aufgestanden und ging nun der aufgehenden Sonne entgegen. Hell floss das Licht aus ihm heraus, als er sang. Mit all seinen Sinnen genoss er das Glück, wieder in Adain Lit zu sein. Und dies gemeinsam mit Gladin! So viel hatte sich geändert, seit dem Besuch seines Bruders auf der Ebene der Feandun. Und jetzt war er hier. Seine Mutter, Thailit, fiel ihm ein. Es war ihm nicht möglich gewesen, sie zu umarmen, obwohl er ihren Schmerz gesehen hatte. Zuviel stand zwischen ihnen. Es würde Zeit brauchen, um zu heilen. 'Wenn es überhaupt je wieder gut wird', dachte er.

Gladin erwartete ihn bereits, als er zurückkam. *„Euer Wald ist unglaublich schön, Lerofar. Du hättest so viel früher zurückkehren können, wenn ich nicht gewesen wäre."*

„Ich liebe Adain Lit, Gladin. Doch noch mehr liebe ich dich! Und so wäre ich bei dir geblieben, wenn sie dich nicht hätten gehen lassen."

Gladin schmiegte sich an ihn, er strich über ihr Haar und fühlte die Steinperlen darin. Ihre blauen Augen strahlten ihn an. *„Komm, lass uns die anderen suchen. Ich denke, sie warten schon darauf zu erfahren, was geschehen ist."*

„Cerlethon ist gegangen?", fragte Eardin ungläubig nach.

Sie saßen auf den Holzbänken des Versammlungshauses. Fairron hatte, von Neugier getrieben, seine Freunde zusammengeholt und dazu alle der Feandun-Elben, außer dem Magier.

Lerofar nickte. „Nelden wollte ihn noch zurückhalten."

„Wir dachten immer, dass sie ihn ablehnt. Doch in diesem Moment erkannten wir, dass sie sich noch lieben", ergänzte Linden.

„Sie sich?", fragte Adiad und Linden nickte. „Nicht nur sie versuchte ihn zum Bleiben zu bewegen, auch er zögerte. Doch dann ging er und er nahm den Stein mit sich."

„Den Stein?", fragte Fairron, beugte sich vor und fing an nervös mit seinem Zopf zu spielen.

„Den magischen Stein der Feandun. Dieser Kristall hat es ermöglicht, die Magie in die Elben zu legen."

„Wir hatten recht mit unseren Vermutungen!", rief Fairron aus. Seine Augen glänzten vor Begeisterung.

Linden erzählte weiter: „Die anderen Magier bemerkten einige Tage später, dass der Stein fort war. Ihr Zorn war gewaltig. Sie sandten Krieger aus, doch Cerlethon war nicht mehr zu finden."

„Die Magier haben sich geändert", fuhr Remon fort, „sie waren schon anders, nachdem ihr gegangen wart. Ich denke, es wurde ihnen durch euer Verhalten und eure Worte bewusst, dass sie uns einsperrten. Ich meine fast, sie schämten sich. Alle, außer Cerlethon. Und als die Gemeinschaft der Elben sich offen gegen sie stellte, war die Veränderung nicht mehr aufzuhalten. Viele der Feandun erklärten, dass sie eher bereit wären, auf die Magie des Wachsens zu verzichten und ihre Heimat zu verlassen, als weiter unter dem Joch der Magier zu leben. Cerlethon versuchte ihnen zu drohen, er machte ihnen Angst vor der Fremde und der Verkommenheit der Menschen. Er wies sie auf die blühende Ebene hin, die nur durch ihre Magie Bestand hatte. Aber sie hörten nicht mehr auf ihn und wandten sich von ihm ab. Und als er merkte, dass auch die anderen Magier nicht mehr auf seiner Seite waren, dass er alleine war, ging er."

„Was wird aus eurem Volk?", fragte Whyen.

„Sie bleiben auf der Ebene", antwortete Amondin, „die Kraft der verbliebenen Magier reicht aus, um uns das Leben dort weiterhin zu ermöglichen. So werden auch wir zurückreiten. Wir sind nicht gekommen um zu bleiben, sondern nur um euch und Adain Lit zu sehen."

Eardin atmete leise auf.

„Was ist mit Norbinel?", fragte Fairron.

„Auch er hat sich geändert", antwortete Linden, „er war nie ganz einverstanden mit Cerlethons Verhalten. So war er einer der ersten, die sich von ihm abwandten."

„Dann wird er uns auch von dem Stein erzählen!" Fairron sprang auf und entschwand.

„Ich denke, wir werden sie die nächsten Tage nicht mehr sehen", meinte Whyen.

Mit einem kurzen Nicken verabschiedete sich Lerofar. Er wollte Gladin seinen Heimatwald zeigen. Remon, Linden und Amondin blieben mit erwartungsvollen Mienen sitzen.

„Wohin sollen wir euch führen, Brüder der Feandun?", fragte Eardin.

„Zu eurem See!", rief Linden.

Unter einer mächtigen Ulme hatten sich die Magier eine Weile später um Norbinel auf Stühlen und Bänken versammelt. Lächelnd sah dieser in die aufmerksamen Gesichter und dabei bemerkte er seine zunehmende Freude über diese Begegnung, über die Erneuerung des Bündnisses mit den Elben von Adain Lit. Er hatte ihnen eben von den Geschehnissen um Cerlethon erzählt, so kamen sie auf die schöpferischen Kräfte der Feandun zu sprechen.

„Doch wie war es möglich, diese neue Art von lichter Magie in die Elben zu senken? Sogar Adiad trug sie in sich, obwohl sie nur der Spross eines Elben in der zweiten Generation war", fragte Lebond.

„Wir hatten den Kristall, um unsere Kräfte zu bündeln. Cerlethon hat ihn mit sich genommen, und wir wissen nicht, wohin er ging. Für die Erhaltung des Lebens auf der Ebene ist er glücklicherweise nicht nötig."

Aufmerksam hörten die Magier aus Adain Lit ihm zu, während er weiter erzählte: *„Die Ebene ermöglichte zunächst nur ein bescheidenes Leben. Deswegen hatten die ersten Magier der Feandun diese Schöpfungsmagie aus der Not erschaffen. Nach Jahren des Suchens gelang es ihnen, verborgene Fähigkeiten in den Feandun zu erkennen und zu entfalten. Schöpferische Kräfte, die in allen Elben angelegt sind. Sie nutzten die Macht des Kristalls und vollzogen den Ritus der Wandlung an den Elben. Gerne schreibe ich euch die Worte dazu nieder",* ergänzte er schmunzelnd. *„Es war eine geniale Tat von großer Wirkung! Bis heute zeigen alle Feandun diese Gabe. Bald jedoch wurde die Schöpfungsmagie der Drehpunkt all ihres Denkens. Unsere Magier beschäftigten sich ausschließlich damit. Zwar ermöglichten sie unserem Volk dadurch, in Fülle zu leben. Aber ihr wisst auch, was daraus erwuchs und ich schäme mich dafür. Es war unser eigensüchtiger Wunsch, die Früchte unseres Forschens für uns zu behalten."* Norbinel sah in die Runde, schloss für einen Moment die Augen und seufzte. *„Ebenso beschämend ist: Wir genossen die Macht! Unser Einfluss gefiel uns. Wir bemerkten dabei nicht, wie blind, wie selbstherrlich wir geworden waren."* Er sah zu Fairron. *„Ich weiß noch, wie du uns angeboten hast, eure Schriften einzusehen. Du hast gesagt, dass es nützlich wäre,* *sich geistig zu befruchten. In unserem Hochmut haben wir es abgelehnt und ließen dich stehen. Und jetzt sehe ich, wie viel mehr an Schriften ihr besitzt und wie großzügig dein Angebot damals war. Es tut mir leid, Fairron!"*

Mellegar merkte, wie sein anfänglicher Zorn auf diesen Magier sich langsam wandelte. Versöhnlich legte er ihm die Hand auf die Schulter. „Norbinel, eure Gemüter haben viel Aufruhr erlebt in der letzten Zeit. Genieße die Ruhe von Adain Lit. Sei herzlich willkommen bei uns, Magier der Feandun!"

Schwerer Blütenduft wehte durch das Fenster. Die filigranen Kelche würden sich bald schließen, ihre Stunde war der Morgen. Und ihre Heimat die Bäume. Die violetten Bayas wuchsen ausschließlich auf dem Holz großer Äste. Duftende Kinder des Himmels.

„Komm, mein Stern, lass uns ein wenig reiten."

„Willst du den Tag nicht mit Lerofar verbringen?"

„Lerofar zeigt Gladin Adain Lit und die anderen brauchen uns auch nicht. Remon und Linden haben sich einer kleinen Gruppe um Fandor angeschlossen und dein sogenannter Großvater ist beim Bogenschießen."

Adiad schickte ihm einen zornigen Blick, doch wollte sie nicht wieder über Amondin sprechen. „Wohin reiten wir, Eardin?"

„Zum hohen Thron. Arluin hat mich gerügt, dass ich ihn dir noch nicht gezeigt habe."

Morgentau tropfte von sommerlichen Bäumen. Der hohe Thron lag am Rande des Elbenreiches, deswegen trug Eardin sein Schwert über dem leichten Gewand. Adiad hatte nur ihr Messer mitgenommen. Sie fühlte sich behütet in diesem Wald, alles Unheil schien außerhalb seiner Grenzen zu bleiben. Der Zauber von Jahrtausenden lebte in ihm. Immer wieder staunte sie über dieses Geheimnis, das Adain Lit in sich trug.

Langsam führte der Pfad in die sanfte, bergige Landschaft hinein. Sie durchquerten die Obstgärten und erreichten eine sattgrüne Hügellandschaft. Nachdem sie eine Zeit zwischen den grünen Kuppen und an den Weinhängen vorbeigeritten waren, führte der Weg durch vereinzelte Steine und Büsche. In der Ferne entdeckte Adiad mehrere hohe Felsen.

„Es sieht nicht aus wie ein Thron."

„Von hier aus nicht, du bemerkst es erst, wenn du oben bist."

Baumhoch ragten die Steinblöcke des Hohen Thrones in den Himmel. Eardin sprang von Maibil, nahm den Wasserbeutel und begann einen der Felsen zu erklimmen. Der Stein unter ihren Füßen war glänzend und abgetreten. „Wieviele

Elben mögen ihn schon erstiegen haben', überlegte Adiad, während sie sich nach oben zog. Als Eardin ihr an einer steilen Stelle half, dachte sie an ihre erste Berührung im Wald der Eymari. Auch damals hatten sie einen Felsen erklommen, um in die Weite zu sehen. Ihr fiel Gwandur ein und seine geflüsterten Worte.

„Adiad, jetzt komm, sonst gelangen wir nie zum Thron. Außerdem ist es weiser, auf den Felsen unter deinen Füßen zu achten, als sich in Tagträumen zu verlieren." Er zog sie hoch.

„Ich weiß, doch musste ich gerade an den Felsen im Wald der Eyamri und an Gwandur denken."

Eardin Gesicht verfinsterte sich. „Er hat an dir rumgefingert und wollte dich in den Wald locken."

„Ich habe ihn weggestoßen, Eardin. Ich bemerkte seine Absichten."

Eardin zog sie auf eine Felsstufe, nahm sie in die Arme.

Adiad lächelte ihn an. „Ich wollte schon damals nicht in die steinerne Stadt des Königs. Auch seine Worte von dem Reichtum seiner Familie reizten mich nicht. Das einzige, was mich anzog und reizte, warst du, Elb. Und als ich deine Hände dann auf mir spürte, hättest du mich sogar in den Wald führen können. Ich denke, ich wäre dir ohne Widerstand gefolgt."

„Schade, dass ich dies nicht wusste, Waldfrau." Sanft schob er seine Hand unter ihre Haare und hauchte in ihr Ohr: „Vielleicht sollten wir es gleich hier nachholen!"

Adiad drückte ihm einen Kuss auf den Mund. „Erst will ich den hohen Thron sehen, Elb. Wir sind fast oben, jetzt komm."

Über eine hohe Stufe erreichten sie die steinerne Fläche; ein sanft geschwungener Fels umgab sie im Halbkreis. Eardin begann auch diesen zu erklimmen. „Lass uns noch auf die Lehne steigen, damit du in alle Richtungen blicken kannst!"

„Ich bin nicht schwindelfrei, Elb."

„Es ist genug Platz und ich halte dich."

Die Lehne des Thrones war tatsächlich breit. Eardin legte seinen Arm um ihre Schultern, hielt sie und Adiad wagte umherzuschauen. Sie sah Adain Lit unter sich liegen. Eine unendlich weite, grüne Fläche aus Baumkronen, über denen die Vögel des Waldes ihre Kreise zogen. Eardin zeigte ihr das Herz von Adain Lit, die Heimstatt der Elorns; er wies auf den Felseinschnitt des Wasserfalls, dann wanderte sein ausgestreckter Arm nach Osten. „Dort im Dunst vor dem Gebirge liegt die Stadt Dodomar und dort, weiter im Süden, ist der Wald der Eymari."

Adiad strengte sich an, doch selbst ihre Elbenaugen konnten ihn nicht erblicken. Sie sah nur die weite Hügellandschaft, die sich gegen Süden erstreckte.

So wandte sie sich gegen Westen und fand das Land der tausend Seen. Sie kannte die Erzählungen Beweins darüber. Er hatte ihr nicht nur die Landschaft beschrieben, sondern auch die Geschichten von den drachenartigen Wasserwesen und anderen Kreaturen erzählt, die er aus seiner Kindheit kannte. Als sie die Weite dieser Seenlandschaft sah, konnte sie sich gut vorstellen, dass dort unbekannte Wesen im Verborgenen lebten. Seen, Moore und Flüsse verloren sich im Dunst.

„Es reicht bis zum Meer im Westen", sagte Eardin.

„Warst du schon einmal dort unten?"

„Nur am Rande, Adiad. Es ist unüberschaubar. Noch verworrener als der Wald der Eymari", ergänzte er. „Es heißt zwar, dass es Menschen gibt, die einen durch dieses Wirrwarr von Wasser und Grün führen können, doch auch Bewein hat noch keinen von ihnen getroffen. Außerdem verspürte ich nie das Bedürfnis, mich dort hinein zu begeben. Fairron reizt es manchmal, denn es gibt Geschichten über einen alten Turm der Magier, der versteckt mitten in dieser Landschaft liegen soll. Die Beschreibung darüber ist vage. Er würde vermutlich ewig herumsuchen müssen. Die Wahrscheinlichkeit, diesen Ort zu finden, ist gering."

In Richtung Norden erahnte Adiad das Ende der Hügelkette. Das Land danach wurde flacher.

„Weiter oben im Nordwesten leben die Elben des Hochlandes. Wir sehen uns selten. Die Magier reiten manchmal zu ihnen, um Schriften einzusehen. So wie wir ein Volk der Krieger sind, ist es die Leidenschaft dieses Volkes, Schriften zu sammeln und zu vergleichen. Ich denke, du würdest sie ein wenig langweilig finden."

„Ich würde sie trotzdem gerne einmal sehen, Eardin."

Er nickte ohne Begeisterung.

„Sind sie wie die Feandun?"

„Nein, sie sind höflich und gastfreundlich. Nur ist der Weg dorthin lang und öde. Ihr Tal ist in einem Einschnitt des Hochlandes versteckt. Der Ritt führt viele Tage durch karges, steiniges Land. Wir können die Magier begleiten, wenn sie das nächste Mal zu ihnen reiten. Dann kannst du dir die Elben des Hochlands besehen, Waldfrau."

Als Adiad sich satt gesehen hatte, rasteten sie noch eine Weile auf der Sitzfläche des großen Steinthrones.

„Also, nun bin ich eine Elbin", begann Adiad unvermittelt.

„Es sieht ganz so aus, mein Stern", erwiderte Eardin schmunzelnd.

„Dann gibt es auch nichts mehr vor mir zu verbergen, Elb!", sagte sie drohend.

Eardin lachte, streckte seine Hand aus und ließ eine bunte Eidechse darauf kriechen. Vorsichtig drehte er sie auf den Rücken und streichelte sie, was die Echse dazu trieb, sich tot zu stellen. Er grinste.

„Eardin, ich sah deine bernsteinfarbenen Augen und ich weiß, dass Wolfsfell in dein Gewand gewebt ist. Bei Whyen ist es Bärenfell, bei den anderen Elben erkannte ich noch andere Tiere. Bei den Magiern Echse und etwas Braunes, Glänzendes."

„Biber."

„Gut. Und ihr habt alle Falkenfedern im Haar, die Magier noch Rabe und Eule."

„Deine Wahrnehmung ist gut, Elbenfrau!"

Adiad schwieg abwartend.

„Hattet du, seit du zum Elb wurdest, schon Träume von einem Tier, Adiad?"

„Ich glaube nicht."

„Dann bitte den Geist, bitte die lichten Mächte darum."

„Du meinst sie zeigen mir ein Tier?"

„Eines, das deinem Gemüt entspricht und dir helfen kann. Sie haben mir den Wolf gewiesen, er ist mein Geistbegleiter. Er ist verwoben mit meinem Wesen. Er begleitet mein Sein. Er lehrt mich seine Weisheit, führt mich in neue Wahrheiten."

„Und er zeigt sich in deinen Augen?"

„Nicht nur in meinen Augen." Eardin hatte die Echse wieder sanft abgelegt und sich Adiad zugewandt. Er überlegte eine Zeit, streichelte dann ihr Gesicht. „Du erinnerst dich, dass Aleneth vor einiger Zeit einen Mond lang verschwand? Auch er trägt den Wolf in sich. Die Wölfe riefen ihn. Es geschieht nicht oft, es ist acht Jahre her, seit ich den Ruf das letzte Mal vernahm."

„Und was geschieht, wenn du ihm folgst?"

„Ich gehe in den Wald, faste, schweige eine Zeit, und warte, bis sie mich holen."

„Dich holen?", fragte Adiad erstaunt.

„Sie fressen mich nicht. Sie führen mich in ihr Rudel."

„Du lebst unter ihnen?"

„Ja, doch nicht als Elb, Adiad. Es geschieht, wenn sie kommen. Ich lege meine Kleider ab und wandle mich, mein Körper wandelt sich zum Wolf."

„Das glaube ich nicht."

„Doch es geschieht. Es ist ein Geschenk des umfassenden Geistes Adains, ein wunderbares Geschenk. Das Leben als Wolf bereichert mein Bewusstsein. Ich lernte mich unterzuordnen, merkte, dass ich gierig sein kann, unbeherrscht und feige. Doch ich lernte auch, es zu überwinden, stark zu sein, meine eigenen Wege zu gehen und meinem Instinkt zu vertrauen. Ich fand mich selbst, mein Wesen, meine Mitte. Als Wolf spüre ich in noch viel stärkerem Maße das Wirken der Mächte, die uns umgeben und in uns atmen."

Adiad schwieg lange, sie glaubte es ihm, doch sie konnte es kaum begreifen. „Und der Falke?", fragte sie flüsternd.

„Der Träger des Lichtes, Adiad. Der Begleiter unseres Volkes. Die Verwandlung wird uns nur für wenige Tage gegeben. Es ist unfassbar, es zu erleben, diese Freiheit des Himmels zu spüren. Er schenkt Überblick, er schenkt Abstand und er schenkt Nähe. Eine größere Nähe zum Licht. Alles wirkt so klein und doch zusammenhängend. Die Weite der Sicht lässt die Zusammenhänge erkennen. Es ist, als ob du vor ein Bild trittst, im Haus der Geschichten. Gehst du zu nahe, erkennst du nur noch bunte Flecken. Aus der Weite siehst du wie alles zusammenpasst, wie dein Leben sich ineinanderfügt."

„Tut der Wandel weh?"

„Es fühlt sich merkwürdig an, sehr merkwürdig, doch es schmerzt nicht." Eardin küsste sie, er erkannte ihre Verwirrung und Unsicherheit.

„Sie werden zu dir kommen, Adiad, lass ihnen Zeit, sie werden dich finden und dich führen. Meist kommen sie in Zeiten der Ruhe. Sie sind frei, du kannst sie nicht herbeizwingen, du kannst sie nur bitten. Sag es mir, wenn es so weit ist, ich helfe dir, mein Stern. Hab keine Angst. Du brauchst dich nicht zu fürchten."

„Und Whyen wird zum Bären?"

„Es passt zu ihm. Er kann wild sein, gnadenlos, manchmal auch unbeherrscht. Er trägt viel Kraft in sich. Er verträgt keine Ungerechtigkeit und ist immer bemüht, einen zu beschützen. Und wenn ihm alles zuviel wird, braucht er den Rückzug in seine Bärenhöhle."

„Du kennst ihn gut."

Eardin nickte. „Ich mag ihn sehr, Adiad."

„Und die Magier?"

„Sie gehen oft in die Stille. Sie suchen den Wandel, und er wird ihnen auch öfter und in vielfältiger Weise geschenkt. Sie mögen die Klugheit der Raben und ihre Geschichten. Die Eidechse verbindet sie mit der Kraft der Sonne, mit der Quelle der Schöpfung. Sie ist auch ein Tier der Träume und der Dunkelheit. Ein Geschöpf des Schattens und des Lichts."

Plötzlich kam Adiad etwas in den Sinn. „In unserem ersten Winter. Ein Rabe kam durch das Fenster, setzte sich auf die Lehne des Stuhles, gab einen lauten Krächzton von sich. Dann hüpfte er auf den Tisch, nahm sich ein Stück Brot und entschwand wieder. Und du hast nur gelacht."

„Das war Fairron. Sie haben Humor, diese Raben. Ich war damals kurz davor es dir zu sagen, Adiad."

„Ein Wolf", murmelte Adiad und küsste ihn scheu.

Ein neues Volk

Ador hatte in seiner Freude beschlossen, zu einem Fest einzuladen. Er wollte die Rückkehr Lerofars feiern und am selben Abend die schon länger versprochene Aufnahme von Adiad in die Gemeinschaft der Elben von Adain Lit begehen. So ließ er es verkünden, damit die Vorbereitungen getroffen werden konnten.

Am Morgen des Festtages trieb Eardin seine Gefährtin trotz ihrer Widerstände zu den Übungen. „Es hilft nichts, Adiad, deine Arme werden wieder anfangen zu schmerzen, wenn du jetzt ruhst, also komm!"

So stand sie ihm später in Abwehrhaltung gegenüber, doch dieses Mal durfte sie schon ein Schwert benutzen. Adiad merkte, dass sie langsam sicherer wurde. Ihre Künste waren zwar noch nicht annähernd mit denen der Elben zu vergleichen, aber sie traute sich zurückzuschlagen. Und dies allein würde ihr helfen, falls sie sich wirklich erwehren müsste.

Am Rande der Lichtung saß Amondin und beobachtete sie. Sie sieht genauso aus wie Naila, dachte er. Es ist unglaublich, wie ähnlich sie sich sind. Ihr Mund mag anders sein, doch ihre ganze Gestalt, das dunkelblonde, leicht gewellte Haar, ihre Bewegungen und der Ausdruck ihres Gesichtes. Sie hat denselben offenen Blick, so lebendig und liebevoll. Auch ihre Stimme hat einen ähnlichen warmen Klang. Wehmütig schloss er die Augen und fand seine geliebte Eymari vor sich. 'Es ist zu spät', dachte er bitter. 'Sie ist tot. Es ist vergangen.' Tief atmete er durch und sah weiter Adiad beim Kämpfen zu.

„Zieh dich aus, Waldfrau!"

„Was war das, Elb?"

„Du sollst dich ausziehen und die Augen schließen, ich habe eine Überraschung für dich!"

Adiad schmunzelte, als ihr die Möglichkeiten dieser Überraschung in den Sinn kamen. Dann folgte sie seinen Anweisungen, stellte sich in die Mitte ihres Schlafraumes und zog sich bis auf ihr Hemd aus. Sie hörte ihn durch den Raum gehen und in einer Kiste suchen. Er kam zurück und zog ihr das Hemd über den Kopf.

„So eine Überraschung ist das nicht, Elb."

Er lachte und schob ihr umständlich etwas über Arme und Kopf, bis sie ein Kleid an sich heruntergleiten fühlte. „Jetzt darfst du schauen!"

Leicht wie ein Hauch fiel der feingewebte Stoff der Elben an ihr herab. Ein türkisgrünes Kleid aus einem zart glänzenden Stoff floss um ihren Körper und Adiad wandte sich ungläubig Eardin zu.

„Ich habe es für dich machen lassen, mein Stern. Du kannst es zu deiner Feier heute abend tragen. Ich bin froh, dass es passt, denn Eldir hat auch gleich die Kleidung der Krieger für dich genäht." Er strahlte, als sie ihm um den Hals fiel.

„Danke, Eardin, es ist wunderbar, es ist so unglaublich leicht!" Schwungvoll drehte sie sich einmal im Kreis und fühlte an dem seidigen Stoff herab. „Ich denke, jetzt kann ich neben Gladin bestehen!"

„Das konntest du vorher schon, Adiad. Doch jetzt will ich sehen, dass ich neben dir noch bestehen kann." Er begann sich auch neue Kleidung zu suchen. „Wir werden auch noch zu den Schmieden gehen müssen", murmelte er.

„Warum? Willst du mir Fesseln anlegen?"

Sie bemerkte, wie er grinste, bevor er sich ihr wieder zuwandte. „Auch wenn dies seine Reize hätte - du brauchst noch ein Brustschild, Adiad. Sie werden es vorne natürlich etwas weiten müssen", ergänzte er, und ließ seine Hände genüsslich über die Rundungen ihrer Brüste gleiten.

„Ich hoffe doch, dass die Schmiede nicht in der gleichen Weise Maß nehmen."

Eardin lachte. „Das hoffe ich auch. Für die Schmiede!"

Hell umrahmten die vielen Leuchtschalen den großen Platz neben dem Versammlungshaus. Leise Musik erfüllte die Lichtung. Einige Elben hatte ihre Saiteninstrumente und Flöten geholt und durchwebten die warme Nachtluft mit ihren Klängen. Die Musik streichelte das Leben, berührte die Herzen. Adiad bemerkte, dass die Bäume am Rande noch heller strahlten. Ihre silberumrandeten Blätter funkelten wie Sternenlicht. Viele hatten sich schon eingefunden und alle trugen ihre schönsten und edelsten Kleider. Die meisten Elbenfrauen hatten Blütenreifen oder Blätterkränze in ihren Haaren. Sanft umhüllte sie der helle Schein der Elbenmagie. Der Boden war verzaubert mit einem Glitzern, das an die erste Sonne im Raureif erinnerte. Adiad empfand es wie einen Traum. Es war eine Ahnung von ewiger Schönheit und Reinheit über dieser Feier.

Gemeinsam mit Eardin lief Adiad andächtig über den Platz, auf eine Gruppe von Kriegern zu. Sie trug ihre Haare offen, lose waren die geschmückten Zöpfe darin verteilt. Der Elbenstoff fiel so leicht um ihren Körper, dass sie ihn beim Gehen kaum spürte. Die Feierlichkeit des Festes hatte auch ihr Gemüt ergriffen. Sie meinte von der Musik über das Gras getragen zu werden, meinte darüber zu gleiten. Die lichten Klänge flossen durch ihren Körper, sie tanzten mit all ihren

Sinnen. Und ihr wurde bewusst, dass sie ein Teil dieses Wunders war. Es war das erste Mal, dass Adiad sich als Elbin empfand.

Als Whyen sie wahrnahm, erstarrte er und erhob sich. Staunend verneigte er sich. „Ich begrüße dich hier in unserer Runde, du wunderschöne Elbin der Feandun!"

„Ich danke dir, Whyen", erwiderte sie huldvoll und verneigte sich ebenfalls.

Whyens graue Augen strahlten. „Du siehst unglaublich aus, Adiad!"

„Es reicht, Whyen!" Mit stolzem Schmunzeln legte Eardin seinen Arm um seine Gefährtin.

„Man sollte nicht glauben, dass dies dieselbe Person ist, die heute früh noch ächzend das Schwert geschwungen hat", meinte Veleth.

Einige Elben hatten sich auf der Wiese zu Kreistänzen zusammengefunden, mit anmutigen Bewegungen folgten sie den Bildern der Musik. Feine Speisen und Wein waren im Versammlungshaus auf großen blumengeschmückten Tischen liebevoll aufgebaut worden. Adiad besah sich die Pracht eine Weile und nahm sich dann Käse und Wein. Sie hatte sich an den Elbenwein gewöhnt. Er schmeckte fruchtig und gut, trotzdem vermisste sie noch das Bier der Zwerge. Sie wusste aber, dass die Elben es nicht besonders schätzten. Hier habe ich mich nicht gewandelt, dachte sie und überlegte, ob sie mit den Zwergen ein Tauschgeschäft beginnen könnte. Schmunzelnd stellte sie sich Thailits Gesicht vor, wenn sie Bier von den Zwergen holte und es reizte sie zusehends. Als sie sich wieder vom Tisch entfernte, sah sie in der Nähe die Feandun-Elben mit Lerofar und Gladin zusammen stehen. Eardin war unterwegs zu ihnen, Adiad nahm sich noch ein paar Früchte und folgte ihm.

„*Es ist wie früher, Lerofar, langsam kommt es mir vor, als ob du nie weg warst.*" Eardin zog seinen Bruder mit sich und sie ließen sich auf einer der Bänke nieder.

Auch die beiden Elbenfrauen setzten sich zusammen. Gladin erkundigte sich nach den Eymari und Adiad schilderte ihr mit Begeisterung ihr Leben. Sie beschrieb ihr die Waldkrieger, erzählte ihr am Ende sogar von Worrid. Gladin hörte aufmerksam zu.

„Kannst du mich einmal dorthin mitnehmen? Ich war immer nur auf unserer Ebene, ich kenne nichts anderes."

„Bei mir war es ähnlich, ich kannte kaum mehr als unseren Wald."

„Doch bei euch kamen Fremde hindurch, wir blieben nur für uns. Ich würde so gerne die Eymari kennenlernen und den alten Baum sehen!"

„Ich werde dich hinbringen, Gladin. Die Waldkrieger werden von dir begeistert sein." Adiad lachte.

„Du mochtest mich am Anfang nicht", sagte Gladin plötzlich leise.

„Ich habe mich mit dir verglichen, Gladin, und kam mir schäbig und unwürdig vor. So habe ich damals zu Eardin gesagt, dass ich besser zu den Eymari passen würde, zu ihnen zurückgehen sollte. Ich habe ihm sehr weh getan."

Gladin schwieg eine Weile, dann fragte sie: „Wie geht es dir mit Thailit?"

„Sie kann mich nicht leiden und sieht durch mich hindurch, aber ich gewöhne mich langsam daran."

Die Feandun-Elbin nickte. „Lerofar hat es mir erzählt, er wusste es von Eardin. Thailit ist ganz anders zu mir. Sie bemüht sich sehr um mich. Ich vermute, sie will Lerofar dadurch zurückgewinnen. Ihre Seele gleicht einer stachligen, bitteren Frucht. Ich scheue mich davor, sie zu berühren und zu kosten."

„Ich mag sie auch nicht!", Adiad schmunzelte über Gladins treffende Beschreibung und ihr Blick wanderte zu Eardins Mutter. Mit unbeweglicher Miene saß Thailit auf ihrem Stuhl und beobachtete die Festgemeinschaft. Sie war allein. 'Und ich bin nicht die einzige, die so empfindet', dachte Adiad.

Aldors hohe Gestalt schob sich vor ihren Blick und beendete damit auch ihre trüben Gedanken. „Komm, Elbenkind, wir wollen nun beginnen, dich würdig bei uns zu begrüßen!"

Er führte Adiad in die Mitte der Lichtung. Aufrecht und stolz baute Eardin sich neben ihr auf. Sie hatte ihn noch nie in diesem langen, mit Silberfäden durchwobenen Umhang gesehen, den er nun über seine Kriegerkleidung geworfen hatte. Er wirkte darin beinahe fremd auf sie. Sie suchte seine braunen Augen und er zwinkerte ihr zu. Auch die Magier fanden sich allmählich ein und stellten sich neben Aldor und seine Gefährtin. Adiad erstarrte, als sie Thailits versteinerten Ausdruck wahrnahm. Dann riss sie den Blick los und fand Halt in Mellegars strahlenden Augen. Langsam kehrte Ruhe ein, die Musik verstummte, die Elben von Adain Lit versammelten sich. Aldor wartete, bis er der Aufmerksamkeit aller Umstehenden sicher war und begann seine Rede.

„Adiad, es ist mir ein große Freude, dich hier neben meinem Sohn stehen zu sehen."

Bei einem kurzen Seitenblick bemerkte Adiad, wie sich das Gesicht von Thailit noch weiter verhärtete.

„Du hast viel Mut bewiesen, viel auf dich genommen, um mit Eardin weiter leben zu können. Was für Ängste magst du durchlebt haben, Elbenkind. Wir kennen alle die Geschichten und wir wissen, welche Gefahren der Ritus in sich trägt. Du wusstest es ebenfalls und bist diesen Schritt trotzdem beherzt gegangen.

So verneige ich mich vor deinem Mut!" Er verbeugte sich tief, alle Elben folgten ihm dabei. Thailit nicht.

„Ich freue mich so sehr für euch beide!" Das Strahlen von Aldors Augen spiegelten seine Worte. „Dein Schicksal hat dich zu uns geführt. Du hast dich zu Eardin und zu einem neuen Leben bekannt. So möchte ich dich hiermit, von Herzen, im Elbenvolk von Adain Lit aufnehmen. Natürlich nur, wenn du einverstanden bist", fügte er hinzu.

„Es ist mir eine große Ehre und Freude, zu euch gehören zu dürfen, Aldor!" Adiad verneigte sich vor ihm.

Aldor ging zu ihr, küsste sie auf die Stirn und umarmte sie. Auch seinen Sohn nahm er lange in die Arme, dann sprach er weiter. „Es werden jetzt Vertreter aus allen Elbenhäusern und die Magier zu dir kommen, um dir ihre Zustimmung auszudrücken. Denn es sollten alle ihr Einverständnis zu deiner Aufnahme in unser Volk bekunden. Meine Zustimmung und die meines Hauses hast du bereits!", ergänzte er und nickte Eardin zu.

'Ich habe sicher nicht die Zustimmung seines ganzen Hauses', dachte Adiad.

Eardin durchbrach ihre trüben Gedanken, als er sich vor sie stellte und seine Hand öffnete. Ein gewobenes Band lag darin. Wortlos ergriff der Elb ihren Arm, legte das Kunstwerk darum und lächelte vielsagend. Mit einer Berührung seines Fingers schloss er schließlich das Band. Auffordernd hob Eardin seine linke Augenbraue.

Adiad betrachtete das Geschenk genauer. „Haare?"

Ein Nicken.

„Deine Haare? Du hast mir ein Armreif aus deinen Haaren gemacht?"

„Ein Bündnis, mein Stern. Und ein Versprechen."

Fasziniert betrachtete sie das einzigartige Knüpfwerk aus verschiedenen Flechtmustern. Die Mitte davon bildete ein Sonnenscheibe; ein wunderbares, strahlenförmiges Gebilde aus Eardins blonden Haaren und anderen feinsten Fäden aus Silber und Gold.

„Du bist nun verbunden. Mit mir. Mit dem Silber des Wald. Und mit dem Gold der Sonne", flüsterte Eardin.

Erschüttert betrachtete Adiad dieses Symbol seiner Liebe, während die Magier neben ihr leise sangen. Dann traten schon die ersten Vertreter der Häuser vor sie, umarmten sie und küssten sie auf die Stirn. Und mit der zarten Berührung des Kusses überbrachten sie ihr Geschenk, Adiad empfand es genau. Die Elben webten

Adain Lit in ihre Seele, seine Liebe, seine Magie und seine nie endende Sehnsucht nach der Harmonie allen Seins.

Mit ernster Miene und einem vielsagendem Funkeln seiner Augen band Mellegar ihr eine Falkenfeder ins Haar. Fairron schloss sie als letzter fest in seine Arme. „Weißt du noch von unserem Gespräch am Meer, Adiad? Ich war damals so unsicher, ob es richtig sei, dir von dem Ritus zu erzählen. Nun bin ich über alle Maßen glücklich, dass ich es getan habe!" Er strich ihr über die Stirn, wie er es immer machte.

Und so wurde die Waldfrau der Eymari im Elbenvolk von Adain Lit aufgenommen und die Geschichten späterer Generationen erinnerten an sie.

Aldor wandte sich wieder an die Festgesellschaft: „Es ist mir außerdem eine große Freude, die Elben der Feandun hier zu begrüßen." Er verneigte sich in ihre Richtung. „So viel Zeit ist vergangen, in der die Lieder getrennt gesungen wurden, doch das Licht hat seinen Weg gefunden. Nicht nur die Ebene, auch eure Herzen wurden befreit! Welch ein unfassbares und unerwartetes Geschenk! Morgenröte und Neugeburt! Die Bande zwischen unseren Völkern, die seit Jahrhunderten zerschnitten waren, können sich wieder zusammenfügen!" Aldor ging zu den Elben der Feandun und umarmte jeden von ihnen lange. Er hatte Tränen in den Augen, als er sich wieder allen zuwandte: „Außerdem ist es, wie ihr alle wisst, ein besonderes Glück, unseren Sohn Lerofar wieder bei uns zu haben. Und so lasst uns diesen Abend im Glanz der lichten Mächte begehen!" Mit diesen Worten beendete Aldor seine Rede und ging zu Lerofar, um ihn und Gladin in die Arme zu schließen.

Der Abend voller Musik und Lachen verging für Adiad wie im Traum. Einige waren schon gegangen, als sie das erste Mal alleine am Feuer saß. Sie genoss die Ruhe und sann über die Merkwürdigkeit ihres Lebens nach, als Amondin sich ihr näherte. Er hatte sie schon eine Weile beobachtet und sich dabei wieder in Erinnerungen an seine Eymari verloren. Jetzt wollte er diesen günstigen Moment nutzen, um sich mit Adiad über die Aufnahme in die Elbengemeinschaft zu freuen.

Adiad sah ihn auf sich zukommen. Wieder musste sie über die Vorstellung schmunzeln, dass dieser junge Elb, der sich ihr mit federnden Schritten näherte, ihr Großvater sein sollte.

Er setzte sich neben sie, nahm ihre Hand und seine grünen Augen suchten die ihren. „Geht es dir gut, Kind meiner Tochter?"

„Es geht mir wunderbar, Amondin!"

„Dein Lebensweg ist außergewöhnlich, die guten Mächte des Schicksals müssen dir hold sein, dass du so zu deinem Volk gefunden hast."

„Eigentlich seid ihr mein Volk. Und die Eymari."

„Die Elben sind dein Volk, du trägst zuviel von uns in dir und sehr wenig von den Menschen."

„Ich habe beides in mir, Amondin und dies ist auch gut so."

Er nickte und schwieg eine Weile. „Ich habe dich beobachtet, ich sah deine Blicke zu Thailit. Und ich bemerkte auch, wie sie auf dich schaute."

„Sie mag mich nicht besonders. Früher hasste sie mich, doch es wird besser. Jetzt gehen wir uns eher aus dem Weg. Sie hatte ihre eigenen Vorstellungen für Eardin, und ich habe da nicht hineingepasst. Außerdem mag sie die Menschen nicht. Mein Wandel scheint an dieser Abneigung nicht viel geändert zu haben."

„Wenige Elben sind so, Adiad. Sieh mich an, ich mag dich sehr. Und ich mochte dich schon, als du noch ein Mensch warst!" Er lächelte ihr zu. Doch als er ihre Augen sah, erschien das Gesicht seiner Eymari wieder vor ihm. Amondin verlor sich in dieser Erinnerung. Behutsam legte er seine Hände auf ihre Wangen. Dann küsste er sie zart auf den Mund.

Adiad wich zurück, auch Amondin erschrak über sich selbst.

„Es tut mir so leid, Adiad", sagte er verwirrt, „ich dachte an Naila. Schon den ganzen Abend. Du bist ihr so ähnlich. Sei mir nicht böse, ich wollte es nicht."

Adiad sah seine Verwirrung. Schmunzelnd erwiderte sie: „Schon gut Amondin, ich glaube dir."

Amondins Miene hellte sich auf, er strich ihr über den Kopf und ging.

Eardin aber, der auf dem Weg zu ihr gewesen war, hatte fassungslos beobachtet, wie Amondin sie küsste.

„Jetzt siehst du wieder normal aus, Waldfrau! In deinem schönen Kleid hätte ich nicht gewagt, auf dich einzuschlagen."

„Dann ziehe ich es das nächste Mal am besten wieder an, Whyen, so bleibt mir vieles erspart!", rief Adiad, bevor sie seinen nächsten Hieb abwehrte.

Sie übten schon eine Weile. Eardin saß daneben und schwieg. Er dachte darüber nach, was er beobachtet hatte und versuchte es zu verstehen. Eine kurze Zeit später näherte sich Amondin. Er trug die Kleidung der Feandunkrieger und hatte seinen Zopf fest gebunden. An seiner Seite hing sein Schwert. Entschlossen ging er auf sie zu und Eardin beobachtete ihn lauernd.

Gut gelaunt stellte sich Amondin vor Whyen und zog sein Schwert. „Ich würde gerne an euren Übungen teilnehmen. Ich bin im Schwertkampf nicht ungeschickt, da ich immer wieder mit unseren Kriegern geübt habe. Trotzdem reiche ich sicher nicht an euer Können heran, deswegen wäre ich für etwas Hilfe dankbar."

Whyen stand auf und nickte.

‚Er soll seine Hilfe bekommen', dachte Eardin und sprang auf. „Lass mich, Whyen", sagte er schroff zu seinem Freund. Dieser wunderte sich, räumte dann aber den Übungsplatz. Eardin baute sich vor Amondin auf und Adiad sah seine Augen grau blitzen. Auch Whyen nahm es wahr, hielt aber Adiad zurück, als sie zu Eardin laufen wollte. „Lass sie, wir können immer noch dazwischen gehen."

Die Kämpfer umkreisten sich zunächst. Unvermittelt begann Amondin mit dem Angriff. Er wirkte geübt im Schwertkampf; er war so schnell wie alle Elben und bewegte sich so leicht wie Eardin. So wirkte der Kampf zunächst wie ein Spiel. Bald jedoch machten sich die Unterschiede bemerkbar. Amondin begann sich zusehends zu verteidigen, während Eardin unerbittlich auf ihn einschlug. Der Kampf wurde heftiger, und wandelte sich. Aus der Übung wurde tödlicher Ernst. Zornig hieb Eardin auf den Feandun-Elben ein und dieser wehrte sich mit zunehmender Verzweiflung. Wieder riss Amondin seine Klinge nach oben, um den nächsten Schlag abzuwehren, strauchelte plötzlich. Mit verbissenen Gesicht holte Eardin zu einem wuchtigen Schlag aus.

Blitzartig war Whyen zwischen ihnen und ergriff Eardins Schwertarm. *„Was ist in dich gefahren? Du erschlägst ihn noch! Du bist nicht im Kampf, sondern bei einer Übung, Eardin!"* Der reagierte nicht, so schüttelte Whyen ihn und schrie: *„Ich will wissen, warum du so auf ihn eingeschlagen hast!"*

Nur langsam kam Eardin wieder zu sich und nahm die zornigen Blicke von Whyen wahr. Auch Amondin hatte sich mittlerweile von seinem Schrecken erholt und stand neben Whyen, um auf die Antwort zu warten.

Doch diese kam nicht von Eardin, sondern von Adiad, die ahnte, was geschehen war. „Du hast uns gestern abend gesehen. Du hast gesehen, wie Amondin mich geküsst hat."

„Er hat was?" Whyen drehte sich ungläubig zum Feandun-Elben um.

Adiad sah auch Whyens Augen hell werden. Sie schob ihn zur Seite, um zu Eardin zu gehen. „Er hat mich in diesem kurzen Moment für Naila gehalten, Eardin. Ich sehe aus wie sie. Er wollte es nicht, und er hat sich entschuldigt! Eardin, es ist nicht das, was du befürchtest. Ich mag ihn, doch ich liebe nur dich. Sieh mich an, Elb, bitte!"

„Es ist wahr, was sie sagt", bestätigte Amondin, „ich sah nur noch das Gesicht meiner Eymari vor mir. Ich hatte den ganzen Abend schon an sie gedacht. Es tut mir unendlich leid, Eardin. Bitte vergib mir!"

Eardin suchte in Adiads Augen, erkannte, dass sie die Wahrheit sagte und er sah dies auch bei Amondin. So fasste er sich und atmete tief durch. „Es tut mir leid, Amondin, ich hätte dich beinahe - ich trug den Zorn schon in mir, seit du gekommen bist. Und als ich euch gestern Abend beobachtete, ertrug ich es nicht mehr." Mit der Hand auf der Brust verneigte er sich vor dem Feandun.

„Jetzt kommt, nachdem ihr euch gegenseitig hoffentlich verziehen habt, setzt euch dahin. Ich werde etwas Wein holen, damit sich die Gemüter wieder beruhigen", sagte Whyen und ließ sie allein.

Schweigend warteten sie, bis Whyen zurückkam. „Vielleicht wäre es besser, die Übungen für heute zu lassen!", meinte er, als er die betretenen Gesichter bemerkte.

Die Feuerschalen brachten die geschnitzten Blätter auf dem Bettrahmen zum Tanzen. Sie hatten nur die leichten Decken über sich gezogen, denn der Abend war sommerlich warm. Sanfter Wind bewegte die Bäume und erfüllte die Dunkelheit mit ihrem Wispern.

„Ist es wieder gut, Elb?" Sanft streichelte sie sein Gesicht.

„Ich hätte ihn beinahe umgebracht, Adiad. Ich war kurz davor, ihn zu erschlagen."

„Ich kann mir nicht vorstellen, dass du es wirklich getan hättest."

„Ich weiß nicht, ich war durchdrungen von Zorn und Eifersucht."

„Du solltest lernen, dich zu mäßigen, Elb."

„Und das muss ich mir von jemanden anhören, der nur den Bruchteil meines Alters hat."

„Ich denke, das musst du", erwiderte Adiad und umarmte ihn zärtlich. „Ich werde dich nicht betrügen, Eardin. Ich liebe dich! Ich brauche keinen anderen. Denk bitte daran, bevor du versuchst, den nächsten, der mich nur anschaut, zu erschlagen."

Der Elb barg sich in ihren Armen, genoss ihren Geruch, ihre Wärme. Er hörte ihr Herz schlagen und versuchte zu begreifen, dass es nur für ihn schlug.

Es war noch früh am Morgen, als sie erneut das Horn der Wächter hörten. Adiad sah fragend zu Eardin, der von seinen blonden Haaren umrahmt neben ihr lag und sie anlächelte.

„Vielleicht ist es Bewein?"

„Oder es ist Worrid, der mir etwas Zwergenbier bringt."

„Das wird dem Feandun-Magier gefallen", meinte Eardin.

„Fairron mag ihn inzwischen. Er passt auch zu ihnen. Sie sitzen den ganzen Tag über den Schriften. Norbinel kommt aus dem Staunen über die Vielfalt der Texte nicht mehr heraus und Fairron hilft ihm, sich zurechtzufinden."

Eardin überlegte kurz. „Wir sollten ihn da rausholen! Er bewegt sich nur noch zwischen seinen Büchern."

„Lass mich das machen, Eardin. Ich weiß von Arluin, dass Fairron eine der Elbenfrauen aus den Kräuterhallen mag. Ich werde ein wenig mit Meilin in der Nähe seines Hauses vorbeigehen."

„Das wusste ich gar nicht. Ich hätte ihm nicht zugetraut, dass er außer seinen Schriften noch anderes wahrnimmt."

„Arluin ist sich nicht sicher, aber einen Versuch wäre es wert."

„Ich weiß nicht, vielleicht solltest du es ihr lieber ersparen. Es ist nicht einfach, mit einem Magier zusammen zu sein."

„Ein Krieger ist auch nicht viel besser! *Komm Elb, erhebe dich zum Gruß an den Morgen!*"

„*Du sprichst es schon gut aus, mein Stern. Ich denke, ich werde ab heute nur noch in der Elbensprache mit dir reden.*"

Adiad lächelte stolz.

So standen sie auf und begannen den Tag im Glanze der Sonne. Sie erahnten nicht die dunklen Wolken, die sich über ihnen zusammenbrauten.

Die Besucher wurden erst am Abend erwartet, und Adiad ging zu den Kräuterhallen, um Meilin zu suchen. Als sie dort ankam, fand sie die Elben in großer Aufregung. Auf ihre Nachfrage erzählten sie ihr, dass Arluin und Laifon verschwunden seien.

„Sie sind heute morgen nicht erschienen", erzählte ihr Gerwen, „sie fehlen seit gestern. Am Mittag wollten sie in die Hügel reiten, um Wurzeln zu suchen. Als sie am Abend noch nicht da waren, dachten wir uns zunächst nichts. Arluin kommt seit Jahrzehnten zu ähnlicher Zeit in die Hallen. Es muss ihnen etwas geschehen sein, Adiad. Wir wollten soeben zu Aldor gehen."

Aldor sandte sofort Krieger aus. Erst am Abend kehrten diese zurück. Sie hatten Spuren von Kämpfen gefunden. Weder die Elben noch ihre Pferde waren aufzufinden. Aldor ließ das Elbenvolk zum Versammlungshaus rufen.

Als sich bereits alle dort eingefunden hatten, erreichte Bewein, gemeinsam mit Norgrim und fünf anderen Zwergen den Platz unter den Elorns und wunderte sich sehr, niemanden vorzufinden.

„Das ist also die Höflichkeit der Elben", brummte Norgrim, „da ist man tagelang unterwegs, erträgt ihren merkwürdigen Wald und wird bei der Ankunft überhaupt nicht wahrgenommen."

„Vielleicht wollen sie uns unsere Begrüßung in Berggrund heimzahlen", meinte Hillum.

Bewein war abgestiegen. „Das glaube ich nicht, das ist nicht ihre Art. Es muss etwas geschehen sein!" Zögernd näherten sie sich dem Haus der Versammlung, von dem sie Stimmen hörten.

„Stört es euch, wenn wir dazukommen?"

„Bewein!" Eardin lief auf ihn zu und umarmte ihn herzlich.

„Ich scheine dich in der letzten Zeit immer überraschen zu können. Du solltest deine Sinne mehr im Griff haben, Elb!"

Eardin bemerkte die Zwerge und ging, um sie ebenfalls zu begrüßen. So unterbrach Aldor die Versammlung, um seinerseits auf die Gäste zuzugehen. „Ich grüße dich Bewein, und auch euch, ihr Zwerge! Es tut mir leid, dass wir euch nicht empfangen haben, die Geschehnisse dieses Tages fesselten unsere Aufmerksamkeit."

„Was ist los, Eardin? Was ist geschehen?", fragte Bewein.

„Zwei Elben aus der Kräuterhalle sind verschwunden. Die Krieger kehrten gerade zurück und haben berichtet, dass sie Spuren von Kämpfen fanden. Sie sind wahrscheinlich entführt worden."

„Menschenhändler?", fragte Norgrim.

„Eher nicht. So furchtbar es auch ist, bisher entführten sie ausschließlich Frauen und Knaben. Kommt, setzt euch zu uns, vielleicht könnt ihr Helligkeit in unsere Verwirrung bringen."

Zum Entsetzen einiger Elben führte Eardin die Gäste mitten in die Versammlungshalle und besorgte ihnen Stühle. Die Zwerge ließen sich mit sichtlichem Unbehagen darauf nieder. Bewein jedoch kannte diese Versammlung schon und hatte weniger Schwierigkeiten damit. Nachdem sich alle beruhigt hatten, erzählte einer der Krieger weiter. „Wir haben die Spuren verfolgt. Sie führten in Richtung Süden, es waren auch die Elbenpferde dabei. Sie trugen Lasten, so können wir nur vermuten, dass Arluin und Laifon auf ihnen saßen oder darauf gebunden waren. Die Spuren waren etwa einen Tag alt, sie sind in großer Hast geritten. Ich denke, sie befürchteten, verfolgt zu werden. Beim steinernen Meer verloren wir ihre Spuren."

„Es kann nicht sein, dass Elben aus Adain Lit verschwinden", donnerte Aldor los. „Wehe denen, die dies gewagt haben!" Wütend sah er um sich und wurde der

Zwerge und Bewein gewahr. Etwas ruhiger fragte er sie: „Habt ihr etwas gesehen auf eurem Weg?"

„Es tut mir leid, uns sind keine Reiter aufgefallen", sagte Bewein und auch die Zwerge schüttelten die Köpfe.

Unsicher erhob sich Norgrim. „Vielleicht bringt euch unser Bericht etwas weiter. Wir sind zu euch gekommen ...", er stockte ein wenig, „... wir brauchen eure Hilfe!"

Adiad ahnte, wie schwer ihm dies gefallen sein musste. Und noch mehr wahrscheinlich der Zwergenkönigin Usar. Gespannt wartete sie auf seine nächsten Worte.

„Unsere Königin entbietet euch ihren Gruß", sagte Norgrim.

Aldor nickte.

„Sie hat uns beauftragt, euch von den Geschehnissen der letzten Zeit zu berichten. Euch zu bitten, Krieger auszusenden."

Angespannt erwarteten die Elben nun seinen Bericht.

„Ihr wisst, dass die Naga sich in die alte Stadt zurückgezogen haben. Einer unserer Wächter hat es euch ja erzählt. Sie blieben nur kurz im Verborgenen. Entgegen unseren Vermutungen fanden sie begehbare Stollen in den Osten und fielen im Sturm über dieses Gebiet her. Es gibt dort nur verstreute Siedlungen. Ich befürchte, dass die Menschen mittlerweile nicht mehr leben oder gezwungen wurden, das Schlangenfleisch zu essen. Wir glauben, dass eher letzteres geschah, denn die Schlangenmenschen vermehrten sich in unglaublicher Geschwindigkeit. Sie bewegten sich rasch nach Süden, griffen unsere Arbeiter auf den Getreidefeldern an. Einige wurden getötet, andere konnten noch fliehen. Daraufhin haben wir Zwergenkrieger durch die Stollen gesandt. Als sie zurückkamen, erzählten sie von Unmengen dieser Geschöpfe, die sich in der alten Stadt niedergelassen haben. Die Naga beherrschen mittlerweile die Ebene östlich des Gebirges, bis in die Wälder hinein. Und sie werden sich weiter ausbreiten und vermehren, wenn wir sie nicht aufhalten."

Die Versammlung schwieg betroffen, bis Aldor aufstand und sagte: „So gibt es zwei Gründe, Krieger auszuschicken. Es ist möglich, dass der Schlangenpriester oder die Naga in Verbindung mit diesem Raub stehen. Auch kann ich die Menschenhändler nicht ausschließen. Auf jeden Fall ist diese Entführung ein unerhörter Frevel und so hoffe ich auf euer aller Einverständnis, wenn das Elbenheer ausreitet."

Nachdem kein Einwand kam, sprach er weiter. „Ich will Adain Lit nicht ohne Schutz lassen, deshalb schlage ich vor, vierhundert Krieger zu schicken, um nach

Süden zu reiten. Sie sollen zunächst versuchen, die Spuren der verschwundenen Elben zu finden und dann weiter gegen die Naga zu reiten. Es ist möglich, dass die Gruppe sich trennen muss. Beldunar, führe du sie an und entscheide gemeinsam mit den anderen euer weiteres Vorgehen."

„Ich werde mit ihnen reiten. Auch einige andere Magier sollten das tun", erhob sich nun Mellegars klare Stimme. „Es mag sein, dass Verwundete zu versorgen sind. Außerdem müssen wir uns auf eine Begegnung mit dem Schlangenpriester einstellen."

„Gut!", sagte Aldor, „dann ist es so beschlossen. Nutzt den nächsten Tag, um euch zu rüsten. Dann reitet los!"

„Du hast dir keinen guten Zeitpunkt für deinen Besuch ausgesucht, Bewein." Eardin hatte sich neben ihn und die Zwerge gesetzt. „Warst du vorher beim Zwergenvolk?"

„Nein, wir haben uns zufällig an der Furt getroffen. Sie haben mir schon alles berichtet und ich dachte mir, dass ihr Krieger schickt. So sollst du auch wissen, dass ich mit euch reiten werde, wenn es euch recht ist."

„Es würde mich freuen, Bewein! Es gibt soviel zu erzählen. Wir werden wahrscheinlich erst auf dem Weg nach Süden Zeit dafür finden."

„Habt ihr die Feandun gefunden, Eardin?"

Der Elb nickte. „Das ist das eine, was ich erzählen wollte. Doch nun sollten wir nach Schlafplätzen für euch schauen. Ich fürchte, wir können euch nicht viele Häuser bieten. Wir haben Elben der Feandun zu Gast und allmählich geht uns der Platz für Gäste aus."

„Sie zahlen es uns doch zurück", flüsterte einer der Zwerge.

„Es ist keine Absicht. Nun kommt, ich zeige euch, wo ihr schlafen könnt. Ich lasse auch etwas zu essen und zu trinken bringen."

Norgrim wandte sich ihm zu. „Du siehst wieder besser aus, als damals, Elb."

Eardin nickte nur.

Während Remon und Linden die Zwerge bestaunten, rüsteten die anderen sich am nächsten Tag für den Ritt gegen die Naga. Auch Amondin packte Proviant, Decken und Waffen zusammen. Lerofar ließ sich ebenfalls, trotz der Widerstände seines Vaters, nicht aufhalten und machte sich bereit.

„So werde ich das Fest des Sommermondes wieder nicht miterleben", meinte Adiad, als sie ihr Bündel schnürte.

„*Die meisten werden fehlen. Wir werden es erst im nächsten Jahr in seiner vollen Pracht begehen. Komm her, mein Stern, ich will dich noch einmal für mich haben. Wir werden jetzt viele Tage mit den Kriegern unterwegs sein und unseren Platz irgendwo am Boden suchen müssen.*"

„*Du hast es ernst gemeint, nur noch in der Elbensprache mit mir zu reden?*"

Eardin nickte, führte sie zum Bett und warf sich neben sie. „*Du musst nicht mitreiten, Adiad, wenn du nicht willst.*"

„*Soll ich Kräuter sammeln, während ihr Arluin sucht? Ich komme mit euch, Eardin. Du hast selbst gesagt, dass mein Platz bei den Kriegern ist. Und wenn du Angst um mich hast, so musst du damit leben.*"

„*So haben wir zwei Feandun-Elben bei uns. Es mag vielleicht nützlich sein!*"

„*Aber nur, wenn die Naga sich nicht bewegen oder auf Steinen rumstehen.*"

„*Lassen wir das, ich möchte nicht weiter davon reden.*"

Wortlos zog Eardin ihr das Kleid aus und betrachtete sie ausgiebig. „*Du bist so wunderschön, mein Stern. Ich würde dich am liebsten malen, wenn ich es könnte. Dein Körper ist wie die Landschaft beim hohen Thron.*" Zärtlich strich er mit seiner Hand über ihren Hals und ließ sie nach unten gleiten. „*Zunächst geht es sanft bergauf. Es dauert eine Weile, dann findet man auf diesen beiden Hügeln kleine, himbeerförmige Steine!*"

Adiad biss die Lippen zusammen.

„*Und wenn man sie ein wenig umkreist und befühlt hat, dann geht es erst steil nach unten und dann ebenerdig weiter. Bis zu der kleinen Senke, in der sich bei Regen das Wasser sammelt.*" Er ließ seinen Finger um ihren Nabel kreisen. „*Und weiter unten ist eine lange Schlucht, sie weitet sich und endet an zwei steilen Bergen mit merkwürdigen Ausbuchtungen.*" Vorsichtig biss er ihr in die Zehen. „*Ich werde noch einmal schauen, wo die Schlucht ihren Anfang nimmt. Aah, es ist dort in dem kleinen Gebüsch.*"

„*Eardin!*"

„*Schhh, Berglandschaften schweigen still! So, nachdem ich wieder bei diesen wunderbaren Hügeln angekommen bin, lass mich versuchen, ob sie auch für die Sonne empfänglich sind. Schließe deine Augen, mein Stern!*" In zartem Liebkosen ließ er seine Finger über ihre Brüste und ihren Körper wandern. Seine Magie berührte ihre Haut, erfüllte sie mit lichter Wärme.

„*Und wieder kommt Bewegung in die Landschaft.*" Er lächelte, löste seine Finger von ihr und entfernte sie ein wenig von ihrem Körper. „*Spürst du die Sonne noch?*"

Adiad atmete durch, nickte dann. „*Sie ist schwächer, aber ich spüre sie.*"

„*Und wenn ich die ganze Hand nehme?*" Ruhig hielt er seine Hand in einem kleinen Abstand über ihren Bauch.

„*Es ist warm und es kribbelt wie eine schnurrende Katze.*"

Eardin ließ seine Hand langsam über ihrem Körper entlang nach oben wandern. *„Und hier, bei den Himbeerhügeln?"*

Adiad entfuhr ein Ächzen.

„Du merkst es?", fragte er schmunzelnd.

Und als er wahrnahm, dass sie es kaum noch ertrug, bog er ihr die Arme über den Kopf, hielt sie mit einer Hand fest, während er die andere weiter über sie gleiten ließ, um sie in der gleichen Weise zu reizen.

Adiad begann zu zittern, stöhnte und bog sich schließlich vor Lust.

„Und über die Berge und Täler kommt ein entsetzliches Erdbeben und der kühne Elbenkrieger wirft sich unerschrocken mitten hinein!"

Glänzende Schilde

Beinahe lautlos hatten sich die Krieger mit ihren Familien und den Magiern auf der großen Wiese versammelt. Dann sangen sie den Gruß an den Morgen. In den Farben des Regenbogens umgab sie dabei das Licht ihres geliebten Gestirns. Liebkoste und stärkte sie. Verband sie mit der Kraft und der Liebe Adains. Die Stille nach dem Gesang dauerte lange; es war ihnen bewusst, dass wahrscheinlich nicht alle zurückkehrten, dass Adain einige von ihnen aufnehmen würde, um sie in einer neuen Daseinsform erneut ins Licht zu führen. So geschah der Abschied ebenfalls in Stille und Tränen der Sorge flossen bei den Müttern der Krieger. Schweigend stiegen diese auf ihre Pferde und wandten sich gegen Süden.

Der Wald hatte sich in sein prächtigstes Sommerkleid geworfen. Adiad spürte seinen lockenden Ruf. Bald empfand sie auch sein Drängen und seine Unruhe. Er wollte sie nicht ziehen lassen. Tröstend begann sie für ihn zu singen. Viele der anderen taten es ihr gleich.

Waren sie im Wald eher hintereinander geritten, so offenbarte sich in der Weite der Flusslandschaft die beeindruckende Streitmacht der Elben. Die Gruppe der vierhundert Krieger aus Adain Lit strahlte Würde und Kraft aus. Dies lag nicht nur an den glänzenden Schilden und Brustpanzern oder den edlen Pferden, sondern an der spürbaren Entschlossenheit, mit der die Elbenkrieger in Richtung Süden ritten. Darüber hinaus nahm Adiad noch etwas anderes wahr. Die meisten genossen es, wieder gemeinsam auszureiten. Whyen, der neben ihr ritt, saß aufrecht auf Torron. Seine Augen blitzten ebenso lebhaft wie der funkelnde Granat seines Stirnreifs. Dann betrachtete sie Eardin. Er hatte die Augen geschlossen und hielt sein Gesicht wohlig in die Sonne. Auch sie selbst genoss es, das erste Mal mit allen unterwegs zu sein. So vergaß sie sogar den Grund ihres Aufbruchs und erging sich in ihren Gedanken darüber, dass sie nun keine Kriegerin der Eymari mehr war, sondern als Kriegerin der Elben neben all den anderen ritt. Zwei weitere Elbenkriegerinnen waren dabei. Sie kannte sie schon. Eine davon war Celin, die Gefährtin von Veleth. Sie ritt neben ihm und ihr langer blonder Zopf hing ebenso wie bei Fairron weit über ihren Rücken. Fairron ritt mit Mellegar und zwei weiteren Magiern aus Adain Lit. Amondin hatte sich unter die Krieger gemischt. Er hielt seit dem Streit etwas Abstand zu Adiad. Alle Krieger hatten Bogen und Pfeile über den Rücken gebunden. Griffbereit warteten die Schwerter an ihrer Seite. Adiad trug zum ersten Mal ihr neues Kriegergewand. Der hellbraune Stoff war angenehmer als die schwere Lederkleidung der Eymari. Er war noch nicht mit Zeichen und Pflanzen bestickt, wie die Hemden der anderen. Sie würde es im Laufe der Jahre verzieren müssen. Außerdem trug sie mit Stolz ihren neuen Brustharnisch. Er war leicht und die Schmiede hatten einen geschwungenen Baum auf seine Vorderseite eingearbeitet. Seine Äste und Zweige verloren sich in feinen Bögen, Windungen und Schriftzeichen, so dass er sich zu bewegen schien. Das Zeichen des Elbenvolkes von Adain Lit.

Gegenüber der Stadt Dodomar ließ Beldunar sie halten und eine Rast einlegen. Er wollte die Menschen beeindrucken, damit sie es nicht wagten, noch einmal ihren Wald zu betreten. Es sammelten sich auch einige der Städter am anderen Ufer des Lebein, verunsichert musterten sie das gerüstete Elbenheer. Die Krieger waren sich ihrer Aufmerksamkeit bewusst, doch beachteten sie die Menschen nicht weiter.

„Ich denke, es wäre am vernünftigsten, entlang der Hügel nach Süden zu reiten und Spuren der Entführer zu suchen", eröffnete Beldunar seine Überlegungen der kleinen Gruppe, die sich um ihn versammelt hatte. *„Ich werde vier von uns bestimmen, die voraus reiten und die Augen offen halten. An irgendeiner Stelle haben die Entführer die Hügel mit Arluin und Laifon verlassen, so können wir sehen, wohin ihr Weg geht. An der südlichen Furt müssen wir neu entscheiden. Eardin, rede bitte mit den Zwergen und Bewein, erkläre ihnen unser Vorgehen. Nun lasst uns aufbrechen, der Tag hat noch Licht, wir sollten schnell vorankommen."*

Am Abend verschwanden die Falken, die sie begleiteten, mit langgezogenen Schreien in den Bäumen und die Krieger verteilten sich mit ihren Decken zwischen den Feuern. Sie legten sich bald zur Ruhe, denn Beldunar hatte zur Eile gemahnt und wollte in der Morgendämmerung aufbrechen. Adiad musste sich erst wieder an den harten Boden gewöhnen. Sie schmiegte sich an Eardin, doch wälzte sie sich lange, bis sie zur Ruhe kam.

„Ich lass dich gleich ohne meine Wärme schlafen, Adiad, wenn du nicht still liegst."

„Gib sie mir, Eardin, ich wärme sie gerne für dich!", hörten sie Whyens Stimme aus der Dunkelheit.

Eardin zog sie an sich und bald wurde auch Adiad ruhig und schlief ein.

Die Bäume auf den Schilden schienen sich der aufgehenden Sonne wohlig entgegen zu strecken. Bereits in der Dämmerung war das Heer aufgebrochen, nun erstrahlte das Land im klaren Licht des Sommers. Die Elbenkrieger hatten ihren Gruß an das lichte Gestirn gerade beendet, als sie einen Ruf hörten.

„Hier! Sie sind hier heraus geritten!"

Die Reiter der Vorhut hatten Spuren entdeckt, die aus den Hügeln führten. Deutlich waren die Hufabdrücke der unbeschlagenen Elbenpferde zu erkennen. Sie folgten ihnen. Am Abend des nächsten Tages zogen dunkle Wolken über den Himmel und die Krieger wandten sich zu den Hügeln, um ihre Zelte in die Bäume zu hängen. In der darauf folgenden Nacht entlud sich ein heftiges Gewitter über dem Land. Die Pferde standen dicht zusammengedrängt. Adiad teilte sich mit Eardin und Whyen ein Zelt. Der Regen donnerte auf den Stoff.

„Verwünschter Regen", murrte Whyen in der Sprache der Menschen.

Schlamm bedeckte den Boden, kleine Bäche von Regenwasser flossen dem Lebein zu. Mattes Morgenlicht spiegelte sich in den Pfützen.

„Alle Spuren verschwunden, nichts ist mehr zu sehen!", murrte Beldunar.

„Lasst uns gegen die Naga reiten", erhob Hillum seine Stimme. „Vielleicht sind die Elben, die ihr sucht, bei ihnen."

„Das glaube ich nicht", antwortete Beldunar dem Zwergenkrieger.

„Es wäre durchaus möglich", widersprach Mellegar, „ich mag mir zwar nicht ausmalen, was mit ihnen geschehen könnte, doch denkt an den Schlangenpriester. Wir wissen nicht, was in seinem kranken Verstand vorgeht, wozu er Angehörige unseres Volkes braucht. Der Raub erfolgte bewusst und gezielt! Deshalb gibt es auch jemanden, der sie für irgendetwas benutzen will."

„Haben sie auch Zwerge entführt?", fragte Bewein in das betroffene Schweigen.

„Nein, sie fielen über uns her, aber entführt wurde keiner", antwortete Norgrim.

„Wie ist es bei den Menschen, Bewein?", fragte Eardin.

„Es gab Überfälle der Menschenhändler auf Reisende und Dörfer, doch es hielt sich in Grenzen. Und es wurden keine erwachsenen Männer geraubt. Ich spreche hierbei nur von dem Hoheitsgebiet von Astuil. Darüber hinaus bin ich mir nicht sicher, ich habe aber nichts Ungewöhnliches gehört."

„Also bleibt es dabei: Das einzige Neue ist, dass Angehörige unseres Volkes entführt wurden", meinte Eardin darauf.

„Ich finde es am vernünftigsten, zunächst in voller Stärke gegen die Naga zu reiten", meldete sich Veleth zu Wort, „so können wir hoffen, Arluin und Laifon noch lebend bei dem Schlangenpriester zu finden, wie Mellegar es vermutet."

„Ich weiß es nicht", entgegnete dieser, „es mag eine ganz andere Lösung geben. Trotzdem finde ich diesen Weg im Moment auch am besten."

Beldunar sah in die Runde. „Also ist es so beschlossen?" Nachdem er keine Gegenstimme hörte, sagte er: „Dann lasst uns die Furt überqueren. Wo ist eure Zwergenstreitmacht, Norgrim?"

„Bei der östlichen Ebene, in einem verborgenen Tal, Elb. Sie warten darauf, dass wir mit euch zurückkehren."

φ

„Wir haben, was du wolltest, Priester!"

Die dunkel gekleideten Männer verneigten sich widerwillig vor dem Schlangenpriester, der sie in einer der alten Wohnhöhlen empfing. „Es ist das, was du von uns verlangt hast!"

„Wer sagt mir, dass das Blut nicht von jemanden anderen ist?", fragte der Priester zweifelnd.

„Unsere Ehre sagt es!", erwiderte der andere wütend. „Wir schwören es bei unserem eigenen Blut! Und jetzt gib uns das, was uns zusteht!"

„Wieviele habt ihr?"

„Zwei."

Wo werdet ihr sie hinbringen?"

„An einen sicheren Ort."

„Bringt sie nicht um."

Der Dunkelgekleidete lachte. „Wir sind nicht so dumm, diesen Handel zu früh zu beenden."

„Bringt mir wieder von ihrem Saft. Ich brauche so viel, wie ihr ihnen nehmen könnt."

„Es schwächt sie, aber wir bringen es dir. Doch nur, wenn du dein Versprechen einhältst."

„Ich halte meine Versprechen, solange ihr eure haltet." Der Schlangenpriester wandte sich zu den Naga. Mit gesenkten Köpfen warteten sie auf seine Anweisungen. „Holt vier von den jungen Frauen und schafft sie zum Tor."

Die Dunkelgekleideten nickten zufrieden, während der Priester den Krug an sich nahm. Ihren Lebenssaft zu besitzen war das, was er begehrt hatte. Er hätte es damals schon von dem Elben nehmen sollen, den sie im Sandloch fingen. Doch er wurde befreit. Mit bitterer Wut drückte er den Krug an sich und dachte an seinen getöteten Bruder.

„Ihr könnt gehen." Er wies auf den Ausgang.

Mit kribbelnden Fingern öffnete er das Gefäß und gedachte dabei der Worte der alten Schriften von Evador. In diesem Blut fand sich ihre Magie, der Ursprung ihrer Kräfte, so hieß es. Hass empfand er, Hass, aber ebenso Ehrfurcht. Er schloss seine Augen und hob den Krug in die Höhe. „Sieh es an, Bruder. Vierzig Jahre hast du mich begleitet, nun werde ich diesen Weg für dich zu Ende gehen."

Vorsichtig beförderte er den Krug zu dem Raum der alten Zwergenstadt, den er ausgewählt hatte. Kurz besann er sich, dann begann er mit seinen Fingern in zunehmender Besessenheit magischen Zeichen auf die Wände zu malen. Immer wieder tauchte er seine Hand in den Krug und ohne Unterlass malte er Linien. Hier, in diesem Raum, wollte er das Pulver für ihre Vernichtung schaffen. Zusehends begab sich der Schlangenpriester in einen Rausch seiner Sinne, kreischte die Worte der alten Magie. Erschreckt und ehrfürchtig beobachteten es die Naga, die ihn begleitet hatten. Als er dieses wahnsinnige Malen beendet hatte, setzte er den Krug an den Mund und trank. Dann schrie er, sank zur Erde und rief mit flackernden Augenlidern: „Bringt mir die Neuen!"

Die Naga nickten, und eilten, um sie zu holen. Eine Gruppe gebückter und gefesselter Gestalten wurde vor den Priester gebracht. Ängstlich starrten sie auf sein blutverschmiertes Gesicht.

„Kraft und Unsterblichkeit für euch Unwürdige! Nehmt das Schlangenfleisch als meine Gabe, als Geschenk meiner Macht und meiner ewigen Herrschaft!", schrie der Priester.

„Iss!", zischte der Naga und stopfte dem Mann das gepresste Schlangenpulver in den Mund.

Der Schlangenpriester sah es mit Genugtuung. Er hatte es satt, zuviel Zeit an diese Menschen zu verschwenden. Sie sollten es essen und dankbar für seine Güte sein. Teilnahmslos sah er zu, wie seine Naga die Menschen zum Essen zwangen, danach ohne Übergang ihr Blut nahmen. Ein kurzer Schnitt, ein schmerzvoller Aufschrei. Gebannt betrachtete er die sich sammelnde Zutat für seine Blutmagie. 'Tod und Verderben!' Als der große Behälter zur Hälfte gefüllt war, goss er den Rest des Elbenblutes hinein.' Aber auch Macht, unbegrenzte Macht!'

φ

Der Lebein trug braunen Schlamm in sich, als sie am nächsten Tag die Furt überquerten. Ihr Weg führte am Gebirge entlang in Richtung Südosten, um die südlichste Spitze herum und dann wieder nach Norden. Einige Tage später tat sich ein Einschnitt im Felsen auf und die Zwerge ritten hinein. Das Heer der Elben folgte ihnen. Im Licht der Mittagssonne erreichten sie ein großes, felsumschlossenes Tal, wo die gesamte Streitmacht der Zwerge bereits auf sie wartete. Den Ankommenden wurde ein Platz am Eingang des Talkessels zugewiesen. Die Elben entließen ihre Pferde und suchten sich Plätze am Boden und in den Hängen, um zu rasten. Misstrauisch wurden sie dabei von den etwa fünfhundert Zwergenkriegern beobachtet, die sich in kleinen Gruppen im Tal verteilt hatten. Es war ein karger Ort, auf dem spärliches Gras wuchs. Verwitterte Felsen warfen lange Schatten, als die Sonne sich anschickte, das letzte Licht vom Boden des Tales zu nehmen. Ruhige Anspannung lag über der Ansammlung von Kriegern. Zwar hatten die Elben nicht erwartet, wie Freunde begrüßt zu werden, doch dieses Zusammentreffen hatte nicht im geringsten den Anschein, dass verbündete Streitmächte aufeinander trafen.

„*Sie scheinen sich nicht besonders über unser Erscheinen zu freuen*", meinte Melind, einer der Krieger, der in Adiads Nähe saß.

„*Als wir damals in Berggrund Schutz fanden*", erzählte Adiad, „*waren auch nicht alle Räte Usars Meinung. So mag es auch jetzt Stimmen gegeben haben, die nicht wollten, dass wir kommen.*"

„*Ein stures Volk, das nur seinen eigenen Vorteil sucht*", meinte darauf Melind, „*wahrscheinlich haben sie sich Schätze bei den Naga erhofft und befürchtet, dass wir sie ihnen nehmen.*"

„*Ich denke eher, sie wollten keine Schwäche zeigen*", mischte sich Whyen ein, „*es fiel ihnen schwer, uns um Hilfe zu bitten.*"

„*Ihr würdet die Zwerge auch nicht gerne um Hilfe bitten*", sagte Adiad.

„*Ich wüsste nicht, wobei wir ihre Hilfe brauchen*", erwiderte Melind.

„*Ihre Streitkräfte sind beeindruckend!*" Whyen zeigte in Richtung der Zwerge. „*Ihre Harnische und Helme wirken stabil und sind schön gefertigt. Und seht euch die Waffen an! Ich habe sie schon im Kampf erlebt. Sie wissen gut damit umzugehen. Auch ihre Größe ist in den Stollen von Vorteil!*"

„*Meinst du die Äxte oder die Zwerge?*", fragte Melind lachend.

„*Beides!*", antworte Whyen und lachte ebenfalls. Dann wurde er ernst und deutete auf die Gruppe von Elben, die durch die Zwergenarmee hindurchschritt. „*Sie gehen zu Usar!*"

Königin Usar erwartete sie in der Nähe eines großen Holztores, das in den Berg führte. Das Tor war geschlossen und mehrere Wächter standen gerüstet davor. Mit undurchschaubarer Miene gingen die Vertreter der Elben auf Usar und ihre Räte zu, unfreundlich beäugt von den Zwergenkriegern. Usar hatte ihre kräftigen Arme in die Hüften gestemmt und strahlte offensichtliche Kampflust aus.

Eardin wandte sich zu Bewein, der neben ihm ging. „Es wird nicht einfach, gemeinsam zu handeln!"

Die Elben verbeugten sich und die Zwergenkönigin begrüßte sie knapp.

Nach einer kurzen Vorstellung begann Mellegar zu reden. „So sehen wir uns wieder, Usar, Königin der Zwerge!"

„Ich erkenne dich auch, Elbenmagier. Auch sehe ich den Elben, der damals verletzt war und den Menschen, der mit euch ging."

Mellegar nickte. „Wir sind mit vierhundert Kriegern zu euch gekommen. Doch trieb uns nicht nur die Schilderung über die Naga, sondern auch die Sorge um zwei Angehörige unseres Volkes, die am Tag der Ankunft eurer Vertreter in unserem Wald, aus Adain Lit verschwanden. So bitte ich euch, uns nicht nur zu erzählen, wo die Naga sich aufhalten, sondern auch, ob ihr die zwei Elben gesehen habt."

„Eure Elben sahen wir nicht", erwiderte Usar knapp. Als sie die enttäuschten Gesichter sah, ergänzte sie noch: „Es tut mir leid. Nun lasst uns über die Naga sprechen. Ich danke euch, dass ihr meinem Ruf gefolgt seid. Ich hoffe, ihr versteht es nicht als Hilferuf unseres Volkes. Es geht um die Menschen der Ebene und darum, den Naga in ihrer Ausbreitung Einhalt zu gebieten. Wenn es nur um uns ginge, wären wir allein damit fertig geworden!"

Bewein bemerkte, dass ihr Ton schärfer wurde. ‚Sie musste sich sehr überwinden, die Elben um Hilfe zu bitten,' dachte er, 'ich hoffe, sie sind höflich genug, es die Zwerge nicht spüren zu lassen.'

In diesem Moment sagte Beldunar bissig: „Ich hörte, eure Getreidefelder wurden überfallen, so braucht wohl auch ihr unsere Hilfe?"

Usars Blick wurde ebenso frostig, wie die Gesichter der Zwerge neben ihr.

„Es geht auch um euch, ihr Lichtgestalten", fuhr Usar den Krieger an. „Wenn wir nicht gekämpft hätten, wären sie wahrscheinlich schon in euer merkwürdiges Gestrüpp von Adain Lit eingefallen."

„Ihr habt alleine gekämpft, weil ihr es so wolltet", sagte Mellegar scharf, „wir hatten euch damals gefragt, aber ihr habt unsere Hilfe abgelehnt!"

Ein Zwergenrat schrie nun wütend: „Wir brauchen eure Hilfe auch jetzt nicht, wenn wir uns dabei euer überhebliches Geschwätz anhören müssen!"

‚Es ist hoffnungslos', dachte sich Bewein, bevor er aus der Gruppe der Elben trat, die alle mit zornigen Gesichtern zu den Zwergen blickten. Er verneigte sich vor der Königin und ihren Räten und sagte: „So braucht es wohl einen Menschen wie mich, um hier zu vermitteln."

Angespannte Stille antwortete ihm.

„Norgrim sagte, dass die Naga sowohl in der alten Stadt als auch in der Ebene des Ostens sind", fuhr Bewein fort. „Wäre es nicht vernünftig, eure Streitmächte in dieser Weise aufzuteilen? Ihr Zwerge könntet die Schlangenmenschen aus der Stadt heraustreiben, wo ein Teil der Elben sie empfängt, während die anderen in der Ebene gegen sie kämpfen."

„Genauso dachte ich es mir auch", brummte Usar, „doch scheint es unmöglich, mit euch ohne die Vermittlung eines Menschen zu reden."

Beldunar überwand seine Abneigung und ging ebenfalls auf sie zu. „Dann erklärt mit bitte genau, wo die Naga sich aufhalten und zeichnet mir das Gelände dort auf. Dann werden wir weitersehen."

Etwas zögernd und mit sichtbarem Widerwillen versammelten sich Vertreter ihrer Völker um ein ebenes Stück Boden. Einer der Zwergenkrieger begann mit einem Stock zu zeichnen. „Der Eingang zur alten Stadt ist etwa vier Tagesmärsche von hier. Ihr werdet mit den Pferden weniger Zeit brauchen. Es gibt verborgene Schluchten, die über verschiedene Gänge zur alten Stadt führen. Die Stollen sind in einem besseren Zustand, als wir es zunächst angenommen hatten. Wir vermuten, dass auch der Schlangenpriester in Steinbeth ist. Viele der Naga halten sich wahrscheinlich in dem weitläufigen Gebiet vor dem Gebirge versteckt. Bewohnte Dörfer der Menschen gibt es keine mehr in der Nähe. Nur noch verlassene Hütten."

„Wieviele der Naga vermutet ihr dort?", fragte Eardin.

„Sie sind schwer zu zählen. Wir schätzen, dass etwa zweitausend oder mehr dieser Kreaturen die Ebene und die Felsen bewohnen."

„Zweitausend?", wiederholte Mellegar bestürzt.

Beldunar wandte sich an Usar. „Dann werden wir einen Tag nach euch reiten. Ein Teil unserer Kräfte reitet gegen die Naga auf freiem Feld, die anderen werden sich den Bergen zuwenden. An den Ausgängen der Schluchten, die ihr uns beschrieben habt, werden wir unsere Bogenschützen aufstellen und die Schlangenmenschen, die ihr heraustreibt, empfangen."

„Wir können morgen aufbrechen", sagte Usar. „Das Zwergenheer wird durch die Stollen gehen und am Morgen des fünften Tages über mehrere Gänge in die alte Stadt einfallen."

„Wir werden dort sein", antwortete Beldunar knapp.

So war zunächst alles besprochen. Die Elben ließen die Zwerge stehen, um wieder zu ihresgleichen zu gehen. Bewein begleitete sie und empfing die lobenden

Worte Eardins für seine Vermittlung mit Genugtuung. Danach verabschiedete sich der Elb und folgte Beldunar, Bewein wollte Adiad suchen. Er entdeckte sie in einer Gruppe von Elbenkriegern. Unterhalb der kleinen Felsstufe, auf der sie lagerten, blieb er stehen und betrachtete sie zunächst aus der Ferne. Dabei dachte er an die Schilderung Eardins und diese unglaubliche Wandlung vom Menschen zum Elben. Auch stellte er fest, dass sie aussah wie eine von ihnen. ‚Die Eymari ist fast verschwunden', dachte er etwas wehmütig.

„Komm zu uns, Bewein!", hörte er Adiad rufen.

Während er sich hinaufquälte, bemerkte er, wie erheitert Whyen ihm dabei zusah.

„Spar dir deine Worte, dass ich aussehe wie ein zu groß geratener Zwerg!", rief er drohend.

„Kein Wort kommt über meine Lippen, Mensch", entgegnete Whyen mit Unschuldsmiene.

Stöhnend ließ sich Bewein neben Adiad fallen und sie reichte ihm Brot und Wasser. „Bier kann ich dir leider nicht bieten, Bewein."

„Magst du überhaupt noch welches, nachdem du jetzt bei den Elben wandelst?"

„Ich liebe es nach wie vor, Bewein, aber sie haben keins in Adain Lit. Ich dachte schon darüber nach, mit den Zwergen einen Handel zu beginnen."

„Was willst du?", hörten sie Fairrons entsetzte Stimme.

„Der Magier ist auch in der Nähe?", fragte Bewein und sah sich um, bis er ihn etwas entfernt am Felsen lehnen sah.

„Der Magier ist immer in der Nähe und hört alle frevelhaften Worte", rief er lachend zurück und erhob sich, um sich einen Platz bei ihnen zu suchen.

Nachdem er Adiad fragend ansah, fuhr sie fort: „Warum nicht, was habt ihr gegen das Zwergenbier?"

„Es schmeckt bitter!", murrte Whyen.

„Du brauchst es nicht zu trinken, Elb."

„Und was willst du dagegen tauschen?", wollte Fairron von ihr wissen.

„Ich weiß noch nicht, vielleicht gibt mir Hillum einfach so ein Fass."

„Das glaube ich nicht, Adiad", sagte Bewein etwas ernster, „es war schwirig, mit ihnen zu reden. Es wäre beinahe gescheitert, doch die Schuld lag nicht nur auf der Seite der Zwerge. Ich verstehe nicht, dass ihr euch alle nicht mehr bemühen könnt."

„Erzähl uns, was beschlossen wurde", lenkte Whyen ab und so berichtete Bewein von dem Beschluss, um sich danach müde gegen die Wand zu lehnen. „Näheres wird Eardin euch sagen, er spricht noch mit Beldunar."

„Dann lass uns inzwischen die Zwerge besuchen und ihre Waffen besehen", sagte Whyen plötzlich, griff sich Adiads Hand und zog sie mit sich. Unbekümmert spazierte er durch die Reihen der Zwergenkrieger, die in kleinen Gruppen zusammenstanden und sie unfreundlich musterten. Adiad bemühte sich höflich zu grüßen, bis einer der Zwerge sie erkannte. Auch sie erinnerte sich noch an ihn. Er hatte sein Brustschild abgelegt und auch seinen Helm und sah beinahe so aus wie damals am Brunnen in Berggrund, als sie ihn zum ersten Mal getroffen hatte.

„Menschenfrau! Ich grüße dich!", rief er und stapfte freundlich auf sie zu, um kurz, bevor er sie erreichte, erstaunt zu verharren. Kritische Blicke trafen sie. „Etwas ist anders an dir. Dein Blick ist merkwürdig und ...", vorsichtig hob er ihre zurückgebundenen Haare, „... deine Ohren sind spitz?"

Adiad lächelte ihn an.

„Was für ein Elbenzauber ist das?", fragte er Whyen. „Ich bin sicher, dass sie keine spitzen Ohren hatte, als sie das Bier mit uns trank. Und jetzt sieht sie aus wie ihr und in ihren Augen ist derselbe Glanz wie bei euch anderen Lichtgestalten."

„Es war eine magische Handlung, Zwerg", sagte Adiad, „ich gehöre jetzt zu ihnen."

„Ich fasse es nicht", schrie dieser auf, „da lässt sich ein Mensch freiwillig zum Elben machen?" Er lachte und verdrehte dabei die Augen. „Zum Zwerg hättet ihr sie nicht machen können, Elb?", wandte er sich an Whyen.

Dieser küsste Adiad auf die Backe. „Der Bart hätte ihr nicht gestanden!"

„Kommt mit mir, wir haben noch ein Fass Bier", sagte der Wächter und deutete ihnen, ihm zu folgen. Sofort wollte Whyen sich umdrehen, um zu verschwinden, doch Adiad zog ihn hinter sich her.

„Es schmeckte widerlich, Eardin! Das nächste Mal gehst du mit ihr zu den Zwergen." Whyen verzog angewidert das Gesicht, als er seinem Freund am Abend erzählte, dass er bei den Zwergen einen ganzen Krug Bier trinken musste, um sie nicht zu beleidigen.

„Ich denke, der Beziehung zwischen unseren Völkern tat dein Opfer ganz gut", sagte Eardin.

Sie hatten einen Lagerplatz bei den Felsen gefunden. Mellegar hatte sich zu ihnen gesellt und Adiad nutzte die Gelegenheit, um ihn etwas zu fragen, das sie schon länger beschäftigte.

„Mellegar, wäre es nicht möglich, die Naga zurückzuwandeln? Wir werden bald losreiten, um sie zu töten. Es geht mir nicht aus dem Sinn, dass es Menschen waren. Menschen, die diesen Kampf nie wollten."

„Ich weiß, es ist schrecklich, Elbenkind, aber mir ist keine Art der Rückwandlung bekannt. Es tut mir leid, du wirst deinem Kriegerhandwerk nachgehen müssen und versuchen zu vergessen, was diese Kreaturen einmal waren."

„Es ist für uns alle nicht leicht", sagte Eardin leise, *„auch ich ziehe nicht gerne in eine Schlacht."*

„Ich werde daran denken, was sie dir angetan haben, wenn mich Skrupel befallen." Adiad suchte sich ihre Decke, um sich einzuwickeln. Das nahende Töten ließ sie frieren.

Am nächsten Morgen brachen die Zwergenkrieger in die Stollen auf, um ihren Marsch nach Norden zu beginnen. Einige der Elben hatten sich eingefunden, um ihnen Glück zu wünschen. Erstaunt bemerkte Adiad, dass diese Wünsche von Herzen kamen. Sie und Whyen waren nicht die einzigen gewesen, die am Tag zuvor zu den Zwergen gegangen waren.

Es blieb ihnen ein ganzer Tag des Wartens. Adiad nutze ihn, um Amondin zu suchen, der sich weiterhin von ihr fernhielt. Sie fand ihn bei einer Schwertübung.

„Großvater?" Adiad lächelte ihm zu.

Amondin setzte sich neben sie. *„Ich werde mich nie daran gewöhnen, Adiad."*

„Wo wirst du in der Schlacht sein, Amondin?"

„Ich bleibe bei den Reitern. Ich vermute, du gehst zu den Bogenschützen am Berg?"

„Ja, gemeinsam mit Eardin und Whyen. Wir sollen in die Felsen klettern und die Naga erwarten, wenn sie aus den Stollen kommen."

„Wir haben den Auftrag, die Ebene zu durchsuchen. Ein Teil von uns soll an den Ausgängen der Schlucht warten."

„Hast du Angst, Amondin?"

„Ein wenig schon. Ich genieße es aber auch, mich wieder frei bewegen zu können und mit euch zu reiten."

Plötzlich kam Adiad etwas in den Sinn, was sie schon länger beschäftigte. *„Amondin, ich weiß mittlerweile, dass ihr eure Gestalt wandeln könnt."*

Er lächelte.

„Du trägst die Federn des Adlers, wie alle Elben der Feandun. Warum bist du damals nicht einfach zu Naila geflogen?"

Amondins Gesicht verfinsterte sich. *„Sie nahmen uns auch diese Freiheit, Adiad. Die Magier erwarteten, dass wir auf der Ebene erschienen, sobald die Sonne ihr Leben der Dunkelheit übergab. Und dies war auch das Gefühl, das mich überkam, jedes Mal, wenn ich meine Freiheit ihrem Willen unterordnen musste."* Amondin strich ihr über die Wange. *„Es ist vorbei, Adiad, lass uns nicht mehr darüber reden."*

♈

„Laifon, wie fühlst du dich?"

„Es geht mir nicht gut, Arluin. Sie haben mir soviel genommen. Lass mich ein wenig schlafen."

Arluin sah besorgt zu dem jungen Elben. Es hatte nichts genützt, darum zu bitten, ihn zu verschonen. Laifon wurde zusehends schwächer. Arluin schloss die Augen und versuchte, an Adain Lit zu denken. Er stellte sich vor, er läge auf der Obstwiese und nicht hier auf diesem harten Holz im Halbdunklen. Eben meinte er sogar, die Gesänge zu hören, als die Tür sich wieder öffnete. Der dunkle Schemen baute sich vor ihm auf, gab ihm erst etwas Wasser und zog dann sein Messer. Ein anderer Mensch hielt einen Krug unter seinen Arm. Arluin stöhnte, als er ihn schnitt und versuchte im Geiste diesem Grauen zu entkommen. Als sie wieder alleine waren, hörte er wie durch Nebel Laifons Stimme: *„Meinst du, dass sie uns suchen?"*

„Ich bin sicher, dass sie uns suchen, Laifon. Unser Volk lässt uns nicht alleine!"

„Doch werden sie uns auch finden? Wird es noch rechtzeitig sein?"

„Sie sind schon auf dem Weg, Laifon. Und sie werden uns auch noch lebend finden."

Er selbst war sich nicht sicher, doch er wollte ihm Hoffnung schenken.

„Am schlimmsten ist die Angst, Arluin. Die Angst davor, dass die Tür sich wieder öffnet."

„Ich werde für dich singen, Laifon!" Doch Arluin kam nicht weit, nur kurz empfand er die Dunkelheit, bevor er wieder das Bewusstsein verlor.

♈

Als das Heer der Elben das Tal durch den schmalen Einschnitt verließ, hatte die Sonne sich verzogen und Dunst lag über der Ebene. Es war eine triste Landschaft, durch die sie kamen. Zwar bot der Boden genug Erde für die Bauern, doch waren kaum Bäume oder Wälder zu sehen. Die einzigen Erhebungen bildeten Hügel oder Felsen, die dem Gebirge vorgelagert waren. Anfangs sahen sie weder Mensch noch Naga. Vereinzelt entdeckten sie Feuerstellen und am Mittag des zweiten Tages durchquerten sie ein verlassenes Dorf. Kein Leben rührte sich mehr. Sämtliche Vorräte, Decken und andere nützliche Gegenstände waren geraubt. Die Naga hatten das Dorf in jeder Hinsicht geplündert.

Wachsam ritten die Elben weiter gegen Norden. Auch der nächste Tag verlief wider Erwarten ruhig.

„*Deine Haarfarbe ist wie die meine, Melind*", wandte Adiad sich an den Elben, der seit einer Weile neben ihr ritt.

„*Aber ich habe nicht so schöne glänzende Muscheln darin.*" Bewundernd betrachtete er das Silber des Meeres in ihrem Haar.

„*Vielleicht nimmt sich Eardin einmal Zeit und flicht dir auch so bunte Zöpfe!*"

Sie hörte ihn hinter sich auflachen.

„*Hast du Feandun bei deinen Ahnen, Melind?*", fragte sie weiter und betrachtete interessiert sein fein geschnittenes Gesicht, in dem grüne Augen leuchteten.

„*Meine Mutter behauptet dies, denn auch meine Schwester ist so dunkelblond wie ich, obwohl mein Vater helles Haar hat. Der Vater meiner Mutter kam eines Tages nach Adain Lit, er erzählte nie, wo er herkam, doch ist die Auswahl nicht allzu groß. Und da er dazu noch aussah wie ein Feandun, war es wahrscheinlich auch einer*", erzählte er schmunzelnd weiter.

„*Vermutlich ist er von dort einfach abgehauen.*"

„*Er hat wirklich nichts erzählt?*"

„*Er schwieg, so wie das Meer schweigt und uns nicht all seine Geschichten erzählt. Auch den Magiern sagte er nichts, obwohl sie es immer wieder versuchten. Du kennst sie ja mittlerweile.*"

„*Ich weiß, dass Magier neugierig und manche Elben stur sein können*", antwortete sie.

Am letzten Tag suchte Adiad nach Fairron. Schweigend liefen sie zwischen den Grüppchen der Krieger hindurch, die während der Mittagsrast am Boden saßen oder lagen.

„*Was werdet ihr tun, Fairron, wohin geht ihr?*"

„*Wir werden in eurer Nähe sein*", erklärte Fairron, „*wir bleiben zunächst bei der Gruppe, die hinter euch, an den Felsen wartet. Dann hoffen wir, in die Zwergenstadt zu gelangen.*"

„*Pass auf dich auf, Fairron!*" Adiad war stehen geblieben und sah ihm besorgt in die Augen.

„*Ich kann mich nicht nur mit dem Schwert schützen, Adiad.*"

Als sie ihn fragend ansah, sprach er weiter. „*Ich tu es nicht gerne, doch ich kann auch mit dem Geiste töten. Wenn ich nahe an einem Menschen oder Naga bin, vermag ich ihm sein Licht zu nehmen.*"

„*Es muss furchtbar sein, dies zu tun.*"

„*Es ist anders als mit dem Schwert. Und es kommt unerwarteter für den Gegner. Der Blick seiner Augen ist grauenhaft, wenn er es spürt.*"

„*Lass dich noch einmal halten, Magier.*"

Liebevoll umarmte sie Fairron und hoffte von Herzen, ihn heil wiederzusehen.

Der Tag des erwarteten Kampfes zeigte sich verhangen.

„Bleib in meiner Nähe, Adiad. Ich will dich sehen und wissen, dass es dir gut geht", flüsterte Eardin.

„Ich kann es dir nicht versprechen, Elb, das weißt du selbst."

„Ich hätte dich in Adain Lit lassen sollen."

„Erst sprichst du davon, dass ich zu den Kriegern gehen solle und dann erträgst du es nicht."

Eardin küsste ihr Haar und umfing sie fest.

Adiad ging zu Whyen und küsste ihn auf die Wange. *„Pass auf dich auf, Elbenkrieger!"*

Whyen verstaute seine Decke. „Das hab ich in fünfhundert Jahren gelernt, Waldfrau. Du jedoch ..." Mit einem besorgtem Blick streichelte er über ihr Haar.

Kämpfe am Wallstein

*D*ie Gruppen trennten sich, ein Teil der Krieger ritt in Richtung Nordosten. Noch immer war keiner der Schlangenmenschen zu sehen. Verborgen hinter vorgelagerten Felsen und Hügeln suchte die Gruppe der Reiter, die auf die ausfallenden Naga warten sollte, ihren Platz. Auch die Magier blieben bei ihnen. Adiad näherte sich mit den restlichen Elben dem Berg. An der gegenüberliegenden Seite dieses Gebirgszuges war der Fels schroff und hoch, stand wie eine kalte Wand in der Landschaft des Lebein. Hier war der Übergang etwas sanfter. Einzelne Felsen wechselten sich mit grasbewachsenen Senken ab. Doch als sie weitergingen, erhoben sich auch hier steilere Felsen und sie erkannten Schnitte im Gebirge, die auf Ausgänge hinwiesen. Während die Elben noch suchend um sich blickten, entdeckten sie die Zwergenkrieger, die ihnen still mit Gesten die richtigen Wege zeigten.

„Sie sind tatsächlich zur richtigen Zeit am Ort", flüsterte Whyen, während er sich neben Eardin und Adiad mit anderen Bogenschützen einer der Schluchten näherte. Mit einem Seitenblick nahm Eardin wahr, dass sein Bruder Lerofar mit einer anderen Gruppe ging.

Ohne Schwierigkeiten zog sich Adiad an dem schroffen Felsenvorsprung hinauf und stellte dabei fest, dass sie wirklich geschickter und schneller im Klettern geworden war. Es war ihr schon am hohen Thron aufgefallen, denn auch er wies steile Stellen auf, die sie als Mensch kaum bewältigt hätte. ‚Nur schwindelfrei bin ich nicht geworden', dachte sie bedauernd, als sie sich an einer weiteren Kante nach oben stemmte. Whyen und Eardin waren bei ihr geblieben. Ein Teil der Bogenschützen suchte sich auf der gegenüberliegenden Seite einen Platz im Verborgenen. Auch in den anderen Schluchten verteilten sich ihre Krieger.

Die Dämmerung wich endgültig dem trüben Tag. Geduldig lauerten die Krieger zwischen den Felsen. Angespannte Stille lag über allem. Und während die Elben noch warteten, fiel die Zwergenarmee über Steinbeth her. Unbemerkt hatten sie sich in den brüchigen Stollen nähern können. Der Vorhut war es gelungen, die Wächter der Naga ohne Aufsehen zu beseitigen. Aus mehreren Stollen brachen die Zwergenkrieger nun hervor und stürmten auf die alte Stadt zu. In ihrer Überraschung versuchten viele der Schlangenmenschen zu fliehen. Andere griffen sofort zu ihren Waffen. Schwerter wurden gezogen, Bögen gespannt, die Naga erwarteten die Zwerge bei den Ruinen. Brüllend stürzten sich die Zwerge in den Kampf, heftig und erbittert wurden die Waffen gegeneinander geführt. Immer mehr Zwergenkrieger quollen aus den Gängen, weitere Naga ergriffen die Flucht und rannten in Richtung der Gänge.

Die Elben hörten den Kampflärm und machten sich bereit. Adiad hatte einen Platz hinter einem kleinen Felsen gefunden. Sie sah den Ausgang des Stollens gut. Er mündete in ein schmales Tal, das von Felsbrocken übersät war. Sie kauerte in guter Bogenschussweite und sah Eardin über sich. Er hatte seinen Eymaribogen ausgerichtet und beobachtete mit starrem Blick den Ausgang des Berges.

Einer fernen Lawine gleich näherten sich polternd Geräusche und Schreie. Sie fanden ihren Höhepunkt in der Schwärze des Felslochs, dann brachen die ersten Naga aus dem Stollen hervor. Die Tropfen der Fliehenden schwollen rasant zu einem Strom an. Die Elben spannten ihre Bögen und schickten einen Pfeilregen. Die ersten der Schlangenmenschen starben sofort. Nachfolgende versuchten panisch den Ursprung der Pfeile zu entdecken, warfen sich hinter Felsblöcke und Tote. Angewidert hatte Adiad ihre geschuppten Gesichter und Flügelohren wahrgenommen. Sie meinte sogar, die geschlitzten Pupillen zu erkennen und erinnerte sich an das, was sie Eardin angetan hatten. So spannte sie erneut zornig ihren Bogen. Ihre Pfeile trafen, doch nicht alle hatten die gleiche Wirkung. Während manche der Naga sofort durchbohrt wurden, prallten die Pfeile an anderen ab. Nur die Treffer des Eymaribogens schienen bei diesen Naga tiefer zu gehen.

Todesschreie hallten über das Gebirge, noch immer flohen Horden von Naga aus den Gängen. Adiad ahnte, dass es mehr waren, als die Zwerge vermutet hatten. Sie hörte die Schreie aus den anderen Schluchten, bald auch aus der Richtung, wo die Reiter warteten. Weiter schoss sie ihre Pfeile, deren Anzahl zusehends abnahm. Die Naga verbargen sich gut hinter den Felsen, einige hatten ihrerseits Bögen dabei. So wurden auch die Elben heftig beschossen. Ein Pfeifen in ihrer Nähe, Adiad duckte sich. Im gleichen Moment erhob sich eine Stimme aus dem Stollen. Fremde Worte, langsam und mit lauter Stimme gesprochen. Eingehüllt in seinen Mantel aus Schlangenhaut, trat der Schlangenpriester aus dem Berg. Die Elben spannten ihre Bögen, die Pfeile prallten an seinem Umhang ab, denn schützend hielt der Priester die Schlangenhaut vor sich. Ein Messer blitzte auf. Adiad erahnte an seiner Bewegung, dass er sich damit selbst in den Arm schnitt. Ungläubig starrte sie auf sein Treiben, versuchte zu erfassen, was er dort tat.

Der Pfeilhagel auf ihn wurde geringer und ein Elb rannte mit dem Schwert in der Hand in seine Richtung. Der Priester ließ inzwischen sein Blut im Schutze des Umhangs in Gefäße tropfen. Weiter rief er Worte in einer kehligen Sprache, dann schleuderte er mit einem Schrei ein Gefäß erst auf die eine und gleich danach das andere gegen die gegenüberliegende Felswand. Zunächst geschah gar nichts. Dann färbte sich der Fels dunkler und veränderte dabei seine Beschaffenheit. Risse und Spalten taten sich auf und rasend begann der Felsen zu zersplittern. Der Elb, der schon beinahe bei ihm gewesen war, wandte sich blitzartig um, floh den Felsen wieder hinauf, doch er kam nicht weit. Er wurde von den brechenden Steinen mitgerissen.

„*Weg hier!*", hörte sie Eardin über sich schreien.

Adiad hechtete den Felsen nach oben. Sie sah Eardin kniend mit ausgestreckter Hand auf sie warten, während der Felsen unter ihren Füßen zu brechen begann. Geröllawinen rasten den Berg hinab. Ein gellender Aufschrei. Umfangen von Steinen stürzte Melind unmittelbar neben ihr schreiend in die Tiefe. Adiad presste sich an die Felswand, krallte sich fest, bemühte sich mit zunehmender Verzweiflung sich weiter nach oben zu ziehen. Eine Felsspalte versprach Rettung, fest schob sie ihre Finger hinein. Sie versuchte Eardins Hand zu ergreifen, knirschend brach der Boden unter ihr weg. Wie Sand zerbröselte der Stein, der ihr eben noch Halt gegeben hatte. Eardin schrie ihren Namen, versuchte sie zu fassen, es gelang ihm nicht. Unerbittlich riss die Felslawine sie mit sich. In ihrer Todesangst spürte sie plötzlich eine Hand; eisern hielt diese ihren Arm fest, zog sie zur Seite. Mit Gewalt wurde sie aus den stürzenden Steinen gerissen. Arme umschlossen sie, während die Steine donnernd neben ihr in die Tiefe rasten.

„*Ich hab dich, Adiad!*", hörte sie Whyens bebende Stimme.

Sie sah auf und blickte in seine entsetzten Augen. Brüllend stürzten die Steine zu Tal, das Licht verschwand. Und während sie noch bewegungslos und festumklammert standen, umgab sie bald die Schwärze der Nacht.

„*Geht es dir gut, Waldfrau?*"

„*Ich weiß nicht. Mir tut alles weh. Ich kann schlecht atmen, aber ich kann mich noch bewegen. Und du?*"

„*Ich bin noch heil.*" Seine Hand tastete über ihren Oberkörper. „*Leg dein Brustschild ab, es ist eingedrückt. Dann bekommst du wieder besser Luft. Ich werde meines auch nicht mehr brauchen.*" Sie hörte Metall klappern und bemühte sich ebenfalls, die Riemen zu öffnen. Als sie ihren Harnisch gelöst hatte, verschwanden die stechenden Schmerzen, sie atmete auf und suchte in der Finsternis nach Whyen. Sie fand seinen Arm und er zog sie zu sich.

„*Was ist mit Eardin und den anderen?*" Adiad drückte sich an ihn und hörte sein Herz wild schlagen.

„*Ich habe ihn noch gesehen, bevor die Höhle sich auftat, ich hoffe, er konnte sich retten.*"

„*Melind ist abgestürzt, Whyen.*"

„Ich weiß."

Whyen hielt sie weiter und sie klammerte sich an ihn. Nur langsam kamen sie beide wieder zur Ruhe.

„Sag mir, dass Eardin noch am Leben ist, Whyen, bitte!"

„Er ist weiter oben gestanden, Adiad, der Fels brach nicht so weit!" Whyen war sich längst nicht so sicher. Doch er wollte sie beruhigen und merkte dabei, dass die Worte auch seine Sorge ein wenig kleiner machten.

„Whyen?"

„Ja?"

„Danke! Ohne dich würde ich nicht mehr leben."

Whyen drückte sie noch fester an sich. *„Ich hätte es nicht ertragen, wenn dir etwas geschehen wäre, Waldfrau",* flüsterte er.

Stille Dunkelheit umgab sie und Adiad war dankbar für das Leben und die Wärme, mit der er sie umfing. *„Wo sind wir? Was für eine Höhle ist das?"*

„Ich weiß nicht, Adiad. Ein Felsbrocken löste sich. Er gab den Eingang frei und so sprang ich hinein. Dann sah ich dich vorbeirutschen und konnte deine Hand noch ergreifen. Eardin muss wissen, dass wir noch leben. Nutze deine Feandunmagie, Adiad. Ruf ihn im Geiste. Sag ihm, dass wir am Leben sind."

Adiad tat es, doch Eardin hörte sie nicht.

Sie öffnete wieder die Augen und starrte ins Dunkel. *„Ich habe es versucht, Whyen, doch weiß ich nicht, ob der Fels nicht zu dick ist. Lass uns versuchen, das Geröll wegzubekommen. Du hast nicht zufällig etwas Licht, Elb?"*

„Ich vermag ein wenig Licht zu machen, doch meine blaue Kugel ist nicht annähernd so hell wie die von Fairron."

Adiad sah zu der Stelle, an der sie seine Hand vermutete. Langsam erglomm dort ein schwaches blaues Licht.

„Lass es mich auch versuchen."

„Es ist erbärmlich, Waldfrau."

„Es ist mein erstes, es wird noch."

Im schwachen Schein ihrer Elbenlichter betrachteten sie die Geröllmassen, die sich vor ihnen auftürmten. Whyen versuchte die Steine zu bewegen, er schob und drückte an vielen Stellen, nichts rührte sich. Dann begann er die Höhle abzusuchen und Adiad tat es ihm gleich.

„Hier ist ein Spalt", hörte sie ihn und folgte dem Schein seines Lichtes.

Whyen hielt seine Kugel nach vorne. Sie erleuchtete nur einen Bruchteil des Ganges, der sich hinter dem Felsspalt auftat. *„Ich denke, wir sollten dem Gang folgen."* Er beleuchtete den Boden und erkannte, dass er Spuren von Abnutzung zeigte. *„Es* *scheint ein verborgener Stollen der Zwerge zu sein. Lass es uns versuchen, umkehren können wir immer noch."*

Vorsichtig betraten sie den schwarzen Schlund, den ihre blauen Lichter nur wenig erhellten. Adiad sah kaum den Elben, der vor ihr lief. Der Gang wandte sich Richtung Westen und sie folgten ihm. Je weiter sie gingen, um so abgestandener und muffiger wurde die Luft.

„Es wirkt nicht, als ob wir gleich ins Freie stoßen, Waldfrau. Es ist eher ein Hauch von Tod und Verderben, dem wir uns nähern."

„Kannst du die Lichter des Lebens spüren, wie Mellegar, Whyen?"

„Ich bin nur ein Krieger, Adiad, so kann ich es leider nicht. Doch wirkt es nicht so, als ob Lebende uns am Ende des Ganges erwarten."

φ

Ein niedriger Felsen bot ihm Deckung. Lerofar griff hinter sich und bemerkte, dass nur noch wenige Pfeile im Köcher waren. Er legte den nächsten an und schoss ihn voller Wucht auf einen der Naga, die aus der Höhle stürmten. Der Pfeil prallte von ihm ab. Nochmals griff der Elb in den Köcher, wieder schoss er und wieder blieb es erfolglos. Der Naga wandte sich nach oben. Ein anderer folgte ihm. Lerofar zog sein Schwert, suchte sich eben einen guten Stand, als sie ihn schon erreichten. Kräftig hieb er sein Schwert gegen die Schulter des Naga. Dieser taumelte nur und zischte: „Jetzt stirbst du, Elb!"

Als Lerofar gewahr wurde, dass auch der andere nicht zu töten war, wurde sein Kampf zusehends verzweifelter. Dann hörte er eine laute Stimme in der Schlucht, es war ihm nicht möglich, danach zu sehen. Er hieb und stach nach den Schlangenmenschen, die wie aus Leder gegossen waren. Ein lautes Krachen hallte durch die Schlucht; Lerofar schlug weiter. Plötzlich verschwanden die beiden Naga. Lerofar hielt ungläubig inne. Blitzartig rutschte auch unter ihm der Boden weg.

φ

„Hast du das Krachen gehört?"

Adiad und Whyen waren stehen geblieben. Feiner Staub rieselte von der Decke.

„Er hat es wieder getan", flüsterte Whyen. Beide dachten sie an die Elbenkrieger in den Hängen.

„Lass uns hier weggehen!" Adiad zog an ihm. *„Der Stollen könnte wegbrechen. Komm, Whyen!"*

Weit führte der Gang in die Tiefe des Berges. Immer öfter mussten sie rasten, um zu trinken, denn die Luft war von modrigem Staub erfüllt. Allmählich weiteten sich die Gänge und begannen sich zu verzweigen. Die Elben hielten sich geradeaus, bis Whyen erstarrte und sich einer kleinen Nische im Felsen zuwandte. Er näherte sein Licht dem Ort und sie blickten in dunkle, leere Augenhöhlen. Blanke Zähne grinsten in einem verstaubten Schädel.

„Ein toter Zwerg", flüsterte Adiad.

Bald erkannten sie, an welchen Ort sie gelangt waren. Immer mehr der Löcher im Felsen tauchten auf. Gefüllt mit Schädeln und Knochen. Die Knochen lagen gehäuft in größeren Verschlägen, doch die Schädel waren einzeln aufgebahrt. Schaurig starrten sie mit ihren schwarzen Augenhöhlen aus den Nischen. Einzelne Schädel trugen aufgemalte Zeichen auf der Stirn, in den Augenhöhlen sahen sie kleine, verstaubte Edelsteine liegen.

„Sie lassen sie irgendwo verrotten und sortieren dann ihre Knochen", meinte Whyen erschaudernd, *„dann geben sie ihnen die Steine."*

Adiad wusste, dass die toten Zwerge ihnen weniger tun konnten als die Naga, doch fror sie unter ihren Blicken und hatte den Eindruck, ihren Frieden zu stören. Sie glaubte die Wut der Toten über ihr Eindringen beinahe zu spüren.

„Komm, Adiad!" Er zog sie weg von der Nische.

Während sie weiter zwischen den Gebeinen hindurch gingen, überfiel Adiad eine zunehmende Erschöpfung. *„Ich kann nicht mehr, Whyen, wir gehen schon so lange, lass uns ein wenig ruhen."*

An einer glatten Felswand fanden sie einen Platz und sackten zu Boden.

„Wir können dankbar sein, dass wir beide noch heile Wasserbeutel haben, Adiad!"

Sie nickte und trank von dem kostbaren Wasser. Whyen legte seinen Arm um sie und so schliefen sie beide ein. Beim Erwachen fanden sie sich am Boden der Zwergengruft wieder. Adiad spürte Whyens Arm über sich und dachte an den Morgen im Zelt, auf dem Rückweg von den Feandun-Elben. Damals hatte Eardin sie so gesehen, doch so wie jetzt geschah es im Schlaf. Völlige Dunkelheit umgab sie und Adiad war froh, ihn hinter sich zu spüren. Sie merkte, dass auch Whyen wach war.

„Meinst du, es ist schon Morgen, Elb?"

„Ich bin mir nicht sicher. Weißt du, ich habe das erste Mal in meinem Leben kein Bedürfnis, den Morgengruß zu vollziehen. Ich käme mir vor, als ob ich all die toten Zwerge grüße."

„Was mag mit den anderen sein, Whyen? Ich habe solche Angst um Eardin!"

„Wir würden es spüren, Adiad. Ich glaube, er lebt noch." Whyen streichelte über ihr Haar. *„Lass uns noch ein Stück gehen, ich hoffe immer noch auf einen anderen Ausgang. Ich*

kann mir nicht vorstellen, dass dieser Ort an dem steilen Felsen der einzige war. Wie sollten sie ihre Toten dort hinbringen?"

So ließen sie wieder ihre Lichter aufleuchten und folgten weiter dem Gang an den Schädeln vorbei.

♈

Nachdem der Hang sich beruhigt hatte, versuchte Eardin verzweifelt, das Geröll von der Stelle zu entfernen, an der die beiden verschwunden waren. Der Schlangenpriester war inzwischen nicht mehr zu sehen, auch die Naga waren verschwunden. Der Stollen zur Stadt war von Geröllmassen verschüttet, so begannen die Elben nach den Abgestürzten zu suchen. Während Eardin hartnäckig an den Steinen riss, suchten die anderen Elben Melind und den Krieger, der in der Nähe des Priesters gewesen war. Sie fanden Melind tot in der Schlucht. Er lag zwischen den durchbohrten oder erschlagenen Naga. Nur wenig Geröll bedeckte ihn. Fandor zog ihn heraus und barg ihn in seinen Armen. Tränen liefen über die Wangen des Elben, als er seinen Freund aus der Schlucht trug. Den zweiten Vermissten fanden sie nicht. Elthir stand Eardin bei, doch erkannten sie bald, dass es aussichtslos war, die Steine bewegen zu wollen.

„Lass uns die Zwerge suchen, vielleicht können sie uns einen Rat geben," sagte Elthir erschöpft. Eardin beachtete ihn nicht, zog weiter an den Geröllbrocken, so begab Elthir sich allein auf die Suche. Am Ausgang der Schlucht traf er einige der Reiter. Sie erzählten ihm, dass auch in einer anderen Schlucht der Felsen gerutscht war. Auch dort suchten die Elbenkrieger nach den Vermissten und Verschütteten. Viele der Naga waren getötet worden, doch gab es auch welche, die in die Ebene oder zurück in die Stollen fliehen konnten.

„Sie brachen überall in Horden heraus", erzählte der Krieger. *„Einige von uns blieben bei den Magiern, um sie zu schützen, die anderen verfolgen noch die Naga. Alle Eingänge zur Stadt scheinen verschüttet, so werden unsere Magier auf diesen Wegen nicht nach Steinbeth können."*

„Hast du von den Zwergen gehört?"

„Dort hinten sind ein paar, doch die meisten sind noch in der Stadt. Ich hoffe, sie kommen dort wieder raus!"

Elthir suchte sich einen der Zwerge und bat ihn mitzugehen. Auf dem Weg erzählte er ihm, was geschehen war.

Eardin saß erschöpft auf einem Felsen, als sie ihn erreichten. *„Es gelingt mir nicht, Elthir! Sie sind dort drinnen und ich bekomme die Steine nicht weg."* Blanke Verzweiflung lag in seiner Stimme.

Der Zwerg besah sich das Geröll. „Ich kenne den Ort aus Beschreibungen. Zwar nutzen wir ihn nicht mehr und ich war auch noch nie hier, doch denke ich, es ist der verborgene Eingang zur Gruft." Als er die erstaunten Gesichter der Elben sah, erzählte er weiter: „Die Begräbnisstätte der alten Stadt. Der Haupteingang zur Gruft liegt in Steinbeth, aber es gibt auch noch einen Stollen in Richtung Westen zum Lebein hin. Es wird der einzige Gang sein, der noch zu begehen ist. Der Haupteingang wurde endgültig verschlossen, als die Stadt verlassen wurde. Auch dieser Gang hier hatte einen Felsblock als Schutz; anscheinend hat er sich gelöst und ist nach unten gerutscht."

„Der andere Gang ist noch offen?"

„Es ist ein geheimer Zugang. Unser Volk wollte damals die Möglichkeit lassen, ihre Toten zu ehren. So erhielten sie diesen schmalen Pfad. Er endet in einem Tal auf der Westseite des Gebirges, an verborgener Stelle. Wenn deine Freunde in die Grüfte gegangen sind, und dort auch wieder herausfinden, dann ist es möglich, dass sie den Weg dorthin entdecken." Aufmerksam besah sich der Zwerg den riesigen Geröllhaufen über dem Höhleneingang. „Ich würde lieber um das Gebirge reiten, als es hier weiter zu versuchen."

„Ich komme mit dir", sagte Elthir zu Eardin, „doch sollten wir es mit den anderen absprechen. Wir müssen mit Beldunar reden."

Eardin nickte. Er wusste, er konnte nichts weiter tun als zu hoffen und so bald es möglich war, um das Gebirge herumreiten. So zog er los, um Lerofar zu suchen. Als er zu der Schlucht kam, in der er seinen Bruder wusste, wurde ein toter Elb an ihm vorbeigetragen. Ängstlich sah er auf ihn, doch es war nicht Lerofar. Mit Furcht im Herzen ging er weiter. Die Schlucht war in noch größerem Ausmaß zerstört, als die ihre. Riesige Trümmerhaufen bedeckten den Boden. Viele Krieger suchten nach Verschütteten. Beunruhigt begann er zu klettern. *„Habt ihr Lerofar gesehen?",* rief er einem der Krieger zu. Der schüttelte den Kopf und Eardin kletterte mit wachsender Panik über die Felsbrocken. Je weiter er stieg, umso verzweifelter war er. Er rief nach Lerofar, sah sich suchend um, bekam keine Antwort. Der Hang war in der kompletten Breite nach unten gerutscht. Immer wieder schrie er laut nach seinem Bruder.

Dann hörte er seine Stimme. Mit einem Aufschrei stürzte er nach oben und fand ihn oberhalb des Stollenausgangs. Lerofar lag auf einem kleinen Felsabsatz und sah erleichtert auf, als er Eardin erkannte.

Dieser zog ihn weinend an sich. *"Bist du verletzt?"*
"Ich weiß nicht. Ich bin eben erst zu mir gekommen. Ich konnte mich durch einen gewaltigen Sprung retten. Dann fiel ich nach unten und schlug mit dem Kopf an den Felsen." Vorsichtig begann er seine Glieder zu bewegen, befühlte seinen blutigen Kopf. *"Ich meine fast, dass noch alles heil ist. Aber ich brauche ein wenig Hilfe, mir ist schwindlig und alles schmerzt."*
Eardin hielt ihn, während er sich bemühte, aufzustehen.
"Wo sind die anderen?", erkundigte sich Lerofar vorsichtig. Eardin erzählte es ihm. Lerofar schwieg, bis sie an den aufgebahrten Elbenkriegern vorbei waren. Dann blieb er stehen und nahm Eardin in die Arme.

In dieser Zeit tobte der Kampf in der Ebene. Die Elbenkrieger um Beldunar hatten ein ganzes Nest der Schlangenwesen entdeckt. Gut bewaffnet hatten sie sich in einer Senke verschanzt. Pfeile und Speere flogen in Richtung der Elben, aber wenige Pfeile der Elben erreichten ihr Ziel. Die Felsen boten den Naga ausreichend Deckung. Beldunar entschloss sich, das Schlangenloch im Sturm zu nehmen. Mit Brustpanzern, Schilden und Helmen geschützt, galoppierten die Elbenkrieger auf die Senke zu.
Amondin spürte den wilden Hufschlag seines Pferdes. Dort vorne lagen diese Wesen, die einmal Menschen gewesen waren und deren ekelhafte Schlangenhaut nun deutlicher wurde. Und doch waren es Lebewesen und er wusste, dass diese Naga alle sterben würden. Er kannte die Kräfte der Elben. Mit dem Schwert waren sie eine schwer zu besiegende Macht. Und ihm war ebenfalls klar, dass sie diese Naga töten mussten, da sie Unheil über das Land brachten. Doch ihm graute davor.
Nachdem ihre letzten Pfeile verschossen waren, stellten sich die Naga zum Kampf. Die Elben sprangen von ihren Pferden. Metall traf auf Metall. Kampfgebrüll, Befehle, Schreie. Schonungslos schlugen Naga und Elben aufeinander ein. Die Schlangenmenschen waren in der Überzahl, doch es zeigte sich, dass die meisten von ihnen Bauern gewesen waren. Sie hatten nie gelernt, ihre Schwerter und Speere richtig zu führen. Amondin hieb um sich. Er fühlte sich bald wie im Rausch, als er zuschlug, über die Leichen sprang, dem nächsten sein Schwert in den Leib hieb. Verzerrt wie in einem Albtraum, hörte er Schwerter in Fleisch stoßen und Eisen auf Knochen schlagen. Direkt neben ihm schrie ein Elb. Ein Naga hatte den Unterarm abgehauen. Amondin sah ihn stöhnend und blutend neben sich zusammensacken. Er spürte es mehr, als dass er es sah. Blitzartig riss er sein Schild hoch, fing den heftigen Schlag ab, der auf ihn niederfuhr, geriet ins Straucheln, stürzte über den Körper, der hinter ihm lag. Der Schlangenmensch hob sein Schwert, um es ihm in den Leib zu bohren. Ein Elbenkrieger sprang an seine

Seite. Mit einem Hieb trennte er der Kopf des Naga von seinem Körper. Blut spritzte aus seinem Hals, der Rumpf sackte in sich zusammen. Amondin warf sich aus seiner Reichweite, umfasste sein Schwert und stürzte sich erneut in den Kampf. Bald mussten jedoch auch die Krieger um Beldunar erfahren, dass ihre Schwerter einigen der Naga kaum etwas anhaben konnten. Sie schienen unverwundbar, die Elbenklingen prallten von ihren Schlangenhäuten wie von Steinen ab. Erst als ein Elbenkrieger einem dieser Wesen ebenfalls den Kopf abhieb, erkannten sie dessen Schwachstelle.

Die Schreie wurden leiser, das Stöhnen der Verwundeten und Sterbenden blieb. Erschöpfte Ruhe legte sich über das Schlachtfeld. Blutbespritzt standen die Elben über den Leichen der Naga. Amondin kam langsam wieder zu sich und lehnte sich auf sein Schwert. Er sah zu dem Elben, der seinen Arm verloren hatte. Er lebte nicht mehr. Still ging er zu ihm, hob ihn hoch und weinte, als er ihn hielt. Erschüttert über seinen Tod und über die Grausamkeit dieses Schlachtens. Weitere Tote und Verletzte wurden geborgen. Die Elben trugen sie zu den Pferden. Sie wollten ihre toten Brüder mitnehmen; die Verwundeten, so bald es ging, zu den Magiern bringen. Betrübt riefen sie ihre Pferde.

Stollen und Höhlen

Auch in Steinbeth war die Schlacht zur Ruhe gekommen. Die Zwerge entdeckten keine Naga mehr, die meisten waren geflohen. Doch auch den Schlangenpriester fanden sie nicht. In kleinen Trupps durchstreiften die Zwergenkrieger die alte Stadt. Dunkle Wohnhöhlen starrten sie aus dem Kegelberg her an, in manchen von ihnen fanden sie zurückgelassene Lager. Die Stille trug noch das Echo des Kampfes in sich, die vergehenden Stimmen der Toten. Plötzlich wurde das Murmeln lauter, brach sich als Stimmengewirr an den Felsen. Einige Zwerge folgten den Geräuschen, bis sie im früheren Versammlungssaal auf Menschen stießen. Zusammengekauert saßen dort Gruppen von Frauen, Kindern und Alten. Hunderte von Menschen, die verängstigt zu den Zwergen sahen, einige schrien auf, Kinder weinten. So legte einer der Kämpfer sein Schwert zu Boden und sprach sie an. „Es geschieht euch nichts, wir haben die alte Stadt erobert, die Schlangenmenschen sind geflohen oder getötet."

Manche Frauen begannen bei seinen Worten zu schluchzen, bis eine aufstand und zu ihm ging. „Es waren unsere Söhne, Männer und Väter, Zwerg."

„Warum seid ihr hier? Warum seid ihr noch Menschen?"

„Er konnte uns zum Kämpfen nicht brauchen."

„Der Priester?"

Sie nickte. „Er hat uns in den Höhlen gehalten. Einige Frauen sind verschwunden. Wir wissen nicht, was mit ihnen geschah. Sie benutzten uns, um ihnen zu dienen. Doch meist kümmerten sie sich nicht weiter um uns. Wahrscheinlich sollten wir die Kinder großziehen, damit er weitere dieser Kreaturen aus ihnen machen kann. Sie kannten uns bald nicht mehr, Zwerg", fuhr sie unter Tränen fort, „unsere eigenen Männer erkannten uns nicht mehr. Sie veränderten nicht nur ihr Aussehen zu diesen grauenvollen Wesen, sondern auch ihr Geist verschwand. Der Priester zwang sie, sie wollten es nicht, sie wollten nicht zu diesen Schlangenmenschen werden."

Inzwischen waren weitere Frauen und Kinder näher gekommen. Eine dunkelhaarige, junge Frau, die einen Säugling auf dem Arm hielt, erzählte weiter: „Sie trieben uns hier in diesen Raum, als euer Angriff begann. Als wir euch vorhin hörten, dachten wir, die Schlangenwesen kehren zurück."

Eine Stimme aus dem Hintergrund rief: „Wo ist der Priester? Habt ihr den Priester getötet?"

Der Zwerg schüttelte den Kopf. „Er ist geflohen oder hält sich verborgen. Wir suchen ihn noch. Nun kommt, wir bringen euch nach draußen. Die Gänge

Richtung Süden sind noch offen. Dann können wir nachdenken, was mit euch geschieht."

φ

Die Luft roch nach Moder. Geröll knirschte unter ihren Füßen. Weit entfernt waren Rufe zu hören. Wie Stimmen von längst vergangenen Leben.

„*Wir müssen in der Nähe der Zwergenstadt sein*", vermutete Whyen, „*ich habe den Eindruck, immer nach Westen zu gehen, aber ich kann mich auch täuschen.*"

Während er dies sprach, erreichten sie einen großen Raum, den ihre Lichter nicht einmal zur Hälfte ausleuchteten. Keine Schädel oder Knochen, lediglich eine kleine Figur stand in der Mitte der sonst kahlen Halle. Eine Elle hoch, aus einem dunklen, glänzenden Stein gearbeitet, thronte sie auf einem runden Sockel. Neugierig näherten sich die beiden Elben und das blaue Licht auf ihren Händen brachte die Figur zum Leben. Sie schien auf dem Sockel zu tanzen.

„*Eine nackte Zwergin*", sagte Whyen.

„*Es wird ihre Göttin sein*", vermutete Adiad.

„*Sie verehren eine nackte Zwergenfrau!*", sagte er mit Hohn in der Stimme. „*Sie ist nicht besonders hübsch.*"

„*Dir braucht sie auch nicht zu gefallen, Elb.*"

„*Was werden sie sich von dieser schwarzen Göttin erhoffen? So wie sie aussieht, viele Zwergenkinder.*"

„*Hör auf zu lästern, Whyen. Was glaubst du, was Norgrim dir dazu erzählen würde. Die Zwerge wären nicht begeistert, wenn du ihre Göttin verspottest.*"

„*Die Zwerge hier drinnen stört es nicht, sonst würden sie aus ihren Nischen kommen, um uns zu jagen.*"

„*Hör bitte auf, Whyen, mir ist schon unheimlich genug. Wir sind in einem Grab gefangen, Elb. In mir wächst das Gefühl, alles Leben hinter mir gelassen zu haben. Nichts scheint mehr wirklich.*"

Er schwieg, doch plötzlich packte er sie im Genick. Adiad schrie gellend auf.

„*Jetzt hast du sie sicher geweckt, Waldfrau.*"

„*Das war nicht nötig, Elb,*", flüsterte sie und griff ängstlich nach seiner Hand.

„*Komm schon, Adiad, es war kein toter Zwerg, sondern nur ich und ich bin wirklich und auch noch lebendig! Lass uns weiter nach einem Ausgang suchen.*"

Im Schein ihrer blauen Lichtkugeln entdeckten sie ein riesiges Tor. Es war aus Eisen gearbeitet, sie betasteten es, das massive Schloss war zu und ließ sich nicht öffnen.

"Wenn das der einzige Ausgang ist, sieht es schlecht aus." Whyen zog Adiad weiter, um die Wände abzusuchen. Ein dunkles Loch tat sich auf. *"Hier! Ein weiterer Stollen."* Unsicher starrten sie in die Dunkelheit des Ganges.

"Es ist der einzige Weg, Waldfrau. Und zurück möchte ich auch nicht mehr."

"Ich frage mich, wie die Zwerge die Arbeit im Berg aushalten. Ich meine, die Dunkelheit und Enge kaum noch ertragen zu können."

"Der Lichtmangel ist wirklich kraftraubend. Auch möchte ich mein Leben nicht unter verstaubten Zwergenköpfen beschließen."

Mit wenig Hoffnung schleppten sie sich weiter. Ihr blaues Licht erhellte den Weg nur schwach. Eintönig wanderte der Lichtkegel über die nackten Wände. Wenige Tote waren in diesem Gang bestattet worden. Adiad nahm es kaum noch wahr. Sie wechselten sich jetzt ab, so lief bald Whyen mit dem Licht voraus und Adiad folgte ihm, dann ging sie wieder vor ihm, um den Weg zu beleuchten. Sie hatten ihr Zeitgefühl völlig verloren, so rasteten sie, wenn sie müde waren und liefen, wenn sie erwachten. Wenig Wasser war noch in den Beuteln.

"Wenn der Gang auch von einem Felsen versperrt ist, dann bleiben wir für immer hier unten", schluchzte Adiad plötzlich auf.

"Adiad, komm zu mir! Auch wenn er versperrt ist, werden sie uns suchen und finden. Die Zwerge kennen die Gänge." Whyen zog sie zu sich. *"Komm, lass dich ein wenig halten. Es wird gut, Waldfrau, wir kommen hier wieder raus."*

Seine Wärme und sein Halt trösteten sie.

Er küsste sie auf den Kopf. *"Du schmeckst nach Zwergenstaub, Adiad. Jetzt komm, wir müssen Weg gewinnen, solange wir noch Wasser haben."*

Sie hatten die letzten Grüfte schon eine lange Zeit hinter sich gelassen, als Adiad inne hielt. *"Ich mag mich täuschen, doch ich meine, es riecht hier frischer!"*

Die Ahnung von frischer Luft gab ihnen Hoffnung und so gingen sie schneller.

"Was gäbe ich dafür, jetzt in den See zu springen", murmelte Adiad.

Mit einem zustimmenden Brummen setzte Whyen seinen Weg fort, bis er plötzlich einen Hauch von Helligkeit vor sich sah. *"Dort ist Licht, Waldfrau!"*

Die Sonne schien senkrecht in die enge Schlucht, in die der Stollen mündete.

"Das Licht hat uns wieder!", sagte Whyen ehrfürchtig und sie fielen sich vor Freude in die Arme.

"Lass uns sehen, dass wir Wasser finden." Whyen marschierte weiter und versuchte seinem Gespür zu folgen. Sie bemerkten es beide. Ohne weiter zu reden, nahm der Elb beide Wasserbeutel und kletterte nach oben. Für eine Zeit verschwand er aus

ihrer Sicht, um dann zu rufen: *"Zum Baden ist es zu wenig, doch es reicht, um uns den Staub der Zwergenleichen abzuwaschen."*

Adiad zog sich nach oben und sah erfreut das kleine Wasserrinnsal aus dem Berg brechen. Sie wuschen sich Gesicht und Hände und versuchten auch ihre Kleidung auszuklopfen. Adiad zog ihre Stiefel aus und hielt ihre Füße unter das Wasser. Ihre Gedanken wanderten über das Gebirge.

"Wir sind unter den höchsten Gipfeln durch, Whyen. Sie sind jetzt alle dort auf der anderen Seite."

"Adain Lit ist nicht mehr fern, Waldfrau. Es ist unser nächstes Ziel."

Adiad nickte erschöpft.

Die Schlucht nahm kein Ende. Schroff und scharfkantig waren die Felsen, durch die der Zwergenpfad führte. Sie hatten beide genug von Felsen und Steinen, sehnten sich nach der grünen Landschaft des Lebein. Als es schon dämmerte, erreichten sie einen kleinen Platz, an dem der Fels einen geschützten Einschnitt bot.

"Ich denke, wir sollten hier bleiben, Adiad. Einen besseren Schlafplatz finden wir nicht. Außerdem möchte ich nicht im Dunklen durch die Felsen gehen."

Müde ließ Adiad sich an der Wand herabgleiten, der Elb setzte sich neben sie.

"Es ist besser als in den dunklen Stollen", meinte er und legte den Arm um sie. *"Lehn dich an mich, Waldfrau, es wird schon kühl."*

"Du hast nicht zufällig irgendetwas zu essen dabei, Elb?"

"Nicht einen Apfelring, doch Wasser habe ich noch ausreichend."

Die Dämmerung raubte dem Fels seine Konturen. Kälte senkte sich zwischen die dunklen Wände.

"Erzähl mir von dir, Whyen. Ich weiß noch wenig über dich oder deine Eltern. Es wundert mich, dass du als einer der wenigen Elben von Adain Lit schwarze Haare hast."

"Da gibt es nicht viel zu erzählen. Meine Eltern leben bei uns im Wald, ich kann dich gerne einmal zu ihnen führen. Meine Haare sind schwarz, da mein Vater ein Elb vom Hochland ist. Dort gibt es die Haarfarbe oft."

"Ich war noch nie bei ihnen. Eardin wollte mit mir hinreiten. Doch wirkte er wenig begeistert, da der Weg lang und öde ist."

"Das ist er wirklich. Ich kenne kaum einen öderen Ritt als zu den Hochlandelben. Selbst mein Vater reitet deswegen nicht oft zu seinen Verwandten."

Adiad schlang ihre Arme um sich. *"Es wird immer kühler, Whyen."*

"Komm her zu mir, Waldfrau!" Whyen suchte sich einen Platz unter dem Felsenüberstand, legte sich hin und die Eymari schmiegte sich so gut es ging an ihn.

Er zögerte kurz, legte dann den Arm über sie und schenkte ihr seine Wärme. „Besser?"

„*Viel besser, Whyen. Ich habe es immer wieder selbst versucht, doch es will mir nicht gelingen. Es ist eine lächerliche Wenigkeit an Wärme, mit der ich mich umgeben kann.*"

„*Das macht nichts, denn du hast ja mich oder Eardin.*"

Und während sie dort lagen und das Licht langsam aus der Schlucht verschwand, spürte Adiad seinen Atem an ihrem Genick und seinen warmen Körper, der sich an sie drückte. Er hielt ihre Hand. Nach einer Weile gab er sie wieder frei, streichelte verspielt über ihre Haut, ließ seine Fingern den Arm nach oben krabbeln. Whyen küsste ihr Haar, massierte ihre Schulter, verharrte kurz. Das Zögern dauerte nicht lange. Whyen gab ein wohliges Brummen von sich, dann folgte seine Hand genussvoll dem Schwung ihres Körpers, fand einen Ruheplatz auf ihrer Hüfte. Warm und vertraut.

„*Weißt du, was ich jetzt am liebsten mit dir machen würde, Waldfrau?*", fragte er sanft.

Adiad sah auf. Whyen hatte sich über sie gebeugt, seine Augen wandelten sich in dunkles Grau.

Sie drehte sich zu ihm, strich ihm die Haarsträhnen über die Schulter. „*Ich kann es mir fast denken, Whyen.*"

Sein Gesicht war dicht über ihrem. „*Kennst du die Geschichten von den Elben der ersten Zeiten, Adiad?*"

„*Eardin hat damals am Meer davon erzählt, dass sie das Mondfest ohne Kleider begingen.*"

Er nickte und streichelte zärtlich über ihr Gesicht. „*Nun, sie waren auch sonst etwas offener und freier in allem. So kam es vor, dass die Elben neben ihren Gefährten auch andere hatten.*"

„*Willst du mich mit deinen Geschichten rumkriegen, Elbenkrieger?*"

„*Nichts läge mir ferner, Adiad!*" Whyen schmunzelte, wurde dann ernster. „*Ich würde es nie tun, Adiad. Außerdem kenne ich Eardin und seine Eifersucht. Es würde ihn krank machen. Er ist mein bester Freund, neben Fairron, ich will ihn nicht verlieren.*"

„*Ich auch nicht, Whyen!*"

Eine Weile sah er sie nur an, dann lächelte er wieder. „*Doch ein kleiner Handel wäre möglich, Adiad. Ich wärme dich heute Nacht, gegen einen Kuss von dir. Ich meine fast, dass dies nicht schaden würde.*"

Adiads Blick hing an seinen dunklen Augen und dann gab sie ihm nach. Er spürte es. Seine Lippen fanden ihren Mund, er küsste sie lange und lustvoll. Seine Hand ruhte auf ihrer Wange, wanderte weiter. Adiad ergriff sie auf ihrem Weg nach unten und hielt sie fest. Denn so weit war der Handel nicht gegangen. Whyen löste sich langsam von ihr, küsste sie noch einmal auf die Stirn. Dann legte er sich hinter sie, zog sie an sich und wärmte sie. Und Adiad merkte, wie sie ihn mochte und auch begehrte. Doch spürte sie auch, während sie in Whyens Armen lag, wie sehr sie Eardin vermisste und wie unendlich sie ihn liebte.

Gemeinsam sangen sie den Morgengruß. Bevor sie aufbrachen, lächelte Whyen sie an. „Verzeihst du mir?"

„Komm, Elb, lass uns Bäume und grüne Gräser suchen gehen!", erwiderte Adiad und drückte ihm einen versöhnlichen Kuss auf die Wange.

Noch bevor die Sonne senkrecht über ihnen stand, hörte der steinerne Pfad an einem Absturz auf. Sie hatten das Ende des Weges schon vorher geahnt, da ein Felsen mitten auf dem Pfad zu stehen schien. Mühsam drängten sie sich an ihm vorbei, kletterten über eine kleine Felswand und überschauten ein grünes Tal.

„Ich kenne es!" Whyen deutete auf den Bach, der an hohen Kiefern vorbeifloss. „Er fließt in den Lebein. Wir waren schon hier und haben den Pfad zur alten Zwergenstadt gesucht!"

„Eardin hat mir davon erzählt."

„Nur fanden wir ihn nicht und waren doch so nahe. Dieser Eingang ist wirklich verborgen."

Zwei Felsstufen unterbrachen die steile Wand. „Die Zwerge werden Leitern verwendet haben", vermutete Adiad und begann sich vorsichtig hinunterzulassen.

Unten angekommen, sanken sie an die Felsen. In Adiad fraß der Hunger und sie wusste, dass es Whyen ebenso ging. Sie hatte für das Klettern ihre Kräfte noch einmal gesammelt, doch jetzt fühlte sie sich schwach und erschöpft. Ihr fiel das Brotgebäck ihrer Mutter ein und ihr Magen knurrte laut auf.

„Jetzt muss ich aufpassen, sonst fällst du noch über mich her!"

„Wo genau sind wir, Whyen?"

„Etwas südlich von Dodomar. Wir müssen dort durch den Einschnitt und dann über die Furt."

Adiad waren eben die Augen zugefallen, als sie Pferde hörte. Eardin? Nein, das war unwahrscheinlich. Whyen sprang auf und zog sein Schwert. Lauernd sah er zum Eingang des Tales. Kein Ort zum Verbergen in der Nähe, nur einzelne dünne Bäume. So blieben sie stehen, wo sie waren und warteten. Ein Trupp von Reitern brach durch den engen Taleinschnitt. Menschenhändler! Die Gruppe war etwa gleich groß wie damals bei Sidon. Sie zählte neun Männer.

„Kämpfe um dein Leben, Waldfrau", flüsterte Whyen.

Als die Reiter von den Pferden sprangen und in einer Linie auf sie zukamen, stand Whyen wie ein Fels, trotz seiner Schwäche. Und als sie sich auf ihn stürzten, schwang er sein Schwert mit der üblichen Eleganz und Wucht. Auch Adiad riss ihr

Schwert in die Höhe, um den ersten Angriff abzuwehren. Verbissen wehrte sich sich, hörte dabei die heftigen Schläge, die wütende Schreie neben sich. Whyen kämpfte wahrhaftig um sein Leben. Ihre eigenen Gegner jedoch setzten ihre Schläge nicht tödlich. Als Adiad erkannte, dass sie darauf abzielten, sie lediglich zu entwaffnen, wusste sie, was sie vorhatten. So holte sie wütend aus, spaltete einem die Schulter. Sofort wurden die vier Menschenjäger aggressiver, umkreisten sie, stachen nach ihr. Adiad schlug um sich, versuchte ihr Schwert überall zu haben. Der Impuls einer Ahnung, sie drehte sich um, riss die Klinge abwehrend in die Höhe. Zu spät. Hart schlug der Schwertknauf auf ihren Kopf.

φ

Die Elbenkrieger hatten die Toten an den Rand eines Felsens gelegt. Sie konnten nicht alle bergen, vier Krieger fehlten. Unbewegliche Geröllhaufen bedeckten die beiden Schluchten, in denen der Priester seinen Wahnsinn entfesselt hatte. Eardin stand neben Lerofar und weinte. Er trauerte um die Krieger und verging vor Angst um Adiad und Whyen. Lerofar hatte ihm den Arm um die Schulter gelegt und versuchte ihm Halt zu geben. Auch andere Elben standen weinend, mit aufgewühlten Seelen vor ihren toten Brüdern. Leise wehten die Gesänge der Magier über die Überlebenden und die Toten. Der Himmel war immer noch trüb, einzelne Regentropfen fielen herab. Dunkle Flecken bildeten sich auf dem Stein und der Erde. Gierig schluckte der karge Boden die Tränen des Himmels.

Es dämmerte bereits, als sie das Geräusch von vielen Pferden hörten. Beldunar war auf dem Weg zu ihnen. Die Bogenschützen erwarteten ihn schweigend und angespannt.

„Noch mehr Tote“, flüsterte Lerofar, als er die Bündel über den Pferden entdeckte.

Die toten Krieger wurden neben die anderen gelegt. Die Verwundeten brachten sie zu den Magiern.

Amondin hatte Lerofar entdeckt und umarmte ihn erleichtert. Dann bemerkte er, dass Eardin alleine war. *„Wo ist sie?“*

„Sie ist verschüttet, Amondin“, flüsterte Eardin, *„zusammen mit Whyen. Ich weiß nicht, ob sie noch leben.“* Es war Eardin kaum möglich, die letzten Worte auszusprechen.

„Es ist möglich, dass sie einen Gang gefunden haben", sprach Lerofar für seinen Bruder weiter, *„sie wurden am Eingang einer alten Zwergengruft eingeschlossen. Wir wollen sie suchen gehen."*

Eardin zögerte nur kurz, ging dann auf Adiads Großvater zu. *„Ich würde mich freuen, wenn du mit uns kommst, Amondin!"*

Der Elb nickte stumm.

Sie beschlossen, die toten Elben zum Wald am Lebein zu bringen. Ihr Licht sollte sich in den Bäumen neue Wege suchen. Bekümmert dachten sie an die vier Verschütteten unter dem steinernen Geröll. Kein Grün und kein Baum war in diesem Tal, nur blankes Gestein. Welchen Halt würden ihre Seelen finden, um wieder ins Licht zu wachsen?

Es dauerte eine Weile, bis Amondin diesen Kummer wahrnahm. *„Ihr habt einen Feandun bei euch, bringt mich zu dem Ort, an dem sie liegen."*

Berge von staubigen Geröll erfüllten die Schluchten. Ein Grab für die Elben und viele der Naga. Der Feandun-Elb stellte sich ruhig davor und bald sahen die Elbenkrieger Grün aus den Felsen sprießen. Ranken wickelten sich um Steine, Wurzeln stießen in die Tiefe, grüne Blätter entfalteten sich an kleinen Zweigen und sogar Triebe von Bäumen waren zu sehen. Ungläubig beobachteten sie diese Schöpfungsmagie.

„Sie werden Bäume haben", flüsterte Amondin in die ehrfürchtige Stille.

Dann sangen die Elben für ihre Brüder.

Menschenhändler

Sie spürte einen Arm, der sie hielt und sie fühlte ein Pferd unter sich und meinte zunächst, dass es Eardin sei. Dann kamen die Erinnerungen zurück, sie öffnete ihre Augen und sah die Mähne eines braunen Pferdes. Ihre Hände waren gebunden. Jemand saß hinter ihr. Um sich herum erkannte sie die dunklen Gestalten der Menschenhändler, die Gruppe war größer als im Tal. So konnte Adiad nur vermuten, dass sie mit anderen zusammengetroffen waren. Besorgt dachte sie an Whyen, versuchte sich umzudrehen, wollte ihn suchen. Der Mann hinter ihr zischte etwas in einer fremden Sprache und drückte sie fester an sich. Die Bewegung verursachte ihr Kopfschmerzen, sie bemerkte den leichten Schwindel. Erst jetzt erinnerte sie sich an den Schmerz und daran, dass sie niedergeschlagen worden war. Der Schwindel verstärkte sich und sie verlor wieder das Bewusstsein.

Als sie erwachte, hörte sie den Fluss. Es war dunkel, sie hatten sie an einen Baum gebunden. Sie sah sich um, versuchte erneut Whyen zu finden, entdeckte ihn nicht und bekam grenzenlose Angst um den Elben. Einer der Männer hatte bemerkt, dass sie wach war und kam näher. Kurz dachte Adiad daran, ihn mit ihrer Magie an den Boden zu binden, dann wurde ihr bewusst, dass es zu viele Männer waren. Es wäre besser, sich diese Waffe für einen anderen Moment zu bewahren. Der Mann kniete sich vor sie, hob ihren Kopf und leuchtete mit einer Fackel in ihr Gesicht. Adiad erkannte Furcht in seinen Augen, so funkelte sie ihn zornig an. Sie wollte nicht mit ihnen reden, sollten sie Angst vor ihr haben. Sie konnte auf ihre Gelegenheit warten. Dann wurde ihr klar, dass diese Furcht der Männer auch ein Schutz sein konnte. Ihr fiel die Frau aus dem Dorf ein, die sie vor Sidon befreit hatten. Die Menschenhändler hatten ihr mehrfach Gewalt angetan. Still flehte Adiad, dass der Glanz ihrer Augen und die Form ihrer Ohren sie davor bewahren würden.

Der Mann verließ sie, kam zurück mit Brot und trockenem Fleisch. Er band sie nicht los, sondern fütterte sie, gab ihr Wasser und beobachtete, wie sie das Essen herunterschlang. Lachend rief er den anderen etwas zu. Adiad war es egal, sie war vollkommen ausgehungert, so aß sie alles, was er dabei hatte. Acht Männer saßen am Feuer, zwei oder drei standen Wache. Sie vermutete, irgendwo am Lebein zu sein. Doch war es ihr nicht möglich, es genau zu bestimmen. Ihr Kopf schmerzte noch immer, aber sie war dankbar, wieder etwas gegessen zu haben.

Der Mann band sie los, um sie hinter einige Büsche am Ufer zu führen. Dann brachte er sie wieder zum Baum, fesselte sie in der gleichen Weise und wickelte ein Fell um sie. Adiad nahm es schweigend hin, alles Schreien oder Reden würde zu nichts führen. Eher konnte sie wieder einen Hieb auf den Kopf erwarten, so verhielt sie sich ruhig.

ϙ

„Es macht mich krank, warten zu müssen, Bewein!" Eardin hatte seinen Freund bei den Kriegern entdeckt, die aus der Ebene zurückgekommen waren. „Ich warte noch ab, was sie heute besprechen und dann reite ich los. Mit oder ohne Zustimmung von Beldunar."

„Beruhige dich, Eardin. Norgrim hat dir doch versichert, dass sie durchkommen, wenn sie immer geradeaus laufen. Die Grüfte der Zwerge sind so angelegt."

„Er hat es so beschrieben, doch wer sagt mir, dass sie dort überhaupt hingelangt sind? Was ist, wenn sie verletzt ist? Vielleicht liegt sie blutend in einem der Stollen und ich stehe hier rum!"

„Die Zwerge führen Schwarzpulver mit sich, man könnte ..."

„Ich habe mit Norgrim über eine Sprengung des Gerölls gesprochen", unterbrach der Elb Beweins Überlegungen, „er befürchtet, dass der Berg wegrutscht, oder die Stollen einstürzen und riet mir davon ab."

„Wir reiten morgen, Eardin. Vertrau darauf, dass sie es geschafft haben und durch das Gebirge gelangt sind."

Bewein erkannte, dass er seinem Freund wenig Mut gemacht hatte. Mit verbissenem Gesicht und zu Fäusten geballten Händen lief Eardin dem Feuer zu.

Die Zwergenkrieger hatten inzwischen wider Erwarten einen Weg aus Steinbeth zur Ebene gefunden. Zunächst erschraken die Elben, als sie der geringen Anzahl gewahr wurden. Dann erfuhren sie von den gefangenen Menschen. Ein größerer Trupp Zwerge wollte sie sicher nach Sidon bringen. Außerdem durchsuchten noch andere Krieger die Alte Stadt und die Stollen.

Helle Feuer brannten. Zwerge und Elben saßen um sie versammelt, um gemeinsam zu reden und zu trauern. Die Zwerge hatten höhere Verluste hinzunehmen. Auch wussten sie nicht, wie viele der Naga noch lebten. Der Schlangenpriester wurde noch in den Gängen gesucht. Die Stimmung war still und gedrückt. Die Arme um die Knie geschlungen saß Hillum in der Runde und musterte die Elbenkrieger. Er erkannte Eardin neben Bewein, und Fairron, den Magier. Auch den älteren Magier kannte er. Doch die Frau sah er nicht und ebensowenig den schwarzhaarigen Krieger, der immer bei ihnen war. Hillum wagte nicht, Eardin nach ihnen zu fragen. Dessen Augen waren gerötet und so befürchtete er das Schlimmste. Baltur, der Zwerg, der neben ihm saß, schilderte gerade den Raum, den sie entdeckt hatten.

„Unser Werk war dies nicht. Zwerge machen so etwas nicht. Der Raum war vorher ein normaler Lagerraum. Jetzt ist er vollgemalt mit dunkler Farbe."

„Wir würden es gerne sehen", sagte Mellegar, „bringt uns bitte dorthin. Wir müssen versuchen, seine Magie zu verstehen. Es ist furchtbar, zu was dieser Priester inzwischen fähig ist. Das Zersetzen der Felsen mit eigenem Blut ist eine zerstörende Art von Blutmagie, und ich frage mich, wie er dazu kam."

„Eine Gruppe unserer Krieger wird die Magier begleiten", ergänzte Beldunar, „denn der Priester floh. Und mit ihm eine unbekannte Zahl dieser Naga. Ich möchte nicht, dass ihr ungeschützt dort herumstreift."

„Einige Naga ließen sich nicht töten, die Äxte prallten von ihnen ab!", fiel jetzt einem der Zwergenkrieger ein.

„Man muss ihnen den Kopf abschlagen", sagte ein Elb mit harter Stimme.

„Das merkten wir dann auch", erwiderte ein Zwerg zornig.

„Fangt bitte nicht wieder damit an!" Entnervt sah Bewein in die Runde.

„Du hast recht, Mensch", Mellegar lächelte ihn an. „Lasst uns versöhnlich miteinander reden. Unser Feind ist nicht unter uns zu suchen, sondern an einem anderen Ort."

Zustimmendes Gemurmel erhob sich.

„Wo vermutet ihr den Priester?", wandte er sich an Norgrim.

„Irgendwelche Gänge nach Norden existieren wahrscheinlich noch, Elbenmagier." Nachdenklich knetete Norgrim einen Zopf seines Bartes. „Manche werden verschüttete sein und irgendwo im Berg enden, andere führen vielleicht noch nach draußen."

Beldunar nickte, sein Blick spiegelte die Unruhe des Feuers. „Ihr sagt, ihr habt Arluin und Laifon, die entführten Elben, nicht gefunden. Und ihr habt von dunkler Farbe in einem der Räume gesprochen. So frage ich mich, ob diese Farbe nicht Blut ist. Und weiter denke ich darüber nach, ob es nicht das Blut der beiden Elben ist."

„Ich dachte auch schon daran, doch wollte ich es erst selbst sehen", sagte Mellegar.

„Lasst uns morgen früh aufbrechen!" Mitfühlend wanderte Norgrims Blick über die schweigenden Elben. Er hoffte für sie, dass es wirklich nur Farbe war und sie ihre Freunde noch lebend fanden. Mittlerweile spürte er ein inneres Band zu diesem Volk, das er nie für möglich gehalten hatte. So vermisste er auch den

Elbenkrieger Whyen und sorgte sich um ihn. Er hatte sogar schon überlegt, sich an der Suche nach den beiden zu beteiligen.

„Noch eines ist zu bereden", Beldunar wandte sich Eardin zu, „du willst dich auf die Suche nach Adiad und Whyen begeben?"

„Ich werde morgen aufbrechen, Beldunar!", erwiderte dieser mit drohendem Unterton.

„Ich verstehe deine Anspannung, Freund. Doch war es auch richtig zu warten. Reite morgen los und nimm dreißig Krieger mit."

„Dreißig?", wiederholte Eardin überrascht.

„Ihr sollt die Verwundeten heimbringen. Wenn ich dich richtig verstanden habe, endet der Gang, in dem du Adiad und Whyen vermutest, in der kleinen Schlucht vor Dodomar. Ich überlasse es dir, wie ihr vorgeht. Doch bringt bitte die Verwundeten, die schon reiten können, zurück nach Adain Lit."

Eardin nickte. Ihm wurde bewusst, dass er selbst daran hätte denken sollen. Doch sein Geist war gefangen in seiner Sorge. „Wir werden morgen reiten. Lerofar, Elthir, Bewein und Amondin möchten mich begleiten. Die Pferde von Adiad und Whyen nehme ich mit mir."

„Ich hoffe, sie rühren die Göttin nicht an", murrte nun Baltur.

„Die Göttin?", fragte Fairron erstaunt.

„Ja, die Göttin," antwortete der Zwerg drohend, „es ist Frevel genug, dass zwei Elben durch unsere Grüfte gehen und unsere Toten stören. Aber wehe ihnen, wenn sie das Abbild der Göttin berühren oder gar mit sich nehmen!"

„Elben stehlen keine Zwergengötter!" Fairrons empörter Blick traf den Zwerg und Bewein verdrehte die Augen.

„Bring sie zurück, Eardin!" Fairron hielt seinen Freund fest an den Schultern.

„Alles, was in meiner Macht steht, werde ich tun, Fairron. Notfalls reiße ich den Berg nieder. Ich finde sie, wo immer sie auch sind."

„Ich würde mit dir gehen. Das weißt du. Hundertmal lieber würde ich mit euch reiten. Doch die Magier brauchen mich hier."

Eardin nickte und schwang sich auf Maibil. Sofort fühlte er sich lebendiger, denn er konnte losreiten und etwas tun. Auch die Hoffnung war größer an diesem Morgen. So glaubte er wieder daran, sie lebend zu finden.

φ

Unberührt von ihrem Schicksal floss der Lebein zu ihrer Linken. Die Menschenhändler hatten die Furt schon überquert. Wieder spürte sie einen Körper hinter sich, ein Männerarm hielt sie fest. In der Ferne sah sie den Wald der Eymari verschwinden.

Die Männer ritten den ganzen Tag mit nur kurzen Pausen. Ihr Ritt führte abseits der Wege, dort wo sie keinen anderen Reisenden begegneten. Sie wechselten sich darin ab, sie zu halten. Wenn es einem von ihnen zuviel wurde, hörte Adiad einen kurzen Ruf hinter sich, dann wurde sie auf das nächste Pferd gehoben. Ein anderer Arm hielt sie eisern fest und das Pferd unter ihr setzte sich in Bewegung.

Wieder war sie übergeben worden. Sie begann gerade einzunicken, als der Mann sie fester an sich presste. Gierig fuhr er mit beiden Händen über ihre Schenkel, glitt nach oben und umfasste ihre Brüste. Sie hörte ein raues Lachen hinter sich.

„Nimm deine Finger von mir!" Das kurze Zischen von Worten in der Elbensprache hatte genügt - mit Genugtuung bemerkte Adiad wie er seine Hände wieder von ihr löste. Der Ritt, bis zur Rast am Abend, blieb ohne Übergriffe.

Wieder wurde sie an einen Baum gebunden. Ihre Glieder schmerzten, doch der Schwindel war vergangen. Ergeben ließ sie sich füttern und hinter einen Busch führen. In das Fell gewickelt, gelang es ihr, trotz der schmerzenden Handgelenke, ein wenig zu schlafen. In der Nacht begann es zu regnen. Der Regen blieb auch am nächsten Tag, während die Männer allmählich dem Lebein zuritten. In der Ferne sah Adiad das Gebirge des Ostens liegen. Sie dachte an Eardin, an Whyen. Amondin und Bewein fielen ihr ein, sie sah Melind neben sich in die Tiefe stürzen. ‚Sie können alle tot sein, ich vermag es nicht mehr zu spüren.' Das Bild des Schlangenpriesters tauchte auf, sie dachte an Fairron. Tränen der Angst liefen ihr über die Wangen.

Die Menschenhändler hatten ihr Schiff erreicht und Adiad nahm es in ihrer Hoffnungslosigkeit kaum noch wahr. Willenlos ließ sie sich über die Planke führen. Jemand band sie fest, warf eine feste Decke über sie und so schlief sie ein.

Als sie erwachte, war der Regen verstummt. Mit einem Ruck wurde die Decke von ihr gerissen und sofort blendete die gleißende Sonne ihre Augen. Schneidend fühlte Adiad die Fessel an ihrem Handgelenk, die andere Hand war frei. Unter ihr schwankte der Holzboden des Schiffes und vor ihr stand einer der schwarzgekleideten Männer und betrachtete sie neugierig. Sein Gesicht war ihr fremd, so vermutete sie, dass andere Männer auf dem Schiff waren. Die Reiter hatten sie anscheinend zu ihnen gebracht. Er löste ihr Seil und führte sie zu einem Eimer im Eck des Schiffes, damit sie sich erleichtern konnte. Erst auf dem

Rückweg nahm sie die anderen Gefangenen wahr. Fünf junge Frauen, die ebenfalls gebunden auf dem Deck saßen. Ein Ruck, der Mann deutete ihr sich hinzusetzten, dann verknüpfte er ihre Stricke mit dem Seil, das entlang der Bordwand verlief. Adiad befühlte mit den Händen den Boden hinter ihrem Rücken. 'Totes Holz', dachte sie nur. Ihr Blick wanderte zu den Frauen neben sich. Bewegungslos saßen sie auf ihren Plätzen, den Blick starr nach vorne gerichtet. Sie trugen die Kleider von Dorfbewohnern. Keine wirkte älter als dreißig. Ihre Haare waren zu Zöpfen gebunden, Strähnen hingen lose über ihre Gesichter. Am Ende des Schiffes standen sechs Männer und redeten. Das Schiff war nicht groß. Adiad entdeckte eine Öffnung, die wohl unter Deck führte. Sie vermutete einen kleinen Lagerraum unter den Planken. Über ihr wehten helle Segel; sie blähten sich weit und knallten im Wind, wenn dieser auffrischte. Sofort beschleunigte das Schiff seine Fahrt, Baumkronen wanderten vorbei. Sie wusste, dass sie den Lebein nach Osten fuhren. Stimmen waren von unten zu hören und drei weitere Männer krochen die Treppe empor. Einer von ihnen näherte sich, kniete sich vor sie. Ein junges offenes Gesicht, schwarze Haare, dunkel gekleidet wie alle. Doch wirkten seine Augen freundlicher als die der anderen. Aufmerksam betrachtete er sie, sprach kein Wort, hob ihr Haar, um die spitzen Ohren zu befühlen. Dann stand er auf und kehrte nach einer Weile mit Essen zurück. Immer noch schweigend begann er sie mit getrocknetem Fisch und Brot zu füttern. Ab und zu flößte er ihr Wasser ein. Als er sah, dass sie genug hatte, begann er die anderen Frauen zu versorgen.

    Es war gegen Mittag, als Adaids Dämmerschlaf von einem Aufschrei unterbrochen wurde. Ein Menschenhändler hatte die Fesseln einer Frau gelöst. Die Seile fest in der Hand zog er sie brutal mit sich. Als sie sich dagegen stemmte, ergriff er ihren blonden Zopf und schleifte sie an Seilen und Haar weiter hinter sich her. Kurz vor dem Abgang unter Deck umfasste der Mann sie in um die Taille und trug sie nach unten. Grinsend hatten die anderen das Schauspiel verfolgt. Zwei weitere Frauen wurden geholt. Betroffen beobachtete Adiad, wie sie nach einer Weile zurückgebracht und wieder festgebunden wurden. Die blonde Frau weinte, eine andere tröstete sie. Dann bemerkte sie, dass einer der schwarzgekleideten Männer sich ihr näherte. Schnell richtete sie sich auf, schickte ihm zornige Blicke und zischte wieder Worte in der Sprache der Elben. Er drehte sich um und ging. Adiad atmete auf.

    Unaufhaltsam und unerbittlich folgte das Schiff dem Lauf des Lebein. Ab und zu erschien der junge Mann und führte Adiad, so wie auch die anderen Gefangenen, herum. Er sprach nie ein Wort, doch kümmerte er sich um die

Frauen. Und nie holte er eine von ihnen, um sie unter Deck zu führen. Adiad beobachtete sogar, wie er den Frauen die Tränen sanft aus dem Gesicht wischte.

Die Nacht kam. Eines ihrer Seile wurde gelöst, damit sie sich hinlegen konnte. Ihre Glieder schmerzten, es war ungewohnt, mit einer Hand über dem Kopf zu schlafen. Doch sie bemühte sich und ihre Erschöpfung und Trauer taten ein Übriges. Dankbar barg sie sich unter dem warmen Fell; die Nacht auf dem Fluss war kalt. Verloren im ruhigen Atmen der anderen schlief sie ein.

Leise Stimmen rissen sie aus dem Schlaf. Eine Fackel kam näher und wurde vor ihr Gesicht gehalten. Geblendet versuchte Adiad dem Gleißen auszuweichen und entdeckte vier dunkle Gestalten dahinter. Sie knieten im Halbkreis vor ihr. Leise unterhielten sie sich in ihrer tiefen, rollenden Sprache, bis einer einen kurzen Befehl ausstieß, Adiads freie Hand packte, nach hinten bog und am Seil festband. Der Mann lachte, ergriff das warme Fell, zog es von ihr. Eisig schlug die Kälte der Nacht auf ihren Körper. Wieder redeten die Männer kurz, dann beugte der Anführer sich näher und fing an ihr Obergewand zu öffnen. Adiad fuhr ihn in der Elbensprache an, er zuckte zurück. Die anderen redeten auf ihn ein, stachelten ihn an. So übergab er die Fackel, widmete sich eifriger seinem Vorhaben, öffnete ihren Gürtel und löste die letzten Haken des Hemdes. Adiad wand sich, zischte sie zornig an, doch der Mann war nur noch damit beschäftigt, ihren Körper freizulegen. Das leichte Hemd, das ihre Blöße verbarg, wurde nach oben geschoben. Sie versuchte sich wegzudrehen, sofort packte er ihre Beine, drückte sie zurück auf den Boden.

Adiad zitterte. Angst und Kälte raubten ihr die Luft. Mit gierigen Blicken knieten diese Männer vor ihr, begafften ihren nackten Oberkörper, flüsterten, lachten. Es war entsetzlich demütigend. Seit sie diesen Menschenhändlern ausgeliefert war, fühlte sie sich ihrer Würde beraubt. Sie bemerkte, wie die Menschenhändler ihre Angst auskosteten, mit ihr spielten. Wieder lachte der Mann. Sein Lachen war es, das etwas in ihr weckte. Wie einen bitteren Brocken spürte Adiad den Zorn in ihrer Kehle. Er wuchs, wurde heißer und wandelte sich in Wut. Grinsend legte der Anführer seine Hand auf Adiads Bauch, sah sich um, nickte aufmunternd. Sofort überwanden auch die anderen Männer ihre Scheu, krochen aus seinem Schatten, fingen ebenfalls an, sie zu berühren. Bis einer von ihnen aufschrie und auf Adiads Gesicht deutete. Entsetzt sprangen die Männer auf. Dann flohen sie.

Adiad ahnte, dass ihre Augenfarbe sich geändert hatte. Hasserfüllt sah sie ihnen nach, verwünschte jeden einzelnen von ihnen. Erst als die Schritte verstummt waren, atmete sie durch. Die Erleichterung währte nur kurz, denn sie begann erbärmlich zu frieren. Ihre Hände waren gebunden, so gelang es ihr nicht, die

Decke über sich zu werfen. Sie rief die Frau neben sich, diese bemühte sich, doch sie war zu weit entfernt. Bald schlotterte Adiad vor Kälte. Alle Versuche, sich nach Elbenart zu erwärmen, brachten nur wenig Linderung. Die Luft war eisig. ‚Ich werde vor Kälte sterben, ich werde erfrieren'. Panisch versuchte sie sich zu bewegen. Nichts half, die Luft stach an ihrer Haut. Sie fror wie noch nie in ihrem Leben und überlegte, nach Hilfe zu rufen. Es war ihr mittlerweile egal, wie sie hier lag. Dann hörte sie Schritte. Ein Gesicht erschien hinter einer Fackel und sie erkannte den jungen Menschenhändler. Kurz sah er an ihr herab, kniete sich nieder und begann vorsichtig, ihre Kleider wieder über sie zu streifen. Sanft deckte er sie zu und löste eine Fessel. Tröstend streichelte er über ihre Stirn und Adiad dachte an Fairron. Dann verließ er sie. Die Nacht war eisig.

„Ich werde sie finden!"

Sie kamen längst nicht so schnell voran, wie Eardin es sich erhofft hatte, denn sie mussten auf die Verwundeten Rücksicht nehmen. Immer noch waren sie einen Tag von der südlichen Furt entfernt. Eardin suchte Lerofars Gesicht, sein Bruder lächelte ihm aufmunternd zu. Amondin war mit ihnen geritten. Bewein. Die vertrauten Gesichter machten ihm Mut, alle anderen Gedanken versuchte er nicht zuzulassen. Doch wenn er abends unter der Decke lag, erwachte die Angst. Die Dunkelheit der Nacht gebar Dämonen, sie tanzten in seinem Herzen. Verloren in seiner Verzweiflung strich er über den leeren Platz neben sich.

Auch der Morgengruß schenkte ihm keine Kraft mehr.

„Blicke zum Licht, Bruder", sagte Lerofar, *„du hast mich gefunden, so werden wir auch deine Gefährtin zurückholen!"*

Warm legte sich Amondins Hand auf seine Schulter. *„Sie ist stark! Wir werden sie finden, ebenso wie Whyen."*

Eardin begann Adiads Großvater zu mögen.

In sommerlicher Pracht lag das Land, schroff erhob sich das Gebirge zu seiner Rechten. In der Ferne flüsterte der Lebein, sein Gesang war ohne Harmonie, er erzählte von der Trostlosigkeit und Furcht des Landes. Eardin lauschte verunsichert, wurde von einem Stöhnen abgelenkt und sah zu den Verwundeten. Fandor hatte Elemar auf sein Pferd genommen, hielt ihn fest. Die Brustwunde war erneut aufgeplatzt, außerdem spuckte der Junge seit gestern Blut. Er hätte nie mitkommen dürfen, vor allem nicht auf diesen Kriegszug. Abgesehen von Elemar ging es den anderen jeden Tag besser. Sie freuten sich auf Adain Lit, so ertrugen sie ihre Schmerzen und versuchten, die Pausen kurz zu halten. Die Magier hatten die Wunden so gut es ging geschlossen, doch brauchten sie Ruhe für die innere Heilung. Eardin hielt sich zurück, sie anzutreiben. Bedächtig ritten sie die Felsen entlang, dessen Lauf sich weiter nach Norden zog. Die abendliche Sonne entflammte das Gebirge, als sie die Furt erreichten. Eardin hatte vor, zunächst die Wächter von Adain Lit zu befragen. Er schloss nicht aus, dass Adiad und Whyen es bis dorthin geschafft hatten. Falls sie nichts von ihnen wussten, wollte er über Dodomar zum Gebirge reiten und durch die Schlucht den Weg zurück verfolgen. Norgrim hatte ihm genau den Eingang zum Pfad beschrieben. Er war sicher, dass er ihn finden würde.

Die Holzbrücke der Furt lag offen vor ihnen, als Eardin innehielt. Dann hörte er deutlich und laut seinen Namen. Auch die anderen Elben hatten es gehört und sahen sich suchend um. Eardin erstarrte, als er ihn sah. Whyen kauerte an einen der Bäume, in der Nähe der Furt. Sein Schwert lag neben ihm. Er schien nicht fähig, aufzustehen. Sofort riss Eardin Maibil herum, noch im Ritt sprang er vom Pferd. Fest griff er ihn an den Schultern und starrte in Whyens abgekämpftes Gesicht.

„Wo ist sie? Wo ist Adiad, Whyen?", schrie er seinen Freund an.

Whyens antwortete nicht.

Eardin Atem stockte. Mit wachsender Angst starrte er in das blasse Gesicht.

„Die Menschenhändler haben sie, Eardin ... es waren zuviele ... ich konnte ihr nicht helfen." Whyen liefen Tränen über die Wangen.

Bebend nahm Eardin ihn in seine Arme. *„Es ist gut Whyen. Du hast alles getan. Es ist gut!"*

In der Umarmung beruhigten sich beide.

„Sie haben sie niedergeschlagen, Eardin. Doch sie tötete vorher einen von ihnen."

Eardin hörte den Anflug von Stolz in Whyens Stimme.

„Wann war das, Whyen?"

„Vor drei Tagen."

„Du bist bis hierher gelaufen?"

„Ich wusste, dass ihr kommt."

Eardin musterte ihn forschend. *„Seit wann hast du nichts mehr gegessen, Whyen?"*

„Seit der Schlacht am Berg."

Elthir ging, um seine Satteltaschen zu durchsuchen und brachte Brot und Früchte. *„Langsam, Whyen! Lass dir Zeit, wir haben genug!"*

Sie lebte, doch die Menschenhändler hatten sie. Eardin schloss die Augen. Sie hatte überlebt und er würde diese Menschen für alles büßen lassen, was sie ihr antaten! Als er seine Augen öffnete, waren sie von hellem Grau.

Whyen sah es. *„Ich reite mit dir. Wir holen sie dort weg, egal wo sie ist!"*

Begegnung im Dunkeln

Adiad sah Felsen an sich vorbeigleiten, hoch ragten sie über den Fluss. Sie wäre gerne auf sie geklettert, um auf den Lebein zu sehen. Ihre Gedanken wanderten zum hohen Thron und ihr Geist flog in die Weite zu den tausend Seen. Wie im Traum nahm sie die Männer auf dem Schiff wahr, hörte sie wie durch Schleier. Als der junge Menschenhändler kam, lächelte sie ihn an und ließ sich von ihm herumführen. Alles erschien ihr plötzlich nicht mehr wirklich. Die Frauen neben ihr wurden geholt und wieder gebracht, sie wurden gefüttert und wieder herumgeführt, die Felsen verloren sich und wechselten sich wieder mit Bäumen ab. Am Abend wurde ihre Fessel gelöst und sie glitt hinüber in einen traumlosen Schlaf. Als sie erwachte, meinte sie, Eardin hinter sich zu spüren, doch dann schob sie es von sich und suchte das Streicheln der Sonne. Sie würden bald kommen, um ihre Fessel zu lösen, sie freute sich auf das freundliche Gesicht des jungen Mannes.

Gegen Mittag legte das Schiff an. Adiad erwachte aus ihren Träumen, als sie von ihrem Platz gerissen wurde. Verwirrt sah sie sich um. Die anderen Frauen lagen noch gefesselt an ihren Plätzen. Sie spürte einen Ruck an ihren Händen und folgte dem Mann, der sie zog. In schnellem Schritt führte er sie über ein Brett zum Ufer. Erst jetzt nahm sie endgültig wahr, dass sie das Schiff verließ. Die Planke wurde eingeholt. Kurz sah sie noch das Gesicht des freundlichen Menschenhändlers von oben auf sich gerichtet, dann spürte sie wieder einen Ruck. Zwei der Männer waren bei ihr. Einer davon verschwand bereits hinter den Bäumen, der andere folgte und zog sie hinter sich her. Adiads Blick ging nach oben, hohe Nadelbäume streckten sich dem Himmel entgegen. Düster erhob sich dieser Wald. Der Boden unter ihren Füßen war weich, sie genoss es, wieder die Erde unter sich zu spüren. Es waren nur zwei! Sie könnte ihre Kräfte nutzen! Noch bewegten sie sich. Sie musste warten, bis sie stehen blieben. Unruhig lief sie mit ihnen, bis ihr in den Sinn kam, es anders zu versuchen.

„Ich muss mich erleichtern, könnt ihr bitte warten?"

Die Männer lachten und liefen weiter.

„Bitte, können wir halten?"

Die Antwort war ein grober Ruck an ihren Fesseln. Sie gingen nur noch schneller. Die Männer hielten nicht an, bis hölzerne Gebäude vor ihnen auftauchten. Adiad hörte Stimmen, sah andere dunkel gekleidete Gestalten. Bestürzt erkannte sie, dass die Möglichkeit zu entkommen, vertan war.

Drei Hütten aus Holz standen auf einer baumlosen Fläche an einem breiten Bach. Zwei größere, die dritte etwas kleiner. Einfach gebaut. Schnell errichtet. Kein

Dorf mit Frauen und Kindern, sondern drei zweckmäßige Gebäude für kurze Aufenthalte. Etwa dreißig Männer lagerten zwischen den Hütten, in der Nähe waren ihre Pferde gebunden. Adiad wurde in die Mitte des Platzes gestellt und die ersten Menschenhändler näherten sich, um die Beute zu begutachten. Einige lachten, andere flüsterten ängstlich. Sie bemühte sich, aufrecht und stolz in ihrer Mitte zu stehen, keine Furcht zu zeigen, obwohl ihr Herz wild in ihrer Brust schlug. Ein älterer Mann kam näher. Prüfend bog er ihr den Kopf nach oben, schob ihr Haar zur Seite und betrachtete ihre Ohren. Dann lachte er laut auf, schlug den beiden Männern, die sie hergeführt hatten, anerkennend auf die Schultern und wies mit einigen Worten zu der kleineren Hütte. Wieder ruckte das Seil an ihren Händen, Adiad folgte stumm. Die Tür öffnete sich und eine hagere Gestalt erschien. Ein Mann mit einem Gesicht, das in seinem Ausdruck nicht zu fassen war. Mal schien er freundlich, dann furchterregend. Sein Anblick verschwamm vor ihren Augen. Adiad sah Linien auf seiner Stirn, magische Zeichen in fremder Schrift. Auch er erforschte ihre Augen und Ohren, dann zog sich sein Mund in die Breite. Doch sofort wurde sein Gesicht wieder ernst, um dann wieder zu lächeln. Ein unheimlicher Tanz der Gesichtszüge, die Adiad vollkommen verwirrte und verunsicherte. Grob zog er sie in die dunkle Hütte, und schloss sofort die Tür. Sie fühlte Holz unter ihren Händen, als er sie an eine Stütze band. Während sie noch suchend im Finstern um sich sah, huschte er aus der Tür und ließ sie allein. Dann empfand sie, dass noch jemand im Raum war. Sie hörte ihn atmen.

φ

Nach der Furt hatten sie sich getrennt. Ein Teil der Krieger war bereit, die Verwundeten nach Adain Lit zu bringen. Die anderen wollten mit Eardin reiten. Whyen hatte sich nicht davon abbringen lassen, ihn zu begleiten. Zwar befürchtete Eardin, dass er ihnen all ihre Vorräte in Kürze wegessen würde, aber er war froh, seinen Freund an seiner Seite zu haben. Auch Lerofar, Amondin und Bewein ritten mit ihm.

Bewein vermutete die Lager der Menschenhändler in den Wäldern südlich des Lebein. Er wusste auch von Schiffen, welche die Menschenhändler benutzten. Hatten sie ein solches Schiff genommen? Oder waren sie weiterhin auf Pferden unterwegs? Es galt Spuren zu finden.

„Hier kreuzen die Ausläufer des Ostgebirges den Fluss." Elthir zeichnete den ungefähren Verlauf des Lebeins auf den Boden. „Danach beginnen die Wälder, in der Bewein Lager der Menschenhändler vermutet."

„Ich bin mir nicht sicher", warf dieser ein, „ein Reisender, den unsere Stadtwache wegen Aufruhr festsetzte, erzählte es. Doch er war betrunken. Ich hoffe, es war nicht das leere Gerede eines Säufers."

„Der Weg nach Osten ist richtig!", entgegnete Elthir, „es gibt einen Pfad am Felsen, hoch über dem Südufer des Lebein. Wir können ihn nehmen, wenn wir vorsichtig sind, und die Pferde führen. Der Weg um diese Felsausläufer herum ist zu weit und würde zuviel Zeit kosten. Ich denke, dass wir den Pfad in zwei Tagen erreichen."

„Dann nehmen wir ihn." Eardin sah die anderen nicken. „Ich danke euch, dass ihr mich alle begleitet!"

Seine Freunde lächelten ihm zu.

Weiter dem Verlauf des Lebeins folgend, verließen sie die weite Graslandschaft und tauchten in lichte Wälder. Erste kantige Steingrate erschwerten den Weg.

„Zwei Reiter!" Lerofars Flüstern trieb sie hinter einen Felsen. Als die beiden Gestalten der Elben gewahr wurden, war es für sie schon zu spät. Nach einer kurzen Jagd hatten die Krieger die beiden Menschenhändler ergriffen. Eardin baute sich über dem einen auf, Whyen über dem anderen.

Bring sie nicht gleich um", raunte sein Bruder ihm zu, als er sah, wie heftig Eardin dem Mann das Schwert an die Kehle drückte. So löste auch Whyen den Druck.

„Wo ist die Elbenfrau?", fragte Eardin.

„Keine Elbenfrau", stammelte der Menschenhändler. Der andere schüttelte auf dieselbe Frage Whyens nur seinen Kopf.

„Sie lügen", sagte Amondin, „ich spüre, dass sie etwas wissen."

Whyen holte aus und stieß dem Menschenhändler wuchtig sein Schwert durch die Kehle. Der andere Mann schrie auf.

„Rede!" sagte Eardin.

Doch dieser schwieg und so stieß auch Eardin zu.

„Ihr könnt erschreckend sein", meinte Bewein anschließend, „ich bin froh, dass ich nicht zu euren Feinden gehöre."

„Sie bringen unendliches Leid in unser Land. Seit Jahren verschleppen sie Menschen. Und sie haben Adiad mit sich genommen", erwiderte Eardin hart, wandte sich ab und ging zu seinem Pferd.

φ

„Adiad?"

Adiad erstarrte, als sie ihren Namen in der Dunkelheit der Hütte hörte. Sie kannte die Stimme!

„*Adiad, sag bitte, dass du das nicht bist!*"

Sie bemerkte seine Verzweiflung, doch wollte sie es immer noch nicht glauben. „*Arluin?*"

„*Ich bin hier, Elbenkind! Ich liege hier gebunden. Ich sehe dich und spüre dich. Doch hoffe ich auch, zu träumen. Du solltest nicht an diesem Ort sein. Es kann und darf nicht sein! Wie bist du hierher gelangt?*"

„*Ich erzähle es dir. Wo ist Laifon?*"

„*Er ist hier, Adiad. Sein Licht ist vergangen.*"

Langsam gewöhnten sich ihre Augen an die Dunkelheit. Sie sah sich um, entdeckte die Holzliege und erkannte Arluin, der darauf lag. Seine Hände schienen an der Seite gebunden und ebenso seine Füße. Dann sah sie eine zweite Person und erahnte Laifon.

„*Wir suchten euch, aber wir vermuteten euch beim Schlangenpriester. Ein ganzes Elbenheer sucht nach euch, Arluin.*"

„*Ich wusste, dass ihr uns sucht!*"

Er schwieg und sie merkte, dass er mit seinen Tränen kämpfte.

„*Es ist zu spät für Laifon und vielleicht auch für mich, Adiad. Doch du musst versuchen, zu entkommen! Nutze deine Magie, Elbenkind, solange du noch kannst.*"

„*Was geschieht hier, Arluin? Was haben sie mit euch gemacht?*"

Er zögerte, antwortete dann: „*Sie nehmen unser Blut, Adiad. Sie nehmen immer wieder unser Blut. Bei Laifon haben sie das letzte Mal zu tief geschnitten. Er war schon schwach, sie konnten die Blutung nicht mehr stoppen.*"

Adiad schluchzte, doch Arluin sprach eindringlich zu ihr: „*Flieh, Adiad, binde diesen Menschenmagier und versuche, hier rauszukommen!*"

„*Wenn, dann gehe ich nicht ohne dich, Arluin. Ich nehme dich mit mir!*"

„*Ich kann nicht mehr laufen, Adiad. Als sie mich das letzte Mal herumführten, versagten mir die Beine.*"

„*Ich trage dich!*"

„*Du kannst mich nicht tagelang tragen. Sie würden dich kriegen!*"

Adiad antwortete nicht und Arluin drängte weiter: „*Geh und hol Hilfe, Adiad.*" In Wahrheit glaubte Arluin nicht, dass er es noch erleben würde, doch er wünschte ihr von ganzem Herzen, dass sie seine Pein nicht erdulden musste.

„*Was machen sie mit eurem Blut, Arluin?*"

„*Ich weiß es nicht, sie nehmen es und füllen es in Krüge. Ich weiß nicht, wozu sie es brauchen.*" Seine Stimme wurde schwächer.

Schritte näherten sich. Schnell wurde die Tür geöffnet, wieder geschlossen und dunkel sah sie den Mann vor sich stehen, der ein Magier der Menschenhändler sein mochte. Er hatte ein Messer in der Hand, ging zu Laifon, durchschnitt seine Fesseln, stieß ungerührt seinen Leichnam von der Holzpritsche und sah zu ihr. Es war Adiad bewusst, dass er sie dort neben Arluin festbinden wollte. Sie sah sein Gesicht nicht, als er sich ihr näherte. Der Mann band sie los, nahm die beiden Stricke und zog daran. Adiad spürte den blanken Boden unter den Füßen und dachte an die Ranken, während heiße Wut in ihr aufstieg. Eine gewaltige Wut über das Schicksal der beiden Elben vor ihr und darüber, dass wieder jemand an ihren Händen riss und sie weiterziehen wollte. Dicke Zweige schossen aus dem Boden. Sie spürte das Entsetzen des Mannes, als sie ihn umschlangen. Adiad entriss ihm ihre Hände, ergriff sein Messer und schnitt ihm die Kehle durch, bevor er um Hilfe schreien konnte. Er sackte zusammen und die letzten Ranken umschlossen ihn.

„*Gut gemacht, Kriegerin!*", hörte sie Arluins Stimme.

Adiad ging zu ihm und umarmte den Elben weinend.

„*Geh, Adiad, bevor sie kommen!*"

„*Ich kann dich hier nicht lassen, Arluin*", flüsterte sie schluchzend, „*ich schaffe es nicht!*"

„*Du musst! Wir sind beide verloren, wenn du nicht durchkommst. Geh und mögen die lichten Mächte dich beschützen, Adiad!*"

„*Ich werde dich holen, Arluin. Bitte glaube es mir, ich vergesse dich nicht. Ich hole dich!*"

„*Ich glaube dir, Adiad. Doch nun geh!*"

Noch einmal umarmte sie ihn und küsste ihn auf die Stirn. Sie wollte auch noch zu Laifon. Still kauerte sie sich vor seinen Körper, strich ihm zärtlich über die Stirn. Dann packte sie das Messer und ging vorsichtig horchend zur Tür.

„*Nimm das Fenster, es lässt sich von innen öffnen.*"

Adiad tastete nach den Verschlüssen der Holzläden und öffnete sie behutsam. Das Fenster zeigte zum Wald. Vorsichtig schwang sie sich hinaus, sah noch einmal zu Arluin und huschte dann zwischen die Bäume. Zunächst schlich sie, doch bald begann sie zu rennen und versuchte sich dabei in Richtung Westen zu bewegen. Sie lief noch, als die Dämmerung kam und auch, als der Mond seine bleichen Lichter zwischen die Bäume warf. Ab und zu blieb sie stehen um zu lauschen, hörte immer wieder Pferde in einiger Entfernung. Ein Bach tauchte auf und sie trank. Mit Abscheu schnitt sie die Seilreste von ihren Handgelenken und lief weiter. Am Mittag des nächsten Tages waren ihre Kräfte am Ende. In vollkommener Erschöpfung sackte sie an einem Baum zusammen. Ihr Blick wanderte nach oben. Dicht standen Buchen und Eschen nebeneinander. Noch einmal stemmte sie sich hoch und fand in der Nähe eine kleine Senke. Dort fegte sie das Laub zur Seite, grub mit einem breiten Stock ein Loch in den Waldboden, legte sich hinein und häufte das Laub über sich. So gut es ging wischte sie es flach, schloss die Augen und fiel in einen tiefen Schlaf.

Der Schrei eines Käuzchens weckte sie. Das Laub hatte ihr Schutz und Wärme geschenkt, sie scheute sich, es wieder zu verlassen. Doch war die Nacht günstig, um unentdeckt weiterzukommen, so schälte sie sich aus ihrem welken Bett. Zu ihrer Rechten hörte und spürte sie den Fluss. Ihr Weg führte in die richtige Richtung. Sie vermutete, dass die Verfolger in der Nähe des Flusses suchen würden. Deshalb wandte sie sich von ihm ab, um ihre Flucht abseits von ihm fortzusetzen.

Sie ahnte nicht, dass diese Entscheidung sie von den Elben wegführte, die ihr entgegenritten. Und dass ihr weiteres Schicksal dadurch den dunklen Weg nahm.

Spuren von Blut

Wie ein felsiger Ameisenhaufen erhob sich Steinbeth, die alte Stadt der Zwerge. Anders als Berggrund, waren die Häuser der Zwerge nicht in den Hängen errichtet. Ein riesiger kegelförmiger Berg ruhte in der Mitte eines offenen Talkessels. In diesen Bergkegel hatten die Zwerge vor langer Zeit ihre Höhlen geschlagen. Wie in Berggrund waren sie mit offenen Treppen verbunden, mit Balkonen und gedrehten Säulen verziert. Zwar waren die meisten Häuser mittlerweile verfallen, doch ahnte man noch die steinerne Schönheit der alten Zwergenstadt. Den Wohnberg umgab eine massive Steinmauer, durch deren zertrümmertes Tor sie nun schritten. Mellegar und drei andere Magier folgten dem Trupp der acht Zwerge. Hinter ihnen zwanzig Elbenkrieger, die ebenfalls staunend den Kegelberg betrachteten. Die Sonne hatte die Mitte schon überschritten, als sie in die Tiefen der Stadt hinabstiegen. An vielen Stellen mussten sich die Elben beugen; die Zwergenkrieger nahmen keine Rücksicht auf sie und schritten strammen Schrittes vor ihnen her. Glatt behauene Treppen führten in ein steinernes Gewölbe, das sich allmählich weitete, bis sie in einem großen Raum standen.

„So können wir nichts spüren", sagte Mellegar, „ihr müsst alle raus hier!"

„Wir lassen euch nicht ohne Schutz!", widersprach einer der Elbenkrieger.

„Geht nur ein wenig in die Gänge."

Etwas zögerlich kehrten die Elbenkrieger in die Stollen zurück.

„Ich mag diese Felsen nicht", flüsterte Veleth seiner Gefährtin Celin zu.

„Dann wird dich wahrscheinlich bald eine Fledermaus als Geistbegleiter besuchen!", erwiderte Celin und drückte ihm einen Kuss auf die Backe.

Mellegar musterte inzwischen die Linien auf der Wand. Der ganze Raum war davon erfüllt, auch auf dem Boden fanden sie Linien. Es sah aus, als ob jemand krumme Stöcke verteilt hätte. Bedrückt legte er seine Hand darauf und spürte dem nach, was er bereits wusste. *„Elbenblut"* sagte er leise und sah im Schein der Zwergenlampen die anderen Magier nicken.

„Es ist nicht unsere Schrift, auch nicht die der früheren Elbenvölker", gab Fairron von sich. Er sagte es laut, um die Schwermut zu vertreiben.

„Der ganze Raum bebt vor Erdenkraft", bemerkte ein anderer Magier.

Mellegar fand einen Tiegel. Er war leer, dunkle Reste von Blutpulver färbten die Innenseite. Und auch hier spürte er nach, roch und schmeckte sogar. *„Hier ist viel Menschenblut dabei. Sie rührten es in der Sonne, auf einem Serpentinstein. Wir dürfen diesen Priester wahrhaftig nicht unterschätzen!"*

„Erinnert ihr euch an meine Schilderung der Kultstätte bei Evador?" fragte Fairron. „Es ist schon lange her, doch meine ich mich an ähnliche Zeichen an dem Felsen zu erinnern."

„Du meinst den alten Ritualplatz der Blutmagie?"

„Ja, und auch auf dem Rückweg von den Feandun entdeckten wir ebenso einen Ort. Der Boden hat sich ähnlich angefühlt wie hier, doch war das Dunkel schwach und fern und hier ist es stark und gegenwärtig."

„Ich bin sicher, dass es so etwas ist", meinte Selthir, ein Magier in Fairrons Alter. „Die Zeichen erinnern mich sehr an die Beschwörungszeichen, die ich in einer der Schriften fand, in der von diesen Hexern die Rede war. Ihr wisst, wie lange es her ist, seit sie unser Land mit ihren schwarzen Worten und Gedanken bedrohten. Ich hätte nie gedacht, dass diese Art von Zauber wieder ihren Weg zu den Menschen findet."

„Wir sollten so schnell wie möglich mehr darüber herausfinden", mahnte Mellegar. „Das Blut an den Wänden stammt wahrscheinlich von Arluin und Laifon. Es mag sein, dass sie noch leben und ihr Blut weiter von ihnen genommen wird." Bedrückende Bilder entstanden in seinem Geist und er hielt inne, um sich wieder zu sammeln. „Ich denke, wir haben genug gesehen. Wir müssen mit Beldunar und den anderen Kriegern reden. Und natürlich auch mit den Zwergen. Diesem Schlangenpriester und seinem Treiben muss Einhalt geboten werden!"

Fassungslos hörte Beldunar später ihre Worte. „Lasst sofort die Zwerge herbringen! Nein, wartet. Bittet sie höflich zu kommen, wir brauchen ihre Hilfe. Ich will erfahren, was dort noch für Gänge und Höhlen sind, in diesem - verwünschten - Gebirge."

Die anderen Krieger sahen erschrocken auf, als er die Worte der Menschen benutzte. Doch Beldunar nahm es in seiner Wut nicht wahr. „Ich will wissen, wohin dieser Priester geflohen ist! Und ich will, dass alle Gänge nach Arluin und Laifon durchsucht werden!", schrie er. Dann ergänzte er leise: „Ich verabscheue diese dunklen Felslöcher!"

„Ich auch", sagte Veleth.

Nicht weit entfernt

Am nächsten Tag erreichte Adiad die Felsen. Es waren Ausläufer des Wallsteins, die zunächst leicht anstiegen, bald jedoch in steilen Kanten abbrechen würden. Sie hatte Beeren gefunden und essbare Baumpilze. So fühlte sie sich etwas gestärkt. Immer wieder hatte sie Reiter gehört, doch sie waren weit entfernt, schienen sich zum Fluss zu wenden. Deswegen fühlte sie sich sicher und glaubte langsam daran, ihnen entkommen zu sein. Während sie weiter über die Felsen kletterte, dachte sie an Arluin. Von Anfang an hätten sie Krieger hierher schicken sollen. Laifon könnte noch leben, wenn sie anders entschieden hätten. Nun lag es an ihr. Sie musste durchkommen, und wenn das Schicksal es gut meinte, könnte sie Arluin noch retten. Tief klaffte ein Felsspalt vor ihr. Vorsichtig rutschte sie in die Tiefe, um danach wieder nach oben zu klettern. Als es dunkel wurde, suchte sie sich einen geschützten Platz. Sie fror die ganze Nacht hindurch, musste immer wieder aufstehen, um sich in der Bewegung zu erwärmen. In der Morgendämmerung drückte sie Moos aus, trank das gesammelte Wasser, kletterte weiter. Die Sonne ging eben auf, als sie einen flachen Steinhügel erreichte, der ihr eine gute Sicht auf die steinige Landschaft bot. Wie breite Zähne ragten viele schroffe Kanten vor ihr aus dem Boden. In der Ferne war Wald zu erahnen. Sie schätzte, dass sie Mitte des nächsten Tages die Felsen überwunden hätte. Müde schloss sie die Augen und nahm sich Zeit für einen stillen Gruß an Adain.

Die Felsen wurden schroffer, ihre Hände begannen zu schmerzen. Bei einer Rast spürte sie Wasser in der Nähe. Ein winziges Rinnsal zwängte sich am Boden entlang. Sie trank es in Ehrfurcht und Dankbarkeit. Danach sammelte sie ihren Geist und ihre Kräfte und griff nach dem nächsten Fels, um sich nach oben zu ziehen.

Das Aufstehen am nächsten Morgen fiel ihr schwer. Beinahe die ganze Nacht war sie aufgewesen, um gegen die Kälte zu kämpfen. Mit ausgebreiteten Armen stellte sie sich in die aufgehende Sonne, um ihre Wärme aufzunehmen. Gegen Mittag erreichte sie die höchste Kante und zog sich mit blutigen Händen an ihr hinauf. Es war der Moment, als Eardin und die anderen Elben ihren Weg kreuzten. Doch ahnten sie nichts voneinander. Die Krieger führten ihre Pferde langsam über den schmalen Pfad, der zu dem steilen Hang am Lebein führte, während Adiad einen halben Tagesmarsch von ihnen entfernt, vor Schmerzen weinend, den Felsen hinunter zum Waldboden rutschte. Erschöpft grub sie sich in die nächsten Blätter und versank in einen totengleichen Schlaf.

Bewein, der hinter Eardin ging, sah in die Tiefe. Wild rauschte der Lebein an den Felsen entlang. Das nördliche Ufer dagegen wirkte ruhiger, es war durchaus für Schiffe befahrbar. Mit seiner rechten Hand hielt Bewein sich am Felsen fest, den Zügel seines Pferdes hielt er lang, er wusste, es würde seinen Weg selbst finden. Eardin ging sicheren Schrittes vor ihm. Bewein beneidete die Elben dafür, er wusste, dass seine bange Achtsamkeit alle aufhielt. Als der Weg etwas breiter wurde, drehte er sich zu Whyen um. Der Elb wirkte erholt. Zwar war sein Gesicht etwas schmäler als sonst, doch er hatte am letzten Abend schon wieder einen seiner Späße gemacht. So wusste Bewein, dass es ihm, zumindest äußerlich, gut ging. Die Sorge um Adiad fraß an ihm, genauso wie an Eardin. Manchmal meinte Bewein sogar, dass auch Whyen sie liebte, doch er war sich nicht sicher. Der Elb hatte immer noch nicht verwunden, dass die Menschenhändler sie in seinem Beisein entführen konnten. Er machte sich heftigste Vorwürfe.

Plötzlich hielt Eardin an und sah verwirrt um sich. Dann schüttelte er seinen Kopf und ging weiter.

'Elben', dachte Bewein, 'wer weiß, was er wieder gespürt hat'.

φ

Der Schlangenpriester tobte, während seine Anhänger sich in der kargen Felshalle um ihn scharten und in gebückter Haltung seine Anweisungen erwarteten. Ein dunkles Meer von gesenkten Köpfen.

„In dieser Höhle muss ich nun stehen", schrie er sie an, „und die meisten eurer Brüder sind erschlagen, nur weil ihr alle zu feige wart, euch diesen verfluchten Elben und Zwergen entgegenzustellen. Wie dummes Vieh seid ihr geflohen!"

„Sie waren zu zahlreich", antwortete einer der Naga beklommen.

„Es waren weniger als ihr", brüllte der Priester. Dann fasste er sich und besah sich die kümmerlichen Reste seiner Gefolgschaft. Mittlerweile knieten sie alle vor ihm, erschöpfte Gestalten in ihren alten Bauernkleidern.

Timor war bei beim Geschrei des Priesters zusammengefahren. Er fühlte sich schuldig. Und während er wartete, kamen, wie Geister, die bekannten Bilder über ihn. Erschaudernd nahm er sie wahr, versuchte sie zu greifen, bemühte sich, die Erinnerung zu fassen. Als die Zwerge angegriffen und er die Frauen vor sich hergetrieben hatte, war das Bild so nahe gewesen. Die Frau vor ihm, sie hatte dasselbe Haar. Es war ebenso gelockt wie das von ... Nochmals bemühte er sich den Namen zu fangen, doch er entwand sich ihm, ebenso wie das Gesicht. Die Ahnung eines anderen Lebens blieb. Timor berührte, wie so oft, sein schuppiges

Gesicht. Dies holte ihn endgültig wieder in den Raum zurück und zu dem Priester, der vor ihm stand. Timor klammerte seinen Geist an ihn. Und wie die Berührung der schwindenden Sonne am Abend empfand er, wie die letzte Erinnerung ihn verließ.

„Gebt mir die Gefäße mit dem getrockneten Blut und das Pulver."

Die Köpfe tief gesenkt, brachten sie ihm das Blut der Menschen und Elben in den irdenen Krügen. Dazu die Säcke mit dem Knochenpulver der Schlange.

„Wir konnten es retten, ebenso wie das Fleisch, hoher Priester der ewigen Schlange", schnurrte einer der Naga.

Hasserfüllt besah der Priester sich das Blut dieses Volkes. Sie würden es büßen, dass sie ihm auch noch seine Gefolgschaft genommen hatten. Während sein Blick wieder erbost über die Knienden wanderte, rührte sich in einem der Naga der Rest seines Verstandes. Er war einer der letzten, die zu dem Priester gebracht worden waren und trug noch Erinnerungen seines alten Lebens in sich. Auch dachte er noch an die Versprechen des Priesters und war fähig, diese zu überdenken. So verbeugte er sich ehrfürchtig vor dem Mann in dem Umhang. Er sah dessen schwarze Augen auf sich gerichtet, während er zu reden begann. Der Naga spürte, dass seine Stimme nicht mehr die alte war, sie sprang wie ein wildes Pferd aus seinem Mund, unruhig und unberechenbar.

„Ihr habt uns Unsterblichkeit versprochen, hoher Priester, doch die meisten von uns starben!" Noch während er dies aussprach, bemerkte er, wie sein Verstand sich wieder vernebelte. Dennoch gelang es ihm dem Blick des Priesters standzuhalten.

Der Priester antwortete mit einer Stimme wie Öl:

„Ich habe es euch versprochen und so werdet ihr auch unsterblich! Die Verwandlung eures Körpers war noch nicht abgeschlossen, ihr Narren. Seht auf diejenigen, die schon länger die Kraft der Schlange und des Blutes in sich aufnehmen. Sie sind unverwundbar und sie werden ewig unter uns weilen."

„Auch sie starben", presste der Naga heraus.

„Dann waren auch sie noch im Wandel", schrie ihn der Priester unvermittelt an. Seine Geduld mit diesen elenden Würmern war am Ende. Sie waren unfähig zu kämpfen und verstanden seine Botschaft immer noch nicht, erkannten nicht, dass er sie in ihr Heil führen wollte. Ewig würden sie leben, wenn sie ihm nachfolgten. Er sah sich unter tausenden seiner Anhänger stehen. Sie verehrten ihn, waren ihm hörig. Er war ihr Herrscher, hatte Macht über sie. Er war ihr Gott. Deond schloss die Augen, spürte es, hörte es, und es erregte ihn zusehends.

„Wo sollen wir hingehen?", zerstörte eine krächzende Stimme seine Träume.

Zornig stieß er die Luft aus, versuchte zu sich zu kommen. Er fühlte sich plötzlich allein, dachte an seinen Bruder, wünschte, er würde neben ihm stehen. Erinnerte sich für einen kurzen schmerzlichen Moment seiner Familie. Seiner Frau. Seines Sohnes. Gewaltsam zwang Deond diese nutzlosen Gefühle nieder und wandte sich wieder seinen Anhängern zu. Er brauchte sie; diese miesen Gestalten waren die Stützen seiner Macht. „Gebt mir mein Buch und nehmt alles andere. Wir werden zunächst nach Norden gehen."

Die Masse der Köpfe erhob sich. Immer noch entdeckte er zweifelnde Gesichter unter den geschuppten Masken. „Folgt mir, meine Brüder, ich führe euch ins Heil und ins Leben!", rief der Priester Deond mit durchdringender Stimme. „Folgt mir, geliebte Kinder der Schlange!"

Der Zug der Naga setzte sich schleppend in Bewegung. Deond hielt einen zurück. Er beobachtete ihn schon länger, denn er war einer der ersten gewesen. Deshalb erhoffte der Priester, dass die Verwandlung sich bei ihm ihrer Vollendung näherte. Interessiert betrachtete er seine Kreatur. Auch an die Hände war die Schlangenhaut vorgedrungen. Trotzdem war er noch verwundbar. Diese verfluchten Elben und Zwerge hatten seinen Geschöpfen die Köpfe abgeschlagen! Unbeweglich stand der Naga vor ihm, wartete stumm auf seine Befehle. Starr waren die schmalen Pupillen auf ihn gerichtet. Der Schlangenpriester lächelte selbstgefällig. „Sie werden uns verfolgen und du wirst sie aufhalten!"

Der Naga Timor nickte.

„Nimm dir eines der Gefäße und such dir einen geeigneten Platz in dem Gang, durch den wir flohen. Du weißt, was du zu tun hast. Doch zuvor - komm zu mir, mein Sohn! Trage dies, es ist der Umhang meines Bruders. Ich vertraue ihn dir an, er wird dich schützen!"

Ehrfürchtig ließ Timor sich den Umhang umlegen und verneigte sich tief. Danach holte er sich eines der irdenen Gefäße.

Stolz sah der Priester ihm nach. Ich habe ihn erschaffen. Er ist ein Spross meiner Leidenschaft. Ich bin sein Schöpfer. Wieder durchliefen ihn Wellen der Erregung. „Kommt, meine Brüder", rief er noch einmal und die Herde der Naga folgte ihm.

Getrieben von Hunger

𝒟er Wald roch angenehm herb, vertraut raschelte das Laub unter ihren Füßen. Adiad schleppte sich weiter. Ihre Hände waren blutverkrustet, die verdreckten Wunden hatte sie in einem Bach ausgewaschen und dort auch gerastet. Sie rastete viel zu oft. Pilze, Wurzeln und Beeren waren ihre Nahrung, die Blätter ihr Bett. Sie liebte den Wald und fühlte sich behütet von ihm, doch die Angst und die Sorge um die anderen zerfraß ihre Seele. Der Kummer war übermächtig geworden und mischte sich mit der Schwäche des Körpers. Wenn sie in den Blättern lag, meinte sie Eardin neben sich zu spüren, doch sie hielt nur trockenes Laub in ihrer Hand. Im Geiste sah sie Whyen erschlagen im Tal liegen. Adiad versuchte zu singen, ihrem Herzen wieder Leben und Licht zu schenken. Es gelang ihr nicht mehr. So marschierte sie mit starrem Blick weiter, ohne an den nächsten Tag zu denken.

Sie spürte es, bevor sie es hörte. Leise kroch sie darauf zu, verbarg sich, lauschte. Keine Pferde, sondern ein Geräusch, das an Holzarbeiter im Wald erinnerte. Bald entdeckte sie die Hütte und sah einen Mann davor, der Holz stapelte. Es roch verlockend nach frischem Brot. Sie fühlte sich wie ein Raubtier auf Nahrungssuche. Der Mann sah ein wenig aus wie Bewein. Er trug abgetragene Kleidung aus Leinen und eine Lederweste. Sein Gesicht war hagerer als das von Bewein, doch sein Körper wirkte gestählt von der Arbeit. Lange kauerte Adiad hinter einem der Bäume und versuchte aus der Ferne zu ergründen, was für ein Mensch er war. Sie verging vor Hunger. Dann dachte sie an ihre Magie, an den Waldboden, packte ihr Messer fest und entschloss sich, zu ihm zu gehen. Zögernd trat sie aus ihrem Versteck. Der Mann sah auf und beobachtete, wie sie näher kam. Adiad verbeugte sich vor ihm.

„Du bist eine Elbenfrau?", fragte er. Braune Augen blickten aus einem verhärmten bärtigen Gesicht.

„Das bin ich, Mensch. Und ich bitte dich um deine Hilfe."

Sein Blick wanderte an ihr herab. „Was ist geschehen?"

„Ich bin vor den Menschenhändlern geflohen und über die Berge am Fluss geklettert. Und ich habe entsetzlichen Hunger."

„Komm, Elbenfrau!", sagte er.

Er wies zu einem aufgebockten Brett, das ihm nebst einer kleinen Bank als Ruheplatz vor der Hütte diente und brachte ihr Brot, geräuchertes Fleisch und Wasser. Adiad setzte sich, nickte ihm dankbar zu und schlang es in sich hinein. Der Mann sah ihr schweigend dabei zu.

„Du bekommst später noch etwas. Zuviel ist nicht gut, wenn du lange nichts gegessen hast. Was ist mit deinen Händen? Zeig sie mir!"

Adiad hielt ihm die Hände hin.

„Ich habe etwas Tierfett mit Kräutern versetzt. Ich werde dich damit einschmieren." Kurz verschwand er in der Hütte. „Es kommt vom Klettern?", fragte er, als er die Salbe auftrug.

Adiad nickte und entspannte sich zusehends. Sie genoss es, nicht mehr alleine zu sein und jemanden gefunden zu haben, der sie freundlich umsorgte. Und sie genoss es, keinen Hunger mehr zu haben, fühlte sich satt und schläfrig.

„Du wirkst völlig erschöpft, Elbenfrau. Wenn du willst, kannst du dich in meiner Hütte ausruhen."

Sie sah zögernd auf, er schüttelte den Kopf. „Hab keine Angst. Du kannst die Tür hinter dir schließen, ich bleibe draußen."

In dem kleinen, verrußten Raum der Hütte stand ein einfaches Bett, ein Holztisch und ein Stuhl. Gerätschaften und Felle hingen an den Wänden, dazwischen ein breiter Schrank und eine Kiste. Adiad zögerte, als sie den Holzboden sah. Dann siegte ihre Müdigkeit, sie schob den Riegel vor die Tür, legte sich auf sein Lager, rollte sich in die warme Wolldecke und schlief bis spät am Abend. Als sie erwachte, war die Tür noch verschlossen.

Der Mann wachte am Feuer vor der Hütte. Adiad setzte sich ihm gegenüber. „Danke, Mensch. Doch kann es nicht sein, dass du in der Nacht hier draußen bleibst."

„Ich könnte am Boden der Hütte schlafen."

Adiad musterte ihn unsicher, dann nickte sie und er stand auf, um ihr wieder etwas zu essen zu bringen. Sie war ihm dankbar für seine Hilfe. Ihr Weg war noch weit und führte über die ungeschützte Ebene. Sie würde all ihre Stärke brauchen. Vielleicht könnte sie zwei oder drei Tage bei ihm bleiben, um neue Kräfte zu sammeln? Inzwischen glaubte sie nicht mehr, dass die Menschenhändler sie finden würden. Der Wald war zu groß und sie war weit weg vom Fluss.

Schweigend saßen sie eine Weile am Feuer. Er fragte sie nichts und sie wollte nichts erzählen. Als die Glut schwächer wurde, ging er zur Hütte und Adiad folgte ihm. Er schuf sich ein Lager am Boden und Adiad legte sich in sein Bett. Ihr Messer verbarg sie unter dem Kissen.

Strahlend erfüllte die Morgensonne die einfache Hütte mit ihrem Licht. Der Mann saß auf dem Stuhl vor ihrem Lager. „Hast du gut geschlafen, Elbenfrau?"

Adiad erschrak, als sie ihn direkt vor sich sah. Dann entdeckte sie das Brot, das er für sie auf den Tisch gestellt hatte und lächelte. „Danke, ich fühle mich schon erholter. Ich danke dir für deine Gastfreundschaft, Mensch."

Unaufgeregt flossen die Stunden vorbei. Der Mann ging seiner Arbeit nach, die in dieser Zeit vor allem aus dem Hacken und Stapeln von Holz bestand. Adiad fragte ihn wegen des Brotes und er erzählte, dass er ab und zu Getreide bei den Bauern holte. Am Nachmittag ruhte er aus und sah ihr zu, wie sie aß oder die Bäume befühlte. Er beobachtete sie, als sie in der Sonne saß und zeigte ihr seine Hütte. Sie bewunderte sein Können beim Holzbau und strich über das Moos und die Wolle, mit denen er die Fugen abgedichtet hatte. Still und ernst war seine Miene, als sie abends am Feuer saßen und seine Augen folgten ihr, als sie ins Bett ging. Adiad fühlte nach ihrem Messer. Ein ungutes Gefühl hatte sich ihrer bemächtigt. Doch als am Morgen wieder frisches Brot und sogar Beeren am Tisch standen und er sie freundlich begrüßte, entschloss sie sich, noch bis zum nächsten Tag zu bleiben. Sie half ihm ein wenig beim Holzstapeln und nahm kaum noch seine Blicke wahr. Dass er sie schweigend beim Essen beobachtete, störte sie nicht mehr. Den ganzen Tag war er um sie und Adiad war sich unsicher, ob es seine Einsamkeit war, oder einfach die Neugier. Am Abend blieb er an ihrem Bett und sah ihr beim Einschlafen zu. Adiad griff nach ihrem Messer unter dem Kissen, hielt es fest und bereute, nicht an diesem Tag aufgebrochen zu sein. Doch bald schlief sie unter seinen ruhigen Blicken ein.

Sie erwachte, als er ihre Arme hielt. Er bog sie über ihren Kopf und Adiad begann sich nach dem ersten Schrecken dagegen zu wehren. Sofort setzte er sein Knie darauf und fing an, sie mit Seilen an das obere Ende des Bettes zu binden.

„Was machst du da?", fuhr sie ihn an, doch er schwieg. Als er fertig war, stellte er sich vor das Bett, zögerte, setzte sich dann wieder auf den Stuhl.

Adiad konnte kaum glauben, dass sie ihn so spät bemerkt hatte. Aber er war immer um sie gewesen, sie hatte sich daran gewöhnt. Und sie schlief immer noch in solcher Tiefe.

Regungslos saß er neben ihr und starrte sie an, während sie mit gebundenen Händen vor ihm lag. Sie sah seine Augen nicht, denn das Feuer war hinter ihm. Schweigend saß er dort, wie ein nächtlicher Dämon.

Um einen ruhigen Tonfall bemüht, sprach Adiad ihn an: „Was soll das, Mensch? Binde mich bitte wieder los."

Wie aus einem Traum erwacht schüttelte er den Kopf, stand auf, entzündete einen Kienspan an den Flammen und brachte damit die Talglampe auf dem kleinen Holztisch zum Brennen. Mit bedächtigen Bewegungen stellte er diesen unmittelbar vor das Bett. Dann wandte er sich wieder Adiad zu. Gemächlich zog er die Decke von ihr.

„Ich lebe schon lang hier", begann er leise zu erzählen, „doch ich lebte schon einmal woanders. Ich hatte einmal Familie, Elbenfrau. Eine Frau und ein Kind. Wir lebten in einem Dorf bei Evador. Sie war sehr schön, meine Frau. Ich liebte sie und ich liebte mein Kind. Eine Tochter, sieben war sie. Sie kamen eines Tages und brannten das Dorf nieder. Es war Gesindel, Straßenräuber. Ich fand nur die verbrannten Reste, als ich wieder zurückkam. Ich verließ das Land und kehrte nicht mehr zurück. Seither bin ich hier im Wald. Und seither habe ich keine Frau mehr gehabt. Ich denke oft an die zarte Haut meiner Frau. Sie war ganz weich, ihre Brüste waren warm und fest unter meinen Händen. Ihr Haar war wie Seide. Ich lag oft bei ihr, ich nahm sie fast jede Nacht."

Düster war sein Gesicht auf sie gerichtet. Adiad hatte seiner Erzählung zunächst mit Mitleid und dann mit zunehmender Furcht gelauscht. Sie war unfähig, etwas auf seine Worte zu sagen.

Er rührte sich lange nicht und wirkte wie an fernen Orten. Dann stand er auf, beugte sich über sie, begann ihr Hemd zu öffnen, streifte es gegen ihren Widerstand nach oben. „Sie trug meistens Kleider", erzählte er weiter, „braune Kleider aus Leinen oder Wolle. Ich sah ihre Brüste, wenn sie sich bückte." Er löste die Schnüre ihrer Hose und versuchte sie herunter zu ziehen.

Adiad sperrte sich dagegen, wehrte und wand sich, schrie ihn an: „Hör sofort auf damit! Ich bin nicht deine Frau. Lass mich in Ruhe!" Sie zischte einige Worte in der Elbensprache hinterher. Ungerührt fuhr er fort, sie zu entkleiden. Als sie nackt vor ihm lag, setzte er sich wieder und betrachtete ihren Körper. „Sie war warm und weich und ihr Schoß war immer feucht, wenn ich zu ihr kam."

Eine Weile schwieg er, ein fernes Lächeln huschte über sein Gesicht. Dann stand er mit gemächlichen Bewegungen auf und zog sich aus. Sorgfältig hängte er seine Kleidung über den Stuhl. Adiad wurde bewusst, dass sein Geist sich verwirrte. Die Seile an ihren Gelenken waren fest gebunden, trotzdem zerrte und zog sie daran, die Stricke rührten sich nicht. Sie versuchte sich umzudrehen, doch es gelang ihr nur zur Hälfte. Der Mann saß mittlerweile nackt vor ihr und beobachtete teilnahmslos, wie sie sich abmühte.

„Bitte lass mich los", begann sie zu flehen, „die Stricke tun mir weh und mir ist kalt."

„Ich werde dich warm machen", sagte er und setzte sich über sie.

Adiad schrie ihn an: „Geh sofort runter von mir, Mensch!"

Er sah sie zunächst unsicher an, dann schlug er ihr mit dem Handrücken brutal ins Gesicht. „Sei still!"

Adiad verstummte.

Bedächtig begann er ihren Körper zu befühlen. Seine Hände waren rau von der Arbeit. Mit zunehmender Gier betastete er sie.

„Bitte hör auf", flehte sie nochmal und wieder schlug er sie.

Gegen ihren erbitterten Widerstand presste er ihre Beine auseinander und drang zunächst vorsichtig, bald heftiger in sie ein. Schwer atmend sackte er auf sie und ließ sich dann aufstöhnend zur Seite fallen. Sanft deckte er sie zu und schlief ein.

Adiad bebte, ihr ganzer Körper zitterte unkontrolliert vor Ekel und Angst. Unter Aufbietung ihrer letzten Kräfte, versuchte sie nochmals ihre Hände zu lösen, doch die Stricke waren zu fest. Sie hörte ihn neben sich schnarchen und versuchte ihr Messer zu finden. Sie entdeckte es nicht. Sie zog an den Seilen, doch sie hielten. Hoffnungslos überließ sich sich ihrer Erschöpfung.

Sie erwachte, als sie ihn wieder an sich fühlte. Er kroch unter ihre Decke und sie spürte seine Hände und die Feuchte seiner Zunge auf ihrer Haut. Durchdrungen von Widerwillen und Zorn schrie sie laut auf. Wütend schoss er hervor, packte sie fest am Hals und flüsterte: „Noch ein Wort von dir und ich bringe dich um!"

Adiad schwieg und er hörte auf, sie zu würgen. Sofort glitt er wieder nach unten. Sie meinte seine groben Hände und seinen Mund bald überall zu spüren und wand sich vor Pein. Seine zunehmende Gewalt zu erleben, ihm so hilflos ausgeliefert zu sein, war entsetzlich. Adiad vergaß seine Drohung und schrie. Ein gellender Schrei, der das Grauen vertreiben sollte. Der Mann packte ihren Hals und betrachte sie; völlige Verwirrung lag in seinem Blick. Plötzlich kam er zu sich, schnaubte drohend und presste sich erneut zwischen ihre Beine.

Mit einem zufriedenen Ächzen rollte er sich danach in die Decke, um schnarchend neben ihr einzuschlafen. Während sie zitternd neben ihm lag, wusste sie, dass sie diesem Albtraum entkommen musste. So begann sie an der Hand zu reißen, deren Seil ein wenig lockerer wirkte. Unermüdlich drehte sie und zog eine lange Zeit und merkte, wie der Strick dabei nach oben rutschte. Doch er löste sich nicht und schließlich schlief sie ein, gefangen in ihrer Verzweiflung. Leichte Helligkeit war schon im Raum, als sie von den Schmerzen in der Hand erwachte und wieder zu zerren begann. Sie hatte eine Stelle erreicht, bei der sie das Gefühl hatte, sich die Haut abzuziehen, wenn sie weiter machen würde. Dann tat sie es. Der Schmerz war schneidend, doch eine Hand war frei.

Durch den Ruck war der Mann neben ihr wieder erwacht. So dauerte es nicht lange, bis er über sie kroch und seine Hände nach ihren Körper griffen, ihn berührten, wie seelenloses Fleisch benutzten. Seine anfängliche Vorsicht und Scheu waren vollkommen verschwunden. Adiad schloss die Augen und versuchte es nicht mehr wahrzunehmen, ihre Gedanken an andere Orte wandern zu lassen. Es gelang ihr nicht. Sie war nahe davor, ihm ihre Faust ins Gesicht zu rammen, als er roh ihre Brüste umfasste, sich ihnen gierig mit seinem Mund näherte. Mühsam hielt sie sich zurück. Er würde ihre Hand wieder binden.

Rücksichtlos packte er sie an den Hüften, riss sie an sich und stieß erneut brutal in sie hinein. „Es dauert, ich brauche länger, gedulde dich, Sari", rief er unter Stöhnen. Ächzend schrie er auf, als er sich ergoss. Erschöpft und schwer atmend blieb er danach auf ihr liegen. Adiad roch seinen scharfen Schweiß und die fauligen Ausdünstungen seines Mundes, ihr Unterleib brannte wie Feuer und sie spürte seinen Samen aus sich herausfließen. Durchdrungen von Hass bäumte sie sich auf und warf ihn von sich. Brummend drehte er sich zu Seite, um zu schlafen und Adiad begann mit ihrer blutenden Hand das zweite Seil zu lösen. Vorsichtig stand sie auf, nahm die Wolldecke, die am Boden lag und breitete sie aus. Nur ihrem Instinkt folgend, legte sie ihre Kleider hinein und alles an Brot und Essen, das sie fand. Sie entdeckte seine Rückentasche und seinen Wasserbeutel und packte sie ein. Fand sein Messer und nahm es ihm. Neben ihrem Kissen sah sie das ihre und packte es noch dazu. Kurz hielt sie inne und überlegte, dass sie ihn töten könnte. So schlich sie zum Bett, bereit, ihm die Kehle aufzuschneiden. Es gelang ihr nicht, denn sie verspürte auch Mitleid mit dieser verlorenen Kreatur. Sie hasste ihn und verabscheute, was er ihr angetan hatte, doch er war anfangs anders gewesen. Er tat ihr leid in seinem Schicksal. So ließ sie ihn liegen und schlich aus der Hütte.

Nackt lief sie mit ihrem Bündel davon. Die Sonne stand schon am Himmel, als sie einen Bach fand. Sie wollte ihn und seine ekelhaften Säfte, seine Berührungen, sein ganzes Wesen von sich waschen. Ausgestreckt legte sie sich auf die Steine und ließ das kalte Wasser so lange über sich fließen, bis es schmerzte und sie es nicht mehr ertrug. Dann erst zog sie sich an.

Ohne Licht

Fairron beobachtete die Flammen, in wilden Tänzen sprangen sie über dem Holz. Die Feuergeister waren nicht zu fassen; sie entwanden sich seinem Blick, wenn er versuchte, ihre Formen zu verstehen. Mellegar saß neben ihm. Die meisten schliefen schon, es war spät in der Nacht, doch Fairron fand keine Ruhe.

„Meine Seele ist ähnlich den Flammen, Mellegar. Sie verbrennt mich von innen und ich kann nicht verstehen, was geschieht."

„Was empfindest du, Fairron?"

„Ich denke, sie leben noch, aber ich bin mir längst nicht so sicher wie sonst. Unruhe ist in allem. Und Angst. Nicht nur meine Seele, alles ist in Aufruhr! So kann es auch sein, dass ich mich täusche."

„Du magst sie sehr."

„Whyen ist mein bester Freund, neben Eardin. Auch Adiad mag ich inzwischen in gleicher Weise. Es ist mir schwer gefallen, nicht mit Eardin zu reiten. Und ich will hier auch nicht mehr sitzen und warten. Ich werde morgen mit den Kriegern in den Berg gehen, um irgendetwas zu tun."

„Dann geh, Fairron. Ich dachte daran, einen Magier mitzuschicken. Vielleicht sollte auch Selthir mit euch gehen."

„Was glaubst du, Mellegar, wie kam dieser Priester zu seinem Wissen?"

„Ein Buch oder eine andere Schrift. Erinnerst du dich an die Erzählung Beweins? Der König von Astuil hatte den Priester, den er fing, nach dem Schlangenpriester gefragt. Es stellte sich heraus, dass die beiden anderen Priester ebenfalls aus Evador waren. Auch der Priester, den Togar erschlug, verwendete Blutmagie. Nur nicht in dieser Kraft."

„Du meinst, sie haben denselben Ursprung?"

„Ich kann es mir gut vorstellen. Welche Zwecke der Priester in Astuil verfolgte, bleibt im Dunkeln. Es mag sein, dass er eine willige Anhängerschaft sammeln wollte. Die wahre Macht und wahrscheinlich auch das umfassendste Wissen scheint beim Schlangenpriester zu sein."

„Wer weiß, wie lange sie und ihre Vorfahren dieses Wissen schon gehütet hatten." Fairrons Blick hing an den roten Glutnestern. *„Und dann erschien die Schlange am Wallstein und sie erkannten, dass ihre Zeit gekommen war. Die Menschen können solche Kräfte nicht aus sich heraus erschaffen. Sie zersetzte die Felsen! Wie er es genau gemacht hat, mag ich mir gar nicht vorstellen."*

„Wir müssen es uns vorstellen, Fairron. Es war das Blut von Elben und Menschen. Es wäre zwar möglich, dass die Neuankömmlinge es freiwillig gaben, möglicherweise wurden sie auch gezwungen. Arluin und Laifon? Sicher nicht freiwillig."

"Und aus dem Blut, und aus Teilen des alten Schlangenwesens, erschuf er den Ursprung seines Erdzaubers. Doch frage ich mich, ob nur der Wunsch nach Zerstörung ihn trieb. Ich denke, es war auch die Suche nach Macht."

"Macht und Magie zu besitzen ist ein uralter Wunsch der Menschen. Immer wieder mussten Elben ihr Blut dafür lassen. Meist glaubten die Menschen, unsere Kräfte dadurch zu bekommen, vor allem ein längeres Leben. Dass alleine die Musik Adains, ihre heilenden Klänge, unser Leben erhält, ahnen sie nicht. Und würden wir es ihnen erzählen – sie würden es nicht glauben. Manchmal denke ich, Thailit hat recht, wir sollten Adain Lit für immer verschließen. Uns von den Menschen zurückziehen."

Betroffen erwiderte Mellegar den zweifelnden Blick Fairrons.

Gemeinsam mit fünf anderen Kriegern seines Volkes wartete Norgrim im dunstigen Licht des nächsten Morgen auf die beiden Magier. Die Zwerge hatten ihn ausgewählt; sie meinten, er würde sich mit diesen Lichtgestalten am besten auskennen. Als sie am Rande der engen Schlucht auftauchten, erkannte er Fairron. Der Elb mit dem langen blonden Zopf war freundlich und umgänglich. Neben ihm lief ein Elb gleichen Alters. Im Näherkommen betrachtete er ihn prüfend. Ein schmales Gesicht, kluge Augen hinter deren Sternenfunkeln ein schelmisches Lächeln verborgen lag. Die Sorgenfalte zwischen seinen Augenbrauen überwog jedoch.

"Das ist Selthir, einer unserer Magier", stellte ihn Fairron vor und der Elb verneigte sich vor Norgrim

Norgrim hoffte, dass diese jungen Magier etwas von ihrem Handwerk verstanden. Der ältere wäre ihm lieber gewesen. Wer weiß, ob sie dem Schlangenpriester gewachsen sind?

Die beiden Magier und die zehn Elbenkrieger waren, ebenso wie die Zwerge, mit Wasserbeuteln und Taschen bestückt, die sie sich quer umgebunden hatten. Ihre Langbögen hatten sie zurückgelassen, sie trugen nur Schwerter und Messer an ihrer Seite. Auch die Magier waren bewaffnet, wie der Zwerg mit Genugtuung feststellte, so schienen sie nicht ganz hilflos zu sein.

Der Weg führte ein Stück durch die Schlucht, dann tat sich ein dunkles Loch vor ihnen auf. Fairron sah zu Selthir, dessen Gesichtsausdruck spiegelte seinen Widerwillen. Fairron lächelte ihm zu und hob seine Schultern. Es half nichts, sie mussten in diesen dunklen Berg gehen und das Licht der Sonne verlassen.

Matt hüpfte das Licht der Zwergenlampen über die felsigen Wände. Die Gruppe hatte sich durchgemischt, damit das Licht für alle reichte. Immer wieder mussten die Elben sich bücken. Gänge zweigten nach rechts und nach links ab,

Stufen führte nach oben und dann wieder hinab. Ergeben marschierte Fairron weiter durch dieses tote Gestein und stumm folgten die anderen Elben. Die Zwerge jedoch schienen sich wohl zu fühlen. Sie plauderten über die alten Stadt und die Erzgänge in der Nähe, lobten die Baukünste der Ahnen ihres Volkes und priesen ihr Geschick bei der Planung der Stollen. Sie hätten diese Wurmlöcher etwas höher machen können, dachte Fairron.

Als sie schließlich Steinbeth erreichten, wurden sie am Ausgang des Tunnels von zwei Zwergenkriegern empfangen, die sich stramm vor ihnen aufstellten, um sie zu grüßen.

„Alles normal?", fragte Norgrim.

„Keine Veränderung", antwortete die Wache. „Wir haben nichts mehr gefunden. Keine weiteren bemalten Räume und keine Naga. Zumindest keine lebenden."

„Was habt ihr mit den toten Naga gemacht?"

„Wir haben sie in die alte Grube der Schlacke geworfen."

Norgrim nickte anerkennend. „Verbrennt sie, wenn der Wind es zulässt!"

Mit einer Kopfbewegung deutete er zu den Elben, die sich unter den schadenfrohen Blicken der Zwerge dehnten und streckten. „Wir wollen die Spur des Schlangenpriesters weiter verfolgen."

„Viel Spaß dabei", sagte der Wächter. „Nimmst du die alle mit?"

„Ja." Norgrim grüßte knapp und marschierte weiter. Zielsicher führte er die Gruppe an dem Bergkegel der alten Stadt vorbei in Richtung Norden. „Es sind die Gänge zu den alten Werkstätten", erklärte er, „so werden wir auch immer wieder Höhlen finden, in denen ihr euch ausstrecken könnt. Die Gänge der alten Stadt sind etwas niedriger als die von Berggrund." Er besah sich die hochgewachsenen Elben und empfand ein wenig Mitleid mit ihnen. Es musste eine Qual sein, ständig in gebückter Haltung zu laufen. „Wir sind wahrscheinlich einige Tage unterwegs. Haben alle genug Wasser und Verpflegung?" Als er das Nicken sah, fuhr er fort: „Nach zwei Tagen erreichen wir einen der unterirdischen Bäche, dort könnt ihr die Beutel wieder füllen. Ich führe euch soweit, wie die anderen mir den Fluchtweg des Priesters beschrieben haben. Dann müssen wir weitersehen. Es kann sein, dass wir uns trennen müssen. Auch schließe ich nicht aus, dass er aus den Bergen heraus geflohen ist. Ich bin mir nicht sicher über den Zustand der Stollen. Wir waren alle schon länger nicht mehr dort." Zweifelnd betrachtete er noch einmal die Elbenkrieger. „Werdet ihr Lichtgestalten es überhaupt so lange im Dunkeln aushalten?"

„Ich hoffe es, Norgrim", antwortete ihm Fairron ehrlich und sah ihn überrascht lächeln. Der Zwerg freute sich, dass er ihn noch kannte. „Es ist wirklich kräftezehrend für uns", sagte Fairron, „doch wollen wir es versuchen und so lass uns gehen!"

Norgrim betrat den Bergstollen und die Elben folgten ihm mit Grauen.

Arluin

Nachdenklich musterte Bewein die zwei toten Menschenhändler. „Es ist schon die dritte Gruppe, die wir nach den Felsen trafen. Ich denke, sie waren unterwegs, um jemanden zu suchen."

„Das glaube ich auch." Sein blutverschmiertes Schwert noch in der Hand, sah Eardin sich um. „Doch hilft uns dies nicht. Wir müssen weiterhin den Lebein entlang reiten und sorgsam nach Spuren oder Pfaden suchen. Wenn ein Schiff irgendwo angelegt hat, sollten wir es ebenfalls bemerken."

An der dicht bewachsenen Uferböschung ritten sie achtsam weiter. Die Gegend war vollkommen unbewohnt. Gurgelndes Wasser und pfeifende Wasservögel an ihrer Seite, raschelndes Laub unter der Hufen, ansonsten Stille. Aufmerksam suchten sie nach umgeknickten Zweigen oder zertretenen Pflanzen, nach Abdrücken in der Erde oder irgendwelchen anderen menschlichen Zeichen. Ab und zu entdeckten sie die Spuren von Pferden. Bei ihrer Suche hatten sich die Menschenhändler in Kurven am Lebein entlang bewegt.

„Meint ihr, Adiad ist ihnen entwischt und sie suchen sie?", fragte Whyen in die Stille.

„Ich könnte es mir gut vorstellen", antwortete Amondin, „wahrscheinlich hat sie alle umwickelt."

„Es ist nicht so einfach, das weißt du besser als wir", erwiderte Eardin. „Es sind sicher mehr als nur drei dieser Männer. Ich vermute auch, dass sie Adiad gefesselt haben." Dann schwieg er, er wollte diese Gedanken nicht weiter in sich haben.

Aufgewühltes Erdreich ließ sie innehalten. Sorgfältig untersuchten sie den Boden, bis ein Elb rief: „Wartet, hier ist etwas!" Er hatte an der Uferböschung eine Kante im Boden entdeckt und befühlte sie mit den Händen. Dann wanderte sein Blick über das Wasser, um die Tiefe abzuschätzen. „Hier ist ein Schiff angelandet!"

Achtsam begannen sie, das Ufer und den Wald in der Nähe abzusuchen und entdeckten den schmalen Pfad. Die Elbenkrieger stiegen von den Pferden und folgten Eardin. Nach einer Zeit blieb er stehen. *„Es wäre besser, wenn wir nicht alle gleichzeitig weitergehen. Ich werde mit Whyen die Lage erkunden."*

Es dauerte nicht lang und sie sahen das Lager mit den Hütten unter sich liegen. Eardin und Whyen legten sich flach auf den Boden und spähten durch die Zweige eines niedrigen Gehölzes; versuchten die Anzahl der Menschenhändler abzuschätzen, ihre Bewaffnung und versuchten zu erkennen, ob eine Hütte bewacht war. Pferde waren zu hören, zwei Reiter erschienen zwischen den Bäumen.

Die Männer sprangen von den Pferden und schüttelten die Köpfe. 'Vielleicht war sie hier und ist wirklich entkommen', dachte Eardin. Er gab seinem Freund ein Zeichen. Kriechend entfernten sie sich wieder.

„Etwa fünfundzwanzig Männer, nicht weit von hier", berichtete Whyen den Kriegern. „Drei Hütten in einer Senke mit einem Bach dahinter. Die kleinere Hütte auf der rechten Seite ist bewacht. Alle Männer tragen Säbel oder Schwerter."

„Wir sind vierzehn Krieger, fünfzehn mit Bewein", sagte Eardin. „Es bleibt nur, möglichst unauffällig heranzukommen und dann das Lager im Sturm zu nehmen."

„Sollten wir nicht bis zur Nacht warten?", fragte einer.

„Ich will nicht warten", sagte Amondin und Eardin nickte ihm zu.

Lautlos näherten sie sich dem Lager, verteilten sich an der Böschung über den Hütten im Halbkreis. 'Elben hätten uns schon längst gehört', dachte Whyen. Doch waren ihre Schritte längst nicht so laut wie die der Menschen. Der Boden kam ihren Füßen entgegen. Magie floss aus ihnen heraus, der Wald spürte es und gab ihnen nach. Eardin robbte neben Whyen den Hang hinab. Links von sich wusste er Lerofar und Amondin. Sie hatten den Schutz der Büsche verlassen und befanden sich noch oberhalb der Hüttendächer, als ein Aufschrei vom Lager kam. Der erste Menschenhändler hatte die Elben entdeckt. Elthir sprang auf, dann stürmten sie alle den Hang hinab. Mit Wucht schlugen Schwerter und Säbel aufeinander. Furchtlos warfen die Männer sich den Elben entgegen.

Eardin rannte zur Hütte, Whyen stürmte hinter ihm. Mit einem schnellen Schlag seines Schwertes hieb Eardin den Wächter zur Seite und trat die Tür ein. Als er die Gestalt auf der Liege sah, erstarrte er. Dann erkannte er: es war nicht Adiad.

„*Ich habe so auf euch gewartet*", hörten sie Arluins Stimme.

Whyen rammte die geschlossenen Fensterflügel aus den Angeln. Im Licht, das den Raum nun endgültig flutete, sahen sie den Elben. Bleich lag er auf der Holzliege. Die gebundenen Hände hingen matt an seiner Seite, das Gewand war aufgerissen, Arme und Beine waren mit dunkel verkrusteten Schnitten übersät. Whyen und Eardin betrachteten ihn sprachlos.

„*Hat euch Adiad geschickt?*", fragte Arluin.

„*Wo ist sie?*", flüstere Eardin mit belegter Stimme. Er hatte es noch nicht verwunden, den Elben der Kräuterhalle hier vorzufinden.

„*Sie war hier. Sie ist geflohen und wollte Hilfe holen. Ist sie nicht bei euch?*", fragte Arluin besorgt.

Eardin schüttelte den Kopf. „*Wir suchen sie und wir hofften, sie hier zu finden.*"

Behutsam durchtrennte Whyen Arluins Stricke, nahm ihn auf seine Arme und trug ihn ins Licht. Die Kampfgeräusche waren leiser geworden. Lerofar kam zu ihnen. Auch er sah zunächst fassungslos auf Arluin. Dann nahm er ihn, bettete ihn auf seine Knie und streichelte zärtlich über seinen Kopf. Er kannte diesen Elben der Kräuterhalle schon so lange. Er mochte ihn sehr. *„Wo ist Laifon?"*

„Er ist tot", flüsterte Arluin. *„Er ist verblutet."*

Die meisten der Elbenkrieger standen oder knieten mittlerweile an ihrer Seite. Lerofar schloss seine Augen, ließ seine heilenden Kräfte in Arluin fließen und die Elben neben ihm taten es ihm gleich. Sie waren alle keine Magier, doch stärkte ihre Zuwendung und das Licht, das sie ihm schenkten, den Elben. Er öffnete wieder die Augen und lächelte sie zaghaft an.

„Was ist hier geschehen, Arluin?", fragte ihn Whyen, während er besorgt sein schmales Gesicht betrachtete.

„Sie nahmen unser Blut." Arluin sah das Grauen in ihren Gesichtern, als er es aussprach.

„Haben sie ... haben sie bei Adiad auch?", fragte Eardin.

„Nein. Sie brachten sie in die Hütte, ich trieb sie dazu, zu fliehen, bevor sie auf die Liege neben mir gebunden würde. Sie nutze die Magie der Feandun, als sie allein mit dem Menschenmagier war." Er schwieg erschöpft und sie ließen ihm Zeit, bis er wieder sprechen konnte. *„Sie hat ihm, während die Ranken noch um ihn wuchsen, die Kehle durchgeschnitten, Eardin. Deine Gefährtin ist wahrhaftig eine Kriegerin und keine Kräuterfrau, auch wenn ich es mir immer gewünscht habe."* Er lächelte kurz und schloss erneut seine Augen. *„Sie wollte mich mitnehmen, doch ich war zu schwach. Dann wollte sie mich tragen. Doch ich bat sie Hilfe zu holen und so floh sie allein."*

„Wann war das?", fragte Eardin, der wahrnahm, dass Arluin Stimme schwächer wurde. Er kämpfte mit einer Ohnmacht.

„Vor fünf oder sechs Tagen, ich ... ich weiß es nicht genau."

„Holt ihm Wasser und Essen", sagte Lerofar und umarmte Arluin sanft.

„Ich werde sie fragen, was sie mit dem Blut vorhatten", entschied Bewein. Er erhob sich, doch Eardin hielt ihn zurück.

„Sie werden dir nichts sagen. Ich habe noch nie erlebt, dass sie auf Fragen antworten."

In diesem Moment erschien der letzte Elbenkrieger und verkündete, dass alle tot seien.

„Elbenblut wurde in den Jahrhunderten immer wieder genommen", sagte Eardin leise und sah Arluin fragend an.

„Ich weiß es auch nicht", erwiderte er. „Adiad wollte es auch schon von mir wissen, doch ich weiß nicht, wozu sie es nahmen. Sie redeten nicht mit mir."

Sie fanden Laifons Leiche im Wald und begruben ihn unter einer kleinen Eiche, um danach für ihn zu singen. Dann trugen sie die toten Menschenhändler in die Hütten und steckten sie in Brand.

Arluin schlief unter einer warmen Decke, als sie sich im Wald zusammenfanden, um zu reden.

„Wenn Adiad am Fluss entlang geflohen wäre, hätten wir sie gesehen oder gespürt", sagte Elthir.

„Sie flieht nicht am Fluss", meinte Whyen, „sie wird wissen, dass die Menschenjäger sie dort zuerst suchen. Diese Waldfrau ist nicht dumm", ergänzte er.

„Der Wald macht mir keine Sorge, sondern die Felsen!" Eardin sah bekümmert nach Westen.

„Sie kommt durch", meinte Bewein überzeugt, „sie ist eine Mischung aus Eymari und Elb, sie wird sich zurechtfinden!"

'Ein Mischwesen', dachte Eardin und erinnerte sich daran, wie sie sich selber so bezeichnet hatte. „Wenn sie schon so lange unterwegs ist, muss sie schon über die Felsen hinüber sein", überlegte er, „doch möchte ich es sicher wissen. Wir sollten den Lebein wieder zurückreiten, dann die westliche Seite der Felsen absuchen, und sehen, ob wir Spuren von ihr finden."

„Hoffen wir, dass diese Waldfrau Spuren hinterließ", sagte Whyen. Er war wieder voller Zuversicht.

Einsame Ängste

Der gefüllte Rückenbeutel und die Decke gaben ihr ein Gefühl von Sicherheit. Es war nicht viel, was sie ihm nehmen konnte. Doch würde sie in der Nacht nicht mehr frieren und hatte zu essen, so war es in dieser Hinsicht besser als vorher. An alles andere wollte sie nicht mehr denken, doch es gelang ihr nicht. Wie Geschwüre wucherten die Bilder in ihr, erneuerten den Ekel, wiederholten den Schrecken. Adiad versuchte nur noch an ihr Weiterkommen zu denken. Die nächsten Schritte zu machen. Der Wald wurde allmählich lichter und Adiad bewegte sich vorsichtiger. Am Tag grub sie sich ein und in der Nacht schlich sie durch die Bäume. Weiter versuchte sie, den Lebein in gleichem Abstand zu halten.

Zwei Tage waren seit ihrer Flucht vor dem Mann vergangen, als sie in der Ferne das alte Gebirge zwischen den letzten Baumwipfeln auftauchen sah. Dann endete der Wald. Dies war die Stelle, die sie gefürchtet hatte. Die weite Ebene breitete sich vor ihr aus. Rechterhand fühlte sie den Fluss des Lebeins, sie meinte ihn sogar zu hören. In der Ferne sah sie das alte Gebirge, an dessen südlichem Rande Evador lag. Vor ihr lag diese baumlose Landschaft, dünn mit Gräsern bewachsen, trocken und ohne Schatten der Sonne ausgesetzt. Hier ritten die Menschenhändler zu den Ufern des Lebein ihren Gebieten zu, Warenhändler waren vereinzelt unterwegs und sicher auch irgendwelches Gesindel, das es überall gab. Erst am Rande des alten Gebirges fanden sich Dörfer. Bis dorthin mochten es fünf Tagesmärsche oder mehr sein und sie wusste, dass sie da hinüber musste.

Mutlos stand Adiad am Waldrand, fühlte sich einsam, hatte Angst. Sie nahm ihr Bündel und suchte sich zunächst einen Platz, um zu ruhen. Als die Dämmerung das Grün des Bodens schluckte, es in Grau verwandelte, hörte sie ein Geräusch, wollte aufspringen, doch eine innere, fremdartige Empfindung mahnte sie zu verharren, abzuwarten. Schleichend und fast lautlos näherte sich ein Rascheln im Laub. Dann tauchte es auf. Gelbe Katzenaugen beobachteten sie starr, während das Raubtier ohne Zaudern weiter auf sie zuging.

'Ein Luchs also', dachte Adiad, verbeugte sich und sprach ihn an: *„Ich grüße dich, du bist wahrhaftig willkommen, mein Geistbegleiter!"*

Noch nie hatte sie dieses scheue Tier so nahe gesehen. Interessiert betrachtete sie das gelbgraue, gepunktete Fell und die schwarzen Ohrpinsel, die ihn so edel schmückten. Kräftige Pfoten trugen einen feingliedrigen, geschmeidigen Körper. *„Du bist wunderschön!"*, flüsterte Adiad, während der Luchs sich neben ihr niederließ. Entspannt und selbstverständlich. Adiad hatte keine Angst, sie empfand seine Gegenwart so beruhigend wie die einer schlafenden Katze. Sie war geneigt ihn zu streicheln, doch sie wagte es nicht. Sie wollte diesen Moment des Zaubers nicht zerstören. Das Gefühl des Alleinseins war verschwunden. Tränen liefen ihr über die Wangen, als sie diesem neuen, warmen Empfinden nachsann. Geborgenheit, Trost und sogar Liebe. Als sie, wie ein sanftes Zupfen, einen summenden Laut in sich empfand, öffnete sie dem Luchs ihren Geist und spürte seine Kraft zu sich strömen. Adiad empfand seine Ausdauer in sich, seine Stärke. 'Gehe deinen Weg! Die Kraft ist in dir!' Die Stimme des Luchses war in ihrem Herzen. Adiad dankte ihm, sang für den Luchs, der immer noch ruhig neben ihr lag. Als es dunkel war, erhob er sich und verschwand. Adiad sandte ihm ihren Dank und ihre Liebe. Worte und Gesten, die sie von den Elben gelernt hatte. Dieser Segen der Elben stärkte Adain.

Dann marschierte sie los. Der Boden war zunächst weich, bald härter unter ihren Füßen. Als die Kälte zunahm, wickelte sie die Decke um sich. Lange ahnte sie das alte Gebirge vor sich, doch bald konnte sie nur noch ihrem Elbengespür vertrauen.

Das Licht kam still, ohne Vogelgesang. Sie grüßte den Tag und suchte sich eine Grube zum Schlafen. Der Boden war mittlerweile nicht mehr satt grün. Dünne Gräser bedeckten eine trockene Steppe. Es dauert eine Weile, bis sie einen geeigneten Platz fand. Er sah aus, als ob vor einiger Zeit ein Wagenrad dort versunken war. Längst war die Erde ausgetrocknet. Adiad legte den Beutel in die Rille, nahm ihr Messer in die Hand und drückte sich ins Erdreich. Dann zog sie die Decke über sich, um sich ihrer Müdigkeit hinzugeben.

Am Abend lief sie weiter. Ein Feuer brannte in der Ferne. Adiad vermutete Händler, doch hatte sie nicht das Bedürfnis, es herauszufinden. Tiefes Misstrauen nagte seit der Begegnung mit diesem Mann in ihr. Sie hatte über ihn nachgedacht und wieder spürte sie die Mischung aus Hass und Mitleid. Erneut bereute sie, nicht einen Tag früher gegangen zu sein. Doch er war so ruhig, so freundlich gewesen. Sie nahm sich vor, niemandem mehr in dieser Art zu vertrauen. Wie so oft in den letzten Tagen fühlte sie an ihren Bauch. Würde sie es spüren, wenn Leben sich in ihr regte? Ihr Blick wanderte zu den Sternen und sie dachte an Eardin und Whyen, an all die anderen. Die Sterne trübten sich ein, Wolken schoben sich davor; ebenso vor ihre Zuversicht. Ängste erwachten. Die Schatten der Nacht eroberten ihr Gemüt. Noch nie in ihrem Leben hatte sie sich so verlassen und elend gefühlt. Noch nie hatte sie einen solchen Schrecken wie bei diesem Mann erlebt und noch nie hatte sie solche Furcht empfunden, wie sie jetzt durch ihr Herz jagte. Immer wieder kamen Bilder, sie sah Whyen in seinem Blut liegen, sah Eardin vom Felsen stürzen. Adiad bemühte sich diese Nachtmahre zu verdrängen, doch während dieses langen Marsches durch die nächtliche Steppe erschienen sie unaufhörlich wie dunkle Geister, die sie peinigen wollten. Blanker Überlebenswillen und die Berührung des Luchses trieben sie dazu, weiter zu laufen.

Der Morgen kam und sie fand einen Platz in einem ausgetrockneten Bachbett. Obwohl sie das Fehlen von Wasser schon vorher empfunden hatte, suchte sie trotzdem danach, denn ihr Beutel war leer. Das Brot hing trocken in ihrem Mund, so aß sie nichts mehr. Hungrig und durstig legte sie sich auf den Boden, um zu schlafen. Die Sonne stand bereits hoch, als das Geräusch von Pferdehufen sie weckte. Starr blieb sie liegen und lauschte. Fünf Reiter. Dann vernahm sie Stimmen und erkannte die Sprache der Menschenhändler. Die Wahrnehmung raubte ihr den Atem. Es durfte nicht sein, dass die Männer sie fanden und wieder mit sich nahmen! Sie war doch so weit gekommen. Adiad schloss die Augen und hoffte, sich dadurch in der Erde aufzulösen. Die Stimmen und Geräusche kamen näher. Sie hörte sie absteigen und einer von ihnen erleichterte sich in ihrer Nähe in das Bachbett. Sie hörte sie lachen und reden. Sie schienen in ihrer Nähe zu rasten. Wieder kam einer zum Bach. Keinen Steinwurf mochte er entfernt sein. Sie wusste von dem trockenen Gestrüpp, das zwischen ihnen lag. Dürr war es und wenn sie genau hinsahen, würden sie ihre liegende Gestalt entdecken. Adiad überlegte Ranken über sich wachsen zu lassen, doch befürchtete sie dadurch ihre Aufmerksamkeit erst recht zu erregen. Sie wagte kaum noch zu atmen, als sie endlich ihre Pferde holten. Allmählich entfernten sich die Reiter wieder. Adiad weinte Tränen der Erleichterung.

Als sie sich am Abend aus der Senke erhob, wurde ihr schwindlig und ihr wurde bewusst, dass ihr nichts blieb, als dem Lebein zuzugehen. Kein Wasser war im nächsten Umkreis zu spüren. So wand sie sich gegen Norden und begann wieder ihren nächtlichen Marsch. Der Durst wurde stärker und quälender. Der Schwindel nahm zu. Noch war der Fluss weit. Als der Morgen kam und sie einen Schlafplatz suchte, verlor ihr Körper den Kampf. Ohnmächtig sank sie auf den Boden der einsamen Landschaft.

Timor

𝒵wei Tage waren sie nun schon im Dunkeln. Wild warf ein Bach sein Brüllen an die steinigen Wände; er schoss aus dem Felsgestein in die Höhle, in der sie rasteten. Fairron starrte auf den farblosen Felsen. Im Halbdunklen lag er vor ihm, öde und kalt. Sein Blick wanderte nach oben. Unerbittlich verschloss die Felsdecke den Raum. Wie alle Elben kämpfte Fairron mit der gedrückten Stimmung. Von dem Schlangenpriester war nichts zu sehen und sie hatten den Eindruck, noch ewig vergebens durch diese Dunkelheit irren zu müssen.

„*Ich wage kaum noch, an Adain Lit und an seine Bäume zu denken*", flüsterte Selthir an seiner Seite. „*Es bedrückt mich zu sehr, wenn ich mir die Weite des Himmels über unserem Wald vorstelle. Auch der Gruß an den Morgen will mir nicht recht gelingen, wenn ich die Sonne nicht sehe. Es kann Tag sein oder Nacht, hier in diesem Berg hat man den Eindruck, alles Lebendige hinter sich gelassen zu haben.*"

„*Ich mag es auch nicht*", antworte ihm Fairron, „*ich mochte die Felsen noch nie.*" Er sah zu den Zwergen. Sie saßen an einem dunklen Wasserrinnsal und unterhielten sich angeregt über Werkzeuge. Die frühere Höhle der Schmiede lag hinter ihnen und war von den Zwergen lange bestaunt worden.

„*Wenn ich noch lange hier unten bin, verwelke ich wie eine Pflanze ohne Wasser*", hörte Fairron die Stimme eines Elbenkriegers.

„*Ich hoffe, wir finden diesen Priester bald*", sagte ein anderer in die Dunkelheit. „*Habt ihr Magier eine Idee, was ihr macht, wenn ihr ihn seht?*"

„*Ich weiß noch nicht*", antworte ihm Fairron, „*sein Umhang schützt ihn vor Waffen. So würde ich versuchen, ihm sein Licht zu nehmen.*"

„*Das ist grauenvoll, aber meistens von schneller Wirkung*", ergänzte Selthir.

„*Es ist schwierig, hier zu kämpfen*", meinte einer der Krieger, „*in diesen Gängen stehen wir hintereinander, so kann nur der Vorderste zuschlagen. Und das nicht einmal richtig, da der Platz zu beengt ist. Ich hoffe wir treffen diese Schlangenmenschen in einer Höhle, falls wir sie überhaupt finden.*"

„*Und wenn er wieder ein solches Gefäß hat?*"

„*Wir müssen ihn umbringen, bevor er sein Blut damit mischt*", sagte Fairron hart.

„Lasst uns weitergehen!" Norgrim deutete zu einem schwarzen Schlund, der aus der Höhle herausführte. Die Elben folgten ihm widerwillig. Enge Stufen führten hinab in die Tiefe. Einer der Zwerge hatte ihnen erklärt, dass die Höhlen der Handwerker jetzt hinter ihnen lägen und in dieser Gegend des Berges vor allem die Erze abgebaut worden seien. Mit wenig Interesse betrachteten sich die Elben das Gestein, während die Zwerge forschend, ja andächtig über die Wände strichen.

„Es interessiert euch nicht", stellte Norgrim schließlich fest.

„Wenn ich ehrlich sein soll, nein", antwortete Fairron, „aber es ist gut, dass es euch so gefällt, sonst müssten wir hier runter gehen und nach Steinen graben. Wir brauchen das Erz."

„So hat jeder seinen Platz", meinte Norgrim schmunzelnd. Dann verharrte er plötzlich. Vor ihm brach eine weitere steile Treppe in die Tiefe. Der Zustand der Stufen war bedenklich. Die Kanten bestanden aus losem Gestein und einige Treppenstufen waren völlig weggebrochen.

„Schlecht gebaut", murmelte ein Zwergenkrieger.

„Vorsicht! Wenn einer ins Rutschen kommt, reißt er die anderen mit sich", mahnte Norgrim, „also geht langsam und stemmt euch gegen die Wände!"

„Ich liebe diese Berge", flüsterte Selthir, bevor er den ersten Fuß auf die bröselnden Stufen setzte. Dann drückte er seine Hände gegen die Felsen und hievte sich, zum Teil mit den Armen, nach unten.

Kaum unten angekommen, flüsterte Fairron: „Ich spüre etwas. Da kommt jemand!" Behutsam zog er sein Schwert.

Die Zwerge leuchteten mit ihren Lampen nach vorne. Der Gang vor ihnen war hoch genug für die Elben, doch kaum so breit, dass zwei von ihnen nebeneinander stehen konnten. Einer der Elbenkrieger sah zur Treppe, wo die letzten sich bemühten, herunterzukommen. „Ein wundervoller Platz für eine Falle", sagte er trocken.

Eine Gestalt schälte sich aus der Dunkelheit. Fairron, der zuvorderst neben Norgrim stand, hatte seine Schwert ausgerichtet, der Zwerg versuchte währenddessen die Dunkelheit mit seiner Lampe zu durchdringen. Alle anderen warteten hilflos dahinter.

„Genauso hatte ich es befürchtet", flüsterte einer.

Fairron erkannte eine menschliche Gestalt, sie war alleine und trug einen Umhang. Norgrims Licht ließ die dunklen Schuppen in dem Gesicht eines Naga aufglänzen und Fairron entspannte sich; bis er das Gefäß unter dem Umhang sah. Auch die anderen nahmen es wahr, schrien auf. Norgrim stürmte nach vorne, doch der Schlangenmensch hatte bereits den Krug mit einer schnellen Bewegung auf den Boden geworfen. Er zerschellte klirrend, gab das Pulver frei. Norgrim hatte den Naga erreicht, schlug zu; wirkungslos prallte das Schwert des Zwerges an dem Naga ab, der Schlangenmensch schwankte nur kurz.

„Licht!", schrie Fairron. „Er darf nicht bluten, Norgrim! Ich brauche Licht, Selthir!"

Augenblicklich hielt Selthir die Hand nach vorne und ließ eine blaue Kugel aufstrahlen, so gleißend, dass alle um ihn geblendet die Arme vor die Augen rissen.

Der Naga Timor verengte seine Schuppenlider. Dann packte er das schwarze Ritualmesser und schnitt sich entschlossen in den Arm. Dicke Blutstropfen spritzten zu Boden. Er wich zurück, sein Blut mischte sich mit dem Pulver, das Gebräu begann zu brodeln, dann ein Knirschen - mit einem Knall zerbarst der Fels in kleine Stücke und der Boden brach auf. Schollen schoben sich nach oben, Löcher entstanden. Mit polterndem Krachen öffnete sich ein Krater, Steine schlugen nach unten.

Entsetzt starrte Fairron in das schwarze Nichts. Wie ein unergründlicher Höllenschlund klaffte es nicht weit vor seinen Füßen. Tiefer schnitt sich der Naga, mehr Blut schoss hervor und schneller riss der Fels. Elben und Zwerge schrien und versuchten die Treppe zu erreichen. Außer Fairron, der regungslos weiter das Wesen fixierte. Der Naga bemerkte ihn, grinste. Zufrieden beobachtete er, wie sich das brechende Gestein dem Elben näherte. Hinter Fairron verharrte Selthir. Umgeben von Donnern und Schreien erleuchtete er stur mit seiner gleißenden Lichtkugel die Dunkelheit. Norgrim riss an Fairrons Gewand, um ihn zum Fliehen zu treiben, der Magier rührte sich nicht. Stur hing sein Blick an den Augen der Kreatur. Plötzlich verschwand das Grinsen des Schlangenwesens, Verwirrung erschien in seinem geschuppten Gesicht. Als es spürte, was geschah, schrie es gellend auf. Elben und Zwerge hielten sich entsetzt die Hände über die Ohren. Sie vernahmen das Kreischen einer verlorenen Seele.

Ein Gesicht, von braunen Locken umgeben, huschte an Timors Geist vorbei, dann wurde es Nacht und er fiel in die Tiefe.

Fairron kam zu sich, fühlte den nachgebenden Boden, wollte fliehen, doch sie standen zu dicht. Panische Rufe an der Treppe, die Krieger trieben sich gegenseitig an, versuchten Platz zu schaffen. Fairron drängte rückwärts, Selthir packte seinen Arm, versuchte ihn festzuhalten. Weitere Steine brachen. Fairron drängte zurück, plötzlich verlor er den Halt, stürzte zu Boden, spürte die Leere unter seinen Füßen, versuchte sich kriechend zu retten. Er hörte Selthir schreien, sah schemenhaft seine Gestalt neben sich. Fairron konnte ihm nicht helfen, er kämpfte gegen den Sog des Gesteins. Als der Boden endgültig unter seinem Oberkörper einbrach, schrie er vor Angst, versuchte verzweifelt Halt zu finden, rutschte weiter. Jemand packte ihn, riss an seinem Gewand, eine Hand umklammerte seinen Arm. Dann ein heftiger Ruck und er fand sich am Boden des Ganges liegend. Über sich Larinas, der ihn hielt. Und neben sich Selthir, an dem Norgrim zerrte. Fieberhaft trieb der Zwerg zur Eile und riss dabei hektisch an Selthirs Gewand. Ebenso entschieden zog der Elb Larinas an Fairron, half ihm auf die Füße, schob ihn kraftvoll nach vorne. Völlig entkräftet stemmte Fairron sich die Stufen nach oben, während das Krachen hinter ihm langsam nachließ.

Auf dem Weg zur nächsten Höhle sprach keiner von ihnen ein Wort. Dort angelangt, sackte Norgrim zu Boden und verkündete matt: „Ich denke, diesen Weg können wir nicht mehr nehmen."

„Es war grauenvoll, Elbenmagier", bemerkte einer der Zwerge, „was hast du da mit dem Naga gemacht?"

„Ich habe ihm das Licht seiner Seele genommen, Zwerg."

„Ihr seid unheimlich, ihr Lichtgestalten", meinte ein anderer, „unheimlich und manchmal auch grausam."

Fairron schwieg. Es hatte ihn selbst erschüttert, dies tun zu müssen und den Schrei wieder zu hören. Und er war noch erfüllt von seiner eigenen Angst.

„Warum hast du vorher nach Licht geschrien?", hörte er eine Frage.

„Ich muss in seine Augen sehen, sie sind der Eingang zur Seele."

„Ich denke, das nächste Mal, wenn ich dir gegenüberstehe, halte ich meine Augen lieber geschlossen", ergänzte der Zwerge mit erschaudernder Stimme.

„Ich mache es nicht gerne, wenn ich ehrlich bin, verabscheue ich es, so etwas zu tun!", antwortete er leise und schwieg dann wieder, bis ein Elbenkrieger meinte: „Die meisten von uns wären in den Krater gestürzt, wenn du es nicht getan hättest, Fairron. Der Tod des Naga beendete auch die Zerstörung. Wir verdanken dir unser Leben, Magier, bitte belaste dein Gemüt nicht weiter damit!"

Die Worte trösteten Fairrons Seele. Immer noch erschöpft, wandte er sich an Selthir. „Dein Licht war unglaublich!"

Selthir antwortete mit Stolz in der Stimme. „Es war meine Leidenschaft der letzten Jahre. Ich versuchte es immer heller werden zu lassen." Dann ergänzte er: „Das war wirklich knapp, Fairron."

„Das war es, Selthir."

„Nun gut", Norgrims Stimme hallte polternd über die Wänden der Höhle. „Wenn wir hier nicht weiter können, müssen wir einen Umweg nehmen. Einen Tag zurück bis zu den Werkstätten, und dann den Weg durch die Gänge des leeren Gesteins. Ein Umweg von etwa drei Tagen, um dort, kurz hinter dem Loch, wieder herauszukommen."

Ungläubig hatten die Elben seinen Worten gelauscht, einer von ihnen stöhnte laut auf.

„Gefällt es euch nicht in unserem Berg?", höhnte Wellun.

„Drei Tage?", wiederholte Selthir bestürzt. „Der Schlangenpriester kann bereits viele Tage vor uns sein. Wenn wir diesen Umweg nehmen, werden wir ihn nie erreichen. Ich denke, wir sollten wieder umkehren."

„Schafft ihr Lichtgesindel es nicht mehr?", fragte Wellun.

„Nein, wir Lichtgesindel schaffen es nicht mehr, noch diese lange Zeit im Dunklen zu verbringen", entgegnete Fairron, „so meine ich auch, wir sollten umkehren und andere Wege suchen. Also führt uns hier bitte heraus."

Norgrim atmete schwer durch, aber er hatte bemerkt, dass Fairron es ernst meinte. Diese Elben waren wirklich nicht für die Berge geschaffen und er wollte sie nicht heraustragen müssen. „Also gut. Zumindest wissen wir, dass er bis hierher gekommen ist und dass der Weg der richtige war. Sonst hätte er keinen Wächter hinterlassen. Dann lasst uns euch wieder ins Licht bringen."

Die Elben sprangen erleichtert auf.

Verbrannt

Amondin sah zu Lerofar, der neben ihm ritt. *„Ich habe genug vom Töten, Lerofar."*

„Auch mir langt es. Wir kamen zu einer ungünstigen Zeit nach Adain Lit. Es ist das erste Mal seit Jahrzehnten, dass die Krieger in einer solchen Stärke ausreiten."

„Manchmal sehne ich mich zurück zu unserer Ebene in den Bergen, zu meinen Ziegen und Pferden", sagte Amondin leise, *„mich lockte das Kriegerhandwerk, doch nun erschüttert es meine Seele."*

„Ich weiß, Amondin. Mir geht es ähnlich, obwohl ich früher mit ihnen geritten war. Doch können wir weder die Naga noch die Menschenhändler gewähren lassen. Wir mussten sie töten, denn sie würden sich nicht vertreiben lassen und weiter Unglück in unser Land tragen."

„Das ist mir bewusst, Lerofar, aber ich verabscheue es trotzdem, Leben zu nehmen."

Schweigend ritten sie weiter. Sie hatten wieder die Felsen über dem Lebein erreicht und hörten tief unter sich den Fluss vorbeirauschen. Der Pfad wurde enger und einige stiegen ab, um die Pferde hinüberzuführen. Lerofar sah sich besorgt nach Arluin um. Der Elb der Kräuterhalle hing auf seinem Pferd und hielt sich am Sattel fest. Er wirkte noch schwach.

„Geht es, Arluin?"

„Es geht, ich sage es dir, bevor ich rutsche, Lerofar."

Sie waren alle erleichtert, als die Felsen endlich endeten und Bäume unter ihnen auftauchten. Vorsichtig folgten sie der kleinen Schlucht nach unten, bis sie wieder weichen Waldboden unter sich fühlten. Whyen wandte sich nach links und begann, wie alle, die Felsen und den Boden abzusuchen. Die hohe Felskante zog sich weit nach Süden. *„Was meinst du, wie weit sollen wir suchen?"*

Eardin lief in seiner Nähe. *„Ich würde so weit gehen, bis wir den Fluss nicht mehr spüren. Er mag Adiad ein Halt auf ihrem Weg gewesen sein."* Eardin blieb stehen und suchte Zuflucht in Whyens grauen, ernsten Augen. *„Ich vermisse sie so, Whyen. Ich habe solche Angst um sie."*

„Ich auch", sagte sein Freund leise.

Eardin betrachtete aufmerksam sein Gesicht. *„Du liebst sie auch, Whyen?"*

„Ein wenig schon, Eardin", erwiderte er lächelnd.

Eardin schwieg, dann ging er zu ihm und umarmte ihn.

„Ich nehme sie dir nicht, ich sagte dir dies schon damals im Zelt", flüsterte Whyen.

„Ich weiß."

Beinahe ein halber Tag war vergangen und das Licht nahm bereits ab, als ein Krieger die anderen rief. Stumm deutete er auf den Felsen. Sie sahen blutige Abdrücke auf dem Stein. Verwischte, dunkelrote Streifen, die weit oben begannen und bis unten weiterführten. Eardin legte seine Hand darauf und schloss die Augen. „Es ist ihr Blut, sie ist hier heruntergerutscht. Ich vermute, es waren ihre Hände."

„Hier hat sie gelegen", rief Elthir. Er hatte die aufgewühlten Blätter entdeckt, grub darin und fand Blutflecken. „Sie hat sich in den Boden gegraben, um Wärme und Schutz zu haben."

„Schlaues Mädchen", sagte Bewein.

Eardin war erschüttert, ihr Blut gefunden zu haben. Er meinte, die Schmerzen an seinen eigenen Händen zu empfinden.

„Sie ist zäh", sagte Whyen neben ihm, „und die Menschenhändler haben sie noch nicht erwischt!"

„Lasst uns hier rasten", hörten sie unvermittelt die müde Stimme von Arluin. Eardin hatte ihn völlig vergessen. Sie beschlossen, erst am nächsten Morgen weiterzusuchen.

Die Spur wurde offensichtlicher. Adiad hatte weniger Zeit darauf verwendet, sie zu verbergen. So bemerkten sie auch, dass sie sich immer öfter ausgeruht hatte. Der Weg führte sie bald zu der Hütte. Die Elben stiegen von den Pferden und näherten sich dem Mann, der dort still auf der Holzbank an der Hüttenwand lehnte. Er sah erst auf, als sie vor ihm standen. Sein Haar hing ihm wirr ins Gesicht, er wirkte, als ob er aus einem Traum erwachen würde.

„Ich grüße dich, Mensch", sagte Eardin vorsichtig, „wir suchen eine Elbenfrau. Ihre Spur führt hierher, du müsstest sie gesehen haben!"

Der Mann nickte.

„Du hast sie also gesehen?", fragte Bewein und setzte sich neben ihn, „war sie heil? Ging es ihr gut?"

„Ihr fehlte nichts, sie hatte nur Hunger", antwortete er flüsternd mit einer Stimme, die lange nicht mehr benutzt worden war.

„Wo ist sie jetzt?", hakte Bewein nach.

„Weg."

Ratlos standen sie um diesen einsilbigen Menschen herum, bis Eardin sich ebenfalls neben ihn setzte, ihn am Kinn packte und seinen Kopf hochzog, um ihm in die Augen zu sehen. „Deine Worte reichen mir nicht, Mensch. Wie lange war sie bei dir? Und ging es ihr auch noch gut, als sie dich verließ?"

„Zwei Tage war sie hier." Die Augen des Mannes öffneten sich weit, er schien langsam wieder zu sich zu kommen.

Eardin ärgerte sich zusehends über ihn. „Was ist in den zwei Tagen geschehen? Warum war sie so lange hier?" Er schüttelte ihn, damit er antwortete.

„Sie war schwach. Ich habe ihr Brot gegeben und ließ sie bei mir schlafen, damit sie wieder zu Kräften kommt."

„Und wo hast du geschlafen?", schrie ihn Whyen an.

„Auf dem Boden. Ich war freundlich zu ihr." Unruhig wanderten seine Augen dabei zu den Elbenkriegern, die sich um ihn versammelt hatten.

„Da stimmt etwas nicht", sagte Lerofar, „er erzählt uns nicht alles!"

Eardin zögerte nicht, packte ihn, hob ihn hoch und presste ihn an die Hüttenwand. „Du erzählst mir jetzt, was geschah, sonst hänge ich dich dort oben auf und lass dich verrotten!" Drohend wies er auf einen langen Haken, der aus der Wand unter dem Dach herausragte.

Der Mann schwieg. Schweiß bedeckte seine Stirn, er atmete in kurzen Stößen, wirkte wie kurz vor einer Ohnmacht.

„Lass mich", sagte Bewein, zog ihn von Eardin weg, drückte ihn auf die Bank, setzte sich daneben und legte den Arm um seine Schultern. „Beruhige dich. Du wohnst hier alleine?"

Der Mann nickte und begann wieder ruhiger zu atmen.

Bewein ließ ihm Zeit. „Es war schön, wieder Gesellschaft zu haben?"

Wieder kam ein Nicken.

„Du gabst ihr zu essen und hast dich um sie gekümmert. Das war nett und freundlich von dir!"

„Sie war auch nett zu mir!" Der Blick des Mannes hing mittlerweile an Bewein. Seine Augen waren die eines Kindes. „Sie sprach nicht viel, doch sie lächelte freundlich. Und sie aß viel."

„Du hast gesagt, sie war sehr hungrig. War sie auch verletzt?"

„Ihre Hände waren voll blutigem Schorf. Ich habe sie eingerieben." Er lächelte und sein Blick verlor sich in der Erinnerung. „Die Haut war so rau, es hat sie geschmerzt, als ich das Fett darauf rieb. Ihre Haare waren dunkler als die von meiner Sari."

Traurig sah er zu Bewein. Dieser lächelte ihn weiter an, nickte und strich ihm sogar kurz über den Kopf. Die Elben verfolgten diese merkwürdige Unterhaltung schweigend.

„Erzähl mir von Sari", sagte Bewein schmeichelnd.

„Sie ist tot", flüsterte der Mann, während er weiter Bewein gebannt ansah, „sie ist verbrannt." Dann schwieg er wieder und Tränen traten in seine Augen. „Ihre Haut war ebenso zart. Ich habe sie mir angesehen, sie bewegte sich ähnlich. Es war schön, sie zu betrachten. Auch als sie schlief."

„Hast du sie berührt?", fragte Bewein sanft.

Der Mann begann zu zittern.

„Hast du sie dir genommen?", fragte Bewein leise und drückte ihn an sich, während er die wachsende Wut in sich spürte. Er ahnte mehr das Nicken in seinem Arm.

„Ich bring ihn um!", schrie Eardin voller Hass auf.

„Er ist krank", sagte Bewein laut, „sein Verstand ist krank!" Er hielt ihn fest, während Eardins Schwert über ihm hing.

„Lass ihn", rief nun Amondin, „ich habe genug Blut gesehen! Lass diesen Wahnsinnigen hier in seinem Elend verrotten!"

„Wir könnten ihm seine Lust für immer nehmen", bemerkte Whyen mit eiskalter Stimme. Ebenso wie Eardin hatte er sein Schwert gezogen. Die Augen der beiden waren weiß vor Zorn.

Der Mann schrie auf und drückte sich noch näher an Bewein.

Dieser stieß ihn angewidert von sich. „Weißt du, dass es mir ein Vergnügen wäre, dich jetzt langsam zu erwürgen?"

Panikartig fuhr der Mann auf und versuchte zu entkommen. Elthir packte ihn, als er vorbeilief.

Eardin und Whyen waren in die Hütte gegangen. Ein Stuhl lag am Boden und das Bett war zerwühlt. Dann entdeckten sie die Reste der Seile am oberen Ende. Sie fanden Blut an einem davon. Eardin schloss die Augen.

„*Komm*", flüsterte Whyen mit bebender Stimme. Sie verließen die Hütte und steckten sie in Brand. Elthir stieß den Mann zu Boden und sie ließen ihn laufen.

Bedrückende Erkenntnis

Das Licht Adains hatte sie wieder! Ausgehungert hielten sie ihr Gesicht in die Sonne.

„Keinen Tag länger hätte ich es dort drinnen ausgehalten", stöhnte Selthir, „nicht nur, dass mir vom Bücken alles weh tut, ich hatte den Eindruck, mein Licht würde mich immer mehr verlassen. Hoffnungslosigkeit kam über mich und trübe Gedanken."

Fairron nickte. „Auch mir raubt die Dunkelheit zusehends die Kraft."

Die alte Zwergenstadt lag im Licht der Mittagssonne. Fairron streckte sich ausgiebig. Aus einem Tor der verfallenen Stadtmauer tauchten Gestalten auf, er sah Beldunar und die beiden Magier Mellegar und Lebond auf sich zukommen.

„Ihr seht erschöpft aus", sagte Mellegar besorgt, während er sich neben ihnen niederließ.

„Ich hatte es schon befürchtet", meinte Mellegar, nachdem er ihrem Bericht gelauscht hatte, „es wäre unwahrscheinlich gewesen, dass der Priester irgendwo darauf wartet, bis ihr ihn findet. Also, ihr Zwerge, wohin gehen eure Gänge? Wohin könnte er geflohen sein?"

Norgrim hatte schon darüber nachgedacht, so kam seine Antwort rasch. „Nördlich von Dodomar gibt es einen Ausgang in Richtung Westen. Der Weg, den er genommen hat, führt direkt dorthin. Es wäre auch möglich, dass er nach rechts abgebogen ist, dann käme er einen Tagesmarsch später im Osten heraus. Weiter nach Norden führen unsere Stollen nicht."

„Also kommt er vielleicht direkt gegenüber von Adain Lit aus dem Berg!", erkannte Beldunar bestürzt.

Norgrim nickte.

Beldunar dachte nach, er wollte die Zwerge nicht alleine lassen, falls er doch im Osten auftauchen sollte. Doch die Sorge trieb ihn zurück zum Elbenwald. Unschlüssig sah er nach Westen, dann wieder zu den Zwergen.

„Wir holen euch, wenn wir euch brauchen", sagte Norgrim schließlich, „ich hoffe, Usar ist damit einverstanden. Da sie nicht hier ist, müssen wir entscheiden."

Wellun stimmte zu. „Lassen wir die Elben zu ihrem Wald reiten. Der Schlangenpriester ist im Moment weit genug weg und viele der Naga vernichtet. So glaube ich nicht, dass wir etwas zu befürchten haben."

„Dann lasst uns sofort aufbrechen", entschied Beldunar, nickte den Zwergen dankbar zu und stand auf, um das Heer der Elben zum Aufbruch zu bringen.

Die Magier blieben zurück. Nach einer Weile sagte Mellegar: *„Sogar der Naga verwendete diese zerstörende Blutmagie."*

Keiner antwortete, Mellegar sah auf, begegnete ihren bangen Blicken. *„Adain Lit kann dem nicht Stand halten!",* sprach er es aus.

Heimatwald

Eine Hand stütze ihr Genick, Wasser rann über ihre Lippen. Adiad hörte einen Mann sprechen und öffnete ihre Augen. Ein bärtiges Gesicht beugte sich über sie. Der Mann hielt sie und bemühte sich, ihr Wasser aus einem Beutel einzuflößen. Ruhig sprach er auf sie ein. Sie wurde des anderen Mannes gewahr, der neben ihm stand. ‚Keine Menschenhändler', schoss es ihr durch den Kopf, während sie gierig trank.

„So ist es gut, trink, Elbenfrau!"

Langsam kam sie wieder zu sich und sah sich unsicher um. Ein Wagen stand in der Nähe, ein Pferd war davor gespannt. Der Mann mit dem blonden Bart hielt sie immer noch, ein dunkelhaariger, jüngerer, musterte sie besorgt.

„Hab keine Angst, Elbenfrau", sprach der Ältere weiter, „es geschieht dir nichts, wir geben dir nur zu trinken."

Adiad dachte an den Einsiedler im Wald, der sie mit ähnlich freundlichen Worten begrüßt hatte. „Ich danke euch", krächzte sie hervor und versuchte aufzustehen. Der Mann half ihr, während sie mit ihrem Schwindel kämpfte. „Wer seid ihr?"

„Händler", antwortete der Jüngere, „wir sind auf dem Weg nach Sidon und sahen dich liegen. Du siehst aus, als ob du schon einen weiten Weg hinter dir hast."

Adiad nickte bloß. Sie schwankte, doch der Mann hielt sie sicher. „Setz dich wieder, Elbenfrau, du kannst auch in unserem Wagen ein wenig ruhen."

Adiad ließ sich nieder und kam allmählich zu sich. Dabei nahm eine Hoffnung Gestalt an. „Wäre es möglich? Könntet ihr mich auf eurem Wagen mitnehmen?"

„Wenn du zu eurem Wald willst, können wir dich nur ein kleines Stück mitnehmen und du siehst nicht so aus, als ob du noch tagelang gehen könntest", sagte der Ältere, während er sie von oben bis unten mit zweifelnden Blicken betrachtete.

‚Ich muss grauenvoll aussehen', dachte Adiad und schüttelte den Kopf. „Nicht nach Adain Lit. Zum Wald der Eymari. Könntet ihr mich zu den Eymari bringen? Bitte!"

„Es ist ein kleiner Umweg. Na gut, wir bringen dich hin."

Adiad hätte jubeln können. Sie halfen ihr auf den Wagen und sie grub sich zwischen Säcke. Eingehüllt in Getreideduft schlief sie ein.

Drei Tage dauerte die Fahrt. Abends saß sie am Feuer bei den Männern. Es waren Vater und Sohn, die Getreide und andere Waren aus ihrem Dorf am Gebirge nach Sidon brachten. Sie erhofften sich dort bessere Gewinne als in Evador. Die Männer rührten sie nicht an und waren weiter freundlich zu ihr, so erzählte sie ihnen von den Kämpfen der Elben und Zwerge gegen die Naga. Bald sprach sie auch von ihrer Entführung durch die Menschenhändler. Gespannt verfolgte der Jüngere ihre Worte und fragte dann: „War eine blonde Frau am Schiff? Ihr Name ist Marill."

„Es war eine blonde Frau dort," antworte Adiad zögernd, „sie trug einen langen Zopf. Wir redeten kaum miteinander, doch ich bin sicher, dass sie so hieß. Eine andere Frau, die sie zu kennen schien, nannte sie so."

Schluchzend wandte der Mann sich ab.

„Sie waren versprochen", sagte sein Vater erschüttert. „Sie verschwand vor einiger Zeit zusammen mit ihrer Freundin. Sie waren beim Wäschewaschen am Bach."

„Was haben sie mit ihr gemacht? Wo bringen sie sie hin?", fragte sein Sohn unter Tränen.

Adiad verschwieg ihm, was sie an Bord gesehen hatte. „Sie brachten mich hinter den Bergausläufern vom Schiff, die anderen fünf Frauen blieben an Bord. Das Schiff fuhr weiter den Lebein hinab."

Nach einer Zeit des Schweigens sagte sein Vater wütend: „So geht es nicht weiter! Bisher hörte ich immer nur davon, dass Frauen verschwinden. Nun traf es auch uns. Nachdem wir in Sidon waren, werde ich nach Evador fahren und dem Fürsten unsere Not schildern. Die Frauen der Dörfer sollten ihm nicht ganz egal sein. Es ist seine Aufgabe, uns zu schützen!"

Adiad gab ihm recht. Auch König Togar sollte etwas unternehmen. „Einer der Soldaten des Königs von Astuil ist ein Freund von mir. Wenn er noch lebt, werde ich mit ihm reden. Er ist Berater des Königs."

Die Männer nickten.

„Es tut mir leid wegen Marill", sagte sie dann. „Ich konnte ihr nicht helfen, ich war selber gebunden. Ich weiß nicht, wohin sie sie brachten. Die Menschenhändler redeten nicht mit uns. Doch es gab einen jungen Mann am Schiff, der freundlich zu uns war. Er versorgte uns und gab uns zu essen. Er deckte uns zu in der Nacht und rührte uns nicht an."

„Und die anderen?", fragte der Ältere nach.

Adiad schwieg und bereute, überhaupt etwas gesagt zu haben, während der Jüngere erneut aufschluchzte.

Wie eine grüne Wand erschien der Wald der Eymari vor ihnen. Adiad kauerte sich auf die Ladefläche des Wagens und ihr Herz ging auf. Die Sonne brachte die grünen Baumwipfel zum Leuchten, sie hörte die ersten Waldvögel singen. Als der offene Weg in den schmalen Waldpfad überging, stoppten die Männer den Wagen.

„Und jetzt?"

„Wartet etwas", bat sie.

„Was wollt ihr hier, ihr Händler?", hörte sie bald die Stimme von Leond aus den Bäumen, „der Waldweg ist zu schmal für euren Wagen!" Dann verstummte er plötzlich und rief überrascht: „Adiad? Bist du das?"

„Komm runter und sieh nach, Leond", schrie sie in Richtung der Bäume.

„Du kennst einen der Waldmenschen?", fragte der ältere Händler verwundert.

„Ich kenne sie alle!"

Kurz danach rannte Leond aus dem Wald, gefolgt von Tard und Schleh. Begeistert sprang Adiad vom Wagen und lief ihnen entgegen. Leond wollte sie an sich reißen, verharrte dann aber. „Du siehst grauenvoll aus!" Er besah sie sich von oben bis unten. Ihre Kleidung war vollkommen verschmutzt und blutig. Die strähnigen Haare hatte sie nur notdürftig gebunden und ihr Gesicht war schmal und vom Weinen gezeichnet. Wütend wandte er sich den Händlern zu.

„Sie haben mir nichts getan. Sie brachten mich nur hierher", sagte Adiad, löste sich aus Leonds Griff und ging zum Wagen. „Ich danke euch für eure Hilfe und ich wünsche euch Glück bei eurer Suche!"

Die Händler nickten. Ein Schnalzen trieb das Pferd an, der Wagten ruckte und die beiden Männer machten sich auf in Richtung Sidon.

Leond umarmte sie fest. „Was hast du bloß getrieben, Adiad, dass du so aussiehst?"

„Lass uns ein Stück in den Wald gehen und uns niedersetzen, ich werde es euch erzählen."

Tard jedoch hielt sie am Arm fest, drehte sie zu sich und sah ihr forschend in die Augen. Dann hob er vorsichtig ihre strähnigen Haare und besah sich ihre Ohren. Leond und Schleh hatten es ungläubig beobachtet.

„Ihr seht richtig", sagte Adiad leise. „Worrid weiß davon, ich habe ihn gebeten, nichts davon zu erzählen. Ich wollte es euch selbst sagen."

„Du bist jetzt eine von ihnen?", fragte Leond. „Warum, Adiad?"

„Wegen Eardin."

„Kommt!", sagte Tard, „es gibt viel zu erzählen!"

Sie saß neben Leond, wie sie es früher so oft getan hatte. Gemeinsam lehnten sie am Baum und er hatte seinen Arm um sie gelegt. Adiad fühlte sich besser, seit sie im See geschwommen war. Die Waldkrieger hatten ihr Zeit gelassen und ihr zu essen gegeben. Nun umringten sie gemeinsam das wärmende Feuer und Adiad begann zu erzählen. Sie schilderte ihnen nicht nur den Ritus, sondern auch den Krieg gegen die Naga und alles, was danach geschehen war. Nur von dem Mann erzählte sie nichts. Sie hatte das Gefühl, heim zu ihrer Familie gekommen zu sein. In einer Weise waren sie das auch noch für sie, doch war es auch anders. So bemerkte sie, dass sie Tard einmal mit ‚Mensch' anstatt mit seinem Namen angesprochen hatte. Er war dabei zusammengezuckt. Leond hielt sie noch, als sie schon eingeschlafen war. Behutsam legte er sie in die Nähe des Feuers und deckte sie zu. Anschließend sah er kopfschüttelnd zu den anderen.

„Sie hätte bei uns bleiben sollen", flüsterte Tard, „sieh dir an, was sie aus ihr gemacht haben. Nicht nur, dass sie ein Elb ist, sie ist dazu noch vollkommen am Ende und abgemagert. Wäre sie hier im Wald geblieben, ginge es ihr bedeutend besser."

Schleh nickte zustimmend, Leond jedoch schwieg.

„Wo willst du sitzen, Adiad?"

„Lieber hinter dir, Leond. Bei den Menschenhändlern saß ich vorne, so würde ich lieber anders sitzen."

Nachdem sie Schleh und Tard zum Abschied umarmt hatte, hängte Leond ihr seinen Bogen um und sie ritt mit ihm in den Wald. Er wollte sie ins Dorf bringen. Adiad hielt sich an ihm fest. An seinem starken Körper, an der Vertrautheit seines dicken, braunen Zopf mit den Lederriemen. Sie roch ihn und fühlte seine Wärme. Er war so vertraut, sie fühlte sich geborgen bei ihm. Bald wurde sie schläfrig und lehnte sich näher an seinen Rücken. Leond spürte es und hielt ihren Arm fest, damit sie nicht herabrutschte.

Schon nach einem Tag kamen ihnen die drei Waldkrieger entgegen, die die Gruppe am Waldrand ablösen sollte. Sandril war bei ihnen. In Kürze schilderte Leond, was geschehen war, während die anderen Adiad erst mitleidig, dann mit zunehmenden Erstaunen und Schrecken betrachteten. Sandril ging zögernd auf sie zu, um ebenfalls in ihre Augen zu blicken und danach fassungslos ihre spitzen Ohren zu betrachten. Sein Gesicht verhärtete sich, bevor er unvermittelt lospolterte: „Das ist nun der Schutz, den dein Elbenkrieger dir versprochen hat. Er kommt, nimmt dich mir weg und dann lässt er zu, dass dir dies alles geschieht!"

„Er konnte nichts dafür, Sandril", versuchte sie Eardin zu verteidigen, „wir waren im Kampf und du hast gehört, was geschehen ist."

„Und wo ist er jetzt, dein stolzer Elbenkrieger? Wo sind all die anderen?", giftete er zurück.

„Ich weiß nicht mal, ob sie noch leben, Sandril."

„Wir werden sehen", erwiderte er kalt. „Wenn er noch lebt, hätte er so etwas nicht zulassen dürfen. Bleib hier bei uns, Adiad, und vergiss ihn und die Elben!"

„Es ist gut, Sandril", versuchte ihn Leond zu beruhigen, „ich glaube, er kann wirklich nichts dafür. Ich bin sicher, er sucht sie, falls er noch lebt."

„Er lebt noch!", schrie Adiad, „hört auf damit! Hört auf, so zu reden!" Ohne Sandril noch einmal anzusehen, wandte sie sich schluchzend ab und stieg wieder aufs Pferd. „Bring mich bitte ins Dorf, Leond!"

Am Abend umarmte Leond sie sanft. „Er lebt noch und sucht dich. Du wirst sehen. Und er wird dich auch hier suchen! Vielleicht wäre es besser auf ihn zu warten, bevor wir wegen Arluin losreiten."

„Ich glaube auch, dass er noch lebt, Leond. Doch kann ich das andere auch nicht mehr ausschließen. Ich bin vollkommen durcheinander. Ich bin so froh, hier bei euch zu sein. Es tut gut, dich zu hören und zu spüren. Es war furchtbar. Die ganze Zeit, seit sie mich niederschlugen, war grauenhaft. Ein einziger Albtraum. Whyen liegt vielleicht noch dort. Er kämpfte, als ich ihn zuletzt sah. Es waren fünf der Menschenhändler und er war schwach vor Hunger."

Tränen liefen ihr herab, Leond strich sie aus ihrem Gesicht. „Schlaf jetzt, Adiad. Es dauert nicht mehr lange, dann sind wir im Dorf. Deine Eltern sind dort und Worrid. Du musst erst wieder zu Kräften kommen, dann sehen wir weiter."

Elid erschrak, als sie Adiad sah. Lange umarmte sie ihre Tochter. „Wasch dich, Adiad, zieh dich um, iss etwas und dann erzähl mir, was geschehen ist." Sie half ihr, während Leond Worrid holte. Kurz danach saßen sie gemeinsam am Tisch und Adiad musste noch einmal alles erzählen. Doch hielt sie es knapp, denn es bedrückte sie zusehends. Erschüttert hörte Worrid zu. Er wusste das meiste schon von Leond, doch war es erschreckender, es aus ihrem Munde zu hören. Leond hatte ihm auch von den Vorwürfen Sandrils erzählt. Und er merkte, dass er ihm ein wenig recht gab. Doch dann keimte auch in ihm die Angst um die Elbenkrieger auf. Er kannte Eardin mittlerweile gut genug, er hatte auch Whyen kennengelernt. Je mehr er darüber nachdachte, umso sicherer war er, dass sie Adiad suchen würden.

Sie würden sie ewig suchen. Wenn sie nicht kämen, wären sie tot. Und er wusste, dass Adiad dies genauso empfand.

Worrid führte sie am nächsten Tag in den Wald.

„Dass du ein Elb bist, wissen jetzt alle, Adiad. Doch von mir erfuhren sie nichts."

„Ich weiß, Worrid, und ich danke dir. Was sagen und denken sie darüber?"

„Die meisten brauchen Zeit, um es zu verstehen. Du hast sicher bemerkt, dass sie dir aus dem Weg gegangen sind, als wir vorhin über den Dorfplatz liefen. Sie haben gestern abend lange darüber gesprochen, während du schon geschlafen hast. Du bist ihnen ein wenig unheimlich, Adiad."

„Und du? Bin ich dir auch unheimlich?"

„Ich könnte dich wieder küssen, dann merkst du, dass ich keine Angst vor dir habe", sagte er schmunzelnd.

„Es ist gut, dich neben mir zu wissen, Worrid. Du glaubst nicht, wie aufgewühlt meine Seele ist. Nicht nur, dass ich mich hier im Dorf seltsam fühle. Die Angst um die anderen bringt mich fast um."

„Komm her, Adiad, lass dich ein wenig halten."

Es tat ihr unendlich gut, als Worrid sie umarmte. Seine Wärme und Nähe gab ihr ein Gefühl von Sicherheit, das sie lange nicht mehr gespürt hatte. Ihr rastlos und ruhelos umherwehender Geist fand in seinen Armen langsam wieder in ihren Körper zurück. Er hielt sie lange, denn er spürte, dass sie es brauchte.

„Du hast nicht alles erzählt, was auf deiner Flucht geschehen ist, habe ich recht?"

Sie nickte in seine Arme.

„Ich habe es in deinen Augen gesehen, als du gestern mit uns geredet hast. Magst du darüber sprechen, Adiad?"

Sie zögerte kurz, doch dann schüttelte sie den Kopf. Worrid strich ihr über die Haare. Er ahnte, was geschehen war.

Etwas später legten sie sich nebeneinander auf den moosigen Waldboden und Worrid hielt ihre Hand. Adiad sah das sattgrüne Laub über sich. Leise bewegten sich die Bäume im warmen Wind des Sommers. Es duftete nach Harz und altem Laub. Sie spürte Moos unter der einen Hand und die Wärme von Worrid in der anderen. Sie hörte die Vögel und das Blätterrauschen. Und leise begann sie zu singen. Worrid lauschte gebannt ihrem Elbengesang. Bald meinte er, die Bäume um sie herum antworten zu hören. Das Licht änderte sich, es wurde heller und klarer.

Staunend beobachtete er dieses Wunder, hörte weiter diese fremden Laute aus ihrem Mund strömen. Es ergriff ihn derart, dass ihm die Tränen herabliefen.

♈

„Wo würdest du hingehen, wenn du hier an ihrer Stelle stehen würdest und Hilfe brauchst", fragte Eardin seinen Freund.
„Zum Wald der Eymari", antworte Whyen.
„Das denke ich auch."
„Doch sie musste noch durch diese ungeschützte Ebene", warf Whyen ein.
„Ist es weit?" Amondins Blick wanderte über die karge Landschaft.
„Etwa sechs Tage zu Fuß über meist ungeschütztes Land. Ein Großteil ohne Bäche und Flüsse, wenn sie sich vom Lebein ferngehalten hat."
„Ich habe seit der Hütte nur noch einen Bach gesehen", sagte Lerofar besorgt. „Wenn sie so weit geht, braucht sie viel Wasser. Die Sonne brennt heiß auf dieses Land."
„Dann lasst uns reiten", sagte Eardin, „seht ihr noch ihre Spuren?"
„Jetzt schon noch, erwiderte Elthir, „doch im trockenen Gras werden sie sich verlieren. Wir sollten in einigem Abstand voneinander reiten und uns langsam dem Wald der Eymari nähern."
Bald verloren sie ihre Spur. Aufmerksam sahen sie sich um und hofften Adiad nicht zu übersehen, wenn sie irgendwo lag. Doch war es unmöglich, die ganze Weite abzusuchen. So hofften sie alle, die Elbin bei den Eymari zu finden.
„Ich bin mir fast sicher, dass sie dort ist", meinte Bewein am abendlichen Feuer.
Lerofar wandte sich nach Norden. Sein Blick verlor sich in der Dunkelheit.
„Was glaubt ihr, was wird dort geschehen im Berg? Ob sie den Schlangenpriester schon haben?"
„Auch meine Gedanken wandern immer wieder dorthin", sagte Elthir. „Wenn wir Adiad gefunden haben, müssen wir entscheiden, ob wir zurück zum Wallstein oder nach Adain Lit reiten."
Während die anderen noch weiter über die Naga sprachen, versank Eardin in düstere Gedanken. Er sah wieder die Seile vor sich und obwohl er sich dagegen wehrte, kamen ihm Bilder von diesem Mann, wie er über ihr lag.
„Wir hätten ihn doch erschlagen sollen", flüsterte Whyen, der sein Grübeln wahrgenommen und richtig gedeutet hatte.
„Er war verwirrt, sein Geist war krank", antwortete Eardin, *„doch ich wage mir nicht vorzustellen, was er in seinem Irrsinn mit ihr gemacht hat."*

„*Wir sollten sie bald finden, Eardin. Sie braucht dich!*"

Eardin seufzte auf. „*Ich weiß nicht, was ich machen soll, wenn sie nicht bei den Eymari ist. Wo sollen wir dann weiter suchen, Whyen?*"

„*Sie ist dort und die Eymari werden sich um sie kümmern, du wirst sehen.*"

„*Ich hätte sie in Adain Lit lassen sollen.*"

„*Und ich hätte noch mehr Menschenhändler erschlagen sollen. Es hilft alles nichts, Eardin, lass uns unser Schicksal so nehmen, wie es ist. Und wenn wir sie finden, können wir sie wahrscheinlich nicht davon abhalten, wieder mit uns zu reiten.*"

„*Du hast recht, Whyen. Und ich bin froh, dass ich die Sorge um diese wilde Elbenfrau nicht allein tragen muss.*"

Er lächelte Whyen zu, dieser sah ihn überrascht an und schmunzelte dann auch.

Nachdem die Bäche nahe des alten Gebirges überquert waren, näherten sie sich rasch dem Wald der Eymari. Vier Tage hatten sie gebraucht und keine weiteren Spuren von Adiad entdeckt. Jetzt sahen sie Rillen von Wagenrädern im Boden.

„Ob jemand sie mitgenommen und hierher gebracht hat?", wunderte sich Bewein, „ein Wagen fährt normalerweise nicht zu diesem Wald."

Die Gruppe der Elbenkrieger hielt unter den Bäumen und wartete ab. Die Waldkrieger hatten sie bald entdeckt. Eardin erkannte Sandril sofort.

„Ihr lebt also doch noch", giftete Sandril sie an, „und jetzt fiel euch ein, dass ihr euch um Adiad kümmern könntet."

„Sie ist hier?", fragte Eardin vorsichtig.

„Ja, sie ist hier!"

Eardin schloss seine Augen und schluchzte erleichtert auf. Erschüttert sah er zu Whyen, der ebenfalls Tränen in den Augen hatte.

„Doch ich habe kein Bedürfnis, euch hier reinzulassen!", schrie Sandril ihn an. Lange hatte er seinen Zorn auf diesen Elben angesammelt und diese angestaute Wut entlud sich nun. „Weißt du, wie sie ausgesehen hat, Elb? Seit ich sie kenne, hat sie nie annähernd so furchtbar ausgesehen. Sie hat uns erzählt, dass die Menschenhändler sie hatten und ich frage mich, wo dein Schutz war? Du hattest versprochen, auf sie aufzupassen! Du hast sie allein gelassen! Sie zur Beute gemacht, in einem Land voller Raubtiere!"

Eardin war inzwischen abgestiegen und mit Whyen zu den Waldkriegern gegangen. Auch Bewein war ihnen gefolgt, denn er wusste von Sandril.

„Ich habe sie gesucht …", begann Eardin.

„Du hättest sie früher suchen sollen. Du hättest nicht zulassen dürfen, dass dies alles geschieht. Du hättest sie nicht mit den Kriegern mitreiten lassen dürfen!"

Eardin zögerte verunsichert. Seine Seele war in Aufruhr und er begann, sich schuldig zu fühlen. „Sie hat selbst entschieden, mit uns zu gehen, Sandril."

Doch dieser war noch nicht fertig. „Sie könnte hier bei mir leben! In unserem Wald! Unter unserem Schutz!", schrie er. „Es würde ihr gut gehen. Sie hätte dies alles nicht erleben müssen. Doch du kommst daher und nimmst sie mit. Dann macht ihr sie zu euresgleichen und setzt sie dem allen aus. Ich hasse dich dafür, weißt du das? Ich hasse dich, weil du sie mir weggenommen hast!"

Die beiden anderen Waldkrieger hatten sich Sandril inzwischen zugewandt und versuchten ihn zu beruhigen. Er schlug sie weg.

Eardin versuchte es nochmal. „Es tut mir leid, Sandril."

„Ich brauche dein Mitleid nicht!", schrie er in blankem Hass, drehte sich um und verschwand im Wald. Einer der Waldkrieger folgte ihm.

Whyen sah zu Eardin und zuckte die Schultern. Als er Eardins Unsicherheit bemerkte, flüsterte er: *„Er hat Unrecht, Eardin. Er ist verletzt und enttäuscht. Mach dir keine Vorwürfe, wir haben alles getan, was möglich war. Außerdem wollte Adiad nicht zu ihm, sondern zu dir, vergiss das nicht!"*

Die Worte seines Freundes ließen Eardin wieder ruhiger atmen.

Nach einer Weile kam der Waldkrieger ohne Sandril zurück. „Er ist im Wald und bleibt dort auch. Es wäre ratsam, ihm aus dem Weg zu gehen, Elb." Dann wandte er sich zu den Elben, die immer noch stumm auf den Pferden saßen. „Ich bringe euch jetzt ins Dorf!"

„Ich wusste gar nicht, dass du dir einen derartigen Feind bei den Eymari geschaffen hast", sagte Lerofar zu seinem Bruder, als sie schon unter den hohen alten Bäumen hindurch ritten.

„Ich habe auch nicht geahnt, dass es für ihn immer noch so verletzend ist. Es war damals nicht leicht, Adiad hier wegzuholen. Die Waldkrieger wollten sie nicht gehen lassen." Schmunzelnd erinnerte er sich, wie Adiad mit ihnen gestritten hatte. *„Sie warfen uns vor, wir würden nicht zusammenpassen, es wäre unnatürlich und ich würde ihr Unglück bringen. Der Einzige, der für mich redete, war Worrid, der Mann, mit dem sie früher zusammen war."*

„Das wusste ich auch nicht. Wir nehmen uns zu wenig Zeit füreinander, Eardin.".

Der nickte. *„Worrid ist nett. Ich war zwar erst wütend auf ihn, als ich es von Adiad erfuhr."*

„Das kann ich mir vorstellen. Deine Eifersucht ist nicht normal, weißt du das?"

Eardin schwieg dazu. *„Du wirst Worrid kennenlernen und auch ihre Eltern Elid und Sabur."*

„Nimm dir viel Zeit für sie, Eardin", sagte Lerofar ernst, *„auch müsst ihr sehen, ob sie schwanger von diesem Mann ist."*

„Ich weiß", antwortete Eardin leise.

Vier Tage später erreichten sie die Lichtung des Dorfes. Still ritten die Krieger ein und stumm sammelten sich die Eymari um sie. Eine merkwürdige Anspannung war zu spüren. Eardin bemerkte auch wütende Blicke und erkannte, dass nicht nur Sandril ihm und den Elben Vorwürfe machte.

Gemeinsam mit Whyen ging er auf das Haus ihrer Eltern zu, dann sah er plötzlich Adiad aus dem Wald kommen. Eardin blieb stehen und auch sie erstarrte. Er sah, wie sie schwankte und sich an einem Baum festhielt und er bemerkte, dass sie dünner war. Mit einem Aufschrei stieß sie sich vom Stamm ab und rannte los und Eardin lief ihr entgegen. Sie zitterte am ganzen Körper, als er sie umfing.

„Du lebst!" Schluchzend drückte Adiad ihr Gesicht an seine Brust. Atmete seinen Geruch ein, wie ein Ertrinkender das Leben, versank in seiner rettenden Nähe. Eardin nahm sanft ihr Gesicht zwischen seine Hände. Als er sie küsste, schmeckte sie seine Tränen.

Whyen war neben sie getreten. Adiad sah das schwarze Haar, riss sich aus Eardins Armen und fiel Whyen weinend um den Hals. *„Ich dachte, ihr seid alle tot. Ich glaubte, sie hätten dich erschlagen, Whyen."*

„Ein paar Menschenhändler bringen mich nicht um, Waldfrau!" Seine Worte waren unbekümmert wie immer, doch die Feuchtigkeit seiner Augen verriet ihn.

„Wir haben dich gesucht, Adiad", sagte Eardin und Whyen ließ sie los, da sie wieder zu Eardin drängte, *„wir haben deine Spuren zum Lager der Menschenhändler und wieder zurück verfolgt."*

„Ihr seid den ganzen Weg geritten, um mich zu suchen?"

„Ich würde dich bis zum Ende meines Lebens suchen, mein Stern." Zärtlich strich er über ihre Haare und bemerkte, dass beinahe alle Muscheln fehlten.

„Habt ihr Arluin?"

„Er ist bei uns. Wir haben ihn dort weggeholt und das Lager verbrannt. Und wir haben noch eine andere Hütte verbrannt."

Adiads Augen verloren ihr Leuchten.

„Wir waren dort und ich weiß, was er dir angetan hat, Adiad." Eardin drückte sie an sich. *„Du brauchst dich nicht mehr zu fürchten, mein Stern. Du bist jetzt bei mir."*

„Fairron?", Adiads Frage kam zaghaft.

„Es ging ihm gut, als wir aufbrachen. Nun geh, ich denke, Amondin und die anderen wollen dich auch noch in ihre Arme schließen."

Adiad befühlte sein Gesicht und erfasste dabei endgültig, dass er neben Whyen hier vor ihr stand. „*Ich habe dich so vermisst, Elb! Und ich hatte solche Angst um euch beide.*"

Erst jetzt nahm Adiad die anderen wahr und umarmte jeden einzelnen von ihnen. Amondin küsste sie auf die Stirn, ihm war egal, was Eardin dachte. Bewein drückte sie wieder in seinen Bart und Arluin umarmte sie weinend.

„*Du hast es geschafft, Elbenkind. Lass uns bald heimreiten. Und dann zwischen den Kräutern spazieren gehen!*"

„*Das wäre ein Traum, Arluin!*"

„Wenn ihr euch alle umarmt habt, könntet ihr euch allmählich wieder euren Gastgebern widmen", hörten sie Worrids laute Stimme über den Dorfplatz rufen. Lächelnd kam er näher. „Ich habe dir gesagt, dass sie noch leben, Adiad. Elben sind einfach ein zähes Volk."

Dann erinnerte sich Worrid seiner Gastgeberpflichten, sah sich um und wedelte auffordernd mit den Händen. Doch entgegen ihrer sonstigen Gewohnheit hielten sich die Eymari zurück. Worrid schnaubte verärgert und ging zu den Waldkriegern, die sich das ganze Schauspiel von der Wiese aus angesehen hatten.

„Sie sind Krieger wie wir, und ihr wisst von Adiad, was sie schon hinter sich haben. Ich glaube nicht, dass sie Adiad im Stich gelassen haben, eher haben sie nach ihr gesucht. Wir sollten uns ihrer annehmen. Ich werde Eardin und Whyen zu mir einladen. Also überwindet euch, geht auf die Elben zu und sucht Schlafplätze für sie!"

Belfur atmete tief durch und machte den ersten Schritt in Richtung der wartenden Elben. Die anderen folgten ihm und langsam leerte sich der Platz.

Eardin hielt Adiad fest, denn er wollte mit ihr in den Wald gehen, um zu reden. Dabei entdeckten sie Amondin, der völlig verloren auf dem Platz herumstand.

Adiad wandte sich ihm zu. „*Nimmt dich keiner bei sich auf?*"

„*Doch, aber ich wollte Elid sehen.*" Unsicher sah er sich um. „*Meinst du sie freut sich, mich kennen zu lernen?*"

„*Sie weiß von dir und ich bin sicher, sie freut sich. Meine Mutter ist sehr nett.*"

Amondin lächelte kurz, holte tief Luft, dann nickte er.

„*Ich bring dich zu ihr.*" Adiad führte Amondin zur Hütte seiner Tochter. „*Sie ist in Menschenjahren doppelt so alt wie du. Du weißt das?*"

„*Ich bin mir dessen bewusst, Adiad.*"

Sie merkte, wie angespannt er war und legte ihre Hand auf seinen Arm. „*Warte bitte, Amondin. Ich will dich ankündigen.*" Dann ging sie zu ihrer Mutter, um ihr zu sagen, dass der Elb, der vor so vielen Jahren hier seine Liebe gefunden hatte und dessen Frucht Elid war, vor der Tür auf sie wartete. Elid brauchte eine ganze Weile, um sich zu beruhigen. Zögernd trat sie vor die Tür, wo Amondin sie mit einem Nicken begrüßte. Unfähig zu sprechen, kämpften beide mit ihrer Erschütterung.

„Lass uns ein wenig spazieren gehen!", schlug Amondin endlich vor und langsam fand das Strahlen wieder in sein Gesicht. Elid nickte und erwiderte scheu das Lächeln ihres Vaters.

„Wenn du mir erzählen würdest, dass Amondin ihr Sohn ist, würde ich es dir sofort glauben", sagte Eardin, als Adiad zu ihm zurückkehrte. *„Nun komm, mein Stern, ich will dich endlich für mich alleine haben!"*

Adiad nahm seine Hand, sie wollte ihn spüren. Verzaubert betrachtete sie sein blondes, langes Haar, das sich leicht beim Gehen bewegte. Die Linien auf seinem Hemd schienen zu tanzen. Sie beobachtete, wie er aufrecht und geschmeidig neben ihr lief und sah immer wieder zu seinem Gesicht, das vor Glück leuchtete. Und sie spürte ihre Liebe zu ihm in einer Kraft, die sie beinahe schmerzte. Als sie schon ein Stück gegangen waren, zog sie leicht an seiner Hand, um ihn zum Stehen zu bringen. Liebevoll befühlte sie die dunklen Augenbrauen, die dichten Wimpern, strich zart über seine Wangen. Ihr Herz sang, als sie die leicht geschwungenen Lippen berührte, die meist diesen entschlossenen Ausdruck auf sich trugen, jetzt aber lächelten. Und als sie ihm die Haare nach hinten strich, schmunzelnd an seinen spitzen Ohren zupfte und er sie daraufhin lachend an sich drückte, hatten ihre Herzen wieder zusammengefunden.

In seinen braunen Augen funkelten hell die Sterne des Elbenlichts. *„Ich kann nicht mehr ohne dich leben, Adiad. Meine Seele schrie nach dir und meine Angst um dich zerriss mich. Ich weiß, dass ich es nicht verhindern kann, dass so etwas wieder geschieht. Ich kann dich nicht einsperren und will es auch nicht."*

„Ich würde es auch nicht zulassen, Elb."

„Sandril hat mir Vorwürfe gemacht."

„Hör auf mit Sandril. Auch ich musste mir seine Rede anhören. Du trägst keine Schuld, Eardin. Ich weiß, du hat alles getan, was dir möglich war. Also komm her zu mir, Elb und lass dich von mir trösten." Sie zog ihn zu sich, sein Körper bebte unter ihren Händen. Adiad ließ ihm Zeit und küsste die Tränen aus seinem Gesicht.

Am Stamm einer alten Buche ließen sie sich nieder.

„Erzähl mir, was geschehen ist, Adiad. Alles!", bat Eardin und so erzählte sie ihm von dem Ritt mit den Menschenhändlern, davon, wie sie es vermochte, durch das Reden in Elbensprache die Berührungen zu beenden. Sie erzählte von den Frauen und was mit ihnen geschah und von der Nacht, als sie auch zu ihr kamen und sie

entblößten. Eardin hielt sie im Arm und schwieg. Sie schilderte ihm ihre Pein, als sie Arluin zurücklassen musste und ihre Angst, auf der Flucht ergriffen zu werden. Dann verstummte sie und Eardin küsste sie sanft.

„Du musst nicht weiterreden, doch ich denke, es würde dir helfen, und mir vielleicht auch. Ich weiß nicht, was geschehen ist, doch ich sah den Irrsinn in ihm und ich stelle mir ständig vor, was er mit dir gemacht haben könnte."

Adiad atmete tief durch und dann erzählte sie von dem Mann. Davon, wie freundlich er zunächst war und wie er ihr geholfen hatte. Aber auch davon, wie er sie zusehends beobachtet hatte. *„Ich habe es gemerkt, es war ein ungutes Gefühl. Ich wollte am nächsten Tag gehen, doch ich war so müde und immer noch hungrig, so blieb ich. Ich bin selbst schuld, Eardin!"*

„So ein Unsinn, Adiad. Die Schuld liegt nur bei ihm. Und jetzt sag mir, was er getan hat."

„Er hat mich ans Bett gebunden. Ich war zu müde und habe zu fest geschlafen. Auch war er immer um mich, ich habe ihn zu spät bemerkt."

„Du machst dir schon wieder Vorwürfe, hör damit auf, mein Stern." Eardin barg sie in seiner Umarmung und Adiad versank in seiner warmen Nähe. In seinem vertrauten herben Geruch nach Wald. In die geborgene Dunkelheit seiner Arme vermochte sie es schließlich auszusprechen. *„Er hat mir von seiner Familie erzählt, während er mir die Kleider nahm. Dann zog er sich aus. Ich habe versucht ruhig mit ihm zu reden, dann schrie ich und schimpfte, er schlug mich. Später hat er mich gewürgt und gesagt, dass er mich umbringt, wenn ich noch einmal schreie."*

Eardin schloss die Augen und Adiad redete leise weiter. *„Er hat mir dreimal Gewalt angetan in dieser Nacht. Beim ersten Mal war er eher vorsichtig, dann nicht mehr. Es tat so weh, es war so grauenvoll, er hat mich berührt, es war so widerwärtig, Eardin, und ich konnte nichts tun. Ich hatte Angst, ich hatte solch furchtbare Angst, ihm weiter so ausgeliefert zu sein. Dann gelang es mir, meine Hand loszureißen. Ich wollte ihm die Kehle durchschneiden, doch er tat mir auch leid. Ich ließ ihn und floh in den Wald."*

Sie schwiegen lange und Eardin hielt sie fest. Dann nahm er ihre Hand, strich sanft darüber und fühlte den Schorf auf der Haut.

„Ich fürchte, dass ich von ihm schwanger bin."

Eardin fuhr mit seiner Hand zu ihrem Bauch und schloss die Augen für eine Weile. *„Da ist nichts, mein Stern."*

Adiad weinte vor Erleichterung.

Eardin bebte, er brauchte lange, um dies alles ertragen zu können. Er sah den Mann vor sich, stellte sich vor, wie er ihn erschlug. *„Wir sollten versuchen, es zu vergessen, Adiad"*, sagte er dann, *„er ist es nicht wert, dass wir weiter an ihn denken. Lass mich über dir singen."*

Er erhob seine Stimme, um ein Lied der Heilung für sie und auch für sich selbst zu singen und sie spürte den Gesang wie lichtes Wasser durch sich fließen. Und während Adiad weiter in seinen Armen ruhte, versank sie in der Geborgenheit, die sie bei ihm empfand und sie merkte, wie ihre Seele langsam zu heilen begann.

Es dämmerte bereits, als sie zurückkamen. Sie suchten Whyen und fanden ihn bei den Waldkriegern und den anderen Elben am Feuer. Adiad setzte sich neben ihn und genoss es, wieder zwischen ihm und Eardin zu sitzen. Bewein beobachtete schmunzelnd, wie Eardin seinen Arm um sie legte und Whyen ihre Hand hielt.

„Ich entschuldige mich für uns alle", sagte Tard plötzlich in die Stille zu Eardin, „wir kennen erst jetzt die ganze Geschichte und haben erkannt, dass dich keine Schuld trifft. Wir hätten nicht mehr für Adiad tun können."

„Außerdem würden wir sie auch nicht abhalten können, mit hinauszureiten", ergänzte Belfur, „dafür kennen wir sie zu gut."

„Wir haben ihnen gerade alles erzählt", sagte Whyen. *„Fast alles",* flüsterte er Adiad ins Ohr.

Eardin nickte. Er war noch zu müde, um zu reden. Sein Gemüt brauchte Zeit. So lauschte er ihnen, als sie wieder begannen, über die Naga und die Menschenhändler zu reden. Bald holten die Eymari Krüge mit Bier, dazu Nussbrote und Beerenwein für die Elben. Worrid lächelte Adiad zu und sie schickte dem Eymarikrieger liebevolle Blicke.

Das Licht des Tages wich endgültig dem warmen Flackern des Feuers, fast unmerklich beendeten die Vögel ihre abendlichen Gesänge, Tautropfen sammelten sich auf den Gräsern und glitzerten im Schein der Flammen wie kleine Edelsteine. Erheitert beobachteten die Elben, wie der übermäßige Biergenuss sich bei den Waldkriegern bemerkbar machte. In der ausgelassenen Stimmung, die mittlerweile entstanden war, stand plötzlich Belfur auf und rief: „So, Adiad, nachdem du nun ein Elb bist, zeig mir doch mal, was dir das nützt, außer dass deine Augen glänzen und du ewig mit deinem Elben zusammen sein kannst. Was ich wirklich ganz nett finde, sind deine Ohren. Lass sie mich noch einmal anschauen!" Leicht schwankend näherte er sich ihr.

„Du brauchst nicht zu glauben, dass ich dir jetzt meine Ohren zeige", rief Adiad.

„Doch, holde Elbenmaid, lass sie mich sehen und schenk mir dazu einen Kuss!"

„Verschwinde, Belfur, und schlaf deinen Rausch aus!"

Belfur grunzte beleidigt. „Du bist auch nicht anders als früher. Immer lässt du mich nicht an dich ran."

„Soll ich dir zeigen, wie anders ich bin?", fragte sie drohend.

„Ha", rief ein anderer der Eymarikrieger, „ich lass mich von dir nicht beeindrucken, dich ringe ich immer noch nieder."

„Du kämpfst unfair, Dorin, mit dir ringe ich sowieso nicht mehr."

„Du hast mit ihnen gerungen?", fragte Whyen überrascht.

„Ja, aber sie haben mich ausgetrickst."

„Das stimmt überhaupt nicht, denn du hast mich gebissen", brüllte Dorin.

„Das war nicht gegen die Regel", fauchte Adiad.

„Außerdem hast du geschrien, dabei war gar nichts."

„Du hast mich aber losgelassen, also hat es genützt."

„Nicht ich, sondern sie kämpft unfair, seht ihr? Komm, Adiad, greif mich an. Diesmal gewinne ich!"

„Versuch es doch, Dorin!"

Ungläubig verfolgten die Elben, wie die beiden anfingen, sich lauernd zu umkreisen.

„Gar nichts nützt dir dein Elbendasein", plärrte er, „du kämpfst wie immer und gleich liegst du unten!"

„Ach ja?", fragte Adiad gedehnt.

Und während Dorin noch leicht schwankend vor ihr stand, umfingen ihn dicke Ranken. Whyen lachte laut auf, während die Eymarikrieger fassungslos auf Dorin starrten, dessen Oberkörper bald aus einem dichten Gebüsch ragte. Adiad ging auf ihn zu, küsste ihn auf die Wange und lief dann erhobenen Hauptes zu ihrem Platz zurück. Eardin umfing lachend ihre Hüfte.

„Ihr wusstet es alle", schrie Dorin die Elben an, die lachend das Schauspiel verfolgt hatten. Flehend sah er zu Adiad. „Mach sie wieder weg. Es ist unheimlich, Adiad."

„Wenn du mich nett darum bittest!", entgegnete sie von oben herab.

Er rang mit sich. „Bitte!", presste er dann heraus.

„Na gut!" Gnädig ließ sie die Ranken wieder von ihm abfallen.

„Es ist unglaublich", sagte Worrid.

„Mich hat sie auch immer wieder festgebunden", erklärte Whyen, immer noch lachend, „nur sie und Amondin vermögen es, da sie Feandun-Elben sind."

„Du tust mir wirklich leid!", bemerkte Belfur mit höhnischem Tonfall.

Als Adiad schon beinahe schlief, hörte sie ein Geräusch und erwachte. Sanft wurde ihre Decke gehoben. Sie fühlte, wie jemand sich neben sie legte und ein Arm sie umfing.

„*Es ist mir egal, was deine Eltern sagen*", flüsterte Eardin und drückte sich an sie.

Lächelnd entdeckte sie Elid, als sie am Morgen, aus ihrem Schlafraum kommend, hinter Sabur durch das Zimmer schlich. Adiad lag unter Eardins Arm geborgen; sein Haar bedeckte sie derart, dass man ihren Kopf kaum noch sah.

„Schlaft weiter", flüsterte sie, denn sie wusste, dass die beiden Elben sie gehört hatten. Leise schloss sie die Tür.

Adiad spürte ihn dicht an sich, zärtlich fing er an, über ihren Körper zu streicheln. Warm kreiste seine Hand über ihre Hüfte und sie merkte, wie er seine Magie in sie fließen ließ. Zart streichelnd fand er den Weg zu ihrem Hals, spielte ein wenig mit ihren Ohren. Dann rutschte seine Hand wieder zu ihrer Hüfte, vorsichtig hob er ihr Hemd und glitt zu ihrem Bauch.

Er fühlte, wie sie erstarrte. „*Ich bin es, mein Stern! Du bist hier bei mir.*"

Sie spürte seinen warmen Atem an ihrem Ohr und die Wärme seiner Hand auf ihrer Haut. Er hatte sich über sie gebeugt. Adiad legte sich auf den Rücken und suchte Halt in seinen dunklen Augen, in der Vertrautheit seines Gesichtes. Ihr Atem wurde ruhiger und die Panik verschwand. Und während sie ihn weiter ansah, begann er summend wieder über ihren Bauch zu streicheln. Fast unbemerkt entspannte sie sich dabei. So bewegte er seine Hand weiter nach oben und als er die Spitzen ihre Brüste berührte, stöhnte sie laut auf.

„*Sei leise, mein Stern, wir sind im Haus deiner Eltern*", flüsterte er und küsste sie auf die Stirn. Er nahm ihre zunehmende Erregung wahr und ließ bald seine Hand zwischen ihre Beine gleiten. Schmunzelnd beobachtete er, wie Adiad in die Decke biss, um nicht laut aufzuschreien, als ihr Körper sich in lustvoller Erlösung aufbäumte. Ihr ganzer Körper war weich, als er sie wieder an sich zog und umarmte.

„*Du bist unmöglich, Elb*", flüsterte sie.

„*Und du zu laut, Waldfrau!*"

Adiad schloss die Augen. Sie fühlte seine Lippen auf ihrem Gesicht, die sich zart ihrem Mund näherten. Er küsste sie lange und sie merkte, wie seine Liebe und Nähe, aber auch seine Berührungen, den Schrecken allmählich von ihr nahmen.

Elid hatte Hirsebrot und getrocknete Pflaumen auf den Tisch gestellt und begrüßte sie freundlich.

„Komm das nächste Mal gleich zu uns, Eardin, dann brauchst du nicht mehr in der Nacht von Worrid herüber zu schleichen", sagte sie und dieser lächelte ihr zu.

„Wie war dein Gespräch mit Amondin, Mutter?"

„Es ist seltsam. Er könnte dein Bruder sein. Ich kann mich an den Gedanken nicht gewöhnen, dass er mein Vater ist. Er ist nett und wir haben viel von deiner Großmutter gesprochen, doch ich denke, er empfand es ebenso merkwürdig wie ich."

„Ich mag ihn sehr", sagte Adiad und sah zu Eardin, doch der Elb hatte an diesem Morgen keine Lust, sich ärgern zu lassen. Er fühlte sich so gut wie schon lange nicht mehr. Er wollte diesen Augenblick genießen und später den Morgengruß im Wald begehen.

Während sie noch aßen, kamen Whyen herein. Er nickte Elid freundlich zu, setzte sich neben Adiad und bediente sich bei ihrem Brot.

„Weißt du, was du mir einmal versprochen hast, Waldfrau?"

Adiad brauchte lange, um sich zu besinnen. „Der Eymaribaum! Du wolltest noch einmal nach einem Holz für einen Bogen sehen!"

„Würdest du mit mir dorthin reiten, Adiad? Dich kennt er besser, deshalb mag es sein, dass er dir ein Holz gibt, wenn du mit ihm redest."

Elid sah fragend zu ihrer Tochter.

„Der alte Baum an der Lichtung hat Eardin im letzten Jahr einen Ast geschenkt. Eardin hat sich einen wunderbaren Bogen daraus gemacht und Whyen erträgt es kaum vor Neid."

Whyen schwieg beleidigt.

Adiad streichelte seine Hand. „Ich bringe dich hin, Elbenkrieger, und ich werde den Baum darum bitten!"

„Danke, Adiad", sagte er, wieder versöhnt.

Gedankenspiele

Die meisten der Elben warteten schon auf den Holzbänken des Übungsplatzes. Wenige der Eymari waren noch zu sehen. Lerofar wandte sich seinem Bruder zu, als der sich gemeinsam mit Adiad und Whyen bei ihnen niederließ.

„Wir überlegen, wann und wohin wir reiten sollen."
„Seid ihr schon zu einem Beschluss gekommen?", fragte Whyen.
„Nein. Die meisten wollen zurück nach Adain Lit. Du weißt, wie der Wald uns rufen kann. Und das tut er! Doch wir scheuen uns davor, an der Furt vorbeizureiten. Es kann sein, dass sie noch dort sind und Hilfe brauchen."
„Die Schlacht war geschlagen", meinte Eardin, *„die anderen werden zurückgekehrt sein."*
„Doch wir wissen es nicht", entgegnete Lerofar.
„Wir müssen Arluin zurückbringen", meinte Adiad, *„wir können ihn nicht zum Gebirge mitnehmen."*
„Dann lasst uns an der Furt eine Rast einlegen. Ich werde zu den Zwergen reiten, um sie zu fragen. Wir sollten dem Elben der Kräuterhallen noch einen Tag Ruhe gönnen und erst morgen früh aufbrechen", beschloss Lerofar für alle und bemerkte ihr Einverständnis.

Whyen strahlte. *„Dann lass uns gleich zum Baum aufbrechen, Adiad!"*

Warm hing die Luft im Wald, die Gesänge der Vögel klangen gedämpft. Adiad betrachtete die beiden Elben und ließ ihr Herz weit aufgehen. Sie hatte solche Angst um sie gehabt. Liebevoll beobachtete sie, wie sich die blonden Haare Eardins und das schwarze Haar Whyens sanft im Wind bewegten.

„Wisst ihr, wie sehr ich es liebe, mit euch beiden durch den Wald zu reiten?", rief sie ihnen zu.

Eardin lächelte sie an und Whyen sagte. *„Der Magier fehlt, sonst wäre es wie damals am Meer. Ich fühle mich ebenso leicht."*

Glücklich strahlten sie sich an und ließen den Zauber dieses Moments wirken. Als sie weiterritten, begann Adiad leise zu singen. Eardin und Whyen nahmen das Lied auf, ließen ihre Magie zum Wald der Eymari fließen und lauschten der Antwort seiner Stimmen.

„Es ist ein Luchs", sagte Adiad unvermittelt, *„er kam zu mir, bevor ich in die Ebene aufbrach. Er tröstete mich und gab mir Kraft."*

Eardin brachte Maibil zum Stehen. *„Ein wunderbarer Geistbegleiter, Adiad. Er passt zu dir! Er ist ein guter und lautloser Jäger, eine kraftvolle, selbstbewusste Katze, voller Leben und*

Weisheit. Ein Einzelgänger. Es mag sein, dass er dich lehren wird, deiner inneren Stimme zu vertrauen."

„Und ein hervorragender Kletterer!", ergänzte Whyen schmunzelnd, „*vielleicht hat er dich auch deswegen erwählt.*"

„*Er hat in meinem Herzen gesprochen, so wie mein Baum.*" Adiad freute sich auf ihren alten Gefährten.

Der Pfad ließ sie durch, gegen Mittag erreichten sie die Lichtung. Andächtig ergaben sie sich dem Zauber dieses Ortes. Adiad ging zur Quelle, um zu trinken, um die Kraft seines Wassers zu empfangen, dann begrüßte sie liebevoll den alten Baum. Seit Generationen stand er dort am Rande der Wiese. Dunkel war sein Stamm und hell seine Blätter, die den Himmel zu streicheln schienen. Entspannt warfen sich zunächst in seinen Schatten und lauschten der Stille und den leisen Geräuschen des Waldes.

„*Wie geht es dir, Waldfrau?*" Whyens unvermittelte Frage war eher ein Flüstern.

„*Was meinst du?*"

„*Ihr wart gestern im Wald, du und Eardin. Habt ihr darüber gesprochen? Ich meine das, was in der Hütte geschehen ist.*"

„*Ich habe es Eardin erzählt, Whyen. Es hat uns beiden geholfen.*"

„*Hat der Mann dir sehr wehgetan, Adiad?*"

Adiad atmete tief durch. „*Es beschäftigt dich sehr, Whyen?*"

„*Ich denke ständig daran.*"

„*Erzähl es ihm*", sagte Eardin, „*ich gehe ein wenig durch die Bäume.*" Er erhob sich, um sie allein zu lassen.

Adiad zögerte, sie wollte nicht mehr darüber reden. Doch sie wusste, dass sie auch seiner Seele Ruhe schenken musste.

„*Willst du nicht darüber sprechen, Waldfrau?*", unterbrach Whyen ihr Schweigen.

„*Ich erzähle es dir, Whyen. Doch es fällt mir nicht leicht, es nochmal auszusprechen.*" Dann erzählte sie es ihm, wie sie es schon Eardin geschildert hatte. Whyen lag ruhig neben ihr und hörte ihr zu. Als sie fertig war, drehte sie sich zu ihm und sah Tränen über seine Wangen laufen.

Whyen kniete sich vor sie und nahm ihre Hände. „*Es tut mir so leid, Adiad, doch ich konnte dich nicht schützen. Es gelang mir gerade noch, mich der fünf Menschenhändler zu erwehren. Ich sah, wie sie mit dir davon ritten, rannte noch hinter euch her. Sie waren schneller.*"

Er nahm sie in seine Arme. Sie hielten sich noch, als Eardin wieder die Lichtung betrat. Adiad lugte über Whyens Schulter, fand Eardins Blick. „*Ich weiß nicht, wie ich weiter mit euch beiden unterwegs sein soll, wenn ihr euch immer solche Vorwürfe macht. Ihr könnt mich nicht immer und überall beschützen.*"

„Ich weiß", sagte Eardin und setzte sich in ihre Nähe ins Gras, *„doch es ist auch für uns neu, zusammen mit dir in Kämpfe zu reiten."*

„Ich habe gesehen, dass du kämpfen kannst, Waldfrau", sagte Whyen und löste sich langsam von ihr, *„auch deine Flucht war beachtlich. Du bist weit gekommen."*

„Wir dürfen dieses Mischwesen aus Eymari und Elb nicht unterschätzen." Eardin lächelte.

„Ihr dürft mich noch ein wenig im Schwertkampf schulen, damit ich es das nächste Mal mit mehr Gegnern aufnehmen kann."

„Es wird mir ein Vergnügen sein, Waldfrau!" Whyen strich noch einmal durch ihr Haar. *„Und jetzt lasst uns nach einem Holz für mich suchen!"*

Sie fanden nichts und so berührte Adiad den Stamm des Baumes, um ihn zu fragen. Voller Liebe beobachtete Eardin, wie ihre Hände sanft über den Baumstamm glitten. Ihr offenes Haar fiel über ihren Rücken. Das leichte Leinenhemd bewegte sich im Wind und ließ ihren Körper erahnen. Und das Bewusstsein, sie wieder bei sich zu haben, brachte seine Seele zum Leuchten.

Adiad spürte das Wesen des Baumes sofort. Der Stamm bebte beinahe unter ihren Händen vor Kraft. Sie merkte, dass es anders war als früher. Es war stärker als in der Zeit, als sie noch als Mensch zu ihm gekommen war. Sie empfand eine Persönlichkeit in diesem Baum. Ihr fielen die Worte Arluins ein und sie überlegte, wessen Seele wohl hier ihren Platz fand.

„Wer bist du?", fragte sie flüsternd.

Die Wahrnehmung der Gegenwart einer Person wurde mächtiger. Bald wurde die Ausstrahlung des Baumes so stark, dass Whyen und Eardin es empfanden und verwundert näher kamen. Sie legten ihre Hände ebenfalls auf den Stamm.

„Wer bist du?", fragte Adiad nochmals, *„bist du ein Elb? Wie ist dein Name?"*

Adiad sah die Elben neben sich aufleuchten und wusste, dass dies mit ihr ebenso geschah. Weiter hielt sie ihre Hände am Stamm, denn sie vertraute diesem Wesen. Ein Wort entstand in ihrem Kopf. Es formte sich, so wie Blätter im Wind sich im Kreis bewegen und zueinander finden: *„Pein!"*

Adiad erschauderte und fragte sich, ob dies sein Name oder der Ausdruck für seine Qualen sein mochte. Die Kraft wurde schwächer und das Leuchten verließ sie. Ein mächtiger Windstoß fuhr durch die Blätter. Ein Krachen, und ein Ast schlug neben ihnen zu Boden. Whyen schrie auf und ergriff ihn. Adiad hielt ihre Hände weiter an den Stamm. *„Also ist es dein Name. Denn wäre dein Gemüt von Pein ergriffen, hättest du nicht in sein Herz sehen können."*

Noch einmal bemerkte sie das leichte Beben unter ihren Händen, dann schwieg das Wesen.

„In meinem langen Elbenleben habe ich so etwas noch nie erlebt, Waldfrau!" Whyen sah ungläubig zum Baum, dann zu seinem Freund, der ebenso überrascht schien.

„Ich in meinem kurzen auch nicht", antwortete ihm Adiad, *„habt ihr seinen Namen gehört?"*

„Ja, er nannte sich Pein", sagte Eardin, *„ein seltsamer Name, ich habe noch nie von einem Elben oder einem anderen Wesen gehört, das so hieß. Wir müssen mit Fairron und Mellegar reden."*

„Manchmal ist es gut, diese Magier fragen zu können", meinte Whyen.

Der Rückweg verlief in Stille. Adiad genoss ihren Wald. Liebevoll betrachtete sie die vertrauten Orte. Whyen hielt das Holz in den Händen und ließ sein Pferd frei laufen. Über den Ast streichelnd, sah er im Geiste schon den vollendeten Bogen vor sich. Seine Gedanken kreisten darum, wie er das Holz des Eymaribaumes bearbeiten wollte. Und Eardin sah die beiden vor sich, sah sie auf der Lichtung eng umschlungen knien. Er wusste, wie sehr sie sich mochten und er hatte von Whyen gehört, dass bei ihm noch mehr war. Doch wie es Adiad empfand? Eardin begann sich zu fragen, ob er das Recht hatte, sie in seiner Liebe ganz für sich zu beanspruchen. Ob es richtig und gut war, sie besitzen zu wollen. Er schloss die Augen und versuchte sich vorzustellen, wie sie bei Whyen lag. Er bemühte sich, es auszuhalten. Es gelang ihm nicht. Doch wenn sie es sich wünschte? Er wollte sie fragen.

Zum abendlichen Feuer fanden sich viele des Eymarivolkes ein. Alle hatten mittlerweile erfahren, was geschehen war und zürnten den Elben nicht mehr. Tische und Bänke wurden geholt, es wurde gemeinsam gegessen und getrunken. Adiad war dankbar dafür, denn sie hatte sich für ihr Verhalten geschämt. Sie wusste, wie höflich die Elben waren. Der kühle Empfang war eine Beleidigung der Eymari an ihrem Volk gewesen. So dachte Adiad und wurde sich bewusst, dass sie die Elben als ihr Volk ansah und nicht mehr die Eymari. Und dieser Gedanke schmerzte sie. Worrid kam zu ihnen und Eardin begrüßte ihn freundlich. Wieder lud Eardin den Eymarikrieger nach Adain Lit ein.

„Ich werde kommen, Eardin, vielleicht noch in diesem Jahr. Ich möchte doch sehen, ob mein Mädchen gut bei euch lebt."

„Dein Mädchen", lachte Adiad auf, während Worrid ihr zuzwinkerte.

Bewein hatte sich vorgenommen, an diesem Abend beim Bier zurückhaltender zu sein. Er wollte morgen allein nach Astuil reiten und seine Sinne zusammenhaben, denn Adiad hatte ihn gebeten, mit König Togar zu reden. Und dies hatte er auch vor. Es gehörte zu dessen Pflicht, sich um die Dörfler zu kümmern, er musste etwas gegen diese Menschenhändler unternehmen. Zur Not auch zusammen mit dem Fürsten von Evador, den er so verabscheute. Bewein dachte mit Unbehagen an das Gespräch. Doch zunächst wollte er diesen Abend genießen, so holte er sich doch noch den vierten Krug.

Eardin hob die Decke und kroch zu Adiad. Er war ohne Scheu mit in ihre Hütte gegangen, nachdem Elid ihn so freundlich eingeladen hatte. Die missbilligenden Blicke von Sabur, Adiads Vater, berührten ihn nicht weiter.

„Adiad?"
„Mmhhh?"
„Magst du Whyen sehr?"
„Was soll die Frage? Ich möchte jetzt schlafen!"
„Liebst du ihn?"

Adiad öffnete wieder die Augen und drehte sich zu ihm. *„Was ist los? Warum willst du das wissen? Bist du wieder mal eifersüchtig, weil ich ihn umarmt habe?"*
„Ich will wissen, ob du ihn liebst."

Eardin hatte seinen Arm über sie gelegt und sah ihr eindringlich in die Augen. Der Mond beleuchtete blass sein Gesicht.

„Ich mag ihn sehr, es mag sein, dass ich ihn auch ein wenig liebe", flüsterte sie.
Eardin schwieg, dann fragte er: *„Möchtest du näher mit ihm zusammen sein?"*
Nachdem Adiad nichts mehr sagte, sprach er weiter: *„Ich bin nicht eifersüchtig!"*
Sie lachte auf, doch er flüsterte: *„Könntest du dir vorstellen, ihn zu küssen?"*
Sie brauchte nicht lange zu überlegen, sie wusste noch, wie es sich angefühlt hatte, so nickte sie.
„Und dann stell dir vor, du liegst bei ihm, du weißt, was ich meine. Schließ die Augen und stelle es dir vor."
„Was soll das, Eardin?"
„Bitte, versuch es."
„Ich weiß zwar nicht, welche verworrenen Gedanken dich ergriffen haben. Na gut, ich werde es mir vorstellen."

Adiad schloss die Augen und begann sich auszumalen, wie sie nackt neben Whyen lag. Sie sah sein schwarzes Haar über sich und spürte bald auch seine Hände auf ihrem Körper, die sanft darüber strichen, so wie damals zwischen den Felsen. Doch als sie im Geiste aufsah, wurden seine Augen braun, seine Haare heller und sein Gesicht wandelte sich in das von Eardin. Wieder bemühte sie sich, sie dachte an Whyen, sah ihn bald genau vor sich und spürte ihn an sich. Doch wieder schoben ihre Gedanken ihn fort und wieder wandelte er sich.

„*Ich kann es nicht, Eardin*", flüsterte sie, „*ich will es auch nicht, ich möchte diese Nähe nur bei dir und nicht bei Whyen!*"

Sie hörte ihn leise durchatmen. „*Ich musste es wissen, mein Stern. Ich hatte Angst, dich zu sehr an mich zu binden. Ich will dich nicht besitzen, ich wünsche mir, dass du dich frei bei mir fühlst. Deswegen dachte ich darüber nach, dir diese Freiheit zu lassen. Auch ich habe es mir vorgestellt, wie du bei ihm liegst.*"

„*Ist es dir gelungen?*"

Er schüttelte stumm den Kopf.

„*Das hätte ich dir gleich sagen können, Elb.*"

Sorge um Adain Lit

Die Elbenkrieger um Beldunar hatten die Furt schon eine Weile hinter sich gelassen. Die Pferde dampften unter ihnen, sie ritten schnell und hofften am nächsten Tag ihren Wald zu erreichen. Zwar glaubte auch Beldunar, dass der Priester sich erst erholen und neue Gefolgsleute suchen müsste. Trotzdem war er unruhig und seine diffusen Befürchtungen trieben ihn an.

Mellegar und den anderen Magiern ging es ähnlich. Bedrückt saßen sie am letzten Abend zusammen am Feuer. Unruhig schweiften ihre Gedanken umher, bis der Hohe Magier sagte: *„Wir wissen zu wenig! Seit dem Aufbruch denke ich darüber nach, doch ich fürchte, in keiner unserer Schriften eine befriedigende Lösung zu finden. Viele Jahrhunderte sind vergangen, seit die Menschen diese Kräfte nutzten. Es mag sein, dass in Evador das Wissen im Verborgenen weitergetragen wurde, bis die Priester sich entschlossen, die Blutmagie zu verwenden und auszogen, um die Kraft des Schlangenwesens zu nutzen. Dass sie inzwischen tot war, kam ihnen sicher entgegen. Diese Kreatur aus der alten Zeit, die unsere Krieger und die Männer aus Astuil damals töteten, beherbergt eine große Macht. Ihr Fleisch verändert die Menschen zu Naga und ihre Knochen mögen die Blutmagie bewirken. Die Macht dieser großen Schlange war von zerstörerischer Art und diese dunklen Kräfte bergen auch ihre Knochen. Dazu kommen diese Worte, deren Ursprung ich nur ahne."*

Lebond nickte. *„Ich fürchte, er nutzte tatsächlich Adseth, Mellegar."*

„Was machen wir, wenn er Adain Lit damit angreift?" Fairron sprach aus, was alle dachten und befürchteten.

„Ich weiß es nicht", antwortete Mellegar, *„ich weiß nicht, wie weit seine Macht reicht. Doch wir sollten uns so gut es geht auf alle Möglichkeiten vorbereiten. Sobald wir im Wald sind, werde ich eine Gruppe zu den Elben des Hochlandes schicken. Ich hoffe, sie können uns helfen, und dies auch noch zur rechten Zeit."*

Die Elbenkrieger waren verstummt. Mit wachsender Furcht lauschten sie dem Gespräch der Magier. Sie wussten um die Stärke dieser Blutmagie, denn viele von ihnen hatten die Berge rutschen sehen. Es war offensichtlich, dass ihre Kriegskünste hier am Ende waren.

Ihren Sorgen zum Hohn erhob sich die Sonne am nächsten Morgen strahlend. Sie hatten den Gruß an Adain schon in der Dämmerung vollzogen und erreichten bald den Elbenwald von Adain Lit. Mächtig und würdevoll lag er im morgendlichen Dunst. Die beiden Wächter standen gelassen an der Baumpforte.

Beldunar sprang vom Pferd, begrüßte die beiden und wartete kaum ihren Gegengruß ab. *„Ist alles wie immer? Habt ihr Naga in der Nähe gesehen oder den Schlangenpriester?"*

Die Wächter bemerkten seine Furcht, erkannten die besorgten Blicke der anderen Krieger und schüttelten verunsichert die Köpfe. *„Nichts ist gewesen, wir haben niemanden gesehen."*

Beldunar atmete durch. *„Der Schlangenpriester ist uns entkommen, viele der Naga sind tot. Der Fluchtweg dieses Priesters endet wahrscheinlich in der Nähe von Dodomar"*, erklärte er in Kürze. *„Er benutzt mächtige Blutmagie und wir befürchten, dass er damit Adain Lit angreift. Haltet die Augen offen und gebt sofort ein Signal, wenn etwas Ungewöhnliches geschieht. Wir werden in den Wald reiten, um mit Aldor und den anderen Magiern zu reden. Ich schicke Verstärkung an die Waldgrenzen."*

„Habt ihr Arluin und Laifon?", fragte einer der Wächter, *„die Verletzten sind hier angekommen und wir wissen auch von den Toten."*

„Wir haben sie nicht gefunden, auch von Adiad und Whyen weiß ich noch nichts."

φ

Der Abschied von Worrid war Adiad diesmal besonders schwer gefallen. Die Sonne brach durch die Baumgipfel des Eymariwaldes und Lichtflecken tanzten über den Boden, als Bewein sich ebenfalls von ihnen verabschiedete.

Adiad ritt voraus, um sie durch den verworrenen Wald der Eymari zu führen. Am ersten Abend rasteten sie in der Nähe eines wilden Baches. Alle Elben hatten schon die Gelegenheit genutzt, um sich zu waschen. Als die Männer wieder am Lager waren, sprang auch Adiad nackt ins Wasser. Erfrischt saßen sie später um das Feuer. Die Stimmen des nächtlichen Waldes tuschelten in der warmen Luft des Sommers. Kleine Nachtfalter umschwirrten das Licht. Liebevoll betrachtete Adiad die von der Wärme geröteten Elbengesichter. Arluin sah erholter aus als bei seiner Ankunft im Dorf, die Ruhe bei den Eymari hatte ihm gut getan. Lerofar saß neben Amondin, sie redeten über Cerlethon, den Feandun-Magier. Die Gespräche erstarben allmählich und versonnen wanderten die Gemüter zu den springenden Flammenwesen.

In die Stille sagte Adiad: *„Ich möchte euch allen danken! Ihr habt diesen ganzen Weg auf euch genommen, um mich und Whyen zu suchen und es tut mir unendlich gut zu wissen, dass ich nicht alleine bin."*

„Wir lassen niemanden aus unserem Volk im Stich", antwortete Elthir, *„außerdem konnten wir Eardin in seiner Angst nicht alleine reiten lassen. Arluin dabei zu finden war ein Glück, das keiner von uns zu hoffen wagte."*

„Das nächste Mal, wenn ihr mich wieder sucht, nehmt mehr zu essen mit", bemerkte Whyen.

Einige Tage später endete der Wald und vor ihnen lag die offene Wiesenlandschaft, die zum Lebein hinabfiel. Kurz blieben sie im Schatten der Bäume, um zum Fluss zu sehen. Der warme Tagesstern verschwand bereits hinter ihnen, doch die Landschaft zum Fluss erstrahlte noch im Licht.

„Lasst uns weiterreiten", meinte Lerofar, *„so können wir morgen an der Furt unser Lager errichten."*

Amondin ritt neben Adiad. Sein gebundenes Haar mit den Steinperlen hüpfte auf seinem Rücken. Er wandte sich ihr zu und sie freute sich über sein strahlendes Lachen. Bei ihrem Wiedersehen war er bedrückt gewesen. Die Erlebnisse der Schlacht hatten ihn erschreckt.

„Weißt du, dass du mir näher bist als meine eigene Tochter?"

Adiad sah ihn erstaunt an.

„Elid ist mir ein wenig fremd. Sie ist nett und freundlich und ich mag sie, aber sie ist ein Mensch und ich spüre wenig vom Licht der Elben in ihr. Doch bei dir war es schon da, als du noch kein Elb warst." Er betrachtete sie eine Weile und ein Schmunzeln huschte über sein Gesicht. Dann beugte er sich näher und flüsterte: *„Außerdem mag ich dich noch mehr!"*

„Das hab ich gehört", rief Eardin, der ein Stück hinter ihnen ritt.

Amondin drehte sich um und sah Eardin lächeln.

Angespannt warteten sie an der Furt.

Als Lerofar endlich mit den beiden anderen von seinem Ritt zu den Zwergen zurückkehrte, ließ er sich auf einem der großen Kiesel am Fluss nieder, sah finster vor sich hin und berichtete zunächst, dass das Elbenheer schon aufgebrochen sei und wahrscheinlich schon in Adain Lit angekommen wäre. Verhaltene Erleichterung machte sich breit, sie freuten sich, wieder heim reiten zu können. Bis er ihnen von dem befürchteten Angriff auf ihren Wald erzählte.

„Es muss nicht dazu kommen", sagte er, als er ihre entsetzten Gesichter sah, *„die Zwerge konnten es uns nicht genau erklären. Sie haben bemerkt, dass unsere Magier selbst unsicher waren, welche Macht dieser Priester besitzt. Ob er uns überhaupt angreift. So kann alle Sorge unnütz sein."*

„Lasst uns sofort losreiten", sagte Whyen.

♈

Sie konnten nicht ahnen, wie nahe er ihnen schon war. Nicht nur sein Einfall eine falsche Spur in Richtung Norden zu legen, war genial, sondern vor allem seine Idee nach Dodomar zu gehen. Deond öffnete die Flügeltür und trat auf den Söller, um in Richtung Adain Lit zu schauen. Die grüne Fläche des gewaltigen Waldgebietes verschwand hinter dem Dunst des Lebeins. Sein Blick wurde abgelenkt von einer Gruppe Menschen, die ihn entdeckt hatten. „Der Priester", hörte er sie ehrfürchtig rufen. Deond lehnte sich auf die Brüstung und blickte selbstgefällig nach unten. Sie achteten ihn, verehrten ihn, sie liefen ihm zu. Die Stadtbewohner suchten in ihrem Elend seinen Glanz. Es war so wie damals, als er das erste Mal hier war. Mit sehnsüchtigen Augen hatten sie seine Worte gehört, und dies taten sie auch jetzt. Hoffnungsvoll lauschten sie seinen Reden, in denen er ihnen Unsterblichkeit und eine prachtvolle Zukunft versprach. In dieser wenigen Zeit hatte er es vollbracht, erneut zu einer Stärke zu gelangen, wie er es selbst nie für möglich gehalten hätte. Sechshundert Männer? Siebenhundert? Es waren genug. Sie verwandelten sich bereits und kontrollierten die Stadt. Sie waren sein Volk! Und sie würden das tun, was er von ihnen verlangte. Sie hatten begonnen, ihm Opfer zu bringen. Gold, Waffen und was er sich sonst noch wünschte. Gestern hatten sie ihm sogar eine junge Frau gebracht. Doch er wollte sie nicht. Er wollte sich nicht mit menschlichen Bedürfnissen beschmutzen. Er stand darüber, er brauchte es nicht mehr. Sein Blick wanderte erneut über den Lebein hinaus. Er dachte an die Elben. Er würde sie für den Tod seines Bruders büßen lassen. Er würde sie in einem Ausmaß vernichten, das ihre Vorstellungen übertraf. Dann würde er ihr Blut nehmen. Und damit würde seine Macht in eine Größe wachsen, die die bekannte Welt zum Erbeben bringen würde.

♈

Nach Tagen des schnellen Reitens hatten sie endlich ihren Wald erreicht. In trügerischem Frieden lag Adain Lit vor ihnen, denn sofort erkannten sie die Verstärkung der Wachen. Soweit sie sahen, standen Krieger in einiger Entfernung voneinander am Waldrand.

„Es ist noch nichts geschehen, aber sie warten darauf", meinte Elthir.

Die Wächter bestätigten ihnen die Vermutung des Elben. *„Sie haben Boten zu den Hochlandelben geschickt, um sie um Hilfe zu bitten"*, sagte die Torwache mit ernstem Gesicht. *„Lasst uns auf die lichte Umarmung Adains, auf ihren Beistand hoffen!"*

Er verbeugte sich und die Elben ritten in ihren geliebten Wald. Doch sie konnten nicht singen. Wohl empfing er sie so innig wie immer. Doch die Angst störte das Gefühl von Geborgenheit. Spät in der Nacht erreichten sie den Platz der Ankunft, wo sie Aldor bereits erwartete. Er hatte gehofft, dass das Horn der Wächter seine Söhne ankündigte. Erleichtert schloss er Eardin und Lerofar in seine Arme. Er entdeckte Arluin und umarmte ihn weinend, ebenso wie Adiad und Whyen.

„Ihr habt sie alle gefunden!" Er sah sich um, ließ seinen Blick suchend über die Elbenkrieger wandern.

„Laifon kehrt nicht zurück, Vater", sagte Lerofar leise, *„er ist tot, wir haben ihn unter einer Eiche begraben."*

Aldor schloss kurz die Augen. *„Ruht euch aus"*, sagte er dann, *„ich freue mich, dass ihr anderen wohlbehalten zurück seid!"*

„Was ist mit dem Schlangenpriester?", fragte Eardin.

„Er hat sich noch nicht gerührt", sagte Aldor, *„doch wir vermuten ihn hier in der Nähe. Zwei der Magier sind mit einer Gruppe Krieger zu den Hochlandelben geritten. Wir erwarten sie in etwa sieben oder acht Tagen zurück und hoffen, dass sie einen Weg wissen, unseren Wald zu schützen. Redet morgen mit Mellegar und Fairron."*

„Sie sind heil zurück?", fragte Whyen.

„Es geht ihnen gut, Krieger. Es geht eurem Freund gut. Er hat viel durchgemacht, lasst es euch morgen erzählen. Schlaft jetzt. Ich werde den Rat einberufen, um euch zu hören."

„Kann dieser Priester wirklich dem Wald schaden?" Adiad stieg hinter Eardin die Stufen ihres Elorns nach oben.

„Er kann, wenn er Blutmagie beherrscht und mächtig genug ist", antwortete Eardin bedrückt.

Während Adiad ihre Sachen in die Ecke warf und sich entkleidete, beobachtete Eardin sie selbstvergessen. Er nahm erst allmählich wahr, dass er sich hier in seinem Schlafraum im Elorn der alten Buche befand.

Adiad wandte sich ihm zu, die Sterne in seinen Augen waren trüb, er sorgte sich unendlich um Adain Lit. *„Zieh dich aus, Eardin, und komm zu mir!"*

Er folgte ihrer Anweisung. Tröstend strich Adiad ihm über die Wangen, zog ihm sein Schlafhemd aus und legte ihre Arme um seinen Hals.

„Es darf nicht sein, Adiad, er kann unseren Wald nicht angreifen."

„Es wird nicht geschehen, Eardin, du wirst sehen. Komm her zu mir!"

Adiad führte ihn zum Bett, drückte ihn sanft nieder. Die Schlafunterlage verströmte einen würziger Geruch nach Schilf, Wolle und Kräutern. Sehnsüchtig atmete Adiad diese Erinnerung an geruhsame Zeiten ein, setzte sich auf Eardin und begann ihre Lippen sanft über seinen Körper wandern zu lassen. Eardin holte tief Luft und beobachtete sie. Während er ihre Lippen auf sich spürte, verließ die Angst langsam seine Gedanken. Er wollte ihr nahe sein, sie sehen, so nahm er ihr das Hemd. Wieder beugte sie sich zu ihm, küsste seinen Hals und seine Brust. Er spürte ihre Wärme und fühlte die Weichheit ihres Körpers auf sich. Und während sie mit ihrem Mund nach unten wanderte, überkam ihn die Gier nach ihr in einer ungeahnten Kraft. Ohne Abzuwarten riss er Adiad an sich, warf sie auf den Rücken und mit hungriger Leidenschaft fiel er über sie her. Es war ein Verlangen, dessen Kräfte seinen Geist und seinen Körper vollkommen beherrschten. Seine Hände, sein Mund - ohne Hemmungen eroberten sie wild und gierig ihren Körper.

Adiad blieb nichts, als sich diesem Überfall zu ergeben. Noch nie hatte sie ein derart ungezähmtes, ja animalisches Begehren bei ihm erlebt, doch spürte sie auch die Verzweiflung, die ihn trieb. Fest packte er ihre Hüften und bebend klammerte sich Adiad an ihm fest, während er mit heftigen Stößen in sie eindrang.

Eardin kam erst wieder zur Besinnung, als er erschöpft auf ihr lag. Über sich selber entsetzt, hob er den Kopf und sah besorgt zu ihr.

„Ich lebe noch", ächzte Adiad.

„Ich, es tut mir ..."

Sie hielt ihm die Finger auf den Mund und zog ihn neben sich. Eardin drückte sich an sie und begann wieder ruhiger zu atmen. Während Adiad ihn noch sanft streichelte, schlief er ein.

Schnelle Schritte waren von der Treppe zu hören. Eardin fuhr hoch, als Fairron in ihren Schlafraum hineinstürmte.

„Adiad!", schrie der Magier und rannte zum Bett.

„Fairron!" Sie sprang auf und Eardin gelang es gerade noch, ihr die Decke über den nackten Körper zu werfen. Lachend hielt sie inne, um sich darin einzuwickeln. Dann fiel sie Fairron, der schon erwartungsvoll vor dem Bett stand, um den Hals.

„Ich freue mich so, dich heil wiederzusehen, Waldfrau!"

„Es ist wunderbar, dich wieder zu halten, Magier!"

Eardin beobachtete erheitert, wie die beiden sich heulend in den Armen lagen.

„Es stört euch nicht, wenn ich hier nackt auf meinem Bett sitze?"

„*Überhaupt nicht*", erwiderte Fairron, und wandte sich sofort wieder Adiad zu. „*Du musst mir alles erzählen. Ich weiß nicht, wieviel du im Rat sagen willst, aber komm danach zu mir und erzähl mir alles, Adiad!*"

Nachdem sie ihn nicht weiter beachteten, stand Eardin auf und suchte seine Kleider. „*Ich grüße dich auch, Fairron!*"

Der Magier sah überrascht auf. „*Es tut mir leid, Eardin. Natürlich freue ich mich auch, dich zu sehen!*"

Eardin hob sein Hemd vom hölzernen Boden auf. „*Ich gehe jetzt schwimmen, es ist noch früh genug.*" Sein strafender Blick traf den Magier, den dieser mit einem Lächeln beantwortete. „*Ein guter Einfall! Lass uns noch vor dem Rat schwimmen gehen.*"

Eardin vertrieb seinen Freund nach unten, so konnte sich auch Adiad ihr Kleid überziehen.

„*Das kalte Wasser wird uns gut tun, Eardin. Vielleicht kühlt es dich auch ein wenig ab*", flüsterte sie ihm zu.

Auf dem Weg zum See konnte sich Fairron nicht zurückhalten, auch noch Whyen zu begrüßen. Er verschwand in dessen Elorn, um dann vor Whyen die Treppe wieder herunterzukommen. Der Krieger folgte ihm stumm, mit grimmiger Miene. Kurz nickte er Eardin und Adiad zu. „*Er ließ mir keine Ruhe, bis ich aufstand, um mit euch zu gehen.*"

Seine schlechte Laune legte sich, als sie den See erreichten. Kein Dunst war auf ihm. Die Sonne hatte ihn noch nicht erreicht, doch lag er schon klar im Licht des neuen Tages. Schweigend verharrten sie eine Zeit, um sich dann in ihren Hemden andächtig ins Wasser zu begeben. Adiad genoss den Zauber dieser morgendlichen Stille. Sie waren allein am See, nur die Waldvögel waren zu hören. Allmählich kamen die Gesänge der Elben dazu. Als sie zurückschwammen, war der Gesang in einer Kraft zu spüren, den sie so noch nie erlebt hatte. Sie wusste, dass sie Adain Lit ihre ganze Magie zukommen lassen wollten. In ihrer Sorge um ihren Wald floss die Stärke ihres lichten Zaubers aus ihren Seelen. Andächtig folgte Adiad den anderen aus dem Wasser. Sie trockneten sich und zogen ihre Kleider an, um dann in den Gesang mit einzustimmen.

Adiad flossen Tränen über die Wangen, als die Lieder langsam verstummten.

Als sie später mit Eardin das Haus der Versammlung betrat, grüßte Thailit sie mit frostiger Miene. Adiad konnte es nicht fassen, dass die Mutter Eardins ihr sogar in dieser Zeit der Bedrohung mit solcher Kälte begegnete.

Mellegar dagegen umarmte sie erleichtert. *„Ich danke allen lichten Mächten, dass sie dich gefunden haben, Elbenkind. Geht es dir gut?"*

„Es geht mir wieder gut, Mellegar. Ich freue mich so, wieder hier zu sein und euch alle lebend um mich zu haben. Fast", ergänzte sie bitter.

Er küsste sie auf die Stirn, bevor er sich seinen Platz bei den Magiern suchte. Beinahe die ganze Elbengemeinschaft hatte sich zum Rat versammelt. Viele standen neben der Halle, auf der Wiese der Krieger. Aldor begrüßte als Ratsvorsitzender die Neuankömmlinge, dann forderte er sie auf zu berichten.

Eardin erhob sich und beschrieb ausführlich ihren Weg. Er erzählte von dem Angriff auf das Lager der Menschenhändler. Arluin beschrieb anschließend alles, was mit ihm geschehen war. Aufmerksam verfolgten die Magier seine Worte.

„Der Schlangenpriester beauftragte also die Menschenhändler, ihm Elbenblut zu beschaffen", sagte Mellegar, *„und wenn ich an den Bericht der Zwerge denke, ahne ich, was sie als Gegenleistung dafür bekamen."* Er sah die fragenden Blicke, so sprach er weiter. *„Die Zwerge haben Frauen und Kinder in der alten Stadt gefunden. Doch einige Frauen waren verschwunden. Ich denke, dass sie der Lohn für das Elbenblut waren."*

Eardin musste sich erst wieder fassen, bevor er fortfuhr, ihren Weg zurück zu den Eymari zu schildern. Den Mann in der Hütte verschwieg er und Adiad war ihm dankbar dafür. Schließlich erzählte er noch von dem Wesen des Baumes und hörte ein Raunen durch die Reihen der Magier gehen.

„Kommt bitte später zu uns", sagte Mellegar.

Aldor dankte seinem Sohn und bat dann Beldunar und Fairron, die Geschehnissen beim Wallsteingebirge zu schildern.

Anschließend wandte sich Whyen an die Magier. *„Was befürchtet ihr? Was könnte mit Adain Lit geschehen?"*

Mit ernster Miene sprach Lebond: *„Es ist Blutmagie, deren Ausmaß wir noch nicht kennen. Er benutzte sie, um Felsen zu brechen. So ist zu befürchten, dass es ihm auch gelingt, Erdreich in größerem Umfang zu beeinflussen. Es mag sein, dass alle unsere Sorge unnütz ist, er in seinem Versteck bleibt oder woanders hinzieht. Doch ist es auch möglich, dass er nach unserem Angriff auf Rache sinnt. Unsere Erfahrungen mit den Menschen sprechen eher dafür. Denkbar wäre, dass er mit Hilfe der Blutmagie den Bäumen den Boden nimmt. Er könnte das Erdreich zersetzen, dadurch die Bäume fällen und schließlich ganz Adain Lit zerstören."*

„Das kann doch nicht möglich sein!", schrie Whyen auf, *„ihr Magier müsst den Wald doch irgendwie schützen können!"*

„Vielleicht können wir die Zerstörung des Bodens aufhalten oder sogar beenden, wir sind uns aber nicht sicher. Noch nie war unser Wald in dieser Art bedroht. Wir suchen, seit wir hier sind

in den Schriften und haben nach den Hochlandelben geschickt. Ich hoffe, dass dieser Priester uns noch Zeit lässt."

"Ich vermute, dass er sich wieder Naga züchtet, bevor er uns angreift", meinte Aldor, *"er wird nicht allein kommen. Aber unsere Krieger sind hilflos, wenn er den Boden vor ihnen öffnet und noch dazu unverwundbar ist. Um ihm sein Leben zu nehmen, so wie Fairron dem Naga, müssen wir in seine Nähe gelangen. Es wäre die einzige Möglichkeit. Ich glaube nicht, dass dies gelingt."*

"Also sollen wir jetzt warten, bis die Elben des Hochlandes kommen, um uns zu helfen oder der Priester, um uns zu vernichten?", sagte Eardin aufgebracht.

"Wenn du eine andere Möglichkeit siehst, dann sag es mir, Sohn."

"Wir könnten ihn suchen!"

"Und wo?", mischte sich Lerofar ein, *"willst du all unsere Krieger ins Gebirge schicken, um von Dodomar bis in den Norden die vielen Höhlen und Schluchten zu erforschen?"*

"Wir suchten bereits", sagte Aldor, *"wir waren an dem Ort, wo der Stollen nach der Beschreibung der Zwerge endet, aber wir fanden niemanden. Es gab Spuren nach Norden, die sich wieder in Höhlen und Gängen verloren. Es sind immer noch Krieger unterwegs, die die Gegend erforschen, doch will und kann ich euch nicht alle ausschicken und den Wald ungeschützt zurücklassen."*

"Und wenn er in Dodomar ist?", fragte Elthir.

"Wir waren dort und haben die Stadtwächter gefragt. Sie stritten dies ab."

"Sie könnten lügen", hakte Elthir nach.

"Sollen wir mit unserem Heer in der Stadt einfallen, um ihn zu suchen? Oder willst du dich als Spitzel verkleiden? Ich glaube nicht, dass du weit kommst", entgegnete ihm Aldor gereizt.

Nachdem alle ratlos schwiegen, erhob er sich. *"Es ist bereits Mittag. Lasst uns den Rat beenden. Es ist alles gesagt."*

Die Sonne tauchte bereits hinter die Baumwipfel, als Adiad zu Fairron ging. Der Magier saß über seinen Schriften. *"Ich höre dich, Waldfrau, aber ich will noch kurz fertig schreiben."*

"Ich flechte dir inzwischen deinen Zopf neu. Er sieht aus, als ob du schon länger keine Zeit mehr dafür hattest." Adiad öffnete seine blonden Haare und kniete sich neben ihn, um Fairron mit offenem Haar zu betrachten. In großen Wellen hingen sie über die Schultern.

"Und, gefällt es dir so besser?"

"Es ist ungewohnt. Ich kenne dich nur mit Zopf, ich denke, ich werde ihn dir wieder flechten."

Sorgsam legte sie die Strähnen übereinander, befestigte die feinen Schnüre mit den Federn und wickelte ein Band um das Zopfende.
„Lass uns durch die Bäume zum Obstgarten gehen, Adiad."

Prächtig und in stiller Würde umgab sie der Wald von Adain Lit, wie eine riesige grüne Kuppel.
„Es muss furchtbar für dich gewesen sein, das Licht des Naga zu nehmen, Fairron."
„Es war notwendig, Adiad. Doch obwohl es einer dieser Schlangenmenschen war, war es auch grauenvoll."
„Hat er gemerkt, was geschieht?"
„Sie merken es alle. Ihr Licht verlässt sie für immer. Der Schrei war kaum zu ertragen. Es war ein Lebewesen, Adiad und ich nahm ihm das Licht und die Zukunft seiner Seele. Die Zwerge sagten, ich sei grausam."

Adiad blieb stehen, um ihn anzusehen. Sie hatte die Unsicherheit in seiner Stimme gehört. *„Aber ohne dich wären viele in den Krater gestürzt, Fairron."*
„Ich weiß."

Es nahm ihn immer noch mit. Adiad zog Fairron in ihre Arme. *„Lass dich ein wenig halten, Magier. Du hast das getan, was notwendig war und du hast deine Brüder gerettet."*

Adiad spürte, wie es ihm gut tat, sah wie sein Lichtschein klarer wurde. *„Was habt ihr drei nur ohne meinen Trost gemacht?",* fragte sie ihn.
„Ich vermute, sie haben sich Vorwürfe gemacht?"
„Eardin bereute, mich überhaupt mitgenommen zu haben und Whyen meinte, er hätte noch mehr Menschenhändler erschlagen müssen. Jedoch konnten sie beide nichts dafür oder hätten verhindern können, was geschehen ist."

Fairron versuchte ihre Blicke zu ergründen. *„War das alles, was Eardin im Rat erzählt hat oder war da noch mehr, Adiad?"*

Sie schwieg unsicher.
„Hast du Eardin und Whyen davon erzählt?"
„Woher weißt du ...?"
„Ich sehe es."
„Ich habe ihnen davon erzählt."

Sie erkannte, dass er es nun ebenfalls wissen wollte. Es berührte sie nicht mehr so sehr wie beim ersten Mal, als sie es Fairron schilderte.

Sanft strich der Magier ihr über die Stirn. *„Es ist schon ein wenig geheilt, Adiad, doch die Erinnerungen werden nie ganz vergehen. Habt ihr erforscht, ob du von dem Mann schwanger bist?"*

„*Es ist nichts, Eardin hat es erspürt. Wenn ich schwanger gewesen wäre, Fairron, hättest du es ...?*"

Sein Kopfschütteln unterbrach ihre Frage. „*Ich könnte es, doch ich würde es nie machen. Du hättest das nicht von mir verlangen können, Adiad.*" Weiter erforschte er ihr Gesicht. „*Geht es dir mit Eardin gut?*"

„*Was meinst du? Mir geht es gut mit ihm, das weißt du.*"

„*Es fällt mir etwas schwer dich dies zu fragen, aber, darf er dich wieder berühren?*"

Adiad nickte.

„*Gut. Es hätte Möglichkeiten gegeben, Gesänge, um deine Seele zu heilen.*"

„*Eardin hat schon für mich gesungen.*"

„*Ich vermute, dass auch seine Liebe dir geholfen hat, Adiad.*"

„*Das vermute ich auch.*"

„*Lass uns ein wenig gehen, nachdem wir unsere Seelen voreinander geöffnet haben.*" Fairron nahm ihre Hand. Und während sie die ersten Obstbäume erreichten, vergaßen sie für eine kurze Zeit sogar alle Sorge um Adain Lit, genossen unbeschwert ihre Freundschaft.

Schwarze Gedanken

Ein merkwürdiger Gleichklang hatte sich über das Volk der Elben gelegt. In angespannter Ruhe verliefen die Tage. Einige Krieger verloren sich in intensivster Kampfvorbereitung, andere versuchten sich abzulenken indem sie bei der Obsternte halfen. Die Magier waren nicht mehr zu sehen. Sie suchten weiter in den Schriften, obwohl sie wussten, dass sie nichts mehr finden würden. Deshalb hofften sie auf eine baldige Ankunft der Elben des Hochlandes.

Adiad hatte mit Eardin den Schwertkampf geübt. Sie war erschöpft und verschmutzt, da sie mehrfach im Staub gelandet war. Deshalb holte sie ihr Kleid und ein Tuch, um zum See zu gehen. Eardin war bei den Kriegern geblieben, er brauchte die Ablenkung, das Abwarten und Nichtstun machten ihn krank. Mit müden Schritten lief Adiad an den Elorns der Magier vorbei und meinte hinter den Wänden ihre Gedanken zu hören, als ihr Thailit entgegenkam. Kurz hielt sie den Atem an, dann grüßte sie knapp und wollte rasch weiter gehen. Thailit jedoch blieb stehen, und so verharrte auch Adiad. Thailits Gesicht bot ein bewegendes Schauspiel des Abscheus und des inneren Kampfes. Ihre Augen färbten sich heller. In Erwartung dessen, was kommen würde, spannte sich Adiad an.

"Ich hoffe, es geht dir wieder gut?", fragte Eardins Mutter mit gepresster Stimme.

Adiad bejahte verwundert.

Thailit besah sie sich angewidert von oben bis unten. *"Ich frage mich jeden Tag, was er an dir findet."*

Nachdem Adiad sie, entsetzt über diese Worte, nur anstarrte, sprach sie weiter. *"Meine beiden Söhne sind in den Osten geritten, um dich zu suchen. Die anderen Krieger kamen mit Beldunar zurück, doch Eardin und Lerofar waren nicht dabei. Weil sie dir nachgeritten sind. Weil du dich in deiner Dummheit und Unerfahrenheit von den Menschenhändlern hast greifen lassen. Ich hätte es dir nie verziehen, wenn ihnen etwas geschehen wäre. Und ich verzeihe dir auch nicht, dass du Eardin eingefangen hast. Warum bist du nicht in deinem Wald der Menschen geblieben? Dort, wo du hingehörst!"*

"Er kam freiwillig zu mir, es stimmt nicht, dass ich ihn eingefangen habe", erwiderte Adiad noch ruhig.

"Mein Sohn würde ohne dich den Weg gehen, der für ihn bestimmt ist. Er hätte die Nachfolge seines Vaters antreten sollen. Und er hätte eine Elbin aus unserem Volk verdient. Nicht so ein Wesen wie dich!"

"Dein Sohn liebt mich und du kannst überhaupt nichts dagegen machen, Thailit", fauchte Adiad zurück.

„*Glaube nur nicht, dass ich nichts dagegen machen kann, Menschenfrau*", sagte Thailit drohend.

„*Ich bin kein Mensch mehr, das weißt du genau.*"

„*In deinem Innersten bist du eine dieser unwürdigen Kreaturen geblieben.*" Ihre Augen waren mittlerweile hell vor Hass.

Einem ersten Antrieb folgend, wollte Adiad nach diesen bösen Worten Thailits davonlaufen, dann aber richtete sie sich auf und erwiderte mit fester Stimme: „*Wenn jemand unwürdig ist, dann du, Thailit. Dein Verhalten ist eines Elben nicht würdig. Es erinnert mich eher an das Gift, das der Hohe Magier der Feandun verspritzt hat. Du weißt, dass er von seinem Volk schließlich vertrieben wurde?*"

Bevor Thailit noch antworten konnte, drehte sich Adiad von ihr weg und ging weiter zum See, während ihr die Tränen herunterliefen.

Thailit sah ihr erstarrt nach. „*Ich werde dich vernichten!*", flüsterte sie.

Mellegar war in der Nähe gestanden. Es war nicht seine Art zu lauschen, doch er hatte Adiad vorbeilaufen sehen und wollte noch einmal mit ihr wegen des Baumes reden. Dann hatte er Thailit kommen sehen und gewartet. Auf diese Weise war er unfreiwillig Zeuge dieses Gespräches geworden. Und er hatte auch die letzten geflüsterten Worte vernommen. Fassungslos sah er Thailit hinterher. Erhobenen Hauptes schritt sie davon, während er bei Adiad die Tränen ahnte. Mellegar blieb stehen. Er wusste nicht, was er tun sollte. Den Hass Thailits konnte er nicht glauben. Nicht nur ihre Beleidigung gegenüber Adiad erschütterte ihn. Es waren die letzten, leisen Worte, die ihn schreckten. Er merkte, dass er über alles nachdenken musste. Deshalb überließ er auch Adiad sich selbst und sank auf die nächste Bank.

Adiad wollte Eardin in seinen Sorgen nicht weiter belasten. So blieb sie nur kurz am See und ging dann zu Whyen. Sie musste mit jemanden reden, bevor sie Eardin gegenübertrat.

„*Welch ein angenehmer Besuch, Waldfrau. Ich kann dir aber leider kein Bier bieten.*"

„*Ich brauche kein Bier, Whyen. Ein Becher Wein und ein Gespräch genügen auch.*"

„*Was ist, Waldfrau? Hat Eardin dich geärgert? Du kannst auch bei mir wohnen, das weißt du hoffentlich?*" Seine Lippen überzog ein einladendes Lächeln.

„*Es ist nicht wegen Eardin.*"

„*Schade, ich bringe dir trotzdem etwas Wein und Brot.*"

Adiad fiel auf die Bank unter seinem Elorn. Whyen stellte ihr einen Becher mit Wein hin, den sie in einem Zug leerte.

„*Was ist, Adiad? Sprich lieber, bevor du mir allen Wein wegtrinkst.*"

Aufmerksam besah er sich ihr Gesicht. „*Du hast geweint? Komm, lehn dich an mich und erzähl mir alles. Ich packe mir dann denjenigen, der dich geärgert hat.*"

Aufseufzend lehnte Adiad sich an Whyen und er legte seinen Arm um sie. Und schließlich erzählte sie ihm von den Worten Thailits. Whyen schwieg lange, dann drehte er sie zu sich. Seinen Augen boten ein faszinierendes Farbspiel zahlreicher Grauschattierungen.

„*Sie hat dir also gedroht und dich eine unwürdige Kreatur genannt?*"

Adiad nickte.

„*Und du hast sie der Elben unwürdig genannt und sie mit Cerlethon verglichen?*"

„*Sie hat angefangen!*"

„*Das hast du wunderbar gemacht, Waldfrau! Hör auf zu weinen. Du bist keine unwürdige Kreatur, es ist Unsinn, was sie sagt. Und Eardin von dir zu trennen, wird sie auch nicht schaffen.*"

„*Sie hasst mich, Whyen, und ich halte das bald nicht mehr aus.*"

„*Du musst mit Eardin darüber reden!*"

„*Das will ich nicht, er sorgt sich genug um Adain Lit. Er braucht nicht noch den Ärger mit seiner Mutter.*"

„*Er muss es wissen, Adiad!*"

„*Was muss ich wissen?*", hörten sie Eardins Stimme. „*Habt ihr euch entschlossen zusammenzuziehen?*"

„*Das wäre nicht das Schlechteste. Ich habe es Adiad auch schon angeboten*", sagte Whyen, während sein Freund sich neben Adiad niederließ.

„*Und, willst du jetzt bei Whyen wohnen?*"

Adiad hatte keine Lust auf dieses Spiel und schwieg.

So drehte Eardin sie sanft zu sich. „*Du hast geweint? Hat er dich geärgert?*"

„*Nein, wir haben nur geredet.*"

„*Was ist los? Was für Geheimnisse habt ihr zwei?*", fragte er nun zornig.

„*Es ist wegen deiner Mutter, Eardin,*" antwortete Whyen, ohne auf das Kopfschütteln Adiads zu achten. „*Ich habe ihr gesagt, sie soll mit dir reden, aber sie wollte dich nicht damit belasten.*"

„*Was hat sie getan, Adiad?*" Aufmerksam musterte Eardin ihre Augen. „*Erzähl es mir jetzt endlich!*"

Adiad bat Whyen, es auszusprechen. Es schien ihr nicht möglich, Eardin die Worte seiner Mutter zu wiederholen.

Ungläubig suchte er danach Adiads Blick. „*Das hat sie nicht zu dir gesagt!*"

"Sie hat es gesagt, doch du weißt jetzt auch, was ich zu ihr gesagt habe. Ich bitte dich deswegen, jetzt nicht zu ihr zu gehen. Ich will nicht, dass sie sieht, dass ich sofort zu dir laufe, um dir alles zu erzählen. Lass mich das selbst auskämpfen." Adiad merkte, wie er mit sich rang, bevor er verdrossen antwortete: *"Na gut, Adiad, aber das nächste Mal komm bitte gleich zu mir. Ich werde jetzt nicht zu meiner Mutter gehen. Ich kann dir aber nicht versprechen, dass ich es nicht noch tun werde. Ich habe keine Lust mehr, mir das von ihr gefallen zu lassen."*

Er hatte die Lippen zusammengepresst, sein Blick war von tiefer Bitterkeit und Adiad bereute, überhaupt geredet zu haben. Als er sie jedoch in den Arm nahm, merkte sie, dass es richtig war. Sie wollte ihn an ihrer Seite wissen, wenn Thailit ihren nächsten Angriff begann.

Gefangen in ihrem Hass war Thailit zunächst ziellos durch den Wald gegangen. Der Zorn auf diese Kreatur zerfraß sie und sie war nicht mehr bereit, weiter damit zu leben. Sie würde sich, ihr Volk und auch Eardin von ihr befreien. Sein Geist schien besessen von ihr. Er war nicht mehr fähig zu erkennen, was das Richtige für ihn war. Er brauchte Hilfe, er brauchte seine Mutter, die dies noch klar erkannte. Thailit blieb stehen und betrachtete nachdenklich einen großen Käfer, der langsam den Baumstamm heraufkroch. Sie würde diese Kreatur nicht dazu bringen, freiwillig zu den Eymari zurückzugehen. Nichts würde sie freiwillig tun, so müssten andere Wege helfen. Der Käfer war an einem Harztropfen angelangt und hing mit einem Bein fest. Er zog und es gelang ihm sich zu lösen. Schließlich fiel zu Boden und wirkte verwirrt und ängstlich. Und plötzlich kam Thailit etwas in den Sinn. Eine alte Geschichte. Sie erschauderte, denn sie wusste, was dazu notwendig war. Zögernd betrachtete sie den Käfer, ein wenig Harz war an einem seiner Beine geblieben. Sein Weg würde in der Verwirrung bleiben.

Am Abend ging sie zum Elorn Mellegars. Sie wusste, dass er abends meist im Haus der Geschichten war, da die Elbenkinder seine Erzählungen liebten. Sie fand das Buch erst nach einigem Suchen und nahm es mit sich.

Die anderen hatten ihre Sinne ausschließlich auf die baldige Ankunft der Magier des Hochlandes gerichtet und Thailit nutze dies. Sie wirkte im Geheimen. Zwar gab es diese kurzen Augenblicke, in denen sie eine Ahnung des Dunklen durchfuhr, in denen sie spürte, wie ihr inneres Leuchten verblasste. Als sie jedoch fand, was sie gesucht hatte, schob sie ihr Empfinden zur Seite. Und bald darauf begann sie leise die verbotenen Worte zu sprechen, während sie an die Frau dachte, die ihr den Sohn und die Träume genommen hatte.

Togar

𝓑ewein hatte sich noch nicht überwinden können, zu König Togar zu gehen. Er genoss die häusliche Ruhe, erfüllte in Gleichmut seine Pflichten als Stadtwache. Der König wusste, dass er wieder in Astuil war. Merkwürdigerweise hatte auch er ihn noch nicht rufen lassen. Bewein wunderte dies zwar, aber er fragte nicht weiter nach. Bald jedoch bekam sein schlechtes Gewissen die Oberhand und er ließ sich bei König Togar melden. Es wäre schon längst seine Pflicht gewesen, ihm von den Kämpfen zu berichten und wegen der Menschenhändler vorzusprechen.

Als Bewein bedrückt im Vorraum der Kernburg wartete, wurde ihm bewusst, warum er den König gemieden hatte. Er hatte ihm den Tod der Stadtbewohner nicht vergeben. Einige waren seine Freunde gewesen. Togar hatte sie damals alle hinrichten lassen, nachdem er sie mit Hilfe Beweins bei den Umtrieben mit diesem Priester erwischt hatte. Sie waren dabei gewesen, als den fünf Opfern das Blut genommen wurde und hatten so ihren Tod mitverschuldet. Und Togar kannte dafür keine Gnade. Sechzehn Männer hatte er öffentlich köpfen lassen. „Blut für Blut". Bei jedem neuen Schlag musste der Henker es laut aussprechen. Bewein war dabei gewesen und ihm wurde übel, als er daran dachte. Auch die Bewohner von Astuil hatten König Togar diese Grausamkeit noch nicht verziehen. So vermutete Bewein darin einen Grund für den Rückzug des Königs.

Die Wachen führten Bewein zu den Wohnräumen Togars und er war dankbar, nicht wieder die gedrehte Treppe hinauf steigen zu müssen. Kurz klopfte er an der massiven Tür, ein Ruf Togas kam als Antwort. Er trat ein, hinter ihm wurde die Tür wieder geschlossen und er war allein mit seinem König. Dieser saß an einem Tisch neben seinem zerwühlten Bett, in dem schmucklos gestalteten Raum. Sein Hemd war offen, sein schwarzes Haar zerzaust und nur fahrig hinter dem Kopf gebunden.

Er klopfte auf den Stuhl neben sich. „Setz dich, Soldat!"

„Störe ich, mein König?"

„Jetzt nicht mehr, wir waren schon fertig." Togars Mund verzog sich zu einem vielsagenden Schmunzeln.

Als er den fragenden Blick Beweins sah, erklärte er: „Die Rothaarige, ich bin verrückt nach ihr. Ich hätte Lust, dich hinauszuwerfen und wieder nach ihr zu schicken. Also sprich schnell und lass hören, was dich veranlasst, mich in meinen Angelegenheiten zu unterbrechen."

Zorn stieg in Bewein auf, das Bemühen um Mäßigung fiel ihm schwer. „Es gibt noch andere Angelegenheiten, die Eure Aufmerksamkeit erfordern, mein König."

„Höre ich da einen Vorwurf in deiner Stimme, Bewein?"

„Es käme mir nie in den Sinn", antwortete der. Er sah Togar lachen. Sie kannten sich einfach zu gut.

„Nimm dir etwas vom gewürzten Wein, Soldat, und dann erzähle mir, was so wichtig ist, dass du mich aus dem Bett treibst."

Die anschließenden Berichte Beweins über den Krieg gegen die Naga nahm er gelassen hin. Er befand, dass diese magischen Wesen sich selbst bekämpfen und vernichten sollten. Dies sei nicht seine Sache.

„Noch was, Bewein?"

„Es tut mir leid, Euch weiter von der Rothaarigen abhalten zu müssen. Ich muss mit Euch noch über die Menschenhändler sprechen."

Togar verdrehte die Augen. „Die alte Geschichte. Du weißt, dass meine Soldaten nach ihnen Ausschau halten. Sie sind schwer zu greifen."

„Es wird immer schlimmer, mein König, und es ist zu wenig, was Ihr dagegen unternehmt. Ich weiß, dass es Euch nicht berührt, wenn sie Elben rauben. Jedoch könnt Ihr nicht zulassen, dass weiter Frauen und Knaben aus den Dörfern entführt werden. Der Groll der Dorfbewohner über Euer Nichtstun wächst. Sie wollen von Euch geschützt werden. Es ist Eure Pflicht, mein König!"

„Du willst mir also erzählen, was meine Pflicht ist, Soldat?", schrie Togar ihn an.

„Das will ich und außerdem wollte ich Euch etwas vorschlagen, was Euch auch nicht gefallen wird." Bewein war es mittlerweile egal. Er würde ihn aus seinem Bett heraustreiben und verhindern, dass er sich darin verlöre. Seit er ein Junge war, kannte er ihn, und sein Vater hatte ihm eine gewisse Verantwortung für Togar hinterlassen.

Der König war aufgestanden und hatte sich wütend vor ihm aufgebaut. „Was willst du mir vorschlagen?", fragte er zornig.

„Im Fürstentum von Evador verschwinden ebenfalls Frauen aus den Dörfern. Weder Ihr, mein König, noch Fürst Niblon können dies weiter dulden. Die Menschenhändler machen, was sie wollen, sie machen Euch lächerlich und schwächen Eure Macht! Ihr müsst euch zusammentun und gemeinsam gegen sie vorgehen!"

Togars Gesichtsfarbe hatte eine gefährliche Röte angenommen. „Ich soll mit diesem schwachsinnigen Fürsten von Evador reden? Diesem verkommenen Menschen, der außer Huren und Saufen nichts im Kopf hat, abgesehen vielleicht seinen Machtgelüsten?"

Bewein schwieg.

Togar musterte ihn und lachte dann auf. „Na gut, das Saufen fehlt bei mir noch, das hält sich noch in Grenzen." Er schnaubte erheitert, fiel dann wieder auf seinen Stuhl. „Du weißt, wie ich es hasse, wenn mir jemand Vorschriften macht."

„Ich weiß es, mein König."

„Und du wagst es trotzdem."

„Es ist zu wichtig, Togar."

Heftig trommelten die Finger des Königs auf der Tischplatte. „Gut, ich werde darüber nachdenken."

Bewein wusste, dass er hiermit entlassen war. Er stand auf, verneigte sich. Im Gehen sah er noch, wie Togar sich entkleidete.

„Schickt sie mir wieder", schrie der König in die Richtung seines Wohnraumes.

Zwei Tage später erfuhr er, dass Togar Boten auf dem Gebirgsweg nach Evador geschickt hatte, um den Fürsten zu einer Unterredung nach Astuil zu laden.

Geringe Hoffnung

Unerträgliche Spannung lag mittlerweile über Adain Lit. Mit beklommenen Herzen gingen die Elben ihrem Tagwerk nach, ihre Ängste richteten sich in Richtung des Schlangenpriesters, ihre Hoffnungen auf die baldige Ankunft der Magier des Hochlands. Als diese am Mittag eines strahlenden Tages aus den Bäumen auftauchten, fanden sich bald viele der Elben auf dem Platz der Ankunft ein. Elbenkrieger aus Adain Lit ritten der Gruppe voraus, gefolgt von den Magiern beider Elbenvölker.

Adiad saß am Rande des Brunnens. Sie nahm die ernsten, von dunklen Haaren umrahmten Elbengesichter verschwommen wahr. Die fremden Elben trugen einfache Reitkleidung und Umhänge darüber. Große Satteltaschen hingen über ihren Rössern. Adiad vermutete, dass sie alle Magier der Hochlandelben waren. Nach diesem anstrengenden Moment der Aufmerksamkeit schloss sie erschöpft die Augen und spürte dem Schwindel nach, versuchte zu ergründen, was diese Schwäche verursachte. Am Anfang hatte sie gemeint, dass es die Sorge um Adain Lit war, mittlerweile glaubte sie dies nicht mehr. Es war etwas anderes und es machte ihr zunehmend Angst. Eine dunkle Hand schien nach ihr zu greifen. Sie nahm ihr den Atem, verschattete ihr inneres Licht. Adiad hatte überlegt zu Fairron zu gehen, doch die Magier waren mit Anderem, Wichtigerem beschäftigt, deswegen hatte sie es auf später verschoben.

Die Elben des Hochlandes stiegen von den Pferden und verneigten sich vor Aldor und Mellegar.

„Ich grüße euch, ihr Magier und ich danke euch, dass ihr unserer Bitte gefolgt seid", sagte Aldor und verneigte sich ebenfalls. *„Wir haben eure Unterkunft schon vorbereitet und werden euch etwas zur Stärkung bringen."*

„Wir grüßen dich, Aldor, und auch dich, Mellegar", erhob Darien seine Stimme, *„und wir grüßen auch euch, ihr Elben von Adain Lit. Wir wissen von der Bedrohung. Deshalb haben wir alles, was wir an Schriften dazu gefunden haben, mit uns gebracht."* Darien wurde erst jetzt der Anspannung gewahr, die bei seinen Brüdern und Schwestern herrschte. Mitfühlend sah er um sich. *„Wir sind uns nicht ganz sicher, wir wollten noch mit Mellegar und den anderen darüber reden, aber wir hoffen eine Möglichkeit gefunden zu haben. Jedoch brauchen wir dazu einen magischen Gegenstand und wir wissen nicht, wo dieser ist."*

„Na wunderbar", flüsterte Whyen Eardin zu.

„Ich werde euch alle zum Rat holen, sobald wir mehr erfahren haben", vertröstete Aldor die versammelte Gemeinschaft.

„Ein magischer Gegenstand", wiederholte Adiad die Worte des Hochlandelben. Matt saß sie neben Eardin auf der Bank unter ihrem Elorn.

„Es ist ein Kampf der Magier", stöhnte dieser auf.

„Was für magische Gegenstände kennst du, Elb?", fragte Adiad und schloss für einen Moment wieder die Augen. Das Reden strengte sie an.

„Der Speer, den wir gegen die Schlange benutzten, war einer. Auch gibt es andere Waffen oder auch Steine. Doch die meisten stammen aus den alten Zeiten, von vielen gibt es nur noch Erzählungen. Wer weiß, wohin sie überall verschwunden sind."

„Der Stein, den Cerlethon stahl, war wahrscheinlich einer davon."

„Da bin ich sicher. Ich hoffe nicht, dass es genau dieser Stein ist, den sie brauchen. Ich habe keine Lust, nach diesem verbitterten Magier zu suchen. Ich habe nicht einmal Lust, an ihn zu denken", sagte Eardin und wandte sich ihr zu. *„Adiad, was ist mit dir? Versuche bitte nicht, es vor mir zu verbergen."*

„Es ist genug, was geschieht, Eardin. Ich denke, es wird wieder."

„Sieh mich an! Das Licht deiner Augen ist trüb!"

„Es ist nichts, Eardin. Es mag die Aufregung sein. Adain Lit braucht jetzt unsere Hilfe, mach dir keine Sorgen um mich."

Adiad lächelte ihm aufmunternd zu, doch Eardin zögerte.

„Es wird wieder, Elb. Wenn nicht, werde ich zu den Magiern gehen, doch sie haben im Moment andere Sorgen. Ich werde mich etwas hinlegen."

Er begleitete sie in den Schlafraum und Adiad sank auf das Bett. *„Es geht mir schon wieder besser"*, sagte sie, um ihn zu beruhigen. *„Lass mich ein wenig schlafen."*

Eardin nickte, zögerte wieder, dann ging er. Adiad überließ sich dem Schlaf und ihren Träumen. Und die Mächte des Dunklen begannen nach ihrem offenen Geist zu greifen.

Beinahe das gesamte Elbenvolk fand sich am nächsten Tag zum Rat ein. Fackeln waren entzündet worden und Feuer brannten auf der Wiese, während das Licht des Tages langsam verschwand. Aldor saß auf seinem Stuhl am Rande der Halle, neben den Magiern der drei Elbenvölker. Die Fläche in der Mitte des Saales blieb frei; die gemalten Zeichen am Boden erinnerten daran, dass viele Generationen von Elben diesen Wald schon bewohnt hatten. Einige Namen waren genannt und die Worte des Morgengrußes fassten kreisförmig das Symbol von Adain Lit, den Baum, ein. So war es auch eine Mahnung, ihren Wald mit den Gesängen weiter zu hüten, ihm ihre Magie zu schenken.

Nachdem Aldor sie alle begrüßt hatte, erteilte er sofort den Magiern das Wort. Mellegar trat vor, neben ihn stellten sich Darien, vom Elbenvolk des Hochlands und Norbinel, der Elb der Feandun. Es war für die Elben beeindruckend, die Magier ihrer drei Völker nebeneinander zu sehen. Ihnen war bewusst, dass dies schon lange nicht mehr geschehen war. Würdevoll standen sie neben Aldor. Hell fielen Mellegars Haare über sein beinahe weißes Gewand, wohlwollend ließ der seinen Blick über die Wartenden schweifen. Daneben Darien, schwarze Haare umrahmten sein fein geschnittenes Gesicht, darin dunkle Augen, unergründlich wie ein tiefer Brunnen. Und Norbinel, der älteste der drei Magier. Ein dunkelblonder Feandun, dessen verhärmtes Gesicht von den Kümmernissen der letzten Jahrhunderte erzählte.

Mellegar begann laut zu sprechen: *„Ich danke unseren Brüdern des Hochlandes noch einmal für ihr schnelles Erscheinen!"* Er verneigte sich und Darien senkte ebenfalls den Kopf, bevor Mellegar weitersprach. *„Wie ihr wisst, haben die Magier der Hochlandelben seit Jahrhunderten in viel stärkerem Maße als wir in den Schriften geforscht. Und, um es kurz zu machen, sie fanden Aufzeichnungen über diese Blutmagie der Menschen. Unsere Beobachtungen haben sich dabei bestätigt. Der Schlangenpriester benötigt frisches Blut, um diesen Erdzauber zu bewirken. Außerdem benutzt er besondere Worte, und nach den Beschreibungen der Krieger vermuten wir, dass es Adseth war. Eine Sprache, die vor langer Zeit aus den Lauten der Erde geschaffen wurde und deren Macht gewaltig ist! Es gelang ihm damit, die verborgenen Kräfte von Adain zu wecken. Und diese sind nicht nur hell, Adain birgt auch Dunkles und Zerstörung in sich. Der Naga im Berg benutzte diese Worte nicht. Trotzdem bewirkte er mit seinem Blut die Zersetzung des Erdreichs, doch in geringerem Maße. Die Stärke dieser Blutmagie rührt auch von dem alten Wesen her, der Schlange. Wir vermuten, dass die gemahlenen Knochen der Schlange dem Priester, neben dem getrockneten Elben- und Menschenblut, als wichtigste Zutat für sein Pulver diente."*

„Was ist mit den Zeichen in der Höhle?", fragte ein Elb.

„Zu den Blutzeichen an der Wand kann ich wenig sagen. Ich denke, die Runen halfen bei der Schöpfung des Pulvers. Wir hätten sie abzeichnen müssen, um sie genauer zu erforschen. Und die Verwendung unseres Blutes für die Zeichen brachte einen Teil unserer Magie in diesen Zauber."

Mellegar wartete eine Weile, bis sich alle beruhigt hatten und ihm ihre Aufmerksamkeit wieder schenkten. Dann nickte er Darien zu, der seine sanfte Stimme erhob: *„Ich sehe eure Angst, ihr Schwestern und Brüder von Adain Lit. Ich will euch sagen, welche Möglichkeit wir gefunden haben. Wenn der Schlangenpriester den Wald angreift, würde sich der Boden zersetzen. Der Wald würde vom Rande her unaufhaltsam zerstört werden. Die Kräfte Adain Lits und der bisherige Schutz reichen gegen diese Art von Zauber nicht aus. Verbunden mit den dunklen Kräften Adains kann der Priester Erdenkräfte entfesseln, die wir alle noch nicht erlebt haben. Aber wir haben davon gelesen. Nun, falls er also angreift, können* wir ihn nur bedingt aufhalten. Wir können die Zersetzung des Bodens verlangsamen, aber wahrscheinlich nicht aufhalten. In den Schriften wird jedoch beschrieben, dass etwas ähnliches schon einmal geschah. Die damaligen Elben vermochten, den Angriff durch Bündelung ihrer Kräfte zu beenden. Die Worte dafür sind uns bekannt. Doch wir benötigen auch diesen magischen Gegenstand. Es ist ein Stein, ein Kristall."

Eardin ächzte. „Cerlethon!"

Darien sprach weiter. „Ein beinahe durchsichtiger, heller Stein von der Größe von zwei aneinander gehaltenen Fäusten. Es gibt zwei davon. Von einem wissen wir mittlerweile."

Er sah zu Norbinel. Und dieser berichtete von dem Stein, den sie seit Jahrhunderten in ihrem Besitz gehabt und der die magische Veränderung der Feandun-Elben erst bewirkte hatte. Er erzählte ihnen auch, dass Cerlethon ihn mitgenommen hatte und sie daher nicht wüssten, wo er sei.

Ein Aufstöhnen ging durch die Versammlung.

„Nun, es gibt noch einen anderen Stein", fuhr Darien fort, „wir dachten zunächst, er wäre verloren. Mellegar hat jedoch einen Einfall gehabt. Wenn ich ehrlich bin, ist es die einzige Möglichkeit, die wir noch sehen. Mellegar war damals mit einigen von euch bei den Zwergen des Wallsteins."

Mellegar setzte seine Rede fort. „Ich habe damals Königin Usar gefragt, was sie außer des Drachenspeeres noch bei den getöteten Schlangen gefunden hätten. Sie stritt ab, dass neben dem Speer überhaupt etwas gewesen wäre. Doch mein Gespür sagte mir, dass sie log. So vermute ich, dass die Zwerge noch mehr fanden. Und da die Schlangen anscheinend auf außergewöhnliche Gegenstände versessen waren und sie in ihre Höhle trugen, ist es möglich, dass dieser Stein dabei war. Es ist, wie Darien schon sagt, eine geringe Hoffnung, aber es ist im Moment unsere einzige."

Mellegar wandte sich zu Aldor und dieser nickte zustimmend. „Ich habe mit Aldor bereits darüber gesprochen, denn ihr wisst, dass die Zeit mehr als drängt. Auch wenn wir vermuten, dass der Schlangenpriester noch etwas wartet, um neue Naga um sich zu sammeln, kann ein Angriff bald erfolgen. So wäre der Vorschlag aller Magier, diesen Stein bei den Zwergen zu suchen. Wir wollen genau die Gruppe losschicken, die damals in Berggrund war. Wir hoffen, dass sie deswegen genug Freundlichkeit und Entgegenkommen von Königin Usar erfahren. Es ist keine einfache Aufgabe, ich habe Usar selbst erlebt. Sie ist stur und auf uns Elben nicht gut zu sprechen. Außerdem wollte sie über ihre Schätze nicht reden. Aber welch anderer Weg bleibt uns?"

Er sah zu Eardin. „Reitet los, sobald es geht, ich werde nicht mitkommen. Fairron wird euch begleiten. Und seid freundlich zu Usar. Versucht alles, um herauszufinden, ob sie den Stein hat und tut alles, um ihn auch zu bekommen. Dieser Kristall ist die einzige Möglichkeit unseren Wald, unsere Heimat, zu verteidigen!"

Adiad hatte ihre letzten Kräfte sammeln müssen, um der Rede der Magier zu lauschen. Doch die Ereignisse berührten sie nicht mehr. Das Leben hatte sich von ihr entfernt, war substanzlos geworden, sinnlos.

„Kann ich dich hier sitzen lassen?", fragte Eardin. „Ich muss mit Aldor reden."

Adiad nickte. Eardin barg ihr Gesicht in seinen Händen, besah es sich besorgt.

„Adiad, ich meine zu empfinden, dass sich dein Licht immer mehr verdunkelt."

„Eardin, es ist nichts. Ich habe Angst um Adain Lit und bin müde. Geh zu Aldor, lass mich, es wird wieder." Adiad wollte, dass er ging. Er sollte sie in Ruhe lassen. Bemüht lächelte sie ihm zu, doch sie spürte, dass dieses Lächeln nicht mehr aus ihrem Herzen kam.

„Ich werde dich später zu den Magiern bringen, Adiad!", entschied er.

Adiad nickte ergeben und schob ihn von sich. „Geh zu deinem Vater, Eardin."

Eardin zögerte unsicher, sah zu Aldor, der bereits wartete, und ließ sich von ihrem Lächeln beruhigen. Er küsste sie auf die Wange und ging.

Adiad schloss erschöpft die Augen und überließ sich wieder der Trübsal ihres Herzens. Teilnahmslos beobachtete sie das Treiben um sich herum. Plötzlich meinte sie, tief in sich, einen Ruf zu hören. Es war der Schrei eines Luchses. Beharrlich trieb er sie dazu, sich zu erheben, doch es kostete Kraft. Während sie sich ziellos vorwärtsschleppte, kam es ihr in den Sinn, einfach im Wald zu verschwinden, sich der Sinnlosigkeit ihres Daseins, der Hoffnungslosigkeit, die über allem lag, hinzugeben. Sich hinzulegen und zu vergehen wie das Laub. Nochmals rief der Luchs. So folgte sie dem Drängen ihres Geistbegleiters und wandte sich den Kräuterhallen zu. Die Elben um sich herum nahm sie wahr, wie im Traum. Die Leere, die sich seit Tagen in ihr ausbreitete, drohte sie plötzlich zu verschlingen. Und sie merkte, dass sie diesem Sog nichts mehr entgegenzusetzen hatte. Im Gegenteil, sie sehnte sich plötzlich nach der Dunkelheit, die in ungeahnter Stärke nach ihr rief.

Eben erst bei den Hallen angekommen, sah Arluin Adiad durch die Bäume kommen, grüßte sie und erschrak, als er ihren Zustand wahrnahm. Hastig lief er auf sie zu und kraftlos sackte Adiad ihm in die Arme.

Mellegar hatte nochmals mit Eardin und Fairron über Usar gesprochen. Er fühlte sich erschöpft, sehnte sich nach dem Flug des Falken, sehnte sich nach der Ruhe des Geistes. Doch Aufruhr und Unruhe lagen über allem, die Klänge Adains waren nicht mehr klar, sondern voller Misstöne. Die Farben des Lichtes waren verschoben, der Wind war voll düsterer Stimmen. Durchdrungen von trüben Gedanken wanderte der hohe Magier ziellos durch den Wald, als Kräfte ihn durchfuhren, die ihn zwangen, sich an einem der nächsten Bäume abzustützen. Erschüttert versuchte er sich wieder zu sammeln, dem nachzuspüren, was er empfand und allmählich begann er den Ursprung davon zu erfassen. Seiner Wahrnehmung folgend, erkannte er bestürzt, dass die Quelle davon in der Gasthütte Beweins lag. Das Dunkle war beinahe greifbar. Mellegar umgab sich selbst mit einem Schutzzauber und öffnete leise die Tür. Er fand Thailit. Sie war alleine und saß vor einem Buch. Sie war derart vertieft, Worte daraus zu sprechen, dass sie den Magier erst bemerkte, als er hinter ihr stand.

Thailit fuhr herum und erkannte Mellegar, der mit einem derartigen Entsetzen auf sie starrte, dass sie aufschrie. Ohne Umschweife packte der Hohe Magier die Elbin, riss sie von ihrem Sitz und stieß sie in eine Ecke des Raumes. Dann griff er nach dem Buch, betrachtete die aufgeschlagene Seite und schlug es zu. Thailit wagte nicht, sich zu erheben, während Mellegar unbeweglich vor dem Tisch stand. Als er sich ihr schließlich zuwandte, waren seine Augen weiß.

Mellegar war derart erschüttert, dass ihm zunächst die Worte fehlten. Dann sprach er flüsternd mit ihr. Ein Zorn lag in seiner Stimme, den Thailit noch nie an ihm erlebt hatte. *„Du weißt, was dies für ein Buch ist und du weißt, was für ein Vergehen es ist, daraus zu lesen. Du wolltest Verderben über Adiad bringen und hast dich dazu dunkler Magie bedient."*

„Sie hat ...", begann Thailit.

„Schweig!", schrie Mellegar sie an. *„Dieses Vergehen kann nicht ungesühnt bleiben, Thailit. Ich werde dir unsere Entscheidung mitteilen, sobald sie gefallen ist."*

Mellegar wandte sich ab und ließ Thailit am Boden liegen. Das Buch der dunklen Magie fest an sich gedrückt, ging er, um Adiad zu suchen. Er fand sie in der Kräuterhalle. Arluin saß neben ihr und flößte ihr einen Trank ein. Adiad war blass und wirkte völlig verwirrt.

„Lass uns bitte alleine!", bat Mellegar den Elben und ließ sich neben Adiad nieder.

„Es geht mir nicht gut", sagte sie mit brechender Stimme, *„mir ist vorhin schwindlig geworden, Mellegar. Ich weiß nicht was mit mir ist, es wird jeden Tag schlimmer."*

Adiad schluchzte und der Hohe Magier nahm sie in die Arme. Dann sang er für sie, webte heilendes Licht in ihre Dunkelheit, hörte erst auf, als er spürte, dass die Klänge Adains wieder in ihr atmeten. Und während Adiad erschöpft an seiner Brust lehnte, dachte Mellegar nach. Sollte er es ihr sagen? Zunächst hatte ihn nur die Sorge um sie hierher getrieben. Er entschied sich für die Wahrheit.

„Sie hat was?", fragte Adiad erschüttert.

„Es war ein Zauber, der Dunkelheit über deine Seele gebracht hätte, Adiad. Dunkelheit und Trauer in einem Ausmaß, dass mit der Zeit alle deine Gefühle darin erstickt wären. Du hättest

deine Liebe zu Eardin verloren, du hättest alle Gefühle verloren, Elbenkind. Es wäre schleichend gekommen, aber sicher. Es hatte bereits begonnen."

„Warum tut sie so etwas?"

„Sie ist in ihrer eigenen Dunkelheit gefangen, Adiad."

„Was hast du jetzt vor, Mellegar?"

„Ich werde darüber nachdenken müssen, Adiad. Ich muss mit den anderen reden. Es ist vieles, was im Moment meine Seele erschüttert. Lass uns beide versuchen, wieder zur Ruhe zu kommen. Diesen Angriff konnten wir abwenden, lass uns hoffen, dass uns dies auch mit dem anderen gelingt."

Mellegar hielt sie weiter fest, denn sie zitterte. Doch auch Adiad nahm Mellegars Beben wahr und so hielten sie sich gegenseitig.

„Soll ich es Eardin sagen?"

„Ruh dich noch etwas aus, es wird bald leichter. Trink das, was dir Arluin gab. Lass dich von ihm zu eurem Elorn begleiten. Und dann sag es Eardin, denn wir werden über Thailit richten müssen. So werden es alle erfahren. Er, Lerofar und Aldor sollten es als erste wissen." Der Magier streichelte sanft über ihren Kopf. „Es ist wieder gut, Elbenkind. Sie wird dir nichts mehr tun, ich verspreche es dir!"

Dann ging er, um mit Aldor und Lerofar zu reden.

Eardin vernahm es zunächst schweigend mit versteinertem Gesicht, dann schrie er laut auf. Er begann am ganzen Körper zu beben, sprang auf und schlug mit beiden Fäusten auf die Holzwand ein. Danach riss er Adiad an sich, atmete mehrfach stoßweise aus, um allmählich in der Umarmung wieder zur Ruhe zu kommen.

„Ich werde nicht mehr mit ihr reden!", presste er schließlich heraus, „ich werde sie nicht mehr ansehen!"

Während sie sich noch in den Armen lagen, kam Lerofar in ihren Wohnraum. Er war bleich. „Wie geht es euch?"

Adiad sah ihn nur vielsagend an und Lerofar sank auf die Bank. „Vater ist zu ihr gegangen. Er will es nicht wahrhaben. Er wollte es von ihr selber hören. Wie konnte sie soweit gehen, Eardin?"

Eardin sah weinend auf. „Ich weiß es nicht, Lerofar, und ich will es auch nicht mehr wissen. Ich will mit ihr nichts mehr zu tun haben! Soll Mellegar über sie urteilen."

„Er wird das Richtige tun, Eardin. Und wer weiß, vielleicht ist es auch für unsere Mutter heilsam, was immer er entscheidet. Lass es uns abwarten, Bruder."

Aldor nahm sich Thailits an. Er versuchte sie zu verstehen, ihr zu helfen. Doch Thailit hatte sich verschlossen; beharrte stur darauf, nur das Beste gewollt zu haben. Sie ging dazu über zu tun, als ob nichts weiter geschehen wäre.

Schwere Bürde

„So reiten wir zwar nicht zum Meer, aber zumindest wieder einmal gemeinsam", sagte Fairron, als er sein Pferd neben das von Adiad führte. *„Geht es? Kannst du wirklich mit uns reiten, Adiad?"*

„Ich fühle mich beinahe wieder normal, Fairron. Ich denke, es wir mir sogar helfen, ein wenig Abstand zu finden."

In der Dämmerung eines neuen Tages waren sie aufgebrochen. Als die Sonne das Blattwerk durchbrach und gleißende Lichtstrahlen in den Dunst zauberte, sangen sie den Gruß an den Morgen. Adiad sah das Licht aus Eardin herausfließen und sie nahm wahr, wie die Bäume es aufnahmen. Langsam wanderte dieses Strahlen weiter durch den Wald, brachte die zarten Silberfäden zur Glitzern. Es war das Elbenlicht, das sie schon in geringem Maße als Mensch wahrgenommen hatte. Auch der Pfad der Eymari hatte für sie geleuchtet, als sie sang. Damals wusste sie nicht, dass es die Magie der Elben war, die ihr geantwortet, die sie geführt hatte. Und erst jetzt konnte sie dieses Leuchten in seiner ganzen Pracht wahrnehmen.

Eardin drehte sich noch einmal um, als sie Adain Lit hinter sich ließen. Der Elbenwald lag im herbstlichen Dunst. Er schien ihm so schön wir noch nie. *„Ich überlebe es nicht, wenn er ihn zerstört"*, flüsterte er.

Bei Dodomar unterbrachen sie ihren schnellen Ritt und befragten nochmals die Stadtwachen. Diese bestritten hartnäckig, dass der Schlangenpriester in der Stadt sei.

Kein Licht war mehr auf dem Land, als sie sich am Abend einen Lagerplatz suchten.

„Ich habe gespürt, dass sie lügen", meinte Whycn, *„sie verbergen ihn. Aber wir können wirklich nicht die Stadt angreifen, nur auf eine Vermutung hin."*

„Bewein könnte sich einschleichen", sagte Fairron, *„auch bei den Zwergen wäre er uns eine Hilfe. Leider haben wir keine Zeit mehr, ihn zu holen."*

„Ich habe zwei herrliche Schwerter dabei, doch ich glaube nicht, dass Königin Usar sich damit bestechen lässt", grübelte Eardin, während er ins Feuer sah, *„ich habe, ehrlich gesagt, überhaupt keine Idee, wie wir es anstellen sollen."*

„Wir können sie nur bitten", sagte Adiad, *„lass deine Schwerter erst einmal weg. Wir sollten sie einfach nur um ihren Beistand bitten. Vielleicht reicht ihr schon die Genugtuung, dass die Elben ihre Hilfe so dringend brauchen."*

„*Es besteht auch die Möglichkeit, dass die Zwerge den Stein überhaupt nicht haben.*" Fairron sah ernst in die Runde. „*Ihr habt Mellegar gehört. Es ist nur eine Wahrscheinlichkeit, keine Gewissheit.*"

Am dritten Tag zog Regen auf. Nässe triefte von den Kleidern und Pferden, sie tropfte aus den Haaren und glänzte auf ihren Gesichtern. Nur die Umhänge hielten das Wasser von ihnen ab. Spät suchten sie sich einen Platz unter den Bäumen. Eardin befestigte das Zelt, während Whyen grimmig die feuchten Decken befühlte. Der Boden unter dem Baum war von der Nässe bewahrt geblieben, nur wenige dicke Tropfen platschten auf den Stoff, als sie sich niederlegten.

„*Komm her, Adiad, ohne Decke wirst du meine Wärme brauchen.*"

Sie kuschelte sich an Eardin und er legte seinen Arm über sie. In der Enge des Zeltes fühlte sie Whyen neben sich. Er nahm ihre Hand und sie spürte auch seine Wärme zu sich fließen. Eardin zog sie näher an seinen Körper. „*Geht es dir gut, mein Stern?*"

„*Ich kann es ihr nicht verzeihen, Eardin.*"

„*Ich auch nicht. Wie konnte sie nur, Adiad? Ich hätte dich verloren!*"

„*Lass uns nicht mehr darüber sprechen. Wir müssen an unseren Auftrag denken.*"

Eardin vergrub sein Gesicht in ihrem Haar und nickte.

„*Wir sollten Norgrim und Hillum um Hilfe bitten.*" Fairron lag hinter Whyen und starrte in die Spitze des Zeltes. „*Sie könnten bei Usar für uns sprechen. Auch Whyen hat sich neue Freunde bei den Zwergen gemacht, als er sich überwand, ihr Bier mit ihnen zu trinken.*"

„*Ich denke, sie merkten, dass es mir nicht schmeckt.*" Whyen schüttelte es, als er an das bittere Getränk dachte.

„*Sie haben es gemerkt, aber sie freuten sich, dass du es versucht hast*", sagte Adiad.

„*Ich trinke ein ganzes Fass davon, wenn ich dadurch Adain Lit retten kann.*"

„*Ich denke nicht, dass es viel hilft, wenn du ihnen ihr Bier wegtrinkst*", meinte Eardin, „*doch ich vermute, viele der Zwergenkrieger lehnen uns nicht mehr so ab wie bei unserem ersten Aufenthalt in Berggrund. Bei Königin Usar bin ich nicht so sicher. Aber auf ihre Gnade sind wir angewiesen.*"

Adiad sah die Königin mit ihren roten Zöpfen noch vage vor sich, als sie einschlief. Auch die anderen überließen sich dem Geschenk des nächtlichen Vergessens.

Eardin erwachte beim ersten schwachen Licht. Er spürte Adiad nicht mehr und sah zu Whyen. Dicht an ihn gedrückt, lag sie schlafend unter seinem Arm. Er beugte sich vor, um sie zu sich zu holen. Seine Hand verharrte, kurz bevor er sie erreichte. Unsicher betrachtete er die beiden, aufgewühlt von Gefühlen, die er zunächst nicht einordnen konnte. Die bekannte Eifersucht brannte in ihm, aber da war auch etwas anderes. Es dauerte lange, bis er es verstand. Ein zartes Licht erschien, zweifelnd spürte er ihm nach, und er erkannte, dass es Liebe war. Er liebte sie beide. Er liebte seinen Freund so sehr, dass er es zulassen konnte. So ließ er sie, stand leise auf, trat vor das Zelt und versuchte sich selbst zu verstehen.

Den ganzen Tag staubte leichter Regen vom Himmel. Erst als es dämmerte, leuchtete die Sonne blutrot über dem Land und versprach regenfreie Tage. Adiad ließ ihr Gesicht von den wenigen Sonnenstrahlen erwärmen.

„*Hoffen wir, dass dies ein gutes Omen für unseren Weg ist*", sagte Fairron.

Am frühen Vormittag des sechsten Tages sahen sie die Höhle vor sich, in der die Zwerge üblicherweise ihre Tauschgeschäfte abwickelten.

„Lichtgesindel!", rief einer der Zwergenwächter. „Hattet ihr Sehnsucht nach uns?" Breit grinsend stand er auf eine Axt gelehnt, neben dem Eingang, aus dem zwei weitere Angehörige seines Volkes traten.

„Versteckt unsere Fässer", rief nun Hergurt, „dort kommt der schwarzhaarige Elb, dem unser Gerstengetränk so schmeckt." Er schlug sich lachend auf die Schenkel.

Whyen erkannte ihn ebenfalls und freute sich. Er wusste zwar nicht mehr seinen Namen, doch er könnte ihnen helfen, mit Usar zu sprechen.

„Und seine Elbenfrau hat er auch gleich mitgebracht", erheiterte sich der Zwerg weiter.

„Sie ist nicht meine Frau, sie ist die Gefährtin von Eardin", sagte Whyen, als er vom Pferd stieg.

„So schnell geht das bei euch?", fragte der Zwerg, „erst ist sie bei dir und dann bei einem anderen? Ihr Elben überrascht mich immer wieder!"

Whyen hatte kein Bedürfnis, auf seinen Spott weiter einzugehen. Er verneigte sich höflich, so wie die anderen Elben neben ihm.

„Wir grüßen euch, ihr Zwerge!", sagte Fairron.

„Wir grüßen euch Lichtgesindel ebenfalls", plärrte Hergurt und verbeugte sich mit offensichtlichem Hohn.

„Wir würden gerne mit Königin Usar reden und zwar so schnell es möglich ist."

Erstaunt sahen die Zwerge auf. Das Grinsen wich aus ihren Gesichtern, als sie die ernsten Blicke der Elben wahrnahmen.

Hergurt trat näher an Whyen heran. „Was ist geschehen?"

„Der Schlangenpriester ist wahrscheinlich kurz davor, Adain Lit anzugreifen und es zu vernichten, Zwerg."

„Und wie kann Usar euch helfen?", fragte Hergurt betroffen.

„Es kann sein, dass ihr etwas in eurem Besitz habt, was uns retten kann. Es ist unsere einzige Hoffnung."

„Wie eilig ist es?"

„Es könnte jetzt schon zu spät sein."

Hergurt überlegte nicht lange. „Kommt mit, lasst eure Pferde, ich bringe euch zu Usar. Und ich werde es auf mich nehmen, dass ich nicht vorher umständlich nachgefragt habe."

„Wir waren alle schon einmal in Berggrund", sagte Adiad, „sie kennt uns."

„Das erleichtert es wahrscheinlich etwas", erwiderte der Zwerg.

Beim Laufen durch die Dunkelheit des Berges bemerkte Adiad, dass sie wieder vollkommen das Gefühl für die Zeit verlor. Es mochte ein halber oder ein ganzer Tag vergangen sein, als sie endlich ins schwindende Licht der Zwergenstadt traten. Wie beim letzten Mal bestaunte sie die verworrenen Treppen und Stufen in den Felshängen. Sie versuchte, die kleine Wohnhöhle Hillums in dem Gewirr zu entdecken, doch es gelang ihr nicht. Ganz anders als bei ihrem letzten Aufenthalt kamen einige der Zwerge auf sie zu, um sie zu begrüßen.

„*So haben unsere gemeinsamen Kämpfe noch etwas Gutes bewirkt*", bemerkte Fairron.

Überrascht sah Adiad Hillums Frau auf sich zustürmen. Fest drückte sie die Elbenfrau an sich und begrüßte sie wie eine alte Freundin.

„Ich werde Königin Usar euer Kommen mitteilen", sagte Hergurt, entschwand und ließ sie stehen.

„Und ich hole Hillum und Norgrim", verkündete Hillums Frau mit ihrer dröhnenden Stimme und stapfte den Wachhäusern entgegen.

Auch das übrige Zwergenvolk verließ sie allmählich, um sich wieder seinen Arbeiten zuzuwenden. Schließlich standen die Elben etwas hilflos auf dem mit dürrem Gras bewachsenen Platz, inmitten der hohen Felsen und warteten, dass jemand kam, um sie zu holen.

„*Freundlich sind sie inzwischen schon, aber höflich immer noch nicht*", raunte Whyen, „*sie hätten uns wenigstens etwas zu trinken bringen können.*"

„*Sei bloß still, Whyen*", flüsterte Eardin, „*wir dürfen sie auf keinen Fall verärgern.*"

„Seid mir gegrüßt, ihr Lichtgestalten!" Gefolgt von Hillum stapfte Norgrim auf sie zu.

„Ich freue mich, dich wiederzusehen!" Whyen schloss Norgrim, nach anfänglichen Zögern, in seine Arme.

„Ist etwas geschehen? Ist der Schlangenpriester bei euch aufgetaucht?", fragte Norgrim, der sich an den überstürzten Aufbruch des Elbenheeres erinnerte.

„Wir brauchen eure Hilfe!", sagte Whyen und erzählte von dem befürchteten Angriff auf ihren Wald. „Und ich meine damit nicht nur die Hilfe Usars, sondern auch deine und Hillums. Ihr kennt eure Königin besser, ihr wisst, ob sie etwas vor uns verbirgt. Ich habe euch von dem Stein erzählt, er kann Adain Lit wahrscheinlich retten. Wenn ihr ihn habt, so müsst ihr ihn uns geben!"

Die Zwerge schwiegen und sahen mit betretenen Mienen zu Boden, während die Elben gespannt auf eine Antwort warteten.

„Habt ihr ihn nicht?", fragte Adiad ängstlich.

„Ich kann und darf euch dies nicht sagen", murmelte Hillum. „Ihr müsst mit Usar darüber reden."

„Könnt ihr beiden uns nicht beistehen?", hakte Whyen nach.

„Nein", sagte Norgrim kleinlaut. „Wartet hier, ich werde ebenfalls zu Usar gehen, damit ihr zumindest bald mit ihr sprechen könnt."

Hillum lächelte ihnen noch aufmunternd zu und folgte dann Norgrim.

Es wird nicht einfach! Fairron sah in die ratlosen Gesichter seiner Freunde.

„Ihr Elben braucht also wieder mal unsere Hilfe", gurrte Usar. Umgeben von ihren acht Räten saß sie auf dem prunkvollen Thron der düsteren Halle im Felsen. Wie ein gemeißeltes Standbild, mächtig und strotzend vor Selbstbewusstsein.

Die Elben verbeugten sich, Usar nickte gnädig.

„Ich kenne euch alle, ihr wart schon einmal vor mir gestanden und habt um meine Hilfe gefleht. Dann berichtet mir von eurer Not."

Fairron trat vor, begegnete den spöttischen Blicken der Königin und atmete tief durch. Er wusste, wie sorgfältig er nun seine Worte abwägen musste. So schilderte er zunächst, was sie befürchteten. Dass sie nicht genau wüssten, wo der Priester sei und auch nicht, wann er zuschlagen würde.

„Die Alleswisser wissen doch nicht alles", bemerkte einer der Räte höhnisch.

„Und wie können wir euch nun helfen, Elb?", fragte Usar. „Dieser Priester verwendet Magie und dies ist, meines Wissens, seit jeher eure Lieblingsbeschäftigung und nicht unsere."

„Es wäre möglich, dass etwas in eurem Besitz ist, was uns helfen kann", sagte Fairron vorsichtig.

„Und das wäre?", fragte Usar und Fairron nahm den drohenden Tonfall in der überfreundlichen Stimme wahr.

„Es gibt einen Stein, einen hellen Kristall, der unsere Kräfte bündeln könnte und so in der Lage wäre, die Vernichtung unseres Waldes aufzuhalten."

„Ein Stein also. Und was lässt euch denken, dass wir dieses Wunderwerk haben könnten?"

Norgrim stand neben den Räten und beobachtete dieses Gespräch mit zunehmenden Mitleid. Er hörte die Anspannung in Fairrons Stimme, ahnte seine Verzweiflung. Norgrim wusste, um was er kämpfte. Verärgert bemerkte er, mit welchem Genuss seine Königin damit spielte. Zunehmend drängte es ihn, den Elben beizustehen.

Fairron war an dem Punkt angelangt, vor dem es ihm gegraut hatte, aber er sprach weiter: „Mellegar, der Magier, der damals mit uns hier war, vermutet, dass ihr ihn bei euch habt."

„Ich weiß noch genau, was er vermutete", schrie Usar ihn in einem Anfall von Zorn an, „euer allwissender Magier glaubte, dass wir ihm etwas verheimlichen. Dass wir eure verhexten Gegenstände von den Schlangen genommen und verborgen haben. Und dass du jetzt hier stehst, und danach fragst, zeigt mir, dass er mir damals nicht geglaubt hat. So vermute ich, Elb, dass ihr denkt, ich sei eine Lügnerin!" Usars Stimme überschlug sich vor Wut. „Von mir braucht ihr keine Hilfe erwarten. Bringt sie raus!", befahl sie schreiend den Wachen.

Adiad meinte nicht richtig zu hören. 'Bitte wirf uns nicht raus, bitte helf uns!' flehte es in ihr. Ohne weiter darüber nachzudenken fiel sie vor der Zwergenkönigin auf die Knie. „Wir haben nie geglaubt, dass ihr lügt, Königin Usar. Wenn ihr es uns verschwiegen habt, dann hattet ihr gewiss eure Gründe. Doch wenn ihr diesen Stein in eurem Besitz habt, dann gebt ihn uns. Bitte! Vergesst euren Zorn und helft uns, wenn ihr es könnt!"

Norgrim beobachtete bestürzt, wie die anderen Elben neben sie traten und sich ebenfalls vor Usar auf den Boden knieten.

Als Adiad sie neben sich niedersinken sah, wusste sie, welch unendliche Überwindung ihres Stolzes sie dies kosten musste. Und sie ahnte, dass alles weitere nichts mehr nützen würde.

Norgrim konnte sich nicht mehr auf seinem Platz halten. Es trieb ihn dazu. So ging er nach vorne und kniete sich neben Whyen.

Hillum folgte ihm.

Usar war verblüfft verstummt, dann sank sie in ihren Thron zurück und genoss diesen besonderen Anblick der knienden Elben. Ungläubig beäugte sie die Zwerge neben ihnen. Etwas versöhnter richtete sie schließlich ihr Wort an sie. „Ihr braucht diesen Stein anscheinend unbedingt?"

„Er ist unsere letzte Hoffnung, Königin Usar", sagte Eardin.

Langsam erhob sich Usar, schritt zu ihnen herab und ging gemächlich um die Elben herum. Abwägend stellte sie sich vor sie, atmete tief durch und wandte sich zu ihren Räten. Diese nickten verhalten.

„Nun gut", verkündete sie großmütig, „steht auf und folgt mir!"

Whyen hatte Tränen in den Augen. „Danke, Norgrim und auch dir, Hillum!"

„Geht!", sagte dieser leise. „Lasst sie bloß nicht warten!"

Das große Tor, auf das die Königin zuschritt, war ihnen schon bei ihrem ersten Besuch aufgefallen. Mächtige Türflügel aus Eisen verhinderten jeden unerlaubten Zutritt.

Usar wandte sich um. „Jeder einzelne von euch muss mir versprechen, nie über das zu reden, was ihr in diesem Raum sehen werdet."

Und während die Elben vor sie traten, um ihr dieses Versprechen zu geben, blickte sie jedem von ihnen prüfend in die Augen. Ihr innerer Kampf war ihr anzumerken. Dann rief sie nach den Wächtern, überreichte ihnen den Schlüssel und ließ das Tor öffnen. Der riesige Schlüssel knarrte schwerfällig im Schloss. Zu zweit griffen die Wachen nach den Torflügeln und stemmten sich mit Einsatz ihres ganzen Körpers dagegen. Die Elben verharrten vor den Stufen in Erwartung des Geheimnisses, das sich dahinter auftun würde. Als die Flügel endlich vollends zur Seite schwangen, blickten sie zunächst in absolute Schwärze. Fackeln wurden geholt und allmählich erhellte sich der vordere Teil des Raumes.

Neugierig versuchte Adiad, die Finsternis zu durchdringen. Als die ersten Flammenschalen in der Halle entzündet wurden, sah sie nur Fels und ein paar Säulen. Langsam wanderte das Licht weiter. Sie entdeckte auf den Säulen Gegenstände von verschiedener Größe und fühlte sich an die Zwergengöttin in den Grüften erinnert. Im Schein aller Feuerschalen erkannte sie endlich, was das Geheimnis und der Schatz dieser Halle war; was die Zwerge so sorgsam darin hüteten. Die riesige Halle offenbarte sich wie eine verborgene, strahlende Welt. Auf allen Säulen funkelten im Schein der vielen Flammen große Kristalle. Herrlich geschliffene Steine in unterschiedlicher Größe. In manchen von ihnen ließ das Feuer ein Meer von Farben tanzen. Die glatte Oberfläche der dunklen Stelen, auf denen sie lagen, gaben dieses bunte Flackern wie ein Spiegel wieder. Nicht nur am Boden standen sie, sondern auch auf Stufen, die die Halle abschlossen. Ein

Zauberwald aus schwarzen Stämmen und bunten, flammenden Baumkronen. In stiller Bewunderung standen die Elben vor diesem Schauspiel.

„Sie sind wunderschön", flüsterte Adiad.

„Seit es Zwerge in diesem Berg gibt", sagte Usar andächtig, „trugen sie diese besonderen Edelsteine zusammen. In mühevoller Arbeit wurden sie geschliffen, in dieser Halle gesammelt und bewahrt. An wenigen Tagen des Jahres kommen wir hier zusammen, um ihren Glanz zu bewundern. Es ist der größte Schatz unseres Volkes, ihr Elben. Es ist auch das Vermächtnis unserer Ahnen. Noch kein Elben- oder gar Menschenauge hat sie je gesehen."

Fairron verneigte sich vor ihr. „Es gibt kein Wort, das die Größe unseres Dankes für euer Vertrauen ausdrücken könnte, Königin Usar."

„Noch wisst ihr nicht, ob der Stein, den ihr sucht, dabei ist. Und auch ich bin mir nicht sicher, obwohl ich jeden dieser Kristalle genau kenne und euch auch sagen kann, woher sie stammen. Ich will zum letzten Mal eure Ehrlichkeit prüfen. Sucht den Stein und ruft mich, wenn ihr ihn gefunden habt. Ich bin neugierig zu sehen, welchen ihr wählt."

Fairron wandte sich an seine Freunde. „Jeder von uns soll alleine umherschauen. Ihr braucht sie nicht zu berühren. Haltet die Hände darüber und versucht ihr Wesen zu erahnen. Ihr wisst, wie der Stein beschrieben wurde, doch mag er durch einen Schliff oder das Alter verändert sein. Also vertraut eurem Gespür. Es ist ein Kristall von unglaublich starker Ausstrahlung. Wenn er dabei ist, sollten wir ihn finden."

Usar und die Wächter beobachteten scharf, wie die Elben zwischen den Steinen ihres Volkes umhergingen und ihre Hände darüber hielten. „Zumindest berühren sie die Steine nicht", raunte einer der Wächter.

Eardin sah zu Adiad. Sie stand vor einer Säule und bewunderte den Stein, bevor sie die Augen schloss und ihre Hände darüber hielt. Am liebsten wäre er zu ihr gelaufen, um sie zu umarmen. Ihre Geste, vor Usar auf die Knie zu fallen, hatte ihr Schicksal gewendet und einen Funken Hoffnung für Adain Lit geschaffen. Er sammelte sich, um den nächsten Stein zu erspüren. Dieser verschloss sich ihm zunächst, so dass er kurz davor war, weiterzugehen. Plötzlich jedoch bemerkte er das leichte Beben in seinen Händen. Die Kraft wurde stärker, bis er seine Hände ruckartig wegzog, da er meinte, Flammen auf ihnen zu spüren. Eardin starrte auf den Kristall. Er war etwas dunkler, als die Magier ihn beschrieben hatten, doch seine Kraft war unglaublich! Ruhig wandte er sich ab und ging zu der nächsten Säule. Er wollte sehen, ob die anderen es ebenso empfanden.

Sie warteten schon, als Adiad den letzten Stein erfühlt hatte und wieder zum offenen Tor zurückkam.

„Ich höre", sagte Usar gespannt.

„Was denkst du, Adiad?", fragte Fairron.

„Der durchsichtige Kristall dort hinten, vor der letzten Feuerstelle auf der rechten Seite."

Fairron nickte nur, sah zu Eardin und Whyen und sah auch sie nicken.

Erwartungsvoll wandte er sich Usar zu.

„Wenn ich euch richtig verstehe, meint ihr alle denselben?"

„Wir meinen den, den Adiad genannt hat, Königin Usar."

„Ihr Elben seid wirklich unglaublich", lachte sie auf, „es ist für mich unerträglich es einzugestehen, doch ihr habt den Stein aus dem Grab der Schlangen genannt. Wir fanden ihn in einer Kammer, zwischen allerlei Dingen. Dort lag auch der Speer."

Fairrons Gesicht öffnete sich zu einer einzigen Frage.

„Kein weiteres Wort darüber, Elbenmagier, sonst könnt ihr euren Stein vergessen!"

Fairron stöhnte leise, nickte dann ergeben.

„Wollt ihr den Elben unseren Kristall jetzt einfach so geben?", war plötzlich die Stimme einer Zwergenrätin zu hören. „Ihr könnt unseren Stein doch nicht einfach wegschenken!"

„Ich habe von Adain Lit zwei prächtige Schwerter mitgebracht", sagte Eardin sofort. „Unsere Schmiede haben sie gefertigt, es sind die schönsten Waffen, die ich fand. Ich wollte sie euch im Austausch anbieten, wenn wir den Stein bei euch finden."

„Wo hast du sie, Elb?", fragte Usar.

„Norgrim verwahrt sie. Ich gab sie ihm."

„Bring sie mir, Norgrim!"

Dieser verneigte sich vor seiner Königin und ging zum Ende der Halle, um die Schwerter zu holen. Er hatte das Bündel des Elben einfach in eine Nische gelegt. Jetzt hielt er es vorsichtiger als zuvor und breitete es vor Usar aus. Mit Wohlgefallen betrachtete sie die Schwerter. „Was denkst du, Norgrim?"

Der Krieger hob sie, prüfte das Gleichgewicht auf seinen Fingern, schwang jedes von ihnen durch die Luft, ließ seine Hände vorsichtig über die Klingen gleiten. „Sie sind vollkommen, meine Königin."

„Reicht dir dies?", rief Usar der Rätin zu.

„Wenn es euch genügt, meine Königin", antwortete diese schmeichelnd.

Usar nickte zufrieden. „Dann nehmt den Stein!" Zögernd fügte sie hinzu: „Er soll euch Glück bringen mit eurem Wald."

Tief verneigten sich die Elben vor ihr und Fairron ging, um den Stein zu holen. Andächtig hob er ihn auf und eine Träne fiel auf den Kristall. Er zog ein Tuch aus seinem Gewand und schlug es sorgsam darum.

„Ich vermute, dass ihr gleich wieder gehen wollt", empfing ihn Usar, „aber vorher esst und trinkt noch etwas mit mir, dann werden unsere Wächter euch wieder zu den Pferden bringen."

Auch wenn es ihnen schwer fiel, da es sie zum Wald zurückdrängte, wollten sie Usar nicht verärgern. Deshalb blieben sie. Die Schalen der Flammen wurden hinter ihnen wieder gelöscht, mit einem gewaltigen Schlag schlossen die Zwerge das Tor.

Die Wohnhöhlen leuchteten wie große Sterne in den dunklen Felswänden, als sie endlich von Usar entlassen wurden.

Whyen wandte sich an Norgrim. „Wäre es möglich, dass du uns jetzt noch durch den Berg zurückführst?"

„Ihr wisst, dass eher Zeit zum Ruhen ist?", fragte dieser verblüfft. Als er die flehenden Blicke des Elben sah, erbarmte sich Norgrim, trotz seiner Müdigkeit.

Trist und öde verlief der Weg durch die Verlassenheit des Berges. Norgrims Licht wanderte an den grauen Wänden entlang und Adiad meinte manchmal, im Gehen zu schlafen, nur zu träumen, dass sie hinter einem Zwerg den Berg durchquerte.

Die Morgendämmerung war zu erahnen, als sie die halboffene Höhle erreichten.

„Lasst uns die Pferde rufen", sagte Eardin, „ich möchte gleich weiterreiten. Ich spüre einen zunehmende Ruf, wenn ich an Adain Lit denke."

„Mir geht es ebenso", meinte Fairron, „es fühlt sich an, als ob eine eiserne Hand nach meiner Seele greift. Ich spüre, dass wir uns eilen sollten."

Fürst Niblon

Mit einem großen Gefolge seiner Soldaten ritt der Fürst von Evador in Astuil ein und lächelte den Bewohnern der Königsstadt huldvoll zu, während seine Soldaten Münzen unter das jubelnde Volk warfen. König Togar hörte sie schreien, es berührte ihn nicht. Er wusste, dass es erkaufter Jubel war, er kannte die Tricks. Gemächlich stieg er die Stufen zu seinem Turm hinauf. Zwei seiner Soldaten begleiteten ihn. Er hatte nach Bewein rufen lassen und erwartete, ihn noch vor Niblon zu sehen. Hinter ihnen lief die Dienerschaft mit einem Tisch und Stühlen, mit Wein, Krügen und Körben. Er hörte sie stöhnen, den Tisch gegen die Wände schlagen. Sie quälten sich. Er trieb sie an und ging weiter.

Fürst Niblon hatte inzwischen den Platz vor dem Königspalast erreicht. Niblon kannte kaum einen hässlicheren Bau. Kahl und abweisend waren seine Wände, schmucklos seine wenigen Fenster, die durch ihre feige Winzigkeit kaum zu ahnen waren. Zwar wusste er, dass der Innenhof dieses Kastens größere Öffnungen und Fenster aufwies; in seinem Wert stieg er deshalb für ihn nicht. In keinster Weise kam er an die Pracht seines eigenen Palastes heran. Seit er Fürst war, hatte er viel Zeit darauf verwendet, dessen Schönheit zu steigern. Die Bauleute wurden nie fertig, seinen Ideen von neuen Balkonen und Säulen, von Umbauten und prächtigen Innenhöfen nachzukommen. Brunnen und kleine Gärten hatte er verstreuen lassen. Der Berg begrenzte seine Baulust zwar, doch in Richtung der Stadt Evador sah er noch Möglichkeiten. Einige Häuser hätten zu weichen. Er liebte es, am Abend bei einem Krug Wein darüber nachzusinnen. Verdrossen folgte er den Wächtern König Togars in dessen Burg und besah sich angewidert den schmucklosen Hof. Sie führten ihn nicht wie sonst zum Haupttor, sondern daran vorbei in die Ecke, zum Turm. Er machte eine fragende Kopfbewegung.

„Der König erwartet euch auf dem Eckturm!" Der Wächter verbeugte sich und wies auf das kleine Tor.

„Das passt zu eurem König", sagte Niblon ungehalten und folgte dem Mann nach oben.

Bewein war vor ihm auf dem Turm angekommen und betrachtete sich missmutig Togar, der selbstgefällig an der Brüstung lehnte. 'Er will Niblon demütigen, so wie mich', dachte er, 'und er will ihm seine körperliche Schwäche zeigen. Wahrscheinlich wirft er ihn am Ende noch von der Mauer.'

Vor Togar waren mittlerweile der Tisch und die zwei Stühle aufgebaut worden. Neben den Speisen stand ein großer Krug Wein, zwei Becher, jedoch kein Wasser. Togar bemerkte Beweins grimmige Blicke. „Stört dich etwas, Soldat?", fragte er freundlich.

„Es ist nicht das Klügste, ihn von Anfang an zu verärgern, indem Ihr ihn die Treppen heraufjagt", brummte Bewein.

„Ich biete ihm eine ungeahnte Aussicht auf meine Länder. Dazu meinen besten Wein für den Durst, den er sicher haben wird. Ich wüsste nicht, wie ihn das verärgern sollte." Togar lächelte Bewein mit der Unbekümmertheit seiner Jugend an und dieser verstand, warum ihm die Frauen hinterherliefen. Sein Aussehen war stattlich, ein Soldat in der Kleidung des Königs. Und Togar war sich seiner Ausstrahlung durchaus bewusst.

Sie hörten Stimmen und bald keuchte Fürst Niblon durch die schmale Maueröffnung. Wütende Blicke trafen Togar. „Wenn ich gewusst hätte, dass du deinen Thronsaal nun in die freie Luft verlegt hast und dazu noch in den höchsten Höhen, wäre ich in Evador geblieben."

Schwitzend und mit rotem Gesicht stand er vor dem König von Astuil, der überheblich auf ihn herabsah. Bewein hatte Niblon vor drei Jahren das letzte Mal gesehen und erschrak über dessen Veränderung. Der Wein hatte sein Gesicht aufgeschwemmt. Sein Gewand spannte über einem Bauch, der ihn doppelt so dick erscheinen ließ wie bei seinem letzten Besuch. Er wirkte gealtert und krank. Wie immer trug er das geschmackvolle Gewand der Edelleute von Evador und hatte seine schütteren blonden Haare sorgfältig zu einem dünnen Zopf gebunden, den blaue Bänder zierten.

„Setzt euch, Fürst Niblon", sagte Togar freundlich. „Ich wollte Euch nicht außer Atem bringen. Es war mein Wunsch, Euch diese herrliche Aussicht zu bieten. Lasst Euch den Wein munden." Er nickte dabei seinem Leibdiener zu, der Niblon sofort den Becher füllte. „Und lasst Euch die Speisen schmecken, die nur für Euch hier heraufgetragen wurden."

Etwas versöhnter ließ Niblon sich auf den Stuhl fallen. Bewein fuhr zusammen, er befürchtete, der Stuhl würde brechen, doch er hielt. Togar setzte sich neben den Fürsten und sah zu, wie er durstig den Wein herunterkippte.

Niblons Atem wurde allmählich ruhiger. „Was soll die feierliche Anrede, Togar. Ich kannte dich schon als Kind. Und jetzt sag mir, warum du mich durch die Berge nach Astuil jagst."

„Es war eine freundliche Einladung, Niblon. Unsere Städte sind nicht weit voneinander entfernt. Ist es nicht ratsam, von Zeit zu Zeit miteinander zu reden?

Doch zunächst erzähl mir von deiner prächtigen Stadt und von dem noch prächtigeren Palast."

Niblon ließ sich weiteren Wein einschenken und begann zu erzählen. Togar wusste um seine Leidenschaft, und Bewein bewunderte seinen König für sein Gesprächsgeschick. Geduldig ertrug er die lange Rede Niblons über seinen Palast und sämtliche Umbauten.

„Wunderbar hast du dies alles vollbracht, Fürst Niblon!" Anerkennend schlug Togar ihm auf die Schulter, während Niblon sich Wein nachschenken ließ.

„Du regierst beinahe dreimal so lange wie ich und ich schätze deine Erfahrung, Niblon. Du trägst große Verantwortung für deine Stadt und dein Volk. Ich bin zufrieden mit dir!", ergänzte Togar.

Bewein war sich nicht sicher, ob Niblon den Hinweis auf die wahren Machtverhältnisse wahrgenommen hatte. Togar besaß die Banngewalt über das ehemalige Lehen Evador. Durch Erbfolge war über Jahrhunderte ein beinahe gleichberechtigtes Bündnis daraus geworden und Niblon empfand sich als unabhängiger Fürst. Die alten Verträge waren jedoch nicht vergessen, Togar würde im Streitfall skrupellos seine Rechte durchsetzen.

Niblon nickte und seine dünnen Lippen verzogen sich zu einem herablassenden Grinsen. „Du weißt es, Togar, sie sind unfähig, sich selbst zu erhalten. Ohne unsere Führung wären sie verloren."

„Es ist eine große Aufgabe, Niblon. Ebenso wie deine Bauten. Ich werde mir irgendwann deinen Rat einholen, wenn ich meinen Palast umgestalte."

Während Niblon sich bereits begeistert in ersten Vorschläge erging, grinste Bewein vor sich hin. Togar log derart, dass Bewein vor Scham kaum mehr hinhören konnte, doch Niblon schien ihm sein falsches Gerede abzunehmen.

„Du bist ein einflussreicher Fürst geworden, Niblon. Du solltest darauf achten, dass dies auch so bleibt!"

„Was redest du da, Togar? Gibt es Bedrohungen, von denen du weißt? Dann sag es mir!"

„Ich habe gehört, dass deine Dorfbewohner im starken Maße unter den Menschenhändlern leiden."

„Das mag sein, Togar, aber ein paar verschwundene Frauen berühren mich nicht weiter."

„Das sollten sie aber, Niblon. Du trägst Verantwortung für sie. Du bist ihr Fürst. Solltest du sie nicht schützen? Ihnen zeigen, dass dein Arm bei ihnen ist, damit sie sich nicht aus Wut gegen dich erheben?"

Niblon schwieg eine Weile und dachte nach. „Ich dachte, deine Soldaten jagen die Menschenhändler bereits."

„Allein ist meine Macht zu gering. Wir haben ein Bündnis, wir müssen zusammenwirken. Ich brauche deine Unterstützung, Niblon!"

Nachdem Niblon ihn aus seinen roten Augen fragend ansah, fuhr er fort. „Mein Soldat hier weiß, welche Wege sie nehmen." Er wies auf Bewein und dieser schilderte ihm, auf welchen Wegen sie die Menschenhändler verfolgt hatten.

„Das weiß ich bereits", raunte Niblon.

„Dann weißt du sicher auch, was zu tun ist, Fürst", sprach Togar schmeichelnd weiter. „Wäre es nicht ratsam, Lager am Lebein zu errichten und so ihre Wege abzuschneiden? Und dies auf beiden Seiten des Flusses? So könnten deine Soldaten die Menschenhändler abfangen. Die geraubten Menschen wirst du nicht zurückholen können, ohne einen Krieg zu beginnen. Aber du kannst weiteres Rauben verhindern."

„Der Unterhalt von solchen Lagern ist kostspielig, Togar."

„Doch du kannst dein Volk dadurch schützen, Niblon. Und dir ihre Treue erkaufen. Außerdem würden sie deine wahre Größe erkennen. Es mag sein, dass sie ihrem geliebten Fürsten dann auch mehr Platz für seine Bauten geben."

Niblons Augen begannen zu leuchten. Er erkannte in seinem Rausch nicht mehr, dass die Ängste der Dorfbewohner und die Häuser der Städter zwei ganz unterschiedliche Dinge waren.

„Du hast Recht, Togar. Ich bin ihr Fürst und ihr Herr. Und als ihr Fürst werde ich sie schützen! Ich werde diese Lager am Lebein errichten lassen", verkündete er entschieden.

„Und ich werde sie weiter in den freien Landen jagen, Niblon. So tut jeder seinen Teil", ergänzte Togar.

Niblon lachte und schlug Togar freundschaftlich auf den Rücken. „So ist es beschlossen!" Er stand auf und schwankte zur Brüstung, um sich das Land zu betrachten. „Es ist schön von hier oben."

„Dein Land im Süden ist reicher und herrlicher", antwortete Togar und sah dabei mit breitem Grinsen zu Bewein, als er diese weitere Lüge von sich gab. „Nun lass dich zu deinen Gemächern führen, Fürst Niblon von Evador. Ich habe nicht nur Essen und Wein für dich bereitstellen lassen, sondern auch deine anderen Gelüste sollen befriedigt werden."

Das rote Gesicht Niblons leuchtete auf. „Du denkst an alles, Togar!" Er wandte sich an einen der Wächter. „Bringt mich hinunter, aber nicht zu schnell!" Schwankend begab er sich auf den Rückweg.

Togar stand an die Mauer gelehnt und sah ihm nach. Bewein beobachtete ihn und sah, wie sein Mund sich zunehmend in die Breite zog. Und als Togar sicher war, dass Niblon ihn nicht mehr hörte, lachte er laut auf. „Er ist ein solcher Narr. Was für ein selbstverliebter Idiot dieser Niblon doch ist!"

„Euch ging es nur um die Kosten?", vermutete Bewein.

„Ich hatte keine Lust, mich an diesen beiden Wachlagern zu beteiligen. Der Unterhalt meines Heeres ist kostspielig genug. So kann er alleine bluten, in dem Bemühen, die Menschenhändler abzufangen. Und ich bleibe dabei, das zu tun, was ich immer tat, was nicht viel sein wird, wenn er sie vorher abfängt. Alle Mühen und Kosten für ihn und nichts davon für mich! Außerdem muss er sich alleine mit den Zwergen herumärgern, wenn er nicht weit von ihnen sein Lager errichtet. Es ist unglaublich, dass dieser schwachsinnige Säufer dies nicht bemerkte und mir auch noch dankbar war." Immer noch belustigt sah er zu Bewein. „Zufrieden, Soldat? Du bekommst alles, was du wolltest!"

„Zufrieden, mein König", antwortete Bewein.

Erdenkräfte

Warm dampften die Pferde unter ihnen, zügig ritten sie in Richtung der Furt. Der Tag verging mit wenigen Augenblicken der Rast.

„Wir könnten die Pferde im Dunkeln weiterführen", rief Whyen mit müder Stimme, als die Sonne verschwand. Auch ihn hatte tiefe Unruhe ergriffen.

Der abnehmende Mond erhellte das Land nur wenig, als sie von den Pferden stiegen. Adiad hielt sich am Sattel fest und lehnte sich erschöpft gegen die Flanke ihres Pferdes. Sie meinte, nicht mehr laufen zu können und bemerkte einen leichten Schwindel, aber sie wollte nichts sagen.

Sanft legten sich Eardins Arme um sie, sie spürte seinen Atem, seinen warmen Körper an ihrem Rücken. *„Ich halte dich, mein Stern, wir werden nicht weiter gehen, sondern ein wenig ruhen."*

Fairron und Whyen holten die Decken, Eardin nahm Adiad behutsam auf seine Arme und legte sie ins Gras.

„Es geht bald wieder", flüsterte Adiad.

Eardin legte sich neben sie und deckte sie zu. Sie spürte noch seine warme Hand auf ihrer Wange, als sie schon einschlief.

Er weckte sie mit einem Kuss. *„Der Mond ist schon verschwunden, Adiad. Wir reiten weiter!"*

Alles tat ihr weh. Sie hörte Fairron aufstöhnen. *„Ich weiß nicht, ob ich schon einmal so lange ohne Pausen unterwegs war, wie in den letzten Tagen."*

Im Dunklen führten sie die Pferde und stiegen auf, sobald der Tag wieder Farbe in die Landschaft brachte. Im Reiten sangen sie den Gruß an den Morgen.

Pferde und Reiter waren an ihren Grenzen, als Dodomar zwei Tage später vor ihnen auftauchte.

Plötzlich hielt Fairron inne. Seine Augen weiteten sich. *„Es beginnt!"*

Morgendunst bedeckte die Graslandschaft östlich des Elbenwaldes. Die ganze Nacht hatte ein Teil der Krieger gewacht. Am Morgen legten sie sich nieder; andere übernahmen die Wache. Entlang des gesamten Waldrandes standen sie verteilt. Am Lebein, im Norden, in den Hügeln. Vier Magier hatten ihr Lager ebenfalls am östlichen Waldrand aufgeschlagen. Eine Ahnung hatte sie am Vortag hierher geführt. Unerträgliche Anspannung lag über Adain Lit, seit die Magier aufgebrochen waren.

Awaidan, der nördlich vom Tor der Wächter seinen Platz hatte, sah sie zuerst. Gestalten, die sich wie bleiche Flussgeister aus dem Nebel des weit entfernten

Lebeins schälten. Sofort nahm er das Horn und gab das vereinbarte Signal. Kälte durchfuhr die Herzen der Elben, als sie es hörten. Bangend hatten sie es erwartet. Als es kam, brauchten sie einen Moment, die Endgültigkeit zu erfassen. Weitere Gestalten erschienen. Wesen, deren Bosheit die Luft mit Missklängen erfüllte. Von Süden kamen sie heran, auch über das weite Land, das zum Lebein führte. Die Elbenkrieger schwangen sich augenblicklich auf die Pferde und ritten ihnen entgegen.

Wenig später schlugen die ersten Schwerter aufeinander, Schreie waren zu hören. Die Krieger hatten die Naga erreicht. Immer mehr der Gestalten kamen vom Fluss, sie landeten mit Booten an. Von Norden her waren mittlerweile die schlagenden Hufe von Elbenpferden zu hören, weitere Krieger nahten dem Ort des Kampfes.

Eine Flut der Schlangenmenschen ergoss sich jetzt über die südliche Grasebene vor Adain Lit. Pfeile flogen auf beiden Seiten und Klingen trafen erbarmungslos aufeinander. In dem Aufruhr des Kampfes versuchten die Elben, den Schlangenpriester zu finden. Es gelang ihnen nicht. Die Pferde stoben durch die Naga, die Elben hieben mit ihren Schwertern auf die Angreifer ein. Wie reifes Getreide fielen die Naga um sie herum. Schreie und Pferdegetrampel, Rufe und Schläge von Eisen überzogen das Land vor dem Lebein.

Lerofar kämpfte in der Nähe von Amondin. Beide schlugen sie von den Pferden aus, versuchten dabei, den Priester zu erspähen. Doch sie sahen nur Elben, Pferde und Naga in unübersehbaren Kampfgewühl.

'Zu wenig Widerstand, es geht zu schnell', dachte Lerofar mit bangem Herzen.

Die Sonne erhob sich über dem Blut der Naga. Erschlagen lagen sie im Gras der Uferlandschaft. Der aufsteigende Nebel offenbarte eine Gestalt: Wie auf einer Insel stand der Priester inmitten des Schlachtfeldes, umgeben von mehreren Naga. Er war gehüllt in den dunklen Umhang aus Schlangenhaut und hatte die Kapuze weit über das Gesicht gezogen. Unbemerkt hatte er sich nähern können und den Kriegern wurde endgültig bewusst, dass der erste Angriff nur vom Priester hatte ablenken sollen. Er hatte ihnen die Schlangenwesen als Opfer seiner Pläne wie Schlachtvieh vor die Schwerter geworfen. Der Platz, auf dem der Schlangenpriester stand, hatte die Breite einer Baumkrone. Rings um diese feste Fläche brodelte bereits das Erdreich. Die Elbenkrieger, die in der Nähe des Priesters waren, verharrten entsetzt. Noch nie hatten sie solchen Erdzauber erblickt. Lehmige Brocken bewegten sich, wie lose Eisschollen auf einem winterlichen Fluss.

Gleichzeitig stieß der Boden heiß dampfende Blasen aus. Die Erde war im Aufruhr wie ein kochender Sumpf.

Der Blick des Priesters ruhte auf dem Elbenwald. Geschützt von seinem Umhang hielt er ein Gefäß. Er sprach Worte. Blut tropfte aus seinem Arm. Auch die Naga hatten Gefäße und ließen ihr Blut auf die Erde tropfen. Keilförmig fraß sich kurz danach der kochende Boden auf die fassungslosen Elbenkrieger zu. Sie spannten ihre Bögen, schossen mit Wucht ihre Pfeile. Sie prallten ab. Unerreichbar und unverletzbar standen der Priester und die Naga auf ihrer Insel. In ihrer Hilflosigkeit wichen die Krieger zurück, während sich immer mehr von ihren Brüdern bei ihnen einfanden. Die erste Schlacht war zur Ruhe gekommen, den Kampf gegen den Schlangenpriester zu beginnen, schien unmöglich.

Immer weiter kochte das Erdreich um ihn. Immer weiter wichen die Krieger zurück. Sie hatten versucht, diesen Ring der Verwüstung zu betreten, ihre Füße waren im Boden versunken. Sie wären von der Erde verschluckt worden.

Als Mellegar mit drei anderen Magiern die zurückweichenden Elbenkrieger erreichte besahen sie sich nur kurz das schaurige Schauspiel, dann stellten sie sich nebeneinander, erhoben ihre Hände wie zur Abwehr. Laut begannen sie, dem Erdzauber starke Worte ihrer Magie entgegenzuschleudern und das Brodeln verlangsamte sich. Weniger schnell kroch es dem Wald zu. Hoffnungsvoll beobachteten die Krieger das Erdreich. Doch bald mussten sie erkennen, dass die Magier es nur verzögern konnten. Es gelang ihnen nicht, die zunehmende Zersetzung zu beenden.

Elthir sah in Richtung Wald. *„Ein halber Tag, höchstens, dann hat es die Bäume erreicht!"*

„Holt die anderen Magier", schrie einer.

Inzwischen dröhnte der Wald unter der Wucht von Pferdehufen. Die meisten der Elben, die im Wald geblieben waren und die restlichen Magier waren auf dem Weg zum Lebein. Sie hatten, nachdem sie das Horn gehört hatten, die Kraft der Blutmagie gespürt und waren diesem Ruf gefolgt. Ein Großteil des Elbenvolkes sammelte sich wenig später an den östlichen Rändern von Adain Lit. Sie hörten das Brechen der Erde, sie spürten die Kraft des Priesters. In der Ferne sahen sie ihre Krieger zurückweichen. Erstarrt in ihrer Hilflosigkeit standen die Elben unter ihren Bäumen, während das Geräusch aus Erdengeschrei und Elbenrufen sich ihnen unaufhaltsam näherte.

In vorderster Front waren die Krieger bei den Magiern geblieben. Alles, was ihnen blieb, war, sie zu halten. Sie achteten auf sie, während sich das Erdreich weiter vor ihnen öffnete, führten sie, wenn ihnen der aufreißende Boden zu nah kam.

Mellegar legte alle seine Kraft in die Worte. Neben ihm wusste er die Magier des Hochlandes, den der Feandun, ebenso wie alle seines Volkes. Er nahm sie kaum noch wahr. Ab und zu spürte er Hände auf sich, die ihn sanft rückwärts führten. Vor sich hörte er das Geräusch berstender Erde. Wieder hatte sich das Aufbrechen der Erde verlangsamt, doch es ließ sich nicht aufhalten. Es ließ sich trotz all ihres Bemühens nicht beenden. Er sah zum Schlangenpriester. Unbeweglich stand er neben den Naga. Kein Blut tropfte mehr aus seinem Arm, doch die Erde öffnete sich weiter. Es war Mellegars Hoffnung gewesen, dass der Erdzauber an das fließende Blut gebunden war. Bestürzt erkannte er, dass dem nicht so war.

Auch Darien sah es. *„Es frisst sich weiter!"*, schrie er Mellegar zu.

Dieser nickte nur und widmete sich wieder seiner Magie.

ϕ

Er sah die Panik und Hilflosigkeit dieses verfluchten Volkes und weidete sich daran. Er hörte die Worte ihrer Magier und wusste, dass sie ihn nicht aufhalten würden. Und er genoss das erregende Gefühl der Macht, den süßen Geschmack der Rache. Die Kraft seiner Blutmagie war stärker als sämtliche Zauberkräfte der Elben. Seine Magie würde ihren Wald zerstören! Die Erkenntnis schoss durch sein Blut wie starker Wein. Er erschauderte, als er es spürte: Das berauschende Gefühl der Allmacht.

„Ich bin der Gott eures Untergangs!", schrie er. Nochmals griff er in sein Gefäß, warf das feine Gemisch auf den Boden. Zermalmte Knochen und getrocknetes Blut. Ihr eigenes Blut würde ihnen die Vernichtung bringen! Ein höhnisches Lächeln zuckte über seine Mundwinkel. Wieder schnitt er sich mit dem schwarzen Messer in den Arm, sah seinem Saft zu, wie er auf den Boden tropfte. Er bemerkte, dass die Naga neben ihm es ihm gleich taten. Ein wenig Blut sollte reichen. Er wollte die Vernichtung, ohne eigene Schwäche, bis zum Ende beobachten. Laut begann er die Worte des Buches, die grollenden Laute der Erde zu wiederholen, während er sich mit einem Tuch die Blutung zupresste. Wenige Worte, in ständigen Gleichklang gesprochen. Sie trieben die Vernichtung dem Wald entgegen. Er bemerkte, wie das Brodeln stärker wurde, sah die Magier dieses verwünschten Volkes weiter zurückweichen. Deond schrie auf, vor Glück und Lust an seinem Werk. Alle würde er vernichten! Und damit den Tod seines Bruders rächen. Der Boden sollte sie allesamt verschlingen. Niemand könnte ihn dann noch aufhalten!

♈

Am frühen Nachmittag erreichte die Zerstörung den Wald von Adain Lit. Donnernd näherte sich der kochende Boden den ersten Wurzeln, während sich einige Elben an den Stämmen festhielten. Verzweifelt klammerten sie sich an ihre Bäume. Bereit, mit ihnen zu sterben.

„*Lasst sie los!*", schrie Aldor mit all seiner Kraft, „*bitte lasst sie doch los und weicht zurück!*"

Mit einem lauten Aufschrei wurde eine Elbenfrau von dem ersten Baum umgerissen und erschlagen. Entsetzt ließen viele die Bäume los. Andere jedoch blieben, hielten standhaft weiter die Stämme umschlungen. Mit knirschenden Geräuschen zersetzte der Blutzauber des Priesters die Wurzeln, ließ den Boden unter den Bäumen in die Höhe fahren. Unter den fassungslosen Blicken der Elben fiel eine alte, mächtige Eiche dem brodelnden Erdreich entgegen. Ein Schrei war dabei zu hören, der nicht aus Elbenmund stammte. Nicht nur die Vögel und Wiris schrien. Das Entsetzen hatte den Wald erfasst. In der Tiefe ihrer Herzen hörten die Elben das Brüllen und Heulen ihrer Geistbegleiter und sie spürten ihre Angst. Ein Kreischen aus anderen Welten fuhr durch die Baumkronen und breitete sich über ganz Adain Lit aus. Die Seelen des Waldes schrien und im selben Moment verließ das silberne Leuchten die Bäume. Einige der Elben fielen in ihrem hilflosen Grauen weinend auf ihre Knie, während andere verzweifelt versuchten, sie von dem aufbrechenden Boden und den fallenden Bäumen wegzuziehen.

Arluin spürte wie das Licht nicht nur den Wald, sondern ihn selbst verließ. Gefangen in seiner Ohnmacht stand er neben den Elben der Kräuterhalle und weinte. Er erkannte, dass die Magier diese Zerstörung nicht beenden konnten und hörte die entsetzlichen Schreie ihres Waldes. Ein Schaudern erfasste sein Herz, wie er es selbst bei den Menschenhändlern nicht empfunden hatte. Es war die Angst vor der vollkommenen Vernichtung seines Heimatwaldes. Seines Volkes.

Die Magier waren inzwischen in den Wald zurückgewichen, ohne Unterlass bemüht, die Zerstörung zu verlangsamen. Doch sie breitete sich weiter über dem Elbenwald aus. Unaufhaltsam. In einem großen Gebiet lagen die gefallenen Bäume schon übereinander und der Boden öffnete sich weiter.

Lerofar hatte seinen Arme um Aldor gelegt. Sein Vater weinte Tränen der Verzweiflung. *„Sie kommen nicht mehr, Lerofar. Unser Wald, unser Lebensquell stirbt! Es ist zu spät."*

„Es ist immer noch möglich, Vater, der Wald ist nur am Rande zerstört."

„Der Tod frisst sich zu unseren Häusern, Sohn! Am Abend erreicht er das Herz von Adain Lit."

Lerofar sah in Richtung Süden. Kurz glaubte er vier Reiter zu sehen, es war nur ein Trugbild.

Wieder erklang der Todesschrei eines Elben. Das entsetzliche Knirschen und Schlagen der sterbenden Bäume setzte sich fort. Mächtige Wurzeln rissen aus der Erde und fuhren nach oben, große Baumkronen schlugen hernieder, Äste brachen und splitterten. Der Boden brodelte und brach. Wie auf großen Wellen schwammen darauf die gefallenen Bäume. Platzende Erdblasen spien Dämpfe in die Luft. Erneut schlugen mehrere dicke Buchen donnernd zu Boden und die Elben wichen völlig verstört weiter zurück.

„Die Bäume fallen!", rief Fairron und trieb sein Pferd an.

Im rasenden Ritt folgten sie ihm. Dodomar lag hinter ihnen. Sie alle hörten das Todesheulen ihres Waldes in sich. Und sie fühlten die Verzweiflung ihres Volkes in einer Stärke, die ihnen die Tränen in die Augen trieb. Eardin schrie vor Entsetzen, als Adain Lit vor ihnen auftauchte.

Blätter und Holzstücke wirbelten durch die Luft, dröhnend stürzten die Bäume, das Licht war einer kalten Düsternis gewichen, der stille Gesang Adain Lits, zu einem tosendem Kreischen geworden. Nie gehörte Todesschreie vereinten sich mit dem Weinen und Stöhnen der Elben zu einem entsetzlichen Chor.

Lerofar erstarrte, als er sie sah. Dann stürmte er auf sie zu und rief noch im Laufen: *„Habt ihr den Stein? Bitte sagt mir, dass ihr ihn habt!"*

„Wir haben ihn! Bring uns zu den Magiern!", rief Eardin.

Lerofar rannte zu seinem Pferd und ritt ihnen voraus. Ihre Pferde flogen über Wurzeln und Äste, rasten um die Stämme. Lerofar sprang noch im Ritt vom Pferderücken. Ungläubig sahen die Elben sie kommen und wichen ihnen aus.

„Gebt acht!", hörten sie einen Schrei und sprangen zur Seite. Die Krone eines Baumes krachte in ihrer Nähe zu Boden. Eine unglaubliche Verwüstung hatte sich breit gemacht, mitten darin standen die Magier, umringt von vielen der Elben.

Den Stein an sich geklammert, sprang Fairron über einen liegenden Stamm, über Äste und Zweige. *„Ich hab den Stein!"*, schrie er, während er lief.

Mellegar sah auf und schwankte vor Erschöpfung und Freude, als er Fairron mit dem Bündel sah. *„Gib ihn mir!"*
Hastig wickelte Fairron den Kristall aus den Tüchern.
Mellegar nahm ihn, schloss kurz die Augen und nickte den anderen Magiern zu. *„Kommt weiter in den Wald!"*
Andächtig legte er den Stein auf den Boden. Im Halbkreis versammelten sich die Elbenmagier um ihn und fassten sich an den Händen. Das Zerbersten des Bodens beschleunigte sich und die Krieger beobachteten mit sorgenvollen Mienen, wie weitere Bäume in der Nähe der Magier fielen. Sie hatten sich direkt hinter ihnen aufgebaut, bereit, sie sofort von dem Platz wegzureißen.
Adiad stand neben Eardin unter einer dicken Esche. Der Elb hielt sie umfasst, während er erschöpft am Stamm lehnte und fassungslos auf die Zerstörung sah. Die Stimmen der Magier wurden lauter. Vor ihnen lag dunkel der Kristall am Boden. Adiad bemerkte das schwache Licht, das in ihm erwachte. Es wurde stärker und heller, bald war es derart gleißend, dass sie die Augen davon lösen musste. Das Licht des Kristalls erfasste das Erdreich, immer schneller breitete es sich aus und floss dem berstenden Waldboden entgegen. Als es die kochende Erde erreicht hatte, hielt Adiad den Atem an. Dann sah sie, wie die dampfenden Blasen weniger wurden und die Verwerfungen flacher. Es wirkte, als ob das Feuer unter dem kochenden Erdtopf herausgenommen wurde. Der Fraß des Bodens hörte auf, während das Licht des Steines weiter strahlte. Die Helligkeit wanderte unter den gefallenen Bäumen hindurch und erreichte das zerborstene Grasland, das aussah wie von Riesenhänden zerwühlt. Weiter gleißte das Licht, über die Schollen, dem Ursprung der Vernichtung zu.
Stumm verharrten die Elben am aufgerissenen Rand ihres Waldes, vernahmen das Abklingen der mahlenden Geräusche und sahen keine weiteren Bäume mehr fallen. Der helle Schein schien die Ebene bis zum Lebein erfasst zu haben. Adiad meinte, die Sonne aus dem Fluss aufsteigen zu sehen und vermochte nur mit vorgehaltenen Händen in die Richtung zu blinzeln. In dem Gleißen ertönten plötzlich Schreie. Ein kurzes Aufflammen war zu erahnen, dann war nur noch das Licht und Stille wahrzunehmen.

φ

Ungläubig hatte der Priester das Licht auf sich zurasen sehen. Seine Erregung, die er bei den Schreien der Elben empfunden hatte, verschwand und sein Lächeln erstarrte. Er sah es, doch er wollte es nicht wahrhaben: Der Erdzauber verebbte, der Boden beruhigte sich.

Tief schnitt er sich in den Arm und schrie die Naga an, es ihm gleich zu tun. Sein Blut schoss hervor, als das Licht ihn erreichte. Das letzte was er hörte, waren die Schreie der Naga, das letzte, was er empfand, eine glühende Hitze.

Erschütterte Seelen

*D*as strahlende Licht verließ allmählich das Land und wanderte wieder zurück in den Stein. Kurz danach sanken die Magier erschöpft zu Boden. Adiad hatte sich von Eardin gelöst. Gemeinsam mit den anderen Elben standen sie am Rande der Verwüstung. Unmengen alter Bäume lagen zerborsten übereinander.

„*Einige ließen nicht von ihnen*", flüsterte Lerofar, „*sie liegen noch darunter.*"

Dann schloss er sich der Suche an. Mehrere Elben konnten lebend unter Ästen und Zweigen hervorgezogen werden und wurden zu den Magiern gebracht. Für andere Angehörige ihres Volkes gab es keine Hilfe mehr. Sie waren in der Liebe zu ihren Bäumen mit ihnen gestorben.

„*Lasst uns für die Toten und die Seelen der Bäume singen*", hörten sie Aldors laute Stimme.

So sangen die Elben Lieder der Trauer, aber auch Gesänge der Heilung. Der Wald aber schwieg, die Stimmen des Waldes vereinten sich nicht mit ihrem Gesang.

„*Was geschieht mit den Seelen der Bäume?*", flüsterte Adiad, als die Lieder verklungen waren.

„*Ich hoffe, dass sie alle ihre Wege finden*", sagte Eardin. „*Als ihre Bäume fielen, umgab die starke Macht der Blutmagie ihr Wesen. Die Lieder der Heilung waren für die suchenden Seelen der Elben.*"

Mit seiner eigenen Betäubung kämpfend, sah Aldor auf sein Volk, spürte ihre Trauer, ihre Verstörtheit. So rief er ihnen laut und mit liebevoller Stimme zu: „*Es ist vorbei! Die Zerstörung von Adain Lit wurde aufgehalten. Der Wald wird wieder wachsen! Sein Zauber sich wieder erneuern. Und ich bin sicher, dass auch die Seelen ihren Weg finden! Lasst uns die Toten bergen und für sie singen. Beldunar, bitte reitet zum Lebein. Seht nach, ob der Priester wirklich tot ist. Nehmt einen Magier mit! Nun lasst uns zurückkehren und dankbar dafür sein, dass wir dies noch vermögen.*"

„*Komm, Adiad, lass uns heimgehen. Es ist ein Geschenk des Schicksals und der lichten Mächte, dass wir heimgehen dürfen.*"

In unendlicher Erschöpfung ließ sich Adiad auf das Bett fallen. Sie war unfähig zu schlafen. Ruhelos starrte sie an die Decke. Sie ahnte an Eardins Atmen, dass er auch noch nicht schlief.

„*Ich fühle mich, als ob ein Stück aus meiner Seele gerissen wurde*", flüsterte er, „*ich habe noch nie in diesem Ausmaß empfunden, dass Adain Lit und wir Elben derart zusammengehören. Ich denke, ohne diesen Wald könnten wir nicht weiterleben.*"

Es dauerte lange, bis ihre aufgewühlten Gemüter zur Ruhe kamen und die Erschöpfung sie in einen tiefen Schlaf führte. Sie verschliefen auch die morgendlichen Gesänge der Elben, die nur zögernd von den Stimmen des Waldes aufgenommen wurden. Die Erstarrung eines Gräberfeldes war über Adain Lit gekommen und die Elben ahnten, dass es lange dauern würde, bis die Seele des Waldes wieder heilte.

Es war beinahe Mittag, als Adiad Eardin zum See folgte. Dort trafen sie Whyen, der tropfend aus dem Wasser stieg. Er lächelte ihnen zu. *„Ich warte auf euch, lasst uns dann gemeinsam essen und danach zu Aldor gehen. Ich mag heute nicht alleine sein."*

Adiad küsste ihn auf die nasse Stirn. Dann sprang sie kopfüber ins Wasser, um so lange es ging unten zu bleiben. Über sich sah sie das verzauberte Glitzern der Sonne und an ihrem Körper spürte sie die belebende Kälte des Sees. Prustend tauchte sie auf und drehte sich auf den Rücken, um mit sanften Bewegungen auf dem Wasser zu liegen. Ihrer Erschöpfung folgend, schloss sie die Augen, fühlte den Tropfen nach, die über ihr Gesicht liefen und versuchte, wieder zu sich zu finden.

Eardin beobachtete sie, während er in ihrer Nähe schwamm. Er konnte nicht anders, als zu ihren Brüsten zu sehen, die sich klar unter dem nassen Hemd abzeichneten. Kurz sah er zu Whyen und nahm wahr, dass er sie ebenfalls beobachtete. So wollte er zunächst zu ihr schwimmen und sie wieder unter Wasser ziehen, aber er vermochte es nicht. Aufseufzend gab er sich weiter ihrem lebendigen Anblick hin und genoss es ebenso wie die Frische des Wassers und die Wärme der Sonne. Und er ließ es Whyen ebenfalls tun. Tränen der Dankbarkeit liefen ihm über die Wangen für das Geschenk, diesen Morgen wieder am See zwischen den Bäumen verbringen zu dürfen.

„Ich freue mich so, euch zu sehen! Ich werde die Magier rufen. Wir haben gewartet, wir wollten euch noch ruhen lassen."

Aldor empfing sie in seinem großen Wohnraum. Lächelnd ging er zu jedem von ihnen und umarmte sie lange. Mellegar kam und zog sie freudig an sich, ebenso wie Lebond und die übrigen Magier. Einige weinten. Die Erschöpfung des Kampfes und der Schatten des Entsetzens lagen auf ihren Gesichtern, ebenso wie bei allen anderen, die sie an diesem Morgen gesehen hatte. Es hatte den Anschein, dass die Elben allmählich aus einem Albtraum erwachten.

„Ich hätte es kaum für möglich gehalten", sagte nun Darien, einer der Hochlandmagier, *„ihr habt tatsächlich den Kristall bei den Zwergen gefunden. Ich würde nun gerne die Geschichte darüber erfahren!"*

Ausführlich erzählten sie alles, jedoch schwiegen sie über die Halle.

„Und wo genau verbargen sie den Stein?", hakte Mellegar nach.

„Wir haben versprochen, nicht darüber zu reden", antworte Fairron, *„es tut mir leid, denn ich merke deine Neugier, Mellegar. Ich kann dir nur soviel sagen: deine Vermutung war richtig. Der Stein war ursprünglich bei den toten Schlangen und anscheinend fanden die Zwerge dort noch mehr. Hätte ich sie weiter gefragt, wären wir ohne den Kristall nach Adain Lit zurückgekehrt."*

„Es war sicher nicht einfach?", fragte Aldor.

„Wir bekamen ihn erst, als Adiad sich vor die Königin kniete und wir es ihr gleichtaten."

Mellegar lächelte ihnen zu und wandte sich danach an alle: *„Ich möchte nicht sagen, dass es ein Tag der Freude ist, denn unser Wald wurde angegriffen. Diese Verletzung seiner Seele braucht Zeit und viel Liebe um zu heilen. Und auch unsere Seelen brauchen Zeit. Was ich empfinde ist eine große Dankbarkeit, aus der die Freude erwachsen wird. Dankbarkeit darüber, dass wir weiter hier in der Verbundenheit mit unserem Wald und unserem Volk leben können. Dankbarkeit gegenüber den anderen Elbenvölkern, für ihre brüderliche Hilfe. Und Dankbarkeit euch Vieren gegenüber, dass ihr es vermocht habt, diesen Kristall bei den Zwergen zu erlangen!"*

Adiad ließ endgültig ihre Tränen fließen und sie bemerkte, dass sie nicht allein war. Ihre Seelen brauchten wirklich noch Zeit.

Die Toten waren begraben, die ersten Vögel fanden wieder ihre Lieder und erinnerten mit ihrem Gesang an heilere Zeiten. Norbinel wollte sich gemeinsam mit den anderen Elben der Feandun, des Waldes annehmen. Nachdem sie sich das Trümmerfeld aus Bäumen und Wurzeln eine Weile erschüttert betrachtet hatten, ließen sie ihre Schöpfungsmagie hineinfließen. Sie konnten keine großen Bäume wachsen lassen, doch es war ihnen möglich, das Wachstum zu beschleunigen. Bald zeigten sich die ersten kleinen Baumtriebe zwischen den liegenden Stämmen.

Und Mellegar fand allmählich wieder Ruhe, um über Thailit nachzudenken. Er nahm sich Zeit, ging lange in den Wald, dachte daran, wie Thailit früher gewesen war und wie sehr sie sich verändert hatte, besprach sich mit den anderen Magiern und mit Aldor. So fand er schließlich zu einer Entscheidung.

Mit versteinertem Gesicht stand Thailit neben Aldor, als sie sich schließlich im Elorn des Ratsvorsitzenden zusammenfanden. Sie sah ihre Söhne neben ihren Gefährtinnen stehen und sandte Adiad hasserfüllte Blicke.

Der hohe Magier hatte sich vor ihr aufgebaut und betrachtete sie mit unbeweglicher Miene. *„Ich habe mir dies nun lange genug angesehen, Gefährtin von Aldor. Ich beobachtete nicht nur, wie sehr du Adiad ablehnst. Ich sah, wie du sie nicht wahrnehmen wolltest, wie du ihr vermittelt hast, minderwertig zu sein. Und ich hörte unfreiwillig auch deine Worte, die du vor einiger Zeit zu ihr gesprochen hast."*

Thailit erstarrte. *„Du hast mich belauscht?"*

„Ich war an meiner Tür und konnte nicht anders, als dich zu hören. So vernahm ich, dass du sie als unwürdige Kreatur bezeichnet hast und ihr drohtest, sie und Eardin auseinander zu bringen. In welcher Weise du dies schließlich auch versucht hast, ist ungeheuerlich, Thailit. Es ist ein schweres Vergehen, diese dunkle Magie zu benutzen und du wusstest das! Es ist ebenfalls unfassbar, was du damit beabsichtigt hast. Du wolltest einer Elbin unseres Volkes in einer Weise schaden, die ich weder verstehen noch verzeihen kann."

Thailit schwieg zornig.

Mellegar suchte in ihren Augen, seufzte kurz und fuhr dann sachlich fort: *„Du hast zu Adiad gesagt, dass sie unwürdig ist - doch du bist es, Thailit. Du bist nicht mehr würdig, unter uns zu leben. Ich kann dich hier bei uns nicht mehr dulden!"*

Beklemmende Stille erfüllte den Raum, während Thailits Gesicht eine Mischung aus Unglauben und Entsetzen bot. *„Das kannst du nicht tun, Magier. Das wagst du nicht!"*

„Du weißt, dass ich das kann. Auch wenn du es anders empfindest, gehörst du dem hohen Rat nicht an. Du bist ein Elb wie jeder andere unserer Gemeinschaft und ich kann dich aus dieser Gemeinschaft ausschließen."

Thailit wich verstört zurück, fiel auf ihren Stuhl. *„Aldor, bitte sag etwas, hindere ihn daran!"*

Doch Aldor schwieg.

„Steh bitte auf!", sagte Mellegar hart und Thailit erhob sich widerwillig, um mit versteinertem Blick ihr Urteil zu erfahren.

„Ich verbanne dich hiermit für unbestimmte Zeit aus Adain Lit. Du wirst mit den Hochlandelben reiten. Sie sollen entscheiden, wann du zurückkehren darfst. Es kann eine Zeit der Läuterung für dich sein, Thailit. Es mag aber auch sein, dass du nie zurückkehrst, wenn du nicht bereit bist, dich zu ändern und einzusehen, welche Verbitterung über dich gekommen ist. Dein Herz ist verstrickt im Dunklen, Elbenfrau. Es ist nicht Adiads Seele, die in vielem an einen schlechten Menschen erinnert, sondern deine. Und so schadest du unserem Wald, wenn du bleibst. Versuche zur Ruhe zu kommen, dich deinen Schatten zu stellen, Thailit. Die Liebe zu deinen Söhnen hat sich ins Gegenteil gekehrt und hat den Hass, das Dunkle genährt. Du bist gefangen in deinen Abgründen! Sieh sie dir an, deine Schatten, Thailit! Und lass dich ansehen, lass dir helfen! Die Magier des Hochlands haben versprochen, über dir zu singen und sich deiner Seele anzunehmen. Jedoch braucht es auch deine Bereitschaft und deine Offenheit dafür. Du hast wenige Tage, um Abschied zu nehmen, sie werden bald wieder in den Norden reiten."

Thailit hatte dies alles gehört, ohne eine weitere Regung zu zeigen. Jetzt verbeugte sie sich, drehte sich um und ging.

Als auch Mellegar den Raum verlassen hatten, wandten sich Eardin und Lerofar ihrem Vater zu. Er saß weinend auf seinem Stuhl.

„Mellegar hat Recht!", sagte er, „es ist zu ihrem Besten. Ich habe ihre Verbitterung und ihre Härte schon lange gespürt. Wenn ich mit ihr redete, verschloss sie ihr Herz. Es ist richtig, dass sie geht. Doch ich hoffe, dass sie wieder zurückkehrt. Auch wenn es unglaublich scheint, ich liebe sie immer noch!"

„Ihr Geist ist im Dunkeln, Vater", sagte Eardin vorsichtig, „wenn Mellegar nichts gesagt hätte, dann hätte etwas anderes geschehen müssen. Ich wollte nicht gehen, wie Lerofar es getan hat, doch hätte ich so auch nicht weiter bleiben können. Ihre Seele wird heilen, Vater."

Sein Vater nickte und Eardin umarmte ihn liebevoll.

Keiner der Elben hatte je erlebt, dass jemand aus ihrem Volk verbannt worden war. Ungläubig sahen sie deswegen Thailit mit den Hochlandelben vom Platz reiten. Der Blick von Eardins Mutter ging verbissen geradeaus. Kein Gruß oder Wort des Abschieds kam über ihre Lippen, denn sie fühlte sich missverstanden und im Innersten gekränkt. Ihr graute vor dem Ritt, missbilligend sah sie zu den Magiern des Hochlands. Sie hatte kein Bedürfnis, nur ein Wort mit ihnen zu sprechen. Ihr Zorn richtete sich gegen diejenigen, die sie in diese demütigende Rolle gezwungen hatte. Mellegar, der es gewagt hatte, sie zu verurteilen.Aldor, der dazu geschwiegen hatte. Und vor allen Adiad, der ursprünglichen Ursache allen Übels. Wütend sah sie sich noch einmal um. Sie wollte sie ihre ganze Verachtung spüren lassen, doch sie entdeckte sie nicht. So starrte sie wieder auf den Pferdehals vor sich, während sie die Häuser ihres Volkes hinter sich ließ.

Ein Mondenlauf war vergangen, der Herbst hatte endgültig in den Wald gefunden. Bronzefarbene Lichtfäden schmückten die bunten Blätter. Die letzten Früchte der Bäume wurden geerntet und die Gemüter der Elben hatten sich wieder ein wenig beruhigt. Jeden Tag besuchten einige die große Wunde des Waldes, um darüber zu singen und ihm ihre Magie zu schenken. Und die Seele von Adain Lit begann allmählich wieder in der alten Weise zu schwingen.

Eardin saß still auf der Bank über den Obstgärten und dachte an seine Mutter. Er kämpfte immer noch mit seinen Schuldgefühlen. Er hätte es gar nicht so weit kommen lassen dürfen. Lerofar war zwar der Meinung, dass nichts ihre Mutter hätte ändern können, und Eardin ahnte, dass er Recht hatte, trotzdem überlegte er lange, ob er etwas falsch gemacht oder versäumt hatte. Schließlich atmete er durch, denn er spürte: Er war erleichtert darüber, dass Mellegar so entschieden hatte. Er ließ es für sich offen, seine Mutter in einigen Jahren zu besuchen. Im Moment wollte er sie nicht mehr sehen. Er wünschte sich nach allem, was geschehen war, Ruhe für seine Seele.

So legte sich Gleichklang über das Volk der Elben und sie waren sich dieser Gnade bewusst wie noch nie. Fallende Blätter tanzten ihren herbstlichen Reigen und Adiad widmete sich wieder dem Schwertkampf. Außerdem hatte sie ihr Vorhaben mit der Elbin der Kräuterhallen nicht vergessen. Sie mochte diese zarte Elbin, sie redete gerne mit ihr. Meilin trug die Kräuter auch in ihrem Wesen. Sie strahlte Ruhe aus, Vertrauen in das Leben und in seine heilenden Kräfte. 'Sie passt zu Fairron', dachte sich Adiad und nahm sie eines Tages mit sich, um in der Nähe der Magierhäuser spazieren zu gehen

Der geplante Zufall führte sie zu Fairron, der verblüfft von seinen Büchern aufsah, als Adiad mit Meilin in der Tür stand.

„*Hast du etwas zu trinken für uns, Fairron?*", fragte Adiad mit unschuldigem Lächeln.

Bald saßen sie unter seinem Haus in der Sonne und Fairron ließ sich von Meilin die herbstlichen Kräuter beschreiben, ohne seine Augen von ihr zu nehmen.

„*Ich muss leider wieder zum Üben*", sagte Adiad und erhob sich. Fairron nickte ihr, ebenso wie Meilin, mit halber Aufmerksamkeit zu. Lächelnd verließ sie die beiden.

„*Dein Werk?*", wollte Whyen wissen, als er Fairron und Meilin am nächsten Tag vorbeilaufen sah.

„*Wie kommst du darauf?*"

„*Sie ist aus den Kräuterhallen, wo du dich immer wieder herumtreibst. Und Fairron wäre allein nicht so weit gekommen. So brauchte ich nicht lange überlegen. Also, hast du?*"

„*Ich habe ein wenig nachgeholfen.*"

Er schmunzelte und nahm seinen neuen Bogen.

Adiad hielt ihn am Arm. „*Und was ist mit dir, Elb?*"

Whyen sah sich nach Eardin um, der bei den Bogenschützen stand. Dann strich er sanft über ihr Haar. „*Es ist hoffnungslos, Adiad. Ich denke, ich liebe nur dich.*"

Lange sah sie ihm in die Augen. Sie hatte es empfunden und war deshalb nicht überrascht. „*Du weißt, dass ich bei Eardin bleiben werde und du zurückstehen musst?*"

„*Ich bin mir bewusst, dass ich damit leben muss, Waldfrau.*" Whyen nahm ihre Hand und lächelte. „*Du musst kein Mitleid mit mir haben, Adiad, und dich auch nicht schuldig fühlen. Es geht mir gut. Ich freue mich, mit euch zusammen zu sein und ich freue mich darauf, wieder einmal mit euch auszureiten. Und ich bin zufrieden, wenn ich dich ab und zu wieder küssen darf, so wie damals in der Schlucht.*"

„Das wird nicht oft sein, Whyen."

„Egal, ein gelegentlicher Kuss genügt mir schon, Adiad. Ansonsten habe ich noch meinen neuen Bogen, um glücklich zu sein."

Adiad legte ihre Arme um ihn. *„Ich liebe dich auch, Whyen. Aber es ist nicht so wie bei Eardin. Bei ihm meine ich, dass meine Seele in ihm lebt und seine in mir."*

„Lass ein Eck für mich frei!", flüsterte er lächelnd, drückte sie noch einmal fest an sich und küsste sie auf die Stirn. *„So, und nun werde ich zu Eardin gehen, um zu sehen, welcher Eymaribogen besser ist!"*

Unerwarteter Besuch

*W*enige Tage später erschallte das Horn der Wächter, und die Elben ergingen sich wieder in Vermutungen darüber, wer in den Wald kommen würde.

Adiad hatte keine Vorstellung. Neugierig wartete sie mit vielen anderen am Platz, als am Abend die Geräusche von vier Pferden zu hören waren. Und als sie sah, wer aus den bunten Blätterdickicht herausritt, meinte sie, ihr Herz müsste vor Freude zerspringen. „Worrid!" Sie rannte los, während er vom Pferd sprang und auf sie zulief um sie in seine Arme zu reißen. Dann wurde sie der anderen gewahr. Leond stand lächelnd neben Belfur und Bewein.

„Meine Eymari!", schluchzte Adiad und fiel Leond um den Hals.

„Du hast dich gebessert, Elb", sagte Bewein, als Eardin ihn erreichte. „Früher hättest du sie alle niedergeschlagen."

„Ich habe ein wenig aufgegeben, Bewein", erwiderte Eardin lachend. „Welch eine Freude, dich zu sehen! Doch es ist nicht Frühling, was sonst deine Zeit ist. Was führt dich zu uns, Mensch?"

„Die Sorge trieb mich. Ein Händler hat mir von dem Angriff auf Adain Lit erzählt. Er wusste es von den Zwergen. Ich hielt es nicht mehr länger aus. Nachdem ich die Eymari auch noch in Sorge gestürzt habe, sind die drei Waldkrieger mit mir gekommen. Die Wächter am Waldrand haben uns schon alles erzählt, wir sahen auch die Verwüstung des Waldes. Ich bin überglücklich, euch alle heil vorzufinden, Eardin!" Er sah zu Adiad, die in den Armen Belfurs lag. „Und ich sehe, dass die Eymari sich ebenso freuen."

„Wir mussten doch sehen, ob es dir gut geht", vollendete Belfur seine Rede an Adiad.

„Es war grauenvoll. Er war kurz davor, unseren Wald zu zerstören."

„Habt ihr das gehört?" Worrid wandte sich an die beiden anderen Eymarikrieger, „unseren Wald, hat sie gesagt. Nicht nur, dass sie Tard als 'Mensch' anredet, sie fühlt sich hier anscheinend zuhause." Er lächelte sie an. „Es schmerzt mich zwar, Adiad, aber es freut mich auch für dich, Elbenfrau."

„Euer Wald ist unglaublich, Adiad", meinte Leond.. „Er erinnert mich sehr an den Wald bei dem alten Baum. Doch ist hier noch mehr, es ist ein Singen im Wald. Ich habe die Elbenmagie um mich herum gespürt, es ist lichter als bei uns."

„Du passt hierher", sagte Worrid entschieden, „du hast in irgendeiner Weise immer hierher gehört. Und wahrscheinlich auch zu deinem Elben", ergänzte er, als er Eardin auf sich zukommen sah.

„Es ist wunderbar, euch Eymarikrieger hier zu sehen", begrüßte er sie strahlend und umarmte jeden von ihnen. Adiad dachte an Thailit und stellte sich ihre Begrüßung der Waldmenschen vor. Sie war froh, dass Eardins Mutter nicht mehr da war.

„Kommt mit mir", sagte Adiad schließlich, „ich zeige euch, wo ihr schlafen könnt."

„Sie ist hier zuhause", wandte sich Whyen an Eardin, *„und ich sage es ungern, aber sie fühlt sich erst richtig wohl, seit Thailit weg ist."*

„Es geht nicht nur ihr so, auch Lerofar wirkt entspannter. Und mir geht es ebenso, Whyen."

„Komm, mein Freund, lass uns Speisen und Getränke für die Menschen holen."

Adiads Blick hing glücklich an den Eymari, die neben Bewein am Feuer saßen. Eardin und Whyen waren bei ihnen, aber auch Lerofar, Gladin, Amondin und einige andere der Elbenkrieger, die damals im Eymariwald dabei gewesen waren. Sogar Aldor und Mellegar hatten sich zu ihnen gesetzt. Kurz danach erschien auch Fairron mit Meilin. Holzbänke wurden herbeigetragen, und bald wurde wegen der Größe der Runde ein zweites Feuer entzündet. Die Elben hatten Speisen im Versammlungshaus bereitgestellt und Krüge mit Wein und Wasser.

„Leider gibt es kein Bier für euch", flüsterte Adiad Worrid zu, der neben ihr saß.

„Das macht nichts", sagte er, „wir haben welches mitgebracht!"

„Ihr habt was?"

„Es war Tards Idee. Er lässt dich grüßen und hat uns ein kleines Holzfass mitgegeben. Du hast es vor lauter Wiedersehensfreude nicht bemerkt. Ich werde es holen." Schwungvoll stand er auf, um dann zum Entsetzen der Elben mit dem Fass zurückzukehren. Whyen suchte sich einen Platz weit entfernt.

„Das glaube ich nicht", stöhnte Veleth, „die Menschen haben dieses grauenhafte Zwergengetränk mitgebracht."

„Wahrscheinlich müsst ihr euren Wald doch noch vor uns verschließen", zwinkerte Bewein den Magiern zu.

Die Eymarikrieger bemühten sich inzwischen, das Fass zu öffnen. Bewein ging, um Becher zu suchen.

„Dann lasst mich doch mal sehen, wie es schmeckt", rief Mellegar und ungläubig sahen die Elben ihn auf das Fass zugehen. „Ihr wisst doch, wie neugierig wir Magier sind", meinte er noch, bevor er einen großen Schluck nahm. „Na gut, jetzt weiß ich es."

„Was?", wollte Veleth wissen.

„Ich denke, wir lassen das Bierbrauen weiter den Zwergen!"

„Schmeckt es dir nicht?", fragte Adiad.

„Es ist grauenvoll", antwortete er lachend.

„Dann bleibt wenigstens mehr für uns", sagte Bewein und füllte seinen Becher.

„Es ist gar nicht so anders als bei uns", meinte Belfur etwas später und blickte in die Runde. „Ich dachte immer, ihr Elben sitzt nur edel an Tischen, aber ich bemerkte schon bei euren Besuchen, dass ihr gar nicht so über ..." Den Rest schluckte er hinunter.

„Meinst du ‚überheblich'?", fragte Eardin.

„Ich weiß nicht, vielleicht", druckste Belfur heraus. „Als du damals in unser Dorf kamst, um Adiad zu holen, dachte ich zunächst, du nimmst uns Menschen gar nicht wahr. Außer Adiad, natürlich."

„Ich fand dich nicht überheblich", sagte Leond, „ich fand dich nur fremd und sogar ein wenig unheimlich. Das Licht deiner Augen machte mir Angst."

„Gut zu wissen", meinte Whyen.

„Es ist etwas ganz anderes", sagte Worrid, „ich weiß, dass die meisten von euch Krieger sind wie wir, und das macht euch uns ähnlich. Doch ich hörte Adiad im Wald singen und ich sah die Veränderung in den Bäumen. Es ist etwas unendlich Schönes und Kostbares, was dabei von ihr ausging. Ich hatte eure Magie vorher nie so erlebt und ich bin sicher, dass ich auch nur einen Teil davon wahrnahm. Ich weiß nicht, wie ich es sagen soll. Ich bin dankbar, euch alle zu kennen und ich bin glücklich darüber, dass Adiad bei euch ist. Sie war immer anders, ihre Elbenseele war schon immer zu spüren. Sie hat mich auch damit verzaubert", ergänzte er und lächelte ihr zu. „Ich rede sonst nicht so viel", meinte er nun und sah in die vielen aufmerksamen Gesichter, „aber ich wollte euch noch bitten, auf sie acht zu geben. Ich weiß, dass manche Menschen euch um euer langes Leben beneiden. Ich selbst bin mir nicht sicher, was besser oder schmerzvoller ist. Passt auf sie auf, wenn wir nicht mehr sind!"

Tränen liefen ihm herab, Adiad umarmte ihn ebenfalls weinend.

„Es ist ein unendlicher Schmerz, immer wieder loslassen zu müssen und Abschied zu nehmen, Mensch", sagte Eardin und sah zu Bewein. „Umso mehr freue ich mich, dass ihr den Weg zu uns gefunden habt. Und ich verspreche dir, soweit es bei dieser Elbenfrau möglich ist, auf sie achtzugeben."

Worrid hatte sich wieder gefangen und nickte ihm zu.

„Ich gebe auch auf sie acht", ergänzte Whyen, „wir können sie aber nicht bei uns einsperren."

„Das ist uns auch nicht gelungen", lachte Belfur.

„Ich kann auch gut auf mich selbst aufpassen", mischte sich Adiad ein, „und die Menschenhändler hätten euch genauso einfangen können."

„Sie werden hoffentlich bald nicht mehr so zahlreich durch unsere Lande streifen", sagte Bewein und erzählte ihnen von den Verhandlungen Togars.

„Die Aufteilung erscheint mir etwas ungerecht", meinte Aldor, als Bewein fertig war.

„Togar hat Fürst Niblon reingelegt", antwortete Bewein.

„Es braucht dazu zwei. Was ist das für ein Fürst, der sich so beeinflussen lässt?"

„Manche von euch kennen König Togar von Astuil. Er ist jung und selbstsüchtig. Ein Soldat, der auf seinen Vorteil sieht, manchmal auch zur Grausamkeit neigt. Doch er ist auch gerissen. Fürst Niblon ist das Gegenteil von ihm, nicht nur äußerlich. Ich sage es ungern, doch ich glaube, er hat einen Teil seines Verstandes schon im Wein gelassen. Togar wusste dies und hat es genutzt."

„Die Art von euch Menschen, miteinander umzugehen, ist anders als bei uns", erwiderte Aldor. „Ich bin dir dankbar, Bewein, für deine Ehrlichkeit. Es mag die Zeit kommen, wo wir wieder mit deinem König sprechen müssen, und aufgrund deiner Rede ein wenig vorsichtiger mit ihm umgehen werden."

„Das wäre ratsam, Aldor!" Bewein überlegte kurz, sprach dann doch weiter: „Vor allem, weil er Elben und alles was mit Magie zu tun hat, nicht besonders leiden kann."

Bewein hatte erwartet, dass die Elben verärgert darauf reagieren würden, doch das Gegenteil geschah. Einige lachten sogar, bis Aldor seine Verwunderung bemerkte. „Wir werden auch ihn überleben, Bewein. Er ist nur ein kurzer Gast auf unserem Weg. Also, warum sollen wir uns über ihn aufregen?"

‚Auch ich bin nur ein Gast', dachte sich Bewein verärgert und ging zu Worrid, um sich noch Bier zu holen.

Eardin setzte sich zu ihm. „Ärgere dich nicht, Bewein. Du bist mir unendlich wertvoll und ich schätze unsere Freundschaft sehr, doch manchmal können wir mit der Unvernunft mancher Menschen nicht anders umgehen."

„Ist schon gut, Eardin. Ich bin müde und überreizt. Ich werde mich demnächst in meine Hütte zurückziehen, um zu schlafen."

Als Bewein ging, löste sich die ganze Gemeinschaft auf. Adiad hatte den Eymarikriegern ein Haus neben Bewein gezeigt. Sie vermutete, dass auch sie lieber in der Nähe des Bodens schliefen.

Worrid weckte Leond und Belfur am Morgen, als er die Gesänge hörte. Still lagen sie auf ihren Betten und lauschten staunend den Elben bei ihrem Gruß an den Morgen.

„Ich habe so etwas Schönes noch nie gehört", flüsterte Leond.

Als der Chor aus Elbenstimmen und Vogelzwitschern verebbte, standen sie leise auf. Sie hatten bisher noch nicht gewagt, laut zu reden. Still zogen sie sich an und traten aus ihrer Hütte. Im Licht der Morgensonne sahen sie die Häuser der Elben, die ihnen am Abend verborgen geblieben waren.

„Ich fasse es nicht!", sagte Belfur. „Sie scheinen aus den Bäumen zu wachsen."

„Sie sind unglaublich kunstvoll gearbeitet", erkannte Worrid, „unsere Hütten müssen ihnen wie Höhlen vorkommen. Ich würde zu gerne so ein Haus von innen sehen."

„Das könnt ihr, wenn ihr wollt", hörten sie Adiads Stimme.

„Elbenohr", sagte Worrid grinsend, „jetzt darf ich dich aber endlich so nennen?"

„Ich grüße euch, meine geliebten Eymarikrieger", antwortete Adiad, ohne weiter darauf einzugehen, „ihr glaubt nicht, wie ich mich freue, euch bei mir zu haben!"

„Dürfen wir wirklich so ein Haus anschauen?"

„Ich zeig euch unser Elorn, ich werde euch in den nächsten Tagen ganz Adain Lit zeigen, wenn ihr möchtet. Also kommt!"

Etwas betroffen besah sich Worrid kurz danach ihr großes Bett, während die beiden anderen das Schnitzwerk bewunderten.

„Ihr dürft euch unten auch umsehen", sagte Adiad und hielt Worrid fest. „Eifersüchtig, Waldkrieger?"

„Ein wenig vielleicht, Elbenfrau. Doch ich kann und muss damit leben."

„Du bist und bleibst in meinem Herzen, Worrid, das weißt du hoffentlich?"

„Ich weiß Adiad, und du in meinem!"

„Lass uns gehen, Worrid, es gibt noch so viel, was ich euch zeigen möchte."

Eardin sah sie in den nächsten Tagen nur noch am Abend. Begeistert zeigte Adiad den Waldkriegern Adain Lit.

„Das man dich wieder mal bei uns sieht!", rief Elthir Adiad entgegen, als sie zum Übungsplatz der Krieger kamen. Er wartete, bis sich alle eingefunden hatten, dann erhob er wieder sein Schwert, um auf Whyens Angriff zu warten. Staunend beobachteten die Eymari die eleganten Bewegungen der Elbenkrieger.

„Ich kann euch zeigen, wie sie zu kämpfen gelernt hat." Whyen winkte Adiad zu sich. „Nun komm Waldfrau, wehr dich gegen mich!"

Sie umkreisten sich lauernd, bis Whyen mit einer schnellen Bewegung ausholte und sein Schwert auf sie niederfahren ließ. In gleicher Schnelligkeit riss sie ihre Waffe hoch, die Klingen prallten aufeinander.

„Magst du nicht doch wieder zu uns kommen, Adiad?", rief Belfur.

„Zu spät", erwiderte sie mit einem kurzen Seitenblick.

„Das kommt davon, wenn man nicht aufpasst", rief Whyen lachend. Adiads Schwert flog durch die Luft und er warf sie zu Boden. Gnadenlos setzte er ihr die Schwertspitze auf die Brust. „Du bist erledigt, Waldfrau!"

Belfur sprang auf und wandte sich Eardin zu. „Komm, Elbenkrieger, lass mich sehen, ob ich mich deiner Schläge erwehren kann!"

Währenddessen zog Whyen Adiad in die Höhe und ließ sich mit ihr auf die Bank fallen. Lachend umfing er ihre Hüfte und drückte ihr einen Kuss auf die Lippen. „Du wirst immer besser, Waldfrau. Es macht Spaß mit dir zu kämpfen."

Worrid sah es mit Verwunderung.

„Sie sind gnadenlos", sagte Adiad, als die Eymari am See angelangt waren, „sie haben mich in der ersten Zeit unendlich geschunden, ohne viel Rücksicht auf mein Jammern zu nehmen."

„Sie lassen sich von dir nicht so um den Finger wickeln, wie wir es getan haben", meinte Leond, während er sich, wie Belfur, Wams und Hose auszog, um ins Wasser zu springen. „Kommst du nicht, Worrid?"

„Gleich." Worrid wandte sich Adiad zu. „Was war das Merkwürdiges, was ich da vorhin beobachtet habe. Wird dein Krieger nicht eifersüchtig, wenn Whyen dich küsst, oder ist das bei euch Elben so üblich? Dann würde ich mir nämlich überlegen, zu euch zu kommen."

„Er duldet es, Worrid, es ist wirklich ein wenig merkwürdig. Er liebt Whyen. Es ist sein bester Freund neben Fairron. Ich liebe Eardin sehr, doch Whyen liebe ich irgendwie auch. Ich fühle mich geborgen und behütet bei den beiden. Sie sind meine Familie geworden bei den Elben, gemeinsam mit Fairron."

Er sah sie schweigend an, dann drehte er sich weg und begann, sich bis aufs Hemd auszuziehen. „Lass uns schwimmen gehen, Adiad!"

Sie hatte den feuchten Glanz seiner Augen noch bemerkt.

Gleich darauf musste sie auch den Waldkriegern den ersten Schrecken vor den Iglons, den kleinen Leuchtwürmern im See, nehmen.

Die Luft war kühler geworden und riss die Blätter von den Bäumen. Zögernd ergaben sie sich ihrer Bestimmung.

Lange saßen sie bereits im Haus von Whyen, als die Eymari eröffneten, dass sie in den nächsten Tagen wieder heimreiten wollten.

„Wir wollten nicht in den ersten Schnee in der offenen Ebene kommen", erklärte Worrid.

„Dann könnt ihr gemeinsam mit den Feandun reiten", meinte Eardin.

„Sie wollen auch gehen?", fragte Adiad überrascht.

„Du bist zu sehr mit deinen Waldkriegern unterwegs gewesen", sagte Eardin lächelnd. „Amondin hat es schon vor einigen Tagen angekündigt. Sie wollten sogar schon etwas früher reiten. Du weißt, wie lang ihr Weg ist. Doch ihr Magier wollte noch unbedingt einige Schriften einsehen, so ließen sie sich von ihm überreden, noch etwas zu bleiben."

„Ich werde Amondin vermissen, genauso wie euch", Adiad sah liebevoll zu den Eymari.

„Wir sind nicht soweit weg, also komm uns bald besuchen, Adiad!" Leond schenkte sich noch von dem fruchtigen Elbenwein ein.

Die Kälte des Winters erfasste Adain Lit stärker als sonst und die Elben erkannten, dass ihr Wald längst noch nicht geheilt war. Mehrfach mussten die Magier den Wärmezauber über die Häuser legen.

„*Ich genieße die Ruhe*", flüsterte Adiad, als sie neben Eardin unter der warmen Decke lag, „*der Sommer war erfüllt von Unruhe, Krieg und Angst. So genieße ich es unendlich, hier neben dir in Frieden im Bett zu liegen und deine Wärme zu spüren.*"

„*Wärst du nicht lieber mit den Eymari geritten, mein Stern?*"

„*Du willst es nur noch einmal hören, Elb. Na, gut. Nein, ich bin lieber hier bei dir und bei euch!*"

„*Ich weiß dies, und ich bin sehr glücklich darüber, Adiad. Es ist das, was ich erhofft habe. Ich wünschte mir von Anfang an, dass Adain Lit dein Zuhause wird. Außerdem hätte ich dich nie mit ihnen ziehen lassen, auch mit den Feandun nicht. Doch ich hoffe, dass wir wieder gemeinsam dorthin reiten werden.*"

„*Und ans Meer*", sagte Adiad sehnsüchtig, bevor sie mit den Bildern der Wellen einschlief.

Das Opfer eines Magiers

In dicke Umhänge gehüllt, waren sie gemeinsam auf dem Weg zu Aldor, als Mellegar auf sie zukam. *„Habt ihr etwas Zeit für ein Gespräch? Whyen könnt ihr auch mitnehmen, wenn ihr ihn findet."*

Eardin und Adiad folgten seinem Wunsch. Je näher sie Mellegars Elorn kamen, umso lauter wurde es. Ein merkwürdiges Geräusch, ein vielstimmiges hohes Zwitschern das Adiad zunächst nicht einordnen konnte. Suchend sah sie sich um, bis sie den Ursprung entdeckte; im Zwielicht der Dämmerung, nahe aneinander gekuschelt, klebe eine große Kolonie Fledermäuse an der Holzwand der Baumhütte des Hohen Magiers. Ein unruhig zappelnder Fleckenteppich aus braunem Fell, schwarzen Flügeln und spitzen Mäulern.

„Seelentiere!", sagte Mellegar, *„die Sinnesorgane Adains. Kein Wesen litt wie sie unter der Zerstörung, unter den Missklängen. Sie haben die Orientierung verloren. Und nun singe ich gemeinsam mit ihnen ihr Lied, bis sie ihren Ursprung wieder finden. Denn alles Leben ist aus Tönen erschaffen."*

Warm leuchteten die Flammenschalen in seinem Raum, als sich Adiad, Eardin und Whyen niederließen. Fairron hatte bereits auf sie gewartet.

„Ich habe euer Erlebnis am Baum der Eymari nicht vergessen", begann Mellegar, *„und nach dieser Zeit des Aufruhrs hatten wir endlich Muße in den Schriften zu forschen."*

„Und, habt ihr etwas entdeckt?", fragte Adiad.

Mellegar nickte. *„Sonst hätte ich euch nicht gerufen. Wir fanden eine Geschichte. Sie war in einem Buch, bei dem wir uns bisher nicht sicher waren, ob die vielen Erzählungen darin wahr oder erfunden sind. Doch vermuten wir, nach euren Schilderungen, dass zumindest diese Geschichte der Wahrheit entspricht."*

„Wir hören, Mellegar!" Whyen rutschte seinen Hocker zurecht, um sich entspannt, mit ausgestreckten Beinen, an die Wand zu lehnen.

„Soll ich dir noch etwas Früchte und ein Getränk holen, Whyen?", fragte Mellegar schmunzelnd.

„Nein, eine schöne Geschichte langt mir schon, Magier", antwortete dieser erwartungsvoll.

„Also gut! Es ist schwierig, die Zeit zu bestimmen, wie oft bei solchen Geschichten. Wir vermuten, dass es um die sechstausend Jahre her ist. Ihr wisst noch von der Erzählung im Hohen Rat, dass in dieser Zeit Drachen und Schlangenwesen unser Land bedrohten. Das Wissen um die geheimen Kräfte war in dieser Zeit noch umfangreicher als das unsere. Es wird von zwei Magiern der Elben erzählt, die mächtig waren und ihr Leben der Suche nach neuen Wegen der Magie widmeten. Sie schienen im Sinne des Volkes zu handeln, also ein wenig anders als die

Magier der Feandun", ergänzte Mellegar, während er sich ihre aufmerksamen Gesichter betrachtete. *„Ihr Gedanke war es, aus dem Übel Gutes zu schaffen, dass hieß in diesem Fall, die Schlangenwesen selbst dazu zu nutzen, um sie, und alles was damit zusammenhängt, zu bekämpfen. So wird erzählt, dass sie sich mit einem starken Schutzzauber umgaben, um sich dann von zwei der Schlangen verschlingen zu lassen."*

Er bemerkte ihre ungläubigen Blicke und sprach weiter: *„Ich habe euch gesagt, dass sie sich mit einem Schutz umgaben. Doch ich gestehe ehrlich, dass mir das Ganze bisher auch etwas unglaubwürdig vorkam. Nun, es wird weiter erzählt, dass sie sich in den Leibern der Schlangen einen Weg suchten, bis sie deren Herzen fanden. Sie schnitten sie ihnen, während sie noch lebten, heraus. Die beiden Schlangen starben, während die Magier noch in ihnen waren. Für einen war es zu spät, als sie ihn fanden. Die Elben konnten ihn nur noch tot, mit dem Herzen der Schlange in den Händen, herausziehen. Der andere konnte sich retten. Es heißt weiter, dass er die Herzen der Schlangen zu wandeln vermochte. Und zwar zu mächtigen, magischen Gegenständen. Und hier, meine geliebten Elben, führen unsere Geschichten zusammen. Und dies wurde mir erst klar, als ich verstand, dass es keine Legende ist. Ich vermute, ihr könnt euch denken, zu was er sie wandelte."*

„Die beiden Kristalle", flüsterte Adiad.

Mellegar nickte. *„Ich vermute ebenfalls, dass es genau diese beiden Steine sind. Aber nun noch einmal zu der Geschichte: Es dauerte immer noch lange, denn die anderen Schlangenwesen, die sich in den Bergen versteckten oder in Erdlöchern, waren gerissen und schlau. Aber durch das Zusammenwirken beider Herz-Kristalle, gelang es, sie schließlich weitestgehend zu vernichten. Wie der eine Stein dann in die Höhlen der überlebenden Schlangen gelangte, kann ich nicht sagen. Norbinel erzählte uns, dass der andere Stein schon immer in ihrem Besitz gewesen war. Es ist denkbar und wahrscheinlich, dass die beiden Magier, von denen ich euch erzählte, ebenfalls zu ihrem Volk gehörten."*

„Was geschah mit dem überlebenden Elbenmagier?", fragte Eardin.

„Er wurde zusehends schwächer. Sowohl der Akt der Verwandlung nahm ihm die Kraft, als auch, und das gab sicher noch mehr den Ausschlag, das Gift der Schlange. Er hatte es in sich aufgenommen, als er in ihrem Leib war. Es heißt, er litt sehr darunter, sein Volk in Zeiten der Not alleine lassen zu müssen. Daher beschloss er, seine Seele, sein Wissen für sie zu bewahren und ging einen Schritt, den nur wenige Elben je getan haben."

„Was, Mellegar?", fragte Adiad, die langsam ahnte, auf was diese Geschichte hinauslief.

„Er ließ sich in einem Ritus, noch lebend, mit einem Baum vereinen. Er ließ seine Seele und seinen Körper vollständig von ihm aufnehmen. Er wollte auf diese Weise seinem Volk weiter dienen können und die Weisheit, die er sich in Jahrhunderten angeeignet hatte, für sie bewahren."

„Warum hat er sie nicht aufgeschrieben?", fragte Whyen.

„*Das hat er sicher, und ich vermute, viele Berichte, die bei den Feandun-Elben liegen, sind von ihm. Jedoch war es wahrscheinlich um einiges mehr, das er wusste. Und seine Schwäche ließ ihm keine Zeit mehr.*"

Adiad starrte ihn an. „*Wie hieß er, Mellegar?*"

„*Cerpein, Adiad, er hieß Cerpein!*"

„*Pein*", wiederholte sie ergriffen.

Mellegar nickte. „*Es mag sein, dass ihr seinen Namen nicht richtig gehört habt, oder er euch nur diesen Teil mitteilte, weil es seinem Zustand entsprach.*"

„*Es muss furchtbar sein, ewig lebendig eingesperrt zu sein*", sagte Adiad erschüttert.

„*Ich bin mir nicht sicher*", antwortete Mellegar, „*ich vermute, dass er lange Zeit in einem Schlaf der Dämmerung verbringt; dass sein Geist in den ersten Jahrhunderten anwesender war und später in einen anderen Zustand hinüberglitt. Doch ist es unbestritten, dass er noch da ist und ihr in geringem Umfang mit ihm sprechen konntet.*"

„*Er hat für mich gesungen, damals beim Ritus. Cerpein war es, der gesungen hat!*"

„*Er kannte dich und wollte dir helfen, Elbenkind.*"

„*Es ist unglaublich, Mellegar. Ihr Elben seid einfach unglaublich.*"

„*Du bist dir bewusst, dass du auch zu uns gehörst?*" Whyen sah schmunzelnd zu ihr.

„*Aber warum im Wald der Eymari?*", wollte Adiad jetzt wissen.

„*Die Feandun lebten dort eine Zeit lang. Sie gingen, als die Menschen zu zahlreich wurden und flohen ins Gebirge. Und sie überließen ihren Wald dem Volk der Eymari, das vorher in den Gebirgstälern gewohnt hatte, und im Gegensatz zu vielen anderen Menschen immer freundschaftliche Beziehungen zu den Elben gehabt hatte.*"

„*Wir mochten euch schon immer*", sagte Adiad lächelnd.

„*Und wir euch!*" Eardin küsste sie auf die Wange.

„*Seit ich dies weiß, wundere ich mich auch nicht mehr über euren Wald*", mischte sich nun Fairron ein. „*Er kam mir immer merkwürdig vor, besonders in der Nähe der Lichtung und des Baumes hat er mich an Adain Lit erinnert.*"

Adiad schwieg nachdenklich, bevor sie sagte: „*Wenn er leidet, dann sollten wir ihm helfen. Können wir ihn von seinem selbstgewählten Schicksal befreien, Mellegar?*"

„*Ich denke schon, es würde sicher etwas Vorbereitung erfordern. Wahrscheinlich wäre es möglich.*"

„*Er muss es auch wollen, Adiad*", meinte Eardin.

„*Ich werde ihn fragen*", entschied sie, „*lass uns im Frühjahr zu ihm reiten, Elb, und ihn einfach fragen.*"

„*Du hast recht*", lachte Mellegar auf, „*ich hatte auch schon daran gedacht, seiner Seele die Freiheit zu schenken. Und so wäre dies wirklich die einfachste Lösung. Doch nun lasst mich allein. Ich habe so viel geredet und brauche Ruhe.*"

Er wandte sich seinen Schriften zu.

Whyen schwang sich vom Hocker. *„Ich denke, dieses Mal muss sogar ich ein wenig nachdenken."*

„Das könnt ihr nicht machen! Ihr könnt nicht ohne mich reiten!" Whyen stand ungläubig unter seinem Elorn.

„Wir können und wir werden", sagte Eardin stur.

„Es wird euch langweilig, ohne mich!"

„Das wird es bestimmt, doch wir möchten trotzdem allein zum Baum reiten, Whyen!", beharrte jetzt auch Adiad.

„Liebst du mich nicht mehr, Waldfrau?," fragte er schmeichelnd, während Eardin die Augen verdrehte.

„Whyen, wir reiten morgen ohne dich los. Du wirst mir natürlich etwas fehlen!", sagte Adiad schon etwas sanfter.

„Er kommt nicht mit!", brummte Eardin.

„Ihr werdet schon sehen, wie weit ihr ohne mich kommt", grollte Whyen, während er sich umdrehte und die Treppen hinaufstapfte.

„Es hat nicht mehr viel gefehlt, und du hättest dich von seinem Blick rumkriegen lassen."

„Hätte ich nicht! Ich freue mich nämlich schon darauf, wieder ganz allein mit dir unterwegs zu sein, Elb. Es kam auch noch nicht oft vor. Wenn ich mich recht besinne, erst das eine Mal, als du mich geholt hast."

In kräftigem Grün schälten sich die ersten Blätter aus ihren dunklen Verstecken. Schon geraume Zeit hatte Eardin hinaus gedrängt, deswegen hatten sie beschlossen, das schöne Frühjahrswetter zu nutzen und zum alten Baum zu reiten.

Ein Umweg führte sie zu der Schneise, die der Schlangenpriester gerissen hatte. Zart erhoben sich dünne Triebe von neuen Bäumen, zwischen den mächtigen Stämmen der gefallenen Riesen.

Eardin wandte sich Adiad zu. *„Deine Feandun haben es gut gemacht, die jungen Bäume sind schon so weit, wie sie erst in zehn Jahren gewesen wären. Trotzdem wird es lange dauern, bis diese Wunde wieder verheilt ist."*

„Im letzten Rat haben sie erneut darüber gesprochen, den Wald für immer zu verschließen."

„Ich denke nicht, dass sie das tun. Mellegar will es im Innersten nicht und ebensowenig die anderen Magier. Es ist nicht unsere Art, uns derart von der Welt abzusondern. Lass uns weiterreiten. Es bedrückt mich zu sehr, dies zu sehen."

Am vierten Tag lagerten sie am Lebein. Adiad lauschte dem Wasser. Ihr kam in den Sinn, wie sie hier in der Nähe, an einem Baum gebunden, gesessen hatte, in ihrer Furcht vor einer ungewissen Zukunft und der Angst um die anderen. Sie erzählte Eardin davon.

„*Es war so ein Glück, dass meine Augen ihnen Angst machten. Es hat mich vor Vielem bewahrt.*"

„*Das denke ich auch und bin dankbar dafür, Adiad.*"

„*Weißt du, dass ich immer noch nicht weiß, welche Farbe meine Augen im Zorn bekommen?*"

„*Wahrscheinlich ärgere ich dich zu wenig, Waldfrau.*"

„*Wenn du es doch einmal tust, dann achte bitte darauf. Ich würde es zu gerne wissen!*"

„*Ich werde darauf schauen, mein Stern.*"

Eardin lehnte an einem Baum und umarmte Adiad, die ihren Platz entspannt zwischen seinen Beinen gefunden hatte.

„*Siehst du, wie rot das Wallsteingebirge aufstrahlt? Jetzt geht die Sonne auch am Ende des Meeres unter*", flüsterte er.

„*Und über dem See der Feandun.*"

„*Ich habe bunte Steine gesammelt, Adiad. Wenn wir wieder zuhause sind, flechte ich sie dir in die Haare. Ich habe bei allen schon kleine Löcher hinein gemacht.*"

„*Ich sah sie liegen, Eardin. Sie sind wirklich schön. Ich könnte dir auch welche hineinflechten.*"

„*Ich weiß nicht, ich lebe jetzt schon so lange ohne Steine im Haar.*"

Schweigend betrachteten sie sich weiter den verschwindenden Glanz der Sonne.

„*Bewein hat uns nach Astuil eingeladen*", sagte Adiad nach einer Weile.

„*Ich weiß.*"

„*Ich würde diese Stadt gerne einmal sehen, ich war noch nie dort.*"

„*Du warst noch nie in der Stadt des Königs?*"

„*Die Eymari mieden sie eher. Der viele Stein lag uns nicht. Außerdem erkannten uns die Bewohner als Waldmenschen und sahen auf uns herab.*"

„*Mir gefällt Astuil auch nicht besonders. Zu viel Grau und zu wenig Grün.*"

„*Diesen König würde ich gerne einmal kennenlernen*", sagte Adiad, „*die Erzählung von Bewein klang interessant.*"

„*Wenn wir dort hingehen, bleibst du aber ohne Unterbrechung bei mir und Whyen. Bewein hat mir etwas mehr von Togar erzählt. Eine seiner Lieblingsbeschäftigungen scheint es zu sein, Frauen in sein Bett zu ziehen.*"

„*Bewein sagt, er sei recht ansehnlich. Vielleicht kommen sie freiwillig zu ihm?*"

„*Manche vielleicht, aber sicher nicht alle.*"

„Glaubst du wirklich, dieser König würde sofort versuchen, mich in sein Bett zu ziehen? Außerdem würde er es einem Gast gegenüber nie wagen."

„Da bin ich mir nicht so sicher."

„Wer weiß, vielleicht gehe ich ja gerne, wenn er recht stattlich und nett ist."

„Willst du mich ärgern, Waldfrau?"

„Vielleicht ist er recht zärtlich im Bett?"

„Soll das heißen, dass ich nicht zärtlich bin?", fuhr er sie an.

„Es ist unglaublich, wie schnell du dich ärgern lässt, Elb!" Adiad lachte.

Eardin packte sie und warf sie auf dem Rücken. „Du glaubst, du kannst mich einfach so ärgern, während ich hier ruhig sitze und aufs Wasser sehe?"

Adiad klimperte unschuldig mit den Wimpern und Eardin besah sie sich eine Weile, küsste dann zart ihren Mund. „Du Licht und Sternenglanz meiner Seele!"

Lächelnd zog Adiad ihn zu sich.

Als sie den Wald der Eymari erreichten, bemerkte Adiad bestürzt Sandril, der neben zwei anderen Kriegern aus dem Schatten des Waldes trat. Kaum dass er sie erkannt hatte, wandte er sich mit verbiesterter Miene ab.

Adiad spürte, wie der Zorn in ihr aufstieg. „Jetzt langt es!", fauchte sie, sprang vom Pferd, stapfte zu Sandril und riss ihn an der Schulter herum. „Es reicht mir jetzt endgültig, Sandril! Du führst dich auf wie ein kleiner Junge, dem sein Lieblingsspielzeug weggenommen worden ist. Es ist jetzt zwei Jahre her, seit ich mit Eardin wegging. Und wieder muss ich mir dein beleidigtes Gesicht ansehen."

Sandril befreite sich aus ihrem Griff. Mit zunehmenden Entsetzen hing er an ihren Augen und stammelte dann: „Er hat dich mir weggenommen!"

„So ein Unfug!", schrie Adiad, „ich bin freiwillig mit ihm gegangen, das weißt du genau! Hör endlich auf, deinem Traum weiter hinterher zu jagen. Wach auf, Sandril! Ich habe deinen beleidigenden Umgang mit mir und Eardin endgültig satt! Ich will weiter hierher kommen, ohne mich ständig über dich ärgern zu müssen." Wütend drehte sie sich um und ließ ihn stehen. Kurz lächelte sie den beiden anderen Waldkriegern zu. „Wir reiten jetzt in den Wald, wenn ihr nichts dagegen habt."

Diese grinsten und nickten.

Eardin schwang sich aufs Pferd und folgte ihr unter die Bäume. „Hellgrün, sie werden hellgrün, Adiad", lachte er auf.

„Meine Augen?"

„Es sieht bedrohlich aus, dunkler gefallen sie mir besser."

Der alte Baum lag im Abendlicht.

„*Er muss ebenso alt sein wie der Magier. Es ist unvorstellbar, Eardin!*"

„*Sie halten sich gegenseitig am Leben.*"

„*Ich weiß gar nicht, was ich zu ihm sagen soll, Elb.*"

„*Begrüße ihn einfach mit seinem Namen und warte dann.*"

„*Gut.*"

Aufgewühlt ging sie zu ihm und legte ihre Hände auf den Stamm. Eardin tat es ihr gleich. Adiad spürte das Wesen und ließ ihm Zeit, sie wahrzunehmen.

Als sie selbst zur Ruhe gekommen war, sprach sie ihn an. „*Ich grüße dich, Cerpein, hoher Magier der Feandun!*"

Zunächst geschah nichts. Dann begann der Baum langsam zu beben. Die Rinde erstrahlte von innerem Licht und die Blätter rauschten wie im Herbststurm über ihnen.

Adiad hörte keine Worte, also sprach sie weiter. „*Wir kennen deine Geschichte, Cerpein. Die Magier von Adain Lit haben sie gefunden und sie uns erzählt. Wir sollen dich von unseren Magiern grüßen.*"

Der Baum blieb ruhig, jedoch ahnte sie weiter das Beben unter ihren Händen.

„*Dein Opfer für dein Volk war unvorstellbar groß und voller Liebe*", sagte nun Eardin, „*auch jetzt noch hat es uns geholfen. Der Stein, den du schufst, hat Adain Lit vor der Vernichtung bewahrt. Unser Dank dafür findet kein Worte, hoher Magier. Ebenso mein Dank dafür, dass du Adiad geholfen hast, den Ritus unbeschadet zu überstehen!*"

„*Die Magier von Adain Lit können deine Seele befreien, Cerpein. Wir sind gekommen, um dich deswegen zu befragen.*"

Das Leuchten verglomm und das Beben verschwand. Die Rinde fühlte sich an, wie jede andere auch.

„*Wir bleiben heute Nacht hier*", sagte Adiad, „*und werden dich morgen noch einmal fragen.*" Sie wandte sich Eardin zu. „*Es war ihm zuviel.*"

„*Und das weißt du?*"

„*Ich kenne ihn seit meiner Kindheit, vergiss das nicht.*"

Eardin sah sich um. „*Immer wieder kommen wir auf diese Lichtung, Adiad. Ich denke noch mit Schrecken an die Angst, die ich um dich hatte, als sie den Ritus vollzogen.*"

„*Mir ist eher etwas anderes eingefallen. Für ein Bad im blauen Becken ist es zu kalt, aber ich würde gerne wieder mit dir mitten in der Wiese liegen und in die Sterne schauen, wie vor zwei Jahren, als du mich hier gefunden hast.*"

Die Schwärze der Nacht nahm den Bäumen allmählich ihre Gestalt und der Lichtung ihre grüne Vielfalt. Doch je unerbittlicher die Nacht den Tag verdrängte, umso klarer offenbarte sie die verborgenen Schätze des Himmels.

„Es ist wie im Traum, Eardin, die Sterne sind wie kleine Elbenlichter, die im Dunklen leuchten."

„Oder wie die geheimen Kristalle in Berggrund, die im Licht der Flammen funkelten."

Eardin hielt ihre Hand, während sie einschliefen. Geborgen in ihrer Liebe, umfangen von ihren geliebten Bäumen und vom Glanz der ewigen Himmelslichter.

Zart küsste er sie wach. *„Lass uns die Sonne und Adain begrüßen!"*

Es dauerte nicht lange, bis sie das leichte Beben unter den Händen spürten. So fragte Adiad Cerpein wieder.

Und dann vernahm sie seine Stimme. Er sprach in ihrem Herzen, der Ton erfüllte schließlich ihren ganzen Körper, wie zarte Wellen. Ruhig und sanft war der Klang. Sie hörte die alte Sprache der Elben.

„Ich grüße dich, Adiad, Elbenkind. Und ich freue mich wie immer, dich wahrzunehmen."

Adiad erstarrte. Sie verstand ihn. Zwar waren die Laute merkwürdig verzogen, als ob sie widerhallen würden. Doch ihr Herz verstand ihn so klar wie noch nie.

„Ich grüße auch dich, Eardin, Elb aus Adain Lit. Ich danke euren Magiern für ihren Gruß. Ihr habt mich aus meinem Vergessen geholt, ich ahnte nur noch meinen Namen, ihr gabt ihn mir zurück. Es ermüdet meinen Geist sehr, mit euch zu reden. Ich möchte euch um Zeit bitten. Es ist ein edles Geschenk, das ihr mir machen wollt und ich neige dazu, es anzunehmen. Doch will ich darüber nachdenken, denn wenn ich gehe, verliert der Wald seinen Geist und seine Seele. Ich schütze den Wald der Eymari, Adiad. Lasst mir also Zeit."

Die letzten Worte erklangen wie aus der Ferne und das Beben verschwand. Adiad verharrte lange neben Eardin am Stamm. Beide rührten sich nicht.

„Er schützt den Wald?", wiederholte sie flüsternd Cerpeins Worte, *„das wusste ich nicht."*

„Der Frieden, in dem dein Volk hier lebt, scheint seiner Magie zu entspringen."

„Wenn ich das gewusst hätte, hätte ich ihn vielleicht nie gefragt, Eardin."

„Du musstest ihn fragen, denn seit wir um seine Geschichte wissen, konnten wir nichts anderes tun. Seine Seele hat es verdient, ohne das Gespinst des Körpers in Freiheit zu singen."

„Wir werden wiederkommen", versprach Adiad dem Wesen des Baumes.

Sommermond

„Zieh es über, mein Stern, die feinen Hemden sind nur für diesen Abend gewebt. Sie sind wie ein Hauch auf der Haut. Du empfindest sie kaum, wenn du im Wasser bist."

Riesig und strahlend stand der Mond über dem See von Adain Lit. Seinem gesamten Ufer folgte ein Kranz von Feuerschalen - flackernde Flammengeister, verzückt hüpften ihre Spiegelbilder über das Wasser, umkreisten das Echo des Mondes wie im Tanz. Helle Gestalten standen am Ufer und die ersten Gesänge waren zu hören. Lieder, die Adiad noch nie vernommen hatte. Sie lauschte andächtig, während Eardin und Whyen neben ihr ebenfalls sangen. Zunächst spürte sie nur, dass sich etwas änderte, dann wurde sie des Schimmers gewahr, der sich allmählich über dem See ausbreitete. Ein blau leuchtender Glanz zog über das Wasser, helle Lichtpunkten flimmerten in ihm. Die Iglons nahmen das Licht auf, der ganze See war bald davon durchdrungen. Es schien, als ob der Sternenhimmel sich mit dem See der Elben verbunden hätte.

„Komm", flüsterte Eardin und nahm ihre Hand, um sie in dieses Leuchten zu führen. Sie spürte das Nass an ihrem Körper, doch empfand sie noch mehr. Als sie neben Eardin schwamm, durchdrang sie dieser Zauber wie ein lebendiges Wesen. Es fühlte sich an wie die Magie Eardins, der kribbelnde Wärmezauber, der aus seinen Händen floss, doch in viel stärkerem Ausmaß. Sie fühlte sich von diesen Lichtpunkten erfüllt und meinte bald, schweben zu können. So schloss sie die Augen und begann sich diesem Gefühl vollständig hinzugeben.

„Gib acht", flüsterte Whyen neben ihr, *„du bist noch im Wasser. Vergiss nicht zu schwimmen!"*

Adiad sah kurz zu ihm und sah ihn lächeln.

„Es scheint ihr zu gefallen", rief er Eardin zu.

Ihr Blick ging nach oben. Sogar die Scheibe des Mondes glitzerte blau. Der ganze See und die Bäume waren davon erfüllt. Himmel und Erde tanzten zusammen, vereinten sich zu einem Ganzen. Alles war eins, ein gemeinsamer Geist, Zeit und Raum schienen keine Bedeutung mehr zu haben.

Viele der Elben waren schon im Wasser und tauchten neben ihnen auf, um dann wieder im blauen Sternenfunkeln zu verschwinden. Nach einer Zeit des Schwimmens näherte sich Adiad wieder dem Ufer, blieb dann stehen, um sich dieses Wunder zu betrachten, um all ihre Sinne davon berühren zu lassen.

„Es ist wie in einer anderen Welt! Als ob wir mit den Sternen tanzen würden", flüsterte Adiad, *„mir scheint es nicht wirklich zu sein. Ich fühle mich allem enthoben."*

„Ich werde dich ein wenig zurückholen", schmunzelte Eardin und umfing sie liebevoll, um sie zu küssen.

Sie spürte seinen warmen Körper an sich und seine Hände auf ihrem Rücken. Während sie weiter die Gesänge der Elben, aber auch ihr Lachen und die zunehmende Ausgelassenheit wahrnahm, gab sie sich ganz in seinen Kuss und empfand dabei den Wunsch, ihn nie mehr loszulassen, ihn und diesen Moment für immer zu halten.

Lächelnd folgte sie ihm schließlich ans Ufer und sah Lerofar mit Gladin und viele der Krieger in der Nähe sitzen. Das ganze Elbenvolk hatte sich mittlerweile am See versammelt. Adiad setzte sich zwischen ihre beiden Elben. Whyen warf eine Decke über sie. Warm fühlte sie ihre Körper neben sich, sah erst zu Eardin, der sie glücklich anlächelte und dann zu Whyen. Schmunzelnd blickte ihr dieser in die Augen, bevor er fragend zu seinem Freund sah. Eardin zögerte kurz, dann nickte er. Adiad hatte es wahrgenommen, so zog sie Whyen zu sich. Der Kuss war nicht lang. Whyen löste seine Hand wieder aus ihrem Haar und flüsterte: *„Jetzt fehlt nur noch, dass wir ohne Kleider ins Wasser gehen. Dann ist es wirklich wie bei den Elben der alten Zeiten, bei den ersten Festen des Sommermondes."*

PERSONEN

ADIAD Eymarikriegerin, spätere Gefährtin Eardins
ALDOR Ratsvorsitzender des Elbenvolkes von Adain Lit
AMONDIN Elb der Feandun, Adiads Grossvater
ARLUIN Elb der Kräuterhallen Adain Lits ·
BELDUNAR Elbenkrieger Adain Lits
BELFUR Eymarikrieger
BEWEIN Mitglied der Stadtwache Astuils, Ratgeber des Königs
CELIN Elbenkriegerin Adain Lits, Gefährtin Veleths
CERLETHON Hoher Magier der Feandun-Elben
CERPEIN Magier des alten Baumes
DARIEN Magier der Hochland-Elben
DEOND Schlangenpriester
EARDIN Elbenkrieger Adain Lits, Gefährte Adiads
ELID Eymarifrau, Adiads Mutter
ELTHIR Elbenkrieger Adain Lits
EYMARI Volk der Waldmenschen
FAIRRON Magier aus Adain Lit
FANDOR Elbenkrieger aus Adain Lit
FEANDUN Verborgenes Elbenvolk des alten Gebirges
GLADIN Feandun-Elbin, Gefährtin Lerofars
GWANDUR Speerkämpfer Astuils
HILLUM Zwergenkämpfer des Wallsteins
LAIFON Elb der Kräuterhallen Adain Lits
LEBOND Magier Adain Lits
LEOND Eymarikrieger
LEROFAR Elbenkrieger Adain Lits, Eardins Bruder
LINDEN Feandun-Elb
MARID alte Kräuterfrau der Eymari
MELLEGAR Hoher Magier Adain Lits
NAGA Schlangenmenschen
NAILA Eymarifrau, Adiads Grossmutter
NELDEN Elbin der Feandun, frühere Gefährtin Cerlethons
NIBLON Fürst Evadors
NORBINEL Magier der Feandun

NORGRIM Zwergenkämpfer des Wallsteins
REMON Elb der Feandun
SABUR Eymari, Adiads Vater
SANDRIL Eymarikrieger
SELTHIR Magier Adain Lits
SCHLEH Eymarikrieger
TARD Eymarikrieger
THAILIT Eardins und Lerofars Mutter, Aldors Gefährtin
TIMOR Bauer und Naga
TOGAR König von Astuil
USAR Königin der Zwerge des Wallsteins
VELETH Elbenkrieger Adain Lits, Gefährte Celins
WHYEN Elbenkrieger Adain Lits
WORRID Eymarikrieger, früherer Geliebter Adiads

DANKE!

Es war einmal, da sagte jemand zu mir, dass alles, was man sich vorstellt, auch irgendwo existiert.

Auf welchem Wege Adain Lit wohl in mein Herz fand? Auf alle Fälle drängte es mich, dem fernen Flüstern zu folgen. So entstand dieses Buch. Deshalb bedanke ich mich zunächst bei meinen Protagonisten. Dafür, dass sie mich an ihrem Leben und ihren Abenteuern, ihrem Lieben und Leiden teilnehmen ließen.

Dann möchte ich meiner Familie danken, die meinen plötzlichen Schreibwahn geduldig ertragen hat. Ich danke meinem Mann für die freie Zeit, die er mir ermöglichte, für das Probelesen und jegliche Unterstützung. Meiner Mutter, dafür, dass sie ihre Erfahrungen als Korrektorin eingebracht hat, ebenso wie Ellen Bergsträßer, Reinhild Kirsch und meiner Tochter Miriam. Danken möchte ich auch meiner Lektorin Rieke Maushake, die all ihr Können in ein liebevolles und gleichzeitig strenges Lektorat einbrachte und mich ermutigte, den Schritt an die Öffentlichkeit zu gehen.

Danke euch allen! Für eure beflügelnde Unterstützung. Mögen die lichten Mächte euch behüten!

„Gibt es eine Fortsetzung?"
„Dessen bin ich mir sicher!", sagte Fairron. „Lauscht nur dem Wind! Wispernd erzählt er Geschichten. Von einem Turm, im Nebel der Tausend Seen."

Made in the USA
Charleston, SC
27 May 2016